浙江大学文学院学术文库

异彩辉煌

魏晋南北朝文学、绘画、书法关系研究

邹广胜　著

商务印书馆

The Commercial Press

创于1897

成果受浙江大学"双一流"一流骨干基础学科项目

中国语言文学学科建设经费支持

"浙江大学文学院学术文库"出版前言

中文学科是浙江大学历史最悠久的系科之一,发端于1920年之江大学文理学院国文系和1928年浙江大学文理学院中文系,后屡历变迁而文脉不断。夏承焘、姜亮夫、王驾吾、胡士莹、孙席珍、任铭善、蒋祖怡、蒋礼鸿、沈文倬、徐朔方、吴熊和、郭在贻等著名学者长期执教于此,作育人才,薪火相传。1958年,杭州大学中文系成立。1983年,杭州大学古籍研究所成立。1999年,随着四校合并,杭州大学中文系、古籍所并入浙江大学人文学院。2021年,以中文系、古籍所为基础,继承百年传统的浙江大学文学院成立,中文学科进入新的发展阶段。

文学院秉承"文以化人,学通古今"的育人理念,着力培养一流中文人才。文学院拥有国家文科基础学科人才培养和科学研究基地、国家基础学科拔尖人才2.0计划汉语言文学拔尖基地、国家人才培养模式创新实验区"大中文"实验区。汉语言文学(古文字方向)入选国家"强基计划"。汉语言文学、古典文献学入选国家一流专业建设点,编辑出版学、影视动漫两个方向发展态势良好。以强基计划和拔尖计划为基础,成立有浙江大学文学院惟学书院,致力于中文一流人才的培养。

浙江大学中文学科在长期历史发展过程中,形成了文学与语言、传统与现代、文献与文物、文字与影像、编纂与研究融为一体、均衡发展的格局。目前文学院设有中国语言文学一级学科博士点和文艺学、中国古代文学、中国现当代文学、比较文学与世界文学、语言学及应用语言学、汉语言文字学、中国古典文献学 7 个二级学科博士点，以及中国语言文学博士后流动站。拥有国家重点学科中国古典文献学、教育部重点研究基地汉语史研究中心、国家语言文字推广基地等重要研究平台，教育教学、学术研究处于全国中文学科第一方阵。

"盖文章，经国之大业，不朽之盛事。"有赖于前辈学者的奠基与开创，中文学科在百年学术传承中形成了鲜明的特色和优势，积累了一批享誉内外的学术成果。这些成果是学科的宝贵财富，同时也为后辈学者潜心治学、扎实研究树立了榜样。为延续和弘扬优良学风，我们面向学科全体教师征集学术性专著，策划出版"浙江大学文学院学术文库"，旨在通过发掘每位教师在一定周期内的研究旨趣和精髓，努力推出具有学术传承创新价值的精品力作，集中展示学院同仁的学术研究与中文学科的发展成果。

我们坚持古今汇通、中外交融的学术理念，倡导传统学科的"现代化"与新兴学科的"历史化"，希望能与海内外学界共同推动中国语言文学学科的发展，并得到学界同仁的批评与指教。

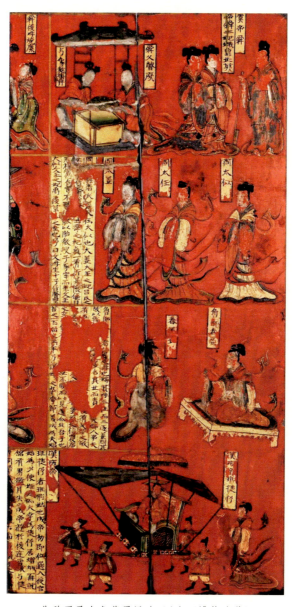

北魏司马金龙墓屏风漆画(山西博物院藏)

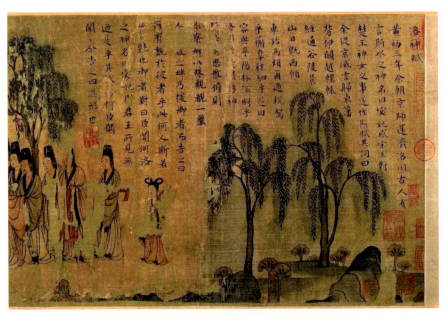

传顾恺之《洛神赋图》局部（辽宁省博物馆藏）

目　　录

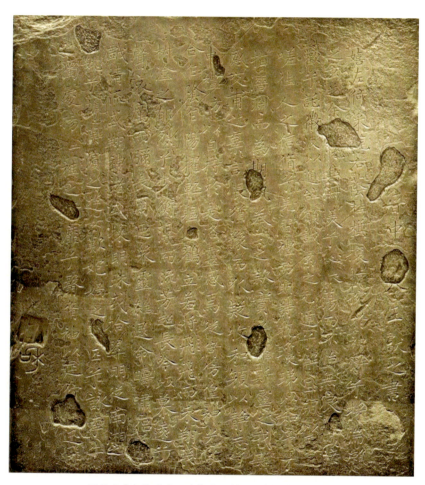

王献之《洛神赋十三行》碧玉刻石（首都博物馆藏）

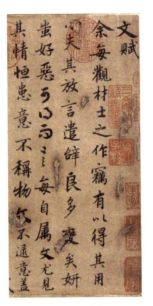

陆柬之书《文赋》局部（台北故宫博物院藏）

王羲之书《兰亭集序》局部
（冯承素摹本，北京故宫博物院藏）

赵孟頫书《洛神赋》局部
（北京故宫博物院藏）

绪　　论
魏晋南北朝文学、绘画、书法关系概说

魏晋南北朝时期是中国历史上政权更迭最频繁的时期,也是文学和艺术异彩纷呈的辉煌时代。所谓"异",是指魏晋时代在不同艺术形式、不同领域都取得了令后世惊叹不已的成就;所谓"辉煌",是指其文学、艺术无论是在形式技巧还是在理论问题方面,都达到了前所未有、后来也很难超越的高度,如陶渊明、曹植、刘勰、顾恺之、王羲之、王献之等人的成就与影响,即使在今日都是令人很难企及的。

其实《文心雕龙》所谓"文",不仅仅是指情感辞章,同时还指音乐、绘画。《文心雕龙·情采》说:"一曰形文,五色是也;二曰声文,五音是也;三曰情文,五性是也。五色杂而成黼黻,五音比而成韶夏,五情发而为辞章,神理之数也。"①《文心雕龙·通变》说:"根干丽土而同性,臭味晞阳而异品矣。"②魏晋文学与图像艺术都是在魏晋这个特殊时代的土壤中所开出的奇葩,因此,在文图关系成为学术焦点的今天,深入思考探讨魏晋时期文图发展的内在关联,已成为不可回避的重大理论问题。

刘勰在《文心雕龙·时序》中评建安文学称:"观其时文,雅好慷慨,

---

①　刘勰:《文心雕龙注下·情采》,范文澜注,人民文学出版社2006年版,第537页。
②　刘勰:《文心雕龙注下·通变》,范文澜注,人民文学出版社2006年版,第519页。

良由世积乱离,风衰俗怨,并志深而笔长,故梗概而多气也。"①其实"世积乱离""风衰俗怨""志深笔长""梗概而多气"乃是整个魏晋南北朝文学图像艺术的基本特点。魏晋南北朝时期战争频繁、社会动乱,是中国历史上罕有的乱世。自东汉党祸以后,又有曹氏与司马氏的斗争愈演愈烈,大部分文人知识分子很难通过政治仕途来实现自己的人生理想,他们难以回避残酷的现实:要么挺身而出,纠缠其中,惨遭横祸;要么远离祸患,保全性命,不议论时事,亦不臧否人物。一切也就自然地转向抽象的理论或纯粹的审美等虚无缥缈的领域了。但政治的罗网又使他们很少能真正保全自身,所谓"天下多故,名士少有全者",如杨修、孔融、祢衡、嵇康、王弼、向秀、刘伶、陶渊明、曹植、阮籍、陆机、陆云、郭璞等的悲惨命运多与政治密不可分,他们或因抗争被害,或因卷入政治的残酷纷争而被杀,或因处体制之外而备感寒苦凄冷,或因受政治打击而抑郁苦闷而终。他们立意于玄远的文学与艺术,在虚无缥缈的寄托中逃避现实苦难,在铁与血的网罟面前不断感到难全其身的困惑,在残酷的现实中,他们对精神自由的追求与不得已的委曲求全形成了鲜明的对照。大多数的中国文人艺术家常常身不由己地游移于政治权力与艺术追求之间,而这正是影响了后来中国文学艺术的重要因素。由此,他们既隐居于宫殿、山野或躲避于饮酒、服药等世俗的生活方式之中,也隐居于文学、绘画、书法等艺术的精神世界里。魏晋山水诗、山水画的共同兴起,与魏晋士大夫个体生命的自觉与避开乱世颐养性情密切相关。无论是王羲之《兰亭集序》"可乐"于"崇山峻岭、茂林修竹"之中,还是宗炳《画山水序》"卧游"于所画山水之中等,都表明了山水对魏晋时期文人艺术家避世的重要性。他们中有些人虽然采取了与主流截然对立的人生姿态,从而使魏晋风度及魏晋风骨成为魏

---

① 刘勰:《文心雕龙注下·时序》,范文澜注,人民文学出版社 2006 年版,第 674 页。

晋知识分子标志性的人生价值及审美取向，但更多的知识分子依靠根深蒂固的门阀士族制度、世袭的财产和丰富的学养，以及掌控的大量社会文化资源，把自己对政治及社会黑暗的恐惧逐步转移到以文学和艺术审美为目的的人生中去。传统儒家"齐家、治国、平天下"的人生理念也就在这种不得已中消解了，从而出现了非主流的、经济与社会地位相对独立的士人阶层。士人们注重抒发自我的情感与个性，在文学与图像艺术的创作中展示自己对人生与艺术的理解及感受，这是这一时代的基本特点。

我们从张彦远《历代名画记》卷第五《晋》所记载的戴逵改变范宣对绘画态度的故事中能看出这种转变："逵尝就范宣学，范见逵画，以为无用之事，不宜虚劳心思。逵乃与宣画《南都赋》。范观毕嗟叹，甚以为有益，乃亦学画。"这个故事的实质乃是绘画的作用，以及绘画与文学、政治之间的关系问题。更令人感兴趣的是，戴逵选择了以绘画的手段来表现文学所要表达的东西，那就是建筑的宏伟景象，而这种客观的外在物象正是语言的难处、绘画的易处，最终戴逵以他令人叹为观止的技艺打动了保守的范宣，并使其也喜欢上了绘画。这个故事在《世说新语·巧艺》中也被讲述过。① 很多文人士大夫也在理论上对绘画的作用进行了说明，张彦远在《历代名画记》中就引用了陆机与曹植对绘画的基本看法："记传所以叙其事，不能载其容；赋颂有以咏其美，不能备其象；图画之制，所以兼之也。故陆士衡云：'丹青之兴，比雅颂之述作，美大业之馨香。宣物莫大于言，存形莫善于画。'此之谓也。"②文人士大夫逐步兴起的对艺术的强烈爱好，不仅直接使自身多才多艺，从而使文学与图像艺术的完美融合成为可能，同时也间接使文学与图像艺术逐渐从经学附庸的地位中解放出来，成

---

① 张彦远：《历代名画记》，人民美术出版社 1963 年版，第 123 页。
② 张彦远：《历代名画记》，人民美术出版社 1963 年版，第 3 页。

为表现情感、宣扬个性的重要手段。文学、绘画、书法、造像等各种艺术形式从而进入了一个成熟繁荣的发展阶段。

魏晋南北朝时期的文人艺术家摆脱了传统儒家思想的束缚,追求感官上的享受与精神上的自由与解脱,这既是对混乱时代的逃避,更是对它的超越,思想解放与人性自觉成为魏晋文学与图像艺术共同繁荣的必然前提。晋人文论、画论、书论中充满了对感觉与趣味的宣扬与强调,这显示了魏晋是一个感觉发达、闲人放纵欲望、追求审美感受的时代,也是艺术发展的时代。汉代以儒家理论来加强对社会思想及伦理道德的控制,这在某种程度上成了特定历史时期的艺术特点。魏晋士人不再过多地关注政治,特别是不再斤斤计较于士人的政治身份,这一点通过他们对文人,尤其是对他们的外在形貌的品评中可以看出。在当时,魏晋士人通过品评人的外在形貌来认识人的内在精神修养已经成为一种时尚,品评人物形貌的风韵、风采、风姿,正如欣赏艺术品,把现实中的人纳入画框中一样。如描写何晏"美姿仪,面至白",夏侯玄与毛曾共坐,时人谓"蒹葭倚玉树",夏侯玄为"朗朗如日月之入怀",李安国为"颓唐如玉山之将崩",嵇康"风姿特秀",看到的人都惊叹说其"肃肃如松下风,高而徐引","叔夜之为人也,岩岩若孤松之独立;其醉也,傀俄若玉山之将崩"。王羲之被人形容为"飘如游云,矫若惊龙",像浮云一样飘逸,又像惊龙一样矫健,而王羲之自己也是很注重人的外在神态之美的,当他见到杜弘治时感叹其"面如凝脂,眼如点漆,此神仙中人",为杜弘治具有"像凝脂一样白嫩"的脸庞及"像漆一样黑亮"的眼睛而赞叹不已,并认为他是"神仙中人",其对外在风姿的注重是可想而知的。这不仅仅是少数人的爱好及审美情趣,而且是整个社会风气的表现,所以当有人称王濛貌美时,蔡谟就说"恨诸人不见杜弘治耳"。嵇康潇洒挺拔,风度翩翩,如松下之风,他的为人也是品格坚挺,如孤松之挺立岩石,即使是醉酒的神态也是如崩倒的玉山一样,令人倾慕不已。这些被文学史反复提到的例子无非说明,容貌举止这个富有情感审美的趣味已成为时尚,在当时的主流社会甚至是普通民众中流传开来,上至皇帝,下至民众,无不如此。魏明帝招待何晏就是为了验证何晏白净的面容是不是傅粉而成,故意在夏天让他吃热汤面以至于汗流满面;当貌美的潘岳走在洛阳大街上时,见到他的妇女们无不手拉着手围着他看,其情景与今日明星上街无异,丑陋的左思企图仿效潘岳,但招来的是对东施效颦之举的大骂,甚至是一身的唾沫;卫玠由于"观者如堵墙,玠先有羸疾",体不堪劳,遂成病而死,时人谓看杀卫玠,卫玠的被"看杀"乃成了另一种类型的"红颜薄命"……由此种种,可见当时社会普遍流行的审美趣味。《世说新语》专列一章探讨"容止",其对各种容止之美如眼睛之美、皮肤之美、容貌之美的详细刻画,特别是对各种各样美男子的描述令人印象深刻,其中有形神兼备的王羲之、嵇康、杜弘治,也有外表丑陋但神采飞扬的曹操、刘伶、庾子嵩,不一而足,这充分显示了当时评价人物时从两汉注重政治道德到魏晋注重外在审美形态的趣味转变。

　　但这并不意味着魏晋士人仅仅把外在的美貌作为唯一引人注目的关注点,人物内在的精神之美同样甚至更加受人重视,所以《世说新语》说:"王敬豫有美形,问讯王公。王公抚其肩曰:'阿奴,恨才不称。'"①虽然外人都把王恬当作与其父亲王导一样的名人,王导却认为王恬并不如自己,他仅仅是遗传了自己的长相而并没有继承自己的才华,所以他说自己的儿子并不具有和外貌相配的才华。由此可见,注重精神世界自由的魏晋士人更加注重内在精神的彰显,他们不会因为对人物外貌的关注而忽视对内在精神的把握,如《颜氏家训·勉学》就对梁朝仅仅关注外表的风气进行了批评:"贵游子弟,多无学术……无不熏衣剃面,傅粉施朱,驾长檐

---

① 刘义庆:《世说新语笺疏》,余嘉锡笺疏,中华书局2011年版,第525—536页。

车,跟高齿屐,坐棋子方褥,凭斑丝隐囊,列器玩于左右,从容出入,望若神仙。"①这些不学无术、修鬓剃面、涂脂抹粉、乘长车、穿高屐的花花公子,已经走向仅仅关注形式的极端了。

总之,我们从魏晋对人的品评中可以看出文学艺术对人的命运、人的生存的关注。人已从儒家文化过分强调人对政治权力与道德伦理的依附中解放出来,人的主题已成为魏晋时代哲学、文学、艺术的共同主题。如《文心雕龙·原道》一开始就讲的:"仰观吐曜,俯察含章,高卑定位,故两仪既生矣。惟人参之,性灵所钟,是谓三才;为五行之秀,实天地之心。""言之文也,天地之心哉!"②人和天地相配,为万物之灵、天地之心,他们的文学艺术也是如此。正如文杜里对文艺复兴时期的艺术评论所言:"在整个十五世纪中,艺术的基础和科学的基础一样,是建立在对于人,对于他的美、他的力量、他的智慧的强烈的信赖之上的","人不再是一种不被注意的附属品,而是站到了宇宙的中心。他用不着走出自己的活动范围去获取对真知的认识,因为从他自己身上,他就能理解一切,他自身就是一个反映了大世界的小世界"。③文艺复兴注重人,魏晋也是如此,虽然魏晋还远没有达到文艺复兴艺术中对人的注重程度,而更多是对人的悲剧命运的思考。魏晋时期不同的艺术形式,特别是文学、绘画、书法、造像等,正是在思考、表现动荡时期的社会、艺术家、艺术、民众,在思考人与自然、自我与他者各种复杂的纠葛方面,给我们以深刻的启迪。

艺术觉醒的一个标志就是关注艺术家的重要性。魏晋时期产生了很多在中国文学史上影响深远的文学家,如曹操、曹植、陶渊明、嵇康、阮籍、谢灵运等,他们对艺术形式的追求可谓是苦心孤诣。仅如齐梁时期诗文

---

① 颜之推:《颜氏家训》,檀作文译注,中华书局2011年版,第96页。
② 刘勰:《文心雕龙上·原道》,范文澜注,人民文学出版社2006年版,第1—2页。
③ 文杜里:《西方艺术批评史》,迟轲译,海南人民出版社1987年版,第66、69—70页。

的对仗、声律、用典等就已经表明诗文追求形式之美达到了极致，特别是骈体文经常运用的对仗，不仅使读者在阅读中能感受到押韵、节奏匀称、声律调和的音乐之美，也就是刘勰所谓"辘轳交往，逆鳞相比"，在声音上做到"异音相从谓之和，同声相应谓之韵"，同时在视觉上也呈现出一种对称的形式之美，可以说无论在视觉上还是在听觉上都做到了"累累如弹珠""圆美流转如弹丸"的景致。这种形式之美在当时已成为文人普遍的价值诉求，如阮籍的很多书信都是用非常精美的骈体文书写的，王弼的《老子指略》中骈句占据一半以上，陆机的《文赋》、刘勰的《文心雕龙》本身就是一部精彩的骈体文文学作品。对审美与情感的强调，在魏晋文学与艺术的鉴赏方面也得以体现，如姚最《续画品》中所说的"夫丹青妙极，未易言尽"，《文心雕龙·知音》中所说的"文实难鉴"，都是认为艺术鉴赏会为情抑扬而难有定论。姚最与谢赫对顾恺之的争论、谢安对王献之的不屑、关于二王书法成就孰高孰低的争论等，都说明了文学艺术鉴赏中的情感及价值立场问题。

　　魏晋南北朝时期还产生了在中国绘画史上影响深远的大画家，如顾恺之、张僧繇、陆探微、戴逵、曹仲达、杨子华等；同时还产生了在中国书法史上影响深远的书法家王献之、王羲之、王珣、钟繇、陆机等，甚至出现了多位以热衷书画闻名的帝王，如三国魏废帝曹髦、晋明帝司马绍、梁元帝萧绎等。他们都对书画乐此不疲，这种艺术的文人化、精英化、甚至是专业化，都是魏晋艺术繁荣的根本特征。魏晋文学与艺术齐头并进的繁荣发展，为魏晋文图关系的充分融合提供了必要的前提，在一个强调政治、经济、军事治国而以诗赋为"小道"的文化语境里能产生这么多的艺术家是不可思议的。令人遗憾的是，社会的动乱与中国画所特有的纸绢材质使得他们的书画真迹很少得以流传，后世只能依靠摹本，依靠历史文献记载、其他受其影响的艺术作品、理论家的论述等来揣测其艺术风格了。魏晋文学艺术更多是在追求艺术自身的价值,围绕哲学、文学、艺术自身的问题思考、创作,而不仅仅以模仿外在世界或宣传道德标准来体现自身的价值。正如鲁迅在《魏晋风度及文章与药及酒之关系》中指出的,曹丕《典论·论文》中"诗赋欲丽""文以气为主"乃是艺术自觉的标志,曹植"说诗赋不必寓教训,反对当时那些寓训勉于诗赋的见解,用近代的文学眼光看来,曹丕的一个时代可说是'文学的自觉时代',或如近代所说是为艺术而艺术(Art for Art's Sake)的一派"①。当然,魏晋艺术的自觉还没有完全达到今日所谓为艺术而艺术的境界,《文心雕龙》在反对过分追求形式美以至于达到"追讹逐烂"地步的形式主义的同时,主张应以儒家的"文质彬彬"为标准,其深刻内容与精美骈体文形式完美的融合就是证明。而书法、绘画也无不如此,它们追求艺术审美效果最大化,同时以接受者所应该达到的终极身心效果为旨归,注意道德与审美的完美结合。无论是顾恺之所说的"传神写照,正在阿堵之中",还是张怀瓘所说的"象人之妙,张得其肉,陆得其骨,顾得其神",乃至"吴带当风,曹衣出水",②都还没有脱离"摹仿"的观念,他们也是在艺术理想与人生现实的密切结合这一点上坚守着自己的审美原则。

随着魏晋文学艺术的繁荣,艺术家的地位越来越受到重视,很多政治权贵本身就是艺术家,但这并不意味着艺术家完全取得了与文学家甚至与政治权贵一样的重要地位。关于魏晋艺术家的地位,以下王僧虔以拙笔见容于宋孝武帝的故事就是典型一例。宋孝武帝欲擅书名,僧虔不敢显露才能,遂常用拙笔作书,以此见容。齐太祖尝与赌书,书毕问曰:"谁为第一?"僧虔曰:"臣书臣中第一,陛下书帝中第一。"太祖笑曰:"卿可谓

---

① 《鲁迅全集》第三卷,人民文学出版社 2005 年版,第 526 页。
② 金维诺:《中国美术·魏晋至隋唐》,中国人民大学出版社 2004 年版,第 204、216、218 页。

善自为谋矣。"①王僧虔在《论书》中又提到了韦诞书匾白头的故事来说明这个问题。《世说新语》中也记载了韦诞书匾的故事："韦仲将能书。魏明帝起殿，欲安榜，使仲将登梯题之。既下，头鬓皓然。因敕儿孙勿复学书。"②韦诞因受权力的支配而登梯题匾，以至于鬓发皆白，并由此告诫子孙不要再学习书法，这种对当时书法家的地位的深刻体验，只有身处相同处境的人才能道出。虽然姚最在《续画品》中说"语迹异途，而妙理同归一致"，不同的艺术都是五味一和、五色一彩、各尽其美，魏晋诗、书、画都是魏晋时期不同的艺术形式，都是魏晋花园里盛开的不同花朵，但这些花朵现实中并非都受到了同样的重视，从他对当时流行的"今莫不贵斯鸟迹，而贱彼龙文"的批评来看，绘画在当时的地位也是很低的。我们在《颜氏家训》中也可看出当时流行的士大夫对绘画的基本看法："画绘之工，亦为妙矣；自古名士，多或能之……若官未通显，每被公私使令，亦为猥役。吴县顾士端出身湘东王国侍郎，后为镇南府刑狱参军，有子曰庭，西朝中书舍人，父子并有琴书之艺，尤妙丹青，常被元帝所使，每怀羞恨。彭城刘岳，橐之子也，仕为骠骑府管记、平氏县令，才学快士，而画绝伦。后随武陵王入蜀，下牢之败，遂为陆护军画支江寺壁，与诸工巧杂处。向使三贤都不晓画，直运素业，岂见此耻乎？"颜之推对书法的看法也是如此："此艺不须过精。夫巧者劳而智者忧，常为人所役使，更觉为累；韦仲将遗戒，深有以也。"③我们在赵壹的《非草书》中也可看到当时正统文人对用草书这种异乎寻常的方式来展示个性及艺术效果的艺术的强烈反对。赵壹对草书进行非难的根源在于他认为草书的地位与价值根本不能与经书相提并论，草书仅是"示简易之旨"的权益之变，是"伎艺之细"，而"非圣人之

---

① 潘运告编：《汉魏六朝书画论》，湖南美术出版社1997年版，第155页。
② 刘义庆：《世说新语笺疏》，余嘉锡笺疏，中华书局2011年版，第619页。
③ 颜之推：《颜氏家训》，檀作文译注，中华书局2011年版，第302—307页。

业",很显然,"乡邑不以此教能,朝廷不以此科吏,博士不以此讲试,四科不以此求备,征聘不问此意,考绩不课此字。盖善既不达于政,而拙亦无损于治,推斯言之,岂不细哉?"以"钻坚仰高,忘其疲劳。夕惕不息,晷不暇食"的精神来从事草书的研究,这和"俯而扪虱,不暇见天"没什么区别。① 不过令人欣慰的是,草书的发展并没有因为赵壹的反对而终止,魏晋书法反而成为中国书法史上最为辉煌的一章。

多才多艺的士大夫虽受社会的崇尚,但仅仅善于书画是很难得到主流社会的认可的,所谓书以人贵,在今日也是如此。因此,书画虽在魏晋士人生活中占据重要地位,但很少出现职业性质的文人书画家。大量流传下来的魏晋墓室壁画、碑刻、造像等也多不见作者姓名,即使偶尔署名,也多是名不见经传之人。张彦远《历代名画记》卷第八《后魏》记载画家蒋少游"敏慧机巧,工书画,善画人物及雕刻。虽有才学,常在剞劂绳墨之间,园湖城殿之侧,识者叹息,少游坦然以为己任,不辞疲劳……时有郭善明、侯文和、柳俭、闵文和、郭道兴,并以巧思称"。蒋少游和当时很多没有地位的画家艺术家一样,常常拿着绳墨和各种雕刻用的工具不辞辛苦地奔走在江海湖泊、城楼庭院之中,并以此为乐。而只有如颜延之所教导的那样,以贵族身份自居,不愿以艺劳身而宁愿以老庄之道来保身清静的世外高人,才能保持自娱自乐的生活状态。我们由蒋少游的状况就可明白,时至今日我们为何能在魏晋造像、碑刻、壁画中看到这么多精美而又无名的艺术精品。在《历代名画记》中,我们也可看到张彦远所继承的儒家文化对艺术的一个根本态度与价值判断:"彦远以德成而上,艺成而下,鄙无德而有艺也。君子依仁游艺,周公多才多艺,贵德艺兼也。苟无德而有艺,虽执厮役之劳,又何兴叹乎!"②所谓"德",也就是儒家"修身齐家治国

① 潘运告编:《汉魏六朝书画论》,湖南美术出版社 1997 年版,第 24—25 页。
② 张彦远:《历代名画记》,人民美术出版社 1963 年版,第 155 页。

平天下"之德,书画之事和它们相比无疑是小事,正如苏格拉底所说,荷马如果能成为英雄,他就不会成为歌颂英雄的诗人,其道理都是一样的。换言之,魏晋时期的艺术虽然含有高雅的成分,其地位已经有了很大的提升,但它们作为贵族消遣取乐的手段,和成就政治事业还是不能相提并论的;艺术家的地位仍然无法和文人政治家的地位相比,字画因人而贵的传统在整个中国古代都没有发生根本的变化,这从谢安看不起子敬书、石涛写诗记述其受康熙召见并作《海宴河清图》献给康熙就可看出。

魏晋南北朝时期文学与书画进入成熟和繁荣时期,文人兼善文学与书画艺术是当时普遍的现象,这使得文图关系不仅体现在传统的文学与绘画关系上,还体现在文学与造像、文学与书法,以及文学与图像诗、题画诗关系等各个方面,呈现出繁荣与复杂的状态。魏晋出现了很多身兼多能即文学、书、画兼善的多才艺术家,如嵇康、曹髦、荀勖、王廙、司马绍、王羲之、王濛、戴逵、王献之、顾恺之、桓玄、宗炳、谢灵运、谢惠连、王微、谢庄、陶弘景、刘瑱、陆杲、萧绎等,可谓是名家辈出,令人目不暇接。魏晋文图关系最为典型的表现,就是文学与图像艺术会通式的创作成为一种深受文人青睐的创作方式,出现了大量著名的文学与图像艺术完全融合在一起的艺术作品,也就是诗、书、画互相融合在一个文本中的艺术作品。当时也有很多书法家在自己的画上题诗、题赋,以使诗、书、画兼美。如《历代名画记》记载司马绍的画上有王献之的题字;王献之也在自己的画《牸牛图》上题有《牸牛赋》,①以显示自己的多才多艺,这无疑是一幅字、画、文三美合一的精品。现流传下来的藏于辽宁省博物馆的顾恺之的《洛神赋图》(以下简称"辽博本")、《女史箴图》、《列女仁智图》和萧绎的《职贡图》等,都有大量的文字配图以说明绘画内容。我们从大量出土文物与

① 张彦远:《历代名画记》,人民美术出版社1963年版,第111页。

墓葬壁画、佛教造像中也可看出这种文图结合的艺术追求,如北魏皇兴《佛传故事 造像背阴》上有七层佛教故事画,类似古代连环画,下有文字说明;北魏正光《礼佛图 佛座》①下也有文字说明。这说明文图结合已成为当时普遍流行的艺术形式。

文图结合不仅构成了文、书、画结合的艺术形式,同时也增加了文图结合的文献功能,如果没有文图结合的艺术形式,现今的读者就很难再揣测到图画所描述的基本内容了。其艺术效果虽没有完全达到宋元以来文图完美结合的高度,但已开创了文图结合的传统。这些不同艺术形式的齐头并进与互相融合,是魏晋士人在混乱时代追求感官全方位的享受与满足、精神自由与解脱的必然结果。魏晋文图关系的基本特点表现在以下几个方面。(一)文学与艺术共同繁荣,这是文图充分融合的必要前提。(二)产生了很多文学、艺术兼善的大艺术家,这是文图融合的一个重要表征,文学、艺术兼善的艺术家从事艺术创作时更容易把不同的艺术内容、艺术形式融合在一起,同时由于创作主体只有一个,文图的融合也更直接、更充分、更富有个性。(三)出现了很多重要的文图融合的艺术品,其中最具有代表性的就是顾恺之《洛神赋图》、王羲之《兰亭集序》、王献之书《洛神赋》、苏惠《璇玑图》等。这种标志性的艺术成果是之前的时代所没有的,也开创了后来艺术创作的先河。(四)文学理论与艺术理论的共通。共同的时代、共同的审美趣味与价值取向,为文学、艺术的共同繁荣与相通提供了有力的理论支撑,人们对文学与书画等图像艺术的理论认识也进入一个成熟阶段,它们受到当时兴盛的儒、道、佛等多种思想的影响,在文学与书画艺术中表现出较为一致的审美诉求,并形成了一套完整的话语体系,如对"言、象、意"关系的论述、对"传神写照"的强调等,都是

①　中国美术全集编辑委员会编:《中国美术全集 绘画编19 石刻线画》,上海人民美术出版社1988年版,第2—3页。

文学与图像艺术所共有的理论思想。特别是《文心雕龙》作为此时期重要的文学理论著作，其文图理论是魏晋文图关系的重要成果，主要包括对言、象、意关系的论述，对形似与神似、形神兼备、神用象通、写气图貌、境生象外等问题的论述等，可谓影响深远。因此，魏晋文图理论的互相影响与融合是魏晋文图关系的一个重要组成部分。

我们在魏晋文图复杂的关系中不仅看到了魏晋时期文学与图像艺术发展过程中的具体联系，多才多艺的艺术家如何把自己对艺术及人生的理解融合在一起，并以不同的艺术形式将其完美地融合在一个共同的艺术文本里，正如顾恺之画出曹植的《洛神赋》、王羲之书写自己的《兰亭集序》、王献之书写曹植的《洛神赋》一样；同时，我们也能在理论的层面看到魏晋时期艺术发展过程中语言与图像的共时性关联，文学家与画家及书法家在自己的艺术作品中如何反映社会、人生及表达自我，以及他们在表达人的欲望、向往与理想，塑造人物，理解人性，甚至是表达自身的人格等方面又有哪些不同与共通的特性，这些特性对我们理解艺术及人生，甚至是对今日的艺术和人生有何启示。魏晋山水画及山水诗的兴盛，佛教造像中图像、文学、书法的完美融合，都揭示了魏晋不同艺术形式在文化形成与发展中的巨大意义。对魏晋文图关系的探讨，无疑为我们探讨文图基础理论乃至美学基础理论，提供了无限丰富的资源。

总之，魏晋文图的自觉并不意味着艺术的完全独立，而仅意味着对文学与艺术独立价值的强调，因为其时文学艺术实际上被当作持家修行、治国立业的基本手段。所以《文心雕龙·程器》说"擒文必在纬军国，负重必在任栋梁"，文学必须有助于军国大事，更为重要的是成为国家的栋梁之材，至少在刘勰自己看来，他最理想的人生成就并不是写作《文心雕龙》，而是在政治上有一番作为。《颜氏家训》也表达了同样的观点，《杂艺篇》虽然反复强调文学艺术的作用，但也仅仅是把文学艺术当作是一种修身养性的方法,甚至反复劝诫后代不要在文学艺术上花费太多的工夫,以至于得不偿失:"此艺不须过精。夫巧者劳而智者忧,常为人所役使,更觉为累;韦仲将遗戒,深有以也。"①可见颜之推非常同意《世说新语·巧艺》中韦诞告诫后代儿孙"勿复学书"的结论。究其原因,乃是艺术的独立应该以艺术家个体在政治、经济地位上的独立为基础。魏晋时期艺术家还大多身兼数职,拥有政治家与艺术家等多重身份,并以政治上的身份为主,其他的身份仍不能同政治的身份相提并论,那么文学的与艺术的才能被称为"杂艺"也就不足为奇了。

魏晋南北朝绘画、造像、书法受前代文学影响,主要表现在以下两个方面。(一)从前代文学中获取大量的创作题材。如孔子及其弟子的形象、表现《庄子》《诗经》《史记》等作品内容的图像、历代帝王与明君名臣图像、《列女传》中的列女形象、各种孝子形象、神话传说与各种仙人神怪形象等。再如1965年山西大同出土的北魏司马金龙墓五块木板漆画,内容多为帝王忠臣、烈女孝子、圣贤逸士画像,其故事多采自刘向《列女传》或班固《汉书》,且每幅均有文字题记和榜题以说明故事内容与人物身份。(二)魏晋南北朝图像艺术如纹饰、祥瑞符号,以及神仙世界、历史故事、礼教故事、爱情故事相关图像中所体现出的审美观念、艺术风格、价值判断、道德观念,深受老庄及孔孟思想的影响。

魏晋时代用图画来表达古圣贤及诗歌内容的做法已较为普遍,张彦远《历代名画记》卷八就记载了梁武帝的侄孙萧放到北齐后,受后主高纬的任命选出自古以来的美丽诗篇和贤哲并就此画成图画,皇上非常喜欢这些作品。②魏晋图像艺术常常以前代文学中的各种形象为题材,如神话中的各种神仙、怪兽,《史记》《左传》《战国策》中的历代帝王将相及其故

---

① 颜之推:《颜氏家训》,檀作文译注,中华书局2011年版,第302页。
② 张彦远:《历代名画记》,人民美术出版社1963年版,第156页。

事传说等常在壁画中有所表现。尤其是大量魏晋墓室壁画呈现了前代文学作品中所反复出现的人物形象或意象,如:魏晋《木棺彩绘伏羲女娲图》中的伏羲与女娲形象①。南北朝《玉朱雀纹佩》,一面是口衔圆珠展翅欲飞的朱雀,一面是飘洒下落的花朵和流云②。十六国北凉《月和西王母》壁画中的西王母形象,画像中西王母头有三髻两簪,肩披帔巾,双手合拢端坐于若木之上,左边为一仕女,手持一曲柄华盖,上有满月,月中有蟾蜍,再上有一倒悬龙头,两侧画满流云,左下为九尾狐,右下为三足乌,脚下为昆仑山,山上有三只青鸟,技巧娴熟,线条流畅,造型生动。十六国北凉《白鹿 羽人和"汤王纵鸟"》③壁画中则出现了羽人和白鹿的形象,其中白鹿昂首奔驰,身上布满花纹,鹿角修长;羽人长发单髻,肩生双翅,面有朱砂,衣裙脚缀满羽毛,在太空中飘荡遨游。下面则是著名的"汤王纵鸟"的故事画。汤王为一老者,手执网绳端坐于若木之上,前有一网,网前有一只鸟在徘徊,再远处有一只鸟在观望。整幅画的上方有一倒悬龙头,两侧画满流云,下为昆仑山,山中有怪兽一只。关于"汤王纵鸟"的故事,《易经·比卦》中讲"王用三驱,失前禽",《礼记·王制》中也讲"天子不合围,诸侯不掩群"。至于《史记·殷本纪》中记载的商汤故事则更为生动:"汤出,见野张网四面,祝曰:'自天下四方,皆入吾网。'汤曰:'嘻,尽之矣!'乃去其三面。"所以说"汤德至也,及禽兽",这个简单的故事阐明了儒家文化中对自然及人宽大仁爱的道理。此外,北魏《仙人 局部二幅 石棺盖》中绘刻有四个蛇身人首守护神,为首两位手持日月,或为神话传说

---

① 中国美术全集编辑委员会编:《中国美术全集 绘画编1 原始社会至南北朝绘画》,人民美术出版社1986年版,第116—117页。

② 中国美术全集编辑委员会编:《中国美术全集 工艺美术编9 玉器》,文物出版社1991年版,第116页。

③ 中国美术全集编辑委员会编:《中国美术全集 绘画编12 墓室壁画》,文物出版社1989年版,第38—39页。

中的伏羲和女娲。北魏《升仙图 局部二幅 石棺》的左右神分别为飞驰的青龙、白虎守护神。北魏《装饰画 四幅 墓志》中墓志旁边分别刻有青龙、朱雀、白虎、玄武四方神,皆衣带飘举,作奔驰之状。① 1977 年洛阳邙山出土的升仙石棺上面布满了与升仙有关的画像,有山林、畏兽、羽人引龙飞升、乘龙仙人、导护仙人、摩尼宝珠、各种吉祥纹饰等。通过这些绘画形象,我们就可更清晰地了解到先前两汉文学中用语言塑造的这些稀奇古怪的升仙艺术形象了。

　　魏晋南北朝的文学与艺术同样继承了两汉文艺具有功利性的传统,虽然从汉末开始出现了重抒发个人情怀的、非功利的倾向,但注重功利性、注重文艺的教育功能仍是魏晋文学艺术的一个重要特征。我们在魏晋绘画、造像、书论中都能看到这种观念的深刻影响,绘画的取材如列女、孝子、政治人物形象等无不如此,甚至其发乎情止乎礼的表述方式等也都是这种传统的具体体现。曹植的《画赞序》就继承了汉官府为表彰功臣列女、宣扬儒学而为画作赞的传统。

　　刘大杰在《魏晋思想论》中提到关于魏晋诗画与两汉诗画的关系时说:

　　　　汉晋的画,我们现在虽无法看见,但在史书中的记载里,我们还可考见其内容,和由那些内容所反映出来的意识。汉代的图画,史书告诉我们壁画居多,其内容或为历代帝王及忠臣烈士的肖像,或为孔子及七十二门徒的肖像。在这里有两点我们必得注意:(一)因其题材可以知道汉画是儒家伦理观念的表现,是封建社会对于帝王圣贤的崇拜。(二)因其为墙壁的装饰品,可以知道图画还未能成为一种

---

① 中国美术全集编辑委员会编:《中国美术全集 绘画编 19 石刻线画》,上海人民美术出版社 1988 年版,第 19—27 页。

独立的艺术。但到了魏晋,无论题材作用,都改变了。其改变与文学
的变动是一致的步调。那便是由伦理的趋于个人的,由现实的趋于
玄虚的,由实用的而趋于艺术的了。

在刘大杰看来,魏晋画的题材主要分为三大类——"神仙释道""高人隐
士""山水"。首先他认为,魏晋的题材与汉代的帝王将相题材有着极其
显著的区别,而产生这种区别的原因是与魏晋的社会思想及其哲学思想
密切联系在一起的。其次他又认为:"中国的画,到了魏晋,渐渐地脱离了
汉代的装饰的实用的意味,而走向独立的艺术的地位了。"①这种追求艺
术独立的取向主要表现在文人士大夫的艺术中。

　　而在更为广泛普遍的大众艺术、民间艺术如墓室壁画、石窟造像或是
书画作品中,我们仍能发现大量的宣扬忠孝道德的主题。如东晋顾恺之
的《列女仁智图》、北魏《屏风漆画列女古贤图》、北魏《漆棺彩画 孝子
图》、北魏《石棺线刻孝子图》等,都是反映儒家忠孝主题的作品。除了刘
向《列女传》较为流行外,孝子的主题也是当时流行的主题。如现藏美国
明尼苏达州明尼阿波利斯美术馆的洛阳北魏元谧墓出土的孝子棺石刻,
左右两边刻有孝子故事,左边为丁兰、韩伯余、郭巨、闵子骞、眉间赤,右边
为卫原谷、舜、老莱子、董永、伯奇,画旁均有榜题以说明所画故事及人物
名称。如丁兰侍木母图,上有"丁兰侍木母"文字说明。现藏美国堪萨斯
城纳尔逊－阿特金斯艺术博物馆的洛阳北魏孝子棺石刻,则雕刻有三组
六幅孝子图,分别为舜、郭巨、原谷、董永、蔡顺、尉,上有文字做标题说明。
河南郑县南朝画像砖也有孝子郭巨埋儿得金的故事,图正面刻有"郭巨"
二字做标题说明。湖北襄阳贾家冲南朝画像砖也有以孝子郭巨为题材

① 刘大杰:《魏晋思想论》,上海古籍出版社 1998 年版,第 154—155 页。

的。由此可见孝子故事在魏晋砖画中运用之多,这是中国传统忠孝文化观念的反映。

魏晋南北朝时期是文学与图像艺术高度融合的时代,这首先表现在魏晋南北朝时期涌现了大量诗、书、画兼善的大艺术家。其实无论是先秦还是后来的唐宋都有文学与艺术兼善的大文人,如王维、苏东坡等,但像魏晋南北朝时期这样涌现出艺术家如此众多、如此集中,甚至以家族方式集中在某个区域的现象,在中国历史上应该说是绝无仅有的。在两汉长达四百余年的历史中,书法家屈指可数,这与两汉强调政治而忽视艺术密切相关。而在魏晋南北朝不到三百年的历史里,书法家就数倍于前代;画家也是如此,祖孙父子以书法著名者不在少数。且魏晋书法,特别是二王书法,如李杜之诗一样在中国文化史上影响深远,艺术家的地位在当时已受到重视,特别是受到有地位的文人雅士的重视。以“韵”见长的魏晋书法所达到的艺术高度也一直是后世书法艺术的楷模。魏晋笔墨遗迹多是亲人朋友之间简短的问候致意,出于对日常琐事的记录,他们写作短笺往往随性而至,举笔即书,妍丑不拘。由于心无挂碍、挥洒淋漓——这正是其潇洒自然性情的真实流露,所以魏晋书法也是百态横生、生动感人,无论是外在的图像形式还是内在的语言内容都达到了高度完美的统一。至于以龙门造像记为代表的北魏碑刻,则与造像、题记直接融为一体,从而形成了另一种与温雅南书不同的雄健书风。正如德国汉学家雷德侯在谈到南北不同的书法传统及二王如何成为中国正统的古典传统的时候所说:

公元3—6世纪由于中国南北分裂,发源于东晋的书法传统无法影响北方。只是随着隋朝的建立,中国南北统一,南方的传统才在帝王的提倡下开始在全国传播,成为古典传统。

　　当晋代名家正把书法推向一个新时代的时候,北方仍沿袭旧法。北方没有从碑转向帖,碑仍是书法作品的主要形式,不过不再是汉代那种碑,而是佛教石窟中的造像题记之类。北方由此发展出一种方整严峻的楷书字体,自有其美丽处。南北书法遂大相径庭。隋朝皇帝把妍美流便的南方书法立为正宗,唐代诸帝也相继鼓吹。尽管两朝帝王均为北人,其所推行的文化政策则以南方的成就为基础。此种文化政策亦有助于王氏传统的推广,这决定了中国书法在此后千年的发展道路。①

魏碑雄强俊厚、奇逸神飞的书风虽长期受到二王书风的排斥,然而正是这种雄强的书风真正展示了魏晋慷慨悲凉、多灾多难的时代境况。我们在唐代颜真卿的《祭侄文稿》与韩愈摒斥六朝矫揉造作的骈体文风而提倡复古的文章中,仍能强烈感受到这种雄强崇高的美感。

　　魏晋南北朝文图融合的另一标志性成就,就是出现了大量文图完美结合的艺术作品,如顾恺之《洛神赋图》与《女史箴图》;辽博本《洛神赋》更是文、书、画三者结合的艺术品;王献之《洛神赋十三行》则是用小楷对《洛神赋》文本的书法呈现,为后来很多书法家用书法的形式来书写《洛神赋》开了先河。这些与《洛神赋》相关的综合艺术品,是先有《洛神赋》文,再有与《洛神赋》有关的画与书法,即绘画与书法把文学描述的故事固定在图像上,并以另一种美的形式呈现出来,同时也使语言的含混性与抽象性得以具象化。王羲之的《兰亭集序》是王羲之文学作品与书法作品的完美融合,后代很少出现文学与书法能如此完美融合的艺术品;至于张僧繇《五星二十八宿真形图》、司马金龙墓漆画等,都是文图结合的艺术品。

————————

① 雷德侯:《米芾与中国书法的古典传统》,许亚民译,中国美术学院出版社2008年版,第41页。

　　像魏晋南北朝时期这样的诗、书、画融为一体丰富多彩的时期,后来之所以很少出现,应该与魏晋南北朝是诗、书、画各自独立发展的初创时期有关,正如先秦时期的文人大多是文、史、哲不分一样。这其中最著名的就是《洛神赋图》,它是根据曹植《洛神赋》所作成的人物画,图画按照《洛神赋》对故事的叙述,以人物为主、以山水为辅,以图像的形式叙述了作者与洛神的故事,图像的故事性与赋的语言的故事性是一致的。虽然其所绘之山水还不能和后来宋元的山水画相提并论,也无法与《洛神赋》中语言的描绘相媲美,但其所绘之山水所具有的构图意义,甚至辽博本所配文字所具有的构图意义,都是文图完美结合的标志。《洛神赋图》的辽博文图一体本与故宫本的根本不同之处就在于:在辽博本中,《洛神赋》语言文本以图像的构成方式介入了《洛神赋图》,从而成为其画面的一部分,《洛神赋》的语言文本与图像文本是同时进入读者的视觉及其意象之中的;而故宫本则必须借助图画之外的《洛神赋》或观画者的记忆才能把《洛神赋》与《洛神赋图》融合在一起。可以说,辽博本《洛神赋图》充分展示了魏晋南北朝时期山水文学与古代山水画及由书法书写的山水文学的密切结合,以及他们所出现的共同的兴趣及价值取向。现藏日本大阪市立美术馆的传张僧繇《五星二十八宿真形图》也和传顾恺之《女史箴图》一样,是一系列由篆文图注隔开的图像,《真形图》的篆文图注说明了每一个星宿的故事及崇拜的方式。萧绎和江僧宝都画有《职贡图》,现藏南京博物院的传宋摹《职贡图》残卷,内有十二位人物和十三段长幅题记,人物及题记内容都与文献记录梁时朝贡使者相符合。①

　　魏晋南北朝时期产生了大量描绘事物的赋文,说明语言文本仍企图传达视觉感受的审美要求,也就是《易经·系辞》所谓"拟诸其形容,象其

────────────

① 宿白:《张彦远和〈历代名画记〉》,文物出版社2008年版,第55页。

物宜",其实赋的语言之美是无法"立像以尽意"、无法传达事物的图像之美的。与此相关,魏晋南北朝出现了大量以文学作品为题材的绘画。《历代名画记》就记载了魏晋南北朝时期大量以当时文学作品为题材的绘画,如司马绍的《息徒兰圃图》《洛神赋图》,顾恺之的《陈思王图》《洛神赋图》《女史箴图》,史道硕的《嵇中散诗图》,谢稚的《轻车迅迈图》,戴逵的《南都赋图》《嵇阮十九首诗图》等。其中最出名的自然是顾恺之以曹植《洛神赋》为题材的《洛神赋图》、以张华《女史箴》为题材的《女史箴图》;至于顾恺之残卷《斫琴图》,可能取材自嵇康《琴赋》,也是一幅绘画史上的杰作。画作取自诗文,是为了用图画的形式更准确地再现语言中所描绘的图像,用文图结合的方式来充分展示艺术家所追求的艺术及人生境界。顾恺之传世的三幅画作都来自文学作品:《洛神赋图》来自曹植的《洛神赋》,《女史箴图》来自张华的《女史箴》,《列女仁智图》来自前代刘向的《列女传》。

绘画取材自文学作品与把文学作品直接书写在艺术作品上是两种根本不同的艺术形式,后者是将文学、书法、绘画三者直接融合在一个艺术作品中。读者不仅能直接欣赏绘画的图像作品与书法的形式之美,也可直接阅读文学文本,并把自己的阅读感受与视觉的审美共时性地结合在一起。如若图像文本没有语言文本的依托,那对图像文本的欣赏显然就会不同,就像一个没有阅读过《洛神赋》的人来欣赏《洛神赋图》一样。如《中国美术全集 绘画编 19 石刻线画》所收北魏《画像 二幅》①,描述了高山巨树中有两人在向深山走去,山间高树下一人在为另一人指点。图中山树均显示出张彦远"水不容泛,人大于山"的特点,这是因为山水画发展早期不以形似为标准,而仅仅是为表明或暗示故事发生的现实环境,有现

---

① 中国美术全集编辑委员会编:《中国美术全集 绘画编 19 石刻线画》,上海人民美术出版社 1988 年版,第 19 页。

代剪纸的风格。整体来看，此画像似应来自某一故事，但由于没有文字说明，所以故事的根本形态就无法找到了。从另一角度讲，我们借助图像艺术也能更清晰更深刻地感受到魏晋时期人的精神面貌。如我们在曹操诗《龟虽寿》中读到"神龟虽寿，犹有竟时"，关于神龟的文化语境我们自然可以从魏晋文字记载的文献中见出，但若借助魏晋的图像艺术（如大量出土的印章，其上往往雕有龟象），我们就能通过这种以刀为笔、以玉石为纸的雕刻书写艺术，更深刻地感受到魏晋时代对龟的文化认识。《中国美术全集 书法篆刻编 7 玺印篆刻》卷中就收录了大量魏晋南北朝时期以及前代的龟印纽，如汉《淮阳王玺》《湘成侯相》《浙江都水》《庶乐则宰印》《大富贵十六字印》及三国魏《建春门侯》《武猛校尉》、晋《晋率善胡仟长》等，这样我们就从另一个与语言文本根本不同的艺术视角，也就是从实物与图像的视角，深刻认识感受到曹操诗《龟虽寿》中"神龟虽寿"所蕴含的当时对龟异常重视的文化语境。

　　魏晋的绘画艺术处于中国绘画史的重要转折期，此时人物画已非常成熟，和简单质朴的汉画相比，显得更加严谨写实、生动传神，取得了在中国文艺史上能和同时期文学相提并论的巨大成就。虽然我们目前已无法看到以二王为代表的书法高峰时期与以顾恺之、陆探微、张僧繇、戴逵为代表的绘画高峰时期的实物作品，但我们从仅有的二王、顾恺之的唐宋摹本及魏晋出土文物中，仍然可以看出当时诗、书、画互相融合的审美风尚。魏晋南北朝文学与魏晋南北朝图像的密切交融，不仅表现在魏晋南北朝时期产生了大量的文学与艺术兼善的大艺术家，出现了山水诗与山水画共同繁荣的景象，乃至拥有像《文心雕龙》这样的对文学与图像艺术都进行了深入探讨的理论著作，而且也表现在魏晋人物画与文学作品如《世说新语》中的各种人物形象的相通、文学与图像中主题与意象的相通上。

一 魏晋南北朝绘画与前代文学

1 魏晋南北朝纸绢画与前代文学

魏晋南北朝绘画除了直接取材自现实生活外,还大量从前代文学中获取创作题材。如各种历史人物故事图画、历代帝王与明君名臣图像、孔子及其弟子画像、取材自《列女传》的列女画像、孝子画像与各种礼教忠孝故事图画、神话传说与各种仙人神怪形象图画、各种爱情故事图画、各种纹饰符号与祥瑞符号等,大多取材自前代文学及文化典籍。用图像表现《论语》《庄子》《诗经》《史记》《左传》《战国策》《山海经》等内容的作品也很普遍,如镇江东晋画像砖墓出土的人首鸟身画像砖、兽首噬蛇画像砖、兽首人身画像砖、虎首戴蛇画像砖等,展现的均为汉画像石中常见的《山海经》上的神怪故事。[①] 同时,图像所体现出的道德观与价值判断、审美观与艺术风格也多继承了前代文学与艺术的基本观念,特别是老庄的审美观及儒家的忠孝观念。

两汉文论有注重政治功用与宣传教化的基本特点,这是儒家思想影响的直接结果,司马迁、扬雄、班固、王充等无不如此。正如《毛诗序》所说,文学的作用就是教化,所谓“经夫妇,成孝敬,厚人伦,美教化,移风俗”。艺术也是如此,王充《论衡》称人物画像“善可为励,恶可为戒”的观

---

① 镇江市博物馆:《镇江东晋画像砖墓》,《文物》1973 年第 4 期。

点，东汉王延寿《鲁灵光殿赋》所谓"图画天地，品类群生""写载其状，托之丹青""忠臣孝子，烈士贞女""恶以诫世，善以示后"的观点等，都表明了绘画与叙事一样都指向最后的道德训诫。① 三国魏王肃《孔子家语·观周》中记载了孔子关于绘画的言论："孔子观乎明堂，睹四门墉，有尧舜与桀纣之象，而各有善恶之状，兴废之诫焉。又有周公相成王，抱之负斧扆南面以朝诸侯之图焉。孔子徘徊而望之，谓从者曰：'此周之所以盛也。夫明镜察形，望古者所以知今。'"②孔子从四门墙上尧舜、桀纣、周公辅佐成王的画像中明白了国家兴亡的道理。

同样，曹植在《画赞序》中也明确表达了这种表彰功臣、歌颂列女的儒家道德观念："观画者见三皇五帝，莫不仰戴；见三季异主，莫不悲惋；见篡臣贼嗣，莫不切齿；见高节妙士，莫不忘食；见忠臣死难，莫不抗首；见放臣斥子，莫不叹息；见淫夫妒妇，莫不侧目；见令妃顺后，莫不嘉贵；是知存乎鉴戒者，图画也。"③这种鲜明的文艺教化立场明显继承自孔子及《毛诗序》中的儒家文化价值观，魏晋大量文学图像艺术作品都继承了这个基本观点。魏晋南北朝与秦汉文学图像基本观念的相通，表现了刘勰《文心雕龙·时序》中所说的"时运交移，质文代变，古今情理，如可言乎"的基本规律，即文学和艺术既要创新又要跟随时代的发展，在表达时代的需要、抒发个人情感的同时，又要稽古，向古人学习，阐明古今不变的道德与审美要求，最终达到通变的完美结合。这也是魏晋文学、绘画、书法的基本观念，图画中大量帝王将相、忠臣孝子主题及题材的出现就是证明。山东嘉祥东南武宅山武氏祠东汉石室的《武氏祠画像题记》就反映了这一价值倾向。其室内四壁刻画的内容多为古代帝王忠臣与孝子义妇的事迹，既

---

① 周积寅：《中国画论辑要》，江苏美术出版社1985年版，第14页。
② 王肃：《孔子家语》，王国轩等译注，中华书局2011年版，第132页。
③ 潘运告编：《汉魏六朝书画论》，湖南美术出版社1997年版，第257页。

有古代神话传说,也有反映现实生活场景的内容,且画上多有揭示内容的题记,其目的也是为了表达刻画者的初衷与对观画者的警示。

总之,魏晋南北朝的图像艺术在注重抒发个人情怀及审美价值的同时,也继承了两汉儒家文化强调文艺教化的传统,无论是绘画的取材如帝王忠臣、列女孝子人物画像,还是其发乎情止乎礼的表述方式,都显示出其接受了两汉对文学与绘画的基本观念,道德劝诫成为魏晋文图会通中的思想纽带。文人士大夫虽追求"神仙释道""高人隐士""世外山水",其绘画作品却仍然多以宣扬忠孝道德为主题。如以古代帝王将相为题材的作品有:安徽马鞍山三国朱然墓出土的三国吴《彩绘季札挂剑图漆盘》绘制了春秋吴国季札挂剑徐君冢树的故事。图的左边为冢和树,树上一把宝剑,穿红袍向树而立者为季札,神情凄婉,似乎在怀念过去的友谊,后有两随从在对话,上方为山峰,山中有两人,墓前两野兔在奔跑,以烘托悲凉之氛围。四周装饰有莲蓬、鳜鱼,以及白鹭啄鱼、童子戏鱼等。三国吴《彩绘武帝相夫人图漆盘》图则绘有武帝、相夫人、丞相、侍郎、王女五人,人物旁有榜题,辅以云气纹与蔓草纹。[1]

唐张彦远《历代名画记》等古代画史所著录的绘画作品,如嵇康的《巢由图》,杨修的《严君平像》《吴季札像》,曹髦的《新丰放鸡犬图》《祖二疏图》《盗跖图》《黔娄夫妻图》等,均取材自古代事典,以呈现教化之功用,或警醒世人,或警醒绘画者自身。《历代名画记》还记载了多幅名画家的孝子图,如卷第五《晋》记载谢稚曾画有《孝子图》《孝经图》等,卷第七《南齐》记载戴蜀画有《孝子图》等。春秋战国时期忠孝观念已经产生,如《孝经》与儒家各经典忠孝观念的形成,但"家之孝子,国之忠臣"的观念到两汉才在察举孝廉的政治措施下真正和政治密切结合起来。

---

[1] 中国美术全集编辑委员会编:《中国美术全集 工艺美术编 8 漆器》,文物出版社 1989 年版,第 64、66 页。

魏晋政治与社会的混乱虽然动摇了忠的观念,但孝的观念在某种程度上无论是在民间还是在官方都没有被弱化。张彦远在《历代名画记·叙画之源流》中论述绘画的作用及绘画与文学的功能时说:"以忠以孝,尽在于云台,有烈有勋,皆登于麟阁。见善足以戒恶,见恶足以思贤。留乎形容,式昭盛德之事,具其成败,以传既往之踪。记传所以叙其事,不能载其容,赋颂有以咏其美,不能备其象,图画之制,所以兼之也。"①从张彦远强调从绘画相对于文学所具有的独特意义来看,图画,特别是人物画,具有语言所不可替代的意义:它不仅具有《诗经》雅颂记述盛德伟绩的作用,同时还具有雅颂所不能的描绘三皇五帝形象容貌的功能,因此,图画所描绘的高风亮节之士、为国捐躯的忠诚之士,能使观者慷慨激昂,进而达到以教育感化人的目的。

然而,图像化的神话传说、历史故事、本生故事及文学叙事,虽彻底改变了以语言文本为基础的叙事模式,但绘画的核心与目的仍不是故事本身,而是故事所隐含的道德训诫,所以故事的人物形象、人物动作、故事发生的环境、故事结构及叙述模式大多具有图式化、程式化的特点,因为无论是故事的讲述者,还是故事的绘画者,甚至是故事的接受者,无不是为了借用语言叙述或图像描述的方式来传达故事的道德指向,从而使文学艺术与政治道德密切联系在一起的。绘画虽有模仿自然万物的功能,但在"随类赋彩"展示事物客观自然形状颜色的同时,也要充分表达事物所具有的文化及其象征意义,特别是在帝王忠臣像、宫殿寺院壁画、墓葬绘画中更是如此,题材的丰富性与造型及色彩的程式化形成了对比,因为造型及色彩不仅来自客观外界,更多地来自文化传承,来自长期形成的审美理念。

---

① 张彦远:《历代名画记》,人民美术出版社 1963 年版,第 3 页。

张彦远《历代名画记》中记载了大量魏晋南北朝时期取材自古代著名文学及历史故事的画作，由此可见，魏晋时代用图画来表达古代文学作品内容的做法已较为普遍。虽然《历代名画记》记载的这些取材自古代文学作品的画作，在今日已大多无法目睹其庐山真面目，只能靠文献的记载来判断其基本内容与绘画风格了，但至少可以看出魏晋图像艺术与前代文学之间复杂而密切的关系。魏晋画像中丰富的关于仙界的各种图像描绘，如山泽林涧、羽人仙人、举日伏羲、擎月女娲、三足乌、神禽怪兽、伎乐飞天、蟾蜍玉兔、桂树宝珠等，无不是追求永生信仰与升仙的主题的反映。如《楚辞·远游》就讲"仍羽人于丹丘兮，留不死之旧乡"，《山海经》也讲有羽人之国、不死之民，或说人得道升天、身生毛羽，所谓羽人也就是飞仙，《史记·司马相如列传》中也说"相如以为列仙之传居山泽间"等，都说明了魏晋是继承了先秦以来的永生升仙主题并加以形象化的。据张彦远《历代名画记·述古之秘画珍图》记载，直接取材自秦汉文学及历史故事题材的绘画就有《南都赋图 戴安道》、《论语图》二卷、《孝经谶图》十二卷、《老子黄庭经图》一卷、《山海经图》六卷、《古圣贤帝王图》二卷、《列仙传图》一卷、《搜神记图》四卷等。① 虽然此处张彦远除了标明《南都赋图》作者为戴安道外，没有指明其他作者，但至少能表明张彦远所处的时代仍然保留有大量取材自先秦和秦汉文学题材的画作。此外，张彦远还记载了魏晋时期大量取材自秦汉文学典籍的画作，可谓数不胜数。具体记载有：晋郭璞有《山海经图赞》二卷、《孙子八阵图》一卷、《尔雅图》十卷。魏帝曹髦曾画有《祖二疏图》，取材自《汉书》卷七十一《疏广传》，讲汉宣帝时太子太傅疏广与侄疏受辞官回归故里的故事；其《盗跖图》取自《庄子》，《新丰放鸡犬》则取自汉高祖刘邦在长安近郊建造新城新丰放养鸡

---

① 张彦远：《历代名画记》，人民美术出版社1963年版，第74页。（以下引自《历代名画记》记载的均出自此版本，不再单独注明出处。）

犬的故事。《历代名画记·后汉》记载，杨修画《西京图》《严君平像》《吴季札像》上都有晋明帝的题字。《历代名画记》卷第五《晋》记载，晋明帝司马绍除了画有《列女图》两幅、《史记列女图》两幅外，还曾画有《豳诗七月图》、《毛诗图》两幅、《息徒兰圃图》、《洛神赋图》等，其中《豳诗七月图》取自《诗经·国风·豳风》中《七月》之诗，《毛诗图》取自《诗经》。卫协除了画有《史记列女图》《小列女图》《大列女》外，还画有《毛诗北风图》《史记伍子胥图》《张仪像》《毛诗黍稷图》《卞庄子刺虎图》。其中《毛诗邶风图》与《毛诗黍稷图》均取自《诗经》，《史记伍子胥图》《张仪像》《史记列女图》《卞庄子刺虎图》等取自《史记》，《小列女图》取自《列女传》。

由此可见，当时的绘画作品主要取材于先秦、秦汉在政治文化领域占有重要地位的帝王将相、文人墨客的形象或故事，所选取的作品也是在政治主流意识形态占据主导地位的文学作品。《历代名画记》卷第五《晋》记载，王廙也画有《列女仁智图》，同时为鼓励王羲之学习书法而曾画有《孔子十弟子图》，并书写了画赞，内容是称赞王羲之的才能，以"积学可以致远，学画可以知师弟子行己之道"的道理鼓励他，此图可谓兼有画、书法、文章三美。顾恺之除画有取材自《列女传》的《阿谷处女》《小列女》外，还画有《木燕图》《古贤荣启期》《荡舟图》等，其中《木雁图》取自庄子《山木篇》，《古贤荣启期》取自《列子·天瑞篇》及《高士传》，《荡舟图》取自《左传》及《史记》中蔡姬与齐侯荡舟的故事。《周本纪图》取自《史记·周本纪》，《伏羲神农图》取自上古传说，《汉本纪图》有历代汉帝王像，《孙武图》《穰苴图》取自春秋战国兵法家孙武与穰苴，《壮士图》有荆轲刺秦王的故事，《烈士图》有蔺相如像与荆轲对秦王像。卫协有取自《诗经》的《毛诗、北风诗图》。戴逵的《临深履薄图》取自《诗经·小雅·小旻》中"战战兢兢，如临深渊，如履薄冰"的诗句。史道硕画有《古贤图》《八骏图》《燕人送荆轲图》等，其中《八骏图》取自《穆天子传》，《燕人送荆轲图》取自《史记·刺客列传》。谢稚曾画有多幅取自《列女传》的画作，如《列女图》《列女母仪图》《列女贞洁图》《列女贤明图》《列女仁智图》《列女画》《大列女图》，还有《孝子图》《孝经图》《孔子十弟子图》《孟母图》，以及取自《庄子》的《濠梁图》，取自刘向《新书》的《楚令尹泣歧蛇图》。由此可见，《论语》《庄子》《左传》《史记》《列女传》等乃是当时绘画取材的主要源头，由于当时忠孝的伦理价值原则占据主导地位，所以忠孝的主题——其实也是文学的主题——仍是绘画的基本主题。夏侯瞻画有取自《庄子·徐无鬼》的《有郢匠图》。戴逵画有取自孔子故事的《孔子弟子图》《金人铭图》。此外还有取自《庄子》的《濠梁图》，以及可能取自屈原《楚辞·渔父》的《渔父图》等。《历代名画记》卷第六《宋》记载，陆探微画有取自孔子题材的《孔子像》《孔子》《颜回图》《十弟子像》，取自《诗经》的《诗经新台图》，取自《吕氏春秋·本味篇》与《列子·汤问篇》的《钟子期图》，取自《列子·天瑞篇》《孔子家语·六本篇》与《高士传》的《荣启期》，取自《左传》的《蔡姬荡舟图》，取自《列仙传》的《萧史图》。《历代名画记》卷第六《宋》记载，宗炳曾画有《孔子弟子像》《周礼图》，此外还为自己的《狮子击象图》作有《狮子击象序》。

　　《历代名画记》卷第六《宋》中曾引用姚最论述袁质的话说："曾见庄周木雁图、卞和抱璞图，笔势劲健，继父之美，若方之体物，则伯仁龙马之词，比之书翰，则长胤狸骨之方。虽语迹异途，而妙理同归一致。"袁质取材自《庄子》与和氏璧故事的图画，在姚最看来，能和晋朝周凯描述龙马的赋相媲美，如果和书法作品相比的话，也可与荀舆的《狸骨方》相提并论，虽然文学与绘画表现事物的方法不同，但它们在传达精妙的世界之美上都是一样的。《历代名画记》卷第六《宋》记载，史艺曾画有《屈原渔父图》；刘斌曾画有《诗黍离图》，取自《诗经·王风·黍离》；蔡斌有《游仙图》《苏武像》。

　　《历代名画记》卷第七《南齐》记载,沙门僧珍画有《姜嫄像》,取材自《诗经·大雅·生民》和《列女传·母仪篇》,讲述后稷为其母踏巨人脚印而生的故事。戴蜀有《孝子图》及春秋贞妇《息妫图》。陈宫恩画有《列女贞节图》《列女仁智图》及取自《汉书》的《朱买臣图》。毛惠远画有取自刘向《新序·杂事第五》的《叶公好龙图》。《历代名画记》卷第七《梁》记载,张僧繇曾在南齐江陵天皇寺画毗卢舍那佛和孔子十弟子像。张僧繇曾画有取材自《汉书》汉武帝射蛟龙故事的《汉武射蛟》画。《历代名画记》卷第八《北齐》记载画家萧放曾受北齐皇帝高纬的命令,"采古来丽美诗及贤哲充画图",选择自古以来的美丽诗篇和先贤哲人画成图画,皇上非常喜欢这些作品。《北齐书·文苑传序》说:"(后主)因画屏风,敕通直郎兰陵萧放及晋陵王孝式,录古今明贤烈士及近代轻艳诸诗,以充图画。帝弥重之。"很显然,高纬深刻感受到了语言艺术与图像艺术的结合能增强作品的感染力,给观者留下更加深刻的印象。

　　从张彦远《历代名画记》的记载来看,常常被魏晋南北朝时期画家取材的文学作品有《诗经》《庄子》《楚辞》等,《史记》《左传》《吕氏春秋》《汉书》《列女传》《孝子传》等著作中大量富有文学色彩的历史故事也常常受到画家的青睐,特别是《诗经》《论语》《孝经》从西汉开始就已成为儿童启蒙的基本读物,其中关于孔子及其弟子、帝王将相、高士名流、列女孝子的故事更以绘画的形式被反复描述。因此魏晋图像中大量出现列女与孝子的画像就不足为奇了。

　　据文献记载,刘向在编完《列女传》后,曾将其绘在屏风上。[①] 现存汉武梁祠壁画中就有多幅列女石刻作品。《南史·齐高帝诸子传》与《南史·王慈传》中都提到儿童看《孝子图》的事。《魏书》卷九十五也曾记载

――――――――――

① 　徐坚:《初学记》,中华书局1962年版,第599页。

后赵石虎用历代忠臣、列女图装点太武殿的情景:"太武殿成,图画忠臣、孝子、烈女、贞女。"《历代名画记》中也有大量关于列女画的记载。《历代名画记》卷第四《后汉》记载蔡邕画有《小列女图》传于后代。《历代名画记》卷第五《晋》记载荀勖有《大列女图》与《小列女图》;晋明帝司马绍画有《列女图》两幅、《史记列女》两幅,其中《列女图》取自刘向《列女传》,《史记列女》取自《史记》。卫协画有《史记列女》《小列女图》等。顾恺之曾画有《阿谷处女》《小列女图》,均取自《列女传》。王廙有《列女仁智图》。戴逵有《阿谷处女图》。濮道兴有《列女图》《列女辨通图》。谢稚曾画有多幅取自《列女传》的画作,如《列女图》《列女母仪图》《列女贞洁图》《列女贤明图》《列女仁智图》《列女画》《大列女图》等。《历代名画记》卷第七《南齐》记载沙门僧珍画有《姜嫄像》,取材自《列女传·母仪篇》;陈宫恩画有《列女贞节图》《列女仁智图》。这其中最为著名且至今仍能看到摹本的就是顾恺之的《列女仁智图》。

以儒家伦理道德为核心的两汉仕女画,大都描绘仁女、列女、智女形象,其艺术核心无不是以宣扬儒家教化、规范女性贞德操行为旨归,顾恺之《列女仁智图》《女史箴图》就是其主题之延续,因此,女性的忠孝、沉静、矜持、端庄就是其形象与精神的基本特点,《洛神赋》中女性精神形貌的特点也是如此。《洛神赋》与《洛神赋图》中对向往沉迷于洛神之情感的刻画,对自我情感的宣泄,对人神道殊的感慨,虽与"明劝戒,助升沉"的道德训诫不同,但仍在"发乎情,止乎礼义"的道德规训之内,这些都表现了魏晋士人在追求自我、寄情幽远的精神世界的同时仍无法彻底摆脱现实道德的束缚,无法跳出儒家理论的框架。

如上所述,《列女传》是魏晋非常流行的绘画题材,在以此为题材的画作中,顾恺之的《列女仁智图》是最著名的。《列女传》是西汉刘向为劝诫汉成帝勿沉溺酒色以免危及国家政权而作,全书以儒家观点记载了自上古至西汉约一百多位具有通才卓识、奇节异行的女子,分母仪、贤明、仁智、贞顺、节义、辩通、孽嬖等七卷。顾恺之的《列女仁智图》则是选择《仁智传》中记载的妇女故事绘制而成的,现存北京故宫博物院藏本有七个完整故事,分别为"楚武邓曼""许穆夫人""曹僖氏妻""孙叔敖母""晋伯宗妻""灵公夫人""晋羊叔姬"等,每一个故事都有简要的题记及人物名字说明,不过"晋羊叔姬"的题记不全。其他三个故事"齐灵仲子""晋范氏母""鲁漆室女"则整体图像残缺不全。① 以下对七个完整故事及"鲁漆室女"故事的图段进行简要介绍。

图1-1　顾恺之《列女仁智图》之"楚武邓曼"

　　《列女仁智图》第一段描述了楚武王在出征前和夫人邓曼相视对话的情景,邓曼似在叮嘱楚王要以德治国的道理,楚武王似在倾听。两人上方有"楚武王""邓曼"字样以表明人物身份。第一段题记为:"楚武邓曼,见

---

①　中国古代书画鉴定组编:《中国美术分类全集 中国绘画全集1 战国—唐》,文物出版社2005年版,第28—35页。

事所兴。谓瑕军败,知王将薨。识彼天道,盛衰所增。终如其言,君子扬
称。"故事内容为:楚武王大臣屈瑕为人刚愎自用,并对下属严厉凶狠,邓
曼曾预言了他的失败,后果然如此,所以说"谓瑕军败"。后来邓曼又预言
了楚武王的死,所以说"知王将薨"。① 邓曼并没做什么惊天动地的事业,
也没有什么惊人的举动,她的贡献就是"言说",在言说中表达对人、国家、
自然之道的认识,所以图画选择了她言说时的情景,应该说是抓住了邓曼
聪慧明理的特点,以及点出了当时女性在社会文化生活中所担当的基本
角色。

图1-2　顾恺之《列女仁智图》之"许穆夫人"

第二段描述卫懿公接待许、齐两国使者欲嫁女儿(即后来的许穆公夫
人),齐国和许国使者代表国君来求婚及卫懿公与妻子、女儿商量婚事的
情景。《列女仁智图》第二段题记为:"卫女未嫁,谋许与齐。女因母曰,
齐大可依。卫君不听,后果遁逃。许不能救,女作载驰。"故事内容为:许
国、齐国派使者到卫国求婚,在父亲认为女儿应该嫁至远而小的许国时,
女儿与母亲却出于保家卫国的考虑认为应该嫁至近而大的齐国,这样在

---

① 王照圆:《列女传补注》,虞思征点校,华东师范大学出版社2012年版,第96页。

国家有难时可以保卫国家,自然也就使自己的父亲及家庭得到保护。然而卫懿公并没有采纳她们的建议。但事情的发展果如妻女所料,后来卫国遭到了翟人的攻击,远而小的许国并不能相救。整个故事显示出的不仅是许穆夫人对国家的忠诚,还有她的智慧,一种保家卫国的智慧。这一段图画分两部分:第一部分为两国使节持节相向,似在辩论求婚事宜;第二部分为卫懿公回首与妻子、女儿交谈的情景,三人上方有"卫懿公""母""许穆夫人"字样以表明人物身份。画像中的卫懿公伸出右手,做出似在拒绝的样子,而妻子与女儿也似在讲话辩解。他们三位在进行着那番名垂千古的对话,而对话的内容与声音是无法用图像来表达的,只能借助于语言文本的记述。母亲站在中间,左边是一张单独的许穆夫人画像,画像中的许穆夫人双手抱于胸前,高髻博衣,衣带飘舞,给人稳重优雅的感觉。旁边以两行文字讲明了整个故事的发展过程,而图像则表明了最富有教育意义的一幕,也就是他们谈话的情景。

图1-3　顾恺之《列女仁智图》之"曹僖氏妻"

第三段故事是：春秋战国时期晋公子重耳在流浪曹国期间遭到曹共公的无礼侮辱，但曹国大臣僖负羁的妻子却从重耳气概不凡的神情中看出他将来必能东山再起，所以她劝丈夫厚待重耳，给他饭食和玉璧。后来重耳果然再次夺回王位，讨伐曾侮辱他的曹国。僖负羁一家却由于妻子的远见而躲过了灾祸。此段题记为："负羁之妻，厥智孔硕。见晋公子，知其兴作。使夫馈飧，且以自托。文伐曹国，卒独见释。"此题记讲述了故事发展的整个过程；图像则描述了曹僖负羁听从妻子的建议，在妻子的劝说下拿出食物与玉璧准备去款待晋公子重耳的情景，其中妻子伸出左手、扬起右手，似在劝说僖负羁要善待重耳。二人上方有"曹僖负羁""妻"字样以说明人物身份。

图 1-4　顾恺之《列女仁智图》之"孙叔敖母"

第四段讲述春秋楚国名相孙叔敖幼时见到一只两头蛇，他因听说见到两头蛇的人会死,怕别人再次看到,便把蛇打死埋了。孙叔敖回家把此事告诉母亲,担心自己可能无法再活下去了。但母亲告诉他这是积阴德的好事,不会伤害性命只会得到好报。后来事情发展果如母亲所料。此段题记为:"叔敖之母,深知天道。叔敖见蛇,两头岐首。既埋而泣,母曰阴德,必寿侯禄,终相楚国。"图像描述了孙叔敖向母亲讲述两头蛇的事,孙叔敖在擦泪,而母亲伸出右手,似正在用"这是在积累阴德,会得到好报"的话来安慰他。二人上方有"叔敖母""楚孙叔敖"字样以表明人物身份。

图 1-5 顾恺之《列女仁智图》之"晋伯宗妻"

第五段讲述晋大夫伯宗在朝廷上气势凌人,妻子伯州黎担心他败亡,因此多次提醒他,希望他能谨慎行事,但伯宗一直没有改悔。之后妻子终于说服伯宗把她托付给他的朋友毕羊。后来果然伯宗遇害,而毕羊也保护了伯州黎。此段题记为:"伯宗凌人,妻知且亡。数谏伯宗,厚托毕羊。属以州黎,以免咎殃。伯宗遇祸,州黎奔荆。"画像中,伯宗在与毕羊交谈,伯宗似在嘱托毕羊,希望他将来能保护自己的家人,而毕羊抱双手聆听,妻子伯州黎则抱着孩子也在一旁聆听,似乎在准备着逃亡荆州。画面上亦标有人物姓名。

图1-6 顾恺之《列女仁智图》之"灵公夫人"

第六段描写卫灵公与夫人深夜听到蘧伯玉从门口过车,从车声来判断蘧伯玉为贤臣的故事。卫灵公与夫人夜坐,闻车声嶙嶙,至阙而止,过阙复有声。公问夫人是谁,夫人说:"此蘧伯玉也。"灵公便问:"何以知之?"夫人便说:"妾闻礼下公门,式路马,所以广敬也。夫忠臣与孝子不为昭昭信节,不为冥冥堕行,蘧伯玉,卫之贤大夫也,仁而有智,敬以事上,此其人必不以暗昧废礼,是以知之。"灵公派人去打听,果如其言。第六段题记为:"卫灵夜坐,夫人与存。有车辚辚,中止阙门。夫人知之,必蘧伯君。维知识贤,问之信然。"画面则分为两部分:第一部分描述了卫灵公与夫人对话的情景,两人上方均标有"卫灵公"及"卫夫人"字样来点名人物身份,卫灵公坐在有围屏的坐床上,探身与跪坐在前面坐席上伸手敬酒的夫人对话;第二部分则刻画了蘧伯玉驾车子勒住缰绳作停车状的情景。图画将卫灵公和夫人夜坐的情景,与蘧伯玉"不欺暗室"即夜深仍然保持君臣礼节的情景并置在一起,既表明了蘧伯玉忠心侍君,更表明了灵公夫人一心侍夫且善为忠臣知音的优良品德。

图1-7 顾恺之《列女仁智图》之"鲁漆室女"(残)

第七段(残)描述了鲁国大夫漆室邑之女并不为自己年龄大没有出嫁而伤心,她倚柱痛哭的原因是担心鲁国会因为国王年事已高、太子尚幼而受到侵略。后来鲁国果然受到侵略,且每个人都遭受了灾难。图像正描绘了她"倚柱而啸,旁人闻之莫不为之惨者"并与其对话的情景。第七段题记为:"漆室之女,计虑深妙。唯鲁且乱,依柱而□。君老嗣少,愚悖奸生。鲁果扰乱,齐伐其城。"正讲明了此故事。图画描述一位女子倚着柱子,似正在交谈,一大臣模样男子似在颔首倾听,露出钦佩之情,表达了对漆室邑之女胸怀天下的崇敬之情。

图1-8 顾恺之《列女仁智图》之"晋羊叔姬"

第八段"晋羊叔姬"的故事是:晋羊叔姬为羊舌子的妻子,有两个儿子为叔向、叔鱼。羊叔姬聪明有智慧,曾劝羊舌子埋掉村人送的偷来的羊而躲过一场灾祸。后来她又规劝儿子叔向不要娶貌美性恶的夏姬的女儿,因为她多次给家人带来灾难。叔向在娶了夏姬的女儿之后生子食我,食我生下即哭声如狼嗥,后果然作乱被剿灭,羊舌氏家也因此灭绝。此段题记为:"叔向之母,察□□□。□□□□,□□□□。叔鱼食我,皆贪不正。必以货死,果卒分□。"据《列女传》应为:"叔向之母,察于情性,推人之生,以穷其命,叔鱼食我,皆贪不正,必以货死,果卒分争。"图像描述了晋羊叔姬正在与两个儿子叔向、叔鱼交谈,似乎在教育他们;羊舌子在旁站立观看。人物上方有名字标记。

从以上分析来看,《列女仁智图》画像内容与所附题记文字内容及

《列女传》所叙述内容基本相同，它们都通过对典型场景的刻画来讲述整个故事，更准确地讲，是暗示整个故事的存在。如"灵公夫人"以两幅画面同时展现了卫灵公与夫人夜坐及蘧伯玉途经门外停车以示君臣之礼的两个场景，卫灵公的坐具、他与卫灵公夫人坐着对话的情景、蘧伯玉途经阙门揽缰停车的情景，成为"灵公夫人"画像标志的因素，此画像中高悬的燃灯也成为显示故事发生在深夜的标志。我们在其他卫灵公夫人画像中也能看到这种基本结构，依靠这些标志性的情景，熟悉整个故事的读者即使离开榜题文字，也能理解图像的基本内容。再如孙叔敖的双头蛇也成为孙叔敖画像的基本标识。

当然，我们不能仅凭图像解读出整个故事的全部内容，特别是那些程式化的图像，如站立画像、坐像、二人对话画像："楚武邓曼""鲁漆室女""曹僖氏妻"都是一男一女在对话，"灵公夫人"其中一幅也是一男一女坐着对话，"孙叔敖母"则是一大人与一小孩在对话，"晋羊叔姬"则是两大人在对话，旁有两小孩。对那些不熟悉故事或不借助文字提示的读者来说，仅凭这些程式化的图像，是很难理解故事所表述的内容及意义的。于是，文字形式的标题与榜题为简洁的画像提供了想象的翅膀，使观者的理解跨越了不可逾越的障碍。而同时画像也能充分展示榜题所无法具有的直观强烈的视觉效果，图像的丰富性、直观性、具体性更能直接打动大量不识文字的女性观画者，特别是"灵公夫人"用两幅图像展示了在空间中同时发生的两件事情，这是更富有时间性的语言叙述所无法做到的，但图画却能够描述这同时发生的两件不同事情，尽管观者的视觉也有先后的移动顺序。

当然，这些生动形象的画像并不如西方的肖像画或今日的照相技术一样，是对历史真实人物样貌的再现，图画中的人物在某种程度上和真实人物也没有任何相似性，图画者既不认识被画者，也没有任何关于被画者的个人体貌特征的资料,他仅仅知道一些纪传中描述的简单的人物特征,如美丽、聪明、温柔、孝敬、坚强、勇敢等。例如具有政治远见的班婕妤,如何用一个具体的人物形貌特征来呈现呢?其在画家的心中与笔下应该是没有被定型的。实际上,更为重要的是,画家的目的并不在于准确地描绘当初这些女性如何创立了令世人瞩目的业绩,而在于她们行为本身所隐含的道德意义。人物形象、故事情节、故事环境都不过是揭示道德寓意的工具,画中人物的形象也仅仅是激发观者情感的手段,自身并不具有决定性的意义,所以画中人物形象具有雷同性也就是理论逻辑下的必然结果了。这也是中国古代早期人物画或以人物为主的画作大多类型化的根本原因,因为绘画的根本目的不在于被画者个体的真实形象及其价值,或画中人物形象与所画人物之间的相似性与艺术性,而在于画作或绘画故事所隐含的道德意义。被画人物的身份、地位及文化价值,其神情、衣着、体态等无不是展示其社会及文化价值的符号而已,这些以个人像与群像出现的人物画大多以叙事与历史故事为依托,其根本目的是为了彰显儒家扬善贬恶的道德含义。

此外,从艺术层面上讲,这种早期简单的文图一体的表现形式,也就是在画像旁加上简单说明如人物姓名、事物名称、故事内容,乃至画者姓名或佛像供奉者的姓名、时间、地点等,还没有达到文图在艺术层面上的完美融合。正如《汉书·苏武传》中所记载的宣帝甘露三年(前51年)"图十一人于麒麟阁,法其形貌,署其官爵姓名"一样,这样的"官爵姓名"式的标识,和作画者题写与人物有关的诗文不同,简单的称呼及标识与所画人物形象还不具有内在的一致性,还不能如辽博本《洛神赋图》那样使其书写的赋文构成整幅绘画的有机组成部分,而仅仅是激发读者联想故事叙事的媒介而已。

魏晋绘画不仅对秦汉文学艺术有所继承,同时由于社会的发展与动荡,也对秦汉之思想进行了反叛。这是因为魏晋对与儒家文化传统根本不同的道家传统进行了继承与发扬,使得儒家一统天下的情况逐渐被儒道共存的局面所取代,再加上当时佛教流行,魏晋南北朝由此成为一个多元文化共存的时代。如《南齐书·张融传》记载张融遗命入殓时要左手执《孝经》《老子》,右手执《般若经》《法华经》,表明自己三教兼修,以保证冥途的平安。所以我们在此时期出土的画像中常常能够见到儒道释三家同存的景象。

其中老庄思想的流行是魏晋南北朝时期与之前时期的根本不同之处。对于老庄思想的盛行,汤用彤在论述汉魏老庄地位之转变时说:"汉代儒家已称独尊。班固人表列孔子为圣人,与尧、舜、禹、汤、文、武相同。老子则仅在中人以上。庄子且在中人以下。圣人以儒家之理想为主,而老、庄乃不及圣人。此类品评,几为学术界之公论。及至汉末以后,中华学术渐变,祖尚老、庄。"[1]老庄思想对魏晋绘画艺术的影响可谓巨大,无论是从取材还是绘画的具体技术层面来讲都是如此。与汉代人重视人的道德操守不同,魏晋士人的品评更加注重人物外在的形貌及其内在的精神气质,这些更富有审美意味的标准显示了魏晋士人的价值趣味。更为重要的是,至此之后,老庄思想对中国诗、书、画的影响大有愈来愈烈之势。魏晋山水诗与山水画的兴起,与《庄子》的影响密不可分。《庄子》被魏晋士人称为"三玄"之一,《庄子·知北游》中说:"天地有大美而不言,四时有明法而不议,万物有成理而不说。圣人者,原天地之美而达万物之理。是故至人无为,大圣不作,观于天地之谓也。"这就是魏晋士人以山水为皈依处的根本原因。所以,"山林与! 皋壤与! 使我欣然而乐与!"自然山水不仅彰显了自然万物的根本原则,给人以哲学的启迪,同时也能给人

---

① 汤用彤:《魏晋玄学论稿》,上海古籍出版社 2001 年版,第 98 页。

以艺术般的无限快乐！①《文心雕龙·明诗》说"山水方滋"，山水之所以成为魏晋文学艺术的公共主题，不仅有魏晋社会背景的原因，也是因为魏晋士人在游山玩水中发现了山水自身所蕴含的无穷无尽的美。

当然，魏晋诗画以山水为审美的对象，不仅与老庄思想的影响密切相关，也必然与魏晋社会生产力的巨大发展密不可分，是由时代经济的进步与审美文化趣味共同激发的。欧洲浪漫主义时期对自然美的关注也是如此，一个在自然与社会环境中艰难求生存的时代与社会阶层，是不可能在自然中发现美的，这也是生活无忧甚至是非常优裕的魏晋文人能够畅享山水美的根本原因。所以我们在图画中常常能够见到谢安在美人的簇拥下，与侍童一起，带着大量的衣食在山中游玩的情景。明沈周《仿戴进谢太傅游东山图轴》描写了太傅谢安隐居会稽东山不仕携众乐伎出游的情景，青峰苍松、云气宫殿、流水乐伎，构成一幅典型的深山享乐图。北宋李公麟所绘《陶渊明归隐图》中的陶渊明也是在童子的陪伴下坐着牛车前去耕田。这种以山水为欣赏游玩对象的心态，和《木兰辞》中描写的"旦辞爷娘去，暮宿黄河边，不闻爷娘唤女声，但闻黄河流水鸣溅溅"的环境是根本不同的。在"旦辞黄河去，暮至黑山头，不闻爷娘唤女声，但闻燕山胡骑鸣啾啾"的山野中，"万里赴戎机，关山度若飞。朔气传金柝，寒光照铁衣"，哪还有什么闲情逸致去欣赏自然呢？在"将军百战死，壮士十年归"的悲歌中，自然山水不过是艰难生存的背景罢了。由此可见，魏晋山水诗与山水画继承了中国传统文人士大夫独有的审美趣味，这在中国传统文化特别是民间文化中并不具有普遍的意义。所以张彦远在《历代名画记》中说："自古善画者，莫匪衣冠贵胄，逸士高人，振妙一时，传芳千祀，非闾

① 陈鼓应：《庄子今译今注》，中华书局 2001 年版，第 563、588 页。

阎鄙贱之所能为也。"①这就指出了自古中国文人绘画所具有的贵族气质,它的产生背景、创作者、绘画内容、服务对象、审美趣味等无不是围绕社会的士大夫阶层,他们取材自前代文学作品的帝王将相、高士大儒、烈女贞女及其依托的深山幽景、深宫大院,也无不受此视界限制,各种《毛诗北风图》《毛诗黍离图》《濠梁图》《渔父图》等都是如此。

魏晋言意之辨在继承《易经》《庄子》所开启的言意之辨的基础上展开进一步的讨论,这对绘画中的形神之辨也产生了非常重要的影响。言意之辩与形神之辨密切相关,是魏晋画论的一个基本问题,以王弼为代表的"言不尽意"派,对当时甚至是后来中国传统画论思想的发展产生了深远的影响。《易经·系辞》中虽然讲"书不尽言,言不尽意",但同时也讲"圣人立象以尽意,设卦以尽情伪,系辞焉以尽其言"。王弼则强调了"言不尽意"的一面,他在《周易略例》中说:"言者所以明象,得象而忘言;象者,所以存意,得意而忘象。犹蹄者所以在兔,得兔而忘蹄;筌者所以在鱼,得鱼而忘筌也。然则言者,象之蹄也,象者,意之筌也,是故存言者,非得象者也;存象者,非得意者也。象生于意而存象焉,则所存者乃非其象也;言生于象而存言焉,则所存者乃非其言也。然则忘象者,乃得意者也;忘言者,乃得象者也。得意在忘象,得象在忘言。"②这就是魏晋现实个体在生活中注重精神价值,在绘画中追求"以形写神""形神兼备",特别是人物画注重传神,注重人的精、气、神的表现的哲学依据。顾恺之"传神"说、宗炳"畅神"说、谢赫"气韵"说都与此密切相关,这也就是汤用彤所说的"玄者玄远,宅心玄远,则重神理,而遗形骸"。③刘勰在《文心雕龙·神思》中也讨论了言语难以表达思想的观点:"方其搦翰,气倍辞前,暨乎篇

① 张彦远:《历代名画记》,人民美术出版社1963年版,第15页。
② 楼宇烈:《王弼集校释》,中华书局1980年版,第609页。
③ 汤用彤:《魏晋玄学论稿》,人民出版社1957年版,第39页。

成,半折心始。何则? 意翻空而易奇,言征实而难巧也。"当然,与王弼不同的是,刘勰看到了言意关系的两个方面,即"是以意授于思,言授于意,密则无际,疏则千里",在文章的写作中,作家的语言与要表达的思想内容,既能贴切而天衣无缝,也能疏漏而相差千里,这一切都取决于作家自己的"秉心养术"与"含章司契"的功夫与技巧。① 由此可见,魏晋言意之辨不仅继承与扩展了《易经》《庄子》开始的言意之辨的基本问题,同时也在更为广泛、更为深入的文论与画论中,结合具体的文学艺术实践问题展开讨论,而不是仅仅在一个更加大而无当的玄学领域里自言自语。

2　魏晋南北朝非纸绢画与前代文学

上节主要考察了魏晋南北朝卷轴形式的纸绢画与前代文学的关系,本节则主要探讨墓室壁画、漆画、画像石、画像砖、石刻造像这些非纸绢画与前代文学的关系。

根据《历代名画记》和现今发现的大量线刻画、雕塑、砖画、墓室壁画、画像石、漆画等文物,我们可以看到魏晋绘画中大量人物画像与故事画来自先秦和秦汉时期的古圣贤帝王故事、文学作品、神话传说,其他流行的绘画题材如羽人武士、吉祥动物、云汉星宿、妖怪祥瑞、兽首人身等,也与前代的文学历史典籍有着紧密的联系。魏晋南北朝时期绘画与前代文学密切而复杂的关系主要表现为:其一,绘画以前代文学作品为题材,主要包括帝王将相画像、逸人高士画像、史传故事、民间传说、神仙鬼怪等。其二,绘画继承了前期文学的基本主题,如列女孝子、歌功颂德、道德训诫、

---

① 刘勰:《文心雕龙注下·神思》,范文澜注,人民文学出版社 2006 年版,第 494 页。

审美趣味等。线刻画、雕塑、砖画与卷轴形式的纸绢画根本不同，前者是以刀为笔、以石为纸的造像艺术，后者则是执毛笔在纸、绢、帛上绘画，它们借助不同的手段与媒介产生不同的艺术作品。石刻造像除了能最终呈现出与纸绢画根本不同的审美效果外，更为重要的是，由于它们是以岩石、砖、墙壁、颜料等为媒介并保存在墓室山岩之中，所以能保留更长时间，这也是我们现今能看到的魏晋图像艺术最常见的存在方式。我们发现，魏晋南北朝大量保存下来的墓室壁画、石刻画像、画像砖所表现的人物和动物图像及艺术作品中的各种纹饰，大都是此前文学、艺术或历史文化中流传下来的。人物和动物形象有伏羲、女娲、西王母、东王公、雨师风伯、飞仙羽人、蟾蜍玉兔、龙凤、青龙白虎、朱雀玄武、九尾狐三足乌、人面兽身人面鸟及兽首人身等，各种纹饰有饕餮纹、夔龙纹、云气纹等，历史故事则有羿射九日、大禹治水等。这些艺术形象与直接来自现实生活场景的宴飨、游乐、习射、采桑、战争等活动有着根本不同，它们大多是对此前文学或绘画题材的继承，只是加入了自己时代的新的阐释与新的理解。

《中国美术全集》各卷就收集了大量魏晋南北朝墓室壁画及线刻画，这些绘画作品往往以前代文学历史故事中的帝王将相、故事传说及各种神仙怪兽等为题材，如魏晋《木棺彩绘伏羲女娲图》中的伏羲与女娲形象，南北朝《玉朱雀纹佩》中的口衔圆珠展翅欲飞的朱雀形象，十六国北凉《月和西王母》壁画中的三髻两簪的西王母形象和月中蟾蜍、倒悬龙头、九尾狐、三足乌、昆仑山、青鸟形象，十六国北凉《白鹿 羽人和"汤王纵鸟"》壁画中的肩生双翅飘荡遨游的羽人和昂首奔驰的白鹿的形象，还有以一老者形象出现的手执网绳在昆仑山边捕鸟的汤王形象。再如龟的图像，古代把龟看成灵兽，如《礼记·礼运》中就讲"麟凤龟龙，谓之四灵"，《国语·周语》甚至说"我姬氏出自天鼋"，所以在魏晋之前的文学、图像艺术中就经常出现龟的形象。汉代就有陶龟①，特别是用龟形作印纽更是常见，西汉"右夫人玺"金印和"泰子"金印、东汉"广陵王玺"金印②等玉玺印纽上都雕刻着一只金龟，曹操《步出夏门行·龟虽寿》中有"神龟虽寿，犹有竟时"的感慨。魏晋也继承了龟为灵兽的观点，《抱朴子·论仙》中就说"谓生必死，而龟鹤长寿焉"，东晋早期玉龟纽印就为龟形纽饰③，北齐天保二年（551）玄武④中一神龟昂首挺胸驮着一手执长剑之神，神龟有巨蛇护绕，配以红发鬼怪，给人以威武不可侵犯之气。魏晋南北朝绘画也常常以对中国禅宗文化影响深远的维摩诘为题材。如西秦炳灵寺石窟169窟《维摩诘及侍者》像⑤，上有榜题"维摩诘之像""侍者之像"。维摩诘半卧于长榻之上，似在辩论讲解。此为石窟壁画中最早的维摩诘画像。《历代名画记·论画体工用拓写》则指出是顾恺之首创了维摩诘的画像，其画像形象生动，特别是准确表现了维摩诘为求道而身心俱忘的神态，"有清赢示病之容，隐几忘言之状"，可从此画像中看出顾恺之画风。顾恺之的《维摩诘像》与戴逵的五躯佛像及狮子国的玉像一起被称为南京瓦官寺的三绝。陆探微、张僧繇对其均有模仿，但都无法达到顾恺之的水平。⑥

　　目前考古出土的大量墓室壁画、漆画、线刻画、画像砖中，列女及孝子的形象占据了重要地位，成为魏晋南北朝图像与前期文学联系的重要纽

① 中国美术全集编辑委员会编：《中国美术全集 工艺美术编12 民间玩具剪纸皮影》，人民美术出版社1988年版，第10页。
② 中国美术全集编辑委员会编：《中国美术全集 工艺美术编10 金银玻璃珐琅器》，文物出版社1987年版，第16—19页。
③ 中国美术全集编辑委员会编：《中国美术全集 工艺美术编9 玉器》，文物出版社1991年版，第111页。
④ 中国美术全集编辑委员会编：《中国美术全集 绘画编12 墓室壁画》，文物出版社1989年版，第51页。
⑤ 中国美术全集编辑委员会编：《中国美术全集 绘画编17 麦积山等石窟壁画》，人民美术出版社1987年版，第7页。
⑥ 张彦远：《历代名画记》，人民美术出版社1963年版，第28页。

带。"孝"被作为中国儒家文化的一个核心原则:《礼记·内则》讲孝子养老要"乐心""乐耳";《周礼·地官·大司徒》中有"不孝之刑"为"乡八刑"第一刑的规定;《论语·学而》有孝为"仁之本"、"三年无改父之道"的论述;《为政》讲孝要"事之以礼,葬之以礼,祭之以礼";《孟子·离娄下》有对"五不孝"的规定;作为十三经之一的《孝经》更是对"孝"进行了全面的论述,《孝经》认为"孝"为"天之经,地之义,人之行"。① 汉代继承了先秦的儒家传统,特别是汉武帝时实行了以察举孝廉的方式选拔官吏,在帝王、普通民众及社会各个阶层广泛开展对《孝经》及儒家经典的研习,因此孝子题材的绘画在汉代就已经在宫殿、祠堂、画像石、画像砖、墓室及各种日常用具中大量出现。在文献及考古成果中已发现流传下来的汉代大量孝子画像,著名的如东汉山东肥城的"丽姬计杀申生"画像石②,东汉河南登封启母阙的"郭巨埋儿"画像石,东汉河南开封白沙镇的"丁兰母木为像"及"孝孙原谷"等画像,山东嘉祥宋山一号、二号汉墓的"丽姬计杀申生"及"舜后母焚廪"画像,汉嘉祥南武山画像石"舜后母焚廪"③,东汉内蒙古自治区和林格尔汉墓壁画"舜""闵子骞""曾子母""木丈人""伯禽母"等孝子画像。其中最著名的就是山东嘉祥武梁祠的忠孝故事,其中大多有榜题,分别表现了三州孝人、魏汤、颜乌、赵徇、原谷、曾子、闵子骞、老莱子、丁兰、韩柏榆、刑渠、董永、蒋章训、朱明、李善、金日磾、羊公等著名孝子的故事。④ 其他汉代著名的孝子画像还有大汶口汉画像石墓、肥城汉画像石墓、开封白沙镇汉画像石墓等。

魏晋虽没有承续汉代厚葬之风而推行薄葬,但我们仍从大量的墓室

---

① 汪受宽:《孝经译注》,上海古籍出版社 2004 年版,第 30 页。
② 王恩田:《泰安大汶口汉画像石历史故事考》,《文物》1992 年第 12 期。
③ 嘉祥县武氏祠文管所:《山东嘉祥宋山发现汉画像石》,《文物》1979 年第 9 期。
④ 巫鸿:《武梁祠:中国古代图像艺术的思想性》,柳杨、岑河译,生活·读书·新知三联书店 2006 年版,第 288 页。

壁画中发现了流行的孝子主题。魏晋时期统治者与世家大族继续宣扬孝道思想，并更进一步将其与天人感应的阴阳谶纬思想融合在一起，演化成"孝悌之至，通于神明，光于四海，无所不通"的流行观念，使"孝道"这种普通的日常观念上升为一种与天地融为一体的无所不能的理念。因此，孝子图也就被添上了一种神秘诡异的色彩，并常常出现在卷轴画、殿阁、祠堂、屏风、画像砖、日常用具以及墓室壁画中。魏晋绘画，特别是北魏绘画继承了这一题材，这一时期出现了大量的孝子画像，如郭巨埋儿、蔡顺伏棺、董永行孝等是其中较为常见的题材，他们感天动地的孝行正是其得以普遍流行的重要原因。其他魏晋出土文物中也多有孝子画像，如三国安徽马鞍山吴朱然墓漆盘画"榆母""伯瑜""孝妇""榆子""孝孙"等孝子画①，南朝河南邓县彩色画像砖"郭巨""金壹釜""妻子""老莱子彩衣娱亲"②，南朝湖北襄樊贾家充"郭巨埋儿"画像砖等③。当然，魏晋孝子画像不仅取材自前代流传的孝子故事，同样也是前代孝子画像的延续。

魏晋期间曾流传多部《孝子传》，它们大多与《孝经》、刘向所编《孝子传》有着密切关系。《魏书·孝感传》就承继了《晋书·孝友传》的体例，收录了北魏孝子孝行的故事，其他如王韶之、王歆、萧广济、宋躬、郑缉之、师觉授、逸名等多部《孝子传》均已失传，其内容也多散见于《初学记》《太平御览》《艺文类聚》等著作中，并无一部完整的《孝子传》流传下来，流传下来的只是散见于各处的孝子故事与各种孝子画像。北魏常见孝子画像有舜、董永、韩伯余、郭巨、原谷、丁兰、蔡顺、老莱子、闵子骞、伯奇、董晏、眉间赤、李充、董笃父等；此外，司马金龙漆画上还有鲁义姑姊和李善的节义画，孝子棺上有尉的故事画。多数孝子画像取自当时流行的各种《孝子

---

① 安徽省文物考古研究所：《马鞍山东吴朱然墓发掘简报》，《文物》1986年第3期。
② 河南省文化局文物工作队：《邓县彩色画像砖墓》，文物出版社1958年版，第17—19页。
③ 襄樊市文物管理处：《襄阳贾家冲画像砖墓》，《江汉考古》1986年第1期。

传》。为与古文献记载相吻合,画像一般按照《孝子传》中孝子的先后顺序展开,如舜与董永的画像往往在前,郭巨、原谷、蔡顺、王巨尉(琳)等故事随后,画像内容与情节也常常按照《孝子传》中的记载,特别选择具有代表性的情节或情境来代表人物个性及其孝行故事以免被误读,这充分说明图像来自语言文本的客观事实。至于每个具体画像,也许是基于先前存在的底本,这是由墓室壁画追求量大及具备特有的寓意所决定的,其他装饰性的插画,如山林流云、飞龙走兽、升天入仙等,则往往随墓主身份、孝子及绘画者个体的兴趣而发生变化。

图1-9　湖北襄樊贾家充"郭巨埋儿"画像砖

在出土的大量魏晋南北朝时期墓室画中,雕刻在石室、石棺与石棺床上或绘在屏风上的列女图与孝子图,知名的有河南洛阳的北魏元谧石棺画像与北魏宁懋石室画像、山西大同的北魏司马金龙屏风漆画、宁夏固原的北魏彩绘漆棺绘图等。

北魏元谧石棺于1930年在洛阳陡沟村出土,现藏美国明尼苏达州明尼阿波利斯美术馆。石棺左右两帮分别刻有孝子画:左帮为孝子伯奇母赫儿、孝子伯奇耶父、孝子董笃父赎身、老莱子年受百岁哭内、母欲煞舜焉得活、孝孙弃父深山,右帮为丁兰事木母、韩伯余母与丈和颜、孝子郭巨赐金一釜、孝子闵子骞、眉间赤妻、眉间赤与父报酬。此外还绘有群山流云、青龙白虎、朱雀畏兽、凤鸟仙人等。画旁均有榜题以说明所画故事及人物名称，如丁兰侍木母，上有"丁兰侍木母"文字说明。"孝子董笃父赎身"的内容是否为董永的故事虽然有争议，但其主题为孝确是定论。孝子石棺上所绘树木、云石，以及身份高贵的人物及其华丽的衣着和优雅的气质，与《孝子传》中所叙述的人物身份不尽吻合，这可能是因为墓葬的一个主要目的是为了表现墓主人及其后代对死后荣华富贵世界的向往与憧憬。

北魏宁懋石室于 1931 年在洛阳北邙山出土，现藏美国波士顿艺术博物馆。其孝子画像有"董永看父助时""董晏母供王奇母语时""丁兰事木母""舜从东家井中出去时"，其中董永、董晏、丁兰、舜的故事分别位于左右山墙外壁。据《中国美术全集绘画编 19 石刻线画》载，北魏孝昌线刻画《孝行图一 宁懋石室》，图画有房屋和各种树木作为装饰及故事背景，从图上的题字说明我们可以得知图画内容有董永卖身葬父的故事。图的上半部分有三棵大树，分为左右两部分：右边董永与父亲头扎双髻，双手握锄，一起在田间劳动；左边为一富人坐在车上，上有伞盖。下半部分为"董晏母供王寄母语时"，是馆陶公主近幸董偃的故事。北魏孝昌《孝行图二 宁懋石室》中，上为丁兰刻木事亲的故事，下为帝舜的故事。根据《史记·五帝本纪》记述，舜的父亲瞽叟、后母与后母所生的弟弟象屡次迫害舜，舜在掘井的时候，瞽叟与象就抬土填井以害舜，但舜从另一个井口逃出，出来后仍对父亲恭孝，对弟弟慈爱。该图画就描述了这个故事，画面被大树房屋分割成不同部分，以叙述不同的故事，显示出早期树木与山水所担当的叙事与构图功能。① 现藏美国堪萨斯纳尔逊 - 阿特金斯艺术博物馆的洛阳北魏孝子石棺左右两帮的孝子画像分别为：右帮"子舜""子郭巨"

① 中国美术全集编辑委员会编：《中国美术全集 绘画编 19 石刻线画》，上海人民美术出版社 1988 年版，第 8—9 页。

"孝孙原谷"与左帮"子董永""子蔡顺""尉",上有文字做标题说明。左帮"尉"字榜题的故事表现的是汉代孝子王琳,其字巨尉。1957 年河南邓县学庄村出土的南北朝模印加彩画像砖上也刻画有孝子画像,画像主题分别为"郭巨埋儿"与"老莱子娱亲",内容为郭巨埋儿得金及老莱子扮儿娱亲的故事,图正面刻有"郭巨""老莱子"做标题说明。

　　1984 年发现的湖北襄阳贾家冲南朝墓也有以孝子郭巨为题材的画像砖。① 1977 年洛阳出土现藏洛阳古代艺术馆的北魏孝子棺床头、围板及床后围板分别为"郭巨孝行""丁兰孝行""孝孙原谷"与"老莱子孝行""眉间尺孝行"。② 1981 年宁夏固原出土、现藏固原博物馆的北魏彩绘漆棺,不仅有墓主、侍从、菩萨、东王父、西王母、天河、日、月等常见墓室画像及各种吉祥花纹,而且棺的左右侧上段还绘有孝子故事并有榜题,中段为连珠龟背纹,故事自右向左发展,右侧前四幅为孝子舜故事连环画像,后面为孝子郭巨故事画三幅,左侧为蔡顺、尹伯奇故事,其他残缺难辨。各榜题分别为"东家失火蔡顺伏身官上""舜后母将火烧屋欲煞舜时""使舜□井灌德金钱一枚钱赐□石田时""舜德急□从东家井里出去""舜父朗萌去""舜后母负(蒿)□□市上卖""舜来卖(蒿)""舜母父欲德见舜""市上相见""舜父共舜语""孝子郭距供奉老母""以食不足敬□曹□母""相将□冢天踢皇今□□""□不德脱私不德与""尹吉符□□□□伯奇化作非鸟""上肩上""将假鸟□□□树上射入□""供养老母""死"。其人物形象为墨线勾描,技巧不高,应为鲜卑族工匠制作。③ 更引人注意的是,这里的孝子像,无论是舜还是蔡顺或郭巨,全都是鲜卑装扮,在所有孝子画像中实属少见,如不借助榜题,观者很难确认绘画的人物身份及其内容。

---

① 　崔新社、潘杰夫:《襄阳贾家冲画像砖墓》,《江汉考古》1986 年第 1 期。
② 　洛阳博物馆:《洛阳北魏画像石棺》,《考古》1980 年第 3 期。
③ 　固原县文物工作站:《宁夏固原北魏墓清理简报》,《文物》1984 年第 6 期。

这也充分反映了孝子画像作为一种忠孝观念的媒介价值,画像及其故事的目的在于其所宣讲的道德含义,画像中的人物相貌、衣着、环境等图像构成要件都是可以置换的,即使是同在中原地区流行的各孝子画像,其中人物从服饰与相貌来看虽均为汉族,但除依据相同底本的孝子画像以外,其他画像之间的相似度也是很低的。判断画像的根据在于画像所展示的故事内容及其故事中的标志性物件,如舜故事中的井、董永故事中的车、丁兰故事中的木母、原谷故事中的舆、郭巨故事中的黄金、伯奇故事中的笼子里的蛇、孙叔敖故事中的双头蛇等,而非画像人物的衣着与形貌。

图 1-10　纳尔逊-阿特金斯艺术博物馆藏孝子董永画像

图 1-11　河南邓县郭巨埋子掘金彩色画像砖

在魏晋南北朝墓室壁画及线刻画中,北魏司马金龙墓室屏风画具有特殊的地位,原因有三。第一,此屏风画是一幅文、图、书法完美结合的艺术作品,这在魏晋南北朝现存艺术品中是异常少见的。第二,它融合了列女、孝子、帝王将相、文学艺术、仁人义士等各种题材于一炉,题材的丰富性是其他作品,特别是单一题材的艺术作品所无法相比的,这和武梁祠具有相同的特性。第三,它是一幅漆画作品,漆画不仅具有帛画的艺术趣味,同时也具有雕刻的艺术风格,在漆上作画、书写,与直接在绢帛上绘画或在石头上刻画完全不同,其所产生的艺术效果也迥然有异。此画木板板面上为朱漆,在榜题与题记处再涂上黄色用墨书写,题记精美。人物线条为黑、面、手部为铅白,服饰器具为黄、红、白、青、绿、蓝,整幅画面以红、黄、黑为主,给人富贵华丽之感。

这组司马金龙墓室屏风漆画1965年在山西大同石家寨出土,其画像内容多为帝王忠臣、列女孝子、圣贤逸士的肖像。这些名臣像、列女图、孝子图、高士图无不是儒家道德观的图像化与视觉化,其故事多采自刘向《列女传》《孝子传》及历代史书故事,且每幅均有文字题记和榜题以说明故事内容与人物身份。其中有大量列女画像与孝子画像,如舜、鲁义姑姊、李善、李充的孝子画,周室三母、班姬辞辇、鲁师春母、素食赡宾、孙叔敖母、启母涂山、卫灵夫人、齐田稷母的列女图,其他还有以"如履薄冰"诗句及介子推、晋公子重耳等历史先贤故事为题材的图画。木板漆画有面积较大者5块,每块长约0.8米,宽约0.2米,分上下4层,每层高19—20厘米。

司马金龙墓室屏风画具体内容如下。第一层图画为舜孝顺父母的故事。右段画像为一男子与二女子相对站立,男子右手扶锹,似在讲话,二女子拱手站立,似在倾听;人物中间榜题为"禹帝舜""帝舜二妃娥皇女英",描述了舜帝与他的两位妃子娥皇与女英对话的情景。中段为一年老男子与一年轻男子在亭下相对,二人伏在井栏上,正抬石头状物体投入方形井口,榜题为"舜父瞽叟""与象傲填井",刻画了舜的父亲与弟弟在舜淘井时掩埋井口的情景。左段为一妇女站立仰望,画像不全,似为举火把状,榜题为"舜母烧廪",描绘了舜继母在舜修补谷仓时放火烧仓的情形。本层漆画中,右段的"有虞二妃"取材自刘向《列女传》,描绘了舜与两个妻子娥皇和女英的故事。《列女传》记载娥皇和女英虽为天子之女,但简朴谦恭,从不骄奢淫逸,并一心帮助舜摆脱父母与弟弟迫害,最后助其接受禅让的天子之位。舜持锹与二妃相向而立的画像描绘的是《列女传》中所记载的"二女承事舜于畎畝之中,不以天子之女故而骄盈意慢,犹谦谦恭俭,思尽妇道"的内容。中段则描述了舜的父亲瞽叟与弟象在舜淘井时塞上井口以害舜的故事,《列女传》记载为:"象复与父母谋,使舜浚井。舜乃告二女,二女曰:'俞往哉。'舜往浚井。格其出入从掩。"左段虽已模糊,但从标题"舜后母烧廪"中可看出,描绘的是《列女传》中"瞽叟与象谋杀舜,使涂廪",在舜涂刷仓廪的时候撤掉梯子,纵火焚廪以害舜的情景。[1] 右段画面是用图像来描述语言故事中所叙述的情景,其中也包括了对人物的评价及尊崇的情感——这些在图像中不如在语言中更容易被表述;而另两段图画则是用图像来表述富有曲折性的故事,图像只要抓住有代表性的情节、情景、物件如盖井口、烧仓廪等,就能暗示整个故事的发展,当然,如能把语言与图像结合在一起,则更能使故事叙述清晰明了,使情景刻画生动自然。

第二层为三妇女拱手站立的画像,人物均宽衣博带,榜题为"周太姜""周太任""周太姒",刻画的是周室三母的形象,即周文王之祖母周太王妃太姜、周文王之母太任、周武王之母太姒;左侧有题记四行,题记内容与《列女传·母仪传》中"周室三母"的故事基本一致。

---

① 　王照圆:《列女传补注》,虞思征点校,华东师范大学出版社2012年版,第1页。

第三层中间立一妇女,右侧一妇女坐方榻上,伸出右手,似在讲话,榜题为"春姜女""鲁师春姜",刻画了鲁师春姜教育女儿奉守为人妇之道的情景;左侧题记六行。

第四层中间四人抬一舆,舆上有伞盖与布蓬,中一带冕旒帝王独坐,身体往后扭转,向后方张望,后跟随一妇人,帝王右手扶舆轼,左手伸出,似在召唤后面的女性一同乘坐。榜题"汉成帝""汉成帝班倢伃",讲述了汉成帝制造大舆与班婕妤同坐,但被通晓大义的班婕妤拒绝的故事;左侧有题记四行。其他画像还有:(1)一男子高冠拱手坐方榻之上,上有一侍者举起的曲柄华盖,一男子跪拜,一妇女侍立,榜题为"孝子李充奉亲时""李充妻",右侧题记两行。(2)一高冠男子坐席上进食,前列食具,榜题为"素食瞻(赡)宾"。(3)左边一男子行走于冰河上,中间有用曲线表现的涡旋流水,右边是站在山崖临渊而视的男子,榜题为"如履薄冰",来自《诗经·小雅·小旻》中的诗句"战战兢兢,如临深渊,如履薄冰",告诫世人要像面临深渊或脚踏薄冰一样,小心翼翼地对人处事,《历代名画记》中记载戴逵也有同名画作。(4)一男子和一妇女相对而立的画像榜题为"启""启母",描述了夏禹的妻子涂山氏,也就是"启"的母亲变石的故事。(5)一人坐于一辆有蓬双轮车中的画像榜题为"鲁母师"。(6)一男子拱手站立,榜题为"孙叔敖",左侧题记五行。(7)一妇人坐围屏风之方榻上,一女子捧物站立其前,四侍女在后的画像榜题为"和帝□后"。(8)孙叔敖挥刀斩双头蛇并向其母跪言的画像榜题为"孙叔敖""孙叔敖□母"。(9)一头戴王冠男子坐在有三面围屏的方榻上,右侧一妇女跪坐,手捧食器,向男子献酒,榜题为"卫灵公""灵公夫人",描述了《列女传》中"夫人酌殇,再拜贺公"的场面。[1] (10)一男子高冠博带作长跪的画像,榜题为

---

① 王照圆:《列女传补注》,虞思征点校,华东师范大学出版社 2012 年版,第 109 页。

"□元",右侧题记四行。(11)一人高冠坐席上、一男子拱手立对面的画像,榜题为"齐宣王""匡青"。(12)一高冠男子坐方榻上,后面三人拱手侍立,榜题为"晋公子重耳",题记不清。(13)一妇女拱手站立,榜题为"蔡人妻",左侧题记五行。(14)一站立妇女,榜题为"□□(黎庄)公夫人",左侧题记五行。(15)一幅残缺三人对话图,榜题"□(张)孟谈""高赫",左侧题记五行。(16)一人高冠拱手坐席上,一人拱手立对面,榜题为"鱼""鱼之子",左侧题记五行。此外还有(17)一帝王头戴冕旒、穿十二章服、手持麈尾、后有二侍者的画像,及(18)"李善养□兄姊"、(19)"□人死长人赐善姓为李郡表上诏拜河内太守"、(20)"鲁义姑姊"等画像。① 从这些题记画像来看,其题材有些与顾恺之《烈女仁智图》《女史箴图》类似,取自《列女传》;有些取自《孝子传》;有些则取自历史故事或《诗经》诗句,画像多是帝王将相、高人逸士、孝子列女,如孙叔敖的故事反复出现,故事内容则是忠孝仁义,画像绘在屏风之上也是取《礼记》"天子当宸而立"的含义。

漆画在构图上以黄线分格,人物采用丝线勾描、色彩渲染的方法,构思精美,线描准确,色彩富丽,文图搭配,每图都有文字题记,竖行正书,在说明故事内容及人物身份的同时,充分显示绘画所具有的成教化、助风俗、示警戒、助标榜的意义。其书法风格劲挺挺拔,宽博舒展,意兼楷隶,板上有朱漆,题记榜题再涂黄色,字黑色,呈现出强烈的视觉效果,是一幅完美的文图结合的艺术品。②

至于司马金龙墓室漆画中"鲁义姑姊"及"李善"的故事画,则更属于

① 山西省大同市博物馆、山西省文物工作委员会:《山西大同石家寨北魏司马金龙墓》,《文物》1972年第3期。
② 中国古代书画鉴定组编:《中国美术分类全集 中国法书全集2 魏晋南北朝》,文物出版社2009年版,第296—297页。

"义"的范畴,女性能像男性那样按照"义"的原则行事,那就更富有传奇色彩了。从另一个角度讲,鲁义姑姊在关键时刻保护哥哥的孩子,也就是为了维护娘家的血统,同样也是一种孝的体现。鲁义姑姊的故事在刘向《列女传》中是这样记载的:

> 鲁义姑姊者,鲁野之妇人也。齐攻鲁至郊,望见一妇人抱一儿携一儿而行,军且及之,弃其所抱,抱其所携而走于山,儿随而啼,妇人遂行不顾,齐将问儿曰:"走者尔母耶?"曰:"是也。""母所抱者谁也?"曰:"不知也。"齐将乃追之,军士引弓将射之,曰:"止不止,吾将射尔。"妇人乃还,齐将问所抱者谁也,所弃者谁也。对曰:"所抱者妾兄之子也,所弃者妾之子也,见军之至,力不能两护,故弃妾之子。"齐将曰:"子之于母,其亲爱也,痛甚于心,今释之而反抱兄之子,何也?"妇人曰:"已之子,私爱也,兄之子,公义也,夫背公义而向私爱,亡兄子而存妾子,幸而得幸,则鲁君不吾畜,大夫不吾养,庶民国人不吾与也,夫如是则胁肩无所容,而累足无所履也。子虽痛乎,独谓义何,故忍弃子而行义,不能无义而视鲁国。"于是齐将按兵而止,使人言于齐君曰:"鲁未可伐也,乃至于境,山泽之妇人耳犹知持节行义,不以私害公,而况于朝臣士大夫乎?请还。"齐君许之。鲁君闻之,赐妇人束帛百端,号曰义姑姊,公正诚信,果于行义,夫义其大哉,虽在匹妇,国犹赖之,况以礼义治国乎!《诗》云:"有觉德行,四国顺之。"此之谓也。颂曰:"齐君攻鲁,义姑有节,见军走山,弃子抱侄,齐将问之,贤其推理,号妇为义,齐兵遂止。"①

---

① 王照圆:《列女传补注》,虞思征点校,华东师范大学出版社2012年版,第198—199页。

鲁义姑姊的绘画在武氏祠已经出现,北魏司马金龙墓室漆画则刻画了一位为逃避齐兵而抱子携侄逃跑的妇女形象,故事表现形式较为简略。

至于李善的故事,《后汉书》是这样记载的:

> 李善,字次孙,南阳淯阳人,本同县李元苍头也。建武中疫疾,元家相继死没,唯孤儿续始生数旬,而资财千万,诸奴婢私共计议,欲谋杀续,分其财产。善深伤李氏而力不能制,乃潜负续逃去,隐山阳瑕丘界中,亲自哺养,乳为生口,推燥居湿,备尝艰勤。续虽在孩抱,奉之不异长君,有事辄长跪请白,然后行之。闾里感其行,皆相率修义。续年十岁,善与归本县,修理旧业。告奴婢于长吏,悉手杀之。时钟离意为瑕丘令,上书荐善行状。光武诏拜善及续并为太子舍人。善,显宗时辟公府,以能理剧,再迁日南太守。从京师之官,道经淯阳,过李元冢。未至一里,乃脱朝服,持锄去草。及拜墓,哭泣甚悲,身自炊爨,执鼎俎以修祭祀。垂泣曰:"君夫人,善在此。"尽哀,数日乃去。到官,以爱惠为政,怀来异俗。迁九江太守,未至,道病卒。①

从这种记述来看,李善的故事是一个并非出于血缘关系而仅出于道义而行事的义士的故事。李善的行为是义的行为,更是忠的行为。东汉武梁祠已有李善画像,北魏司马金龙墓漆画也有李善画像,画面为一侍女手执伞盖,下有一女子坐于矮榻之上,前有榜题为"□人死长人赐善姓为李郡表上诏拜河内太守",前坐一男子,身前书"李善养□兄妹",构图简略。

在孝子的故事中,舜与瞽叟及象的故事、董永侍亲的故事、郭巨埋儿得金的故事、丁兰侍木母的故事、蔡顺伏棺的故事,由于富有传奇色彩与

---

① 范晔:《后汉书》九,中华书局1965年版,第2679页。

戏剧性,因此更受绘画者青睐;再加上他们的图像中有更加容易表现的标志性元素,如舜故事中的井与仓廪、董永故事中的鹿车、郭巨故事中的金子、丁兰故事中的木母、蔡顺故事中的大火及伏棺情景,平添令人惊奇的魅力,同时也使孝的故事更具有感天动地的传奇色彩。

　　在这些孝行故事中,舜的故事应该是最为著名的,这首先是因为舜是儒家最为推崇的帝王之一,他的行为的示范意义也是其他孝子所无法比拟的。《尚书·尧典》就记载了舜行孝的故事:"瞽子,父顽,母嚚,象傲,克谐,以孝烝烝,乂不格奸。""厘降二女与妫汭,嫔于虞。"①司马迁《史记·五帝本纪》中据此记载了舜的孝行:

　　　　舜,冀州之人也。舜耕历山,渔雷泽,陶河滨,作什器于寿丘,就时于负夏。舜父瞽叟顽,母嚚,弟象傲,皆欲杀舜。舜顺适不失子道,兄弟孝慈。欲杀,不可得;即求,尝在侧。舜年二十以孝闻。……为筑仓廪,予牛羊。瞽叟尚复欲杀之,使舜上涂廪,瞽叟从下纵火焚廪。舜乃以两笠自扞而下,去,得不死。后瞽叟又使舜穿井,舜穿井为匿空旁出。舜既入深,瞽叟与象共下土实井,舜从匿空出,去。瞽叟、象喜,以舜为已死。象曰:"本谋者象。"象与其父母分,于是曰:"舜妻尧二女,与琴,象取之。牛羊仓廪予父母。"象乃止舜宫居,鼓其琴。舜往见之。象愕不怿,曰:"我思舜正郁陶!"舜曰:"然,尔其庶矣!"舜复事瞽叟爱弟弥谨。②

北魏司马金龙墓漆画、宁懋石室、元谧石棺、孝子棺、固原漆棺均有舜的图像。其中司马金龙墓漆画的舜孝子图与《史记》较为吻合,如前所述,描绘

① 李民、王健:《尚书译注》,上海古籍出版社 2004 年版,第 9 页。
② 司马迁:《史记》一,中华书局 2011 年版,第 30—31 页。

了"填井"及"舜与二妃"两个情景。固原漆棺情节较为丰富,其他都较为简单。宁懋石室主要描述了舜从井中探身而出的情形。元谧石棺的舜画像最无故事性,它仅仅描绘了一个跪在毯子上向正襟危坐的后母作揖的舜,仅从标题"母欲煞舜焉得活"可判断这是关于舜的故事。关于舜的画像中,"焚廪"和"填井"两个情景最为常见,主要是因为这两个情景最富有故事性及观赏性,然而由于画像往往只有一至两张,所以只能用少数"最富有包容性的瞬间"来表现整个故事的发展,甚至暗示整个故事的过程。然而要了解图像所隐含的故事,仅仅依靠图像还是不行的,图像必须依靠标题来点明故事,甚至依靠题记来了解图像故事的具体内容。当然,图像中的关键要素必须与故事中的构成要素如人物特征、故事发生的场景、标志性的道具等相吻合。例如舜的画像中必须有典型的人物如挖井的舜、填井的瞽瞍和象、焚廪的瞽瞍,有具体的场景如山林、井或仓廪和有挖井的工具等来构成图像的几大要素,同时也要依靠故事本身的完整性来弥补图像的不足。

董永行孝的故事在民间流传较广,其与织女相逢的传说更使董永行孝的故事染上了天人感应的色彩,从而具有更强的影响力及感染力。董永的故事在刘向《孝子传》中有记载。《太平御览》卷四一一《人事部五十二》"孝感"讲述了董永与仙女的故事:"前汉董永,千乘人。少失母,独养父,父亡无以葬,乃从人贷钱一万,永谓钱主曰:'后若无钱还君,当以身作奴。'主甚悯之。永得钱葬父毕,将往为奴,于路忽逢一妇人,求为永妻。永曰:'今贫若是,身复为奴,何敢屈夫人为妻。'妇人曰:'愿为君妇,不耻贫贱。'永遂将妇人至。钱主曰:'本言一人,今何有二?'永曰:'言一得二,理何乖乎!'主问永妻曰:'何能?'妻曰:'能织耳。'主曰:'为我织千匹绢,即放尔夫妻。'于是索丝,十日之内千匹绢足。主惊,遂放夫妇二人而去。行至本相逢之处,乃谓永曰:'我是天之织女,感君至孝,天使我偿之。

今君事了,不得多停。'语讫,云雾四垂,忽飞而去。"①

　　董永孝父的画像在汉武梁祠中已出现,其内容往往表现以车载父、耕地田野的情景。宁懋石室上的董永画像就表现了此内容,即父亲拄杖坐在双轮车上,董永在车旁伺候,以及二人在田间劳动的情景,标题为"董永看父助时",出自敦煌本《孝子传》中关于董永"至于农月,永以鹿车推父至于畔上,供养如故"的记载。② 纳尔逊-阿特金斯艺术博物馆藏孝子石棺上的董永画像,不仅表现了董永照看父亲的情景,而且表现了董永遇见从天飘然而至的仙女的情景,两个画面以树木分开,右边董永手持锄头站立与仙女相对,左侧持锄头的董永正回望坐在三轮车中的父亲。

　　原谷与董永一样纯孝,只是董永表现得更为纯朴,而原谷则更富有哲学智慧。所谓"以其人之道,还治其人之身",以此原则使那些没有忠孝思想的人同样也得不到他人的忠孝,而每个人都有老的时候,都需要他人的孝行来保证自己老年的安稳。原谷的故事在东汉就已流传,武梁祠已有画像。《太平御览》卷五一九《宗亲部九》"孙"引佚名《孝子传》讲其劝诫父亲对祖父孝顺的故事为:"原谷者,不知何许人。祖年老,父母厌患之,意欲弃之。谷年十五,涕泣苦谏,父母不从,乃作舆舁弃之,谷乃随,收舆归。父谓之曰:'尔焉用此凶具?'谷云:'后父老不能更作得,是以取之耳。'父感悟愧惧,乃载祖归侍养,克己自责,更成纯孝,谷为纯孙。"③北魏元谧石棺、孝子棺、洛阳古代艺术馆藏石棺床上等均绘有原谷谏父的故事。其中孝子棺上所绘图像和文字叙述的故事较为契合,表现了抬祖父进山丢弃与抬舆还家以备父用的情节。元谧石棺画两人对坐,上有榜题为"孝孙弃父深山",以表明此画表现的是原谷的故事。洛阳古代艺术馆

① 李昉:《太平御览》二,中华书局 1960 年版,第 1899 页。
② 王重民等:《敦煌变文集》下,人民文学出版社 1957 年版,第 904 页。
③ 李昉:《太平御览》三,中华书局 1960 年版,第 2360 页。

藏石棺床画像则画作两人对坐,较为简略。

老莱子孝行的逻辑与原谷的类似,都是讨论"养"的问题,只不过老莱子更进一步。《论语·为政》中子游问孝时,孔子讲"今之孝者是谓能养,至于犬马皆能有养,不敬,何以别乎?"原谷孝行的主题还是"养",而老莱子的则是"敬",更让人称奇的是,老莱子为了让母亲高兴,竟能自己装扮自己,假装重新回到儿童时代,以取悦母亲。《太平御览》卷四一三《人事部五四》"孝"中记载老莱子的故事为:"老莱子者,楚人。行年七十,父母俱存,至孝蒸蒸。常着班兰之衣,为亲取饮。上堂脚跌,恐伤父母之心,因僵仆为婴儿啼。孔子曰:'父母老,常言不称老,为其伤老也。'若老莱子,可谓不失孺子之心矣。"①汉武梁祠已有老莱子画像。元谧石棺、洛阳古代艺术馆藏石棺床、邓县画像砖等上面均有老莱子画像。其中元谧石棺老莱子画像刻画了老莱子正在为坐在帐内的父母舞蹈娱乐的场面,榜题为"老莱子年受百岁哭内"。邓县彩色画像砖与此类似。洛阳古代艺术馆藏石棺床老莱子画像则描述了老莱子侍奉坐于榻上的父母的情景。

《太平御览》卷四一一《人事部五二》"孝感"引刘向《孝子传》记载郭巨埋儿的故事为:"郭巨,河内温人。甚富,父没,分财二千万为两,分与两弟,己独取母供养寄住。邻有凶宅,无人居者,共推与之居无祸患,妻产男,虑养之则妨供养,乃令妻抱儿,欲掘地埋之,于土中得金一釜,上有铁券云:'赐孝子郭巨。'巨还宅主,宅主不敢受,遂以闻官,官依券题还巨,遂得兼养儿。"②郭巨的故事在东汉就已流传,河南登封太室山南麓启母阙就刻有"郭巨埋儿"画像。

北魏固原漆棺、元谧石棺、孝子棺、洛阳古石棺床上均有孝子郭巨的故事画像。其中固原漆棺画像以连续三幅图像叙述了郭巨得金的故事:

---

① 李昉:《太平御览》二,中华书局 1960 年版,第 1907 页。
② 李昉:《太平御览》二,中华书局 1960 年版,第 1898 页。

第一幅内容为郭巨夫妇坐在屋内榻上，上有榜题"孝子郭距(巨)供养老母"；第二幅为郭巨站立，妻子抚摸着肚子，似在暗示孩子即将出生，榜题为"以食不足敬□曹母"及"相将□土冢天赐皇今(黄金)一父(釜)"；第三幅为郭巨用铲掘出黄金一釜，榜题为"□衣德脱私不德与"。人物着鲜卑服装，但故事核心没变。① 元谧石棺郭巨画像中，郭巨跪坐榻前，另有两位坐着的老人、一个坐着的小孩、一坛黄金，榜题"孝子郭巨赐金一釜"，仅仅把郭巨掘金的各个要素放置在一起以暗示整个故事情节的发展。河南邓县画像砖则把榜题与具体的画像结合地更为紧密，还描述了进山埋儿的情节，妻子抱儿站在右侧，上书"妻子"，郭巨执铲掘地，上书"郭巨"，中间一坛黄金，上书"金一釜"，人物以树木相隔，可谓简明扼要。

　　丁兰侍木母则是汉魏孝子故事中另一个著名的绘画题材，经常出现在孝子画像中，武梁祠也有其画像。丁兰侍木母的故事，《太平御览》卷四一三《人事部五五》"孝下"记载为："丁兰者，河内人也，少丧考妣，不及供养，乃刻木为人，仿佛亲形，事之若生，朝夕定省。后邻人张叔妻从兰妻借看，兰妻跪投木人，木人不悦，不以借之。叔醉疾来，酣骂木人，杖敲其头，兰还，见木人色不怿(悦)，乃问其妻，具以告之，即奋剑杀张叔，吏捕兰，兰辞木人去，木人见兰，为之垂泪，郡县嘉其至孝通于神明，图其形像于云台也。"② 宁懋石室、元谧石棺、洛阳古代艺术馆藏石棺床均有丁兰画像。其中宁懋石室榜题为"丁兰事木母"，刻画木母依树而坐，前面丁兰夫妇二人正站立着手持食盘，服侍木母。元谧石棺画像为丁兰跪着侍奉坐在榻上的母亲。洛阳古代艺术馆藏石棺床的丁兰画像则刻画了二人对坐于榻上。

　　蔡顺的故事则更为复杂，也更富有天人感应的传奇神话色彩，所以蔡

---

① 宁夏固原博物馆编：《固原北魏墓漆棺画》，宁夏人民出版社 1988 年版，第 12 页。
② 李昉：《太平御览》二，中华书局 1960 年版，第 1909 页。

顺画像多见于北魏画像中。蔡顺的孝行主要为"噬指悟母""伏棺得免""闻雷泣墓"三件事迹。《后汉书》中记载蔡顺的故事为:"蔡顺,字君仲,亦以至孝称。顺少孤,养母。尝出求薪,有客卒至,母望顺不还,乃噬其指,顺即心动,弃薪驰归,跪问其故。母曰:'有急客来,吾噬指以悟汝耳。'母年九十,以寿终。未及得葬,里中灾,火将逼其舍,顺抱伏棺柩,号哭叫天,火遂越烧它室,顺独得免。太守韩崇召为东阁祭酒。母平生畏雷,自亡后,每有雷震,顺辄围冢泣,曰:'顺在此。'崇闻之,每雷辄为差车马到墓所。后太守鲍众举孝廉,顺不能远离坟墓,遂不就。年八十,终于家。"[1]固原漆棺、孝子棺上都刻有蔡顺画像及榜题。二者都描述了蔡顺于火中救棺、火烧临室的情形,其中,固原漆棺有榜为"东家失火蔡顺伏身官上"等,孝子棺则题为"子蔡顺",描写了山石树木间蔡顺于大火中俯身棺上的情景,还有邻家在拿水救火的情景。还有一些画像表现了蔡顺"闻雷泣墓"的故事。

闵子骞、伯奇、董晏、李充、眉间尺等孝子故事,跟上述几个故事相比则较少被记载,画像也较少出现,影响力远不如以上几个故事。

其中闵子骞的故事流传较早。《论语·先进》中就讲到孔子对闵子骞的称赞:"孝哉闵子骞!人不间于其父母昆弟之言。"孔子都称赞闵子骞孝顺,认为没有人不同意他的父母兄弟称赞他的话。敦煌本《孝子传》记载闵子骞的孝子故事:

> 闵子骞,名损,鲁人也。父取后妻,生二子,骞供养父母,孝敬无怠。后母嫉之,所生亲子,衣加绵絮,子骞与芦花絮衣。其父不知,冬月,遣子御车,骞不堪甚,骞手冻,数失辔靷,父乃责之,骞终不自理。

---

[1] 范晔:《后汉书》五,中华书局1965年版,第1312页。

父密察之，知骞有寒色，父以手抚之，见衣甚薄，毁而观之，始知非絮。后妻二子，纯衣以绵。父乃悲叹，遂遗其妻。子骞雨泪前白父曰："母在一子寒，母去三子单，愿大人思之。"父惭而止，后母改过，遂以三子均平，衣食如一，得成慈母。孝子闻于天下。鲁哀公召骞为费邑宰，名列孔子之从，周敬王时。①

闵子骞的孝行在武梁祠中已有图像表现，并有榜题，刻画了闵子骞冬日驾车失棰的情景，图像与文字记述吻合。北魏元谧石棺刻画像则较为简略，刻画了一男子跪拜在一坐榻女子前的情景，仅是一普通孝子图，图像构成已和闵子骞的传说故事相关不大。

伯奇的文字故事流传较少，唯曹植《令禽恶鸟论》中记述最详：

> 昔尹吉甫用后妻之谮，而杀孝子伯奇；其弟伯封求而不得，作《黍离》之诗。俗传云，吉甫后悟，追伤伯奇。出游于田，见异鸟鸣于桑，其声嘤然。吉甫动心曰："无乃伯奇乎？"鸟乃抚翼，其音尤切。吉甫曰："果吾子也。"乃顾谓曰："伯奇，劳乎！是吾子，栖吾舆；非吾子，飞勿居。"言未卒，鸟寻声而栖于盖。归入门，集于井干之上，向室而号。吉甫命后妻载弩射之，遂射杀后妻以谢之。②

固原漆棺多幅伯奇画像均有残缺，描绘了尹吉甫骑马肩上立一鸟、水池中有一鸟、尹吉甫射杀后妻等情景。据日本传船桥本《孝子传》记载："伯奇者，周丞相尹吉甫之子也。为人孝慈，未尝有恶。于时后母生一男，始而憎伯奇。或取蛇入瓶，令赍伯奇遣小儿所。小儿见之，畏怖泣叫。后母语

---

① 王重民等：《敦煌变文集》下，人民文学出版社 1957 年版，第 904 页。
② 曹植：《曹植集校注》，赵幼文校注，人民文学出版社 1998 年版，第 305 页。

父曰:'伯奇常欲杀吾子,若君不知乎,往见畏物。父见瓶中,果而有蛇。'"①元谧石棺伯奇画像内容为一大一小两儿童,应为伯奇与圭,中间一瓮口有蛇探出头来,上有榜题"孝子伯奇母杀儿",与此故事讲述的情景基本吻合。另一幅则展现伯奇拱手站立在父亲旁边,似在回答父亲询问的情景,上有榜题"孝子伯奇耶父"。洛阳古代艺术馆藏石棺画像与其他画像结构基本相同,并无榜题,席上有男女二人,前方有一蛇盘旋上升,应取自伯奇故事。

董晏孝母的故事与其他孝子故事相比,虽更生活化,然无特异之处,在画像中也较少呈现。对于董晏的故事,敦煌本《孝子传》记载为:

> 董晏,字孝理,会越州勾章人也。少失其父,独养老母恭甚敬,每得甘果美味,驰走献母,母常肥悦。比邻有王寄者,其家剧富。寄为人不孝,每于外行恶,母常忧怀,形容羸瘦。寄母谓晏母曰:"夫人家贫年高,有何供养,恒常肥悦如是?"母曰:"我子孝顺,是故示也。"晏母后语寄母曰:"夫人家富,美膳丰饶,何以羸瘦?"寄母答曰:"故瘦尔。"寄后闻之,乃煞三牲,致于母前,拔刀胁抑令吃之。专伺候董晏出外,直入晏家,令他母下母床,苦辱而去。晏寻知之,即欲报怨,恐母忧愁,嘿然含爱。及母寿终,葬送已讫,乃斩其头持祭于母。自缚诣官。会赦得免。②

可能由于董晏的故事既无典型的可以入画的情景,又有报复杀人的凶险情节,所以和其他孝子故事相比,较少受到画像者的关注。仅宁懋石室有

---

① 赵超:《关于伯奇的古代孝子图画》,《考古与文物》2004年第3期。
② 王重民等:《敦煌变文集》下,人民文学出版社1957年版,第904—905页。

董晏故事画像，内容是董晏、王寄两位的母亲在交谈的情景，榜题为"董晏母供王寄母语时"，图像内容和故事记载相关。

李充的故事也无甚特异之处，在画像中也较少出现。李充的故事见载于《后汉书·独行列传》：

> 李充，字大逊，陈留人也。家贫，兄弟六人同食递衣。妻窃谓充曰："今贫居如此，难以久安，妾有私财，愿思分异。"充伪酬之曰："如欲别居，当酝酒具会，请呼乡里内外，共议其事。"妇从充置酒宴客。充于坐中前跪白母曰："此妇无状，而教充离间母兄，罪合遣斥。"便呵斥其妇，逐令出门，妇衔涕而去。坐中惊肃，因遂罢散。充后遭母丧，行服墓次，人有盗其墓树者，充手自杀之。服阕，立精舍讲授。[1]

李充故事如同董晏故事，并无令人惊异的场面与情节，较少受到画像者的青睐。其仅见于北魏司马金龙漆围屏画中，画作中李充母坐于围帐中矮榻上，李充跪拜在她前面，左边站立着一位标为"李充妻"的女子，画榜题为"孝子李充奉亲时"，描绘的就是李充向母亲回报要休妻的情景，与故事讲述的内容基本一致。

眉间尺的故事则相对流传较广，但一般读者多关注此故事中"干将、莫邪、雌雄之剑"的传奇成分，而较少关注其忠孝的寓意。当然，"客"的智慧与侠肝义胆也常常使读者心潮澎湃，但这些都弱化了孝的元素，所以，孝子图像中对其较少呈现。眉间尺的故事在《搜神记》中有详细记载，名为《三王墓》：

---

[1] 范晔：《后汉书》九，中华书局1965年版，第2684页。

　　楚干将、莫邪为楚王作剑，三年乃成，王怒，欲杀之。剑有雌雄。其妻重身当产，夫语妻曰："吾为王作剑，三年乃成。王怒，往必杀我。汝若生子是男，大，告之曰：'出户，望南山，松生石上，剑在其背。'"于是即将雌剑往见楚王。王大怒，使相之："剑有二，一雄一雌。雌来，雄不来。'"王怒，即杀之。莫邪子名赤比，后壮，乃问其母曰："吾父所在？"母曰："汝父为楚王作剑，三年乃成。王怒，杀之。去时嘱我：'语汝子：出户，望南山，松生石上，剑在其背。'"于是子出户，南望，不见有山，但睹堂前松柱下石砥之上，即以斧破其背，得剑。日夜思欲报楚王。王梦见一儿，眉间广尺，言欲报仇。王即购之千金。儿闻之，亡去。入山，行歌。客有逢者，谓："子年少，何哭之甚悲耶？"曰："吾干将、莫邪子也。楚王杀吾父，吾欲报之。"客曰："闻王购子头千金，将子头与剑来，为子报之。"儿曰："幸甚！"即自刎，两手捧头及剑奉之，立僵。客曰："不负子也。"于是尸乃仆。客持头往见楚王，王大喜。客曰："此乃勇士头也。当于汤镬煮之。"王如其言。煮头三日三夕，不烂。头踔出汤中，瞋目大怒。客曰："此儿头不烂，愿王自往临视之，是必烂也。"王即临之。客以剑拟王，王头随堕汤中。客亦自拟己头，头复堕汤中。三首俱烂，不可识别。乃分其汤肉葬之，故通名"三王墓"，今在汝南北宜春县界。①

《搜神记》把眉间尺的故事进行了艺术化的加工，使其更具有传奇性和神话色彩。元谧石棺眉间尺画像内容为丛林山峦中两人跪坐，一人为眉间尺妻，榜题为"眉间赤妻"，另一人为眉间尺，其跪坐于坟边，榜题为"眉间赤与父报酬"。此画中并没有出现《三王墓》中杀戮惨烈的场面，也许是

---

① 干宝：《搜神记》，马银琴译注，中华书局 2012 年版，第 240—241 页。

因为画像者认为这与墓葬追求吉祥完美的氛围不合故而省略。洛阳古代艺术馆藏石棺床眉间尺画像则更为含混,仅刻画了山林间两个一坐一立的人物图像而已。

孝子画像中,董笃父的故事有争议,各种《孝子传》对其并无记录,有人认为是董永故事的误传或改写。其画像仅在元谧石棺画像中出现,内容为一人坐于榻上,一人坐于地上持递东西,似为董笃父,榜题"孝子董笃父赎身"。图像构成与其他孝子图相比,并无特殊特征,仅是一般孝子侍奉父母的情形的再现。由于无董笃父孝子相关记载,又无其他相关故事可供互相比对,图像也无显著特点以供参照,所以也就找不到有力的证据来判断其故事来源。

至于韩伯俞孝母的故事,在《太平御览》卷四一三《人事部五四》"孝"中记载为:"伯俞有过,其母笞之,泣,其母曰:'他日笞子未尝见泣,今泣何也?'对曰:'他日俞得罪,笞常痛,今母之力衰,不能使痛,是以泣也。"[1]武梁祠与朱然墓漆盘画都描述过此故事,北魏元谧石棺上刻有伯俞画像,并题为"韩伯余母与丈和颜",但没有表现刘向所叙述的这一著名故事情节。

北魏孝子棺绘有"尉"的孝子故事,一般认为这是关于王琳的故事。《后汉书》记载王琳的故事为:"时汝南有王琳巨尉者,年十余岁丧父母。因遭大乱,百胜奔逃,唯琳兄弟独守冢庐,号泣不绝。弟季,出遇赤眉,将为所哺,琳自缚,请先季死。贼矜而放遣,由是显名乡邑。后辟司徒府,荐士而退。"[2]北魏孝子棺画像中有关于王琳的故事,但榜题仅为一"尉"字。从绘画内容来看,左边一人被缚跪在地上、一人自缚站在人前似在求情,这是描述王琳自缚救弟弟的情景,右边则是表现王琳兄弟被赤眉军放回家的情景,画面内容与故事叙述算是基本吻合。

---

① 李昉:《太平御览》二,中华书局1960年版,第1907页。
② 范晔:《后汉书》五,中华书局1965年版,第1300页。

由以上分析可见,无论是列女画还是孝子画,它们在当时石刻、线画、画像砖中都占据重要地位,都是中国传统忠孝文化观念的直接反映,特别是流行的孝子观念的反映。魏晋孝子故事画基本都刻画了各孝子故事中的核心情节,如舜掘井逃跑、董永推车养父、郭巨得金、元谷拾辇、蔡顺火中伏棺、闵子骞驾车失棰、伯奇瓮中之蛇等,这些核心情节及情景正是各孝子故事的根本标志。当然画像的根本目的还是为弘扬两汉以来的忠孝思想,并以绘画的形式表现出来。孝子画一般为一至两副,很难表述整个故事情节,所以只能通过表现有标志性的故事节点来显示整个故事的发展过程。有些画像则由于只有一些常见的孝子动作或姿态,无显著标志,故仅能以榜题来判明其故事内容,这也许是画像者为省略工序或画像者艺术水准较低所致。不过虽然省略了故事的基本情节,但其孝行的象征教育意义并没有因此而削弱。至于各个具体画像的艺术水准、画像人物的设定、场景的刻画、氛围的烘托等,则依据墓主人的身份与刻画者的艺术水准而定,较少有固定的程式,一般都是依据故事画所描述的有代表性的情景及其榜题来判定画像所表现的人物及其故事内容。

总之,魏晋南北朝图像艺术对前代重要文学主题、人物、故事情节等的呈现,是文与图跨越不同历史时空的对话,不仅继承了前代文学的成就与思想,也反映了前代艺术的基本观念。这种跨越不同历史时空的解读,与同时代艺术家之间的互相阐发不同,它们往往使文图之间的对话超越了时空的局限与艺术家境遇的差异而更加丰富多彩。不同的人生感悟、不同的艺术视角、不同的价值取向都充分展示在一个崭新的图像文本中,同时也丰富了前代伟大文学作品恒久的艺术生命力,它不仅是对原初作者意图的承继,同时也是对传统文学母题的超越与增长。汉代文学艺术的动感与汉代政治统治的稳定形成了对比,而魏晋政治的动荡与魏晋艺术家所追求的精神上的宁静也形成了反差。无论在汉代的文学还是汉画像砖中,都很难见到阮籍式的沉思与内心独白,更难见到陶渊明式的悠然恬淡与闲适轻吟。当然,阮籍和嵇康的对比,陶渊明诗歌与《木兰辞》的对比,都是魏晋时代不同艺术的表现,魏晋艺术的恬淡乃是时代走向没落的根本标志,因为艺术已经不能反映广阔动荡的现实,而仅仅成为躲避时代的少数人的精神角落。

二 魏晋南北朝的文学与绘画、石刻造像

1 魏晋南北朝的文学与绘画

魏晋南北朝时期文学与绘画产生了广泛而深刻的联系,主要表现为:第一,这一时期的绘画直接取材自同时期的文学作品,或以同时期各种文化典籍包括史传故事、民间传说、爱情故事等为绘画内容。据《历代名画记》卷第五《晋》记载,晋明帝司马绍曾画有《息徒兰圃图》,取自嵇康《赠秀才入军》第十四首之"息徒兰圃,秣马华山"一句。顾恺之曾画有《赠秀才入军》《桓温像》《桓玄像》《苏门先生像》《中朝名士图》《谢安像》《阮修像》《阮咸像》《司马宣王像》《七贤图》《陈思王诗图》等,均取自魏晋文化名流。谢稚曾画有取自嵇康诗的《轻车迅迈图》、取自潘岳《秋兴赋》的《秋兴图》。① 《历代名画记》卷第六《宋》记载,史艺曾画有《王羲之像》《孙绰像》。② 《历代名画记》卷第七《南齐》记载,王奴画有取材自晋成公绥《啸赋》的《啸赋图》。③ 其他以当时文学作品为题材的还有顾恺之的《洛神赋图》《女史箴图》,史道硕的《嵇中散诗图》,戴逵的《南都赋图》《嵇阮十九首诗图》等,这其中最出名的自然是顾恺之以曹植《洛神赋》为

---

① 张彦远:《历代名画记》,人民美术出版社 1963 年版,第 107、121 页。
② 张彦远:《历代名画记》,人民美术出版社 1963 年版,第 136 页。
③ 张彦远:《历代名画记》,人民美术出版社 1963 年版,第 141 页。

题材的《洛神赋图》、以张华《女史箴》为题材的《女史箴图》,以及王献之书写的《洛神赋》。至于顾恺之残卷《斫琴图》,可能取材自嵇康《琴赋》,也是一幅绘画史上的杰作。梁萧绎《职贡图卷》①以文图结合的方式展现了各国使者朝贡时的形象,使者身后有楷书榜题,以说明使者的身份国别及其国家的自然文化风情,也是一件著名的文图完美结合的艺术品。画作取材自文学作品或直接采用文图一体的艺术形式,一个原因是为了用图画的形式更准确地再现语言中所描绘的人物或图像,用文图结合的方式来充分展示艺术家所表达与追求的艺术及人生理想,如《南都赋图》《洛神赋图》,另一个重要的原因乃是为了使用更为直观的方式进行教育劝诫,也就是范晔《后汉书》所谓"载其高节,图画形象",如《女史箴图》等,以文图一体的形式来更加生动形象地展示诗人画家对人生及社会的理解及感受。

第二,这一时期文学家以绘画、书法为创作题材创作出诗歌、咏、赋、赞等文学作品。魏晋时期出现了大量以绘画为咏叹对象的文学作品,如何晏《景福殿赋》中对壁画的描写,还有傅咸《画像赋并序》、江淹《扇上采画赋》也是两篇著名的咏画赋。至于当时非常流行的于画像后附赞的做法,更是文图完美结合的范例。其中最著名的就是曹植的《画赞序》,此文是曹植为邺宫历代圣贤像而作。此外著名的还有傅玄的《古今画赞》,夏侯湛的《管仲像赞》《鲍叔像赞》《东方塑画赞》,潘岳的《故太常任府君画赞》,郭璞的《山海经图赞》《尔雅图赞》,王廙的《孔子十弟子图赞》,陶渊明的《扇上画赞》,顾恺之的《魏晋胜流画赞》,傅亮的《汉高祖画赞》《班婕妤画赞》,萧绎的《职贡图赞》,沈约的《绣像赞并序》,江淹的《云山赞序》,刘孝标的《辟厌青牛画赞》,戴逵的《徐则画像赞》,庾信的《自古圣帝明贤

---

① 中国美术全集编辑委员会编:《中国美术全集 绘画编 1 原始社会至南北朝绘画》,人民美术出版社 1986 年版,第 148—152 页。

画赞》等;同时产生了大量咏书诗赋,如鲍照《飞白书势铭》,蔡邕《篆势》《笔赋》,王僧虔《书赋》,杨泉《草书赋》,卫恒《隶势》等。

第三,直接在一幅作品中呈现出诗书的完美融合,其代表作品就是王羲之的《兰亭集序》,这是一幅书法与文学完美结合的艺术品,而且也是当时艺术家创作的常见方式。据张彦远《历代名画记》卷第五《晋》记载,桓温曾请王献之为其画扇面,王献之误落墨于扇上,便顺势画了斑马与雌牛,并题写了《牸牛图》于其上,此事传为美谈,此图也可称为三美。在这些文图一体的艺术品中,最著名的自然是顾恺之的绘画作品,虽然其真迹已不存,但从其现存三个重要的绘画摹本来看,均取材自文学作品:现存不列颠博物馆的《女史箴图》取材自张华的《女史箴》,北京故宫博物院与辽宁省博物馆藏《洛神赋图》取材自曹植《洛神赋》,北京故宫博物院藏《列女仁智图》取材自刘向《列女传》。其内容多是文学或历史故事,同时在构图方式上也多采取文图一体的形式,特别是辽宁省博物馆藏《洛神赋图》为文图一体作品,由此可见,魏晋艺术家已经常取材自文学历史文本,并经常把文图一体当作绘画构图的基本样式。

魏晋文学与图像密切相关的四个最为典型的艺术作品,就是顾恺之的《洛神赋图》《女史箴图》,王羲之的《兰亭集序》,南京西善桥的砖画《竹林七贤与荣启期》。现存顾恺之《洛神赋图》有两个有代表性的摹本,其一为北京故宫博物院藏宋摹本,其二为辽宁省博物馆藏宋摹本。①现以《洛神赋图》来说明魏晋文图之关系。

顾恺之《洛神赋图》完全按照《洛神赋》的记述来展开画卷。

第一部分描述了两个侍从于山林间秣马的情景,三只形态各异的马,一马低头食草,一马抬头回望,一马在地上翻滚,曹植则在八位侍从的簇

---

① 中国古代书画鉴定组编:《中国美术分类全集·中国绘画全集 1 战国—唐》,文物出版社 2005 年版,第 36—75 页。

拥下漫步，上有伞盖。

　　第二部分则描述了女神的出场，刻画了十位女神在洛河上飘荡游玩的各种神态：或在洛河上手持如意迎风站立；或在河上低首观看水中的倒影；或在空中飞翔于旄旗之间，衣带飘舞。但女神的各个画像都神态含蓄、娴静优雅，完全符合儒家对女性的审美要求。令人称奇的是，也许是为了表达赋的语言之美，顾恺之也描绘了语言中大量比喻句中出现的意象，如"翩若惊鸿，婉若游龙，荣曜秋菊，华茂春松"，即按照赋的提示绘出游龙飞鸟、秋菊春松来暗示它们与女神之间的相似性，让观画者感受到语言之美，这有时是图像所无法表达的感觉。顾恺之为表现洛神"翩若惊鸿，婉若游龙"身姿，多采用飘逸飞动的曲线、弧线，这与表现曹植时庄重凝练的下垂线条形成了鲜明的对比，也使曹植与洛神"人神隔殊"的个体形象形成了对比，特别是图画中体态轻盈飘洒的女神拖曳长裙迎风飘举的情景与赋中的描写是一致的。至于"髣髴兮若轻云之蔽月，飘飘兮若流风之回雪"，"远而望之，皎若太阳升朝霞；迫而察之，灼若芙蕖出绿波"，图像就难以表达这种"比喻"的美了。此外，《洛神赋》还对女神的容貌、衣着、神态进行了精细的刻画描绘，这种描绘既有客观的描述，也有类似于荷马描述海伦之美那般用观者的感受来表达女神之美。曹植往往把客观描述与主观感受融合在一起，如"秾纤得中，修短合度。肩若削成，腰如约素。延颈秀项，皓质呈露，芳泽无加，铅华弗御"，这种对身材与气质的描述不仅是对女神外在形貌的客观描述，更是对自身主观感受的再现。"云髻峨峨，修眉联娟，丹唇外朗，皓齿内鲜。明眸善睐，靥辅承权"，高高的发髻、修长的眉毛、鲜红的嘴唇、明洁的牙齿、摄人心魄的眼神、时隐时现的酒窝，这些我们在目前的《洛神赋图》中都很难清晰直观地看到了。至于"旷世"的"奇服"、"应图"的"骨象"、"璀璨"的"罗衣"、"华琚"的"瑶碧"、"金翠"的"首饰"、"耀躯"的"明珠"、"践远游"的"文履"、"曳雾绢"的"轻裾",这些看似具体的对衣着、耳环、首饰、鞋履、裙裾的描述,由于夹杂着作者丰富的感受,实则抽象,从而更加难以刻画。此外,图画由于只能表现瞬间的静态图像而无法表现动作,所以也无法表达赋中所刻画的女神的动态之美,如"步蜘蹰于山隅""左倚采旄,右荫桂旗""采湍濑之玄芝"等对其动作的刻画。正因如此,后来梅兰芳的京剧《洛神赋》或电影《洛神赋》能用表演者的神情与动作来更充分地展示洛神的动态美,而顾恺之的《洛神赋图》不能。这并不是顾恺之的艺术水准不高造成的,而是由绘画仅能展示瞬间事物空间形态的客观特点所决定的。

第三部分描述了曹植与洛神的相会,也就是"余情悦其淑美",虽无"良媒接欢",只好"托微波而通辞"的情形。其中一个场景图画描绘了曹植坐于树下,身旁有两个侍从撑着巨大的伞盖,有五位侍从相伴,前面则是手持如意回首凝望的宓妃。另一个则是站立的曹植在三位侍从陪伴下与坐在神鸟上的洛神相会的场景,对于赋中所描写的洛神"凌波微步""气若幽兰",绘画并没有做出相应的表达。至于"恨人神之道殊,怨盛年之莫当""悼良会之永绝,哀一逝而异乡"的抒情,则只能让观画者在画外之音中体味了。

第四部分是女神坐着六龙云车,在文鱼、鲸鲵等奇珍异兽簇拥下离开的场景,上有华盖,彩旗飘荡,场面壮观。画的最后部分是对曹植独自徘徊,夜不能寐,最后驾车而去情景的描绘。第一个场景是曹植坐在双层的大船上沉思,有两个侍女陪伴,下有两个船工在撑船。第二个场景是曹植在两个侍卫陪伴下独坐,似在回味与女神的相会。第三个场景则是曹植坐在马车的华盖下,在众侍从的簇拥下奔驰离去,手持如意的曹植回望身后的高山洛河,恋恋不舍地离去。

《洛神赋》中有一段著名的描写洛神形貌之美的文字:

秾纤得中,修短合度。肩若削成,腰如约素。延颈秀项,皓质呈露,芳泽无加,铅华弗御。云髻峨峨,修眉联娟,丹唇外朗,皓齿内鲜。明眸善睐,靥辅承权,瑰姿艳逸,仪静体闲。柔情绰态,媚于语言。奇服旷世,骨象应图。披罗衣之璀粲兮,珥瑶碧之华琚。戴金翠之首饰,缀明珠以耀躯。践远游之文履,曳雾绡之轻裾。微幽兰之芳蔼兮,步踟蹰于山隅。

对于这段曹植对洛神出场的描述,《洛神赋图》使用了大量的图像来表达,尤其是对于当中的语言比喻。其中,惊鸿、游龙、秋菊、春松、轻云、蔽月、流风、回雪、太阳、朝霞、芙蕖、绿波等,这些用于比喻的词句均在绘画中得到了一定程度的呈现。但图像和语言毕竟是两个根本不同的艺术媒介,图像并不能表达语言能表达的一切:图画能表达"肩若削成,腰如约素。延颈秀项,皓质呈露。云髻峨峨,修眉联娟,丹唇外朗,皓齿内鲜。明眸善睐,靥辅承权,瑰姿艳逸,仪静体闲",但如何表达"芳泽无加"与"媚于语言"呢? 即使如顾恺之那样把"惊鸿、游龙、秋菊、春松、轻云、蔽月、流风、回雪、太阳、朝霞、芙蕖、绿波"等当作一种具体的物象展示给观画者,这和赋中所表达的"翩若惊鸿,婉若游龙,荣曜秋菊,华茂春松。髣髴兮若轻云之蔽月,飘飖兮若流风之回雪",也还是两回事。因为绘画是对两个性质不同的个体的直观呈现,而语言是用比喻对两个物体相似性的描绘,从这一具体的困境就可看出两种艺术媒介之间互相转换所带来的技术障碍,即静止的画面无法传达洛神所散发出的幽兰的气息,也无法表达她的语言天赋。

陈葆真在《〈洛神赋图〉与中国古代故事画》中说:"洛神的美是难以用图画来表现的,特别是诗人在'迫而察之'后,发现她的脸部、五官、表情、身材、衣饰、动作等是多么动人的各种描写,真使画家缩手","于是他只好将这段长文抄录成七列,安排在这段场景的左方山谷中。当读者读到这段难以图写的洛神之美时,便会自然而然地再回到右边去端详站在水边的洛神"。《洛神赋》的这一段文字之所以使画家缩手,原因就在于这一段关于洛神之美的描写乃是全面感官的呈现。虽然文中也说"骨象应图",美貌神采与图上画得一样,但文中的描写很多并不仅仅是目视之所及,而是视觉、听觉、嗅觉、触觉、感觉、想象等各种复杂情感的集合。如果说"芳泽无加,铅华弗御。云髻峨峨,修眉联娟,丹唇外朗,皓齿内鲜"等是较为客观的描述的话,那"秾纤得中,修短合度。肩若削成,腰如约素"就不仅仅是一种简单的客观的描述,而是含有作者主观的评价了:何为"得中",何为"合度",何为"削成",何为"约素",那就是仁者见仁、智者见智的事了。关于这一点,不管是曹植、顾恺之还是欣赏此诗此画的读者,都无法确定其真实的含义。至于"柔情绰态,媚于语言""微幽兰之芳蔼,步踟蹰于山隅",更是图画所难以传达的,因为这是对听力、嗅觉、动态的描绘,所谓"秀项""皓质""芳泽""云髻""丹唇""皓齿""仪静""体闲""奇服"等等,在这些看似确定的物质前面加以修饰词,不仅传达了对洛神的印象,更为重要的是构成了一种语言之美,一种无法用图画所表达的语言美——不是图像难以表达洛神之美,而是图像难以表达曹植描述洛神之美的语言。正如陈葆真指出的:"在这里值得注意的是描写洛神内心悲伤、哀痛以及行动上无所适从的文辞(句98—108),它们是如此生动而强烈,竟使画家无法用图画来表现,因此在这里完全略去不画,在这里也显现了图画在转译文字之时的局限性。"[①]这正是诗画不同艺术本质的体现,并不是艺术家艺术水平高低不同的体现,因为图画可以忠实地描述事物的外在形貌,并通过外在形貌来表述人物的内在情感,却很难直接传达

---

① 陈葆真:《〈洛神赋图〉与中国古代故事画》,浙江大学出版社 2012 年版,第 36、39 页。

"恨人神之道殊"的感叹，以及各种复杂的情感与过分抽象的意象。

当然，绘画中也有对于女神回头与主人公的目光相遇的刻画，正如顾恺之所说，"传神写照，正在阿堵中"。他在画末与文末一样详尽地呈现了女神离去时的丰富想象——纷至沓来的警乘文鱼、玉鸾、驾驶云车的六龙、争相护卫的鲸鲵水禽，这些热烈的动物神灵并不能难住画家，而这正是绘画相对于语言所具有的优势：对于具体物象及场面的呈现。曹植《洛神赋》描述了一个人神共处的世界，而且是这个世界里一个人神两界互相交流对话的时刻，其中有很多篇幅细致刻画了这种二元世界互相交融的时刻，如："于是洛神感焉，徙倚彷徨。神光离合，乍阴乍阳。竦轻躯以鹤立，若将飞而未翔。""凌波微步，罗袜生尘。动无常则，若危若安。进止难期，若往若还。"这与其说是真正的对话，倒不如说是一种对话的欲望，而对这种瞬间欲望的表述，正是语言文字最能施展其想象性与自由性之处，由此也更能激发读者的想象力，语言文字对这种欲行又止状态的刻画正抓住了莱辛所说的最富有包容性的瞬间。而绘画这种以静态的空间形式来描述动荡的情感故事的艺术，虽然也抓住了蕴含最丰富含义与想象力的瞬间，但其想象的自由度与语言文字还是无法相比的，这也正是像《洛神赋》这种经典文学文本被反复绘画的根本原因。

《洛神赋》与《洛神赋图》在传达洛神之美及曹植之精神之世界时所展现的矛盾性，正反映了语言与绘画在传达外部世界时所具有的根本不同的特点。语言能否准确传达图像的问题，也就是文学与图像如何传达外部世界与内部世界的真实性问题。文学的真实性与图像的真实性是根本不同的：图像利于刻画外部世界，是因为二者共同具有图像的性质；语言文学利于刻画内部世界，是因为二者共同具有想象性与抽象性的特点，而不具有图像的可视性、可触摸性、可感性。图像的逼真性针对的是视觉，语言的逼真性则根本不同，语言描述的物象具有不可视性、模糊性的特点,因为语言的描述相对于图画的刻画而言具有更强的抽象性与想象性,它更适合于叙述故事和刻画内心世界,具有更大的想象性空间,而图画的视觉性则更容易受到空间的限制。

《女史箴图》有现存英国伦敦大英博物馆的九段唐摹本①与现存北京故宫博物院的十一段宋摹本,一般认为唐摹本优于宋摹本,但宋摹本较为完整。本书以唐摹本为图像依据并辅以宋摹本来加以分析。唐摹本与宋摹本都是依据西晋张华《女史箴》创作的,内容为歌颂封建女子的贞操与道德;绘画以线描为主,辅以淡彩,风格庄重肃穆,并以书画相间、图文一体的方式再现了《女史箴》的全部内容。《女史箴》十二节,见于《文选》②。

宋摹本的开始就是张华《女史箴》的开篇,即强调自然、社会、人伦的基本原则及其相互间的必然联系,特别是强调了女性道德原则"妇德尚柔,含章贞吉。婉嬺淑慎,正位居室",这也是文章及画作的根本目的。第一节为"樊姬感庄,不食鲜禽"的故事,描述了樊姬为劝诫楚庄王即位后"好狩猎"的缺点而"谏不止,乃不食禽兽之肉"的过程,最后终于感动了庄王,取得了"王改过,勤于政事"的结果。③ 第二节讲述了"卫女矫桓,耳忘和音"的故事,描述了齐桓公好郑卫淫乐,其夫人卫侯的女儿为感化桓公而反复劝戒桓公勿淫乐攻伐的过程,最后终于使桓公"立卫姬为夫人,号管仲为仲父","夫人治内,管仲治外",从而达到了"虽愚,足以立于世"的效果。④

唐摹本的前两节图已缺失,存世的各段内容如下。

第一节为"冯媛当熊",故事的内容为:汉元帝游园观看斗兽时被一只

---

① 中国古代书画鉴定组编:《中国美术分类全集 中国绘画全集 1 战国—唐》,文物出版社 2005 年版,第 22—27 页。
② 萧统编:《文选》,李善注,中华书局 1977 年版,第 768—769 页。
③ 王照圆:《列女传补注》,虞思徵点校,华东师范大学出版社 2012 年版,第 59 页。
④ 王照圆:《列女传补注》,虞思徵点校,华东师范大学出版社 2012 年版,第 50 页。

突然从围栏里跑出来的大熊袭击，其妃子冯媛不顾个人安危勇敢地保护元帝。图画正表现了元帝被黑熊袭击的情景：一只黑熊从左边直扑过来，冯媛与两位持戟的卫士直逼黑熊，冯媛显示出不畏生死、挺身而出的气概，元帝则远远地躲在他们的身后。更远处还有另外两位妃子似在惊慌逃跑，并不时地回首张望。画像题记应为"玄熊攀槛，冯媛趋进。夫岂无畏？知死不吝"，似缺失。

第二节为"班姬辞辇"，故事内容是：汉成帝对班婕妤宠爱有加，特制一大辇与班婕妤同游，但被班婕妤拒绝，因为在她看来，贤君应该与名臣一起，只有夏商周三代亡国之君才会与妃子同辇。图像刻画了班婕妤站立在辇后张望成帝的情景。班婕妤端庄挺立，成帝则与另外妃子同坐，并回望班婕妤。众人在奋力地抬着大辇。画像题记为"班婕有辞，割欢同辇。夫岂不怀？防微虑远"。

第三节为"道罔隆而不杀"，画面描绘了高耸山峦间有两只鸟在飞翔，山上一红色太阳与一黄白月亮相对，山下一人在张弓射鸟，用图像的意境向宫女们表述了《易经》中日月相替、盛衰无时、宠辱不定的道理。题记为"道罔隆而不杀，物无盛而不衰。日中则昃，月满则微。崇犹尘积，替若骇机"。

第四节为"修容饰性"，内容为两位皇后在装扮，一位对镜独坐，另一位由侍女在梳理发髻，表达了女性在装扮外表的同时也要修养内心的观点。题记为"人咸知修其容，莫知饰其性；性之不饰，或愆礼正；斧之藻之，克念作圣"。

第五节为"同衾以疑"，表现了夫妻室内生活的场景。内容为床帷间一对夫妻对视，似在发生争执，女子坐在床里，男子坐在床边，作欲走状。床大精美，帷幔飘拂，给人以华丽之感。题记为"出其言善，千里应之，苟违斯义，同衾以疑"，意思是，无论是室内还是室外言语都要分清善恶。

第六节为"微言荣辱"，内容为夫妇并坐，有侍女儿童多人相伴，表明夫妇一体、荣辱与共,只要敬天奉神、保持中道,就能人丁兴旺、子孙满堂。题记为"夫言如微,荣辱由兹;忽谓玄漠,灵鉴无象;勿谓幽昧,神听无响;无矜尔荣,天道恶盈;无恃尔贵,隆隆者坠;鉴于小星,戒彼攸遂,比心螽斯,则繁尔类"。

第七为"专宠渎欢",画像为男女二人相向站立,男子对女子做举手相拒之势,似打算离开。题记为"欢不可以渎,宠不可以专;专实生慢,爱极则迁,致盈必损,理有固然。美者自美,翩以取尤。冶容求好,君子所仇,结恩而绝,实此之由"。

第八节为"靖恭自思",画中一娴静妃子端坐,告诉女子要如此谦恭自思才能荣华富贵。题记为"故曰翼翼矜矜,福所以兴;静恭自思,荣显所期"。

第九节为"女史司箴",画像内容为一女子站立着执笔而书,前有两妃子相伴走来,相视而语。题记题为"女史司箴,敢告庶姬"。描写女史正写作《女史箴》以告诫诸宫妃的情景,应是对宣讲场面的刻画。

从以上分析来看,整幅画作的图像内容、题记内容与《女史箴》文字内容相差无几。这些列女故事及对女性的教导,经过顾恺之的加工而变成了一部图像化的列女教科书,画面的道德含义必须借助画面上的榜题及其画面所隐含的故事内容而得到较为完整合理的解释。张华出于尽忠匡辅、弥缝补阙、讽谏贾后的目的创作了《女史箴》,其内容亦源自刘向《列女传》。

《女史箴图》与北魏司马金龙墓室漆画都选择了班婕妤辞成帝同辇的故事,此故事《汉书》也有记载。文学、图像的目的虽然都是满足匡扶劝谏的政治需要,但表现手法根本不同,即使存在同以图像方式表达同一主题的两幅"辞辇图",构图也有所不同。"辞辇"故事是讲汉成帝携后宫游玩,邀班婕妤同辇,但婕妤以君臣大义辞谢,以此来劝谏成帝不要因色误国。司马金龙墓室漆画是描绘四人抬辇,成帝一人坐辇并回视婕妤,婕妤跟随。《女史箴图》"辞辇"部分则描绘了八人吃力抬辇,辇上坐着成帝与王妃,成帝无聊慵懒而王妃正襟危坐。

与司马金龙墓室漆画以班婕妤为视觉中心来强调"臣事君以忠"的女德主题不同,《女史箴图》"辞辇"部分则更具有了女色误国的政治含义。这种简单并置的人物画像正如故事所叙述的人物一样,其着眼点不在于故事或图像如何真实地再现历史或现实,而在于如何能更鲜明地凸现道德或政治伦理主题。

《女史箴图》正表现了王延寿《鲁灵光殿赋》中提出的绘画要"恶以诫世,善以示后"的观点,这种强调绘画社会道德价值作用的看法,与《毛诗序》中强调文学具有道德教育作用的逻辑是完全一致的。曹植的《画赞序》也是如此,此《画赞序》不仅是我国画论史上第一篇重要的专门论画的文章,同时也是一篇优美的骈体文。此文主要讨论了绘画的伦理教化作用,它首先否定了王充、徐干贬低绘画的说法,指出绘画与文字具有同样的意义,甚至绘画在描述人物形象、激发读者感情时有超于语言的功效。王充在《论衡·别通》中贬低绘画的作用,认为绘画画人不如文字记述人的"言行"给人的教育意义更大;与曹植同时期的徐干也贬低绘画的作用。曹植则与他们不同,明确提出绘画能"存乎鉴戒";他对观画者感情的描述,更是揭示了读者情感与画面内容的互动能引起观画者的强烈感情反映,如"悲惋""切齿""忘食""抗首""叹息""侧目"等各种感情,这与文学激发读者的感情的作用是一致的,从而为道德教育打下了基础。他说:

> 昔明德马后,美于色,厚于德,帝用嘉之。尝从观画,过虞舜像,见娥皇女英。帝指之戏后曰:"恨不得如此人为妃。"又见陶唐之像。后指尧曰:"嗟乎! 群臣百僚,恨不得戴君如是。"帝顾而咨嗟焉。

观画者见三皇五帝，莫不仰戴；见三季暴主，莫不悲惋；见篡臣贼嗣，莫不切齿；见高节妙士，莫不忘食；见忠节死难，莫不抗首；见放臣斥子，莫不叹息；见淫夫妒妇，莫不侧目；见令妃顺后，莫不嘉贵。是知存乎鉴戒者，图画也。[①]

所以，图画既能美好动人，又能忠义励人，其"明劝戒、著升沉"的效用是不言而喻的，这与曹丕在《典论·论文》中表达的"文章，经国之大业，不朽之盛事"的观点也是一致的。曹植在《洛神赋》里满怀激情地描述了洛神的美后，提出"骨相应图"，认为如果用图画来描绘洛神的形象应该会更为生动传神，因为图像有时比文字更适合形象之美，图像在描述外在事物的形象时有语言所无法达到的逼真效果，其视觉上直接的冲击力也远大于语言上的冲击力，但其二者所隐含的道德价值都是一致的。

无论是《洛神赋》还是《洛神赋图》都出现了大量对山水的描绘，由此可见山水在魏晋文学艺术中的重要作用。魏晋山水诗文、山水画也空前繁荣，山水已成为魏晋士人生活的一部分，出现了很多山水文人、山水画家。其中著名的山水诗人有谢灵运、谢朓、鲍照、陶渊明、阮籍等；此外还有郦道元，他的《水经注》虽以地理学作品著称，但其对山水的描写也在中国文学史上留名。这些山水文人的很多诗文成为后来山水画的重要题材，尤其是陶渊明的田园诗，它们和当时很多描绘田园生活的画作一起，开创了中国文学艺术中描写田园生活、向往宁静祥和的日常生活的先河，并对后来中国诗画的发展产生了深远的影响。

《历代名画记》就记载了很多描绘田园生活的画作，如曹髦的《新丰放鸡图》、司马绍的《人物风土图》、史道硕的《田家十月图》、王廙的《吴楚

---

① 潘运告编：《汉魏六朝书画论》，湖南美术出版社1997年版，第257页。

放牧图》等。其中最著名的山水画家就是顾恺之，他的山水画有《庐山图》《山水》《望五老峰图》，《洛神赋图》中也有大量对山水的描绘，这些作品虽然大多数仅存于文献记载，但这些记载仍能说明当时山水画的兴盛，此外，他的著名画论《画云台山记》与宗炳著名的画论《画山水序》一起对中国传统山水画产生了深远的影响。至于其他山水画家，像戴逵有《吴中溪山邑居图》，戴勃有《九州名山图》，惠远则有《江淮名山图》。

更为重要的是，魏晋山水画已发展成为独立的山水画，并"确实已经迈过了古拙的装饰性表现阶段，开始走向了写实的途径"，"发展成独立的画科"，"由背景到主体，由形成到完善"，是"独立山水画的萌芽"。[①] 这表明它和前期的成就相比已经实现了革命性的变革，这种革命性的变革不仅表现在魏晋文人在山水中"觅"道，因为老子、孔子、《易经》、庄子都已提出了道法自然的问题，而且表现在宗炳《画山水序》中提出的"以形写形，以色貌色"理论，即用绘画来表现真实的山水。追求"以形写形，以色貌色"说明了当时山水画已经突破了此前顾恺之《洛神赋卷》中以山水为象征、《画云台山记》中以山水为衬托道教主题角色的做法，转变到以自然本身为中心主题、以写实的手法来表现独立的自然之美的道路上来了，"形似"已成为山水诗与山水画所共同追求的基本审美原则。追求"形似"是魏晋艺术的一个根本原则，也是评价艺术成就的重要标准。

《颜氏家训》就记载了梁武烈太子萧方因画人物"逼真"而得到赞赏的故事："吾家尝有梁元帝手画蝉雀白团扇及马图，亦难及也。武烈太子偏能写真，坐上宾客，随宜点染，即成数人，以问童孺，皆知姓名矣。"[②]用儿童的认知水平来判定绘画的相似与写真的程度，可谓简单明了。《历代名画记》也记载了曹不兴"落墨成蝇"与徐邈"悬鱼获猯"的故事，《世说新

---

① 金维诺：《中国美术·魏晋至隋唐》，中国人民大学出版社2004年版，第212—213页。
② 颜之推：《颜氏家训》，檀作文译注，中华书局2011年版，第307页。

语·巧艺》则记述了荀助在门堂画钟会父亲肖像以感动钟会兄弟的故事，这都说明了绘画的"相似性"在魏晋绘画中的重要性。

宗炳把"形似"的理论用在山水画上，使山水画的独立有了自己的理论根据。与此相关的则是山水诗的"形似"，山水诗人用精美的语言描述山水，其中真正用力客观描写山水的，谢灵运可谓代表。谢灵运在脚步极尽登临名都胜境、眼底尽收江山之美时，还创作了大量著名的山水诗，如《游南亭寺》《过始宁墅》《晚出西射堂》《富春渚》《登永嘉绿嶂山》《登石门最高顶》《酬从弟惠连》《石门新营所住四面高山回溪石濑茂林修竹》等，对所历山水形、色、光、声极尽描述之能事，观察精微，描写细致，对山水的刻画面面俱到，特别注重情景交融、全景式的描写，五彩缤纷，充满了诗情画意。这既是他们日常漫游的山水，也是他们梦游、卧游的山水世界，其中有很多如画的诗句，如：写春天"池塘生春草，园柳变鸣禽"（《登池上楼》）；写秋色"野旷沙岸净，天高秋月明"（《初去郡》）；写冬景"明月照积雪，朔风劲且哀"（《岁暮》）等等，读其诗使人如入画境。孙绰《登天台上赋》中对自然山水的描绘也可谓淋漓尽致，且情景交融，主观写意与客观写实完全融为一体，其极物写貌，穷力追新，以求细微真实，可谓用语言组成的山水画。魏晋大量的山水诗词句往往是由名词和少量的形容词及简单的动词构成，整首诗的意境往往由静态的意象组成，而不是在叙述故事与事件的发生，这些既无时间也无情节极具静态美的画面就构成了魏晋山水诗及山水诗人的内心世界。谢脁"余霞散成绮，澄江静如练""天际识归舟，云中辨江树"等精美的诗句都是极力追求以精确的语言来描述视觉图像，给人以身临其境的感觉。陆机《文赋》中对物象的描述也可谓是用心至极，特别是大量叠字的运用，加强了对事物声音、色彩、节奏、氛围的描述，增强了读者对事物动作、神态、画面的感受，达到了他在《文赋》中所说的"期穷形而尽相"的效果，也就是《文心雕龙·物色》所说的"自近代以来,文贵形似。窥情风景之上,钻貌草木之中"。当然,这种对外形的描写必须借助于想象,所谓"神与物游",这种在想象下的"视通万里"乃是一种内视,是一种"收视反听",是外在的形象与内在的想象互相融合的结果。

魏晋时期出现了大量的咏物诗、咏物赋。萧统在《文选序》中就讲述了当时咏物赋之盛:"若其纪一事,咏一物,风云草木之兴,鱼虫禽兽之流,推而广之,不可胜载矣。"①刘大杰在《中国文学发展史》中也指出:"到了魏晋,赋的题材扩展了。抒情、说理、咏物、叙事各种体制,登临、凭吊、悼亡、伤别、游仙、招隐各种题材的赋都出现了。而最多的是咏物赋。如飞禽走兽,奇花异草,天上的风云,地上的落叶,都是他们的题材。橘子、芙蓉、夏莲、秋菊、蝙蝠、螳螂、麻雀、小蛇都被他们赋到了。"②此类篇制如费祎《麦赋》、曹丕《槐赋》与《柳赋》、曹植《芙蓉赋》与《橘赋》、傅咸《桑树赋》、钟会《菊花赋》与《葡萄赋》、傅玄《郁金赋》与《桃赋》、潘岳《秋菊赋》、陆机《瓜赋》《草木赋》与《鹦鹉赋》等,可谓不胜枚举。

此时的赋即使是关于情感、说理的篇章,也多采用描述的手法来表现事物的特征,正如陆机《文赋》中对想象的描写。在这些著名的赋中最为著名的,如曹植的《洛神赋》、王粲的《登楼赋》、左思的《三都赋》、郭璞的《江赋》、谢灵运的《山居》、庾信的《哀江南》等作品中对事物、情感的描述,可谓细致鲜明,完全追求一种《文心雕龙·诠赋》中所说的"拟诸形容,则言务纤密;象其物宜,则理贵侧附"绘画式的审美效果。赋事无巨细的描述功能就是为了用语言呈现如画一般的视觉艺术效果,正如许结《中国赋学历史与批评》中所说的:"赋在文学史上的地位决定于它的描绘性

①　萧统编:《文选》,李善注,中华书局1977年版,第1页。
②　刘大杰:《中国文学发展史》上卷,复旦大学出版社2006年版,第101页。

与形似性,这是赋学批评的艺术旨归。"①这也就是陆机《文赋》中所说的
"赋体物而浏亮",《文心雕龙·诠赋》中所说的"'赋'者,铺也;铺采摛文,
体物写志也",《文心雕龙·明诗》中所说的"驱辞逐貌,唯取昭晰之能",
"情必极貌以写物"。《文心雕龙·物色》讲得更清楚:"自近代以来,文贵
文形似;窥情风景之上,钻貌草木之中。吟咏所发,志惟深远;体物为妙,
功在密附。故巧言切状,如印之印泥,不加雕削,而曲写毫芥。故能瞻言
而见貌,即字而知时也。"②这种"体物写志""功在密附"的语言艺术,主要
功用就是"极声貌以穷文";这种"写气图貌""模山范水"就是以语言来描
述事物,追求形似的语言功用即语言对图像的逆势模仿;③就是西方文图
理论中所说的"造型描述"(Ekphrasis)。④ 沈约说"相如巧为形似之言",
就是指司马相如的赋能够准确地描述事物的外在形貌。对事物的直接描
述并不是中国传统诗论中所说的抒情言志,而是把山当作山、把水当作水
直呈事物本身的白描手法,这种"不隔"的审美效果使诗歌与绘画在心理
感受方面走到了一起。虽然绘画的根本手段在于形体和色彩,绘画与诗
文共同追求在读者心中引起相同的视觉印象,魏晋的很多山水诗都是为
了追求这种艺术效果,这就是极尽铺陈之能事的魏晋辞赋中语言的描述
功能的根本目的。所以刘熙载说"戴安道画《南都赋》,范宣叹为有益,知
画中有赋,即可知赋中有画矣"⑤,指出了赋与绘画的相通之处。这种审
美观念与当时大量出现的花鸟植物画也是一致的。当时出现大量的关于

① 许结:《中国赋学历史与批评》,江苏教育出版社2001年版,第12页。
② 刘勰:《文心雕龙注下·养气》,范文澜注,人民文学出版社2006年版,第694页。
③ 赵宪章:《语图互仿的顺势与逆势——文学与图像关系新论》,《中国社会科学》2011年
第3期。
④ James A. W. Heffernan, "Ekphrasis and Representation", *New Literary History*, Vol. 22, No.
2, 1991.
⑤ 刘熙载:《艺概》,上海古籍出版社1978年版,第103页。

花鸟动物、竹梅植物的画作,很多著名的大画家如顾恺之、陆探微、戴逵、张僧繇、曹不兴、卫协、史道硕等都擅长画这类事物,他们甚至还有自己的专长:毛慧远的马、史道硕的马与鹅、曹不兴的龙、杨子华的牡丹、范怀珍的孔雀等,都名盛一时,文学家与画家都在"极貌写物"方面发挥各自所长。至于南朝梁简文帝时开始流行的宫体诗与宫廷画则是把女性当作把玩的主题,如简文帝萧纲的《咏美人看画诗》、俞肩吾的《咏美人看画应令》,与善"画嫔嫱,当代第一"的刘瑱、"绮罗一绝"的袁蒨等,都是以宫廷美女为绘画主题,也是"极貌写物"的表现。①

　　魏晋书法如绘画一样重视字体的象形性,也就是所谓"因声会意,类物有方",书论家往往用自然万物的各种形状,特别是动物山石的形状来刻画描摹书法形体的象形性,这与文学用语言、绘画用线条与色彩刻画事物的形体一样,如自然万物本身一样直接呈现在观赏者的脑海里,都是为了激发观赏者的想象力与审美感受。对书法象形性的描述可谓不胜枚举,如崔瑗《草书势》中说草书的点画:"旁点邪附,似螳螂而抱枝","若山蜂施毒,看隙缘巇;腾蛇赴穴,头没尾垂"。蔡邕《篆势》中说:"字画之始,因于鸟迹","或象龟文,或比龙鳞","颓若黍稷之垂颖,蕴若虫蛇之棼蕴","若行若飞,蚑蚑翾翾。远而望之,若鸿鹄群游,络绎迁延"。《笔论》中说:"为书之体,须入其形","纵横有可象者,方得谓之书矣"。王羲之在《书论》中更说:"凡作一字,或类篆籀,或似鹄头;或如散隶,或近八分;或如虫食木叶,或如水中科斗;或如壮士佩剑,或似妇女纤丽","或竖牵如深林之乔木,而屈折如钢钩;或上尖如枯杆,或下细如针芒;或转侧之势似飞鸟空坠,或棱侧之形如流水激来"。袁昂在《古今书评》中评论各家书法的书法风格时,也常常用自然的特点或人的风格来比拟书法的风格,他

---

① 　张彦远:《历代名画记》,人民美术出版社1963年版,第143、151页。

说:"钟繇书意气密丽,若飞鸿戏海,舞鹤游天,行间茂密,实亦难过。萧思话书走墨连绵,字势屈强,若龙跳天门,虎卧凤阙。薄绍之书字势蹉跎,如舞女低腰,仙人啸树,乃至挥豪振纸,有疾闪飞动之势。"萧衍在《古今书人优劣评》中则把王羲之的字称为"如龙跳天门,虎卧凤阙"。① 他们甚至经常用"肥""瘦"来评论书法家两种根本不同的艺术风格,这是用人的形体特征来表达书体风格的一种常用方法,如萧衍《观钟繇书法十二意》中"元常谓之古肥,子敬谓之今瘦",羊欣《采古来能书人名》中所谓"胡书肥,钟书瘦",王僧虔《论书》中"刘德升为钟、胡所师,两贤并有肥瘦之断"等都是如此。这些书论家为了表现书法是动静结合的产物,在论述书法、描写书法象形性时,常常把字体的造型看作动静结合、似动非动、时刻处于动静之间的鸟兽,着力刻画鸟兽开始飞动时瞬间欲动未动的形象,这种瞬间的包容性无疑会给人以无限丰富的想象,如:"蚑蚑翾翾,言未动而似动,未飞而似飞也。""鸾凤翱翔,矫翼欲去。或若鸷鸟将击,并体抑怒,良马腾骧,奔放向路。""虫跂跂其若动,鸟飞飞而未扬。""兽跂鸟跱,志在飞移;狡兔暴骇,将奔未驰。""盖草书之为状也,婉若银钩,漂若惊鸾,舒翼未发,若举复安。"②这些对书法形象的描述,与顾恺之提出的绘画要"传神写照""以形写神""迁想妙得"是一致的,都是"学穷性表,心师造化"的结果。一个书画家仅仅是"外师造化"、没有"中得心源"也是不行的,那不过是死板地刻画事物的外部形状罢了。

当然,书法的象形性与文字的起源密切相关,许慎在《说文解字·序》阐述文字的源流时就强调了文字"象形"这一特点,他把文字的起源与《周易》的八卦联系起来,指出八卦是庖羲氏通过"仰则观象于天,俯则观法于地,视鸟兽之文与地之宜,近取诸身,远取诸物"制作出来的;仓颉作

① 潘运告编:《汉魏六朝书画论》,湖南美术出版社1997年版,第3、39—43、112、204、222页。
② 潘运告编:《汉魏六朝书画论》,湖南美术出版社1997年版,第41、57、69、84、88页。

书也是如此，"依类象形，故谓之文。其后形声相益，即谓之字。文者，物象之本；字者，言孳乳而浸多也。著于竹帛谓之书，书者如也"①。"书者如也"的观点正是书法象形性的理论根源。当然文字不可能纯客观地取"象"于物，而是对客观事物做理性的说明，如用八卦来象征人事的吉凶祸福一样夹杂着人的价值判断与主体意识，带有强烈的感情成分，并同政治伦理道德宣传联系起来。书法也是一样，书法家在注重形体美的同时，更注重书法造型所表现出的精神价值，逸品也就是指书法所表现出的超越世外的精神气质。总之，二者都反映了中国古代书画所追求的"天人合一""天人相通"的审美思想，也就是把艺术的实用性和道德教化的儒家观念与强调艺术的纯粹审美性的道家审美思想密切结合，赵壹《非草书》中对草书的批评就鲜明地表达了对儒家艺术道德教化的强调。在赵壹看来，草书家"唇齿常黑"地钻研草书乃是一种"天地至大而不见者，方锐精于虮虱"的行为，这种"俯而扪虱，不暇见天"的怪癖是背经趣俗的，和儒家修身、齐家、治国、平天下的理念根本相对立；同时草书"飞腾如人之性情，心情张则外礼弛"，这与人的道德礼法是不相容的。因此，在赵壹看来"乡邑不以此教能，朝廷不以此科吏，博士不以此讲试，四科不以此求备，征聘不问此意，考绩不课此字"是正常的，"善既不达于政，而拙亦无损于治"的草书既与政治民生毫无联系，又有何用呢？况且"务内者必阙外，志小者必忽大"，书法对人的影响也就可想而知了。② 赵壹反对草书和柏拉图反对文学的道理完全一样，草书的张扬个性、抒发性情都和儒家的节欲自持有着矛盾的关系。

魏晋文学、绘画、书法追求形似成为追求艺术独立价值的标志，但这并不意味着魏晋艺术家忽视了对现实人生的关注，甚至可以说，他们过分

---

① 潘运告编：《汉魏六朝书画论》，湖南美术出版社1997年版，第10页。
② 潘运告编：《汉魏六朝书画论》，湖南美术出版社1997年版，第26—36页。

地追求形似正是其对现实予以关注的反映。魏晋南北朝是中国历史中动乱最为严酷的时期，从东汉末年宦官专权到魏晋统治集团内部的纷争使无数追求个性的文人惨遭不幸，孔融、杨修、丁仪、何晏、嵇康、卫恒、王衍、张华、陆机、陆云、潘岳、谢灵运等无不如此，更不要说大多数普通文人了。正如《晋书·阮籍传》所说，魏晋之际，天下多故，名士少有全者。竹林七贤的命运也是如此，因此悠游山林、寄情艺术、纵酒豪饮就是他们逃避现实的共同抉择，如嵇康"游心于寂寞，浊酒一杯，弹琴一曲"，宗炳"拂筋鸣琴，披图幽对"，王微"望秋云神飞扬，临春风思浩荡"，无不是在一个艰难困苦的时代追求精神与艺术的自由的写照。正如《洛神赋》《洛神赋图》《兰亭集序》这些伟大的艺术作品在动荡而令人心碎的现实之外建立了一个精神的王国，正如他们在一个具体的艺术作品中追求顾恺之在《论画》中提出的"以形写神"的观点一样，表明了魏晋士人对精神价值的追求。

对山水美的欣赏也是如此。对山水美的追求使庄子所主张的朴素清新的自然之美超越了人工繁琐的矫揉造作之美，也就是"初发芙蓉"比"错彩镂金"更美。《南史·颜延之传》讲，当颜延之问鲍照自己与谢灵运孰优孰劣时，鲍照就说："谢五言如初发芙蓉，自然可爱；君诗若铺锦列绣，亦雕绘满眼。"钟嵘也在《诗品》中把颜延之的诗评为中品，并说："其源出于陆机。尚巧似。体裁绮密，情喻渊深。动无虚散，一字一句，皆致意焉。又喜用古事，弥见拘束，虽乖秀逸，是经纶文雅才。雅才减若人，则蹈于困踬矣。汤惠休曰：'谢诗如芙蓉出水，颜诗如错彩镂金。'颜终身病之。"①钟嵘把颜延之这种崇尚巧似、风格绮靡、古事密意、局促内敛的文学作品放在较为低级的地位，也就是把"错彩镂金"的颜诗放在"如芙蓉出水"的谢诗之下，把颜延之放在第二品，把谢灵运放在第一品。从颜延

---

① 周振甫：《诗品译注》，江苏教育出版社 2006 年版，第 94 页。

之"终身病之"的自我评价上也可看出,颜延之在某种程度上也是认同这个结论的,而这正是整个时代把艺术精神价值放在艺术"形似"价值之上的表现。

魏晋士人所追求的精神价值,与其在艺术中对人物精神世界的刻画是一致的,顾恺之《论画》强调要"传神写照""以形写神",张怀瓘《画断》中说顾恺之"神气飘然在烟霄之上","像人之美,张得其肉,陆得其骨,顾得其神",就是重"神"的结果。谢赫《古画品录》中也认为要达到"气韵生动"——不仅包括人物画,还包括山水画的气韵生动——就必须"但取精灵,遗其骨法。若拘以体物,则未见精粹",要"取之象外""略于形色",才能达到"颇得神气"的微妙境界。王僧虔《笔意赞》提出的"神彩为上,形质次之",同样说明了魏晋士人为追求精神自由而把形、貌、声、色置于"神"之下,以"达神""畅神"为目的的艺术价值观。无论是顾恺之的"传神"理论,还是宗炳的"澄怀观道",都要求画家追求超出象外的精神世界。人的"神"与山水中的"道"是一致的,这也就是庄子所说的"技近乎道"的艺术境界,是绘画"气韵生动"的根源。陶潜的"无弦之琴"也是为了表达,追求的是"乐无声兮情逾倍,琴无弦兮意弥在"的艺术境界。文人在有形的现实世界里无法找到的自由,在艺术的精神世界里却可以得到;潇洒不滞于物,空灵以无为本,都是他们精神寂寞、逃避现实的写照。当然,优越的社会地位与充裕的物质生活,也给了他们审美的而非实用的、淡泊的而非功利的自由创作空间的可能性。

2 魏晋南北朝的文学与石刻造像

魏晋南北朝时期出现了很多重要的文学家,如三曹父子、竹林七贤、陶渊明、谢灵运等，他们都从各个角度对当时的政治、经济、文化、艺术、人的生存状况进行了全方位的反映与思考，创作了大量描述现实生活的诗、乐府、赋等文学作品，同样也有歌功颂德的赞、颂、传、碑等实用文学作品。此外，这一时期还出现了很多重要的文学理论著作，特别是曹丕的《典论·论文》、陆机的《文赋》、刘勰的《文心雕龙》等都是名垂千古的著作。

同样，魏晋造像雕刻等各种图像艺术也全方位地反映了魏晋南北朝时期的现实生活及其愿望，由于它们的作者多是优秀的民间艺术家，其艺术风格及审美趣味也与那些高高在上的士大夫不同。魏晋大量的造像、雕塑、墓室绘画也描绘了当时贵族及普通世人生活的各个方面，如宴饮出游、习武骑射、采桑劳作、战争斗争等各项内容，这些造像壁画中的各种图像，既描述了死者生存的现实世界，也向我们今日的读者展现出他们对那些未知世界的丰富想象。如西晋《青釉堆塑楼阁人物坛》陶瓷[1]上有层层楼阁、人物、鸟兽，结构复杂，象征地主土豪们的谷仓。西晋《越窑堆纹瓶》的层层楼阁间布满了歌舞杂技、仆役、狗、羊等各类动物，这都是豪门地主楼阁庄园生活场景的写照。此类器物虽无高超的艺术水准，但仍能从另一个角度充分反映当时赋等各类文学作品中所反映的层叠高耸的建筑风格，以及富人优裕的生活状态和审美观念。

由于统治者的提倡，魏晋南北朝时期，特别是南朝时期，随着偏安时局的形成，江南优美的山水、富庶的经济、高大的园林、文人集团的形成等都使宴饮文学得以繁荣，产生了大量宴饮诗、宴饮赋、宴饮文。大量各类著作中对宴饮有所描写与记述，如曹植、曹丕、庾信、鲍照、谢灵运、陶渊明等文学作品中都有对宴饮的描写。宴饮文学寄情山水，咏物抒情，游戏饮酒，无不表现了文人雅士互相酬唱应和、纵情人生的情形。我们在魏晋出

---

[1]　中国美术全集编辑委员会编：《中国美术全集　工艺美术编1陶瓷上》，上海人民美术出版社1988年版，第146—147页。

土的艺术作品中就可看到魏晋文人宴乐的情景。

三国吴《彩绘贵族生活图漆盘》上有宴宾图、梳妆图、对弈图、驯鹰图、出游图，人物体态修长，笔墨简练传神。三国吴《彩绘宫闱宴乐图漆案》上为宫廷宴乐场面，有五十五个人物，四周有禽兽纹、云气纹等，背面黑漆中有朱书"官"字。三国吴《彩绘鸟兽鱼纹漆槅》上有天鹿、凤鸟、神鱼、麒麟、飞廉、双鱼、白虎等神鸟神兽，魏晋墓室壁画中的各种怪兽、怪人虽可视为民间文化的象征，但由此也可看出魏晋士人对未知世界的幻想与困惑。三国吴《彩绘人物扁形漆壶残片》上有皇帝命素女鼓瑟图，人物图像根据榜题为立印石、醉子溺、女子醉、小儿、张主史、龙信妇、龙椎过、俳儿、康大家等，人物奔放，画风独特，处于秦汉写意与魏晋写实之间。[①] 这些图像都鲜明地反映了统治阶层妄想权贵永恒、富贵不易的价值诉求，如 1966年新疆阿斯塔纳北区四八号墓出土的北朝至隋《套环"贵"字纹绮》纹样[②]，以横排交切的椭圆形为基本骨格，形成套环，内填"贵"字，周围有双鸟及其他花朵、钩藤等作为纹饰。1966 年新疆阿斯塔纳北区五号墓出土的北朝至隋《"天王化生"纹锦》，锦面织莲花，半身像及"天王"字样，描绘了天王刚从洁净的莲花中化生出来的形象，均为回文诗织锦的雏形，这些寓意吉祥的纹饰正是当时士人生活及其价值观真实反映。

宴饮往往离不开山水，离不开宫殿庭院，我们从《洛神赋图》及各种出土的壁画及墓室壁画中均可看出山水及山水画在当时现实生活中的重要地位，这反映了魏晋士人的山水观念及山水艺术在魏晋绘画艺术中的重要作用。敦煌壁画中就有大量关于山水的描绘，其题材虽然取自佛教故

---

① 中国美术全集编辑委员会编：《中国美术全集 工艺美术编 8 漆器》，文物出版社 1989 年版，第 67—71 页。

② 中国美术全集编辑委员会编：《中国美术全集 工艺美术编 6 印染织绣上》，文物出版社 1985 年版，第 124—126 页。

事,但山水部分的内容却与其他壁画无根本差异。如敦煌二五七窟西壁中层北魏《九色鹿本生》之一、之二、之三,壁画上有简单的山水以说明故事的发生背景,但较为简略,图画用一些高低不平的土块代表山,符合"人大于山,水不容泛"的画史记载。敦煌二四九窟窟顶南披有西魏《西王母帝释天妃》,以锯齿状土块代表昆仑山,山中有树、鹿、狼等动物奔跑。这些简略的艺术构图以山水的形式点明了故事发生的客观环境,同时也给图像以美的装饰。敦煌二九九窟北周《睒子本生》图[①],窟顶藻井外沿有高山小溪、密林小鹿,山体已不再如五指一般大小,山比人大,但人山比例仍不协调,这主要是因为壁画是为了叙述故事,告诉读画人故事发生的背景,而不是纯粹为了写实地描述山水环境。约公元 4 世纪末到 5 世纪中南北朝时期克孜尔——四窟《鹿王本生特写》图[②],描绘了鹿王在森林发生大火时以身作桥、让其他动物从身上通过的故事。画中山峦叠嶂,河面宽广,鹿王以身作桥,在绘画比例上山不如鹿大。北魏麦积山石窟一二七窟《睒子本生局部 国王见睒子盲父母》[③],描写了国王误射睒子后去看睒子盲父母的情景,图中有人物、山水、树木,是一幅完整的山水人物画,构图严谨合理,说明北魏晚期山水画已经达到了较高的水准。

我们在北魏流行的各种线刻孝子画像中也能看到山水画的流行,如元谧石棺孝子画像中舜、原谷、董永、蔡顺、尉故事的发生往往都在山林的背景里,当然舜掘井、填井、整理粮仓,原谷和父亲一起去山上丢弃祖父,董永和父亲一起劳作、最后一边在田间劳动一边在照看父亲,蔡顺伏在燃

---

① 中国美术全集编辑委员会、敦煌研究院编:《中国美术全集 绘画编 14 敦煌壁画上》,上海人民美术出版社 1985 年版,第 24—27、71、151 页。

② 中国美术全集编辑委员会编:《中国美术全集 绘画编 16 新疆石窟壁画》,文物出版社 1989 年版,第 65 页。

③ 中国美术全集编辑委员会编:《中国美术全集 绘画编 17 麦积山等石窟壁画》,人民美术出版社 1987 年版,第 67 页。

着大火的棺上、四周房屋都在着火,王琳从赤眉军中救出弟弟等,这些故事大多发生在山林之中。但丁兰侍木母的故事为何要以山林为背景呢?无论故事发生的环境还是侍母的情景其实都与山林无关,丁兰侍母画中出现山林的情景主要是为了画面的装饰。山水已成为魏晋绘画中必不可少的组成部分,孤零零的人物画已失去它重要的地位。由于石棺的丧葬作用,上面还画满了龙虎、风云等各种仙道图像,与山林一起组成了一个神秘而又令人神往的仙界景象。

图2-1　元谧石棺孝子丁兰侍木母像

魏晋时期仙道盛行,出现了大量的游仙诗与游仙画。游仙诗如曹操的《陌上桑》《气出唱》《秋胡行》《精列》等,曹植的《五游咏》《仙人篇》《游仙篇》《洛神赋》《远游篇》等,阮籍的《咏怀诗》,傅玄的《云中白子高行》,王粲、陈琳的《神女赋》,郭璞、庾信、张华、张协、嵇康的《游仙诗》等,都充满了神道的典故,创造了各种神奇而又美丽的虚幻世界。游仙画则有顾恺之的《列仙女》、张僧繇的《摩衲仙人图》、谢安的《列仙图》、谢稚的《游仙图》等。著名画论顾恺之的《画云台山记》则取材自张道陵的仙道故事,据其内容我们可以看到,张道陵天师和二弟子的构图设计及其天、山、云、水的安排多来自葛洪撰《神仙传》,虽然绘画内容与传记所载有所不同。① 曹植诗《灵芝篇》也对孝子董永发出了"天灵感至德,神女为秉机"的感叹,表现了对后来影响很大的董永与仙女的故事。

游仙主题不仅在魏晋文学、绢帛绘画中有着丰富多彩的表现,在魏晋造像、壁画及墓室壁画中也有着广泛的反映。十六国北凉《月和西王母》壁画中的西王母头有三髻两簪,肩披帔巾,双手合拢端坐于若木之上,左边为一仕女,手持一曲柄华盖,上有满月,月中有蟾蜍,再上有一倒悬龙头,两侧画满流云,左下为九尾狐,右下为三足乌,脚下为昆仑山,山上有三只青鸟,其造型技巧娴熟,线条流畅,造型生动。十六国北凉《神马》中白马红鬃,四肢奔腾,形象生动,神采飞扬,四周画满飞云,下为昆仑。东魏武定八年(550年)东魏茹茹公主墓门墙壁画《朱雀与方相》,中央绘一只展翅飞翔的绿羽大朱雀,颈戴绶带,喙衔瑞草,神武威严,再配以兽面人身鸟爪之方相氏,作伸爪之状,有驱鬼辟邪之效用。升仙的世界比现实的世界更神秘,也更威严。② 江苏南京的南朝萧景墓《墓前石兽》③,此兽辟邪,形体硕大,背有羽翼,昂首挺胸,威武雄壮,守护陵墓,为南朝艺术珍品。魏晋南北朝雕塑中的人首鸟身和兽首人身画像与邓县墓写明《千秋万岁》的画像砖一样有"长生不老"之意。北方则以河南邓县画像砖墓为代表,其内容也以传统的汉文化思想意识为主流,如四神、麒麟、凤凰,属于道教神仙故事的浮丘公、王子乔、羽人,宣扬儒家思想的孝子传"老来

---

① 宿白:《张彦远和〈历代名画记〉》,文物出版社2008年版,第42页。
② 中国美术全集编辑委员会编:《中国美术全集 绘画编12 墓室壁画》,文物出版社1989年版,第38、40、50页。
③ 中国美术全集编辑委员会编:《中国美术全集 建筑艺术编2 陵墓建筑》,中国建筑工业出版社1988年版,第22页。

子"等。① 南京、丹阳出土的六朝时期的帝王和皇室贵族陵墓画像砖中充满了企求升仙的佛、道纹饰,如各种羽人戏龙、羽人戏虎、飞天、神兽、莲花纹、忍冬纹等。这些仙道故事与直接反映现实生活的各种文学及绘画作品不同,它们从另一个侧面反映了魏晋士人对神仙世界及死后冥界的想象、思考与恐惧。

人的形象则是魏晋造像中最直接的基本主题。魏晋南北朝的造像雕塑作品多取自佛教题材,但其人物形象的塑造与绢帛画及文学作品中所描写的人物形象却往往追求相似的审美气质,也就是当时所流行的"秀骨清像",这种人物形象在顾恺之《女史箴图》《洛神赋图》、南朝砖像画《竹林七贤》中都有具体的表现,即都追求一种体态修长、面貌清秀、气质俊逸潇洒、衣饰简洁流畅之美,这与魏晋士人强调形貌、追求世外的静宁高远、饮酒服药,甚至男性追求女性之美有着必然的联系,因此,以吸引打动普通信众为目的的佛像雕塑自然也就容易用世俗的审美观念来雕塑与佛教内容有关的雕像。炳灵寺北石窟寺二四四窟北魏《供养人浮雕像》,身材修长,俊美清秀,衣服宽博潇洒,体现了典型的魏晋风度;炳灵寺一二六窟北魏《菩萨像》,身体修长,清俊秀美,似一少女亭亭玉立。另一北魏《菩萨像》也是风格清俊秀美。② 这些佛教雕像虽然取材自佛教,但其反映的人的精神气质、衣着风貌,与魏晋人物论中所推崇的人物风格基本吻合,与大唐庄严华贵风格不同。龙门石窟宾阳洞主佛释迦牟尼像也表现了北魏人尚瘦的审美观念,面部清瘦,脖颈细长,体态颀长,衣纹细密。古阳洞北壁中层北魏《供养人行列》,人物修长,有南朝"秀骨清像"的画风,应是

---

① 中国美术全集编辑委员会编:《中国美术全集 雕塑编3 魏晋南北朝雕塑》,人民美术出版社1988年版,第24页。

② 中国美术全集编辑委员会编:《中国美术全集 雕塑编9 炳灵寺等石窟雕塑》,人民美术出版社1988年版,第80、92、93页。

对当时人物的真实描绘,古阳洞法生龛下部北魏另一《男女供养人行列》则虔诚肃穆,风格基本相似。龙门石窟古阳洞南壁中层北魏《佛传故事龛楣》以释迦成道为中心,向两边展示出佛陀一生的故事,有乘象投胎、树下诞生、步步生莲、九龙灌顶、王宫报喜、阿私陀占相、立为太子、游观园林、山林之思、犍陟辞还、苦修称道等,是龙门唯一完整的佛传故事。① 这些取材自佛教故事的连环塑像从整体上反映了魏晋人对佛教的基本理解,而造像却完全按照现实中的人及其生活方式来刻画的。麦积山石窟雕塑中北魏《第一三三号窟第一号造像碑》②是十八通造像碑中最珍贵的一通,以一佛生平传记为题材,上有"树下思维""阿育王施土因缘""佛入涅槃""深山说法""乘象入胎""降服外道""树下诞生""九龙灌顶""布发掩泥""燃灯授记""文殊问疾""鹿野苑初转法轮"等,故事生动,人物鲜明,有树木、花草、鸟兽等,丰富多彩,完全是现实生活世界的写照。

从这些精美的佛教雕像中,我们能看到魏晋士人、民众的现实生活与审美情趣,如果把它们与魏晋绢帛摹本画中的人物画像进行比较,也能发现其中的相似性。很显然,这些不同形质的艺术品都取材自当时士人民众的现实生活,来自他们对生活、生命鲜活而生动的丰富感受,所以金维诺在谈到宋代摹本《洛神赋图》与原作关系时,说:"洛神赋图有不少摹本,而以故宫博物院所藏一卷宋代摹本最接近原作,以所描绘的曹植及仆人与北朝石窟供养人像、龙门宾阳洞礼佛图等相较,以整个故事画的处理与洛阳出土的北朝石刻画像以及麦积山本生图等相较,可以很明确地证明这一点。所以这虽然是一件宋代摹本,但在一定程度上仍然代表了顾

① 中国美术全集编辑委员会编:《中国美术全集 雕塑编 11 龙门石窟雕刻》,上海人民美术出版社 1988 年版,第 15、20、21 页。
② 中国美术全集编辑委员会编:《中国美术全集 雕塑篇 8 麦积山石窟雕塑》,人民美术出版社 1988 年版,第 51 页。

恺之那个时代的艺术水平。"①这些人物画像、山水风景、奇珍怪兽,都是魏晋士人及普通世人对现实及未来世界的基本理解。

在魏晋南北朝时期造像中,洛阳龙门石窟是最为典型的融造像、雕塑、文学、书法为一体的综合艺术体中的代表作品,是典型的文图密切结合的艺术宝库。龙门造像记也往往都是雕刻、书法、文学兼美的艺术体。龙门石窟本为一个艺术整体,但在以往的艺术研究中,研究者往往都从自己的角度出发,对龙门石窟做分别的研究;佛教造像、浮雕石刻、碑刻书法等,为了各自从事独立的研究而被分离,研究书法者仅仅关注石窟中的书法部分,对图像不做任何的关注,很少从文图一体的角度进行考察,魏晋文图关系的研究则必须重新回归整体,使书法、绘画、文学重新结合在一起研究。

北魏孝文帝迁都洛阳后即在龙门开凿石窟、雕刻石像,并附刻有大量的碑刻题记,形成雄伟浑厚的风格。洛阳龙门石窟现存石窟总数有两千一百个,造像十万余尊,造像记及其他铭文石刻三千六百余件,洞窟中还布满了各种装饰性的花纹图饰,可谓是多种艺术的完美集合,其中最为著名的古阳洞就是集石刻、造像、书法、题记于一体的综合艺术体。魏晋南北朝大量石窟造像、碑刻都是以一种理论认识为前提的,那就是具体的图像也有抽象的语言所无法企及的艺术效果,这也就是图像相对于语言所具有的价值。从佛教造像与绘画来看,图像有语言所无法达到的东西,特别是佛教美学所追求的彼岸世界完美、崇高、圆满、自由的精神境界往往是语言所无法表达的,所以佛教禅宗往往以拈花微笑、不立文字为旨归,然而信众却可以通过目睹释迦摩尼的画像来体悟其精神,从而感化自己,这也是佛教造像的根本目的。

---

① 金维诺:《中国美术史论集》,人民美术出版社 1981 年版,第 93 页。

北魏洛阳龙门石窟造像《说法维摩诘》①中，维摩诘圆头圆脑，宽袍大袖，高冠无髻，右手执麈尾，左手舒展，似在高谈阔论，虽与传统所谓"清羸示病之容，隐几忘言之状"不同，而是魏晋士人真实生活的表现，但世人仍能从中发现佛教所最终追求的精神自由的境界。当代蔡志忠的佛教主题插图也是如此。蔡志忠所绘《漫画佛学思想》中有一长段关于佛陀一生的叙述与解释，这些解释是很常见的，几乎在任何关于佛陀的书籍内都可找到，但即使我们读过这些文字多遍，这些叙述也并不能告诉我们佛陀的相貌神态及相貌中所显示出的精神世界，如："出生后即丧母，悉达多自幼多愁善感，受传统婆罗门教育，常感世事无常，于 29 岁出家，先随沙门思潮的两位大师阿罗达迦罗摩（ARADA KALAMA）和乌陀迦罗摩子（UDDAKA BAMAPUTRA）学习禅定，后来又自性苦行了六年，最后在菩提树下悟道成佛。智度论二曰：'佛陀，秦言智者。有常无常等一切诸法，菩提树下了了觉知，故名佛陀。'"②内在的精神通过外表形象来显示是如此重要，中国传统言意之辨的主要争论之处就在于，语言能否传达这个所谓的"拈花微笑"与佛教所最终追求的心神宁静高远的境界，至于菩提树的高矮及形貌也是我们所无法得知的，但蔡志忠的绘画却能使我们对其有所想象，从而减少了文字阅读中所无法解决的困惑。在某种程度上可以说，佛教的境界更适合用图像来表达，特别是对于那些教育程度很差的普通信众来说更是如此，所以魏晋佛教造像获得巨大发展也是逻辑与历史的必然了。佛教艺术最终追求的乃是展现一种理想的境界，而不仅仅是和现实图像一致的"相像""摹仿"。

艺术并不是只要真实，"和原物一样"并不是绘画存在的唯一原因和

---

① 中国美术全集编辑委员会编：《中国美术全集 雕塑编 11 龙门石窟雕刻》，上海人民美术出版社 1988 年版，第 66 页。

② 蔡志忠编绘：《漫画佛学思想》上册，商务印书馆 2009 年版，第 15 页。

动机。绘画还有另一个更为重要的目的,那就是它要以美感动观众,激发人们强烈的审美愉快和热爱;要能够打动观者的内心,激发好的行为,至少能够使他们在欣赏的当下流连忘返,沉浸在艺术所特有的迷人感之中。无论是新奇式样或是绚丽色彩对普通人的感染,还是绘画的哲理与深沉的理念所具有的崇高感对寻道者的打动,都是艺术存在的不可或缺的缘由,因为艺术吸引人比"栩栩如生"具有更重要的更深刻的意义。

对于希腊雕塑中理想与现实密切结合这一原则,我们在魏晋造像,特别是魏晋佛教造像里也能深刻体察到。古今中外伟大的思想家、伟大的艺术无不以此为最终目的,如苏格拉底、柏拉图、亚里士多德、孔子、孟子、老子、庄子无不把道德的内容作为文学与艺术批评的基本原则,虽然他们对道德的认识有所不同;也就是说,他们对艺术作品评价的基本原则与对人的评价的基本原则有着相通之处。由此看来,言意之辨的本质在某种程度上可以引申为文图关系问题,也就是文与图哪个更能达意。这个"意"不仅仅是指人的思想,更是指人应该达到的最终境界。语言在某些方面并不及图更能传达佛的拈花微笑所蕴含的平静与自然的内在精神,博爱的精神往往用图像更能表达得淋漓尽致,这也是僧人书法、绘画与佛教造像、雕塑所表现出的基本审美特征,所以在佛教的传播中,图像起着非常重要的作用,特别是对于一个教育非常不发达的中国古代社会来说更是如此。魏晋时期伟大的佛教造像雕塑都充分利用了雕塑自身所特有的坚硬、静穆、永恒、崇高、对俗世的超脱感,并将其与自然完美融为一体,来充分体现宗教所追求的庄严而神圣的境界。这种境界是由纯真的虔诚、崇高的追求、坚忍的信念、深挚的情感与形式上完美的质朴一起来实现的,它所追求的伦理与社会原则使它成为一座从现实通向理想的桥梁,再加上石窟整体上追求审美的崇高性与宗教的超越性,这使得它成为今日的我们理解魏晋文化一个不可缺少的维度。无论文学还是艺术,都表

现出魏晋文化中出世与入世的融合与对立，特别是佛教艺术的发展更彰
显了这个方面。魏晋南北朝开凿的石窟、建筑与雕塑，不仅是集体记忆的
标志，也是当时社会影响、改造人的精神世界与提升整个社会文明程度的
基本手段，时至今日也是如此。大量的佛教造像雕塑，既有对佛之超脱俗
世风格的精彩描绘，也有关于世俗生活及现实人物形象的刻画，这是为了
使观者能把世俗人生与佛教所最终追求的解脱性密切结合在一起。魏晋
时期的宗教艺术在某种程度上也可称为民间艺术，原因就在于：一方面它
与民间有着广泛密切的联系，另一方面它往往很难确认真正的创作者。

　　关于佛像的存在价值，我们也可以借用西塞罗对朱庇特的解释来说
明。虽然佛像的存在对早期的佛教来说是违反佛教的基本原则的："雕塑
家或画家靠他们自己不能再现出智慧与聪敏，他们永远无法把纯粹的聪
敏智慧行之于具体形式，因为这种形式是超于常人经验之外的，是虚幻
的，因之，人们只能依赖一个我们或可承认它代表了某种精神价值的人体
形象。由于缺乏神的模特儿，于是用一个像是器皿般地装载了理性和智
慧的人体来代表神。我们试图利用可视可感的材料作为象征去表现一种
看不见和把握不到的东西。这种象征比那些野蛮人把野兽或其他荒诞低
下之物奉为神明的象征要高明得多。"基督教的基本教义也是反对造像，
如《摩西十诫》中就明确反对制造圣像，但时至今日我们仍然看到大量的
圣像存在，究其原因，或许正如圣山阿道斯的《指南书》中所说的："我们
不能说这幅画或那幅画描绘的是耶稣或圣母，但是当我们向某个形象致
以敬意时，我们认为这是在向这个形象所代表的典范致敬。"我们对各种
佛像的存在也可做此理解，在这里，艺术造像不过是一座桥梁，它是通向
理想价值理念的中介，也是指向月亮的手指。关于艺术与道德，文杜里在
《西方艺术批评史》中说："道德与宗教需要艺术作品去表现，但这并不是
说艺术的作用就在于进行宗教和道德教育（这种场合产生的是说教而非

艺术)。不过,从需要上看,艺术家对自己的创作活动采取的态度,常常是由严肃的道德感和对于无限的宇宙的向往而形成的。"[1]

石窟造像作为石窟艺术的主要形式,其造像记的内容大多是造像者、造像时间、造像动机、发愿对象、发愿文、经文等,其字体自然是适于表达庄重神圣感的正体字。孙过庭《书谱》说"趁变适时,行书为要;题勒方幅,真乃居先",行书灵活方便,可以应时急就,所以王羲之大量书简多是行书,典诰文册则用楷书书写更能表达典雅庄重,故魏碑的各种书体大都是庄重典雅的楷体。造像记往往还配合着造像的各种题材,如佛、菩萨、飞天、比丘、供养人或佛教故事等,它们被雕刻师分布在不同的位置,以使整个石窟、佛龛、雕像碑显得更为和谐且富有变化。有时造像记的字体和镌刻面积都很大,便会以碑刻的形式出现,其螭龙、碑额、底座便与造像记一起成为碑刻的一个有机组成部分,其造型设计、雕刻风格、书风特征、装饰纹样、石质题材无不具有装饰之美,体现着不同时代、不同地域、不同艺术家的审美趣味。造像记多为骈文,其后的祈愿结尾往往以"颂""辞"的方式重复题记的内容,用词精美,音韵和谐。

现保存下来的魏晋南北朝造像雕塑中大量的造像都有铭文,如北魏"黄兴造像"上半部分为方格中线刻浮雕佛教人物故事,下半部分为长造像铭文,以说明造像起因及供养人姓名。其他如北魏"刘保生造像"、北魏"朱双炽造像"、北周道教造像石刻"马洛子石造像"、北周"陈海龙等造四面像碑"等,有些文字占据画面很大比例。[2] 北魏洛阳龙门石窟造像也多有题记等,如北魏《左胁侍菩萨》《龛楣》《尉迟及元详等造像龛》《比丘惠成造像龛》《魏灵藏造像龛》《杨大眼造像龛》《孙秋生等造像龛》《比丘法

① 文杜里:《西方艺术批评史》,迟轲译,海南人民出版社1987年版,第332—333页。
② 中国美术全集编辑委员会编:《中国美术全集 雕塑编3 魏晋南北朝雕塑》,人民美术出版社1988年版,第75、78、79、161、162页。

生造像记》等，其中《比丘惠成造像龛》《魏灵藏等造像龛》《杨大眼造像龛》《孙秋生等造像龛》《比丘法生造像》等题记均是著名造像记。① 如《魏灵藏造像记》文辞富丽，运用了大量的骈体文，音韵和谐，气势连贯。如"乘豪光东照之资，阙兜率翅头之益""舍百郡则鹏击龙花，悟无生则凤升道树"等句，华美遒劲，具有很强的文学性。② 其中最为著名的还是龙门四品，后又扩充为龙门二十品，其中十九品都在古阳洞。③这些造像题记分别记载着佛龛的雕凿时间、人物、目的等，其风格端正大气、刚健质朴。龙门四品分别为《始平公造像记》《孙秋生造像记》《魏灵藏造像记》《杨大眼造像记》，其书法作品已是中国书法史上最富有时代艺术风格的作品集之一。其中洛阳龙门石窟古阳洞北魏孝文帝太和年间《始平公造像记》④全用阳刻、有界格，线条刚劲有力，风格宽博挺拔，撼人心魄，虽是无名之辈的作品，实在是中国书法史上的不朽之作。造像记除阐明了造像的原因即佛教信仰外，还讲明了造像对于加深信仰的功效，"夫灵踪弗启，则攀宗靡寻；容像不陈，则崇之必□"。正如北魏《比丘尼法柯造像记》中所说："夫圣觉潜晖，绝于形相。幽宗弥邈，攀寻莫晓。自非影像，遗训安可崇哉。"⑤提出展示佛的形象而为众信徒的崇拜和瞻仰提供可能，这种借助图像艺术感染力以加强宗教情感的做法，无论在基督教还是在儒家文化传统中都有。《魏灵藏造像记》中也阐明了这个观点，所谓"应真悼三乘之靡凭，遂腾空以刊像"，寻求解脱的人，可以根据自己的想象来塑造佛像以表明自己追随佛法的心愿。北魏各造像记除了是方正严谨、刚劲有力

---

① 中国美术全集编辑委员会编：《中国美术全集 雕塑编 11 龙门石窟雕刻》，上海人民美术出版社 1988 年版，第 4、8、10、12、13、14、18、19 页。

② 俞丰编著：《经典碑帖释文译注》，上海书画出版社 2012 年版，第 183 页。

③ 俞丰编著：《经典碑帖释文译注》，上海书画出版社 2012 年版，第 168 页。

④ 中国美术全集编辑委员会编：《中国美术全集 书法篆刻编 2 魏晋南北朝书法》，人民美术出版社 1986 年版，第 162—163 页。

⑤ 俞丰编著：《经典碑帖释文译注》，上海书画出版社 2012 年版，第 169 页。

的书法作品外，还因为文字内容多是表达造像者虔诚的心愿，因此辞藻华丽，且为文多用骈体，对仗工整，排比罗列，音律和谐，典故相应，富有感染力，再加以佛像的雕刻，堪称文、图、书三项完美结合的典范。其中《石门铭》中关于石门险要环境的描写及石门开凿后盛况的刻画都让人对这一历史功绩心生无限敬佩之情；令人惊奇的建筑壮举、惊心动魄的记述与潇洒自然不拘一格的书体相统一，实是三美一体，充分展现了造石门者的伟大及书写《石门铭》者的虔诚。这些魏晋南北朝碑刻的书写者大都是处理文书的普通小吏，且多不署名，即使有署名也无更多史料记载。很多著名碑刻的作者也是如此，如《孙秋生造像记》之萧显庆、《始平公造像记》之朱义章、《石门铭》之王远。而这些不囿于成见的无名书写者又往往具有无限的创新魄力，其生动自然、不拘一格的鲜活风格也是那些生活在沉闷死板的宫廷之中的文人雅士所不及的。此外，这些石窟造像的民间艺术家，他们饱尝风吹日晒，在文人雅士游山玩水之际，用汗水与艰辛雕琢了一件件完美的艺术品，而这种艰苦的劳动是那些养尊处优的达官贵人所无法承担的。因此，魏碑造像的宏大有力、舒展刚强的风格是那些文人艺术家所缺少也无法企及的，魏晋造像碑刻所保留的这些大量民间艺术家的伟大作品，正从另一个角度展示了中国文化强大的生命力与坚忍不拔的气概。

图 2-2　龙门石窟王元爕造像记

我们从被称为"魏碑第一"的现藏山东曲阜孔庙的北魏《张猛龙碑》①中可以看出北魏碑刻中这种集优秀文采、书法于一体的艺术风格。此碑刻字结体雄健严密,笔法斩钉截铁。除其被书法界长期称颂的笔力精绝、真行兼美外,其文字内容也可谓是精金美玉,如"冬温夏清,晓夕承奉""积石千寻,长松万刃"等,令人赞叹。其中描写张梦龙对父母的孝顺与怀念的文字为:"年廿七。遭父忧,寝食过礼,泣血情深。假使曾、柴更世,宁异今德? 既倾乾覆,唯恃坤慈。冬温夏清,晓夕承奉。家贫致养,不辞采运之勤。年卅九,丁母艰,勺饮不入,偷魂七朝。磬力尽思,备之生死。脱时,当宣尼无愧深叹。"②特别是其"冬温夏清",即冬天为母亲暖被、夏天为母亲扇席的纯孝精神令人感动。所以启功读此帖常常感慨万千,唏嘘不已。他在《启功论书绝句百首》之二十六论此碑中说:"清颂碑流异代芳,真书天骨最开张。小人何处通温清,一字千金泪数行。"并解释说:"功获此碑帖旧拓本,温清未泐。小子早年失怙,近遭慈艰,碑文不泐,若助风木之长号也。"③启功对《张猛龙碑》非常珍爱,认为此碑为北朝诸碑之"冠冕",不惜以旧拓多种易得,盖因碑上"冬温夏清"四字未泐,正反映了自己幼年失怙近又失母的艰难人生,所以说"小人何处通温清,一字千金泪数行"。从这个角度来说,碑帖中的文学抒情与书法形式上的完美充分融合在一起了。

书法的书写过程本身就是一个视觉化的过程,与绘画以图像与色彩表现事物的图像化过程不同,书法是以字形之美来展示书法家对美的理解,《兰亭集序》的书写乃是王羲之将文学的语言艺术与书法的视觉艺术

① 中国美术全集编辑委员会编:《中国美术全集 书法篆刻编2 魏晋南北朝书法》,人民美术出版社1986年版,第181—183页。

② 俞丰编著:《经典碑帖释文译注》,上海书画出版社2012年版,第234页。

③ 启功:《启功论书绝句百首》,荣宝斋出版社1995年版,第19—20页。

完美结合的结果。当然，在书法史上也常常出现仅仅注重书法形式美而完全忽略文学内容甚至是语言内容的情况，也就是说，将书法作品当作绘画一样去欣赏，而很少顾及书法所表述的文字内容。正如启功《论书绝句》四一说："买椟还珠事不同，拓碑多半为书工。滔滔骈散终何用，几见藏家诵一通。"这首诗是针对叶鞠裳《语石》中所说"惟其自述收集拓片，指归仍在于书，以为书苟不佳，终不入赏"的做法而言的，所以启功在解释文字内容与书法之间的关系时又说："然自书法言之，崇碑巨碣，得名笔而益妍；伟绩丰功，借佳书而获永。是知补天之石，尚下待于毛锥；建国之勋，更旁资于丹墨。虽燕许鸿文、韩欧妙制，于毡腊之前，仅成八法之楦，又何怪藏碑者多而读碑者少乎？夫撰文所以纪事，濡丹所以书文，而往往文托书传，珠轻椟重。岂谀墓过情者，有以自取耶？"启功阐明了在流传过程中碑帖的文字内容与书法在不同时间所起到的不同作用：开始是为了让书写的内容能借助于书法得以流传，但随着时间的流逝，书法逐渐取代了书写的内容，从而占据了主导的地位，最终竟然到了书写的内容被完全忽视的地步，以至于出现了大雅集王羲之字书《兴福寺碑》，而碑的主人竟是宦官，并在碑记中说其妻"圆姿替月，润脸呈花"的情况。柳公权更是虽然以"心正笔正"来论书法，却为险恶之宦官书写《神策军碑》、为奸僧端甫歌功颂德书《玄秘塔碑》，所以启功说："劲媚虚从笔正论，更将心正哄愚人。书碑试问心何在，谀阉谀僧颂禁军。"[1]而现今的书论很少再论及柳公权所书二碑是为奸臣佞党了，其主要原因就在于，二碑的内容被淹没在了柳公权劲媚丰腴的书法之美中，形式之美已完全掩盖了文字所记述的内容。虽然柳公权为权奸歌功颂德也许是一时之权宜，但"心正""笔正"的矛盾确是书法形式美与文学内容之间不能完全统一的表现，如《兰

---

① 启功：《论诗绝句》，中华书局 1990 年版，第 84、110 页。

亭集序》那样能把书写的内容与书写的形式高度完美地统一,确是中国书法史上少有的。

　　魏晋南北朝造像、雕像、画像石、画像砖是艺术家们以刀代笔在坚硬的石、砖面上创作的精美图像艺术,这些精美的图像艺术与山林、石窟、墓室、石阙等融为一体,且其内容题材丰富多彩,多为历史故事、神仙鬼怪、奇禽异兽、花草树木等,因此它们往往都是文图一体的综合艺术体。

　　魏碑造像记有书法的基本特性。书法对于笔墨、色彩、构图和线条美的无上追求,以及由线条本身的形状、变化、质地创造出的形象,彰显了书法作为视觉艺术的本质,所以书法是以语言为载体、同绘画一样以笔墨线条生成图像的供人欣赏的空间图像艺术。但魏碑造像记不仅是一种书写艺术,更是一种雕刻艺术,是文、书、刻三者合一的综合艺术。新疆和甘肃敦煌藏经洞发现的大量魏晋南北朝时期的经卷和残纸,说明当时纸已经取代帛书和竹木成为主要的书写工具,用笔在纸张上书写与在竹简上书写根本不同,从而也产生了不同的审美效果。而与纸张与竹简都根本不同,魏晋广泛流行的石窟造像与摩崖石刻则依山势造窟凿石,造像与刻字也常常随山体的高低之势与石质的硬软不同而不同,却能与山体融为一体,产生震撼人心的效果,这与拿在手中直接观看的竹简和书卷所产生的优美可爱之感完全不同,其审美效果迥然有异。

　　书法的载体有石、木、铜、玉、竹、帛、绢、砖、墙壁等,笔墨的书写与金石的碑刻给人以截然不同的审美感受。在《兰亭集序》墨迹的临摹与碑帖的翻刻流传过程中,翻刻的尺寸、行列的安排、字迹的缺失、字口的磨损、字的界格及装裱等,这些因素都直接影响《兰亭集序》的视觉审美效果,再加上在翻刻过程中涉及具体的技术问题,如双钩、填墨、上石木、雕刻、翻拓等,在这过程中,不同人的技术工拙、材质的不同、操作的时间与环境等都会直接影响《兰亭集序》以不同的面目呈现在世人面前。而这一切最后都要呈现在翻拓的纸张上，翻拓就是二次创作，纸张的质地、薄厚、燥湿，用墨的浓淡、轻重、明暗，都会使《兰亭集序》的翻拓出现不同效果。这种在中国书法史上的"刀笔""碑帖"之争，乃是关于两种根本不同的审美媒介所产生的不同美感的争论，启功所谓"透过刀锋看笔锋"的说法，也是强调要尽力融合二者的审美特点，既要看到用笔的特点，又能明确字的结构，使人不要偏废刀笔，给人以不同审美感受。至于篆刻、碑学拓本在长期保存过程中由于自然原因的剥损、风化、模糊、干裂等而所具有的"金石之气"，也成为中国书法家所追求的书法美。总之，不同版本的《兰亭集序》的存在价值，就是为了从不同的角度来展示或二度创作《兰亭集序》的书写之美。

　　书法中的用笔书写与用刀刻碑也是书法美学中的关键问题，因为王羲之的《兰亭集序》纸本早已不存，流传下来的《兰亭集序》除了几本唐摹本外，大都是从刻石上复制下来的拓片，其艺术效果与书写在纸上的原初效果根本不同，正如各种《兰亭集序》拓本与陆机《平复帖》的效果不同一样，这也是中国书法史上的"刀笔""碑帖"之争的根本问题，因为刀、笔的不同书写方式直接影响甚至决定了书法的不同审美气质。关于碑帖之争，若以帖的风格与尺度来评价碑，那确实只会看到生硬与土气，但若以它自身的尺度来评价，那就会看到刚强与朴素。不仅如此，甚至每个艺术家都有自己的风格与创造，即使是他自己的每部作品都带有不同的颜色，体现出独特的追求。

　　关于《兰亭集序》的问题，既有"真赝"的问题，也有"妍媸"的问题，前者是求真的考古学问题，后者则是求美的图像学问题。郭沫若1965年发表了著名的《由王谢墓志的出土论到〈兰亭序〉的真伪》，基于南京附近出土的东晋王兴之夫妇墓志、谢鲲墓志及其他晋代砖刻文字基本上是隶书的特点，认为王羲之的字体也应该是"没有脱离隶书笔意"的，而《兰亭集序》的字体则和唐代的楷书一致,因此,《兰亭集序》的真实性是存在问题的。① 郭沫若的观点受到了高二适、商承祚等学者的反对。究其两派争执的焦点,除了历史、文学、书法等内容外,还有一个根本性的书法图像学问题,也就是书法作为一种图像艺术,其字体、书体、书风的发展与时代的关系问题。

关于《平复帖》的争论也是如此。陆机《平复帖》为现存最早的书法真迹,比王羲之《兰亭集序》略早五十年,其将草书与篆隶结合,浑圆高古,然其文让历代鉴赏家"苦不尽识"。历代关于《平复帖》内容的争论,不仅仅是关于文字语义的争论,更是关于书法字形字体的争论,对《平复帖》内容合理的解读,必然要把当时的语言文字与草法书写的规范合理结合在一切才能完成。同样,关于《兰亭集序》的真伪之争,不仅仅是关于《兰亭集序》的文字内容之争,更是关于兰亭的书写风格之争。郭沫若认为《兰亭集序》是伪作,不仅仅是因为《兰亭集序》所表达的思想内容与王羲之的思想内容不尽吻合,更重要的是,《兰亭集序》的书体与当时出土的各种墓志的书风不同,而反驳者高二适也是从这两个方面进行了自己的论证。总之,对《兰亭集序》的认识是从两个根本不同的方面来进行的,那就是文字的内容与书写的外在图像之美、清新自然的文风与朴实畅达的书写完全融为一体,确与《平复帖》给人的阅读及视觉审美效果迥异。

我们从魏碑的刻写来看,当时已经出现了非常规范的正书字体,即使是同一人,在不同时间、环境、情绪之下写出的作品也是不一样的,在写不同的作品时,由于书写内容的不同,再加以书写者的精神状态不同,作品最后所呈现出的精神气质也是不同的,这正是《书谱》所谓"五乖""五合""乖合之际,优劣互差"。孙过庭《书谱》在谈到王羲之的书法形式与其书

①　郭沫若:《由王谢墓志的出土论到〈兰亭序〉的真伪》,《文物》1965 年第 6 期。

写内容之间的关系时说:"写《乐毅》则情多怫郁;书《画赞》则意涉瑰奇;《黄庭经》则怡怿虚无;《太师箴》又纵横争折;暨乎《兰亭》兴集,思逸神超;私门诚誓,情拘志惨。所谓涉乐方笑,言哀已叹。"①王羲之在写《乐毅论》《东方塑画赞》《黄庭经》《太师箴》《兰亭集序》等不同的文章时,文章中不同的情绪,如《乐毅论》中的感伤忧郁、《东方塑画赞》的瑰丽奇妙、《黄庭经》的虚无缥缈、《太师箴》的抗争曲折、《兰亭集序》的惠风和畅、《告誓文》的压抑悲惨等,都对王羲之的书写产生了不同影响。人在高兴时就发出笑声,悲哀时就发出叹息;文学内容的书写不仅能直接反映、同时也能影响书法家心情,语言的表达与书法形式的表达都与书写者的内心情感联系在一起,如同自然时序的变化一样不可强作为体。

清中后期随着碑学兴起,书法界也就出现了魏碑风格的《兰亭集序》,启功就曾发现清代伪造的魏碑《兰亭集序》。② 不过,这至少能让欣赏者看到不同风格书写的《兰亭集序》,这种以刚劲的魏碑风格书写的《兰亭集序》,和传统的典雅潇洒的风格相比,给人以一种怪异的感觉,也许这正是主张目前存世《兰亭集序》为假的学者所认为《兰亭集序》应该具有的风格,因为这正是那个时代普遍具有的风格。但从陆机的《平复帖》来看,魏晋流行的书风也并非全是魏碑的风格,魏碑刚劲峭拔的风格主要出现在造像石刻之中,且多由刀刻的加工手段造成。

书法作为一种图像艺术,它的主要价值还是体现在它的书写的外在形式上,像《兰亭集序》这样文学与书法完美结合的作品,在魏晋文学与图像关系史中确实是一个非常有代表性的个案。至于《兰亭集序》为何没有入选《文选》,历来多有争执,但无论如何,王羲之对文学的影响与他对书法的影响是不可同日而语的。

① 孙过庭:《书谱译注》,马永强译注,河南美术出版社2007年版,第88页。
② 郭沫若等:《兰亭论辨》,文物出版社1977年版,第72页。

孙过庭在《书谱》中说:"然君子立身,务修其本,扬雄谓诗赋小道,壮夫不为;况复溺思毫厘,沦精翰墨者也!"①在扬雄看来,无论是诗赋还是篆刻,都是小道,不是君子修身立命的根本,更不用说只是用笔书写诗赋以仅仅追求其外在的视觉形式之美了——想想赵壹在《非草书》中对各种喜爱草书的批评就可理解了。我们从魏碑很少署名这一点就可看出这一看法影响之深远,这不过是书以人贵的另一种存在形式罢了。

---

① 孙过庭:《书谱译注》,马永强译注,河南美术出版社 2007 年版,第 15—16 页。

三　魏晋南北朝文学对后世绘画的影响

魏晋南北朝文学对后世书、画等图像艺术的发展产生了深远的影响，这主要表现在两个方面。其一是魏晋南北朝文学成为后世书画艺术的共同的题材或主题。后世书画家往往直接取材自魏晋文学如三曹、陶渊明、竹林七贤的故事及诗文，《三国志》《洛神赋》《世说新语》《孔雀东南飞》《兰亭集序》《木兰辞》《千字文》中的人物故事，此外还有达摩与二祖的传说、虎溪三笑、苏蕙图像诗的故事等，这些都是后世书画家非常喜爱的题材。曹植《洛神赋》就常常成为后世画家的题材，如北宋佚名《洛神赋图卷》、元卫九鼎《洛神图》（上有倪瓒的题辞："凌波微步袜生尘，谁见当时窈窕身。能赋已输曹子建，善图唯数卫山人。云林子题卫明铉洛神图，戊申"）、明剧作家汪道昆《洛水悲》插图、清萧晨《洛神图》扇画、傅抱石《象牙微雕洛神赋方章》、现代画家任率英年画《洛神》等。根据陈葆真的统计，曾见载于历代画录的《洛神赋图》至少有三十件以上，其中有些仍传于世。① 这些作品中的图像创作无不与曹植《洛神赋》直接相关，说明了曹植《洛神赋》在"洛神"图像艺术创作中的重要性。

其二是魏晋南北朝文学艺术复杂多样的审美趣味，特别是其建安风骨、魏晋风度、晋人尚韵等，对后世图像艺术的发展产生了极为深远的影响，无论在题材的选择，还是在绘画的基本风格，甚至在最基本的技法所

---

① 陈葆真：《〈洛神赋图〉与中国古代故事画》，浙江大学出版社 2012 年版，第 308—309 页。

传达的审美趣味等各个方面,无不表达了魏晋士人追求超越物质存在形式的精神自由,表达了在宇宙及哲学的层面上把空灵的意境与宇宙万物密切融为一体的精神境界。特别是《世说新语》中所竭力记载刻画的魏晋各种潇洒自由的人物形象及其奇谈怪论,更是后世艺术家所极力倾慕效法的对象,即使在当代艺术中也未断绝,如傅抱石《兰亭修禊图》、蔡志忠的漫画《世说新语:六朝的清谈》《六朝怪谈:奇幻人世间》、陈书良《六朝那些人儿(图文本)》等,无不是这种深远影响的表现,无论是文学还是图像艺术,无不以人为中心,以表达人的困惑、人的喜怒哀乐、人的解放与解脱,充分展现人的外在之美与精神之美,而这正是魏晋文学与图像艺术的根本价值所在。

1 魏晋南北朝文学作为后世绘画题材

魏晋南北朝文学对后世绘画的影响,首先表现在它为后世绘画的发展提供了丰富的题材。魏晋文人追求自由、个性的精神成为后来艺术发展过程中有着同样追求的艺术家的榜样,后者会直接在自己的艺术作品中将其表现出来,其中最典型的就是陶渊明对后世绘画的影响。袁行霈在《陶渊明影像——文学史与绘画史之交叉研究》一书中对中国绘画史中出现的与陶渊明密切相关的绘画进行了分类研究,他把它们分为三大类:第一类是取材于陶渊明的文学作品,如《归去来兮辞》《桃花源记》《归园田居》等,有些是单幅作品,有些是组画,用一系列图画表现一个连续性的故事情节;第二类是取材于陶渊明的生活轶事,如采菊、漉酒、虎溪三笑等;第三类则是陶渊明的肖像。同时他还对历代著名的与陶渊明有关的图像进行了文学与图像相互关系的分析说明。①

最早与陶渊明有关的图像是现藏台北故宫博物院的传南朝宋陆探微《归去来辞图》。较早且比较著名的陶渊明像是唐代郑虔所绘《陶潜像》,《宣和画谱》卷五对其有记载,但今已不存。至于唐代李道昭、五代荆浩所绘《桃源图》,虽史料有记载,但均已不传。历代以《桃花源记》为绘画题材的作品很多,唐韩愈在他的长诗《桃源图》中就讲述了根据《桃花源记》所作图画的情景:"神仙有无何渺茫,桃源之说诚荒唐。流水盘回山百转,生绡数幅垂中堂。武陵太守好事者,题封远寄南宫下。南宫先生忻得之,波涛入笔驱文辞。文工画妙各臻极,异境恍惚移于斯。架岩凿谷开宫室,接屋连墙千万日。嬴颠刘蹶了不闻,地坼天分非所恤。种桃处处惟开花,川原近远蒸红霞。"清郑板桥曾书韩愈此《桃源图》诗,潇洒自然,给人纵横飘逸之感。据袁行霈《以〈桃花源记〉为题材的作品》一文统计,从南宋赵伯驹、赵伯骕兄弟画《桃源图》起,曾画过《桃花源记》的画家有:宋代李唐,元代钱选、王蒙,明代文徵明、文嘉、张瑞图、仇英、陈洪绶、周臣、丁云鹏、宋旭,清代吴伟业、查士标、萧晨、王炳、王翚、黄慎等。此外,宋代王十朋、魏了翁,元代王恽、钱选、赵孟頫、吴澄、揭傒斯、黄溍,明代文嘉、朱彦昌、沈周等都有题《桃源图》的诗。② 其中,现藏台北故宫博物院的南宋马和之款《桃源图》虽有争议,但也是一幅非常著名的以《桃花源记》为题材的绘画作品。李唐《四时山水》第一幅取材自《桃花源记》,王蒙《桃源春晓图》、周臣《桃源问津图》、文徵明《桃园别景图》后书有王维长诗《桃源行》,文徵明自己也有《桃源图诗》:"桑麻鸡犬自成村,天遣渔郎得问津。世上神仙知不远,桃花只待有缘人。"仇英《桃园仙境图》与《桃源图》、张瑞图《渊明涉园图》、查士标《桃源图》、萧晨《桃花源诗意图》、王翚《桃花

___

① 袁行霈:《陶渊明影像:文学史与绘画史之交叉研究》,中华书局 2009 年版,第 1—2 页。

② 袁行霈:《陶渊明影像:文学史与绘画史之交叉研究》,中华书局 2009 年版,第 82 页。

渔艇图》、黄慎《桃花源图》(后有其草书《桃花源诗并记》全文,可谓诗书画并美),这些都是历代以《桃花源记》为题材的著名画作,由此可见《桃花源记》已成为中国艺术史中一个非常重要的诗图结合的艺术母题。

对大多数中国文人来说,陶渊明已经成为一个精神符号,特别是到宋代以后,经苏轼、朱熹的大力推动,陶渊明在中国文化史上地位逐步变高,其诗歌所反映的清高、气节、追求自然等基本价值理念,在中国文化史上特别是在文人士大夫的心中愈来愈占有重要地位。陶渊明也成为象征文人超凡脱俗的崇拜对象与文化符号,即使那些在人生理念和现实生活与陶渊明截然对立的文人也显露出对陶渊明的向往,在自己的艺术创作中采用陶渊明的题材。其中最为典型的就是南宋时以阿谀秦桧父子出名、毫无气节可言的周紫芝也曾作有《和陶彭泽归去来词》,明代时以阿谀魏忠贤出名、"素无节概"的张瑞图也曾画有《渊明涉园图》,清乾隆皇帝也曾在钱选《归去来图》上题诗,这正如元好问在《论诗绝句》中所说:"心画心声总失真,文章宁复见为人。高情千古闲居赋,争信安仁拜陆尘。"诗品、人品之间的矛盾是文学史与艺术史共通的话题,陶渊明为中国历代文人所共同景仰,以及他对中国绘画的影响,反映了中国古代文人内心深处的另一面。

当然,这其中也有不少文人对陶渊明的人生理念持有批评态度,其中最典型的就是王维在其《与魏居士书》中所说的:"近有陶潜,不肯把板屈腰见督邮,解印绶弃官去。后贫,《乞食》诗云'叩门拙言辞',是屡乞而多惭也。尝一见督邮,安食公田数顷。一惭之不忍,而终身惭乎!此亦人我攻中,忘大守小,不恤其后之累也。"杜甫在《遣兴五首》中也批评陶渊明说:"陶潜避俗翁,未必能达道。观其著诗集,颇亦恨枯槁。达生岂是足,默识盖不早。有子贤与愚,何其挂怀抱。"陶渊明出于愤世嫉俗,不愿与权贵合作,毅然弃官归隐,而王维迎合李林甫、唐玄宗、安禄山,从而稳坐官位、安食俸禄,自然不会采取陶渊明的价值取向。不过,正如阮籍的隐忍与嵇康的抗争不可同日而语一样,陶渊明所谓的乱世超脱与王维所谓的悠然自得,又怎能与杜甫的"再使风俗淳"的悲壮与希望相提并论呢?

对文学史中后人反复选录陶渊明《归去来辞》与《桃花源记》这一现象,鲁迅在《〈题未定〉草》一文中说:"被选家录取了《归去来辞》与《桃花源记》,被论客赞赏着'采菊东篱下,悠然见南山'的陶潜先生,在后人的心目中,实在飘逸得太久了。但在全集里,他却有时很摩登,'愿在丝而为履,附素足以周旋,悲行止之有节,空委弃于床前',竟想摇身一变,化为'阿呀呀,我的爱人呀'的鞋子,虽然后来自说因为'止于礼义',未能进攻到底,但那些胡思乱想的自白,究竟是大胆的。就是诗,除论客所佩服的'悠然见南山'之外,也还有'精卫衔微木,将以填沧海。刑天舞干戚,猛志固常在'之类的'金刚怒目'式,在证明着他并非整天整夜的飘飘然。这'猛志固常在'和'悠然见南山'的是一个人,倘有取舍,即非全人,再加抑扬,更离真实。譬如勇士,也战斗,也休息,也饮食,自然也性交,如果只取他末一点,画起像来,挂在妓院里,尊为性交大师,那当然也不能说是毫无根据的,然而,岂不冤哉! 我每见近人的称引陶渊明,往往不禁为古人惋惜。"①艺术史与文学史对陶渊明《归去来兮辞》和《桃花源记》共同的追捧,反映了中国古代文人在复杂的政治权力斗争中所处的极为尴尬的生存困境与避世的心态。文学和艺术中对陶渊明"菊""松""酒""琴""山水""田园"等的赞颂也是如此,这不仅是一个艺术的技术问题,更是一个在艰难困苦时期中国古代知识分子的价值取向问题。

其实,绘画史上的陶渊明的形象也仅仅是想象性的。如现藏北京故宫博物院的传唐陆曜《六逸图》之"陶潜葛巾漉酒"图中,陶渊明身材魁

---

① 《鲁迅全集》第六卷,人民文学出版社 2005 年版,第 436 页。

伟,体胖圆肚,袒腹露背,双目圆睁,面目严肃,上面有陶潜《饮酒》诗之五,但此图既无文学作品中所反映出的清高淡然,也无画史中隐逸高士的潇洒自由之姿,图像上仅有葛巾、漉酒这些用以表现陶氏形象的基本元素而已。北宋李公麟所绘《陶渊明归隐图》也是如此,此图将《归去来兮辞》分为七部分,配有七图,完整地描绘出陶渊明归去来的具体情节。① 李公麟作画之所以以陶渊明为主题,原因就在于其与陶渊明有着极其相似的个性及生活特征,李公麟是在借陶渊明表达自己的人生理想及价值追求。其中,图画第五段描述"或命巾车"到"感吾生之行休",表现了陶渊明乘巾车前往耕耘的情景,画中有人驾着车,前后有童子正担挑衣食随行;第七段描述"植杖而耘籽",画中陶渊明在菊花田中头戴葛巾,左手持杖,蹲在地上,右手拔草,旁有童子侍立。——正如鲁迅在《风波》中所嘲笑的文人雅士在傍晚欣赏无思无虑的田家乐一样,这一切都表现了李公麟自己对陶渊明劳动情景的浪漫想象,和陶渊明的真实生活及其文学作品并不一致,和真正的劳动生活也相差甚远。至于整幅画作所呈现出的精美雅致,如精美的篱墙、整洁的衣着、雅致的厅堂房舍、齐整的田苗、高大的松树等,无不体现了艺术家自身生活的现实场景及其对田园隐居生活的浪漫想象。

当然,由于与被画者之间的时代差距,画中国古代人物时不可能采取写实的手法,这与欧洲文艺复兴时期人物画大都采用写实手法根本不同。其原因主要是中国古代人物画的目的除了为表达人物基本特点——这些特点往往借助于历史文献的记载或套用其文化身份等类型化与格式化的程式外,更多是作为画家表现自身价值倾向及艺术理想的媒介。正如中国古代诗歌是抒情言志的产物一样,绘画也是如此,所以画家与陶渊明基

---

① 袁行霈:《陶渊明影像:文学史与绘画史之交叉研究》,中华书局2009年版,第8—15页。

本价值倾向的相似性，乃是其选择陶渊明及其诗歌作为绘画题材的重要原因，他们取材自陶渊明及其诗歌，主要是为了推崇陶氏之为人及其人生观。历代对陶渊明隐居生活的描述，多是展现其"闲适""高雅""生动"的一面，而忽略了其隐居生活清寂、无奈的一面，像《乞食》《责子》诗题中这样明显的字眼都会被画家所忽略或省略，简直把陶渊明当成了一个对生活的困苦麻木不仁的人。正如鲁迅所指出的，嵇康《诫子书》中对孩子各种繁琐细致入微的训导反映了隐逸高士的现实的另一面，他教育孩子要游刃于时代与环境之中，而不是被生存环境所困缚，变得艰难困苦不堪；陶渊明"责子"也是如此。

在陶渊明的众多画像中，明末清初陈洪绶《博古叶子》中的一幅"空汤瓶"陶渊明坐像较为著名。画像中的陶渊明头戴葛巾，长髯浓眉，宽衣博带，眼睛微闭，席地而坐，似正养神，后怪石上有一空酒瓶，杖藜置左前方，杖头已长花叶。画左边有题词："其卧徐徐，其觉于于。瓶之罄矣，其乐只且。"取自《庄子》《诗经》的词句表达了陶渊明即使无酒仍能保持闲适从容的精神追求，这与陆曜《六逸图》之"陶潜葛巾漉酒"图呈现出截然不同的风格。陈洪绶另一幅著名的陶渊明画像为台北故宫博物院藏《孤往》，描绘了陶渊明手持团扇、宽衣博带、悠然行走的情景，应取自陶渊明《归去来兮辞》中"怀良辰以孤往"的诗句。还有一幅台北故宫博物院藏陶渊明画像《玩菊图》，则描绘了陶渊明手持长杖、坐于根凳之上、注视着立于石上花瓶中的菊花的情景。此渊明相貌已无《孤往》中温和平静之情态，而是鼻梁高耸、大耳下垂、长脸细目，似有异象，给人以超凡脱俗之感。此外，现藏夏威夷美术学院的陈洪绶《归去来兮》卷，表现了陶渊明典型的性格特征：其宽衣博带盘坐在一巨大怪石之上，右手抚着无弦琴，左手持菊花嗅闻，前有一壶酒；人物形象清癯，潇洒自然；以采菊为标题，其好酒、好菊花、好音乐的品性完全表现出来了；上有题词"黄花初开，白衣酒来，吾何求人哉？"可谓是文图相契，表达了同一个陶渊明。①

　　其实，陶渊明的具体相貌大都是画家根据自己的理解而做出的想象，文学史上除了陶渊明的性格喜好外，对其形象并无细致具体的文字描述。据相关统计，陈洪绶共画有陶渊明图十几幅，他对陶渊明题材情有独钟，与他自己和陶渊明类似的人生经历密切相关。

　　至于石涛最为著名的陶渊明画，则是《陶渊明诗意》册页十二帧，现藏北京故宫博物院。各开内容为：之一"狗吠深巷中，鸡鸣桑树巅"，取自《归园田居》；之二"悠然见南山"，取自《饮酒》；之三"若复不快饮，空负头上巾。但恨多谬误，君当恕罪人"，取自《饮酒》；之四"一士长独醉，一夫终年醒，醒醉还相笑，发言各不领"，取自《饮酒》；之五"带月荷锄归"，取自《归园田居》；之六"遥遥望白云，怀古一何深"，取自《和郭主薄》；之七"平生不止酒，止酒情无喜"，取自《止酒》；之八"饥来驱我去，不知竟何之"，取自《乞食》；之九"虽有五男儿，总不好纸笔"，取自《责子》；之十"连林人不觉，独树众乃奇"，取自《饮酒》；之十一"东方有一士，被服常不完"，取自《拟古》；之十二"清晨闻叩门，倒裳往自开。问子为谁欤，田父有好怀"，取自《拟古》。② 各开对面有王文治题诗和题识，整幅长卷诗、书、画完美结合，特别是石涛的画风与陶渊明的诗风和谐一致，融为一体，给人以天衣无缝之感，似为画家或诗人一人所作。

　　此外还有现藏华盛顿弗瑞尔美术馆的石涛《桃源图》。此画描绘了村人在和一位持船桨的远方客人交谈的情景。深山之中有几间茅屋，山外即停着来者的小船。画面多深墨色，并无桃花绚烂之色。现藏华盛顿弗瑞尔美术馆的石涛《桃源图》以《桃花源记》为题材，描述了渔人进入桃花

---

① 高居翰：《图说中国绘画史》，李渝译，生活·读书·新知三联书店2014年版，第181页。
② 袁杰编：《石涛陶渊明诗意图册》，紫禁城出版社2007年版，第1—13页。

源，将舟停在洞口，自己进村与人交谈的情景。[1] 整体而言，石涛的画作往往仅取陶渊明诗之大意，达到以意表意、以神表神的效果，而不是简单地对诗的内容进行如实的刻画。如石涛《陶渊明诗意图册》，之一自识"狗吠深巷中，鸡鸣桑树巅"，既无鸡，也无狗，只有一人独自站在荒郊野外的草屋之中，望着远方，似乎在等待着什么，房屋四周与庭院之中荒草野树丛生，好似无人之地的隐居之处，门口有一小河静静流过，河上有一小桥，远山隐隐，更加深了整幅画的寂静幽远的氛围。之二自识"悠然见南山"，图中画一隐者手持盛开的菊花，遥望着远山，倾斜的篱笆正是陶渊明"采菊东篱下"的写照，虽然画题中没有出现"采菊东篱下"，但画的内容已经将其充分表达出来了，即使没有读过原诗的人，也能知道是画家或诗人在东篱下采着菊花，遥望着远山，这首和第一首相比，真是诗画完全融合在一起了。之五自识"带月荷锄归"，图中画一隐者身处傍晚的雾霭之中，周围似花树盛开，远山隐隐之中既没有星光也无月色，只有荷锄从外而归的隐者，他向自己的房屋走来，表明这已是一天劳作的结束，是回家休息的时候了。

由此可见，石涛的陶渊明诗意画，是要在整体诗意上来表达陶诗的精神境界，而不在具体的细枝末节上。画中反复出现的孤独隐者、隐隐远山、依依杨柳、累累岩石、空旷的小溪、无人的小桥、笔挺的松柏、沉默的对者，即如褚德彝在跋中所说的："画家于摩诘杜陵诗，多节取诗句写作画册。独陶诗图写者甚罕，渊明诗意渊深，非浅人所能窥测。此苦瓜僧取彭泽诗画成十二叶，如二叶之悠然见难上，四叶之一士长独醉，六叶之遥遥望白云，八叶之饥来驱我去，皆于画中将陶公心事传出。实即自己写出心

---

① 高居翰：《图说中国绘画史》，李渝译，生活·读书·新知三联书店 2014 年版，第 210—211 页。

曲,所谓借他人酒杯浇自家块垒。寻常画士岂能梦见?"由此可见,石涛用
陶渊明诗意来作画,乃是与古之知音对话。这与他以墨竹顶天立地、以兰
花清逸不俗来自比是一致的。这套画作是他从北京回扬州之后所作,也
是他从归隐到仕途再回到归隐的人生旅途的艺术展现,正如陶渊明从仕
途回归田园一样。而在图画中,我们似乎很难再找到陶渊明与石涛对仕
途的思考了。画册之九自识为"虽有五男儿,总不好纸笔",王文治跋中
说:"蓬头王霸之子,椎髻梁鸿之妻。先生传,先生之子亦传矣,爱纸笔也
奚事。"联想到嵇康《诫子书》中对儿子的告诫,陶渊明此处对不好纸笔的
五男儿并非有什么赞赏之意,而石涛作为出家人,他的态度如何不得而
知,我们只能从画中体会到一种田野儿童一起游玩的无忧之情吧。至于
此画册所附清代著名书法家王文治书写的诗跋,可以说,王氏书法清晰自
然,平整而时现摇曳之姿,与石涛画作可谓相得益彰。

2　魏晋南北朝文学对后世绘画风格及趣味的影响

魏晋南北朝文学对后世绘画风格及趣味的影响,深刻表现在魏晋风
度及魏晋风骨对后世绘画的不断浸透中。魏晋风度最典型的表现就是
《世说新语》所记述的大量魏晋文人雅士故事,这些文人雅事常常成为后
世绘画的题材。

如王羲之的兰亭聚会,便对后世书画的发展产生了深远的影响,中国
历史上绵延不绝的"兰亭真伪之争",不仅是文学、文字之争,更是图像及
其审美风格之争。历代取材自王羲之的图像艺术也是数不胜数。历代对
王羲之书法,特别是对《兰亭集序》的临摹自不必说,这是任何从事书法研
究的人所必不可少的功课,此外王羲之的个人爱好如兰亭雅集更是历代

画家乐于选择的题材。如现藏纽约大都会博物馆的元钱选《羲之观鹅图》，描绘了王羲之在茂林修竹的亭中观池中之鹅的情景，其后有一侍童相伴，其前之池塘中有两只白鹅在戏水游动。[①] 王羲之喜欢养鹅，这与支道林喜欢养鹤养马、王徽之喜欢种竹一样，他从鹅的神态中悟到了书法的道理。这些爱好都是寄情山水、取法自然审美观念的具体表现，都对后来绘画题材产生了很大影响。唐代就有《羲之爱鹅》的艺术作品[②]，作品中的王羲之便服敞胸，盘腿抱鹅，神态潇洒。

明成化《斗彩高士图杯》[③]，斗彩纹饰两种：一为陶渊明爱菊，陶渊明站立双手下垂，作观菊状，一童子腋下夹琴侧立；一为王羲之爱鹅，王羲之坐岸边观鹅，一童子捧书侍立。明陆治《幽居了事图册》[④]，其中内容有：《梦蝶》，柳树下一人在卧石酣睡，使人联想到陶渊明；《笼鹤》，使人想到王羲之的《笼鹅》；《停琴》，竹林七贤中有很多音乐达人；《踏雪》，则自然使人想到王徽之冒雪访友的故事。清任颐《支遁爱马图》以东晋名僧支遁爱马为题材。[⑤] 支遁站在高大芭蕉前，手持一长杖观马，马则回望支遁，似在答谢。

明永乐《兰亭修禊图》[⑥]，上有各种人物、山水、大树、兰花、修竹、小桥流水；人物举觞，饮酒，赋诗，写字；人物旁有说明，方格中有文字说明，图

---

① 高居翰：《图说中国绘画史》，李渝译，生活·读书·新知三联书店2014年版，第117页。
② 中国美术全集编辑委员会编：《中国美术全集 工艺美术编12 民间玩具剪纸皮影》，人民美术出版社1988年版，第18页。
③ 中国美术全集编辑委员会编：《中国美术全集 工艺美术编3 陶瓷下》，上海人民美术出版社1988年版，第82页。
④ 中国美术全集编辑委员会编：《中国美术全集 绘画编7 明代绘画中》，上海人民美术出版社1989年版，第116—119页。
⑤ 中国美术全集编辑委员会编：《中国美术全集 绘画编11 清代绘画下》，上海人民美术出版社1988年，第192页。
⑥ 中国美术全集编辑委员会编：《中国美术全集 绘画编19 石刻线画》，上海人民美术出版社1988年版，第88—89页。

中已有人完成诗作。此图全长九米,宽六米,原图传为宋李公麟所作,明永乐十五年(1417)摹刻。图卷开始于王羲之坐于亭榭之间、持笔抚纸、对溪沉思、溪中白鹅溪水的场景,结束于侍童于河边桥上收拾空杯盏的场景,似一连环叙事画卷。

清苏六朋《曲水流觞图轴》描写了王羲之修禊兰亭曲水流觞的故事①,画中山高林密,有飞流急湍、息亭,有人似乎已经大醉,还有侍人从桥上抬大酒坛而来。清道光《彩粉人物图套杯》②,套杯胎轻釉白,粉彩装饰,绘画内容有王羲之爱鹅等。明清北京故宫宁寿宫花园"禊赏亭",从整体构思到细节韵味,无不显示出深受《兰亭集序》的影响:亭名从字面看,应来自《兰亭》中的"修禊"一词;"禊赏亭石栏杆"上用浅浮雕雕刻竹子作装饰;"禊赏亭流杯渠"为纪念古代风俗三月初三亲朋好友在环曲的流水旁罚酒宴乐故事,称为曲水流觞,为《兰亭》中一重要标志。③ 现浙江绍兴兰亭景区,中有"曲径",两旁为成片竹林;有"鹅池",为纪念王羲之爱鹅;鹅池对岸为小山,山后为流觞曲水和流觞亭;"康熙笔亭"为康熙御笔"兰亭";此亭后有八角重檐碑亭,亭中为康熙临《兰亭序》,碑阴刻乾隆撰写的《兰亭即事诗》;"右军祠墨华亭"为右军祠内池塘中一亭。④

此外,王羲之的儿子王徽之也是一位寄情山林的高人。《世说新语》中记载了他的一个故事。王子猷尝暂寄人空宅住,便令种竹。或问:"暂住何烦尔?"王啸咏良久,直指竹曰:"何可一日无此君?"另一个故事则更

① 中国美术全集编辑委员会编:《中国美术全集 绘画编11 清代绘画下》,上海人民美术出版社1988年,第139页。

② 中国美术全集编辑委员会编:《中国美术全集·工艺美术编3 陶瓷下》,上海人民美术出版社1988年版,第191页。

③ 中国美术全集编辑委员会编:《中国美术全集 建筑艺术编2 陵墓建筑》,中国建筑工业出版社1988年版,第97—100页。

④ 中国美术全集编辑委员会编:《中国美术全集 建筑艺术编3 园林建筑》,中国建筑工业出版社1988年版,第170—172页。

为著名。王子猷居山阴，夜大雪，眠觉，开室命酌酒，四望皎然。因起彷徨，咏左思《招隐诗》。忽忆戴安道。时戴在剡，即便夜乘小舟就之。经宿方至，造门不前而返。人问其故，王曰："吾本乘兴而行，兴尽而返，何必见戴？"①第一个故事可视为苏东坡诗"宁可食无肉，不可居无竹"的先声，第二个则显露了东晋士人所神往的随性而至的自由风度。

北宋郭熙就据此而绘有《雪山访友图》，又题为《溪山访友图》。② 元黄公望《剡溪访戴图》③则描绘了王子猷雪夜到山阴剡溪访戴安道的故事，图中雪山皑皑、秃树荒寂，船上的人拢袖伏安，似乎在船上赏雪，四周荒凉寂静、萧瑟寒冷；船离山中的房子还有一段距离，反而转向了回家的方向。巨石耸立的山峦在大雪之中给人以宁静神秘的感觉。元张渥《雪夜访戴图》④也描绘了同一个图式，图画近景描绘了陋船中的王徽之，王双臂紧抱，蜷坐在船中，望着流动的江水，一幅淡然无思的样子，船尾的船夫则在尽力地划船，岸边的大树已枝叶尽落，显示了隆冬的肃杀寂冷。线条多用白描，简洁流畅，准确表达了王徽之心性超脱自然、无拘无束的境界。以此为题材的著名画作，还有明戴进、明夏葵、明周文靖、近人吴昌硕等人创作的《雪夜访戴图》，以及日本画家狩野友益创作的屏风《剡溪访戴》。此外，如北宋郭熙《雪山访友图》⑤、南宋夏圭《雪堂客画图》、明周臣

①　刘义庆：《世说新语笺疏》，余嘉锡笺疏，中华书局 2011 年版，第 656—657 页。
②　中国美术全集编辑委员会编：《中国美术全集 绘画编 3 两宋绘画上》，文物出版社 1988 年版，第 58 页。
③　中国美术全集编辑委员会编：《中国美术全集 绘画编 5 元代绘画》，文物出版社 1989 年版，第 47 页。
④　中国美术全集编辑委员会编：《中国美术全集 绘画编 5 元代绘画》，文物出版社 1989 年版，第 157 页。
⑤　中国美术全集编辑委员会编：《中国美术全集 绘画编 1 原始社会至南北朝绘画》，人民美术出版社 1986 年版，第 58 页。

《雪村访友图》①、明钟钦礼《雪溪放艇图》②、明蒋乾《雪江归棹图》③、清王云《雪溪舟行图轴》④等，都使人联想到王徽之雪夜访友的故事。

图3-1　黄公望《剡溪访戴图》

---

①　中国美术全集编辑委员会编：《中国美术全集 绘画编7 明代绘画中》，上海人民美术出版社1989年版，第31页。
②　中国美术全集编辑委员会编：《中国美术全集 绘画编6 明代绘画上》，上海人民美术出版社1988年版，第160页。
③　中国美术全集编辑委员会编：《中国美术全集 绘画编7 明代绘画中》，上海人民美术出版社1989年版，第163页。
④　中国美术全集编辑委员会编：《中国美术全集 绘画编10 清代绘画中》，上海人民美术出版社1989年版，第102页。

清孙祜《雪景故事册》①还描绘了魏晋时期其他关于雪的故事。其中,《赤脚嚼雪》描述了晋铁脚道人赤脚走在雪上、饿了以梅花和雪为食的故事;《谢庭咏雪》取自《世说新语》谢太傅下雪天招家人谈论诗文咏雪的故事;《王恭涉雪》则是描述孟旭评论晋人王恭披鹤氅涉雪而行、为"神仙中人"的故事。至于"谢庄点雪""孙康映雪"也都是晋人故事,"袁安卧雪"则描写了东汉袁安竹林雪房读书的故事。

《三国志》所记述的大量三国人物及其故事,也成为后世画家所喜爱的题材,特别是曹操、诸葛亮、刘备、关羽、张飞、吕布等,《三国演义》小说出版流行之后更是如此。其中著名的有明商喜《关羽擒将图》②,图画描述了关公水淹七军、生擒魏国名将庞德的故事,生动形象地描绘了两位三国名将的超人风采,一位是常胜将军的高大威猛,一位是宁死不屈、战败不言败的豪杰,图像的戏剧化效果给人以深刻的印象。

全图共六人,首先映入观者眼中的就是名将关公。对于关公的形象,《三国志》与《三国演义》中都有精彩的描述,与此画精彩的刻画形成映照。关公头戴蓝巾、身穿金黄铠甲以示其高贵身份,他身披色绿战袍,袍脚与美髯随风飘舞,黄、绿、蓝三色对比,鲜艳夺目,笔画刚劲有力,更加强了整幅画的紧张气氛。关公丹脸凤眼,长髯飘拂,高大雄拔,器宇轩昂,是经典的关公形象。图中的他作为一个胜利者双手搂抱右膝,似在展示胜利者的悠闲自得,但他又被庞德宁死不屈的英雄气概所折服。关羽的脸上似乎有些许的困惑,他好像在对庞德说:难道现在不已证明了你的失败吗?你还有什么道理不屈服呢?然而关公整体泰然镇静的神情也似乎暗

---

① 中国美术全集编辑委员会编:《中国美术全集 绘画编 10 清代绘画中》,上海人民美术出版社 1989 年版,第 194—195 页。

② 中国美术全集编辑委员会编:《中国美术全集 绘画编 6 明代绘画上》,上海人民美术出版社 1988 年版,第 99 页。

示了庞德的必死命运。

与神情镇定的胜利者关公的形象不同,被俘者庞德则是一个被压制的扭曲的畸形形象:双臂被死死地绑在身后的柱子上,其中露出的左手还拳头紧握;头发也被绑在柱子上,且由于奋力挣扎而头发紧绷,脸拉长扭曲,眉毛倒竖,双眼圆睁,咬牙切齿,鼻孔怒张,神情似在咒骂关公。令人印象深刻的是,两位副将在极力将庞德死死地困住,二者的手用力按在庞德身上,似乎已深入其肌肉,像两只老鹰的铁耙利爪紧紧地困住猎物,以防其逃跑。左边的副将在全力地捶打固定着庞德右脚的木桩,右边副将的神情似乎在向关公展示他的无奈:庞德这样宁死不屈,我们又能怎么办呢?两位副将肤色一黑一白,显示了画家卓越的构图技巧,以尽力加强整幅画作的紧张氛围,左边的副将在今日人的眼睛看来皮肤已经近似黑人的程度了。至于另外两个配角,一个是拔剑威慑的关平,另一个则是一旁吆喝的周仓,二者也是一动一静,但都显出无可奈何的神情。关平离关公更近,神情也与关公略有相似,他们都时刻关注着紧张挣扎的庞德;而周仓已显示了自己的不耐烦,脸上的神情已向观画者表明了那即将到来的结局。

至于整幅画作的松树背景及河川简图,与其说是描述了故事发生的场景,倒不如说展示了作者文人画家的情趣:死生攸关的残酷战争怎能与这优雅的山川相表里呢?

明清大量出现的关公木版年画也都表现了武圣关公高大威猛的形象,如朱仙镇在明嘉靖六年(1527)就盖有关帝庙戏楼,关公的形象经常出现在朱仙镇年画中也就在情理之中了。关公是中国历史上最为著名、名声流传最广的男性英雄之一,以其形象为主题的年画,把关公所代表的战勋卓著、吉祥平安的寓意,与中国传统儒家文化的忠信及民间文化的侠义精神完美结合在一起,从而成为中国民间文化的一个象征性的符号标志。历代封建帝王为弘扬忠君思想封关羽为"帝君""关圣",著名的关公画像如:明天启《关圣像》①,上有宋马远之作,可能是假马远之名。关羽魁梧威严,气宇轩昂;周仓持刀伺后,豹头圆眼,威猛异常。明《关羽》②,太原关帝庙泥彩塑,黑帽,金面,绿袍,右手握带端,左手扬起,着如意文靴,两足叉立,威猛挺拔。清顺治《关圣真君像》③,关羽正襟危坐,雍容大度,有帝王之气象,即所谓关帝;关平满目慈祥,似文臣伺坐一旁;周仓则手持宝刀,豹头圆眼,似恶鬼站立于后;上有长篇画像赞。清康熙《关圣帝君像》④,此图最上有篆书"关圣帝君像",下有红色"汉寿亭侯之印"印章一枚,带印纽之印在上,朱色印文在下;再下为关公手持偃月刀立于马上,其身披绿战袍,脸为红色,赤兔马身为红色,鬃、尾、四蹄为黑;整幅图画中,书法、绘画、印章完美结合,人物造型生动,色彩对比鲜明,构图别致。清末天津《单刀会》⑤描绘了关羽坐船头,周仓持青龙偃月刀站立身后,岸上鲁肃携众将迎接的场景。

河南洛阳关林为关羽首级埋葬地,今关林基本为明清面貌,苍松翠柏,庭院石坊,庄严肃穆。此外,四川成都武侯祠、重庆奉节白帝城明良殿、湖北襄阳古隆中、湖北襄阳诸葛武侯祠、四川云阳张飞庙、山西解县关帝庙、四川资中武圣殿等,均有大量与刘备、关羽、张飞、诸葛亮有关的诗文、绘画、塑像等。

《木兰诗》中花木兰的形象与"木兰从军"的系列图像同样是中国画

---

① 中国美术全集编辑委员会编:《中国美术全集 绘画编19 石刻线画》,上海人民美术出版社1988年版,第104页。
② 中国美术全集编辑委员会编:《中国美术全集 雕塑篇6 元明清雕塑》,人民美术出版社1988年版,第108页。
③ 中国美术全集编辑委员会编:《中国美术全集 绘画编19 石刻线画》,上海人民美术出版社1988年版,第110页。
④ 中国美术全集编辑委员会编:《中国美术全集 绘画编19 石刻线画》,上海人民美术出版社1988年版,第113页。
⑤ 中国美术全集编辑委员会编:《中国美术全集 绘画编21 民间年画》,人民美术出版社1985年版,第59页。

的重要题材。花木兰参军的题材，与《三国志》中记载的官方人物形象及《世说新语》中所展示的文人雅士的奇闻逸事所表现的文人情趣有根本不同，它更多是表现了民间文化坚强不息的生命力。正如《西厢记》中崔莺莺所说："那木兰当户织停梭惆怅，也只为居乱世身是红妆。"这类以中国古代性别与战争为主题的还有缇萦救父的故事，其可谓是花木兰故事的前身，两个故事所思考的都是女性代替男性担当家庭或国家责任的问题。美丽动人、武艺高强的女性依靠性别的暂时转换——女扮男装——在危难之时保家卫国，揭示了中国古代强烈的性别意识及女性以一种奇特方式救国与自我拯救的乐观想象，如戈湘岚的《木兰从军图》便是刻画了木兰女扮男装的形象。

此外值得一提的是，花木兰还常常成为文学和戏剧作品主人公的原型人物。如明徐渭杂剧《雌木兰替父从军》中的木兰、《女状元辞凰得凤》中的黄崇嘏，清陈端生弹词《再生缘》中男扮女装成为朝廷重臣的孟丽君，现代常香玉豫剧《花木兰》中的花木兰，现代严凤英黄梅戏《女驸马》中的冯素珍，现代京剧《红色娘子军》中"不爱红装爱武装"女性战士，当代华裔作家汤亭亭的《女勇士》中的女性人物等，都以花木兰为原型。花木兰传奇把性别、战争、民族、家庭等因素融合在一起，具有宣扬爱国情怀的政治价值，徐渭作《雌木兰替父从军》抗倭、"抗战"时卜万苍执导的影片《木兰从军》轰动孤岛上海、常香玉演花木兰为抗美援朝捐飞机就是典型几例。此外，花木兰女扮男装的传奇经历又有着特殊的文化意义及商业娱乐价值，如徐渭《雌木兰替父从军》重点刻画了木兰的更换戎装重回女儿身的过程，甚至有关于缠足的心理描写。花木兰在今日媒体时代仍能获得青睐，也是因为花木兰从军故事的内在丰富性，所以一再被改编为影视剧，其中包括1927年天一公司出品的黑白故事片《木兰从军》，1928年民新公司出品的由黎民伟执导的影片《木兰从军》，1939年新华公司出品的由欧阳予倩编剧、卜万苍执导的影片《木兰从军》,1998 年迪士尼卡通电影《花木兰》(Mulan),1999 年由袁咏仪与赵文卓主演的港台武侠言情电视连续剧《花木兰》,2004 年迪士尼卡通电影《花木兰 2》(Mulan Ⅱ),2009 年北京星光国际传媒有限公司拍摄的由赵薇主演的电影《花木兰》,2013 年河南影视集团和东阳江山多娇公司联合出品的由侯梦瑶主演的电视连续剧《花木兰传奇》等。

禅宗的初祖达摩与二祖慧可也常常成为后世画家取材的重要内容。如现藏日本东京正法寺的五代末宋初画家石恪的《二祖调心图》,描绘了禅宗二祖高耸双肩、单臂俯卧在熟睡的老虎背上打盹的情景,笔墨潇洒飘逸,与禅宗所表达的精神价值完全一致。① 南宋梁楷《八高僧故事图》②第一为"达摩面壁",现画后附有明人用赵体行书撰写的简要说明文字。金《达摩只履西归图》③,《只履西归》故事见《佛祖统记》,此图像有文字说明。明宋旭《达摩面壁图轴》据南朝梁释慧皎《高僧传》而画,描写了达摩面壁独坐、坚韧淡然的情态,他身披红色披风,打坐于竹垫之上,身边小溪静静流过,四周叶草丛生,空寂无人。另明吴彬也画有《达摩像图轴》④。明石刻线画《达摩面壁图》⑤描写达摩托钵坐于棕垫之上,怒目斜视,虬髯博衣,造型生动。明何朝宗《达摩立像》⑥为福建德化窑白磁雕像,此达摩

① 高居翰:《图说中国绘画史》,李渝译,生活·读书·新知三联书店 2014 年版,第 49 页。
② 中国美术全集编辑委员会编:《中国美术全集 绘画编 4 两宋绘画下》,文物出版社 1988 年版,第 98—101 页。
③ 中国美术全集编辑委员会编:《中国美术全集 绘画编 19 石刻线画》,上海人民美术出版社 1988 年版,第 78 页。
④ 中国美术全集编辑委员会编:《中国美术全集 绘画编 8 明代绘画下》,上海人民美术出版社 1988 年版,第 6、79 页。
⑤ 中国美术全集编辑委员会编:《中国美术全集 绘画编 19 石刻线画》,上海人民美术出版社 1988 年版,第 109 页。
⑥ 中国美术全集编辑委员会编:《中国美术全集 工艺美术编 3 陶瓷下》,上海人民美术出版社 1988 年版,第 121 页。

像光头长耳,双眉紧锁,口角含笑,双手合抱藏于袖中,眼睑低垂,向下俯视汹涌波涛,线条流畅,衣服有飘逸之感,彰显了达摩的仁慈与庄严,此瓷塑雕像通体"象牙白"釉,造像细腻逼真,精美异常。明永乐《释氏源流插图》中有《达摩渡江像》①,描述达摩手持竹竿放于左肩之上渡江的情景,他回望青山,脚踩一叶芦苇于碧波之上,左上角有几株翠竹点缀。清康熙《达摩祖师像》②上有赞诗,达摩卷发虬髯,右手执笔,左手拿贝叶,盘坐于古树根座椅之上,似在沉思并欲写经卷;一童子双手举砚,伺立跟前。

图 3-2　石恪《二祖调心图》

①　中国美术全集编辑委员会编:《中国美术全集 绘画编 20 版画》,上海人民美术出版社1988 年版,第 34 页。

②　中国美术全集编辑委员会编:《中国美术全集 绘画编 19 石刻线画》,上海人民美术出版社 1988 年版,第 112 页。

除以上著名魏晋人物故事常常出现在后世绘画中,还有很多其他著名故事也常常为后世绘画家所钟爱,如:明代万历熊冲宇《新锲京本校正按鉴演义三国志传》刻画了"允宴吕布许配貂蝉"图;明倪端《聘庞图轴》①取材自三国荆州刺史刘表聘请隐士庞德公的历史故事;清上官周《庐山观莲图》描绘了东晋僧人慧远于庐山结莲社、谢灵运高帽长髯手执如意端坐在画面中央的情景;清华嵒《金谷园图轴》描绘了西晋名富石崇在别墅中聆听绿珠吹箫奏乐的情景;清苏六朋《东山报捷图轴》②描绘了淝水之战时东晋丞相谢安在东山树下与人下棋等待战争胜利的情景。

魏晋文图理论的巨大发展也对后来文图的创作及其理论的发展产生了深远的影响。魏晋是一个文学艺术纷繁复杂、多彩多姿的时代,既有错彩镂金之美,也有清水芙蓉之美,既有建安文学慷慨悲凉的崇高风格,也有谢朓、潘岳、陆机的绮丽风格,陶渊明的冲淡自然之美同样对后世产生了深远影响。虽然后世多取魏晋清水芙蓉之美,但错彩镂金之美在当时应更占据重要地位,这从《文心雕龙》以骈体文写成、顾恺之《洛神赋图》的华美风格就可见一斑,他们与曹丕《典论·论文》中"诗赋欲丽"及陆机《文赋》中"赋体物而浏亮"的观点是一致的。左思主张赋应该写实,《三都赋》就是以写实为基础的,正如他在《三都赋序》中所说的"山川城邑,则稽之地图;其鸟兽草木,则验之方志"一样。至于《文赋》"遵四时以叹逝,瞻万物而思纷。悲落叶于劲秋,喜柔条于芳春"的物感说,以及其对感情、想象、灵感在文艺中的作用的注重,对创作过程中想象情感活动的揭

---

① 中国美术全集编辑委员会编:《中国美术全集 绘画编 6 明代绘画上》,上海人民美术出版社 1988 年版,第 80 页。

② 中国美术全集编辑委员会编:《中国美术全集 绘画编 11 清代绘画下》,上海人民美术出版社 1988 年版,第 2、13、138 页。

示,可谓是千古绝唱。其精美的骈体文也是错彩镂金的表现,因为在陆机看来,语言的美好与图画的美好是一致的:"其为物也多姿,其为体也屡迁。其会意也尚巧,其遣言也贵妍。暨音声之迭代,若五色之相宜。"①文章用不同音调韵律来构成语言之美,同锦绣用五色的相比来构成色泽之美一样,都能给人愉悦。宗炳在《山水画序》中提出"山水以形媚道""应目会心",表达了山水画相似性与愉悦性、心与眼、意与形、画家的主观情感思想与山水外在形式完美融合的终极追求,而这种追求始终影响着后来中国古代绘画的发展。

　　魏晋文图理论多受易、老、庄思想的影响,其言、意之辩与言、意、象及形神兼备的问题一直是当时玄学家谈论的重要问题,也对后来绘画及画论的发展产生了深远的影响。《易经·系辞上》"书不尽言,言不尽意",《老子》"道可道,非常道;名可名,非常名",《庄子·天道》"语之所贵者,意也。意有所随,意之所随者,不可以言传也",《庄子·秋水》"可以言论者,物之粗也;可以意致者,物之精也",《庄子·外物》"筌者所以在鱼,得鱼而忘筌;蹄者所以在兔,得兔而忘蹄;言者所以在意,得意而忘言"等,都是当时他们经常谈论的话题。王弼《周易略例·明象》中关于言意问题的论述基本与此相同,他说:"言者,所以明象,得象而忘言;象者,所以存意,得意而忘象。犹蹄者所以在兔,得兔而忘蹄;筌者所以在鱼,得鱼而忘筌也。得意在忘象,得象在忘言。故立象以尽意,而象可忘也;重画以尽情伪,而画可忘也。忘象以求其意,义斯见矣。"②王弼、荀粲、蒋济、钟会、傅嘏等的言、意、象之辩与魏晋诗歌和绘画,都注重描述神采、注重形神兼备一致,其根源于魏晋品鉴人时对人道德与精神层面的强调。同样,对山水的描绘也要充分表达山水及山水画所具有的养生、自由、愉悦的特点,即

①　陆机:《文赋集释》,张少康集释,人民文学出版社2002年版,第137页。
②　楼宇烈:《王弼集校释》,中华书局1980年版,第609页。

所谓"以形媚道",也就是谢赫《古画品录》所说的"但取精灵,遗其骨法。若拘以体物,则未睹精奥"。顾恺之画人尤为注重人的眼神与内在精神,《文心雕龙·物色》所谓"写气图貌,随物以宛转""巧言切状,曲写毫芥"等,都对后世图像创作及画论的发展产生了重要的影响。

四 文学与图像中的竹林七贤

1 《竹林七贤与荣启期》砖画中的七贤形象

竹林七贤历来都是中国文人墨客喜爱传颂的对象,他们早已成为中国历代文人知识分子逃避政治、隐逸山水的标志性形象。竹林七贤故事中最著名的记述,就是刘义庆《世说新语·任诞》中所说:"陈留阮籍、谯国嵇康、河内山涛,三人年皆相比,康年少亚之。预此契者,沛国刘伶、陈留阮咸、河内向秀、琅邪王戎。七人常集于竹林之下,肆意酣畅,故世谓'竹林七贤'。"①虽然对于七人是否常聚竹林,史上时有争论,且深究起来,他们之间的差异和共性程度几乎一样,但他们的确有着很多共同的人生理念,因此文人雅士仍然多把他们放在一个共同的文学或图画主题里,中国历代从未断绝过关于竹林七贤的文学与绘画作品。

无论是《世说新语·巧艺》还是《历代名画记》都记载了顾恺之对嵇康的欣赏之意,特别是他非常喜欢嵇康的《赠秀才入军》诗,将其画成一幅画,并说:"画'手挥五弦'易,'目送秋鸿'难。"张彦远非常称赞顾恺之的《竹林七贤图》,并说:"唯嵇康一像,欲佳,其余虽不妙合,以比前诸竹林之画,莫能及者。"②由此看来,顾恺之的竹林七贤像在当时同类画像中是

---

① 刘义庆:《世说新语笺疏》,余嘉锡笺疏,中华书局2011年版,第727页。
② 张彦远:《历代名画记》,人民美术出版社1963年版,第113、117页。

非常突出的。此外,史道硕、戴逵、陆探微、宗炳、毛惠远、谢稚等都曾以竹林七贤为题材作画,其中以实物流传至今的最为著名的作品就是南京西善桥大型壁画砖《竹林七贤与荣启期图》。

《竹林七贤及荣启期》大型砖印壁画目前有三处:一为1960年南京西善桥南朝砖墓出土,①另两处为1968年丹阳胡桥吴家村及建山金家村的两座南齐墓。② 据考证,丹阳墓为南齐帝王陵寝③,南京西善桥墓为东晋至南朝初皇室亲王墓葬④。丹阳墓葬残缺较多,南京西善桥的《竹林七贤及荣启期》却保存极为完整,图像作浮雕形式,具有很强的立体感,且整个画面融图画、雕刻、设色与一体,给人以强烈的立体感与视觉冲击,极为珍贵,现藏南京博物院。《竹林七贤与荣启期》砖画是现今已发现的最早的魏晋人物画实物,也是现存最早的竹林七贤人物组图。砖画共有两幅,各长2.44米,高0.88米,由砖石300多块砌成,分别嵌于墓室南北两壁中部。墓室南壁砖画对称排列,自外而内依次是嵇康、阮籍、山涛、王戎四人,北壁自外而内依次是向秀、刘伶、阮咸、荣启期四人,每位人物上面有榜题名字对应,字体处于楷隶之间。砖画以银杏、垂柳、阔叶竹、长松、槐树做隔断,有贤人坐树下沉思的意境,树形婀娜多姿,既富有装饰意味,又烘托了一种安然悠闲的氛围,同时又把整体的砖画分割成不同的组成部分,对构图起到了重要作用。整幅砖画潇洒飘逸的线条与坚硬的砖墙壁形成对比,正如竹林七贤的柔韧与残酷的时代形成对比一样,给人以强烈的震撼感。人物的形象如坚硬的岩石上灿然生长的茅草与绿树,既引起

① 中国美术全集编辑委员会编:《中国美术全集 绘画编1 原始社会至南北朝绘画》,人民美术出版社1986年版,第144—147页。
② 南京博物院:《江苏丹阳胡桥南朝大墓及砖刻壁画》,《文物》1974年第2期。
③ 罗宗真:《江苏丹阳胡桥六朝大墓及砖刻壁画》,《文物》1974年第2期;尤振尧:《江苏丹阳胡桥、建山两座南朝墓葬》,《文物》1980年第2期。
④ 罗宗真:《南京西善桥南朝墓及其砖刻壁画》,《文物》1960年第8、9期。

人无限的惊叹,又给人以莫名的惆怅之感,这种柔顺的倔强在荒蛮的时代里凸显着自身的生硬与安详,在无奈的沉默中坦然接受着世界的荒诞与冷酷。谢赫在《画论》中把绘画的"气韵生动"作为绘画"六法"之首,张彦远在《历代名画记》中也认为"气韵生动"是"形似"与"骨气"兼备的结果,无论怎样,《竹林七贤与荣启期》都已达到了形神兼备、气韵生动的艺术效果。

图4-1　《竹林七贤与荣启期》砖画拓片

　　至于《竹林七贤与荣启期》的作者,金维诺认为是戴逵,①林树中、武

---

① 金维诺:《我国古代杰出的雕刻塑家戴逵和戴颙》,《人民日报》1961年5月24日。

翔认为是陆探微,①罗宗真、谢稚柳等认为是顾恺之,宿白也指出以竹林七贤为题材的绘画作品与顾恺之的密切关系,②尤振尧等认为直接出自工匠之手,③杨泓则认为"把这几幅砖画及各墓中出土的其余砖画,视为了解这一历史阶段,即以顾恺之为代表的东晋南朝绘画新风格的典型标本,看来比硬去确认它一定是哪一名家的手笔更接近客观事物的原貌"④。无论砖画作者是谁,其卓越的艺术成就都是令世人震惊的,特别是它为我们理解当时的绘画风格及审美风尚提供了实物的印证。

砖画上八位高士均席地而坐,姿态、神情与服饰各不相同,均根据不同的性格特征与传说典故进行刻画,人物神态大都心气沉郁,只有嵇康抬头远望,给人以不屈不挠、志在高远的感觉。图中嵇康头梳双髻,双手弹琴,赤足坐于垫上,右为一株银杏树,呈双枝树形,是《晋书·嵇康传》"弹琴咏诗自足于怀"的再现。嵇康是七贤中最超绝、最坚决与世俗政权对抗的人物,宁愿赴死也不改独立志向,也就是他自己《释私论》中所说的"越名教而任自然"。⑤《五言赠秀才诗》显示出他知道"云网塞四区""世路多崄巇",深明"谋极身必危"的道理,自己也很想"自谓绝尘埃""慷慨高山陂",但孤傲的个性终使他在这个人人自危险恶无比的政治环境中无法"逍遥游太清",所以《世说新语·栖逸》中记载,当他游于汲郡山中遇见道士孙登的时候,孙登就说他"君才则高矣,保身之道不足"。⑥抗拒时势乃是嵇康性格刚强所致,陈寅恪指出他"为曹孟德曾孙女婿",姻亲关系仅

① 林树中:《江苏丹阳南齐陵墓砖印壁画探讨》,《文物》1977 年 1 期;武翔:《江苏六朝画像砖研究》,《东南文化》1997 年第 1 期。
② 宿白:《张彦远和〈历代名画记〉》,文物出版社 2008 年版,第 43 页。
③ 尤振尧:《江苏丹阳胡桥、建山两座南朝墓葬》,《文物》1980 年第 2 期。
④ 杨泓:《东晋、南朝拼镶砖画的源流及演变》,载文物出版社编辑部:《文物与考古论集》,文物出版社 1986 年版,第 225 页。
⑤ 嵇康:《嵇康集校注》,戴明扬校注,人民文学出版社 1962 年版,第 234 页。
⑥ 刘义庆:《世说新语笺疏》,余嘉锡笺疏,中华书局 2011 年版,第 628 页。

是其一面，并不是他拒绝投降的根本理由。阮籍是靠着醉酒摆脱了与司马联姻的困局的，很显然，嵇康不愿意采取像阮籍那样屈身自保的策略，而这正是《七贤与荣启期》画像中嵇康神态给人以志在高远的根本原因，他始终以自己的好恶与原则为依据，决不低眉含胸地屈辱自己以保生存。《世说新语·文学》也曾描写钟会对嵇康既畏惧又希望得到其认可的心理："钟会撰《四本论》始毕，甚欲使嵇公一见，置怀中，既定，畏其难，怀不敢出，于户外遥掷，便回急走。"陈寅恪《书〈世说新语〉文学类钟会撰〈四本论〉始毕条后》曾就钟会与嵇康的关系说："今考嵇、钟两人，虽为政治上之死敌，而表面上仍相往还，终因毋丘俭举兵，士季竟劝司马氏杀害叔夜。"①但嵇康对钟会如何呢？《世说新语·简傲》说："钟士季精有才理，先不识嵇康，钟要于时贤俊者之士，俱往寻康。康方大树下锻，向子期为佐鼓排。康扬槌不辍，傍若无人，移时不交以言。钟起去，康曰：'何所闻而来？何所见而去？'钟曰：'闻所闻而来，见所见而去。'"嵇康的挑战姿态无疑直接招致了钟会的憎恨与诬告，最后被杀于东市。他与山涛的绝交也是一样，山涛将要从政做官，临行前推举嵇康，但遭到了嵇康毅然的拒绝，并写出了著名的《绝交书》，不惜展示自己"醒醒"的一面，以显示与其不屑为伍的决心。砖画中八人只有嵇康的脸稍微昂天朝上，表明他宁死不屈的决心，《世说新语·雅量》关于他临死前弹奏《广陵散》的描述正是他心高气傲的准确表现："嵇中散临刑东市，神气不变，索琴弹之，奏《广陵散》。曲终，曰：'袁孝尼尝请学此散，吾靳固不与，《广陵散》于今绝矣！'"所以画中描绘了他仪态舒展、坚信自我的坐姿，由画像可见其神情高远，志坚洒脱，不会为外物所动的豪迈情怀。嵇康《送秀才入军》中说："息徒兰圃，秣马华山。流磻平皋，垂纶长川。目送归鸿，手挥五弦。俯仰

① 陈寅恪：《金明馆丛稿初编》，生活·读书·新知三联书店 2001 年版，第 54 页。

自得，游心太玄。嘉彼钓叟，得鱼忘筌。郢人逝矣，谁与尽言。"游荡在长满兰草的田野之上，在鲜花遍野的山坡上放马，弋鸟钓鱼，目送归鸿，手挥五弦，这些无不是隐士们所向往的志在山水、心游万仞、人道合一的境界，嵇康用形象的语言表达了自己崇高的人生理想与信念。但这种飘然世外、悠然自得的神情仅能在想象之中心契神合，要在现实之中、在绘画之中表达出来就很难了，所以顾恺之说"手挥五弦易，目送归鸿难"。而此画作正是表现嵇康手挥五弦、目送归鸿、心游物外、与造化归一的精神境界，可以说，嵇康之性格孤傲、神态飘逸、气定神闲，尽在其悠然举目远望之间展现，这也是他自己所向往的"目送归鸿"的情景。当年梅兰芳在日本人占领上海时画竹于墙上，题诗"傲骨迎风舞，虚怀抱竹坚"，并蓄须以明志向，应该是想到了嵇康凛然于东市及其"《广陵散》于今绝矣"的名言吧。

砖画中的嵇康正挥手拨弄膝盖上的古琴，选择古琴这一乐器，不仅体现了嵇康作为一个音乐家的基本身份，更加强了整幅画作的隐逸情调。古琴在中国传统文化中是一件无比具有人文韵味的文化道具，是古代文人高士的标志性元素，钟子期与伯牙知"音"的故事更加深了这种乐器的高洁与神秘之感，这也是我们在古代隐逸画中能常常看到文人携琴或侍童抱琴在山中游玩的根本原因。人物悠然抚琴的神态使我们对嵇康产生了无限的遐想：孤傲的性情，诗、书、画、乐兼善的天才，打铁饮酒的潇洒，英年被害的惨痛，从容就义的豪迈，这些都融入了这看似简单的图像之中，因为它抓住了嵇康遗世独立的超拔神情。我们似乎从图画中聆听到了嵇康那"此时无声胜有声"的《广陵散》，看似虚无缥缈的主题却精准地表达了嵇康的向往与个性。嵇康与陶渊明对音乐的相似态度，更能使我们明白音乐对当时文人的重要意义，此砖画八人中竟有嵇康、阮咸、荣启期三人都以音乐为主题。

陶渊明的诗句中有很多地方提到了音乐与琴，如《归去来兮辞》中

"悦亲戚之情话,乐琴书以消忧",《闲情赋》中"泛清瑟以自欣",《和郭主簿》中"息交游闲艺,卧起弄书琴",《自祭文》中"欣以素牍,和以七弦"等。但陶渊明何尝是一个如嵇康一样能写出《声无哀乐论》的音乐家呢?他甚至是一个对音乐并不内行的人,正如沈约《陶潜传》所说:"潜不解音声,而畜素琴一张,无弦,每有酒适,辄抚弄以寄其意。"昭明太子撰《陶渊明传》中说:"渊明不解音律,而畜无弦琴一张,每酒适,辄抚弄以寄其意。"①《南史·隐逸列传》也有相同记载。正如《庄子·齐物论》所说:"有成与亏,故昭氏之鼓琴也,无成与亏,故昭氏之不鼓琴也。"有现实的鼓琴,也有心中想象体验到的鼓琴,但识琴中趣,何劳弦上声?陶渊明的音乐只有他自己才能体会到吧。很显然,陶渊明注重的并不是人造的声律,而是庄子所谓天籁。

抚弄琴弦发出的乃是琴的天籁,天籁之中蕴含的寄托,哪是人为的乐曲所能表达的呢?这是竹林七贤和那些隐逸山水的文人的一个终极理想,即追求《老子》所谓"听之不足闻""大音希声"的最高境界,在整个音乐展演过程中,对现实物理声音的听被对高远的道的体验所代替。所以《庄子·让王》中讲到颜回"家贫居卑",不愿仕,且"鼓琴足以自娱",不仅仅是因为颜回有足够的"丝田",更是因为颜回"所学夫子之道足以自乐"。这种自娱自乐如果没有"道"的支撑是不可能的,正如"手挥五弦"不能没有"心游万仞"的支撑一样;不能体现"道"的音乐与艺术,对那些求"道"的隐士来说是毫无意义的,这也是孔子"穷于陈蔡之间,七日不火食"而犹能"弦歌于室内"的根本原因。孔子与颜回的"弦歌",并不是《庄子·盗跖篇》中盗跖所说的众人之情"耳欲听声",而是求"道"的一种方式与途径。可以想象,此时孔子与颜回的音乐,正如嵇康与陶潜的音乐一

---

①　陶渊明:《陶渊明集笺注》,袁行霈撰,中华书局 2003 年版,第 609、612 页。

样,并不是那种急拍繁弦的发泄与抗争,而是阮籍所谓的"五声无味"的恬淡之乐,这种恬淡之乐,又怎能满足众人声色犬马的要求呢? 所以《庄子·天运》中批评了那种不能欣赏这种终极"无言而心悦"的"天乐"的人:"故有焱氏为之颂曰:'听之不闻其声,视之不见其形,充满天地,苞裹六极。'汝欲听之而无接焉,而故惑也。"①正如郭庆藩所说:"至乐寂寥,超于视听,故幽冥昏暗而无声响矣。"②但这种"无乐之乐"的"乐之至"即终极的音乐,又有谁能真正体会到呢? 正如又有谁能从《竹林七贤与荣启期》中体认到嵇康"手挥五弦""目送归鸿"的精神境界呢? 所以《老子》十二章说"五音令人耳聋",《庄子·天地》也说"五声乱耳",一般的庸人是不能在"听乎无声"之中"独闻和焉"的,所谓心静声淡、琴手俱忘的境界也只有那些心志高远、心如枯井、形如槁木的高士才能达到吧。博得众彩的烦手淫声,何时与那些曲高和寡的阳春白雪和谐相处过呢?

此外,嵇康的书法也表现了他超凡脱俗的个性,唐张怀瓘甚至说他的书法"意不在乎笔墨,若高逸之士,虽在布衣,有傲然之色"③。嵇康正直、高傲、刚毅、反叛,不肯随俗,这正是在魏晋士人中鲁迅最推崇嵇康的原因,所以他费时二十余年不断修订《嵇康集》。但鲁迅也看到了嵇康的另一面,嵇康临死前的《诫子书》中告诫儿子的各种琐碎的话,和秉性高傲的嵇康判若两人,而这也是嵇康另一面真实的写照,反映了他对隐士孙登的告诫的反思,以及对现实人生的深察与无奈,这与阮籍反对儿子加入竹林之游的告诫形成了呼应。竹林七贤的另一重要人物,也是砖画南壁自外而内的第二人物,为阮籍。他身后为一棵槐树,与嵇康相对,二人由一棵

---

① 陈鼓应:《庄子今注今译》,中华书局 2001 年版,第 66、761、367 页。
② 郭庆藩:《庄子集释》,中华书局 2004 年版,第 509 页。
③ 华东师范大学古籍整理研究室选编:《历代书法论文选》,上海书画出版社 2004 年版,第 185 页。

双枝松树相隔。图中阮籍头戴帻，身着长袍，赤足坐垫上，左手支垫，右手置膝上，侧身吹指做啸状或做饮酒状，身前有酒器置于盘中。

他的重要特征可以说是隐忍，《晋书》列传十九《阮籍传》说他"能为青白眼，见礼俗之士，以白眼对之。……由是礼法之士疾之若仇"①，这应该是他的早期状态。但随着时势险恶的加剧，他愈来愈深地卷入政治的旋涡之中，内心的斗争也愈来愈尖锐，《咏怀诗》其五与六十三便发出了"一身不自保""何况恋妻子""终身履薄冰，谁知我心焦"的叹息，②胸中所怀的"汤火"已经不能以青白眼来解决了，只能如《世说新语·德行》所说的"至慎，每与之言，言皆玄远，未尝臧否人物"，以玄远的诗歌来寄托自我，最后竟到了连醉六十日晋文帝无法提亲的地步，这种"终日不开一言"的做法竟使老谋深算的钟会也无可奈何，《大人先生传》中把"惟法是修，惟礼是克"的君子当作裤裆中"逃乎深缝，匿乎坏絮，自以为吉宅也"的群虱的豪情也渐渐飘散了，只剩下了钟嵘《诗品》所说的"言在耳目之内，情寄八荒之表"，"厥旨渊放，归趣难求"。③刘勰在《文心雕龙》中也说他"阮旨遥深"④，"响逸调远"⑤。其实阮籍的基本风格也是如此，虽然王戎也说跟随嵇康二十年，未尝"见其喜愠之色"，从他与钟会的关系来看，嵇康的激愤与阮籍的"精神自损消"是根本不同的，因为阮籍所担心的"但恐须臾间，魂气随风飘"，嵇康并不担心，所以唐李善《文选注》说他"文多隐蔽，百代之下，难以情猜"。⑥阮籍就是靠自己的隐忍来自我保全的，虽然多次辞官，"遗落世事"，但仍然"恒游府内，朝宴必与焉"，虽然"礼法之士

① 房玄龄:《晋书》二七册，中华书局 1974 年版，第 2860 页。
② 阮籍:《阮籍集》，李志均等点校，上海古籍出版社 1978 年版，第 85、122 页。
③ 周振甫:《诗品译注》，江苏教育出版社 2006 年版，第 44 页。
④ 刘勰:《文心雕龙注上·明诗》，范文澜注，人民文学出版社 2006 年版，第 67 页。
⑤ 刘勰:《文心雕龙注下·体性》，范文澜注，人民文学出版社 2006 年版，第 506 页。
⑥ 萧统编:《文选》，李善注，中华书局 1977 年版，第 322 页。

疾之若仇",而"帝每保护之",他的隐忍被司马昭也叹为"至慎"。所以鲁迅在《魏晋风度及文章与药及酒之关系》中比较阮籍与嵇康时说:"嵇阮二人的脾气都很大;阮籍老年时改得很好,嵇康就始终都是极坏的。……后来阮籍竟做到'口不臧否人物'的地步,嵇康却全不改变。结果阮得终其天年,而嵇竟丧于司马氏之手,与孔融何晏等一样,遭了不幸的杀害。这大概是因为吃药和吃酒之分的缘故:吃药可以成仙,仙是可以骄视俗人的;饮酒不会成仙,所以敷衍了事。"①然而,阮籍外表的中和冲淡里压抑着不可遏止的痛心与焦虑,"贤者处蒿莱"并不是很情愿的,所谓"泪下沾衣裳""忧伤以终老"乃是面对惊惧险恶环境的必然代价。我们从画砖上看到的阮籍是隐忍的阮籍,他的主要特征就是饮酒,以酒来抵抗一切:酒壶,酒杯,神情淡然,身体弯曲,正是他压制自我身心以适应周遭环境的象征。在所有画像中,阮籍是最沉浸于自我的一个,这休现在他右手举着酒壶两眼专注于酒的动作神情上,特别是左手伏地,好似饮酒正酣,已不胜酒力,如《世说新语·容止》中所谓"其醉也,傀俄若玉山之将崩"。而身后的松树及飘然富有动感的衣物,无疑也是对"肃肃如松下风,高而徐引""岩岩若孤松之独立"这类句子的图像化。

当然,阮籍的酒也是竹林隐士们共同的话题与爱好,如同酒是陶渊明诗歌的基本主题一样,后来的李白、苏东坡无不如此。《世说新语·任诞》大都是关于酒的故事:竹林七贤大都"肆意酣畅",阮籍也是如此,"胸中垒块,须酒浇之"。阮籍之醉酒,与其说是解脱倒不如说是麻醉,即使是在母亲去世的时候仍然"进酒肉",他要求担任步兵校尉一职,就是因为那里"厨中有贮酒数百斛",虽然他还没达到刘伶酒醉"脱衣裸形在屋中"的地步。阮籍与山涛背坐,中有一槐树相隔。图中山涛头裹巾,赤足屈膝坐于

---

① 《鲁迅全集》第三卷,人民文学出版社2005年版,第532页。

垫上,挽袖露手,左手执杯,前置酒器,是《晋书·山涛传》"涛饮酒至八斗方醉,极本量而止"的呈现。山涛的形象虽也以酒为主题,不过他的形象与阮籍的形象形成了鲜明的对比与对称:阮籍右手举杯,山涛左手举杯;阮籍左手触地,山涛右手放在半空之中,似乎在言说什么;阮籍的样貌清癯,双目凝视着杯酒,神情淡然,目无旁视,心无杂念,微微倾斜之身体正是已不胜酒力的说明;但山涛身材魁梧挺立,神志清醒,从容优雅,充满了入世的情怀,目光注视着对酒之人,似乎在言谈着"正事",显示了山涛"别调"的基本性格,整幅画面充满了一种世俗的情怀,这与嵇康《与山巨源绝交书》中所描写的"足下傍通,多可而少怪;吾直性狭中,多所不堪"的基本性情是一致的①。然而,正是这种世俗性情使嵇康临终时把自己的幼孤托付于他,依垂的杨柳正与他笔挺的身材形成了对比,也与前两者身旁的树木形成对比:嵇康面对的松树挺拔玉立,正如他宁弯不屈的性格;阮籍身后的松树郁郁沉沉,正如他口不臧否人物的隐忍;山涛的性格则是随波逐流,如杨柳之随风飘洒。树木之状貌与人之神情相对应,树木之弯曲度也随人物性格之弯曲度相适应,嵇康之挺拔身躯也与山涛之挺拔身躯相对应。但二者之政治取向却形成了另一个层面的对比,这一切都是他们内心世界价值观念的真实反映,也是砖画艺术家对二者精神与外貌多角度关联的深刻体察。

从画中人的手中之物也可看出被画者的基本特点:嵇康的是琴;阮籍的是酒杯;山涛手中虽然也是酒杯,但其神情更像是在交谈,酒并不是图画的焦点;王戎手中的则是如意,这个既象征舒适又充满世俗情趣的装饰之物正反映了他的入世之深,其神情也是表里如一了。阮籍沉浸于酒之中,没有像嵇康那样引颈就戮,而是"寿终"。但阮籍的"寿终"之路显得

---

① 嵇康:《嵇康集校注》,戴明扬校注,人民文学出版社1962年版,第113页。

如此漫长而又时刻充满着悲苦,他在为司马昭写出接受封爵的《劝进表》后不久便在悲愤、失望、自责中离开了人世,年五十四岁,为"终生履薄冰"画上了句号。这个年龄虽说"寿终",但无论是和高升仕途的山涛、王戎相比,还是与最终归隐的刘伶相比,仍不过是短命之岁而已。在文学史上,对阮籍之批评最有代表性的就是宋人叶梦得的《避暑录话》,他说阮籍为"诡谲"之士,是"佯欲远昭而阴实附之",因为"礼法之士疾籍如仇,昭则每为保护",他的"保全"其实也不过是他自己所说的处在裤裆之中"偶不遭火焚"的群虱之一罢了。余嘉锡笺疏《世说新语》也采取了这个说法,他说:"观阮籍《咏怀诗》,则籍之附昭,或非其本心。然既已惧死而畏势,自昵于昭,为昭所亲爱,……恐一旦司马氏事败,以逆党见诛,故沉湎于酒,佯狂放诞,外示疏远,以避祸耳。后人谓籍之自放礼法之外,端为免司马昭之猜忌及钟会辈之馋毁,非也。"又云:"嗣宗佯狂玩世,志求苟免,知括囊之无咎,故纵酒以自全。然不免草劝进之文词,为马昭之狎客,智虽足多,行固无取。"①与嵇康相比,阮籍的行为谈不上与翠竹、古琴那般高雅,他内心的苦闷与争斗也谈不上老庄那般宁静自然,他的无奈不过是千古文人雅士躲避政治灾祸的常态而已。

　　砖画中山涛对面为王戎,中有一柳树相隔。图中王戎头露髻,仰首、屈膝、赤足坐于垫上,左手靠几,右手弄一如意,前置酒具,后为一株银杏,正是《晋书》列传十三《王戎传》"为人短小任率,不修威仪,善发谈端"及庾信《对酒歌》"王戎如意舞"的表现。王戎位于南壁砖画最后,也是竹林七贤中年龄最小的一位,画中的王戎像也稍显年少,其出身富贵,家有万贯,喜欢清谈。竹林七贤中他比较崇尚山涛,所以画像也相对而坐,他和山涛一样最后做官到位列三公,也是七贤中的"别调",只不过他比山涛走

_____

① 刘义庆:《世说新语笺疏》,余嘉锡笺疏,中华书局2011年版,第629—630页。

得更远。如果说山涛的特点是以孔孟为旨归的话，那王戎的世俗之气就成为有关他的文学及绘画形象的基本特点：他为人吝啬，最后与权贵彻底妥协，以致彻底丧失了早期的竹林之气。画中的王戎，身靠钱柜，面对元宝，手舞如意，都是他彰显自己身为富贵之人的表现。当然，酒也是他必不可少之物，所以也有酒壶相伴。王戎跷脚屈身，神情慵懒，充分显示其悠然自得、无所事事而又畅谈不已的样子，甚至给人似在享受辩难对方而取胜的快意的感觉。至于他手中的如意，取自庾信《对酒歌》中的"王戎如意舞"。如意虽是文人雅士清谈之工具，但依照梁简文帝萧纲诗中的描绘，"腕动苕花玉，衫随如意风"，如意清谈已和嵇康与政治决绝不可同日而语了。

图画中的王戎有聪明伶俐、身材短小的特点，很容易使人想起他"树在道边而多子，必苦李也"的少年智慧。《世说新语·伤逝》曾记载王戎说："王浚冲为尚书令，着公服，乘轺车，经黄公酒垆下过。顾谓后车客：'吾昔与嵇叔夜、阮嗣宗共酣饮于此垆。竹林之游，亦预其末。自嵇生夭、阮公亡以来，便为时所羁绁。今日视此虽近，邈若山河。'"晚唐诗人陆龟蒙《和袭美春夕酒醒》一诗中说"几年无事傍江湖，醉倒黄公旧酒垆"也是指此事。这些看似简单的话语准确道出了王戎复杂矛盾的内心世界：身处庙堂之上，心在江湖之间，身着官服，坐在轻便的马车上，却以过去的竹林轶事为荣。他回忆自己当初的潇洒自由，情不自禁地说出这样令人扼腕的话：自嵇康早逝、阮籍亡故以来，自己为时势所累，路过旧游之地，恍然有隔世之感。但这种看似自我辩解又有自我解嘲意味的叹息，实是双栖两好的心态，此乃大多数中国传统文人知识分子一直追求的"内圣外王"效果。《晋书·王戎传》曾记载王戎"观猛兽而神色自若"，其识"道边多子苦李"的少年老成，显示了他在应变世态时的超人智慧，这与他"醉倒黄公旧酒垆"做出高远襟怀名士姿态的自我欣赏，甚至是爱财如命、士无特操、无事傍江湖的基本倾向都是一致的。《晋书》列传十三《王戎传》说他"每自执牙筹,昼夜算计,恒若不足"①,在政失准的的残酷时代,他既没有像嵇康那样英勇赴死,也没有像阮籍那样以醉酒自保,而是主动投靠了司马氏,这在当时士人之中应该是很具有代表性的。戴逵《竹林七贤论》中说王戎"晦默于危乱之际,获免忧祸,既明且哲,于是在矣"是很有道理的,这是动乱之际部分软弱文人切肤之体会。至于余嘉锡认为戴逵的评价乃是出于"名士相为护惜","阿私所好,非公论也",则是从另一个角度指出了二者同病相怜,同时这也与其希望"九一八"事变之后的中国知识分子能挺身救国、反对《世说新语》清谈误国的想法密切相关。但文人知识分子中又有多少能如嵇康那样挺身而出的呢? 即便如反复批评山涛、王戎行为的后世文人自身,如庄子所说"论则贱之,行则下之",也是政治残酷环境中知识分子的另一常态。至于王戎对过去的留恋与惋惜,更多的不是 种忧愤,而是一种自我的欣赏,所以图画中描写他以酒、钱、如意为伴,神态悠闲,弯腰屈膝,多有自我欣赏的意味,似在卖弄自己少年智慧的姿态,这非常准确地反映了他的内心世界与价值理念。砖画八人中,王戎特有的身体造型也是令人值得思考的问题之一。

南面四人画像,一高一低,错落有致:嵇康身体直立,但悠然自得;阮籍身体稍屈,是由于不胜酒力;山涛身体挺拔,则是由于他对自我形象的控制;至于王戎,身材既小,又弯曲不直,这并不像是《世说新语》所说的他因为母亲去世"死孝"而形成的所谓"哀毁骨立",而更多有卑躬屈膝而又自我欣赏的意味,实是画者对他政治态度与人生准的所做的生动形象的刻画。王戎家资万贯,富甲京城,却对女儿女婿吝啬无比,犹如莎士比亚《威尼斯商人》中的夏洛克。《世说新语》对王戎贪婪吝啬的特点有精彩

---

① 房玄龄:《晋书》二四册,中华书局1974年版,第2576页。

的描述,其"俭啬"一篇共九条,有四条都是记载王戎的,可见其吝啬之有名。他在血腥残忍的八王之乱中与时沉浮、随势卷舒、随波逐流而最终安然无恙的机巧,也是七贤中较为少见的。所以颜延之《五君咏》为嵇康、阮籍、刘伶、阮咸、向秀五人各为一诗,但并没有山涛、王戎二人,就是因为这两人世俗之心均盛。图中山涛身躯的笔挺来自他对自身能适应世俗的信心,而王戎身躯的柔曲则来自他身材的短小与自己"不欲为异"隐忍保全的策略,对其身形的描绘与其在政治形态上的表现都是一致的。萧统因为颜延之《五君咏》没有山涛、王戎,又作了《咏山涛王戎诗二首并序》,说:"山公弘识量,早厕竹林欢。畴来值英主,身游廊庙端。位隆五教职,才周五品官。为君翻已易,居臣良不难。""濬冲如萧散,薄莫至中台。微神归鉴景,晦行属聚财。嵇生袭玄夜,阮籍变青灰。留连追宴绪,垆下独徘徊。"①萧统说山涛,也是以他从政之事迹为主,即所谓"为君翻已易","位隆五教职"。"为人臣",对于山涛来说不难,但对于嵇康、阮籍来说却比登天还难。至于王戎,主要提到他"晦行属聚财",以及描述他在嵇康、阮籍去世后"垆下独徘徊",并说他身居庙堂之上,仍然怀念着早期的山林之游与酒肆的欢乐,标榜"性简要,不治仪望,自遇甚薄"却"产业过丰",这些对比都充分说明了他内心的真正抉择,所以说,砖画更直接鲜明地刻画了他的内心世界和现实价值取向。

　　由此看来,山涛与王戎之所以为竹林七贤中最有争议的人物,并不仅仅因为其儒道人生观的争议,也因为山涛、王戎自身矛盾性的争议,王戎的世俗性早已是竹林之中众所周知的事实,正如《世说新语》所说,当嵇康、阮籍、山涛、刘伶在竹林酣饮的时候,面对王戎的到来,阮籍说:"俗物已复来败人意!"——这个俗人又来败坏我们的雅兴了! 王戎便笑着回

---

① 逯钦立辑:《先秦汉魏晋南北朝诗》中,中华书局1982年版,第1795页。

答："卿辈意,亦复可败邪?"——你们的雅兴也是可以败坏的吗？一般人在引用该文的时候往往仅仅强调阮籍对王戎"俗物"的评价,《世说新语》也把此段归入《排调》一章,以说明阮籍对王戎的嘲笑戏弄最让人感兴趣。然而,王戎的回答不正揭示了阮籍的矛盾之处吗？想极力借助酒力超然脱俗的人又何尝脱俗了呢？也许正如他在为自己儿子早逝时所说的"情之所钟,正在我辈",王戎既不能达到"圣人忘情"的地步——这个地步可以用嵇康来代表,也没有达到"最下不及情"的地步,他仅仅是一个平常的人,他对儿子的情感与对母亲的情感和对世俗权势的情感都是一样的,他不过是残酷政治斗争中知识分子常态之一种代表而已。

倚树面对观者沉思的向秀,是第二组图的第一位人物,这是唯一一位直面我们观者的。画中的向秀头戴垂带帻,一肩袒露,赤足盘膝坐于垫上,斜倚银杏树,闭目沉思,神情萧索,是八人中唯一有愁苦神情的人,似在向众人无声地表达他对人生与世界荒诞的无奈。庶族出身的向秀,既没有嵇康显赫的背景,也没有嵇康"身长七尺八寸""孤松独立""龙章凤姿"的容貌;没有阮籍值得整天沉醉在酒中的大祸大福,也没有王戎屈伸自由的处世技巧,更没有山涛的飞黄腾达;他只是一介喜好老庄也能解读老庄曲尽其妙的文儒而已。山涛之所以愿与他为友,就是因为他对老庄的解读使山涛体会到了高妙玄远的境界,有一种"出尘埃而窥绝冥"的感觉。向秀注《庄子》实是郭象注《庄子》的先驱,无论是郭象"述而广之"还是"窃以为己注",都说明了向秀对老庄研究的独特贡献,虽然此前嵇康曾劝他放弃注庄子的想法,但最后他还是征服了嵇康,甚至使好友吕安发出了"庄周不死"的感叹。《晋书》也说："庄周著内外数十篇,历世才士虽有观者,莫适论其旨统也,秀乃为之隐解,发明奇趣,振起玄风,读之者超然心悟,莫不自足一时也。"①

向秀注《庄子》中的儒道互补、以儒为进以道为退的基本态度正是他人生理念的曲折表达。其实,《论语》中孔子不也说过"天下有道则见,无道则隐""邦有道,不废;邦无道,免于刑戮"吗? 由此可见,孔子并不是在任何时候都主张入世的,在无道的乱世,他也主张像阮籍那样逃避,只不过是他主张的"逃避"是隐居在山水之中,而不是隐居在酒罐之间。"宁武子,邦有道,则知;邦无道,则愚。其知可及也,其愚不可及也。"(《论语·公冶长》)"邦有道,危言危行;邦无道,危行言逊。"(《论语·宪问》)"邦有道,贫且贱焉,耻也;邦无道,富且贵焉,耻也。"(《论语·泰伯》)"饭疏食,饮水,曲肱而枕之,乐亦在其中矣。不义而富且贵,于我如浮云。"(《论语·述而》)所谓国家清明的时候就表现正直,积极从政,得到重用;时局混乱的时候就难得糊涂,言行谦和,逃避刑罚。出世与入世两种看似对立的态度一直都和谐地统一在孔子的人生理想里。

然而现实与历史的逻辑告诉我们:处在动乱之中的时候,难道不是更需要拯救吗? 虽然这种拯救并不是老庄那样的自我解脱,更不是山涛、王戎那样的随顺潮流,嵇康的愤然抗争却正是连孔子都有些无法企及的济世救人悲天悯人的情怀。所以向秀在心理上崇尚嵇康,甚至对其有些心理上的依赖,这正是他同嵇康一样有着救世救人、悲天悯人情怀的表现。当嵇康打铁时,向秀拉着风箱与其畅谈不已,旁若无人,同好友吕安于山阳灌园自给之时也是与其形影相随,乐不思蜀;当钟会被嵇康奚落时,向秀无疑是站在嵇康一边的。这不仅是由于二者所共同具有的避世心理,更是二者所共同具有的抗争心理所决定的。虽然这种抗争随着嵇康与吕安的被杀而渐渐失去了依托,往日意气风发的情怀也随风而散。他脸上

_____

① 房玄龄:《晋书》二七册,中华书局 1974 年版,第 2889 页。

的愁苦是其他人物身上没有的，因为随着大势所趋，各人都在权势的狂风暴雨中按照自己预设的人生价值准则坚定地找到了依托，要么决然抗拒，要么沉默逃避，要么欣然前往，要么逍遥自适，只有他还沉浸在过去，时刻徘徊在两者之间，在飞黄腾达的山涛与英雄赴义的嵇康之间始终无法找到自己的归宿，无法找到精神与情感的依靠。自己的朋友与榜样都已随风散去，只有自己孤独留在自己的世界里，无法适应残酷与世俗的外部现实，也看不清渺不可期的未来。他既无嵇康、阮咸、荣启期寄托神思的音乐之长，也无阮籍、山涛、刘伶、王戎放纵身心的酒量，八人之中只有他形影相吊，孤独无依，他的郁郁早逝也是情理之中了。所以画面上他的沉思甚至可以说是愁苦，是其他人所无法体会的，这种神情似乎表明他正在向人诉说他对昔日友谊的怀念与人生的无奈。在残酷的现实面前，孤苦无依的向秀最后还是选择了妥协，应诏去了洛阳。

　　《世说新语·言语》中，当司马昭故作惊讶地问他"闻有箕山之志，何以至此"时，他只好回答"巢、许狷介之士，未达尧心，岂足多慕"，他内心的屈辱与悲苦是可想而知的，陈寅恪曾说他"改节自图"了，但他又何尝从"改节"中获得过快乐与尊严呢？他不过是"在朝不任职，容迹而已"。他的主要精力都用来注释《庄子》了，也许两位学术先贤的归宿——郑玄的归隐与王弼的被害——更加深了他对政治的厌恶与恐惧，所以他在《思旧赋》中描写自己从洛阳归来路过嵇康故居而闻笛生情的情景，让无数人扼腕叹息。在竹林七贤中，向秀与嵇康的感情是最为深厚的，《世说新语》中记述二人打铁、配合默契、乐在其中及共同对敌、羞辱钟会的情景已成为文坛佳话。但如今好友已逝，自己却违背了当初的志向，迫于压力走到当初曾被自己嘲笑的钟会的路上去了。这迫不得已的从政之举，与山涛、王戎的逍遥于庙堂之上固然有根本不同，但面对阴阳两隔的友谊、水火不容的两种人生之路，又怎是一句"迫不得已"就能让自己心安理得的呢？

　　政治夹缝中的进退维谷与大户望族之争中的残兵剩卒，都使他深感人生的悲哀，夕阳西下时颓墙残垣中传出的凄凉笛声，不禁令人想起嵇康临刑时回顾日影、索琴弹奏《广陵散》的情景，越发勾起了他对往昔一同游乐的怀恋。其压抑愁苦的神情、欲言又止的恍惚，使鲁迅在《为了忘却的纪念》中说："年青时读向子期《思旧赋》，很怪他为什么只有寥寥几行，刚开头却又煞了尾。然而，现在我懂得了。"[1]这种欲言又止的踌躇缘自当时险恶的政治环境和自己无言的痛苦与愤懑。砖画中向秀低垂的眉毛、额上的皱纹、无望的神情正表明了他的愁苦。这与向秀对自身的认识也是密切相关的，他不像山涛、王戎那样在上流社会中伸缩自如，他有孔孟的济世思想，他的愁苦不仅来自自身的遭遇，也来自他人生的理想，那就是儒道合一的理念。《世说新语·文学》中说向秀注《庄子》"妙析奇致，大畅玄风"，既为郭象所袭，自然也彰显在郭象注《庄子》里，二者共同推崇孔子为圣人，和庄子的绝圣弃智、非尧舜薄汤武有着根本不同。[2] 特别是他的《难嵇叔夜养生论》鲜明地表达了儒家人生的基本理念："且夫嗜欲、好荣恶辱，好逸恶劳，皆生于自然。"而且引用了孔子的"富与贵，是人之所欲也"来为自己辩解，既然"富贵，天地之情"，"人含五行而生"，那"口思五味，目思五色，感而思室，饥而求食，自然之理"也是正常的了，只不过人的欲望要受到礼的控制，也就是"但当节之以礼耳"，那种"背情失性"的言论是"不本天理"的，[3]这样他和孔子的观点也就没有什么本质的差别了。由此可见，向秀的《难嵇叔夜养生论》既体现了他儒道互释、自然名教合一、经世致用的基本思想，同时也反映了他冷静、清晰、思辨的个

---

①　《鲁迅全集》第四卷，人民文学出版社 2005 年版，第 502 页。

②　汤用彤：《魏晋玄学论稿》，上海古籍出版社 2001 年版，第 95 页。

③　嵇康：《嵇康集》，鲁迅编，鲁迅先生纪念委员会编印 1964 年版，第 52 页。

性。从砖画像中可以看出其与他人形象之差异:嵇康、阮籍、刘伶、阮咸四人始终以老庄为依归,越名教而任自然,画中其神情也是自然舒展、无所牵挂的样子;山涛、王戎虽好老庄,然热衷仕途,或以昂扬之态以示功成名就,或以悠闲自得以显尊贵优裕;只有向秀时刻处于二者之间,既不能以老庄来解脱自我,也不能以孔孟来齐家济身,其孤苦无依之状和愤懑的世俗情怀溢于言表。

图中刘伶与向秀有柳树相隔。刘伶露髻,曲右膝,赤足坐于垫上,左手持耳杯,右手作蘸酒状,双目凝视酒杯,似在品尝杯中之物,表现了其嗜酒如命的情景。刘伶是竹林七贤中社会地位最低的一个,他出身贫寒,相貌丑陋,《晋书·刘伶传》说他"身长六尺,容貌甚陋",《世说新语·容止》说他"身长六尺,貌甚丑悴,而悠悠忽忽,土木形骸"。他几乎没有任何魏晋士人所引以为豪的长处:既无嵇康的豪族贵戚,也无山涛的魁伟相貌;既无阮籍的文学天赋,也无王戎的随机应变。关于他的人生、文学成就,甚至是关于他本人形象的砖画,主题都只有一个,那就是"酒"。刘伶在中国文学史与艺术史上以"酒鬼"著称,其坐车携酒,仆人荷锄相随;"死便埋我"的口头禅,已成为豪饮者乐此不疲谈及的经典话语。《世说新语·任诞》说他"病酒","纵酒放达,或脱衣裸形在屋中",他向妻子求酒,其"以天地为栋宇,屋室为裈衣"的名言也成为魏晋文人潇洒超脱的典型。至于刘伶的《酒德颂》中所说的"唯酒是务,焉知其余",饮酒之后"静听不闻雷霆之声,熟视不睹泰山之形,不觉寒暑之切肌,利欲之感情",也是他言行如一的另一明证。他对酒的颂歌被称作文学史上第一次对酒的诗意化。所以图画中的刘伶往往都是酒不离身,如唐孙位《高逸图》描绘其双手举杯,还回首目视酒坛,似乎贪得无厌,一举数得。20世纪80年代流行的连环画《杜康醉刘伶》也是以酒为主题。此砖画也是如此,刘伶左手举杯、右手似在蘸酒品尝,神情专注,又似沉浸在酒的美味之中；其瘦削枯萎的形体，不仅与史上所传丑陋的形貌相一致，且是以酒为唯一至尊的必然结果。他值得一提的"优势"，就是乱世中能得以"寿终"。

　　酒是竹林七贤的基本主题，也是《竹林七贤与荣启期》的基本主题，此砖画中阮籍、山涛、刘伶正在饮酒，王戎则以酒杯相伴，可谓在七贤中占据四贤。至于他们的文学形象，更是与酒密不可分：阮籍的以酒避祸，嵇康的清心寡欲，刘伶的痛饮豪饮，阮咸的与猪共饮，山涛、王戎的节制有度，向秀的中和两全等，都从酒的角度反映他们对人生、自然与自我的理解与态度。竹林七贤中最为好酒者三人：一是阮籍，以酒避世；二是刘伶，既是避世，也是确有酒瘾；三是阮咸，他是在竹林七贤中文学成就最少的一位，之所以被历代文人所反复提及，首先在于他的豪饮，其以瓮盛酒、与猪共饮的大名早已是闻名于世——这不禁使人想起第欧根尼与狗抢食的轶事，其次阮咸还以音乐家著称于世，酒与音乐就是他生命中的两大精神支柱。竹林七贤中，嵇康的《琴赋》《声无哀乐论》以及他与《广陵散》的关系已是关于竹林七贤必谈的话题；而阮咸的音乐成就不亚于嵇康，他虽然没有嵇康的文采，但他是一位杰出的音乐家，特别是乐器阮的发明者，南京砖画中就描绘了阮咸在弹奏阮时的情景。砖画中的阮咸头戴帻，垂带飘拂，赤足盘膝坐于垫上，正挽袖持阮拨弹，表现了《晋书·阮咸传》记其"妙解音律，善弹琵琶"的特点。他面目沉静，似在专心演奏音乐，又似在沉思，沉浸在短暂的音乐间歇之中。阮优雅的外形及其恬静、柔和、富有诗意的琴声，往往使人产生无限的遐想，那就是隐士们所极力追求的清静自然、明月入怀、"万物不能移也"的精神境界，也就是王维"深林人不知，明月来相照"中所体现出的空旷而高远的人生襟怀。白居易《和令狐仆射小饮听阮咸》、钱选《五君咏阮咸》、《水浒传》八十一回描写李师师弹阮、燕青配箫"玉佩齐鸣，黄莺对啭"的情景，都表现了阮在音乐与文化上的独特意蕴。此砖画七贤中以音乐为主题者有两人，一是嵇康，一是阮咸；二者皆以音乐闻名，在音乐上的独特贡献都充分展示了魏晋士人多才多艺、潇洒自由的本真情怀。特别是阮咸追求姑母鲜卑婢女并与其成亲生子的故事，显示了他不为种族所限、不为阶层所困的价值理念，也显示了他在审美上能充分吸收来自不同地域文化的艺术成就，打破宗族文化藩篱，成就新艺术新形式的巨大勇气，而这正是艺术进步的根本动力。阮咸的儿子阮瞻也继承了父亲的天赋，善弹琵琶，且随性而至，不问长幼贵贱，来人即为演奏，从不厌烦。

位于此砖画北壁最后位置也就是结尾处的是荣启期。砖画之所以要在竹林七贤之外再加上荣启期，应该是由砖画的基本结构决定的：砖画欲两面装饰墓室，但七贤人数为单，难以在两壁形成完美和谐的对称，而和谐对称正是中国传统审美观念的一个基本原则。再加上荣启期的基本人生理念也与七贤是一致的，嵇康《琴赋》描写求仙时就说："于是遁世之士，荣期、绮季之俦，乃相与登飞梁，越丘墟，援琼枝，陟峻崿，以游乎其下。"[1]嵇康《高士传》也列有其名，荣启期与商山四皓都是嵇康崇拜的高士，也是魏晋流行的绘画题材，选择荣启期来共同组成一组绘画，在逻辑上是成立的。荣启期被放在最后的位置，也说明此画作是以竹林七贤为主的创作初衷。图中的荣启期端坐在银杏树之下，腰系绳索，长须披发，正盘膝坐于垫上，面对阔叶竹鼓琴高歌，这正是陶渊明《饮酒》诗之二所赞诵的形象："九十行带索，饥寒况当年。不赖固穷节，百世当谁传？"《咏贫士》之三也说他"荣叟老带索，欣然之弹琴"。[2]

荣启期的典故出于《列子·天瑞》中孔子游泰山见荣启期的情景："孔子游于太山，见荣启期行乎郕之野，鹿裘带索，鼓琴而歌。孔子问曰：

---

① 嵇康：《嵇康集校注》，戴明扬校注，人民文学出版社1962年版，第88页。
② 陶渊明：《陶渊明集笺注》，袁行霈撰，中华书局2003年版，第242、368页。

'先生所以乐,何也?'对曰:'吾乐甚多:天生万物,唯人为贵,而吾得为人,是一乐也。男女之别,男尊女卑,故以男为贵;吾既得为男矣,是二乐也。人生有不见日月、不免襁褓者,吾既已行年九十矣,是三乐也。贫者士之常也,死者人之终也,处常得终,当何忧哉?'孔子曰:'善乎! 能自宽者也。'"①荣启期能在身穿粗皮衣、腰缠粗麻绳的时候依然弹琴唱歌,乐在其中,并且为自己找到了生而为人、为男及长寿、不畏生死贫穷等等快乐的理由,所以孔子认为他是一个"善于自我宽慰的人"。现藏美国波士顿美术馆的传宋人佚名《孔子见荣启期图》纨扇就表现了这个故事。②画中七贤除山涛、向秀外,大都坐姿悠闲,甚至是有些散漫,多赤脚露腿,只有荣启期盘腿端坐,双手抚琴,神态若有所思,形象较为庄重;和以酒为友的七贤比起来,荣启期似更加接近儒家的文质彬彬。竹林七贤无论是抗拒时势还是顺应潮流,都和环境发生着不可分割的联系,只有荣启期能生活在自己的世界之中,和动荡的外界无所牵连,甚至对孔子的诘问也毫不在意。他和竹林七贤都有超脱时代去追求悠然人生的共同目标,但只有荣启期真正达到了以生为乐的目标。把荣启期放在砖画最末,也是荣启期与竹林七贤故事的完美结束。

　　孔子对于荣启期"自我宽慰之人"的评价其实也隐含了他的少许不满,即他认为荣启期的人生并不是内圣外王的完美人生,没有从根本上解决现实问题,不过是仅仅通过改变内心来达到心灵的自我满足;然而,当荣启期、陶渊明、竹林七贤等仁人高士面对残酷的历史与无法实现的理想时,他们怎会看不到,古往今来,心高气傲的读书人如过江之鲫,顺心称意、飞黄腾达者却没有几人? 这些飞黄腾达者又有多少没有以丧节失魂为代价呢? 即如孔子之受阳货嘲笑,司马迁关于"仁者寿"之悲愤,王国维

---

① 严北溟:《列子译注》,上海古籍出版社1996年版,第10页。
② 林树中:《再谈南朝墓〈七贤与荣启期〉砖印壁画》,《艺术探索》2005年第2期。

于《〈红楼梦〉评论》中对释迦、耶稣之诘问，无不彰显了现实与理想相悖之结局。所以君子固穷乃是乱世之中仁人高士无可逃避之必然结局，自古如此；至于那些不愿意随波逐流的洁身自好者，就更应该安于贫困了。所以陶渊明用荣启期的固守贫困来表达自己坚持《论语》"君子固穷"的人生理念：如果没有坚守贫困以保气节的传统，那百世之后谁还会有兴趣重新讨论起荣启期与陶渊明贫而乐的故事呢？南京西善桥的这幅《竹林七贤和荣启期》砖画也就显得毫无意义、索然无味了。

2 《高逸图》与历代竹林七贤图及其元素构成

在中国绘画史上，竹林七贤是一个备受艺术家青睐的题材。《历代名画记》记载了大量与竹林七贤有关的图像，如卷五就记载顾恺之曾作《阮修像》《阮咸像》《古贤图》《荣启期图》《七贤图》等，史道硕曾作《古贤图》《七贤图》《酒德颂图》《琴赋图》《嵇中散诗画》，戴逵曾作《孙绰高士像》《嵇阮像》《嵇阮十九首诗图》。《历代名画记》卷五引顾恺之《论画》评戴逵《七贤》画说："唯嵇生一像欲佳。"论《嵇轻车诗》画说："作啸人似啸人，然容悴不似中散。处置意事既佳，又林木雍容调畅，亦有天趣。自《七贤》以来，并戴手也。"戴逵应是画"七贤"最早的名画家，此前也有人画过"七贤"，但戴逵的成就远超过他们。《历代名画记》卷六载陆探微作竹林像、荣启期像，宗炳作嵇中散白画；《历代名画记》卷七载毛惠远作中朝名士图、七贤藤纸图，宗测画阮籍遇孙登于行障上。其他如《晋书·顾恺之传》记载："恺之每重嵇康四言诗，因为之图。"《世说新语·巧艺》中也记载顾恺之论画嵇康《送秀才入军诗》云："手挥五弦易，目送飞鸿难。"

　　从现存文物来看,除前文论述的南京西善桥《竹林七贤与荣启期》砖画外,还有不少与竹林七贤有关的图像,如:山东济南两座墓葬装饰有竹林七贤图,分别为东八里洼北朝壁画墓①、临朐治源镇北齐崔芬壁画墓②;南京丹阳的为砖画;山东的为屏风画,此屏风画中人物均衣衫宽博,袒胸露腹,席地而坐树下,为竹林七贤画像。人物旁出现鞍马这种北朝墓室壁画中常见的元素,说明绘画者已根据当时社会流行的绘画形式或墓主的个人爱好进行了加工。这一切都说明当时将七贤作为绘画题材已较为流行,七贤早已成为中国诗画领域共同的母题。这些砖画也来自当时的墓葬传统,据《历代名画记》卷四记载,后汉赵岐在为自己预先造墓时,就把春秋时代的名臣吴国的季札、郑国的子产、齐国的晏婴、晋国的叔向等四人画在客席上,把自己的画像放在主座上,并在各画像上书写了赞与颂,以表达自己的人生志向。这与南京西善桥七贤图的构思基本一致,③甚至《南史·齐本纪下第五》记载齐东昏侯萧宝卷在修建玉寿殿时“窗间尽画神仙,又作七贤皆以美女侍侧”,④也是表现了姚最《续画品》中所说的“九楼之上,备表仙灵;四门之塘,广图贤圣”的社会风气。《水经注》卷九《清水》也曾记载有人曾在山阳竹林七贤结游之处修建七贤祠以资纪念的事:“径七贤祠东,左右筠篁列植,冬夏不变贞蓁,魏步兵校尉陈留阮籍……结自得之游,时人号之为竹林七贤也。向子期所谓山阳旧居也,后人立庙于其处。”⑤既然建立了祠庙,想必应该也有塑像或壁画之类置于其中,以志纪念。虽然这些艺术作品早已湮没不存,但仍可反映出竹林七贤的故事

①　山东省文物考古研究所:《山东济南东八里洼北朝壁画墓》,《文物》1989 年第 4 期。
②　中国墓室壁画全集编辑委员会编:《中国美术分类全集 中国墓室壁画全集 1 汉魏晋南北朝》,河北教育出版社 2011 年版,第 148—150 页。
③　张彦远:《历代名画记》,人民美术出版社 1963 年版,第 101 页。
④　李延寿:《南史》第一册,中华书局 1975 年版,第 153 页。
⑤　郦道元:《水经注校》,王国维校,上海人民出版社 1980 年版,第 301 页。

在当时就已成为图像艺术的流行题材,也可说从另一个角度彰显了竹林七贤的广泛影响。

这些竹林七贤图,无论从艺术成就还是从保存完整程度上来看,都以南京西善桥的砖画最为突出。丹阳墓壁画,初看在画面大小、人物形象、浅雕画风及树木装饰等方面,与西善桥墓画极为相似,但仔细对比就会发现,两者在人物年龄与表情、树木绘画的繁简、器物形状方面有所不同。有专家经过研究认为:"这三幅'七贤'画,并非同一时代,也不是出于同一画师之手,更不是同一印模烧制而成的墓砖。"①在谈到南京西善桥与丹阳《七贤与荣启期》图之关系时,林树中说:"经比较,丹阳壁画《七贤与荣启期》的构图,人物形象、风格,都与南京出土的基本相同,但某些细部却有不少差异。如王戎眼角多鱼尾纹,显得年老;阮咸满脸皱纹,胡子满腮,也完全是个老头。而南京的壁画,这两人则作年青的形象,比较符合竹林之游时二人的年纪。刘伶像,南京壁画左手持耳杯,丹阳的左手放下,不持杯。南京壁画榜题都直书其名,丹阳壁画有的称'山司徒''阮步兵',加以官号。丹阳壁画的人名在砌砖时很多都弄错了。可以看出,这些壁画和制作都有共同的母本,这种母本六朝与唐人称'样',即后来所称的'粉本'。在复制或再创作时,作者可随己意在原稿的基础上加以改动,但基本布局与造型不失母本的风貌。"②丹阳胡桥吴家村墓所绘《七贤图》把阮籍与王戎身份弄错了,即把"左腕倚箱,右手舞如意"者当作了阮籍,而按照庾信《对酒歌》中"王戎如意舞"的描述,其人物形象应是王戎;另一面也把荣启期与向秀、阮咸与刘伶等身份搞错了。至于建山金家村墓《竹林七贤与荣启期画》所绘人物及树木风格,与胡桥吴家村墓略同,仅局

---

① 南京博物院:《试谈"竹林七贤及荣启期"砖印壁画问题》,《文物》1980 年第 2 期。
② 林树中:《江苏丹阳南齐陵墓砖印壁画探讨》,《文物》1977 年第 1 期。

部有简繁之别,也存在人物姓名与人物画像不符的错乱现象。[①] 由此看来,人物身份的确定往往依据文学文献对其身份及性格特征的记载,虽然制作图像的画家所依据的并非文学文本,而是更为直接的图像"样本"或"粉本",当然这些样本和粉本的根据其实也是文学的记载与描述。

总之,这些壁画虽然基本布局及画风大致相同,但每座墓的壁画应该是专门绘制、刻模、拼砌的,由于墓葬年代不同,也不可能是统一制作的。山东北齐崔芬墓与东八里洼墓中屏风画的树下人物均褒衣博带,姿态悠闲,席地坐于树前,构图与人物形貌特征明显仿效南朝《竹林七贤和荣启期》砖画,区别只是崔芬墓壁树下人像侧面还有女侍,这也是南齐东昏侯萧宝卷时开始流行的画法。由此可见,山东七贤画无论在内容还是在艺术风格上都源自南方七贤画,同时也说明了山东地区在南北文化交流中所起到的重要作用。其他地区出土的魏晋高士形象也与竹林七贤有着密不可分的关系。如河南邓县学庄南朝墓出土的四皓模印砖画也刻画了秦末汉初商山四皓(四皓为东园公、角里先生、夏黄公、绮里季)拒绝汉高祖礼聘,在深山密林中席地而坐,悠然自得地弹琴、吹笙、饮酒的情景,不禁使沈从文联想到陶渊明"采菊东篱下,悠然见南山"的诗句。[②] 画中像砖左侧有榜题"商山四皓",此画人物形象生动逼真,细致传神,原有艳丽色彩,可惜现已不存。1997 年,南昌火车站出土了商山四皓东晋漆盘,盘底中央描绘了这四位皓首长髯老人休闲娱乐的情景,四人或弹琴,或静坐,或手中持物,均表现出安然自得的神情。宁夏固原唐梁元珍墓的砖室壁画中,有五位均戴方形冠站在树下的老人,有人认为是魏晋高士形象。

---

① 南京博物院:《江苏丹阳胡桥、建山两座南朝墓葬》,《文物》1980 年第 2 期。
② 沈从文:《花花朵朵坛坛罐罐——沈从文文物与艺术研究文集》,外文出版社 1994 年版,第 88—89 页。

　　唐宋以来有很多画家都画有竹林七贤图,如中国唐代的韦鉴、常粲、孙位,五代的支仲元,宋代的李公麟、石恪、萧照,元代的钱选、赵孟頫、刘贯道,明代的仇英、杜堇,清代的华嵒,乃至日本江户时代狩野雪信的《竹林七贤图》等,都已成为中外艺术史中的杰作。《洛阳存古阁石刻竹林七贤图》也是一幅著名的文图结合的艺术品,石刻上文下图,上部刻"晋河内竹林七贤图并史传"一行,其后依次镌刻山涛、向秀、阮籍、阮咸四人史传,下部刻四人图像作围坐状,分别为山涛、向秀、阮籍、阮咸,其他三贤缺失。罗振玉在《洛阳存古阁藏石目》中断定其为金代石刻,承名世则认为可能更早。[①]　其著名的竹林图还有:北宋赵佶《听琴图》,从画中人物凭虚启琴、听者或昂首凝虑或低首深思的神情来看,此图似乎表达了魏晋士人风度,唯有衣着华茂、正襟危坐、有儒家正统之君子神态这一点,似孙位《高逸图》。[②]　南宋无款《竹林拨阮图》中,溪边竹林下三位文士,一人持酒瓶斟酒,一人抱阮接杯,一人凝神等待;一童子站立服侍,一童子在戏水;茂林修竹,寂静清幽;表达了竹林名士的人生境界。[③]　元盛懋《秋舸清啸图》描绘了一蓬舟左前方有一隐士半昂首对天长啸,前有酒馆,似正酣醉,身后有阮,船后有童子在摇橹;岸上巨树飘摇,对岸高山舒缓,河岸开阔。此图似乎展现的是竹林七贤的阮籍,嗜酒能啸,但身后的阮似乎又暗示主人公应是阮咸。[④]　明仇英《停琴听阮图轴》描写了两位隐士,一位弹琴,一位弹阮,高山流水,茂林修竹,使人联想到七贤。[⑤]　清颜峄《秋林舒啸图轴》

①　承名世:《论孙位〈高逸图〉的故实及与顾恺之画风的关系》,《文物》1965 年第 8 期。
②　中国美术全集编辑委员会编:《中国美术全集 绘画编 3 两宋绘画上》,文物出版社 1988 年版,第 44 页。
③　中国美术全集编辑委员会编:《中国美术全集 绘画编 4 两宋绘画下》,文物出版社 1988 年版,第 178 页。
④　中国美术全集编辑委员会编:《中国美术全集 绘画编 5 元代绘画》,文物出版社 1989 年版,第 120 页。
⑤　中国美术全集编辑委员会编:《中国美术全集 绘画编 7 明代绘画中》,上海人民美术出版社 1989 年版,第 69 页。

中,一高士静坐于苍松翠柏之下、巨石之上,一高士长啸于岩石之下,有侍
从相随,使人联想到阮籍善于长啸。清王树谷《人物图册》之三为一高士
树下置杖回望,侍从手持古琴跟随,题诗云:"一身萧散寸心闲,势利奔趋
总不关,白眼看人成一笑,水边林下对青山。"诗既描写了阮籍白眼看人,
又表白了自己清高自傲的情怀。清吕焕成《春山听阮图轴》很容易使人联
想到阮咸。至于清黄鼎《醉儒图轴》,临自宋画家龙爽《醉儒图》,描写一
隐士在巨松下酒醉,袒胸凸肚卧倒在酒坛边,几乎和标准竹林七贤形象无
异,下有兽皮作垫,身后还有两酒坛,一条瀑布从上而降。①

　　历代还出现了大量具有七贤风格的高逸图,如麦积山石窟北魏雕塑
《第一二七号窟正壁龛主佛头光伎乐天之三》中伎乐天手持乐器应为阮。
北周泥塑《第四号窟第三龛前廊正壁薄肉塑弹阮飞天》采用浮雕式手法,
融镶嵌绘塑于一体,造型精准飞动,有迎面飞来之感,有竹林七贤之神
采。② 李唐、赵孟𫖯、仇英等画过《高逸图》,但这种高逸图已与竹林七贤
关系不大,仅是继承了其游历山水、寄情世外的精神追求。文徵明《松壑
高逸图》山峰重叠,巨树林立,瀑泉溪流穿插其间,中有亭台楼阁;有人漫
步林间,有人坐石观瀑,有人观望山色;整幅画给人以茂密繁复之感。董
其昌《高逸图》则与此相反,此画是其与友人泛舟荆溪时的即兴之作,画中
近景虬树林立,中间江面开阔,远处山峦层叠,山溪树林中茅舍数间,透出
清寂萧索的意境。现代画家中以竹林七贤为题材的也很多,其中著名的
有傅抱石、钱松嵒、范曾等绘制的《竹林七贤图》。

---

① 中国美术全集编辑委员会编:《中国美术全集 绘画编10 清代绘画中》,上海人民美术出
　　版社1989年版,第63、65、77、85页。
② 中国美术全集编辑委员会编:《中国美术全集 雕塑编8 麦积山石窟雕塑》,人民美术出
　　版社1988年版,第92、134页。

图 4-2 傅抱石《竹林七贤图》

以其他艺术形式表现七贤的作品也是不胜枚举,如明清时期就开始流行的各种瓷器、雕刻、天津杨柳青年画等艺术作品中,就常出现竹林七贤的图像。元代著名工匠朱碧山曾制作一件银质槎形酒杯《银槎》:槎身为老树枝丫,一道人倚槎而坐,左手执卷专心读书;槎尾刻"龙槎"二字,杯口刻杜本题句,槎腹下刻"百杯狂李白,一醉老刘伶,知得酒中趣,方留世上名"楷书二十字,把刘伶与李白相提并论①。作者朱碧仙以制作精妙银器闻名,银槎杯代表了元代银器工艺高超的水平。《中国美术全集 工艺美术编 10 金银玻璃珐琅器》也选编了此器物。② 民间艺术中更是把酒仙刘伶与诗仙李白相提并论,如清初浙江余杭民间年画《酒中仙圣》也是把

① 中国美术全集编辑委员会编:《中国美术全集 雕塑编 6 元明清雕塑》,人民美术出版社 1988 年版,第 62 页。
② 中国美术全集编辑委员会编:《中国美术全集 工艺美术编 10 金银玻璃珐琅器》,文物出版社 1987 年版,第 80 页。

刘伶与李白相提并论,图中酒仙敞怀祖胸,把爵畅饮,下有刘伶、李白醉倒卧席。① 明代万历《竹林七贤图长方形剔红盘》朱漆上雕刻有魏晋竹林七贤的故事。红色竹林中,七贤正在或交谈,或饮酒,或饮茶,或弹琴等。四周为折枝花卉纹,有梅花、牡丹、芙蓉、桃花等。② 清《尚勋竹林七贤图八骏图笔筒》笔筒扁圆,两边分刻竹林七贤与八骏图。③ 图中翠竹挺立,山林泉水之间有七贤与童子聚乐于此,七贤中题壁一人、对弈两人、观棋倦欠身者一人、扶肩同行者两人、袒腹举杯者一人,五六童子分别捧砚、汲泉、烹茶、斟酒等。至于与竹林七贤图风格密切相关的艺术创作,更是数不胜数了。

此外,竹林七贤的诗文也常常成为书法家不断书写的题材,王僧虔《论书》中说:"谢安亦入能书录,亦自重,为子敬书嵇康诗。"由此可见,谢安与王献之都景仰嵇康的名气,并以书法形式书写嵇康的诗。后来的书法也是如此。如赵构书《真草书养生论卷》,赵孟頫书《与山巨源绝交书》《琴赋》与《酒德颂》,文徵明书《琴赋》,董其昌书《酒德颂》,陈继儒书《酒赋》,祝允明草书《嵇康酒会诗》与《琴赋》,八大山人书《酒德颂》等,可谓不胜枚举。特别是《琴赋》与《酒德颂》,由于短小精美而成为历代书法家不断书写的作品,这与琴和酒往往成为书法家的人生主题也是相符的。清钱沣《七贤祠记》则以颜书的形貌表达了对竹林名士的真切情感,虽然颜体宏阔沉稳的书风与竹林七贤潇洒自然的风格有异。④ 当然,竹林七贤

---

① 中国美术全集编辑委员会编:《中国美术全集 绘画编21 民间年画》,人民美术出版社1985年版,第184页。
② 中国美术全集编辑委员会编:《中国美术全集 工艺美术编8 漆器》,文物出版社1989年版,第138页。
③ 中国美术全集编辑委员会编:《中国美术全集 工艺美术编11 竹木牙雕角器》,文物出版社1987年版,第32页。
④ 中国美术全集编辑委员会编:《中国美术全集 书法篆刻编6 清代书法》,上海人民美术出版社1989年版,第121页。

对书法家的影响不仅表现在具体的书风的影响上，更重要表现在对人生及审美观念的影响上，如清书法家梅植之平生爱好操琴，得嵇叔夜琴一张，因号嵇庵，曾书《散文一篇》，被《中国美术全集 书法篆刻编6 清代书法》收录。①

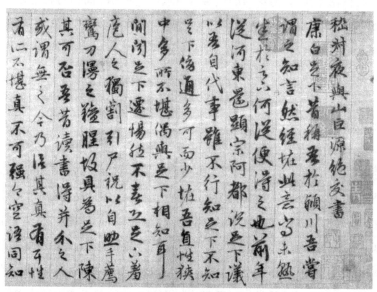

图4-3　赵孟頫《与山巨源绝交书》局部

篆刻方面也是如此。明文彭篆刻《琴罢倚松玩鹤》款文为："先生别业有古松一株，蓄二鹤，于内公余之暇，每与余啸傲其间，抚琴玩鹤，泃可乐也。"此中特别是"啸""琴""松"等意象的出现，更点明了其与竹林之风的关系。其他明清很多篆刻，如明何震篆刻《放情诗酒》、明苏宣《深得酒仙三味》、明胡正言《栖神静乐》、明程邃《少壮三好音律书酒》、清吴先声《多情怀酒伴余事作诗人》、清林皋《案有黄庭尊有酒》、清徐霸坚《左图且

① 中国美术全集编辑委员会编：《中国美术全集 书法篆刻编6　清代书法》，上海人民美术出版社1989年版，第160页。

书右琴与壶》、清杨澥《天与湖山供坐啸》、清张熊《晋梓竹堂》、清严坤《酒气拂拂从十指出》都表明了这种密切的关系。① 由此可见,不仅竹林七贤自身成为历代画家取材的对象,其文学作品也同样全面而深刻地影响着艺术家的艺术创作。

从南朝至明清产生的很多著名的"七贤"画中,流传下来且最为著名的就是唐末画家孙位的《高逸图》,②它是由承名世考证为"七贤"图的。③ 孙位也是一位性情疏野、襟抱超然、好饮酒、喜与僧道交游甚于显贵的画家,黄休复《益州名画录》中将孙位定为"逸格"。孙位《高逸图》在构图、画风、人物、树木布局等各个方面都与《竹林七贤与荣启期》砖画有着密切的关系。此图仍以人物形象为主,与古朴的《竹林七贤与荣启期》相比,色彩明丽,人物华贵,给人以耳目一新之感,同时也让人深感竹林七贤的悲苦早已化为令人羡慕的荣华富贵。

孙位《高逸图》现藏上海博物馆,绢本彩色,纵 45.2 厘米,横 168.7 厘米,卷首有宋徽宗赵佶以瘦金体题"孙位高逸图"。《高逸图》现存四人,分别为山涛、王戎、刘伶、阮籍,其他三人嵇康、向秀、阮咸已缺失。这四位高士形态各异,都戴小冠,宽衣博带,长髯飘拂,分别有自己的侍从陪伴坐在华丽的地毯上,每段之间隔以树木、芭蕉、菊花、太湖石,画面优雅静谧,与色彩艳丽图案繁复的花毯形成对比。

右边第一位为山涛,其后有嶙峋怪石。山涛身材魁伟丰腴,有贵族气质,赤膊袒胸,披衣抱右膝坐于花毯之上,坐毯艳丽华贵;神态深沉凝重,露出孤傲的神色,旁有酒器,大有王羲之祖腹东床之意。旁有童子捧着古

① 中国美术全集编辑委员会编:《中国美术全集 书法篆刻编 7 玺印篆刻》,上海人民美术出版社 1989 年版,第 79、81、86、99、103、115、119、129、161、171、177 页。
② 中国美术全集编辑委员会编:《中国美术全集 绘画编 2 隋唐五代绘画》,人民美术出版社 1988 年版,第 83 页。
③ 承名世:《论孙位〈高逸图〉的故实及与顾恺之画风的关系》,《文物》1965 年第 8 期。

琴侍奉。第二人为王戎,身后有太湖石与芭蕉,旁有一香炉,一双髻侍童正捧着一大卷书侍于身后;王戎形貌与嵇康相比而言较清瘦,宽衣博带,裸足趺坐于华丽花毯上,右手持长柄如意,左手放在右手上,前有展开的书卷,似是高谈阔论后在凝神静思。第三位为刘伶,他其貌不扬,后有一太湖石与一大丛盛开的菊花。因为刘伶写过《酒德颂》,并盛传其饮酒奇闻逸事,所以画像也体现了他嗜酒如命的特点。画中一童子正跪着递上一唾壶,刘伶正抱着喝光的酒杯,回首看着童子递上的唾壶,双眼迷离,似已沉浸在酒醉的胜景之中。第四人为阮籍,他双手持有作为名士标志的麈尾,面带微笑,盘腿侧身倚坐在花毯之上,洒脱傲然,似有得意之情,所展现的性格与众所周知的至慎、沉酒自保、穷途而哭不同;前有两高足盘,盘内放着桃子,旁有童子捧着盘中酒杯躬身侍立。

图4-4　《高逸图》(局部)"山涛像"

图4-5　《高逸图》(局部)"王戎像"

图4-6　《高逸图》(局部)"刘伶像"

图4-7 《高逸图》(局部)"阮籍像"

关于阮籍的微笑,董逌《广川画跋》中题《竹林七贤图》跋说:"晋阮籍、嵇康、刘伶,一世异人,不可羁绊。山涛、王戎从之竹林下,其志趣岂易量耶? 阮籍之笑,与其哭于途,何意趣不同也? 览者得之。"由此可见,《高逸图》不仅延续了之前七贤图的构图方式,同时能把文献记载与传说中的竹林形象生动地展示在图像之中,自然也展示了画家自己对七贤性格的理解。

但绢帛质地的《高逸图》与砖质的七贤像呈现出的是两种完全不同的艺术效果。特别是《竹林七贤与荣启期》画像砖,其所使用的砖坯及其特殊的加工工艺使砖画产生了一种特殊的审美效果,其艺术形式虽承继了东汉砖制墓室壁画,但后者这种木模印制的壁画与普通画像砖并不完全相同,这不仅仅表现在线条的粗细大小与阴阳之别乃至有无边饰等方面,而且表现在它有独特的加工方式与其所产生的独特的审美魅力及艺术价值上。南京宝善桥的砖印壁画不是用刀在砖坯上雕刻出来的，而是先雕刻出深浅合适的阴线，用木模印制到砖坯上，变成凸出的阳线，然后经过烧制、拼贴而成，以刀代笔，把毛笔绘出的柔软线条表现为突兀刚硬的线条，以焙烧的方法使线条更显刚劲圆美，如此一来，其刚强流畅之美更加凸显，对于表现有魏晋风骨的文人士大夫有着特有的效果。因此，此砖画与其他画像砖、画像石及不易保存在墓下的壁画相比，显示出迥然有异的艺术效果，特别是与浑沉雄大的汉画像砖不同，它是以流动如生、春蚕吐丝一般的线条为造型手段，追求人物神韵，展示了一种简约玄淡、空灵挺拔、超然绝俗的艺术风格。

当然，《竹林七贤与荣启期》砖画的产生过程也是大批无名工匠介入艺术创作的过程。工匠在雕刻、制模、焙烧、拼接等过程中，也会因其知识、技艺、审美观等不同而对砖画的最后形成产生重要影响，以至于最后的砖画与粉本相距甚大，离文学文本的七贤自然也愈来愈远，南京与丹阳砖画水平的高低不同就是证明。郑珉中则根据《竹林七贤与荣启期》图像中嵇康与荣启期弹琴手势"画得拙劣"，甚至出现了"琴徽画反""把琴放颠倒""把弹琴的人画成左手弹弦而右手按弦"的"悖谬状态"，推断出"此画应出自当时的工匠之手"，"认为它不应该是出自《历代名画记》中张彦远列举的六朝几个著名文人画家之手，而应当是当时工匠画家的创作。这个论点的证据就在画像中的嵇康、荣启期这两个弹琴人的身上"，因为"嵇康弹琴的两只手，竟画成是反折的，左手更是扭曲的。荣启期的手也是反折的，从袖中伸出的左手也是弯曲的"。①

从以上"竹林七贤图"的分析来看，此类图往往都是由山、水、细竹成

---

① 郑珉中：《对南京西善桥六朝墓画像的看法》，《故宫博物院院刊》1986 年第 3 期。

林的自然环境再加七贤图所特有的形象元素构成。如宽衣博带、赤膊袒胸、席地而坐的文人，他们饮酒、交谈、昂天长啸、沉吟远望的动作神情，再加上酒、古琴、阮、书画等道具，就构成了典型的竹林七贤图，其中酒、琴、凝神远望这些来自文学传记记载的元素，往往作为七贤图的典型标志而被反复刻画。如南京西善桥的《竹林七贤与荣启期》画像砖就典型地表现这种图像的基本构成，画中人物多宽衣博带、赤足端坐、袒胸抚膝、凝神静思，表现了傲世自足的神态："引琴而弹"的嵇康的悠然远望，"嗜酒能啸"的阮籍的带着微笑的吹指长啸，"饮酒至八斗方醉"的山涛的豪饮，"手挥如意"的王戎的遐想，"雅好老庄之学"的向秀的凝神沉思，"止则操卮执觚，动则挈榼提壶"的刘伶的醉酒，"妙解音律，善弹琵琶"的阮咸的弹阮，"鹿裘带索，鼓琴而歌"的荣启期的鼓琴而歌……无不如此。这些人物形象的基本构成完全符合《晋书》中《嵇康传》《阮籍传》《山涛传》《向秀传》《刘伶传》《阮咸传》以及《高士传》中关于荣启期的描述。

　　至于后期的竹林七贤图，也往往描绘细竹成林，人物皆鹿皮花毯席地而坐，或吟咏唱和，或对语，或抚琴，或对弈，或凝望远山，身旁摆着笔砚、书卷、酒器，皆有名士风范，再加童子几人等，就集齐了历代竹林七贤图的基本构图要素，唐孙位《高逸图》就是典型代表。到了明代，此类画像虽还继承了细竹成林的构图传统，但随着文人雅集的盛行，人物形象则往往与《兰亭集》的构图类似，即表现三三两两在山林中饮酒对弈、弹琴赏画的文人雅集，七贤也与孙位《高逸图》中一样，有侍者相伴左右随时侍奉，表现了文人士大夫优裕而闲适的隐逸生活，所谓的魏晋风骨则已荡然无存。如南京博物院藏明人佚名卷轴《七贤图》与南朝"七贤"画像的旨趣就迥然不同，这充分表明历代画家在取材七贤、表达"七贤"个性的同时，也愈来愈融入时代的特点和艺术家自身的审美趣味及个性追求。至于南朝人物画所特有的体态清瘦修长、气质秀丽俊美的秀骨清像，曾在当时流行的羽人、飞仙、佛教石刻造像上多有表现,但这种从何晏开始的男性追求女性阴柔之美的名士风貌,乃是魏晋时期贵族特殊的审美要求,不仅是名士崇尚清谈玄学及老庄审美观念的具体表现,也是饮酒服药的直接结果,这种图像特点对后世后代的"竹林七贤图"并不具有恒久的参照价值。

在所有贤人高士构图中,酒的主题作为魏晋名士风度的一个重要组成部分,往往被反复夸张地刻画,正如《世说新语·任诞》中王恭所谓"名士不必须奇才,但使常得无事,痛饮酒,熟读《离骚》,便可称名士",魏晋风度中的一个重要元素就是酒。酒既能壮胆以增强勇气,如嵇康之慷慨激昂;同时更能使人沉浸其中以消极躲避,如阮籍之躲避司马。儒家注重德行节义,讲求修身养性,其实很少颂酒,这点我们从《尚书·酒诰》中就可看出。但从曹操"何以解忧,唯有杜康"开始,就看到世人,特别是文人知识分子,在乱世从酒中求得解脱的无奈之举,尤以竹林七贤与陶渊明为代表。

比如阮籍,连醉六十余天以避晋文帝提亲,并防止钟会借谈论时事之机以罗织罪名,酒所具有的明哲保身的功效在他身上发挥到了极致,这就是《世说新语·任诞》中王光禄所说的"酒正使人人自远",也是王荟所说的"酒正自引人著胜地"。至于陶渊明,萧统在《陶渊明集序》中说"陶渊明诗篇篇有酒,吾观其意不在酒,亦寄酒为迹者也"①,李白《戏赠郑溧阳》中也说"陶令日日醉,不知五柳春。素琴本无弦,漉酒用葛巾。清风北窗下,自谓羲皇人。何时到栗里,一见平生亲"。"日日醉"一语可谓对陶渊明的形象进行了典型的刻画,这首诗中展现其隐逸状态的基本元素也大都具备了——酒、柳、琴、葛巾,包括了人物衣着、行为、爱好、用具、精神状态与生活状况等方面。其实,这是文学与图像中陶渊明与竹林七贤所共

①　陶渊明:《陶渊明集笺注》,袁行霈撰,中华书局 2003 年版,第 612 页。

同具有的特征。

在竹林七贤图像的构成中,竹子也往往成为具有标志性的元素之一。然而令人困惑的是,《竹林七贤与荣启期》砖画为何没有以竹林为背景呢?砖画上出现了很多种植物树种,如银杏、槐树、松树、柳树等,其中,杏树五棵、垂柳两棵、槐树一棵、青松一棵,唯荣启期和阮咸之间有一棵阔叶竹,但没有以大片的竹林为背景。这是为何呢? 这是否会成为否认竹林七贤存在的根据呢?

竹子虚心、高雅、洁净的代表"君子之节"的寓意,以及其身影婆娑、经冬不凋的潇洒神气,都给中国文人以无限的想象。《诗经·卫风·淇奥》就以竹子起兴赞美了才德并茂的君子:"青青""猗猗"的绿竹犹如文采风流的美君子,其"宽兮绰兮""善戏谑兮""不为虐兮"的个性及水中傲然独立的风采,与魏晋士人在艰苦生活环境里追求人格独立的志向是多么神似。① 所以《世说新语·任诞》讲王徽之即使在临时居住的别人的房子前也要栽种竹子,并说出了千古传颂的话——"不可一日无此君"。此外,"日暮倚修竹"的悲怨凄苦也是君子守节自持的象征,王徽之对竹子的喜好无疑推动了后来士人对竹林的向往。苏东坡《于潜僧绿筠轩》中著名的"宁可食无肉,不可居无竹"也应该是从这里来的吧。屈原《九歌·山鬼》"余处幽篁兮终不见天"与王维《山居秋暝》"明月松间照"的清寂孤冷的独居,古诗《冉冉孤竹生》"君亮执高节"与王羲之《兰亭集序》中"茂林修竹"的高雅,陶渊明《桃花源诗》中"桑竹垂余荫"与郑板桥的"老夫只栽竹"的独立,都说明了竹子首要的意义就在于它与金石同在的"节",而这正是魏晋风骨的根本所在。梅兰芳在日本入侵中国时画竹于墙并拒绝演唱,蒋兆和画盲人手持竹竿并配诗"莫笑吾无目,但凭这只竹,人间黑暗

---

① 程俊英:《诗经译注》,上海古籍出版社 2004 年版,第 84 页。

地,有目岂吾如",都说明了竹子如同"玉"一样在中国文化中所特有的比德意义,也就是晋戴凯之《竹谱》中所说的"其可比于全德君子矣"。

但这种比德主要是对活着的隐士而言的,为来世祈福的墓室壁画则往往以来世可能的荣华富贵为主旨。是来世的富贵与平安,而不是什么清贫的气节,主宰着艺术家及墓室主人的基本价值取向。竹林七贤虽然是仁人高士,但其墓室壁画的主题还是要因时就俗、避祸就福,根据约定俗成的准则来取舍图画上的植物元素,而并不按照墓主人或者艺术家个人的爱好来绘图,正如北魏的高士墓室壁画里需加上鞍马以为伴一样,这也许就是《竹林七贤与荣启期》中没有过多出现竹林背景的根本原因。当然,当初墓室主人及壁画创作者的真实初衷已不得而知了。也许是因为墓室的主人虽然对竹林七贤的人格及才气崇拜至极,但对竹林本身或者对以竹林作为一种墓室艺术装饰并不具有很大的兴趣;也许是因为如果八个独立的人物之间都点缀以竹子,不如目前各人物间杂以多种树木的艺术效果更好。

3 对文图中的竹林七贤形象及其价值取向的反思

虽然史籍多有记载竹林七贤,如《三国志·魏书·王卫二刘傅传》中裴松之注引东晋孙盛《魏氏春秋》提到"游于竹林,号为七贤",戴逵著有《竹林七贤论》,《水经注》卷九"清水"条记载"袁彦伯《竹林七贤传》",刘义庆《世说新语》中更多次提到了竹林七贤的故事等,但仍有人否认竹林七贤存在的真实性。如陈寅恪说:"'七贤'所取为《论语》'作者七人'的事数,意义与东汉末年'三君'、'八俊'等名称相同,即为标榜之义,西晋末年僧徒比附内典、外书的'格义'风气盛行,东晋之初,乃取天竺'竹林'

之名，加于'七贤'之上，成为'竹林七贤'"，"'竹林'则非为地名，亦非真有什么'竹林'"。① 否认竹林七贤的存在，某种程度上也就否认了竹林七贤的价值与意义。

事实上，对竹林七贤及其所代表的价值观的反对，在中国历史上从未断绝。《文选》卷四十九《干宝〈晋纪·总论〉》也批评了这种宗老庄而黜六经的做法，甚至有人把这些祖述于阮籍的蔑视礼法之人比作禽兽，像刘伶"脱衣裸形在屋中"，自然难容于信仰儒家礼法之人。邓粲《晋纪》称阮籍母死，"与人围棋如故，对者求止，籍不肯，留决胜赌。既而饮酒三斗"。《世说新语·任诞》中说他母丧"散发坐床，箕踞不哭"，"当葬母，蒸一肥豚，饮酒二斗，然后临诀"，虽然最后都"一号"，"吐血"，"废顿"良久，但即使在今日也很难得到认同。颜之推《颜氏家训·勉学篇》云："山巨源以蓄积取讥，背多藏厚亡之文也……嵇叔夜排俗取祸，岂和光同尘之流也……阮嗣宗沉酒荒迷，乖畏途相诫之譬也……彼诸人者，并其领袖，玄宗所归。"②在颜之推看来，山涛因为贪吝而遭到世人的讥讽，不值得给他作诗赞颂；嵇康因为与流俗抗争而被杀，并不是和光同尘之人；阮籍纵酒自沉，也是违背了险途之中应该小心的古训。这些精研老庄的玄学名士不能完全做到心身合一，而注重修身治世的颜之推并不推崇这种对身心与社会无益的道家之学。葛洪《抱朴子》也批评了时人对七贤的不当追风："世人闻戴叔鸾、阮嗣宗傲俗自放，见谓大度。而不量其材力，非傲生之匹，而慕学之：或乱项科头，或裸袒蹲夷，或濯脚于稠众，或溲便于人前，或停客而独食，或行酒而止所亲。此盖左衽之所为，非诸夏之快事也。夫以戴阮之才学，犹以耽踔自病，得失财不相补，向使二生敬蹐检括，恂恂以接物，竞竞以御，其至到何适但尔哉！况不及之远者，而遵修其业，其速祸

---

① 万绳楠整理：《陈寅恪魏晋南北朝史讲演录》，黄山书社 1987 年版，第 49—50 页。
② 颜之推：《颜氏家训》，檀作文译注，中华书局 2011 年版，第 116 页。

危身,将不移阴,何徒不以清德见待而已乎!"①这些在葛洪看来自然是国家败亡的原因。所以顾炎武《日知录》卷十三说:"有亡国,有亡天下,亡国与亡天下奚辨? 曰:易姓改号,谓之亡国。仁义充塞,而至于率兽食人,人将相食,谓之亡天下。魏晋之清谈,何以亡天下? 是孟子所谓杨、墨之言使天下无父无君而入于禽兽者也。"②就是画有《竹林七贤》的戴逵也不同意这种完全放任自由的人生态度,《晋书》卷九十四《戴逵传》说他"常以礼度自处,深以放达为非道",并认为"放者似达,所以乱道。然竹林之为放,有疾而为颦者也"。③蔡元培在他的《中国伦理学史》中更说:"魏晋玄谈家之思想,非截然舍儒而合于道佛也。彼盖灭裂而杂糅之。彼以道家之无为主义为本,而于佛家则仅取其厌世思想,于儒家则留其阶级思想及有命论。有阶级思想,而道佛两家之人类平等观,儒佛两家之利他主义,皆以不相容而去之。有厌世思想,则儒家之克己,道家之清净,以至佛教之苦行,皆以为徒自拘苦而去之。有命论及无为主义,则儒家之积善,佛家之积度,又以为不相容而去之。于是其所余之观念,自等也,厌世也,有命而无可为也,遂集合而为苟生之惟我论矣。"④刘大杰在他的《魏晋思想论》中说蔡元培"对当日人生观的构成的分析,其见解是相当精确的","这种生活,影响社会的秩序,损害青年的心灵,那力量是极大的。朝廷是如此,家庭是如此,君臣、父子、朋友之间都是如此,那政治怎会不腐败,民族的精神,怎么不衰颓呢? 后人批评两晋之亡,亡于清谈,这虽是稍稍过头,然而清谈家若想完完全全卸脱这种责任,这却是不可能的"。⑤

我们也可把竹林七贤与陶渊明在中国艺术史中的地位比较一下,来

---

① 葛洪:《抱朴子外篇校笺》下,杨明照校笺,中华书局 2010 年版,第 31—32 页。
② 顾炎武:《顾炎武全集》第十八册,上海古籍出版社 2012 年版,第 527 页。
③ 房玄龄:《晋书》四九册,中华书局 1974 年版,第 5223 页。
④ 蔡元培:《中国伦理学史》,上海古籍出版社 2006 年版,第 81 页。
⑤ 刘大杰:《魏晋思想论》,上海古籍出版社 1998 年版,第 107、204 页。

说明其对中国文化的意义。陶渊明与竹林七贤都追求"志在守朴,养素全真"的人生境界,他们有着相似的人生主张,甚至是相似的艺术风格。但七贤多在官府任职,并处于当时的主流文化之中,陶渊明则彻底摆脱了官场的羁绊,这是他后来在文学史上受到重视的一大原因,想必也是注重经世治国"负重必在任栋梁"的刘勰忽视他的重要原因。关于《文心雕龙》为何没有陶渊明的原因,试分析如下:其一是陶渊明并不持有刘勰所主张的儒家的价值观念,虽然陶诗有老庄清新自然的一面,但陶诗很少体现老庄波澜壮阔、汪洋捭阖的另一面。陶氏虽有不为五斗米折腰的气概,却做着类似乞讨之事,这在自强不息的刘勰看来也是不合适的。从刘勰把《文心雕龙》送给沈约希望得其认可一事就可看出,他与陶渊明并不是一类人。一个衣食无着的人还离不开酒,并常常以此自誉,追求潇洒自然"一人之乐"的陶氏,与后来遁入空门追求"众人之乐"的刘勰很难融合在一起,陶氏的"一人之乐"在草根出身的刘勰看来,不过是文人的自我安慰罢了。

中国文学史上推崇陶渊明者,多指向其避世的一面,如杜甫崇拜陶渊明,很想模仿陶渊明的生活方式及其性情:"浊酒寻陶令,丹砂访葛洪。江湖漂短褐,霜雪满飞蓬。"但"牢落乾坤大,周流道术空。谬惭知蓟子,真怯笑扬雄"很难模仿,杜甫追求的毕竟是"致君尧舜上,再使风俗淳""安得广厦千万间,大庇天下寒士聚欢颜""会当凌绝顶,一览众山小",而陶渊明追求的是"但得琴中趣,何劳弦上音""田园将芜,胡不归",二者的区别是巨大的。归去田园、远离残酷的现实固然是一人消停无忧、淡泊名利,但若要天下大众都如此,每个人都回归自然,那还要知识分子干嘛呢?

杜甫《奉寄河南韦尹丈人》道:"宽心应是酒,遣兴莫过诗。此意陶潜解,吾生后汝期。"杜甫的无奈正是他寻找陶氏的根本原因,但二者的目标恐怕是不同的,正如孔子说"天下有道,丘不与易焉",陶渊明的回归田园与杜甫的入世也是无法调和的矛盾。与杜甫类似,白居易《效陶潜体十六首》中讲:"先生去我久,纸墨有遗文。篇篇劝我饮,此外无所云。我从老大来,窃慕其为人。其他不可及,且效醉昏昏。"与陶渊明隐于南山竹篱之下不同,他是隐于庙堂之上,所以《中隐》中说:"大隐住朝市,小隐入丘樊","唯此中隐士,致身吉且安"。白居易效法陶渊明,也并非是毫无批评地全盘接受,而是带着无奈、带着抱怨、带着不情愿。这与欧阳修对陶渊明的态度相似,他说"吾爱陶渊明,爱酒又爱闲",欧阳修对陶渊明也是取其所需。元人赵孟頫也是如此,他在《题归去来图》中称赏陶渊明:"弃官亦易耳,忍穷北窗下。抚琴三叹息,世久无此贤。"从赵孟頫的一生来看,他也仅仅是在诗歌里赞叹一下,现实生活里却是不愿效仿的。

令人困惑的是,对田园诗情有独钟的王维却对陶渊明持非常激烈的批评态度,他在《与魏居士书》中说:"近有陶潜,不肯把板屈腰见督邮。安食公田数顷,忘大守小。苟身心相离,理事俱如,则何往而不适?"王维尖锐地指出了陶渊明内心的复杂性——当然这并不意味着王维已经解决了这个问题。对陶渊明推崇得较为极致的是苏轼。他说"渊明吾所师,夫子乃其后",苏轼把陶渊明放在李杜之上,又说陶渊明:"欲仕则仕,不以求之为嫌;欲隐则隐,不以去之为高。饥则扣门而乞食;饱则鸡黍以迎客。古今贤之,贵其真也。"晚年苏轼在《与苏辙书》中说,"深愧渊明,欲以晚节师范其万一",但从他一生的从政经历来看,这也多只是口头上的模仿——老来都没有归隐,那什么时候归隐呢?从林语堂《苏东坡传》中可看出其在官场之中的艰难苦困,由此可见,苏轼有他内心的苦衷,这种苦衷恐怕不是模仿陶渊明所能解决的,也许是遇到挫折时只好拿陶氏来说事。正如《晋书》列传第四十九《谢安传》载喜好谈玄的谢安出游常有乐伎相随一样,口头的谈玄与现实的享乐并行不悖。① 明沈周《仿戴进谢太傅游东山图轴》描写了东晋太傅谢安隐居会稽东山不仕,携众乐伎出游的情景。青峰入云,岩壁耸立,苍松翠柏,云气缭绕,宫殿深藏,流水潺潺,谢安曳杖悠然漫步,有梅花鹿相随;一乐伎前引,其余乐伎手持古琴乐器,悠然跟随,神态各异。这是一幅深山享乐图。② 以刘伶、李白自居的郑板桥也是如此。这些极力推崇陶渊明的诗人往往忽视了陶渊明身上儒家文化的成分,而这与竹林七贤以老庄为主的倾向不同。虽然陶渊明也有热爱自然、饮酒为诗的一面,但其信奉的理念还是以儒家思想为主,所以在历代"虎溪三笑"的绘画题材中,陶渊明是以儒家文化代表的身份出现的,在绘画中出现的形象也多儒雅中庸,既无对世人不屑一顾的形貌,也无对抗政体的激情,整体上乃是一种"悠然见南山"的情调。然竹林七贤就不同了,特别是嵇康的抗争与刘伶的醉酒,乃是儒家所极力反对而不为的"素隐行怪"。

竹林七贤内部巨大的差异也是今日的我们应该加以关注的,后人对竹林七贤每人的评价并不相同。他们都是当时的士大夫阶层:嵇康为魏中散大夫,阮籍为魏步兵校尉,山涛、王戎为西晋司徒,向秀为西晋黄门侍郎,阮咸是西晋始平太守,刘伶为西晋建威参军,其中王戎、山涛在西晋官做得最大。王戎做官能"苟媚取容""与时舒卷",可谓是长袖善舞、八面玲珑之人。山涛虽不及王戎,但其同样能在官场左右逢源、得以善终。所以,《昭明文选》中的颜延之《五君咏》,对除山涛、王戎外的五人,都作诗赞颂之。竹林七贤中,嵇康与阮籍的差异是七贤人生态度及人生结局差异的代表。鲁迅在《魏晋风度及文章与药及酒之关系》中也对阮籍与嵇康

---

① 房玄龄:《晋书》四二册,中华书局 1974 年版,第 4398 页。
② 中国美术全集编辑委员会编:《中国美术全集 绘画编 7 明代绘画中》,上海人民美术出版社 1989 年版,第 1 页。

进行了对比,他说:"阮籍作文章和诗都很好,他的诗文虽然也很激昂慷慨,但许多意思都是隐而不显的。嵇康的论文,比阮籍更好,思想新颖,往往与古时旧说反对。"①嵇康在《与山巨源绝交书》中"非汤武而薄周孔",这和标榜"以孝治天下"的司马氏相对立,他的《巢由图》画的也是与尧舜不合作的大隐士,嵇康的被杀完全是由他的不妥协造成的。阮籍虽也倡导"越名教而任自然",说"礼岂为吾辈设耶",他抨击推崇儒家礼教的圣人,甚至把他们比作裤裆的虱子,但他采取了明哲保身的态度,以"至慎"和"酒"作为防身的武器来躲避政治的强权,最终保住了性命。竹林七贤的这种内部矛盾性也体现在陶渊明身上。世人多强调陶渊明的离世与静穆,但鲁迅在《〈题未定〉草(七)》中说"陶潜正因为并非'浑身是静穆',所以他伟大"。他特别在《魏晋风度及文章与药及酒之关系》中论述了陶潜的平和,同时指出他并没有忘情于世:"到东晋,风气变了。社会思想平静得多,各处都夹入了佛教的思想。再至晋末,乱也看惯了,篡也看惯了,文章便更和平。代表平和的文章的人有陶潜。他的态度是随便饮酒,乞食,高兴的时候就谈论和作文章,无尤无怨。所以现在有人称他为'田园诗人',是个非常和平的田园诗人。……但《陶集》里有《述酒》一篇,是说当时政治的。这样看来,可见他于世事也并没有遗忘和冷淡,不过他的态度比嵇康阮籍自然得多,不至于招人注意罢了……据我的意思,即使是从前的人,那诗文完全超于政治的所谓'田园诗人','山林诗人',是没有的。完全超出于人间世的,也是没有的。既然是超出于世,则当然连诗文也没有。"②

魏晋为中国历史上罕有的乱世,残酷的现实使文人不得不立意玄远,在形而上的思辨中逃避现实的苦难,同时在铁与血的网罟面前又不得不

---

① 《鲁迅全集》第三卷,人民文学出版社 2005 年版,第 533 页。
② 《鲁迅全集》第三卷,人民文学出版社 2005 年版,第 537—538 页。

深思难全其身的困惑,对精神自由的追求与残酷现实中行动的委曲求全形成了鲜明的对照。自东汉的党祸以后,曹氏与司马氏的斗争愈演愈烈,名士或参与其中,或难以躲避,少有全者;士大夫为远离祸患,保全性命,不臧否人物,亦不议论时事,学术自然也从现实转向纯粹的理论问题,而变得虚无缥缈了。文学绘画中的竹林七贤与"魏晋风度及魏晋风骨",是历代中国文化发生深刻变化及中国政权更迭时都会出现的理论及现实问题,而对文学与绘画中竹林七贤图的研究,使我们以新的视角重新审视了这个使中国知识分子魂牵梦绕的老话题,关于其价值取向的争论也是我们不能回避的理论问题。

竹林七贤对中国传统诗画的影响,主要表现在其崇尚自然、超逸、淡雅的生活情趣,竹琴之雅韵、诗酒之超拔等都成为中国传统文人诗画不可或缺的共同主题,它们均集中体现在关于七贤的各种诗画之中。但这仅仅是中国古代知识分子向往的理想精神境界,真实的生活却如竹林七贤所面对的现实一样充满了各种矛盾与纠结。比如向秀原和嵇康相好,但在嵇康被杀后,向秀被迫屈服于司马氏的淫威,竟到司马氏那里称赞司马昭为尧舜,以此躲过一劫。竹林七贤的内部差异是非常巨大的,虽然他们和占据主导地位的官方文化都保持着距离,但嵇康代表的主要是一种抗争的态度,其最终的结局就是毁灭。另一种在竹林七贤中占据主导地位的,就是以阮籍为代表的隐忍的态度,他的人生和陶渊明一样以酒为主题。酒虽有代表抵抗不合作的一面,但更多的是回避与躲闪,而这才是魏晋风度的主要所指。其主要态度基本上是被动消极地忍受,而不是积极主动地改造、进取,历代文人画家也多是采取了这种态度。鲁迅的文章对此分析得最为深刻贴切,他对陶渊明及竹林七贤所谓潇洒自由精神的解剖,可谓是对魏晋风度最为精深独到的剖析,对我们如何理解魏晋风度、魏晋风骨,如何理解它在中国传统文化中的地位及其意义,有着重要的理论意义。"慷慨以任气,磊落以使才"才能有真正的"魏晋风骨",所谓无忧无虑、潇洒自然,又何来风骨呢?与嵇康的慷慨悲歌相比,阮籍沉浸于酒的过分隐忍也只是为保存性命而已,何来潇洒自由?陶渊明之隐居桃花源,又怎能建立桃花源?

　　魏晋时期文化内部的巨大差异甚至是对立,是我们准确把握魏晋文化基本特点的重要理论依据。由此可见,王羲之的《兰亭集序》并不与魏晋时代所呈现的动荡的社会特征相一致,而是与当时文人知识分子所极力追求的价值倾向与主流的风格相一致,与魏晋士人所尽力追求的内心平静风格相统一。文人对时局的躲避并没有产生崇高,崇高乃是对时代的抗争,而不是把时代的矛盾消解在内心的平静之中。正如徐复观在《中国艺术精神·自序》中说:"中国的山水画,则是在长期专制政治的压迫,及一般士大夫的利益熏心的现实之下,想超越社会,向自然中去,以获得精神的自由,保持精神的纯洁,恢复生命的疲困而成立的,这是反省性的反映。"①

　　魏晋风度、魏晋风骨问题乃是中国文学艺术史上的老问题。宋朝被元朝取代时,很多艺术家如赵孟頫等都面临着竹林七贤那样的现实问题;作为宋朝遗民的钱选则采取了和赵孟頫根本不同的人生态度,与新朝的不合作、隐居、醉酒,是其与竹林七贤相同的人生选择。他在《题竹林七贤图》诗说:"昔人好沉酣,人事不复理。但进杯中物,应世聊尔尔。悠悠天地间,愉乐本无愧。诸贤各有心,流俗毋轻议。"②明朝被清朝取代时也是一样,如石涛等文人也有着同样的选择;中国近现代时期也是如此。竹林七贤乃是边缘与中心不断更迭、不断斗争、此消彼长的老问题,因此在中国文学艺术史上有着普遍的意义,它是艺术家与文学家在社会动荡及更

---

① 徐复观:《中国艺术精神·自序》,华东师范大学出版社2004年版,第5页。
② 袁行霈:《陶渊明影像:文学史与绘画史之交叉研究》,中华书局2009年版,第34页。

迭时所共同面对的基本人生机遇问题。牟宗三在谈到魏晋时代的名士时说:

> 在君主专制之下,知识分子不是被杀就是被辱,而表现为气节之士。气节之士当然很可赞佩,但不是应当有的而且是很可悲的。这并不表示一个人不应重视气节,重视道德;而是气节之士是在君主专制的特殊形态下出现的人物,好像"家贫出孝子""国乱出忠臣",并不是孝子、忠臣不好,但谁愿意家贫、国乱呢? 因此当家贫、国乱时才出现的孝子、忠臣,就多少有些不祥。就在这层意义上,我们说那具有特殊性格的气节之士不是应当有的。魏晋时代的名士也很少能得善终。因此知识分子在君主专制之下要想保全自己,在出处进退之间是很困难的。①

魏晋时代各名士的悲剧是时代的悲剧,也是文化的悲剧。西方也是一样,正如印象派与占据主导地位的浪漫派及古典主义的争论一样。竹林之清谈是否如顾炎武《日知录》中所说的那样"亡天下","孟子所谓杨、墨之言使天下无父无君而入于禽兽者也",注重清谈的魏晋士人是不是就成了庄子所谓盗窃仁义的大盗,这是令人怀疑的;竹林七贤之间的差异是如此之大,权势、金钱、生命对每一位都有着不同甚至是截然对立的意义,所以也就无法都冠之以"大盗"的罪名。

无论怎样,西善桥的那幅著名的《竹林七贤与荣启期图》最终使我们能够穿越千年的时空,得以目睹同时代人对于他们精神的理解与形象的刻画,得以感受魏晋士人所谓风骨、风度的真正所指。竹林七贤的人生悲

---

① 牟宗三:《中国哲学十九讲》,上海世纪出版集团 2005 年版,第 151 页。

剧应使我们清醒认识到魏晋的自由是残酷的自由,《世说新语》中刻画的魏晋士人的笑是含泪的自我解嘲,是黑色幽默的苦笑,是严酷环境中知识分子的自我解嘲。这既不是苏格拉底为求真而死,也不是如耶稣与释迦牟尼为善而舍身,同样也不是如孔子为仁义而颠沛流离,更不是老庄的真解脱。即如陶渊明的解脱,也只是一己之解脱而非众生与世人之解脱,或可说是逃脱,更谈不上真正的精神自由与解放。这种状态与他们在现实阶层中所处的地位是一致的,后者也决定了他们在现实政治斗争与权力的纠葛中往往成为身不由己的依附者与牺牲品。

《颜氏家训·杂艺》中就告诫世人对艺术"不须过精。夫巧者劳而智者忧,常为人所役,更觉为累;韦仲将遗戒,深有以也"。此处是指《世说新语·巧艺》中所记述的典故:"韦仲将能书。魏明帝起殿,欲安榜,使仲将登梯题之。既下,头鬓皓然。因敕儿孙勿复学书。"颐养性情的书画诗歌在现实的权力面前是软弱无力的,文人艺术家所能做的也只有逃避而已。当然,颜之推也看到了艺术给不同人带来的不同命运,既有王廙所称赞的如王羲之那样能给家族的兴盛带来荣誉,但同时尊贵的地位一旦丧失,也会因此而受累:"王褒地冑清华,才学优敏,后虽入关,亦被礼遇。犹以书工,崎岖碑碣之间,辛苦笔砚之役,尝悔恨曰:'假使吾不知书,可不到今日邪?'以此观之,慎勿以书自命。"由此可见,精通艺术也是一把双刃剑,不仅能使无名小卒为众人所知,也能使他们自己为权力所役使。所以颜之推又说:"若官未通显,每被公私使令,亦为猥役。"①由此可见,画家的地位与书法家的地位是相同的。

至于《晋书·隐逸传》所载戴逵精于鼓琴但拒绝"为王门伶人",这种艺术的价值也就只有限定在学不为人、自娱而已之内了。同样,张彦远

① 颜之推:《颜氏家训》,檀作文译注,中华书局 2011 年版,第 303—307 页。

《历代名画记》卷第九《唐朝上》记载,唐朝刚刚平定的时候,有外国使者来朝,皇帝就召阎立本为外国使节画像,太宗的弟弟虢王李元凤为百姓射杀老虎,为表彰他的勇猛,阎立本又被召去为李元凤画像,致使阎立本"奔走流汗,俯伏池侧,手挥丹素,目瞻坐宾,不胜愧赧。退戒其子曰:'吾少好读书属词,今独以丹青见知,躬厮役之务,辱莫大焉! 尔宜深戒,勿习此艺'"。阎立本因要为皇帝画像,当着众人的面,手拿画笔颜料,仰视众臣,汗流浃背,羞愧不已,并由此而警示后人不要以此为业。同时张彦远又将其与《世说新语·巧艺篇》中记载的关于韦诞的故事进行了比较:艺术与美在等级深重的中国传统社会,它们不过是权力阶层的一个消费品罢了,何谈艺术之独立性与艺术家之尊严价值? 再如《南齐书·王僧虔传》说:"孝武欲擅书名,僧虔不敢显迹。大明世,常用拙笔书,以此见容。……太祖善书,及即位,笃好不已。与僧虔赌书毕,谓僧虔曰:'谁为第一?'僧虔曰:'臣书第一,陛下亦第一。'上笑曰:'卿可谓善自为谋矣。'"[①]由此可看出当时士人知识分子包括文学家与艺术家的共同命运。所以刘勰在《文心雕龙·程器》讲:"孔光负衡据鼎,而仄媚董贤,况班马之贱职,潘岳之下位哉? 王戎开国上秩,而鬻官嚣俗,况马杜之磬悬,丁路之贫薄哉?""将相以位隆特达,文士以职卑多诮;此江河所以腾涌,涓流所以寸折者也。"这乃是刘勰自己的切身感受,因为他写出《文心雕龙》也要"取定于沈约。约时贵盛,无由自达,乃负其书候约出,干之于车前,状若货鬻者"[②]。鲁迅说"江河所以腾涌,涓流所以寸折者",深刻地揭示了中国传统文化内在的痼疾,"东方恶习,尽此数言",[③]那就是权力对学术的统治。由此看来,魏晋文学与艺术的辉煌同样是以无数巨大的悲剧为代价的,这也是"国家

---

① 萧子显:《南齐书》第二册,中华书局1983年版,第592—596页。
② 刘勰:《增订文心雕龙校注》上,杨明照校注,中华书局2005年版,第21页。
③ 《鲁迅全集》第一卷,人民文学出版社2005年版,第78页。

不幸诗家幸"的另一个例证。其实,欧洲文艺复兴也是如此,看看米开朗基罗与达芬奇被其雇主所困的情景就可了然。艺术与权力的关系,以及其对艺术生产、消费和欣赏的深刻影响,乃是时代的悲剧。由此我们也应对文学史及艺术史中对魏晋风度的美化及过度的赞美保持距离与清醒,不应毫无批判地推崇与认可,因为魏晋士人的命运也是魏晋历史悲剧的一部分。

五　魏晋南北朝文学与书法关系研究

1　魏晋南北朝文学与书法之基本关联

　　共同的时代与社会文化环境产生共同的艺术问题,同时也会产生基本相通的审美与价值观念。魏晋南北朝是中国历史上社会动荡最为严重的时期之一,然而伴随着多元文化的交流与主体性的自觉,此时期也成为中国文学艺术最为发达的时期之一,各个领域无论是在形式技巧还是在理论的高度与深度上,都达到了前所未有、后来也很难超越的程度。正如余英时在《士与中国文化》中所说:"书法之艺术化起东汉而尤盛于其季世,在时间上实与士大夫自觉之发展过程完全吻合。"①

　　魏晋时期出现了很多名垂千古至今仍有重要影响的文学家,如曹操、曹植、陶渊明、嵇康、阮籍、谢灵运等,他们对艺术形式的追求可谓是苦心孤诣,诗文的对仗、声律、用典、骈体文的运用等,不仅使读者在阅读中能感受到押韵、节奏匀称、声律调和的音乐之美,同时在视觉上也展示出一种对称的形式之美,这也就是刘勰所谓"辘轳交往,逆鳞相比""累累如弹珠""圆美流转如弹丸"的优美景致。

　　阮籍的很多书信都是用非常精美的骈体文书写的,王弼的《老子指略》中骈句几乎占据一半以上,陆机的《文赋》、刘勰的《文心雕龙》本身就

---

①　余英时:《士与中国文化》,上海人民出版社 1987 年版,第 349 页。

是精彩的骈体文作品。此时的文论家也在理论上给予了说明,曹丕《典论·论文》说"诗赋欲丽",梁元帝《金楼子》说"夫今之俗,缙绅稚齿,闾巷小生,苟取成章,贵在悦目。龙首豕足,随时之义,牛头马髀,强相附会"①。这种现象甚至发展到了极端,如《文心雕龙·通变》所说:"魏晋浅而绮,宋初讹而新。从质及讹,弥近弥淡。何则?竞今疏古,风昧气衰也。"②北朝颜之推《颜氏家训·文章》说:"今世相承,趋末弃本,率多浮艳。辞与理竞,辞胜而理伏;事与才争,事繁而才损。放逸者流宕而忘归,穿凿者补缀而不足。时俗如此,安能独违?但务去泰去甚耳。"③对东晋玄言诗,钟嵘《诗品》则称其"理过其辞,淡乎寡味","皆平典似《道德经》",④陶渊明诗由此而被列入中品。

魏晋南北朝时期还产生了很多在中国艺术史上影响深远的画家和书法家,画家有顾恺之、张僧繇、陆探微、戴逵、曹仲达、杨子华等,书法家则有王羲之、王献之、王珣、钟繇、陆机等。《文心雕龙》所谓"文"不仅仅是指情感辞章,同时还指音乐绘画。《文心雕龙·情采》说:"一曰形文,五色是也;二曰声文,五音是也;三曰情文,五性是也。五色杂而成黼黻,五音比而成韶夏,五情发而为辞章,神理之数也。"⑤《文心雕龙·通变》说"根干丽土而同性,臭味晞阳而异品"。⑥ 对审美与情感的强调,直接导致魏晋文学与艺术的鉴赏得到了巨大发展,如姚最《续画品》中所说的"夫丹青妙极,未易言尽","语迹异途,而妙理同归一致",不同的艺术都是五味一和,五色一彩,各尽其美。《文心雕龙·知音》中所说的"文实难鉴",

---

① 萧绎:《金楼子校笺》,许逸民校笺,中华书局2011年版,第967页。
② 刘勰:《文心雕龙注》下,范文澜注,人民文学出版社2006年版,第520页。
③ 颜之推:《颜氏家训》,檀作文译注,中华书局2011年版,第154页。
④ 周振甫:《〈诗品〉译注》,江苏教育出版社2006年版,第5页。
⑤ 刘勰:《文心雕龙注》下,范文澜注,人民文学出版社2006年版,第537页。
⑥ 刘勰:《文心雕龙注》下,范文澜注,人民文学出版社2006年版,第519页。

姚最与谢赫对顾恺之的争论,谢安对王献之的不屑,二王书法孰高孰低之争等,都说明了艺术鉴赏中情感及价值立场的复杂性,鉴赏者都会为情抑扬,难有定论。曹丕所谓"文人相轻,自古而然",艺术家之间互相嫉妒,古今中外无不如此。正如玛戈·维特科夫尔与鲁道夫·维特科夫尔《土星之命:艺术家性格和行为的文献史》所记述的:

> 早在学院为嫉妒心提供新场所前,关于不同人、地区和国家之间的嫉贤妒能就已经淋漓尽致地展现在传记作家们的笔下。旧时的竞争故事从来不曾忘却,只要稍稍熟悉艺术史的人都知道托里贾诺因[Torrigiano]为嫉恨,一时冲动打断了米开朗琪罗的鼻骨。而米开朗琪罗认定是拉斐尔和布拉特曼的妒忌导致了自己和教皇尤利乌斯二世之间的"所有不和",虽然已经过去了400余年,但他的愤怒质疑仍然被人念念不忘。至于他对莱奥纳多尔的嫉妒和敌意究竟是真是假,学者们还在讨论研究中。总之,要么沦为他人嫉妒的受害者,要么成为嫉妒他人的人,可以说几乎没有一个艺术家能够幸免于难。即使是对年轻艺术家关照有加的鲁本斯,也被贝罗里怀疑曾经费尽心机,让他的学生凡·代克远离自己的领域。……至于雷诺兹,英国有史以来声名最显赫,在他的时代无人能够超越的画家也被认为,对所有可能危及自身优势的出色艺术家都心存恐惧嫉妒之心。只是他会巧妙地试图隐藏这种恐惧。①

艺术与时代是相通的,《礼记·乐记》说:"治世之音安以乐,其政和;乱世

---

① 玛戈·维特科夫尔、鲁道夫·维特科夫尔:《土星之命:艺术家性格和行为的文献史》,陆艳艳译,商务印书馆2019年版,第317—318页。

之音怨以怒,其政乖;亡国之音哀以思,其民困。声音之道与政通矣。"①《文心雕龙·时序》说:"文变染乎世情,兴废系于时序。""至大禹敷土,九序咏功;成汤圣敬,猗欤作颂。逮姬文之德盛,周南勤而不怨;大王之化淳,邠风乐而不淫;幽厉昏而板荡怒,平王微而黍离哀。故知歌谣文理,与世推移,风动于上,而波震于下者也。"②文学艺术都深受时代的影响,文学与艺术的内容及形式,从事文学与艺术创作的艺术家、欣赏者等,无不是时代的产物,生活在时代之中,呼吸着时代的气息,深深打着时代的烙印。魏晋南北朝时期出现了很多精通多种艺术、诗书画兼善的大艺术家,同时也出现了很多兼具多种艺术之美的经典艺术品,其数量如此众多、区域如此集中,甚至以家族方式集中在某个区域,在中国历史上应该说是非常罕见的。

　　魏晋南北朝时期,文学与书法产生了广泛而深刻的联系,其中两个最为典型、对后世影响也最大的艺术作品就是王献之书写的《洛神赋》与王羲之的《兰亭集序》。王献之《洛神赋》是用小楷对曹植《洛神赋》一文的书法呈现,为后世很多书法家书写《洛神赋》开创了先河;王羲之的《兰亭集序》则是文学与书法完美结合的艺术品。关于曹植的《洛神赋》,李嗣真《书后品》中说:"钟、索遗迹虽少,吾家有小钟正书《洛神赋》,河南长孙氏雅所珍好,用子敬草书数纸易之。"③可见钟会也书写过《洛神赋》,并被珍藏到唐代。王羲之也书写过《洛神赋》,只是没有保存下来,王献之所书《洛神赋》主要是因为其为刻石,所以保留至今,如是纸制文本,那就很难保存了。

　　当时的文学家常以绘画、书法为创作题材创作出歌、咏、赋、赞等文学

---

① 杨天宇:《礼记译注》下,上海古籍出版社 2004 年版,第 468 页。
② 刘勰:《文心雕龙注》下,范文澜注,人民文学出版社 2006 年版,第 671 页。
③ 上海书画出版社编:《历代书法论文选》,上海书画出版社 2004 年版,第 137 页。

作品，产生了大量咏书诗赋，如鲍照《飞白书势铭》，蔡邕《篆势》《笔赋》，王僧虔《书赋》，杨泉《草书赋》，卫恒《隶势》等。至于艺术家直接创作的诗书画完美融合的艺术品，以王羲之的《兰亭集序》为代表，这是一幅书法文学完美结合的艺术品，而且也是当时艺术家艺术创作的常见方式。据张彦远《历代名画记》卷第五《晋》记载，桓温曾请王献之为其画扇面，王献之误落墨于扇上，便顺势画了斑马与雌牛，并题写了《㸚牛图》于其上，传为美谈，此图可称为三美。顾恺之《洛神赋图》是曹植的《洛神赋》文与顾恺之的《洛神赋图》的完美结合，尤其辽博本还有《洛神赋》的书法，更是文、书、画三者结合的艺术品。文、书、画的密切结合与融通，充分展示了传统文人丰富的创造力与表达自我情感的多种手段途径，成为中国艺术发展史中一个非常重要的艺术母题，而以顾恺之《洛神赋图》、王羲之《兰亭集序》、王献之书《洛神赋》、苏惠《璇玑图》等为代表的文图完美融合的艺术品，对后世艺术的发展也产生了深远的影响。

　　魏晋这种文学、书法、绘画密切结合的方式，对后世艺术的发展所产生的影响是多方面的。首先，后世书法家创作了很多以书写魏晋时期文学作品闻名的艺术品，如唐张旭所书《古诗四贴》，内容为庾信作《道士步虚词》十首中的两首，以及谢灵运作《王子晋赞》和《岩下一老公四五少年赞》。虽然关于此贴作者有不少争论，但其笔势纵逸、跌宕起伏、"悬岩坠石""疾风狂雨"式的狂草书法风格常受到历代书法家的称赞，张旭以头濡墨、颠张醉素的传奇事迹更是加深了此作品的文化意义。赵孟頫所书《归去来兮辞》《洛神赋》《绝交书》等完全符合谢朓所谓"好诗圆美，流转如弹丸"的审美理想。至于王羲之所书"快雪时晴"则成为"三希堂"藏品之一，其文所含的明丽吉祥寓意同样为历代画家所喜爱。其次，《千字文》也对后世书法产生了深远影响。《梁史》记载，梁武帝下令从王羲之书法中选取一千个不重复的汉字，并命周兴嗣以每句四字韵文编纂成《千字文》,其文简洁明了、对仗工整,既是影响巨大的古代儿童启蒙读物,也是被历代书法家经常书写的重要内容。① 其中最著名的有王羲之七世孙隋智永书《真草千字文》、唐欧阳询《千字文》、唐孙过庭《千字文》、唐怀素草书《千字文》、宋代皇帝书法家赵佶瘦金体《千字文》与狂草《千字文》、宋王升草书《千字文》、五代徐铉篆书《千字文残卷》、元赵孟頫行书《千字文》、明沈粲草书《千字文》、明徐霖篆书《千字文》等。

　　这些都直接反映了古代文人的综合修养。我们从《书苑菁华》所载何延之《兰亭始末记》描述的辩才与萧翼的交往就能看出时人对文人雅士整体修养的要求与判断标准。萧翼在会见辩才时也是按照文人雅士的装扮去的,虽然他自称:"弟子是北人,将少许蚕种来卖,历寺纵观,幸遇禅师。"萧翼自称是北方人,带着少许蚕种来卖,经过寺院进去参观时很荣幸遇见了辩才。二者的机缘与萧翼的装扮有着密切的关联:"翼遂改冠微服至湘潭,随商人船下,至于越州。又衣黄衫极宽长潦倒,得山东书生之体,日暮入寺,巡廊以观壁画,过辩才院,止于门前。"萧翼拒绝了太宗与房玄龄建议的公使身份,以微服私访的名义去拜访辩才,但他的装扮乃是文人雅士的常见装扮,给人以儒雅的印象:宽大飘逸的黄衫,有着山东书生的体貌,而且沿着走廊观看壁画以显示自己对艺术的热爱与修养,经过辩才的院子时停下问候,问答皆有修养。更为重要的是,萧翼全面的修养,特别是极高的文学造诣深深打动了辩才。辩才与萧翼"共围棋抚琴,投壶握槊,谈说文史,意甚相得",他们一同下棋弹琴,做各种游戏,谈论文史,意趣相投,因此辩才说出了这样的话:"白头如新,倾盖若旧,今后无形迹也。"意思是老人遇到新知,一见如故,以后就不要再拘泥礼节了。辩才便留宿萧翼,准备了茶果新酒盛情招待。这对一个终身隐身世外的老年僧人来说,

---

① 启功:《草书千字文》,中国和平出版社1991年版,第25页。

真是莫大的安慰啊。更重要的是他们还饮酒作诗,互相唱和,心心相印,互相倾诉人生之感慨无常。辩才以"来"字韵作诗曰:"初酝一缸开,新知万里来。披云同落莫,步月共徘徊。夜久孤琴思,风长旅雁哀。非君有秘术,谁照不燃灰。"辩才在诗中表明了自己用新酒招待远方突然到来的新知的情景:同是天涯沦落人,一起在月下漫步徘徊,深夜弹琴抒发孤苦之情,如长风吹来旅雁的悲叹。大概是新知的神秘感应吧,不然谁会光照无法复燃的死灰呢?此诗表达了辩才对新知的无限真情。萧翼则用"招"字韵作诗曰:"邂逅款良宵,殷勤荷胜招。弥天俄若旧,初地岂成遥。酒蚁倾还泛,心猿躁似调。谁怜失群翼,长苦叶风飘。"①萧翼对自己所受到的热情招待也是满怀感恩之情:高僧竟然在这么短的时间就把自己当作知己,自己和佛门的缘分也是不浅啊!酒沫浮动,心猿易调,谁怜悯那失群的孤雁?它的悲苦如风中飘零的落叶。萧翼此诗自然有逢场作戏的成分,但他对辩才的迎合,完全符合了一个文人书法家应该具备的素养与神采,这些神采都不是简单的技术手段所能达到的,而是整个精神面貌的充分展现。如果萧翼没有这些综合素质的表现,要达到与辩才"诗酒为务,僧俗混然"的境界是不可能的。这个故事从另一个侧面反映了当时对书法家整体素质与精神面貌的基本要求与判断。

　　魏晋时人多才多艺,可谓全面发展,很多文人兼善文学与书法。大文学家陆机就善于书法,唐李嗣真《书后品》中把陆机的书法放在下上品,他说:"右士衡以下,时然合作,蹉駮不伦,或类蚌质珠胎,乍比金沙银砾。"②在李嗣真看来,陆机等人的书法大多斑驳杂乱、不伦不类,偶尔也有好作品,正如海蚌里孕育珍珠、沙子里淘出金子一样。陈思《书小史》中说曹植善于书法:"言出为论,下笔成章,亦工书。"谢灵运也善于书法,且

---

① 卢辅圣主编:《中国书画全书》第二册,上海书画出版社1993年版,第494页。

② 上海书画出版社编:《历代书法论文选》,上海书画出版社2004年版,第141页。

师宗二王:"谢灵运,……善书,模宪小王,真草俱美。张怀瓘云:若石蕴千年之色,松标百尺之柯,虽不逮师,吸风吐云,簸荡山岳,其亦庶几。灵运诗书皆兼独绝,每文竟手自写之,文帝称为二宝,与颜延之为江左第一,虞龢云:灵运母刘氏乃献之之甥,故能书而特多王法。"[①]窦臮《述书赋》在论述谢灵运的书法时说:"后见三谢两张,连辉并俊。若夫小王风范,骨秀灵运。快利不拘,威仪或摈。犹飞湍激石,电注雷迅。方明宽和,隐媚且润。如幽闲女德,礼教士胤。"[②]在窦臮看来,谢灵运、谢方明、张茂度、张永齐头并进,光彩照人,有小王的风范,骨气灵秀。用笔迅疾,不受陈规的束缚,如飞速的流水利箭,电闪雷鸣。方明温和宽厚、温润隐忍,如幽静的女子、风范优雅的文士。《书小史》记载谢朓善于书法:"谢朓……风华黼藻,独步当时。工草隶虫篆。张怀瓘云:'书甚有声,草殊流美。亦犹薄暮川上,余霞照人。春晚林中,飞花满目,颜延之亦善草书,即朓之亚也。'"[③]这些诗人文豪多善于书法,既说明了这些艺术家的多才多艺,同时也说明了书法与诗文的相通性。

当然,诗歌也会对书法产生深刻的影响,正如金开诚所说:"文学艺术给书法艺术提供的好处有三项:(一)给书法创作者以思想的、艺术的滋养,提高其文化知识水平和审美的情趣与能力。(二)为书法创作提供极其丰富多彩的艺术形象,使书法家得到启示,吸取形象,并巧妙地融入书法创作(张旭观公孙大娘舞剑器而有悟于书法,便是最好的一例)。(三)大量的诗词作品与警句格言往往与书法艺术互为载体,从而在审美感染中互相生发,在艺术上相得益彰,起到 1+1>2 的神奇作用。"[④]也如陆游在

① 卢辅圣主编:《中国书画全书》第二册,上海书画出版社 1993 年版,第 556 页。

② 上海书画出版社编:《历代书法论文选》,上海书画出版社 2004 年版,第 246 页。

③ 卢辅圣主编:《中国书画全书》第二册,上海书画出版社 1993 年版,第 559 页。

④ 金开诚:《书法艺术论集》,北京大学出版社 2008 年版,第 73 页。

《示子遹》诗中所说,"汝果欲学诗,工夫在诗外"①。

竹林七贤中有几位不仅精通书法,同时也擅长音乐。如嵇康有《琴赞》《琴赋》《声无哀乐论》,并曾说:"众器之中,琴德最优。"②弹琴成为他生活中的一部分。他在诗歌中也常常谈到琴,《兄秀才公穆入军赠诗》中说:"目送归鸿,手挥五弦。俯仰自得,游心太玄。""弹琴咏诗,聊以忘忧。"《答难养生论》中说:"鼓琴和其心。"《酒会诗》中说:"素琴挥雅操,清声随风起。"《与山巨源绝交书》中则说:"浊酒一杯,弹琴一曲,志愿毕也。"阮籍也精通音乐,著有《乐论》。他在《咏怀诗》中说:"夜中不能寐,起作弹鸣琴","青云蔽前厅,素琴凄我心"。他的父亲阮瑀曾跟随蔡邕学习,精通音律;其侄子阮咸,善弹琵琶;阮咸之子阮瞻同样善弹琴。

同样,也有很多书法家精通文学。《宣和书谱》说书圣皇象:"或谓如歌声绕梁,琴人舍徽,则又见其遗音余韵,得之于笔墨外也。"③张怀瓘《书议》中说二王:"论人才能,先文而后墨。羲、献等十九人,皆兼文墨。"④正如《传统文论与书论会通研究》中指出的:"《宣和书谱》对于书家的介绍,经常少不了'善词章''博通经史''刻意学问''博学通识''擢明经''擢进士第'等类字眼,也可以为证。作者的观念:'大抵胸中所养不凡,见之笔下者皆超绝。故善论笔者,以为胸中有万卷书,下笔自无俗气。''昔人学书,未必不尽工,而罪在胸次……学者之书,盖不必工书,而字自应佳尔。''胸中渊著,流出笔下,便过人数等,观之者亦想见其风概。'作者所重在'胸中'、在'胸次'。"⑤

对书法家而言,综合素养对书艺的提高有重要影响,对画家而言也是

---

① 钱仲联:《剑南诗稿校注》八,上海古籍出版社1985年版,第4263页。
② 嵇康:《嵇康集校注》,戴明扬校注,人民文学出版社1962年版,第84页。
③ 卢辅圣主编:《中国书画全书》第二册,上海书画出版社1993年版,第39页。
④ 上海书画出版社编:《历代书法论文选》,上海书画出版社2004年版,第150页。
⑤ 资成都:《传统文论与书论会通研究》,花木兰文化事业有限公司2018年版,第138页。

如此。《书小史》记载大画家戴逵:"戴逵……隐居不仕。幼有巧慧,聪悟博学,能鼓琴,工书画。总角时以鸡子汁溲白瓦屑作《郑玄碑》自书刻之,文既奇丽,书亦妙绝。"①戴逵音乐、书、画、文无所不精,可谓奇才,他对仕途没有任何兴趣,而是全身心地投入对艺术的追求之中。其记载大画家顾恺之的"三绝"说:"顾恺之……博学有才气,为桓温殷仲容参军。善书,画写特妙,谢安深重之,谓有苍生以来未之有也。时人号为三绝,谓痴书画也。(张彦远云:按长康三绝者,才绝书绝痴绝也,画非其数。)"②又记载大画家宗炳说:"宗炳……前后辟召皆不就。少文妙善琴书图画,行草尤工。每游山水,往辄忘归,凡所游历,皆图之于室,坐卧向之。其高情如此。"③宗炳也和戴逵一样,是一位多才多艺、脱离尘俗、高妙奇趣的雅士。宗炳的孙子宗测:"宗测……炳之孙也。代居江陵,不应召辟。骠骑将军豫章王嶷请为参军,测答曰:何为谬伤海鸟,横斤山木?性善书画,传其祖业。"④宗测以极大的勇气与高超的语言技巧阐明了庄子哲理,表达了自己高妙的人生情趣与理想。这同时也是对自我心性的深刻反思,也算是自知者明吧。

从孔子之"多能"后,古人善谈人之多能。魏晋士人的多才多艺对后世书法书论的发展产生了重要影响,那就是强调书法与诗歌及其他艺术之间的交流与互动。魏晋之后的另一书法高峰就是唐代。朱长文《续书断》中记载郑虔说:"尝自写诗并画以献,帝大书批曰:'郑虔三绝'。"⑤关于郑虔"三绝"之类,史书多有记载。窦臮《述书赋》在论述王维时说:"诗兴入神,笔超神迹。李将军世称高绝,渊微已过;薛少保时许美润,英粹合

---

① 卢辅圣主编:《中国书画全书》第二册,上海书画出版社1993年版,第554页。
② 卢辅圣主编:《中国书画全书》第二册,上海书画出版社1993年版,第555页。
③ 卢辅圣主编:《中国书画全书》第二册,上海书画出版社1993年版,第557页。
④ 卢辅圣主编:《中国书画全书》第二册,上海书画出版社1993年版,第559页。
⑤ 上海书画出版社编:《历代书法论文选》,上海书画出版社2004年版,第343页。

极。"王维的诗歌和书法都超神入化。李思训世称高超绝妙,王维高深精微已超过他。薛稷时人说妩媚润泽,王维精粹英拔与他相合。同时解释说王维:"诗通《大雅》之作,山水之妙胜于李思训。弟太原少尹缙,文笔泉薮,善草隶书,功超薛稷。二公名望,首冠一时。时议云:'论诗则曰王维、崔颢,论笔则曰王缙、李邕,祖咏、张说不得预焉。'幼弟统有两兄之风,闺门之内,友爱之极。"①王维的诗和《大雅》相通,山水之妙胜过李思训。弟弟王缙也是文笔精妙,善草书、隶书,功夫超过薛稷。他们兄弟的名望冠绝一时,当时人议论说,诗数王维、崔颢;书法就是王缙、李邕。祖咏、张说无法与他们相比。他的小弟统,也有两位兄长的风采,一门之内,兄弟非常友爱。诗文书法能名垂千古,并不仅仅是由技巧这一个方面决定的。窦臮《述书赋》云:"雅兴闭关以随扣,古风开卷以袭人。不然者,何穷独而恣怡悦,何市朝而贪隐沦。"精美的书法"流誉前代,效绩当年。录军机而羽括鹰隼,述国命而发挥貂蝉。通亲友以感节,启咨谋以闻天"②。在窦臮看来,书法之所以能让人关起门来推敲欣赏,就是因为它有高雅的意趣,书卷一打开就古风袭人,不然的话,一个人又如何能独自沉浸其中,享受其中的快乐呢? 官府又为何隐藏起来不让人见到呢?

　　书法既能被用来记录国家大事或启奏君王天下大事,也能被用来给亲人通信互致关怀,而这一切都与书法的内容、与书法家的情致密切相关,互为表里,相互作用。表意的宋代书法更是强调书法与文学的关系,很多书法家同时又是文学家与画家。但其主要工作是从政,书法只是众多表情达意手段中的一种。他们甚至推崇书法而走向了另一个极端,难怪欧阳修要叹惋:"书之盛莫盛于唐,书之废莫废于今。"苏轼《柳氏二外

① 上海书画出版社编:《历代书法论文选》,上海书画出版社 2004 年版,第 257 页。
② 上海书画出版社编:《历代书法论文选》,上海书画出版社 2004 年版,第 262 页。

甥求笔迹》中则说："退笔如山未足珍,读书破卷始通神。"①苏轼在《跋秦少游书》中评价秦少游的书法时说:"少游近日草书,便有东晋风味,作诗增奇丽,乃知此人不可使闲,遂兼百技矣。技进而道不进则不可,少游乃技道两进也。"②在苏轼看来,秦少游的书法有晋人韵味,就是因为他有诗歌方面的修养,因为身兼百技,所以作诗奇丽。有人技艺精进但对道的理解不精进,秦少游则是技术和道术都精进。苏轼所谓道,乃是指通于各种技艺之间的共通原则,也就是说,秦少游能够把各种技艺融会贯通进入道的境界,而不再局限于各种具体的技艺之间。

　　黄庭坚评价苏轼的书法也是这种观念。他的《跋东坡书远景楼赋后》说:"东坡书随大小真行皆有妩媚可喜处。今俗子喜讥评东坡,彼盖用翰林侍书之绳墨尺度,是岂知法之意哉。余谓东坡书学问文章之气郁郁芊芊发于笔墨之间,此所以他人终莫能及尔。"③在黄庭坚看来,苏轼的书法无论大小真行书都美好喜人,今日的俗子喜欢用翰林侍书的标准来批评苏轼,这哪是懂书法!黄庭坚说苏轼字好,原因就在于他的笔墨之间弥漫着学问与文采之气,这是别人永远赶不上的。由此可见,书法与文学及学问虽然并不是一回事,但它们可以互相熏染、互相贯通、互相提高,从而达到另一高度。所谓"读书破万卷,下笔如有神",不仅仅是就文学的创作而言,书法的创作也是如此。黄庭坚《跋周子发帖》中说:"若使胸中有书数千卷不随世碌碌,则书不病韵自胜李西台林和靖矣。盖美而病韵者王著,劲而病韵者周越,皆渠侬胸次之罪,非学者不尽功也。"④在黄庭坚看来,苏轼的书法之所以能妩媚可喜,都是因为他胸有万卷书。心胸与众不同,

① 王文诰辑注:《苏轼诗集》,孔凡礼点校,中华书局1982年版,第543页。
② 卢辅圣主编:《中国书画全书》第一册,上海书画出版社1993年版,第632页。
③ 卢辅圣主编:《中国书画全书》第一册,上海书画出版社1993年版,第688页。
④ 卢辅圣主编:《中国书画全书》第一册,上海书画出版社1993年版,第691页。

写出字来自然与那些抄写经书的人不同。王著、周越的书法之所以没有韵味,就是因为他们读书少,胸无点墨,没有内涵,并不是没有用功。正如《宣和书谱》说文人书法:"昔人学书未必不尽工而罪在胸次。如存贵端是学者之书,盖不必工字而字自应佳耳。"①书法家所拥有的多样才能如此能够互相促进,互相彰显。

明孙鑛《书画跋跋》在论述祝允明的真迹时所说:"右军才略岂云以书掩之,正自以书显耳。许元度、孟参军晋代固不乏也。祝京兆之文章亦然,使书不工,孰是瓵头取弊籍视之哉!"②书论中有不少理论家认为,王羲之是书法的名声掩盖了其他才能,但在孙鑛看来,王羲之的其他才能并不是被他的书法名声所掩盖,而是被书法的名声所提高,大家因为他是一个伟大的书法家才去了解阅读他的诗歌,如果他不是一个伟大的书法家,谁去阅读他的诗歌呢? 像他这样的人,当时可谓很多啊,如喜好游山玩水的许询等。祝允明的文章也是一样,如果他不是一个书法家,谁去读他的破书呢? 清末杨守敬《书学迩言》一开始就说:"梁山舟《答张芑堂书》,谓学书有三要:'天分第一,多见次之,多写又次之。'此定论也。……余又增以二要:'一要品高,品高则下笔妍雅,不落尘俗;一要学富,胸罗万有,书卷之气自然溢于行间。'古之大家,莫不备此,断未有胸无点墨而能超轶等伦者。"③由此可见,对书法书卷气的强调是中国古代书论的一大特点。

魏晋文学、书法得到巨大发展的一个重要原因,就是很多帝王喜好文学或书法。帝王的爱好、提倡与推动对文艺的发展有着举足轻重的作用,中国传统文化中的"上有所好,下必甚焉"在此方面表现得尤为明显。

首先,魏晋南北朝有不少帝王喜欢文学,《文心雕龙·时序》说:"自

---

① 卢辅圣主编:《中国书画全书》第二册,上海书画出版社 1993 年版,第 55 页。
② 崔尔平选编:《历代书法论文选续编》,上海书画出版社 2003 年版,第 274 页。
③ 崔尔平选编:《历代书法论文选续编》,上海书画出版社 2003 年版,第 712 页。

献帝播迁,文学蓬转。建安之末,区宇方辑。魏武以相王之尊,雅爱诗章;文帝以副君之重,妙善辞赋;陈思以公子之豪,下笔琳琅;并体貌英逸,故俊才云蒸。"①刘勰清晰地看到了三曹以帝王之尊对文艺发展所产生的重要作用。《传统文论与书论会通研究》说:"南朝不乏多文之君王。如宋孝武帝'读书七行俱下,才藻甚美'。宋明帝'好读书,爱文艺。在藩时,撰《江左以来文章志》,又续《卫瓘所注论语》二卷,行于世'。梁武帝宋登基前,'竟陵王子良开西邸,招文学,高祖(武帝)与沈约、谢朓、王融、萧琛、范云、任昉、陆倕等并游焉,号曰八友','及登宝位,躬制赞、序、诏诰、铭、诔、说、箴、颂、笺、奏诸文,又百二十卷'。梁元帝'军书羽檄,文章诏诰,点毫便就,殆不游手'。常曰'我韬于文士,愧于武夫'等等。……武帝如此,元帝如此,昭明太子亦复如此。上层所好,下必从之。南朝末季,宫体如此而来。"②帝王甚至动用自己的权力,用考试的方式来推动某一类文化的发展。例如唐朝不仅把诗同时也把书法当作科举考试的科目,使天下读书人为功名利禄,花费大量时间精力与智慧来从事诗歌与书法的研究与创作,在推动此项文艺发展的同时,也带来了一些负面作用。

其次,魏晋南北朝时期也有不少帝王喜欢书法。魏晋流传下来的书论大多是上书的表,是臣子上书皇帝讨论书法的奏章,正如窦臮《述书赋》在论述魏晋书论时所说:"宋虞龢《表》闻于明皇帝,齐简穆《书》答于竟陵王。《表》称委尽,《书》乃备详。藻鉴则梁高祖巧而未博,邵陵王博而未至。庾中庶失品格,拘以文华。傅五兵比亡年,广于职位。"③南朝宋虞龢《上明皇帝表》是奏给明皇帝的,齐简穆公王僧虔《答景陵王子良书》是答竟陵王的。《表》称委屈周全,《书》是仔细详备。在品藻鉴赏方面,梁武

① 刘勰:《文心雕龙注》下,范文澜注,人民文学出版社 2006 年版,第 673 页。
② 资成都:《传统文论与书论会通研究》,花木兰文化事业有限公司 2018 年版,第 274 页。
③ 上海书画出版社编:《历代书法论文选》,上海书画出版社 2004 年版,第 261 页。

帝的《书评》巧妙而不广博，萧纶的《书评》则广博而不周全。梁庾肩吾《书品论》没有品格，局限于文章的才华。梁傅昭《书法目录》编写缺少年代，广泛收录有官位的书法家的作品。这些书论形式充分说明了社会上层对书法的超常热情，以及书法在社会文化中具有重要意义。从东汉至南朝宋齐梁陈共四十位皇帝，有近三十位是书法家。章草就得名于汉章帝爱好杜度的草书。至于魏太祖曹操，更是书法爱好者，甚至可以说是书法家。张怀瓘《书断》说曹操及曹植善于书法："魏武帝姓曹氏，讳操，字孟德，沛国谯人。尤工章草，雄逸绝伦。子植字子建，亦工书。"①文人在当时往往擅长书法，因为书写是当时文人必备的基本技能，而求美乃是书写过程中的正常追求。卫恒《四体书势》中记载了曹操喜欢书法家梁鹄的书法："梁鹄奔刘表，魏武帝破荆州，慕求鹄。魏武帝悬著帐中，及以钉壁玩之。"②魏武帝很推崇梁鹄的书法，让他做官，还把他的书法挂在军账中，用钉子钉在墙上时时观看，认为他的字比师宜官写得好。有些史书则直接说他是一位书法家，庾肩吾《书品》说他的书法"笔墨雄赡"，张怀瓘《书断》更说他的书法"雄逸绝伦"。卫恒《四体书势》还说："灵帝好书，时多能者，而师宜官为最，大则一字径丈，小则方寸千言，甚矜其能。"③

　　《宣和书谱》第一卷就是《历代诸帝》卷。关于第一个善书法的皇帝，晋武帝司马炎说他"喜作字，于草书尤工，落笔雄健，挟英勇之气，毅然为一代祖，岂龊龊戏弄笔墨之末以取胜者"④。晋武帝喜欢书法，尤其擅长草书，书风雄健，有英雄之气，成为一代祖师，这岂是龊龊地随便舞弄笔墨所能做到的？庾肩吾《书品》说曹操："魏帝笔墨雄赡，吴主体裁绵

① 　上海书画出版社编：《历代书法论文选》，上海书画出版社 2004 年版，第 183 页。
② 　上海书画出版社编：《历代书法论文选》，上海书画出版社 2004 年版，第 15 页。
③ 　上海书画出版社编：《历代书法论文选》，上海书画出版社 2004 年版，第 15 页。
④ 　卢辅圣主编：《中国书画全书》第二册，上海书画出版社 1993 年版，第 7 页。

密。"①魏帝曹操笔墨雄强,吴主孙皓结体绵密。他们的等级都在"中之中",可见帝王喜欢书法并不是偶然现象,甚至有些皇帝还非常自负于自己的书法。王僧虔《论书》中说:"宋文帝书,自谓不减王子敬。时议者云:'天然胜羊欣,功夫不及欣。'"②窦臮《述书赋》就论述了南朝几位帝王的书法,说宋武帝的书法:"法含古初。观其逸毫巨丽,载兆虎变,高躅莫究其涯,雄风于焉已扇。犹金玉矿璞,包露贵贱。"宋武帝的笔法高古,风格绮丽,极其美好。有老虎斑斓的花纹,雄健豪迈,苍茫无际,如纯金璞玉,尊贵无比。说文帝的书法:"皇矣文帝,大知正隶。举已达于纵横,攀王媚于紧细。献之向精专而习熟,几可与之兴替。尚瞻击水之鹏搏,且并闻天之鹤唳。"文帝的书法太好了,非常懂得正隶,纵横捭阖,有献之紧媚细致的书风。对献之的书法非常精通熟悉,几乎可与他并驾齐驱。只是尚需观看大鹏于水上展翅搏击,听闻天际的鹤鸣。说孝武帝则是"武威戡乱,翰墨驰声",他征战叛乱,翰墨也同样驰名。说明帝的书法:"太宗徽音,用壮之心。情弃鄙野,不无高深。快突俗工,匠古邻今。"明帝声闻卓著,有豪迈之心。鄙弃粗野的风格,追求高深的趣味,学习古人,适合时代的风尚。说南平王的书法:"笔力自全。幼齿结构,老成天然。比夫鸟在鷇,龙潜渊。符彩卓尔,文词粲然。"笔力自然,年少结体,老而天成,如鸟羽未丰,龙潜深渊。说海陵王的书法:"休茂尚冲,已工法则。"③其在幼年时就已经精通结体的各种法则。

　　窦臮《述书赋》在论述齐高帝萧道成的书法时说:"齐高则文武英威,时来运归。挺生绍伯,墨妙翰飞。观乎吐纳僧虔,挤排子敬。昂藏郁拔,

---

①　上海书画出版社编:《历代书法论文选》,上海书画出版社2004年版,第89页。
②　上海书画出版社编:《历代书法论文选》,上海书画出版社2004年版,第57页。
③　上海书画出版社编:《历代书法论文选》,上海书画出版社2004年版,第245—246页。

胜草负正。犹力稽牛刀，水展龙性。"①齐高帝文武双全，时来运转。他很杰出，翰逸神飞，品味僧虔，排挤子敬。字体遒劲有力，草书比正书好。他发挥自己的才能，如龙一样飞腾。在论述齐武帝的书法时说："世祖宣远，象贤岂敢。仰英规而无功，超笔力而有胆。莫顾程式，率由胸襟。能骋逸气，未忘童心。若横波束薪，泛滥浅深。"②武帝不愿效法先贤，认为仰慕先贤没有什么成效。他用笔很有魄力；写字没有程式，完全按照自己的想法书写，逸气横飞，不忘童心，如水上的木柴，随水深浅。萧衍的书法："梁则高祖叔达，恢弘厥躬。泯规矩，合童蒙。文胜质而辞寡，明察众而理穷。犹巧匠琢玉，心惬雕虫。"萧衍发扬自己的风格，不合规矩，同儿童一样。文辞少然，富于文采而不质朴，道理少但明察秋毫。如巧匠雕玉，以雕虫为满足。简文帝的书法："简文慕钟，不瑕有害。傲景乔而含古，肩邵陵而去泰。"他倾慕钟繇，百利无害。傲视萧子云而内含古法，比肩邵陵而不通畅。邵陵王萧纶的书法："凼调则气吞元常，若置度内；方之惠达，旨趣犹昧。擅时誉而徒高，考遗踪而罕逮。"他气吞元常，胸有成竹，和萧特比，还缺少趣味。善于弘扬虚名，考察书迹很少能达到。孝元帝的书法："孝元不拘，快利睢盱。习宽疏于一体，加紧薄而小殊。惟数君之翰墨，称天伦之友于。皆可比兰菊殊芳，鸿雁异躯。"③他不拘一格，劲利浑朴；结体宽疏，紧致程度稍有不同。他们几位的书法可称为天伦之亲，像香气不同的兰花、菊花，像一同飞翔的鸿雁。窦臮《述书赋》在论述隋朝时说："嗟文炀而不知，徒染毫而败业。"④文帝、炀帝无知，喜欢书法，败坏了国家大业。

这些帝王将相对书法的喜好，开辟了后世帝王将相喜欢书法的先河，

---

① 上海书画出版社编：《历代书法论文选》，上海书画出版社 2004 年版，第 248 页。
② 上海书画出版社编：《历代书法论文选》，上海书画出版社 2004 年版，第 248 页。
③ 上海书画出版社编：《历代书法论文选》，上海书画出版社 2004 年版，第 249 页。
④ 上海书画出版社编：《历代书法论文选》，上海书画出版社 2004 年版，第 249—250 页。

他们的审美趣味对书论也产生了重要影响。《传统文论与书论会通研究》说：

> 书论受政治力的影响同样可见。见于记载最早的，可能是属于曹操嘉梁鹄书。从汉末曹操为相王时期时，到西晋末卫恒尚言："今官殿题署多是鹄书。"又云："鹄弟子毛弘教于秘书，今八分皆弘法也。"如果我们从建安元年算起，到西晋之亡，前后绵延一百二十年，可见曹操对书风的影响力。帝王影响书风的，第一位可能是梁武帝的古质论。从汉、魏到南北朝，书风是由古质走向妍美的道路。这是人性的要求，然而梁武帝的贬抑王献之，让我们第一次看到帝王对书法的影响。梁武帝在述说钟繇书法十二意之后，有段文字："世之学者宗二王，元常逸迹曾不睥睨。羲之有过人之论，后生遂尔雷同。元常谓之古肥，子敬谓之今瘦；今古既殊，肥瘦颇反。……又子敬之不及逸少，犹逸少之不逮元常。学子敬者如画虎也，学元常者如画龙也。"从虞龢的《论书表》我们已经知道王羲之父子的书风已经风靡于宋、齐、梁，沿宋之后，势亦不免。因此，梁武帝说："世之学者，宗二王，元常逸迹，曾不睥睨。"梁武帝认为一代不如一代："子敬之不及逸少，犹逸少之不逮元常。"他的结论是"学子敬者如画虎也，学元常者如画龙也"。[1]

梁武帝认为王献之不如王羲之，王羲之又不如钟繇，可谓开了古典主义的先河。窦臮《述书赋》还论述了唐朝历代帝王擅长书法或对书法的重视：

---

[1] 资成都：《传统文论与书论会通研究》，花木兰文化事业有限公司 2018 年版，第 276—277 页。

　　高祖运龙爪，陈睿谋。自我雄其神貌，冠梁代之徽猷。太宗则备集王书，圣鉴旁启。虽蹑间井，未登阶陛。质诅胜文，貌能全体。兼风骨，总法礼。武后君临，藻翰时钦。顺天经而永保先业；从人欲而不顾兼金。

　　睿宗垂文，规模尚古。飞五灵而在天，运三光以窥户。开元应乾，神武聪明。风骨巨丽，碑版峥嵘。思如泉而吐凤，笔为海而吞鲸。诸子多艺，天宝之际。迹且师于翰林，嗟源浅而波细。汉王童年，自得书意。凤承羲、献，守法不二。尚可谓梁园笔壮，乐府文雄。累圣重光之盛业，六书一艺之精工。非所以抑至人之徇己，服勇士以雕虫。贡繁声于《韶》《濩》，征艳色于苍穹者也。①

高祖运用龙爪书，英明谋划，书艺神采焕发，超越梁代。太宗集齐了王书，英明启众，书迹超众，然未达于妙境。质朴怎能胜过文采？书法能反映全体。义兼风骨，符合法礼。武后君临天下，文采华丽。顺应天意永保大业，顺从人欲花重金求书。睿宗的文法崇尚古文，如天空飞翔的彩云，照耀窗户的霞光。开元顺应天意，神武聪明，风骨瑰丽，碑版辉煌。思如涌泉似鸣凤，笔如大海涌巨鲸。天宝之际，诸子多才多艺，书迹多学翰林，惜源水浅波澜不壮阔。汉王小的时候学习书法就掌握了精髓，早晚学习二王，心无旁骛。正是王室的巨笔，乐府中的文豪。他重新光辉了大业，使六书的艺术更加精巧。他并不是用己意来压制高人，用雕虫小技来制服勇士，在《韶》《濩》乐中寻找靡靡之音，在苍天中寻求艳丽的颜色。

　　魏晋南北朝与唐朝都是中国书法史上的高峰，它们的巨大成就都是与帝王将相的喜好分不开的。唐朝尤其把书法放到了非常重要的地位。

---

① 　上海书画出版社编：《历代书法论文选》，上海书画出版社2004年版，第253—254页。

朱长文《续书断》中也记述了唐王朝几位皇帝喜欢书法的情况,有些虽然政绩荒芜,但对书法非常痴迷。他说:"唐高宗天皇大帝,太宗之子也。守成业,天下清宴,而昏懦不刚,终致危乱。雅善真、草、隶、飞白。""唐玄宗至道大明皇帝,开元致治,比隆贞观,晚蔽大奸,播迁遐陬。少能八分正书,锡之臣工,勒之金石,不倦于勤,尚艺之至。""唐顺宗至德大安皇帝,德宗之太子,夙在东宫,躬仁孝,善正书。德宗每作诗赐文,多命皇太子书焉。王伾以书待诏,遂见宠遇,伾宵人也,终以基祸。""汉王元昌,高祖之子,祖述羲、献,犹善行书,虽童年,已精笔意,盖夙成之智,有不待久而能者矣。"①在朱长文看来,太宗之子唐高宗继承父亲的基业,天下太平,喜欢书法,善于书写真、草、隶、飞白各体,但昏庸懦弱,最后导致危机动乱。

唐玄宗开元大治,堪比贞观,但晚年蔽护大奸,致使安史之乱时流离逃亡。他年轻时就能写八分、正书,赏赐群臣,刻于金石,勤勉不倦,爱好书法达到无以复加的地步。米芾《海岳名言》谈唐玄宗对唐丰肥书风形成的影响说:"开元已来,缘明皇字体肥俗,始有徐浩,以合时君所好,经生字亦自此肥。开元以前古气,无复有矣。"②康有为《广艺舟双楫》在谈到唐明皇对唐书风影响说:"唐世书凡三变,唐初欧、虞、褚、薛、王、陆并辔轨叠,皆尚爽健。开元御宇,天下平乐。明皇极丰肥,故李北海、颜平原、苏灵芝辈并趋时主之好,皆宗肥厚。"③在康有为看来,唐朝的书风发生三次变化,初唐欧阳旭、虞世南、褚遂良、薛稷等都崇尚峻爽刚健的书风。开元年间,天下太平,明皇帝书极其丰满肥厚,所以李邕、颜真卿、苏灵芝都跟随皇帝的爱好,以肥厚为美。

①　上海书画出版社编:《历代书法论文选》,上海书画出版社2004年版,第337—338页。
②　上海书画出版社编:《历代书法论文选》,上海书画出版社2004年版,第361页。
③　上海书画出版社编:《历代书法论文选》,上海书画出版社2004年版,第776页。

傅山说:"凡事,上有好之,下有甚焉。"①在康有为看来,清朝也是如此,所以他又说:"至我朝圣祖酷爱董书,臣下摹仿,遂成风气,思白于是祀夏配天,汲汲乎欲祧吴兴而尸之矣。"②清皇帝喜欢董其昌的书法,臣下也都跟着模仿,于是形成一种学董的风气,董其昌也因此认为自己天下第一,可取代赵孟頫的地位了。重碑的康有为与重帖的董其昌并不持有同一种审美风格,所以康有为说董其昌的书法"局束如辕下驹,蹇怯如三日新妇,以之代统,仅能如晋元、宋高之偏安江左,不失旧物而已"。董氏的书法局促如辕下的马驹、胆怯如三日的新妇,如果让他统领书坛,也就是如晋元帝、宋高宗偏安江南一样,只是有个传统的样子罢了。但由于帝王的推崇,董的书风仍然大为流行,由此可见帝王的推崇对书风的影响之大。

帝王中因书误国者有之。德宗的太子唐顺宗,早年在东宫时仁厚孝顺,擅长正书,德宗每作诗文,多让太子书写。王伾是个小人,但因书法好而待诏受宠,最终带来了祸患。唐汉王元昌是高祖之子,学习羲之、献之的书法,特别擅长行书,很小的时候就笔墨已精,真是书法的天才,不需时日就成长起来了。还有几位皇帝如李璟、李煜,既善文学又好书法。《宣和书谱》说李煜:

> 善书画。其作大字,不事笔卷帛而书之皆能如意,世谓撮襟书。复喜作颤掣势,人又目其状为金错刀。尤喜作行书,落笔瘦硬而风神溢出。然殊乏姿媚,如穷谷道人,酸寒书生,鹑衣而茧肩,略无富贵之气。要是当我祖宗应运之初,揭云汉奎壁昭回在上,彼窃据方郡者皆

---

① 崔尔平选编:《明清书论集》,上海辞书出版社2011年版,第564页。
② 上海书画出版社编:《历代书法论文选》,上海书画出版社2004年版,第777页。

奄奄无气不复英伟,故见于书画者如此。方煜归本朝,我艺祖尝曰:煜虽有文,只一翰林学士才耳。乃知笔力纵或可尚,方之雄才大略之君亦几何哉!①

李煜善书画,喜欢写大字,不用笔,直接卷起衣襟书写,世称"撮襟书";喜欢煽动笔墨的金错刀书法,也是模仿了用扫帚沾白灰与头发沾墨书写的行为。但是他的书风仍然像穷酸的道士与书生,毫无富贵英武之气。所以宋太祖说,李煜虽然有文采,也不过是一介书生罢了。他笔力纵横,在书画家中还可以,但和雄才大略的君主相比,就不知相差多少了!《宣和书谱》虽然对李煜的评价是站在宋朝的立场来说的,但其对李煜作为君主不善治理国家而仅仅沉迷于书画、政治上毫无作为进行讽刺,还是有道理的。《续书断》还说:

> 临川公主,太宗女也,下嫁周道务,工篆籀,能属文。其妹晋阳公主,字明达,文德皇后所生,善临帝飞白书,下莫能辨,年十二而薨。后有房邻妻高氏,尝书石刻,字书紧媚。盖唐世以书相尚,至于女子皆习而能,可谓盛矣。②

临川公主是太宗的女儿,下嫁周道务,善于写篆籀,能写文章。她的妹妹晋阳公主字明达,文德皇后所生,善于临写皇上的飞白书,下属都不能辨别真假;十二岁去世。后有房邻妻高氏,曾在石碑上书写刻字,其字紧密漂亮。唐代以书法成就互相推崇,连女子都学习并善于书写,可谓书法的盛世。

① 卢辅圣主编:《中国书画全书》第二册,上海书画出版社1993年版,第34页。
② 上海书画出版社编:《历代书法论文选》,上海书画出版社2004年版,第338页。

至于书法的地位，李世民在《论书》中说："书学小道，初非急务，时或留心，犹胜弃日。"①书法是小道，不是重要的事情，时时留心，比虚度光阴好些。当然对于一个皇帝来说，书法的地位自然不能和建国立业相提并论。唐时的大书法家也多是朝廷重臣，如虞世南、褚遂良、欧阳询、颜真卿等，而他们的书法美学原则也遵循着严整、端庄的基本原则，与国家蒸蒸日上的人伦秩序保持着内在的一致性。至于宫廷书院翰林间流行的以释怀仁《集王圣教序》为本的院体书风，后逐步发展为以"墨、圆、光、方"为特征的明代台阁体与清代馆阁体，②这些都是时势造成的。

宋朝是中国文学、书法得到巨大发展的时代，其间也有好多皇帝痴迷书法。宋徽宗就是著名书画家，他在位期间编撰了《宣和画谱》与《宣和书谱》。他的儿子高宗也痴迷书法，亲自撰写《翰墨志》，其把书法爱好放在国家命运之上的人生态度昭然若揭。作为一国之主，其耽于一艺，真乃国家不幸；但从另一方面说，他确实促进了书法的发展，这又是书家之短暂幸运。朱长文《续书断》就记载了宋太宗赵光义痴迷书法的情景：

> 太宗方在跃渊，留神墨妙，断行片简，已为时人所宝。及既即位，区内砥平，朝廷燕宁，万机之暇，手不释卷，学书至于夜分，而凤兴如常。以生知之敏识，而继博学之不倦，巧倍前古，体兼数妙，英气奇采，飞动超举，圣神绝艺，无得而名焉。帝善篆、隶、草、行、飞白、八分，而草书冠绝，尝草书《千文》，勒石秘阁。八分《千文》及大飞白数尺以颁辅弼，当世工书者莫不叹服。③

① 上海书画出版社编：《历代书法论文选》，上海书画出版社 2004 年版，第 120 页。
② 华人德主编：《历代笔记书论汇编》，江苏教育出版社 1996 年版，第 530 页。
③ 上海书画出版社编：《历代书法论文选》，上海书画出版社 2004 年版，第 321 页。

宋太宗还没继位的时候就喜欢书法,那时他书写的东西就已成为当时人的宝贝。等到继承帝位,天下太平,朝廷祥和,日理万机之余,他更手不释卷,学书至夜半,还常常早起,以生而知之的敏锐再加手不释卷的博学,不知超过前人多少倍。他各种字体都很擅长,英气勃发,神采飞动,精妙绝伦,语言无法表达。帝善书篆、隶、草、行、飞白、八分各体,草书最好。曾草书《千文》勒石于秘阁,又八分《千文》及大飞白数尺来分赏给各位大臣,当世擅长书法者无不叹服。宋太宗还非常崇拜王羲之,并且将"王羲之、王献之墨迹,勒石为法帖十卷,以赐近臣。后二府大臣初拜者皆赐之,遂传天下,学者得以师法。自古帝王好藏书者有之矣,然徒宝惜独善,而不能兼济"①。他把秘藏拿出来让众大臣欣赏,共同弘扬书法,还把二王的书法墨迹勒于石上,有法帖十卷,用来赏赐近臣,后二府大臣新得官职的都有受赏,这样就传遍了天下,喜欢书法的都能学习。自古帝王喜好藏书的不少,但如唐太宗那样秘藏起来自己欣赏,像宋太宗这样能推广书法于天下,真是绝无仅有。当然朱长文有夸张阿谀的成分,但皇帝痴迷书法及对二王之崇拜,乃是中国古代书法史上的常态。宋太宗求购王书于天下,命大臣刻《淳化秘阁法帖》十卷用来赏赐近臣,王书遂传遍天下,天下学习书法的也从此得以师法王书,对王字的推广与流行又起到了重要作用。米芾《书史》说:"一时公卿以上之所好,遂悉学钟、王。"②至于宋高宗赵构,偏安江南,不思进取,从不把国家民族利益放在心上,唯向金人割地纳贡称臣是务,彻头彻尾推行投降路线,《宋史》都称其"偷安忍耻,匿怨忘亲,卒不免于后世之诮",但他推崇二王书法,沉浸于六朝翰墨,表面标榜高雅趣味。他的人生与魏晋风度和魏晋风骨又有何关联呢?他只是承继了魏晋士大夫逃避现实、明哲保身的一面,而慷慨激昂、勇猛刚劲的一

---

① 上海书画出版社编:《历代书法论文选》,上海书画出版社2004年版,第322页。
② 卢辅圣主编:《中国书画全书》第一册,上海书画出版社1993年版,第974页。

面则舍弃了。

　　宋高宗赵构在《翰墨志》中就他喜爱书法一事说："余自魏、晋以来至六朝笔法，无不临摹。"①自魏晋至六朝的书法他没有不临摹学习的。"顷自束发，即喜揽笔作字，虽屡易典刑，而心所嗜者，固有在矣。凡五十年间，非大利害相妨，未始一日舍笔墨。故晚年得趣，横斜平直，随意所适。"②赵构从小就喜欢提笔写字，虽屡次改变师法的典范，但对书法的喜爱从没改变。五十年间，如果不是重大的事件打扰，他没有一日不写字的。晚年的字横平竖直，随心所欲。他谈到王羲之的书法说："至若《禊帖》，则测之益深，拟之益严。姿态横生，莫造其原，详观点画，以至成诵，不少去怀也"，"余每得右军或数行、或数字，手之不置。初若食口，喉间少甘则已；末则如食橄榄，真味久愈在也，故尤不忘于心手"。③ 对于王羲之的《兰亭》他钻研得最深，模仿得最精细，姿态潇洒，不知所出，仔细端详，对其都默记在心里，从不忘记。只要得到王羲之的数行或数字书法，他就手不释卷，开始如吃闲饭，喉咙间只有稍微甘甜，最后就如同吃橄榄，真味久久不能忘记，心手都不忘记。

　　宋高宗赵构《翰墨志》评论宋朝的书法说："本朝士人自国初至今，殊乏以字画名世，纵有，不过一二数，诚非有唐之比。然一祖八宗，皆喜翰墨，特书大书，飞白、分隶，加赐臣下多矣。余四十年间，每作字，因欲鼓动士类，为一代操觚之盛。以六朝居江左皆南中士夫，而书名显著非一。岂谓今非若比，视书漠然，略不为意？果时移事异，习尚亦与之汙隆，不可力回也。"④在赵构看来，宋朝的文人从宋建国起到他在位都缺乏以字画闻

①　上海书画出版社编：《历代书法论文选》，上海书画出版社2004年版，第365页。
②　上海书画出版社编：《历代书法论文选》，上海书画出版社2004年版，第366页。
③　上海书画出版社编：《历代书法论文选》，上海书画出版社2004年版，第366页。
④　上海书画出版社编：《历代书法论文选》，上海书画出版社2004年版，第367页。

名于世的，即使有，也不过一两个，没法和唐朝相比。但是一祖八宗都喜
爱书法、大书特书、飞白分隶、褒奖臣下的情形就多了。四十年间，他每作
字，都想鼓动臣下，推动书法的兴盛。因六朝处在江东，都是南方文人，其
中以书法闻名的不少。然而今非昔比，大家对书法态度漠然，为什么呢？
大概是因为时代不同，风尚也会跟随变化，这不是人力所能挽回的。作为
一个处于艰难世事中的皇帝，他时刻记挂着书法的兴衰，国之大事却放在
脑后。虽然这对书法的发展有一定程度的作用，但作为一国之主，其注意
力的错置也确是令人唏嘘的了。

　　宋高宗赵构《翰墨志》评论王僧虔与齐高帝论书说："齐高帝与王僧
虔论书，谓：'我书何如卿？'僧虔曰：'臣正书第一，草书第三；陛下草书第
二，而正书第三。是臣无第二，陛下无第一。'帝大笑。"①齐高帝问王僧虔
说："我的书法和你比怎么样？"王僧虔说："我的正书第一，草书第三；陛
下的草书第二，而正书第三，所以我无第二，陛下无第一。"帝大笑。这样
一来，宋高宗就把王僧虔明哲自保的话转化为彻头彻尾自我肯定的话了。
如果王僧虔讲出来此话，那自信于书法的齐高帝又如何能笑得出来呢？
宋高宗引用此文又说明什么呢？陈思《书小史》中也记述了王僧虔多次自
保的故事："齐王僧虔，……初宋文帝见其书素扇，叹曰："非惟迹逾子敬，
方当雅量过之。"齐高帝善书，及即位，笃好不已，尝与僧虔赌书毕，谓僧虔
曰："谁为第一？"僧虔对曰："臣书臣中第一。陛下书帝中第一。"上笑曰：
"卿可谓善自谋矣。""武帝工书，欲擅书名，僧虔不敢显其迹，尝用拙笔
书，以此见容。"陈思又引用了《书赋》中的话来进一步说明王僧虔的个
性："才行兼而双绝，名实副而特彰。如运筹决胜，威震殊方。"陈思对他这
种明哲自保的人生策略是持肯定态度的。

---

① 上海书画出版社编：《历代书法论文选》，上海书画出版社 2004 年版，第 367 页。

　　由于历代帝王的喜好与推崇,书法自然受到非同寻常的重视,以至于书法水平对仕途产生了重要影响。康有为《广艺舟双楫》说:"北齐张景仁以善书至司空公,则以书干禄,盖有自来。唐立书学博士,以身、言、书、判选士,故善书者众。鲁公乃为著《干禄字书》,虽讲六书,意亦相近。于是,乡邑较能、朝廷科吏、博士讲试皆以书,盖不可非矣。国朝列圣宸翰,皆工妙绝伦,而高庙尤精。承平无事,南斋供奉皆争妍笔札,以邀睿赏,故翰林大考试差、进士朝殿试、散馆,皆舍文而论书。"①东汉赵壹在《非草书》中批评痴迷草书的人,认为草书对社会及人生仕途毫无用处,朝廷不以此考核官吏。但是,康有为说,北齐张景仁以善书获得司空的官职,可见书法影响仕途是古已有之吧。到了唐朝设立了书学博士,把书法作为进入仕途的一个重要标准,于是善于书法的人就多起来了。由此颜真卿著有《干禄字书》讲书法,也是考虑到其对仕途的影响。于是朝廷上下文人雅士无不善书。到了清朝,皇帝都精于书法,朝堂之人无不以呈现精美的书法来获得圣明的青睐为荣。所以考核官吏舍弃文章而重视书法,书法好的就升迁,差的就派到外面为知县,书法对于仕途的升迁意义重大,以至于朝廷上下无不斤斤于书艺,以书法为上:

　　　　其中格者,编、检超授学士;进士殿试得及第;庙考厕一等,上者魁多士,下者入翰林;其书不工者,编检罚俸,进士、庶吉士散为知县。御史,言官也,军机,政府也,一以书课试。下至中书教习,皆试以楷法。内廷笔翰,南斋供之,而诸翰林时分其事,故词馆尤以书为专业。马医之子,苟能工书,虽目不通古今,可起徒步积资取尚、侍,耆老可大学士。昔之以书取司空公而诧为异闻者,今皆是也。苟不工书,虽

---

①　上海书画出版社编:《历代书法论文选》,上海书画出版社2004年版,第861页。

有孔、墨之才，曾、史之德，不能阶清显，况敢问卿相！是故得者若升天，失者若坠地，失坠之由，皆以楷法。荣辱之所关，岂不重哉？此真学者所宜绝学捐书，自竭以致精也。百余年来，斯风大扇，童子之试，已系去取。于是负床之孙、披艺之子，猎缨捉衽，争言书法，提笔伸纸，竞讲折策。①

内廷笔翰、南斋供奉、翰林学士无不以书法为业，马医的儿子如果善于书法，即使不明古今之理，也可能逐步升迁至尚书、侍郎，老了可当大学士。过去把凭书法获得司空看成奇闻逸事，现今比比皆是。若不工书，即使有孔子、墨子的才能，曾子、史子的德行，也不能显达，何况到卿相的位置！所以善书者就升天，不善书者就坠地，升迁坠地的缘由都是书法的好坏。事关荣辱，怎能不重视啊，这就是真学者放弃学业精于书法的原因啊。百余年来，风气愈盛，童子考试，已经关系到去留。所以小至儿童，大至青年，无不争言书法；提笔展纸，无不展示书艺。康有为《广艺舟双楫》又说："盖以书取士，启于乾隆之世。当斯时也，盛用吴兴，间及清臣，未为多觏。"②

历代书法的发展无不与官方的极力推广密切相关，郑杓、刘有定《衍极》也说：

> 逮晋立书博士，置弟子教习，以钟、胡为法。迄于隋氏，代有其职。唐文皇诏京官职事五品以上子弟嗜书者二十四人，隶宏文馆为学生，乃立科，以书学取士。宋太宗募求善书者，许自言于公车，首选七人，直补翰林待诏，赐绯鱼袋。骤加恩宠，海内从风。崇宁间，又立

① 上海书画出版社编：《历代书法论文选》，上海书画出版社 2004 年版，第 861—862 页。
② 上海书画出版社编：《历代书法论文选》，上海书画出版社 2004 年版，第 862 页。

书学博士,以勉后进。盖上之所好,下必有甚焉。自江左以来,时君世主内出金帛,购募前贤法书者屡矣。或装潢缥藉以备观览,或摹勒上石,以广其传。①

在郑杓和刘有定看来,晋朝的时候官方就安排贵族子弟按照钟繇、胡昭的书法学习,到了隋代也没有中断。唐文皇曾招募五品以上的京官喜欢书法的子弟二十四人,作为学生隶属官署,立科以书取士。宋太宗招募七个擅长书法的人,直接补任翰林待诏,赏赐绯鱼袋,用恩宠来赏赐他们,天下迅速响应。崇宁年间,设立书学博士,奖励后进。上面有所喜好,下面就会超过他们。自江左以来,君主出钱征求前贤的书法很多,有的装成书籍让人观看,或摹刻在石头上让书法得以广为流传。

陈思《书小史》在谈到释亚栖的书法时说:"尝对御草书,两赐紫袍。有诗云:通神笔法得玄门,亲入长安谒至尊。莫怪出来多意气,草书曾悦圣明君。"②因为善书获得荣华富贵者也是屡见不鲜。所以,关于权力与书法,郑杓、刘有定《衍极》中就古时题署法书说:"古时,人人知有是法,王公贵人有所建立,不能书不书,必求能书,虽微贱必书。绍兴后,无论能否,官大即书,一时迎合,争乞新题,易旧榜,于今存者什之一耳。"③古时人人知道题榜之法,王公贵族有所成就,但是不能书写的也就不书写,一定要找能书写的,即使微贱之人也一定要他写。绍兴之后,就变成不管能不能书写,官大了就要书写,一时迎合,都争着把旧的换成新的,到今天留存的也就十分之一了。由此可见,权势对书法的影响还是很大的,但这种影响也只是暂时的,只有书法本身的艺术性才可以使书法流传下去。

---

① 上海书画出版社编:《历代书法论文选》,上海书画出版社2004年版,第432—433页。
② 卢辅圣主编:《中国书画全书》第二册,上海书画出版社1993年版,第574页。
③ 上海书画出版社编:《历代书法论文选》,上海书画出版社2004年版,第457页。

当然,书法还能带来巨大的经济收入。郑杓、刘有定《衍极》说李邕:"善题署碑额,人奉金帛取其文,以巨万计。"①李邕用行狎书题榜开风气之先,致使门庭若市,人给金帛取字数以万计,可谓名利两收;欧阳询还能收到好多海外的"订单"。宋代设立翰林书艺局和翰林图画院,有艺术特长之人都能谋得一官半职,游走官场,春风得意。帝王将相的参与自然也导致了"书因人贵"的问题,启功在《金石书画漫谈》中说:"唐朝一般人的文书里,行书的书法也有比《晋祠铭》好得多的,但那些皇帝、大官写出来的就被人重视。我们要知道,唐朝许多无名的书法家水平是很高的,写的字非常精美。"②但作为普通的艺术家就很困难了,窦臮《述书赋》中就叹息自己的出身及较低的社会身份,他说:"恨沉草莽,上达无阶,因记彼而衔求,愿沽诸而善价。"③窦臮很遗憾自己落入民间,很难往上传达自己的想法,只好记录下来待价而沽,希望将来某一天能得到一个好的价位。所以,孙过庭《书谱》也谈到人生前身后的艺术声誉因人的生死权势变化所造成的直接影响,他说:"或借甚不渝,人亡业显;或凭附增价,身谢道衰。"④有的人生前久负盛名,死后声望更高;有的人生前风光无限,凭借书法之外的东西获得地位,但死后就沉默无闻了。

魏晋家族书法的形成也是魏晋书法兴盛发展的一大表征。蔡希综《法书论》在谈到历代父子兄弟等家族书法的传承时说:

> 父子兄弟相继其能者,东汉崔瑗及寔、弘农张芝与弟昶、河东卫瓘及子恒、颍川钟繇及子会、琅琊王羲之及子献之、西河宋令文及子

① 上海书画出版社编:《历代书法论文选》,上海书画出版社2004年版,第457页。
② 启功:《启功书法论丛》,文物出版社2003年版,第247页。
③ 上海书画出版社编:《历代书法论文选》,上海书画出版社2004年版,第237页。
④ 孙过庭:《书谱译注》,马永强译注,河南美术出版社2007年版,第77页。

之懘、东海徐峤之及子浩、兰陵萧诚及弟谅,如是数公等,并遭盛明之世,得从容于笔砚。始其学也,则师资一同,及尔成功,乃菁华各擅,亦犹绿叶红花、长松翠柏,虽沾雨露孕育于阴阳,而盘错森梢,丰茸艳逸,各入门自媚,讵闻相下,咸自我而作古,或因奇而立度。[①]

在蔡希综看来,父子兄弟善于书法的有东汉崔瑗与崔寔、弘农张芝与其弟张昶、河东卫瓘与儿子卫恒、颍川钟繇与儿子钟会、琅琊王羲之与儿子王献之、西河宋令文与儿子宋之望、东海徐峤之与儿子徐浩、兰陵萧诚与弟弟萧谅。他们都生逢盛世,能够从容学习书法,开始学习时老师都是一样的,到成功时各有各的风格,就像绿叶红花与长松翠柏一样都承受阳光雨露的滋养,盘根错节,丰茂艳丽,哪有自甘于人后的,最后各自得到了自己的成功,这些都是努力创新、自我作古、出奇制胜的结果。窦臮《述书赋》在谈到魏晋家族书法的兴盛说:"博哉四庾,茂矣六郗,三谢之盛,八王之奇。"[②]四庾(庾亮、庾怿、庾翼、庾准)的书法很广博,六郗(郗鉴、郗愔、郗昙、郗超、郗俭之、郗恢)的书法很茂盛,三谢(谢尚、谢奕、谢安)的书法很伟大,八王的书法很神奇。可见当时家族书法之盛况。此外还论述到了琅琊:"业盛琅邪,茂弘厥初。"[③]琅琊书法兴盛自王导开始,至二王达到高峰。他论述二王的书法说:

　　穷极奥旨,逸少之始。虎变而百兽跧,风加而众草靡。肯綮游刃,神明合理。虽兴酣兰亭,墨临池水。《武》未尽善,《韶》乃尽美。犹以为登泰山之崇高,知群阜之迤逦。逮乎作程昭彰,褒贬无方。秩

① 上海书画出版社编:《历代书法论文选》,上海书画出版社 2004 年版,第 270 页。
② 上海书画出版社编:《历代书法论文选》,上海书画出版社 2004 年版,第 241 页。
③ 上海书画出版社编:《历代书法论文选》,上海书画出版社 2004 年版,第 242 页。

不短,纤不长。信古今之独立,岂末学而能扬。幼子子敬,创草破正。雍容文经,踊跃武定。态遗妍而多状,势由已而靡罄。天假神凭,造化莫竟。象贤虽乏乎百中,偏悟何惭乎一圣。斯二公者,能知方祁氏之奚午,天性近周家之文武。诚一字而万殊,岂含规而孕矩。然而真迹之称,独标侯侯。忘本世心,余所不取。何哉? 且得于书法,失于背古。是知难与之浑朴言,可以为斫磨主矣。①

窦臮认为,穷尽书法的奥妙从羲之开始,老虎斑斓的花纹让百兽折伏,疾风吹倒众草。他的书法能抓住关键,游刃有余,有如神助。他在兰亭趁着酒兴临池写出《兰亭序》,如《武》乐未能尽善、《韶》乃能尽美一样,好像登上了崇高的泰山,看到了逶迤的群山,为后世立法,荣耀无比。他的书法笔画粗而不短,纤而不长,独步古今,岂是普通人所能达到的境界。他的幼子子敬,打破了旧法,创立了新草,文采雍容,神武英勇,势态妍媚,多彩多姿,匠心独运,无穷无尽,如有神助,巧夺天工。书法学习先贤,很难十全十美,能精绝一面也算是登峰造极了。他们两位如祁氏的奚、午父子和周朝的文王、武王一样伟大,一个字有一万种写法,还蕴含着法度,他们的真迹确实伟大。对于那些有追逐名利之心的人,窦臮是不赞同的。为何呢? 因为他们就算懂得了书法,也背离了古人的初衷,他们不知淳美朴厚的意义,只知道雕琢模仿罢了。

窦臮《述书赋》在论述王僧虔父子的书法时说:

僧虔则密致丰富,得能失刚。鼓怒骏爽,阻圆任强。然而神高气全,耿介锋芒。发卷伸纸,满目辉光。才行兼而双绝,名实副而特彰。

---

① 上海书画出版社编:《历代书法论文选》,上海书画出版社 2004 年版,第 243 页。

如运筹决胜,威震殊方。伯宝、次道,并资义训。兄则杂而外兼,禀家君于已分;弟则纤薄无滞,过庭益俊。并能宽闲墨妙,逸速毫奋;比达士与君子,人不知而不愠。①

王僧虔的书法细致丰富,但缺乏刚直之气。他的书法英俊豪爽,圆转强劲,神气高妙,锋芒毕露,开卷就能显露出满眼的光辉。他才行双绝,名副其实,能运筹决战,威震四方。伯宝、次道,同受教诲。兄长博杂,既向外人学习,也能承继家学。弟弟纤薄流畅,承受父亲的教诲,书法更加美妙。他们都能悠游自如、笔墨奋逸,都是贤达的君子,人不知也不生气。

家族相传与口口相传都说明了书法技术的私密性,正如《宣和书谱》所说:"大抵学者用笔有法自古秘之,必口口亲授,非人不传。"②关于书法技术的私密性,从家族书法家的传承也可见一斑。书法作为一种生存手段也常常成为祖传家法,王羲之的书论中就多次提到书法技术的私密性,《笔势论十二章并序》中说:"今书《乐毅论》一本及《笔势论》一篇,贻尔藏之,勿播于外,缄之秘之,不可示知诸友。""此之笔论,可谓家宝家珍,学而秘之,世有名誉。""初成之时,同学张伯英欲求见之,吾诈云失矣,盖自秘之甚,不苟传也。"③在《健壮章第六》中又说:"挑剔精思,秘不可传。"④陈思《书小史》说:"后魏崔悦……善草隶,与范阳卢谌并以博艺齐名,故魏初重崔卢之书。谌传子偃,偃传子邈;悦传子潜,潜传子宏,世不替业。"⑤陈思《书小史》在介绍卢氏家族书法时又说:"卢玄……曾祖谌晋司空刘琨从事中郎,祖偃父邈并仕慕容氏。初谌父志法钟繇书,子孙传业累

① 上海书画出版社编:《历代书法论文选》,上海书画出版社2004年版,第249页。
② 卢辅圣主编:《中国书画全书》第二册,上海书画出版社1993年版,第35页。
③ 上海书画出版社编:《历代书法论文选》,上海书画出版社2004年版,第29—30页。
④ 上海书画出版社编:《历代书法论文选》,上海书画出版社2004年版,第33页。
⑤ 卢辅圣主编:《中国书画全书》第二册,上海书画出版社1993年版,第563页。

世有能名。至玄父邈以上兼善草迹。玄子伯源习家法,代京宫殿多其所题。白马公崔宏亦善书,世传卫瓘体。魏初工书者崔卢二门。"①由此可见,书法作为家传之法不仅能光宗耀祖,同时也能名震京门。

孙过庭在《书谱》中说:"东晋士人,互相陶染。至于王、谢之族,郗、庾之伦,纵不尽其神奇,咸亦挹其风味。去之滋永,斯道愈微。"②东晋士人互相熏陶,特别是王、谢、郗、庾四大家族的书法达到了很高的水平,此后便衰落了。关于书法的家族传承,羊欣《采古来能书人名》中关于王氏一门书法说:

> 晋中书郎李充母卫夫人,善钟法,王逸少之师。琅邪王廙,晋平南将军、荆州刺史,能章楷,谨传钟法。晋丞相王导,善藳、行。廙从兄也。王恬,晋中将军、会稽内史,善隶书。导第二子也。王洽,晋中书令、领军将军,众书通善,尤能隶、行。从兄羲之云:"弟书遂不减吾。"恬弟也。王珉,晋中书令,善隶、行。洽少子也。王羲之,晋右将军、会稽内史,博精群法,特善草隶。羊欣云:"古今莫二。"廙兄子也。王献之,晋中书令,善隶、藳,骨势不及父,而媚趣过之。羲之第七子也。兄玄之、微之,兄子淳之,并善草、行。王允之,卫军将军、会稽内史,亦善草、行。舒子也。③

正如《宣和书谱·王邃》中所说:"大抵字学之妙,晋人得之为多,而王氏之学尤盛焉。"④他们都属于王氏家族,彼此有各种各样的亲缘关系,无论

---

① 卢辅圣主编:《中国书画全书》第二册,上海书画出版社1993年版,第563页。
② 孙过庭:《书谱译注》,马永强译注,河南美术出版社2007年版,第67页。
③ 上海书画出版社编:《历代书法论文选》,上海书画出版社2004年版,第47—48页。
④ 卢辅圣主编:《中国书画全书》第二册,上海书画出版社1993年版,第25页。

在当时还是在后世,都影响深远。王导及其二子王恬、王洽都善书法。王洽为王羲之的族弟。王洽的妻子荀氏也以书法出名。王洽的儿子王珣与王珉俱有书名,特别是王珣名气更大。

除王氏家族外,另一个著名书法家族为庾氏,《采古来能书人名》说庾氏家族"颍川庾亮,晋太尉,善草、行。庾翼,晋荆州刺史,善隶、行,时与羲之齐名。亮弟也"①。二者为兄弟书法家,庾翼善隶、行书,当时甚至与王羲之齐名。

至于卫氏家族,《采古来能书人名》中说:"河东卫觊,魏尚书仆射,善草及古文,略尽其妙。草体微瘦,而笔迹精熟。觊子瓘字伯玉,为晋太保。采张芝法,以觊法参之,更为草藁。瓘子恒,亦善书,博识古文。"②王僧虔《又论书》说卫氏家族:"卫觊字伯儒,河东人,为魏尚书、仆射,谥敬侯。善草书及古文,略尽其妙。草体伤瘦而笔迹精侠,亦行于代。子瓘,字伯玉,晋司空、太保,为楚王所害。瓘采张芝草法,取父书参之,更为草藁,世传其善。瓘子恒,字巨山,亦能书。"③卫觊是魏尚书仆射,善于书写草书和古文,草体瘦而精炼,也很流行。他的儿子瓘,是晋司空、太保,被楚王害了。瓘用张芝的草法,参杂父亲的书法,变为草藁,世人对其评价很好。瓘的儿子恒,也善书法,子孙三代都是书法家。庾肩吾《书品》则说:"巨山三世,元凯累叶。"④卫恒三世都为书家,杜预世代都善书。陈思《书小史》还谈到了杜氏家族书法:"杜预,字元凯,……祖畿魏尚书仆射,父恕幽州刺史,并善行草书。……父祖三世善章草,书时人以卫瓘方之,谓之杜卫二氏焉。"⑤张怀瓘《书断》也说卫恒上下几代人擅长书法:"卫恒,瓘之

① 上海书画出版社编:《历代书法论文选》,上海书画出版社 2004 年版,第 48 页。
② 上海书画出版社编:《历代书法论文选》,上海书画出版社 2004 年版,第 46 页。
③ 上海书画出版社编:《历代书法论文选》,上海书画出版社 2004 年版,第 61 页。
④ 上海书画出版社编:《历代书法论文选》,上海书画出版社 2004 年版,第 89 页。
⑤ 卢辅圣主编:《中国书画全书》第二册,上海书画出版社 1993 年版,第 550 页。

仲子,弟宣,善篆及草,名亚父兄。宣弟庭亦工书。子仲宝、叔宝,俱以书名。四世家风不坠也。"①卫恒的父亲卫瓘,他的兄弟卫宣、卫庭,儿子卫仲宝、叔宝,都善书法。当然,卫夫人是卫恒的"从女",也是卫一门。张怀瓘《书断》说杜宇:"父祖三世善草书,时人以卫瓘方之,称杜预三世焉。"②《宣和书谱》说卫恒:"父瓘亦以能书名世,尝谓我得伯英之筋,恒得其骨。弟宣善篆及草,名与父兄后先。宣弟庭亦工草,恒之子仲宝叔宝俱有能书名。家学相传,四世不坠,盛哉。遂与王谢家遗风余习相季孟也。"③卫恒,卫恒的父亲卫瓘,卫恒的弟弟卫宣、卫庭,卫恒的儿子仲宝、叔宝,都擅长书法。卫氏家学相传,世代不废,可以和王、谢家族相提并论了。陈思《书小史》谈到卫氏家族的"四世不坠"时说:

> 卫瓘,字伯玉,……魏侍中觊之子。尤善诸书,引索靖为尚书郎,号一台二妙。时议谓伯玉放手流便过索靖而法则不如之。尝云:我得伯英之筋,恒得其骨,索靖得其肉。伯玉采张芝法取父书参之遂至神妙,天姿特秀。若鸿鹄奋翼,飘飘乎清风之上,率情运用,不以为艰。章草入妙品。卫恒,字巨山,瓘之仲子,……善古文草隶章草,其古文过于父祖,体含风雅,调合丝桐。探异钩深,悠然独往,博采古今文字,得汲冢古文论楚事者最妙。恒尝玩之作四体书势,并造散隶书。弟宣善篆及草,名亚父兄。宣弟庭亦工书。恒子璪玠俱有书名,家风四世不坠。④

① 上海书画出版社编:《历代书法论文选》,上海书画出版社2004年版,第185—186页。
② 上海书画出版社编:《历代书法论文选》,上海书画出版社2004年版,第179页。
③ 卢辅圣主编:《中国书画全书》第二册,上海书画出版社1993年版,第38页。
④ 卢辅圣主编:《中国书画全书》第二册,上海书画出版社1993年版,第549页。

《采古来能书人名》中还说："京兆杜畿，魏尚书仆射；子恕，东郡太守；孙预，荆州刺史。三世善草藁。"①由此可见，当时书法世家屡见不鲜。

　　当然这中间最著名的还是王氏家族。张怀瓘《书断》说王珉几代人擅长书法，将书法作为家学："洽之少子，自导至珉，三世善书，时人方之杜、卫二氏。妻汪氏，善书。兄珣，亦善书。"②王导、王洽、王珉三代，还有王珉的妻子汪氏、王珉的兄弟王珣都是书法家，所以当时的人都把他们和杜氏、卫氏相提并论。《宣和书谱》说王珣：

　　　　导之孙，洽之子也，与弟珉俱有名。珣三世以能书称。尝梦人以大笔如椽与之，既觉，语人云：此当有大手笔。于是珣词翰为时宗师。然当时以弟珉书名尤著，故有僧弥难为兄之语。僧弥，珉之小字也。则知珣之所以见知者不在书，盖其家范世学乃晋室之所慕者，此珣之草圣亦有传焉。③

王珣是王导的孙子、王洽的儿子，他和他的弟弟王珉，以及一家三代都以书法出名，在当时，他的弟弟比他的名气更大。王珣主要以文章出名，曾梦见如椽巨笔；其显赫的家学让世人敬慕，当时就有草圣的名声流传。陈思《书小史》也讲述了王羲之家族的书法成就。王羲之的父亲王旷，"善行隶书"；王羲之自己的字则"善书，为古今之冠"，"草隶八分飞白章行备精诸体，自成一家之法。千变万化得之神功，自非造化发灵，岂能登峰造极。其所指意皆自然万象无以加也。然剖析张公之草，而浓纤折衷，乃愧其精熟，损益钟君之隶，虽运用增华，而古雅不逮。至研精体势，则无所不

① 上海书画出版社编：《历代书法论文选》，上海书画出版社 2004 年版，第 47 页。
② 上海书画出版社编：《历代书法论文选》，上海书画出版社 2004 年版，第 187 页。
③ 卢辅圣主编：《中国书画全书》第二册，上海书画出版社 1993 年版，第 41 页。

工,所谓冰寒于水,亦犹雅颂得所,钟鼓云乎。羲之隶、行、草、章草、飞白五体俱入神品,八分入妙"。接着讲到王羲之的孩子:"有子七人,献之最知名,玄之、凝之、徽之、操之并工草隶。"具体讲:长子王玄之"善草书";次子王凝之"工草隶";凝之弟王徽之"善正、草书";徽之弟王操之"善正、行草书";徽之弟王涣之"善行草书";第七子王献之"尤善草隶,兼妙丹青","人谓之'小圣'"。①《宣和书谱》说王羲之:"暮年乃作《笔阵图》《笔势论》《用笔赋》《草书势》等以遗训其子孙,妻郗氏,亦甚工书。有七子,为世所称者五人,玄之、凝之、徽之、操之、献之,并工草隶,而献之最知名。凝之妻谢道韫有才华,亦善书。家传之学未有如王氏之盛者也。"②王羲之暮年写了很多书论,都是为了教育子孙学习书法的。他的妻子是郗氏,七个儿子中的五个,特别是王献之最擅长书法,儿媳谢道韫也擅长书法,作为家学的书法在王氏一门可谓是兴旺发达到了极致了。张怀瓘《书断》说王羲之家人善书法:"妻郗氏甚工书。有七子,献之最知名,玄之、凝之、徽之、操之并工草隶,凝之妻谢道韫有才华,亦善书,甚为舅所重。"③王羲之为教育子孙而创作书论,说明书法对于他们家族不是可有可无的,他们是注重以书法作为他们的家学而传承的。

　　与王氏家族联姻的郗氏家族也是书法大家,《宣和书谱》就郗愔家族的书法说:"父鉴,以草书称,古劲超绝,后所不能窥其藩篱。至愔乃能接翼,遂与张芝齐名。作章草尤工,下笔若冰释泉涌,云奔龙腾,态度既多,而筋骨有余。王僧虔以谓愔书亚王羲之,岂妄论也。愔妻傅氏亦善书。子超尤得家传之妙。"④郗愔、郗愔的父亲郗鉴、郗愔的儿子郗超、郗愔的

① 卢辅圣主编:《中国书画全书》第二册,上海书画出版社1993年版,第553页。
② 卢辅圣主编:《中国书画全书》第二册,上海书画出版社1993年版,第42页。
③ 上海书画出版社编:《历代书法论文选》,上海书画出版社2004年版,第180页。
④ 卢辅圣主编:《中国书画全书》第二册,上海书画出版社1993年版,第40页。

妻子傅氏都擅长书法,特别是郗愔、郗鉴父子都名垂书法青史,可谓广大了家传之妙,由此也形成了书法传统的家传师授,甚至是秘不外传的传统。陈思《书小史》也讲述了郗氏家族的书法成就:郗鉴"草书卓绝,古而且劲";其子郗愔"善众书","尤长于章草,浓纤得衷,意态无穷,筋骨亦赡";郗愔之弟郗昙"善草书","若投石拔距,怒目扬眉";郗愔之子郗超"善行草书","草书亚于二王";郗昙之子郗俭"善草书";郗俭之弟郗恢"善正行书","家之后俊"。①

此外,陈思《书小史》还提及韦氏家族,说:"韦康,字元将,诞之兄,亦工书。韦熊,字少章,诞之子,善书。时人云:名父之子,克有工事,世所美焉。张华云:京兆韦诞子熊,颍川钟繇子会,并善隶书。"②

家族书法往往意味着秘不外传。郑杓、刘有定《衍极》中关于钟繇传授书法说:"魏初,韦诞得之,秘而不传。钟繇令人掘韦诞墓,得蔡氏法,将死,授其子会。宋翼,繇之甥也,学书于繇,繇弗告也。晋太康中有人破钟公冢,翼始得之。"③钟繇通过掘韦诞墓得到了蔡邕的书法作品,自己临死前传给了儿子钟会,自己的外甥宋翼跟他学书,却不传给他,后来有人发掘钟繇的墓,宋翼才得到了这一书法的秘籍。由此看来,钟繇把书法之秘籍当成传家宝,不愿外传,即使自己的外甥也是一样。这显然是把书法艺术当成一种谋生的技术,担心外传会给子孙带来竞争的压力,从而导致家传技艺的消失。当然,郑杓是不同意书法秘密不外传的,《衍极》说:

> 钟繇见《笔经》于韦诞,求之不得,诞死而发其墓。又秘之,将死,授其子会。太康中许人破冢,宋翼得之。何其秘邪? 曰:"法者

① 卢辅圣主编:《中国书画全书》第二册,上海书画出版社1993年版,第551页。
② 卢辅圣主编:《中国书画全书》第二册,上海书画出版社1993年版,第547页。
③ 上海书画出版社编:《历代书法论文选》,上海书画出版社2004年版,第408页。

天下之公也,奚其秘?"王羲之《笔论》,同志求之弗与,诚其子孙勿
传,曷传乎? 曰:"天将启之,人能秘之?"羲之作《笔势论》十二章,
其序略曰:"吾告子敬,吾察汝性过人,未闲规矩,略修《笔论》一篇,
开汝之悟。可为珍宝,学之秘之,勿播于外,以示诸知友。吾作此
本初成,同志欲求见之,吾云失矣。"又题卫夫人《笔阵图》后云:
"羲之时年五十有三,或恐风烛奄及,遗教于子孙,可藏之石室,他
人勿传。"①

郑杓认为书法是天下公器,没有必要保密,但历史与现实并不是这样。王
羲之作《笔势论》,喜欢书法的人来求但他不给,他临死前还告诫子孙不要
外传。但为何最终又传开了呢? 郑杓认为,上天要开启众人,王羲之怎能
隐藏得住? 刘有定解释说,王羲之作《笔势论》十二章时在序中说,他告诉
子敬,看他天分过人,但不熟悉书法的规矩,便粗略写了《笔论》一篇,以使
他觉悟。但《笔论》要视为珍宝,学习它,秘藏起来,不要传给外人,以免学
习书法的人发现。他刚写好的时候,有喜欢书法的人想看,他就说丢失
了。王羲之又在卫夫人《笔阵图》后题写称,他时年五十三,担心风烛残
年,要教育子孙,技法要珍藏起来,不要传给外人。

　　智永为王门后裔,智永发奋学书也是为了承继家学,延续后世王氏书
风的发展。窦臮《述书赋》在论述智永、智果书法时说:"智永、智果,禅林
笔精。天机浅而恐泥,志业高而克成。或拘凝重,萧索家声;或利凡通,周
章擅名。犹能作缁门之领袖,为当代之准绳。并如君子励躬而有道,高人
保志而居贞。"②在窦臮看来,智永、智果笔墨神妙于寺院。有人天分浅唯
恐拘泥,有人志气高最后成功。有人拘泥凝重,担心家族声誉冷落。有人

---

① 上海书画出版社编:《历代书法论文选》,上海书画出版社 2004 年版,第 434—435 页。
② 上海书画出版社编:《历代书法论文选》,上海书画出版社 2004 年版,第 252 页。

在世俗中流行,获得名声。智永、智果既是佛门的领袖,又是时代的榜样,他们如同君子自励求道、高人保全志节一样成全了自己,也成全了王氏一族。

唐代书法教育以家学和师授为主,家学式书法教育盛行于开元以前,师授式教育则兴起于开元以后,于是书法的师门关系开始受到重视,论述书法技法的文字也纷纷涌现。关于唐朝书法家族,窦臮《述书赋》在讨论唐朝大书法家欧阳询父子时说:"若乃出自三公,一家面首。欧阳在焉,不顾偏丑。颎翘缩爽,了枭黝纠。如地隔华戎,屋殊户牖。学有大小夏侯,书有大小欧阳。父掌邦礼,子居庙堂。随运变化,为龙为光。"[1]在窦臮看来,欧阳询的书法出于北齐三公郎中刘珉,成就了一家面目。他不理会奇形怪状,笔势顿挫起伏,结尾挑起,时有隶意;如华夏与边缘少数民族的差别,房屋的门窗也迥然有异。学问有大小夏侯,书法则有大小欧阳。父亲掌握国家礼节,儿子高居庙堂之上,紧随着时代,享受着国家的恩荣。

他在讨论虞世南祖孙三代书法时说:"永兴超出,下笔如神。不落疏慢,无惭世珍。然则壮文几而老成,与贞白而德邻。如层台缓步,高谢风尘。篆、焕嗣圣,体多拘捡。如彼珷玞,乱其琬琰。"[2]虞世南的书法高超,下笔如神,不松散缓慢,真是世间的瑰宝。他比阮研壮老成,和陶弘景的德行相当,如缓步登上高台,不落俗尘。他的儿子篆、孙子焕继承了他的书法,结体拘谨,如美石乱了美玉,真是物极必反啊。[3]

唐太宗也强调师授,他在集王羲之、虞世南等三十余家法论"禁经"的

---

① 上海书画出版社编:《历代书法论文选》,上海书画出版社2004年版,第255页。
② 上海书画出版社编:《历代书法论文选》,上海书画出版社2004年版,第255页。
③ 洪耀南:《唐代书论与诗论之比较研究》下,花木兰文化事业有限公司2018年版,第357页。

序中说：“夫工书须从师授，必先识势，乃可加功。”①所以，陆柬之身为虞
世南的外甥，就专心学习他舅父的书法，并因此与欧阳询与褚遂良齐名，
朱长文《续书断》中说：“陆柬之，吴郡人。……虞永兴之甥也。临学舅
氏，得其法，遂以书颛家，与欧、褚齐名。”②唐代书法家徐峤之也是三代书
法家，朱长文《续书断》中说：“太真精于翰墨，峤之能承之，以世名家。”他
的儿子徐浩也擅长书法，《续书断》中说：“子浩，字季海，授书法于
父。”③三代擅长书法的较为少见，所以《续书断》中说：“唐之工书者多，求
其三叶嗣名者惟徐氏云。”④

　　窦臮《述书赋》在论述李阳冰家族时说：“通家世业，赵郡李君。《峄
山》并骛，宣父同群。洞于字学，古今通文。家传孝义，意感风云。”注又
说：“冰兄弟五人，皆负词学，工于小篆，初师李斯《峄山碑》，后见仲尼《吴
季札墓志》，便变化开阖，如虎如龙，劲利豪爽，风行雨集。文字之本，悉在
心胸，识者谓之苍颉后身。弟潀，潀子腾，冰子均，并词场高第。幼子曰
广，勤学孝义，以通家之故，皆同子弟也。”⑤书法一门兴盛的是赵郡李家，
他们同李斯《峄山》碑并驰，与孔子《吴季札墓志》为伍，都深通文字之学，
古今均精，并且家传孝义，与日月同光。李阳冰兄弟五人都精通词学，工
于小篆，开始学习李斯的《峄山碑》，后来见到孔子的《吴季札墓志》后，便
变化多端，如龙虎一般豪迈劲爽，变化无穷。文字是根本，他们谙熟于心
中，了解的人都说是仓颉再世。弟弟的儿子、自己的儿子都是英才，小儿
子也勤学孝义，一家都是英杰。书法作为家传世业，陈思《书小史》在论述

① 上海书画出版社编：《历代书法论文选》，上海书画出版社 2004 年版，第 454 页。
② 上海书画出版社编：《历代书法论文选》，上海书画出版社 2004 年版，第 330 页。
③ 上海书画出版社编：《历代书法论文选》，上海书画出版社 2004 年版，第 330—331 页。
④ 上海书画出版社编：《历代书法论文选》，上海书画出版社 2004 年版，第 331 页。
⑤ 上海书画出版社编：《历代书法论文选》，上海书画出版社 2004 年版，第 157—158 页。

李阳冰及其子膳都工小篆时,借用《书赋》中的话说:"吾家世业,赵郡李君。"①

　　家族书法的传授方式自然是口传手授,蔡希综《法书论》中提到,张旭在论述书法怎样才能赶上古人时,就说书法须"口传手授":"或问书法之妙,何得齐古人? 曰:妙在执笔,令其圆畅,勿使拘挛;其次识法,须口传手授,勿使无度,所谓笔法也;其次在布置,不慢不越,巧使合宜;其次变通适怀,纵合规矩;其次纸笔精佳。五者备矣,然后能齐古人。"张旭说口传手授的笔法是能"齐于古人"的五个条件之一。至于执笔的巧妙,在于圆畅,不要拘谨;认识了解法则必须口传手授,不要过度;布置要巧妙合宜,不能无节制无次序;接着要变通适合自己,合乎规矩;最后要纸笔精良。五者齐备,就能赶超古人。张旭从书法的执笔、学习、结体、变化、工具等五个方面探讨了书法的各个层面,提出了如何超越古人,追求并达到更高艺术境界的问题。

　　颜真卿《述张长史笔法十二意》又表达了书法奇妙只可意会不可言传的一面,即"书法当自悟"的道理:

　　　　予罢秩醴泉,特诣京洛,访金吾长史张公旭,请师笔法。长史于时在裴儆宅憩止,已一年矣。众有师张公求笔法,或有得者,皆曰神妙。仆顷在长安师事张公,竟不蒙传授,使知是道也。人或问笔法者,张公皆大笑,而对之便草书,或三纸,或五纸,皆乘兴而散,竟不复有得其言者。余自再游洛下,相见眷然不替。仆问裴儆:"足下师敬长史,有何所得?"曰:"但得书绢素屏数本。亦尝论请笔法;惟言倍加

① 卢辅圣主编:《中国书画全书》第二册,上海书画出版社1993年版,第572页。

工学临写,书法当自悟耳。"①

颜真卿罢官醴泉后去洛阳拜访张旭,向他学习书法。张旭当时在裴儆家休息已经一年多了,众人都向张公请求笔法,得到的人都说神妙无比。他在长安两年,师事张公,竟没有得到张公传授,也不能明白用笔之道。有人问张公笔法,张公就大笑,对着他就写草书,或三纸,或五纸,随后乘兴散去,竟然没有人听到他讲过什么。颜真卿再次在洛阳见到张公,学书的想法没变,他问裴儆:"足下向张公学习,有何收获?"回答说:"只是得到了几本书写的白绢屏风。也曾试图请教笔法,他只说加倍临摹学习,书法自然会领悟的。"张旭并没有通过语言来传达自己的书法感受与经验,只是让大家反复观摩学习,通过观看学习来体悟书法的奥妙,并加以实践。书法的领悟并非纯粹无由自达,而是要艰苦地临写,向经典学习,在反复的临摹学习中得到笔法之趣。

颜真卿讲述自己学书法的经历:"仆既承九丈奖诱,日月滋深,夙夜工勤,耽溺翰墨,虽四远流扬,自未为稳;倘得闻笔法要诀,则终为师学,以冀至于能妙,岂任感戴之诚也。"自己追随张公学习书法,承蒙他的劝勉激励,时日滋长,日夜用工,沉溺翰墨,虽然名声远扬,但自感还是欠缺,如果能得闻书法要诀,终身学习,以期达到能妙的境界,那是多么感恩戴德啊。当他继续询问书法用笔之法时,张旭便"良久不言,乃左右盼视,怫然而起"。他跟随张公返回东竹林院的小堂里,张公便"当堂踞床而坐,命仆居于小榻",说道:"笔法玄微,难妄传授,非志士高人,讵可与言要妙?书之求能,且攻真草。今以授之,可须思妙。"②书法玄妙精微,不能随便传授,

---

① 上海书画出版社编:《历代书法论文选》,上海书画出版社2004年版,第277—278页。
② 上海书画出版社编:《历代书法论文选》,上海书画出版社2004年版,第278页。

不是高人志士，怎能同他谈论精深幽微的大道呢？要学习书法，就应该钻研真草。今天传授给你，可要思考它的精妙啊。张旭传授颜真卿书法之道，如道家谈论高妙的道一样，非高人志士不妄开尊口，他们都继承了老庄谈玄的话语策略。当然，文学与书法一样，也有只可意会不可言传的神妙之处。

卢携《临池妙诀》就认为书法的口传手授非常重要："盖书非口传手授而云能知，未之见也。小子蒙昧，常有心焉。而良师不遇，岁月久矣，天机懵然。"①书法没经过口传手授而说能知道的，没有见过。他自己天分不足，虽然喜欢书法，但是没有遇到良师，所以时间过去很久了还没开窍。白鸿《唐代的书法教育》中就指出，唐代书法教育非常注重家传与师授，这与唐朝官方主导的以书取士的大背景有着直接的联系，正如今日的各式各样的考试辅导班一样，因此也就直接造成了唐人尚法的特点，只有法才是可经过家族与师傅传授的，天分是无法传授的。②贺文荣《论中国古代书法的笔法传授谱系与观念》也谈到了这个问题。③

鲁迅在《魏晋风度及文章与药及酒之关系》一文中指出，曹丕《典论·论文》中"诗赋欲丽""文以气为主"乃是艺术自觉的标志，"曹植诗赋不必寓教训，反对当时那些寓训勉于诗赋的见解，用近代的文学眼光看来，曹丕的一个时代可说是'文学的自觉时代'，或如近代所说的是为艺术而艺术（Art for Art's Sake）的一派"④。由此可见，魏晋时期艺术家已经关注到美与艺术自身的独特价值，强调文学与书法自觉乃是魏晋文学与艺

----

① 上海书画出版社编：《历代书法论文选》，上海书画出版社2004年版，第294页。
② 中国书法家协会主编：《当代书法论文选·技法、创作、教育卷》，荣宝斋出版社2010年版，第459—481页。
③ 中国书法家协会主编：《当代书法论文选·技法、创作、教育卷》，荣宝斋出版社2010年版，第253页。
④ 《鲁迅全集》第三卷，人民文学出版社2005年版，第526页。

术得到巨大发展的重要原因。当然,魏晋"为文自身"的观念已经产生并发扬,但这并不意味着"文"可以独立存在,可以与其他任何事物,包括自然万物、风土人情、人的情感,还有其他艺术形式分离。魏晋艺术的自觉还没有完全达到今日所谓为艺术为艺术的高度,魏晋时期的诗歌与书法都强调源于自然、源于人情,有感而发。魏晋南北朝的文学与艺术都同样继承了两汉文艺具有功利性的传统,虽然从汉末开始出现重抒发个人情怀与非功利的倾向,但注重功利、注重文艺的教育功能仍是魏晋文学艺术的一个重要特征,我们在魏晋文论、书论中都能看到这种观念的深刻影响,魏晋士人反对为情造文,书法家也很少为情而造书,很少出现为文学而文学、为书法而书法的纯艺术。

《文心雕龙》就明确反对过分追求形式美以致"追讹逐烂"地步的形式主义,主张应以儒家的"文质彬彬"为标准,《文心雕龙》自身也是深刻内容与精美骈体文形式完美融合的结果。书法、绘画也无不如此。同时,魏晋时期的文学与书法由于处于相同的时代,有着共同的文化语境,所以大都遵循着相通的审美原则。宗白华在《中国美学史重要问题的初步探索》中说:"中国各门传统艺术(诗文、绘画、戏剧、音乐、书法、建筑)不但都有自己独特的体系,而且各门传统艺术之间,往往互相影响,甚至互相包含。"他特别强调魏晋六朝这一中国美学思想大转折的关键时期及其对后世的深刻影响:

　　这个时代的诗歌、绘画、书法,例如陶潜、谢灵运、顾恺之、钟繇、王羲之等人的作品,对于唐以后的艺术的发展有着极大的开启作用。而这个时代的各种艺术理论,如陆机《文赋》、刘勰《文心雕龙》、钟嵘《诗品》、谢赫《古画品录》里的"绘画六法",更为后来文学理论和绘画理论的发展奠定了基础。因此过去对于美学史的研究,往往就从这个时代开始,而对于先秦和汉代的美学思想几乎很少接触。[①]

文学之美与书法之美在书论与文论中也往往互相比拟,互相说明,文学批评与书画批评往往有着相通的美学理论与范畴,一些重要的概念如"自然""势""骨""肉""气""妙""神"等,在魏晋文论与书论中都常常出现。这种思想对后来书法与书论的发展都产生了重要影响,如苏轼在《书唐氏六家书后》中评价直接取法王羲之的智永禅师的书法称:"永禅师书骨气深稳,体并众妙,精能之至,反造疏淡。如观陶彭泽诗,初若散缓不收,反覆不已,乃识其奇趣。"[②]在苏轼看来,智永禅师的书法,骨气深沉稳健,兼备各种书体的奥妙,精妙之极,反而达到了萧散淡远的境界。正如读陶渊明的诗,刚开始看似散淡无奇,但若反复吟诵,就能领略到奇妙之趣。他从智永的书法与陶渊明的诗歌中,发现了二者共同具有的初看平淡无奇而再品淡远隽永的审美趣味,这种趣味也正是苏轼自己所追求的道家审美的基本趣味,和儒家的表里相合、文质彬彬迥然不同。

　　苏轼在论述颜真卿书法时,也把颜真卿的书法之美与杜甫的诗歌之美相提并论,他说:"颜鲁公书雄秀独出,一变古法,如杜子美诗,格力天纵,奄有汉魏晋宋以来风流。后之作者,殆难复措手。"[③]在苏轼看来,颜真卿的书法雄秀杰出,与古法迥然不同,正如杜甫的诗,天赐神力,汉魏晋宋风流尽在其中,后来的作者就很难再一展身手了。他在颜真卿的书法与杜甫的诗歌中都发现了二者共同具有的豪迈雄强与深沉郁勃的风格。朱长文《续书断》中就引用了欧阳修的诗,把石曼卿与苏舜钦相提并论:"曼卿、子美真奇才,久已零落埋黄埃。子美生穷死愈贵,残章断稿如琼

---

① 宗白华:《美学散步》,上海人民出版社1982年版,第26—27页。
② 崔尔平选编:《历代书法论文选续编》,上海书画出版社2003年版,第54页。
③ 崔尔平选编:《历代书法论文选续编》,上海书画出版社2003年版,第55页。

瑰。曼卿醉题红粉壁,铁干已剥昏烟煤。河倾昆仑势曲折,雪压太华高崔
嵬。自从二子相继没,山川气象皆底摧。"①在欧阳修看来,石曼卿、苏舜
钦都是奇才,久已零落,埋没在黄土里。苏舜钦生前穷苦,死后声显,残章
断稿都如珠玉一样宝贵。石曼卿醉后在红粉壁上题字,其字现已剥落,蒙
上烟煤,其书势如江河曲折、昆仑倾颓、雪压华山那样有气势。自从他们
二人去世后,山川气象都低迷悲哀。欧阳修的这首诗,把一个书法家与一
个文学家相提并论,指出了他们共同遭遇的不公的历史命运,同时也指出
了他们共同呈现的宏伟的艺术风格。

　　魏晋南北朝文论与书论中出现很多共通的理论问题,其中最重要的
一个就是,在艺术创作中,二者都强调艺术家个人努力,同时又强调天才
的作用,也就是性和习的关系。

　　关于个性与文学创作,曹丕《典论·论文》说:"文以气为主,气之清
浊有体,不可力强而致。譬诸音乐,曲度虽均,节奏同检,至于引气不齐,
巧拙有素,虽在父兄,不能以移子弟。"②陆机《文赋》关于文学创作中的个
性说:"夸目者尚奢,惬心者贵当。言穷者无隘,论达者唯旷。"③《文心雕
龙·养气篇》就更为系统地讨论了作家的努力与个性及天分的关系:"若
夫器分有限,智用无涯,或惭凫企鹤,沥辞镌思:于是精气内销,有似尾闾
之波;神志外伤,同乎牛山之木。怛惕之盛疾,亦可推矣。至如仲任置砚
以综述,叔通怀笔以专业,既暄之以岁序,又煎之以日时:是以曹公惧为文
之伤命,陆云叹用思之困神,非虚谈也。"④在刘勰看来,人的天分是不同
的,智慧的应用无穷无尽,有人惭愧自己如鸭子一样腿短而羡慕鹤的长

①　上海书画出版社编:《历代书法论文选》,上海书画出版社2004年版,第335页。
②　穆克宏、郭丹主编:《魏晋南北朝文论全编》,上海远东出版社2012年版,第13页。
③　陆机:《文赋集释》,张少康集释,人民文学出版社2002年版,第99页。
④　刘勰:《文心雕龙注》下,范文澜注,人民文学出版社2006年版,第646—647页。

腿,写作中挖空心思,殚精竭虑,于是精气用尽,有如海水末尾消失的波纹。神志损伤,有如牛山被伐光的山木。过分的焦虑自然会引发重大的疾病。王充到处放着笔墨随时准备写作,曹褒也是怀揣着纸笔思考,经年累月、日夜不停地忙碌,所以曹操担心过度劳累会伤害性命,陆云叹息过分用心会使人疲倦不堪,这都是实情啊。刘勰认为,人虽然要敬业勤恳,不能懈怠,但那种用锥子锥大腿、用熊胆来激发自己的人,也要掌握好尺度,要做到优柔适会、从容不迫,劳累了就休息,思路顺畅的时候就写作,不要用笔杆纸张来砍伐自己的性命,那不是圣贤所想要的。

《文心雕龙·体性》则讨论了文学创作的个性问题:"贾生俊发,故文洁而体清;长卿傲诞,故理侈而辞溢;子云沈寂,故志隐而味深;子政简易,故趣昭而事博;孟坚雅懿,故裁密而思靡;平子淹通,故虑周而藻密;仲宣躁锐,故颖出而才果;公干气褊,故言壮而情骇;嗣宗俶傥,故响逸而调远;叔夜俊侠,故兴高而采烈;安仁轻敏,故锋发而韵流;士衡矜重,故情繁而辞隐。触类以推,表里必符。岂非自然之恒资,才气之大略哉?"这些文学家每个人都有自己的个性,创作也是各有各的风格,每个人都必须根据自身的个性来培养自己的风格。而对个性的认识很重要,"夫才有天资,学慎始习,斫梓染丝,功在初化,器成采定,难可翻移"①。开始的学习与培养很重要,等到定型以后就很难再改变了。《文心雕龙·神思篇》说:"至精而后阐其妙,至变而后通其数,伊挚不能言鼎,轮扁不能语斤,至微矣乎?"只有精通之后才能说出其中的奥妙,熟悉了所有的变化就能把握住其中恒久不变的道理,这些思想都通于书法,但并不是常人所能理解的。所以钟繇说:"故用笔者天也,流美者地也,非凡庸所知。"②卫夫人也说:

---

① 刘勰:《文心雕龙注》下,范文澜注,人民文学出版社 2006 年版,第 506 页。
② 卢辅圣主编:《中国书画全书》第二册,上海书画出版社 1993 年版,第 432 页。

"自非通灵感物,不可与谈斯道矣!"①

　　王羲之《书论》说:"夫书者,玄妙之伎也。若非通人志士,学无及之。"②受其影响,后世书论也常常论述到性与习的关系。《宣和书谱》引杨钜话说,学习书法必须"性"与"习"兼备:"有字性不可以无学,有字学者复不可以无性,故其为言曰:习而无性者其失也俗,性而无习者其失也狂。盖以谓有规矩绳墨者其习也,至于超诣绝尘处则非性不可。二者相有以相成,相无以相废,至此然后可以论书欤。又为说曰:羲之七子,独献之能嗣其学,则知用此以求古人,庶几天下书眼同一纲纽耳!噫!钜之能为此论,则能知书之病也夫。"③《宣和书谱》主张性与习必须完美结合,就像王献之一样。王羲之有七个孩子,但只有王献之能名垂书史,这是王献之的天分与他的努力相结合的结果。

　　项穆《书法雅言》谈到学习书法的天资与后天学习的关系说:

　　　　资分高下,学别浅深。资学兼长,神融笔畅,苟非交善,讵得从心?书有体格,非学弗知。若学优而资劣,作字虽工,盈虚舒惨、回互飞腾之妙用弗得也。书有神气,非资弗明。若资迈而学疏,笔势虽雄,钩揭导送、提抢截曳之权度弗熟也。所以资贵聪颖,学尚浩渊。资过平学,每失颠狂;学过平资,犹存规矩。资不可少,学乃居先。古人云:盖有学而不能,未有不学而能者也。然而学可勉也,资不可强也。天资纵哲,标奇炫巧,色飞魂绝于一时;学识谙练,入矩应规,作范垂模于万载。孔门一贯之学,竟以参鲁得之。甚哉!学之不可不确也。然人之资禀有温弱者,有剽勇者,有迟重者,有疾速者。知克

---

①　上海书画出版社编:《历代书法论文选》,上海书画出版社2004年版,第21页。
②　上海书画出版社编:《历代书法论文选》,上海书画出版社2004年版,第28页。
③　卢辅圣主编:《中国书画全书》第二册,上海书画出版社1993年版,第16页。

已之私,加日新之学,勉之不已,渐入于安。万川会海,成功则一。若
下笔之际,枯涩拘挛,苦迫塞钝,是犹朽木之不可雕,顽石之难乎琢也
已。譬夫学讴之徒,字音板调,愈唱愈熟。若齿唇漏风,喉舌砂短,没
齿学之,终奚益哉!①

　　在项穆看来,人的天资有高下之分,学问有深浅之别。如果不是天资与学
习都具备,精神和笔法都舒畅,写起字来是不可能得心应手的。字有书体
格式,不学习不会知道。如果学习得好但天资拙劣,写字虽然工整,虚实
舒展曲折回环腾飞的神采就没了。书有神气,没有天资不能表现出来。
如果天资超群,但学习荒疏,笔势虽雄健,书写的"提、拉、横、按"的笔法就
不熟练。所以天资贵聪明,学习贵渊博。天资超过学习,往往失之癫狂;
学习超过天资,还有规矩存在。天资不可学,学习应该居先。古人说,有
学习不能,没有不学习而能的。学习是可以勉励的,天资不可强迫。天资
超群,标新立异,名声显赫于一时,学识熟练,入轨入矩,就能成为千古的
模范。孔子一以贯之的学问是曾参得到的,很明显,学识很重要啊。然而
人的天资有温和柔弱的,有剽悍果敢的,有迟缓庄重的,有快速峻利的。
知道克服自我的私欲,加上天天学习,勤勉不停,就会达到目标。万川归
于大海,成功的方法归于一途。若下笔的时候枯涩拘谨、迂缓迟钝,是朽
木不可雕、顽石不可琢啊。再如学唱歌的人,字音声调,越唱越熟。如果
唇齿漏风、喉舌沙哑,这样学一辈子,会有什么好结果呢?

　　年龄对书风的形成也有一定的影响,如孙过庭《书谱》中探讨了年龄
对学书的影响,他说:"若思通楷则,少不如老;学成规矩,老不如少。思则
老而逾妙,学乃少而可勉。勉之不已,抑有三时;时然一变,极其分矣。至

---

① 　上海书画出版社编:《历代书法论文选》,上海书画出版社2004年版,第518—519页。

如初学分布,但求平正;既知平正,务追险绝;既能险绝,复归平正。初谓未及,中则过之,后乃通会。通会之际,人书俱老。"①在孙过庭看来,年龄大的人比年轻人更善于思考规则,但老年人不如年轻人更容易适应规则,人越老越善于思考,但少年人更容易学习成功。

书法的学习须经历三个阶段,每个阶段都不一样:初始要分布平正;掌握平正之后,就要追求险绝;最后重新回归平正。刚开始学习的时候,往往不足,中间又会过而不及,最后才能达到融会贯通的境界,而这时人往往已经老了。由此,"人书俱老"的"通会"境界成为中国书法艺术的最高境界。孔子说"七十从心",也就是说,人到了晚年才能心气平和,心手合一,精通各种变化规则,技巧才能达到炉火纯青的境界。王羲之也是一样,他的书法精品也是多出于晚年,虞龢《论书表》说二王"暮年皆胜于少",可见,艺术与人生的修炼不是一日所能成就的,那种朝学执笔、暮已成名是不可能的。《书谱》也说"右军之书,末年多妙",只有晚年的王羲之才达到了"志气和平,不激不厉,而风规自远"的境界。与王羲之志气周全平和不同,王献之自我标榜、追新立异,"鼓努为力,标置成体",但最终还是很难达到王羲之"不急不历而风规自远"的境界。这并不是技术原因造成的,"工用不侔",是二者性情的根本不同造成的,是"神情悬隔"。②

强调用功与天分的结合是中国传统书论的重要原则,强调天分就是强调学习书法之美所需要的独特的个人能力与才智。性情不同,书风自然不同。孙过庭《书谱》说书法家的个性:"虽学宗一家,而变成多体,莫不随其性欲,便以为姿:质直者则径侹不遒;刚狠者又倔强无润;矜敛者弊于拘束;脱易者失于规矩;温柔者伤于软缓;躁勇者过于剽迫;狐疑者溺于

---

① 孙过庭:《书谱译注》,马永强译注,河南美术出版社2007年版,第91页。
② 孙过庭:《书谱译注》,马永强译注,河南美术出版社2007年版,第92页。

滞涩;迟重者终于蹇钝;轻琐者染于俗吏。"①性情不同,既有所得又有所失。李煜《书述》在讨论从事书法艺术的天赋时说:"奇哉,是书也! 非天赋其性,口受要诀,然后研功覃思,则不能穷其奥妙,安得不秘而宝之!"②在李煜看来,书法很奇妙,如果没有超人的天赋,没有得到口传手授的要诀,然后没有经过艰苦的钻研与深思熟虑,就不能穷尽书法的奥妙。得到书法的秘笈,哪能不珍爱呢? 在李煜看来,学习书法,天分、师承、努力缺一不可。

书法家的社会身份与角色对书风也有深刻的影响,杨宾《大瓢偶笔》说书法家的身份与书风之关系:"帝王书有英雄气,大臣书有台阁气,僧道书有方外气,山林书有寒俭气,闺秀书有脂粉气。"③人内在的天性对艺术家的成长也有着至关重要的作用。汤临初《书旨》中关于书法的才能说:"禅学贵悟,诗学亦贵悟,唯书亦然。诗有别才,书学亦有才。即如丰考功、祝京兆二公,俱以书称。丰见帖为最富,工夫为最深。祝之模拟似所不逮,而书迹辄过丰者,祝才胜也。今人有竭精此艺,颇知法古而卒无成名,盖才实限之,乃归咎手拙,误矣。"④在汤临初看来,禅学、诗学、书学都贵悟,写诗需要特殊的才能,写字也是一样。如丰坊与祝允明二人都以书法著称,丰临帖多,工夫深,祝的模仿不如他,但是书法超过他,是因为祝的才气胜过他。今日有人刻苦学习书法,对古代的书法很熟悉,但没有成名,是因为才气限制了他,把原因归结为手拙是不对的。

书法家的特质不在学问,不在熟悉古人的书法,而在于依靠自己的才气创作出迥异于传统的美,也就是要与传统不同,不仅仅要继承,更要创

① 孙过庭:《书谱译注》,马永强译注,河南美术出版社2007年版,第44—45页。
② 上海书画出版社编:《历代书法论文选》,上海书画出版社2004年版,第300页。
③ 崔尔平选编:《历代书法论文选续编》,上海书店1999年版,第584页。
④ 卢辅圣主编:《中国书画全书》第四册,上海书画出版社1992年版,第793页。

新。当然创新也离不开继承,离开继承就是无源之水、无本之木。连接天
才与成功的路径便是精诚与努力,魏晋文论与书论都非常强调艺术学习
与创作中艺术家的主观努力,认为只有精诚之至才能创造出最高级的美。

古人除了喜用努力刻苦来描述书家的成功之外,还喜用奇闻逸事来
描述书法家的经历,以增加书法家的神秘之感。郑杓《衍极》说蔡邕书法
"鸿都《石经》,为古今不刊之典"。刘有定注中说蔡邕:"尝居一室不寐,
恍然一客,厥状甚异,授以《九势》,言讫而没,故邕用笔特异,当时善书者
膺服之。"①《衍极》关于蔡邕的书法说:"蔡琰曰:'臣父造八分时,恍然一
客曰:"吾授汝笔法。"言讫而没。'"②这是由于精诚之至而感动天神以至
于授法的说法。所以说:"蔡邕学书嵩山石室,得素书,八角垂芒。鬼物授
以笔法,何其神邪?"③

钟繇对书法可谓热情至极,《书苑菁华》中说得更为精彩:"繇忽见蔡
伯喈笔法于韦诞座上,自捶胸三日,其胸尽青,因呕血。太祖以五灵丹救
之乃活。繇苦求不与,及诞死,繇阴令人盗开其墓,遂得之。"④钟繇呕心
沥血、苦心孤诣发韦诞墓求蔡邕《笔法》的故事,说明了古代艺术家对艺术
的追求已达到了无所不用其极的地步。郑杓《衍极》也说钟繇书法"神妙
于铭石",刘有定注中说钟繇:"因见蔡邕笔法于诞,苦求不与,痛恨呕血,
太祖以五灵丹救之。诞死,繇令人发其墓,遂得蔡氏法,一一从其消
息。"⑤在郑杓、刘有定看来,钟繇能达到"秦汉以来,一人而已"的境界,与
他苦心孤诣地追求书法艺术是密不可分的,可以说他是把生命的全部能
量与智慧都集中到了书法上。

---

① 上海书画出版社编:《历代书法论文选》,上海书画出版社2004年版,第406页。
② 上海书画出版社编:《历代书法论文选》,上海书画出版社2004年版,第424页。
③ 上海书画出版社编:《历代书法论文选》,上海书画出版社2004年版,第434页。
④ 卢辅圣主编:《中国书画全书》第二册,上海书画出版社1993年版,第432页。
⑤ 上海书画出版社编:《历代书法论文选》,上海书画出版社2004年版,第407页。

　　张芝池墨尽黑也是艺术史上常常提到的典故，无数书法家都如赵壹《非草书》中所描写的那样殚精竭虑、废寝忘食地从事书法的学习与创作，这就是艺术家或书法爱好者追求书法之美所必须付出的巨大努力。关于精诚，庄子说："不精不诚，不能动人。"[1]徐浩《论书》在论述学习书法的艰苦时说："张伯英临池学书，池水尽墨；永师登楼不下，四十余年。张公精熟，号为草圣；永师拘滞，终著能名。以此而言，非一朝一夕所能尽美。俗云：'书无百日工。'盖悠悠之谈也。宜白首攻之，岂可百日乎！"[2]张芝练习书法把整个池水都染黑了，智永练习书法四十年不下楼，张芝由此成为草圣，智永拘谨但最终扬名。由此可见，书法尽善尽美的境地非一朝一夕所能达到。俗话说"书无百日工"，只是随便说说罢了，应该一辈子努力钻研，岂是一百天就能完成？

　　何延之《兰亭始末记》中说智永刻苦习字的情景："右军亦自珍爱宝重此书，留付子孙，传掌至七代孙智永。永即右军第五子徽之之后，……与兄孝宾俱舍家入道，俗号永禅师。禅师克嗣良裘，精勤此艺。常居永欣寺阁上临书，所退笔头置之于大竹簏，簏受一石余而三簏皆满。凡三十年，于阁上临得真草千文好者八百余本，浙东诸寺各施一本。今有存者，犹直钱数万。"[3]右军非常珍爱《兰亭》，把它留给了子孙，传承至第七代孙智永。智永就是王羲之的第五子王徽之的后代。他与兄长孝宾都皈依佛门，号永禅师。禅师继承祖业，刻苦练习书法，常在永欣寺的阁楼上临书，写坏的笔头放在大竹簏里，簏能承一石多，装满了三簏。共三十年都在阁楼上，临得真、草《千文》好的八百多本，浙东各个寺院各给一本。今天有留存的，还能值数万钱。智永继承祖业，发奋练字，最终不仅把王羲之的

①　陈鼓应：《庄子今注今译》，中华书局 2001 年版，第 823 页。
②　上海书画出版社编：《历代书法论文选》，上海书画出版社 2004 年版，第 276 页。
③　卢辅圣主编：《中国书画全书》第二册，上海书画出版社 1993 年版，第 493 页。

书法传承下来,同时还成就了自己的书法艺术。

郑杓、刘有定《衍极》关于专心致志学书说:

> "学书何所止?"曰:"圽身而已矣。""然则张伯高行业未彰,独以书酬身,益乎?"曰:"吾闻之精于一则尽善,遍用智则无成。圣人疾没世而名不称,彼张公者东吴之精,去之五百,再见伯英。以此养生,以此忘形,以此玩世,以此流名。"韩退之《送高闲上人序》曰:"苟可以寓其巧智,使机应于心,不挫于气,则神完而守固,虽外物至,不胶于心。尧、舜、禹、汤治天下,养叔治射,庖丁治牛,师旷治音声,扁鹊治病,僚之于丸,秋之于弈,伯伦之于酒,乐之终身不厌,奚暇外慕? 夫外慕徙业者,皆不造其堂,而哜其載者也。往时张旭善草书,不治他技。喜怒窘穷,忧悲、愉佚、怨恨、思慕、酣醉、无聊、不平,有动于心,必于草书焉发之。观于物,见山水崖谷,鸟兽虫鱼,草木之花实,日月列星,风雨水火,雷霆霹雳,歌舞战斗,天地事物之变,可喜可愕,一寓于书。故旭之书,变动犹鬼神,不可端倪,以此终其身,而名后世。今闲之于草书,有旭之心哉! 不得其心,而逐其迹,未见其能旭也。"①

在郑杓看来,学书的终止之处就是生命的终结之处,所谓活到老,学到老。有人问,张旭没有建立什么功业,只是以书法扬名,除了以书畅身外还有什么好处呢? 郑杓说,精于一事就算尽善了,把智力同时用在很多地方会一事无成。圣人担心死后名声不被人称颂。张公是天才,死后就能见到张芝了。他以此调养身心,超然物外,最后游乐世间,名声被世人称颂。韩愈《送高闲上人序》就表达了从事艺术必须专心致志、心无旁骛,直至达

---

① 上海书画出版社编:《历代书法论文选》,上海书画出版社 2004 年版,第 463 页。

到艺术的顶峰的观点。在韩愈看来，假若有什么可以发挥人的巧妙智慧，随心所欲而又不挫伤元气，那便是神完气足，外物虽至，而不胶着于内心。尧、舜、禹、汤治理天下，养由基善射，庖丁解牛，师旷精通音乐，扁鹊善治病，熊宜僚善弹丸，弈秋善下棋，刘伶长于酿酒，他们从事自己热爱的事业，从中发现快乐，一生都乐此不疲，哪有时间与心思想着其他？因为别的就改变转移爱好的人，都不能达到登峰造极的境界，他们都还没登堂入室，只是浅尝辄止罢了。张旭也是一样，过去他只钻研草书，不擅长别的，喜怒哀乐、忧悲、快乐、怨恨、思慕、酣醉、无聊、不平，只要心中有触动，就一定用草书表达出来。他看到高山河水、鸟兽虫鱼、草木花果、日月星辰、风雨雷电、歌舞战斗这些天地万物的变化时内心深处的感动，无不寄托在书法之中。所以张旭的书法变动如鬼神，高深莫测，因此一生享受盛名。张旭专心致志，把万物与书法联系在一起，正如庄子所讲的佝偻承蜩一样，"虽天地之大，万物之多，而唯蜩翼之知。吾不反不侧，不以万物易蜩之翼，何为而不得！""用志不分，乃凝于神"，最后终于达到了"吾处身也，若厥株枸；吾执臂也，若槁木之枝"的境界。① 达到如此境界，还有什么不能成就的呢？在韩愈看来，张旭书法的成就就来自于此。

　　高闲喜欢草书，他的书法成就的来源也是一样："今闲师浮屠氏，一死生，解外胶。是其为心，必泊然无所起；其于世，必淡然无所嗜。泊与淡相遭，颓堕委靡，溃败不可收拾，则其于书得无象之然乎！"②高闲是出家人，没有生死的观念，没有任何挂累。他的内心必然淡泊宁静，他的处世态度一定无牵无挂。颓废萎靡，溃败不可收拾，不是更适合于书法吗？这种无欲无求、对外物毫无牵挂的内心世界，正是艺术家成就其艺术的最好精神土壤。

① 　陈鼓应：《庄子今注今译》中，中华书局 2001 年版，第 471—472 页。
② 　上海书画出版社编：《历代书法论文选》，上海书画出版社 2004 年版，第 292 页。

在韩愈看来,没有张旭的心性而想达到张旭的境界,那是不可能的。刘有定用韩愈《送高闲上人序》中的话进行了说明:如果全身心地投入自己所喜欢的事业,就能充分利用自己的智慧,内心顺应万物的变化而不伤元气,那就会精神完满、坚固不撓,功名利禄也不会伤害内心。何良俊《四友斋书论》重复了卫桓《四体书势》的故事:

> 上谷王次仲善隶书,始为楷法。汉灵帝好书,时多能者,而师宜官为最,甚矜其能,每书辄焚其札,梁鹄乃益为版,而饮之酒,候其醉而窃其札。鹄卒以攻书为比部尉,后依刘表。荆州平,魏公募求鹄。鹄惧,自缚诣门。署军假司马,使在秘书书勤书自效。公尝悬着帐中及以钉壁玩之,谓胜宜官。①

这是一个书法家想法设法学习书法,并以此生存游走于权贵之间的故事,充分说明了书法作为一门技艺对生存的重要作用。而师宜官之所以不愿外传,大概也是由于此吧。但后来梁鹄经过艰苦的努力终于超过了他,真是精诚所至、金石为开,最后被曹操认为"胜宜官",笔迹被挂在帐篷里观看,梁鹄也被招在麾下效力。项穆《书法雅言》说:

> 苟非至诚,焉有能动者乎?澄心定志,博习专研,字之全形,宛尔在目,笔之妙用,悠然忘思,自然腕能从臂,指能从心,潇洒神飞,徘徊翰逸。如庖丁之解牛,掌上之弄丸,执笔者自难揣摩,抚卷者岂能测量哉!《中庸》之"为物不贰""生物不测",孟子曰:"深造""自得","左右逢源"。生也,逢也,皆由不贰、深造得之。是知书之欲变化也,

---

①　卢辅圣主编:《中国书画全书》第三册,上海书画出版社 1992 年版,第 863 页。

至诚其志,不息其功,将形著明,动一以贯万,变而化焉,圣且神矣。①

项穆关于书法的精诚也来自儒家的所谓"诚"：学习书法需要至诚的精神
与态度,如果没有至诚的精神,书法就不能到达出神入化的境界。学习书
法要心净志专,广博学习,专一研究,眼中有清晰的字形,自由地运笔,腕
跟着臂,手随着心,神采飞扬地挥洒着笔,如庖丁解牛,如掌上弄丸,执笔
的都很难讲清其中的奥妙,更不要说观看作品的人了。《中庸》说要专心
一致,万物变化莫测;孟子说深入专研,自己发现,左右逢源。"生""逢"
都是专心一致、深入研究得来的。想知道穷尽书法的变化,要有至诚之
心,要不停用功,这样才能最终达到超凡入圣的神的境界。

所谓精诚就是要尽心力、花工夫,如王昌龄《论文意》中所说："纸笔
墨常须随身,兴来即录。若无纸笔,羁旅之间,意多草草。舟行之后,即须
安眠。眠足之后,固多清景,江山满怀,合而生兴,须屏绝事务,转任情
趣。"②杜甫反复说诗歌创作应有神助,如说"读书破万卷,下笔如有神"
(《奉赠韦左丞丈二十二韵》)、"诗成觉有神"(《独酌成诗》)、"诗应有神
助"(《游修觉寺》),但神助来自精诚之至的努力。其实任何文艺创作,正
如柏拉图所说,都有"神助"的作用,都是艺术家持续努力的结果。《题卫
夫人〈笔阵图〉后》说："意在笔前,然后作字。"这已成了中国书法史上的
定论。如韩方明《授笔要说》就说："然意在笔前,笔居心后。皆须存用笔
法,想有难写之字,预于心中布置,然后下笔,自然溶于徘徊,意态雄逸,不
得临时无法,任笔所成,则非谓能解也。"③然而书法家又如何意在笔前
呢？首先要学习经典。规矩都在经典里,让规矩烂熟于心,然后眼到、心

① 上海书画出版社编：《历代书法论文选》,上海书画出版社2004年版,第530页。
② 张伯伟：《全唐五代诗格汇考》,江苏古籍出版社2002年版,第159—172页。
③ 上海书画出版社编：《历代书法论文选》,上海书画出版社2004年版,第287页。

到、笔到。孙过庭《书谱》中告诫学书者要遵守书法的规范，因为"差之一毫，失之千里"，对于规则要"心不厌精，手不忘熟"，一切技法都要烂熟于心，做到熟能生巧，像桑弘羊洞察秋毫，又像庖丁解牛那样不见全牛："若运用尽于精熟，规矩谙于胸襟，自然容与徘徊，意先笔后，潇洒流落，翰逸神飞。亦犹弘羊之心，豫乎无际；庖丁之目，不见全牛。"①孙过庭又把自己的方法运用于登门求学者，他们也都"无不心悟手从，言忘意得"，达到了自己的目标。智永学书四十年不下楼、把写坏的笔埋成冢的苦修苦练，就是为了能心手双畅啊，正如苏东坡《题二王书》中所说："笔成冢，墨成池，不及羲之即献之。笔秃千管，墨磨万铤，不作张芝作索靖。"②

李嗣真《书后品》中所描写的当时书法的情况，和今日有些类似，他说："古之学者，皆有规法；今之学者，但任胸怀，无自然之逸气，有师心之独任。偶有能者，时见一斑，忽不悟者，终身瞑目，而欲乘款段，度越骅骝，斯亦难矣。吾当告勉夫后生，然自古叹知音者希，可谓绝弦也。"③在李嗣真看来，古人学习书法都有法规，但当时的人学习书法多是任性自为，无自然的潇洒，有师心自为。偶有善书的，也是一时所为。执迷不悟者，终身不得法门而入，就如同骑着驽马超过千里马，也太难了。他很想告诫后生，然自古都叹息知音之难，也只有像伯牙那样拨断琴弦了。

关于勤奋努力，陈思《书小史》记载了欧阳询学习索靖书法的故事："尝行见索靖所书碑观之，去数步复返，及疲乃布坐至宿其傍三日乃得去。其所嗜类此。"④由此可见欧阳询学习书法之沉迷与专心致志。米芾《海岳名言》中说："智永砚成臼，乃能到右军。若穿透，始到钟、索也。可不勉

---

① 孙过庭：《书谱译注》，马永强译注，河南美术出版社 2007 年版，第 90 页。
② 熊秉明：《中国书法理论体系》，人民美术出版社 2017 年版，第 99 页。
③ 上海书画出版社编：《历代书法论文选》，上海书画出版社 2004 年版，第 140 页。
④ 卢辅圣主编：《中国书画全书》第二册，上海书画出版社 1993 年版，第 566 页。

之！一日不书便觉思涩。想古人未尝片时废书也。"①在米芾看来,智永把砚台用成了臼,就到了右军的水平;用穿砚台,才能到钟繇、索靖的水平。怎能不努力啊！一日不用笔写字便觉得思路滞涩,想想古人未尝片时停止书写呢。他又说:"学书须得趣,他好俱忘,乃入妙;别为一好萦之,便不工也。"②学书一定要找到乐趣,将其他的爱好都要忘记才能达到妙境,如果还有其他爱好缠绕,那就写不好字了。米芾论及自己对古代经典的熟稔:"壮岁未能立家,人谓吾书为集古字。盖取诸长处,总而成之。既老始自成家,人见之,不知以何为祖也。"③古人的努力与他们对天才的强调是一体的。魏晋书画论中注重天才,和我们今天大规模发展书法教育来提高人的综合素养是有一定区别的。通过书法教育来提高人的鉴赏水平,发展人的全面才能自然是合理的,但大量的人从事书法职业是值得深思的。

无论对于天才还是普通人来说,功夫都是必需的。解缙《春雨杂述》中论及写字必须下功夫:"学书之法,非口传心授不得其精。大要须临古人墨迹,布置间架,捏破管,书破纸,方有功夫。张芝临池学书,池水尽墨。钟丞相入抱犊山十年,木石尽黑。赵子昂国公十年不下楼。嵘子山平章每日坐衙罢,写一千字才进膳。唐太宗皇帝简板马上字,夜半起把烛学《兰亭记》。大字须藏间架,古人以帚濡水,学书于砌,或书于几,几石皆陷。"④"惟日日临名书,无恡纸笔,工夫精熟,久乃自然。言虽近易,实为要旨。"⑤解缙也提倡用古人刻苦学习书法的榜样来激励学书之人:张芝临池学书池水尽墨;钟繇入抱犊山学书十年;赵孟頫十年不下楼;康里嵘

① 上海书画出版社编:《历代书法论文选》,上海书画出版社 2004 年版,第 363 页。
② 上海书画出版社编:《历代书法论文选》,上海书画出版社 2004 年版,第 363 页。
③ 上海书画出版社编:《历代书法论文选》,上海书画出版社 2004 年版,第 360 页。
④ 上海书画出版社编:《历代书法论文选》,上海书画出版社 2004 年版,第 495—496 页。
⑤ 上海书画出版社编:《历代书法论文选》,上海书画出版社 2004 年版,第 498 页。

嵘每日坐衙后还要写一千字才进膳;唐太宗在马上用简板写字,深夜还起来把烛学习《兰亭记》。自然还有具体的功夫:老师的口传心授;临习古人墨迹要捏破管书破纸,以箒濡水书于砌或几,几石皆陷;等等。总之是强调书法的功力需深厚,不能投机取巧,要功到自然成。

解缙则把家学及教师的口传心授推到了极致,他在《春雨杂述》中说:"学书之法,非口传心授不得其精。""学书之法,非口传心授,不得其门,故自羲、献而下,世无善书者。惟智永能瘵瘝家法,书学中兴,至唐而盛。宋家三百年,惟苏、米庶几。元惟赵子昂一人。皆师资,所以绝出流辈。吾中间亦稍闻笔法于詹希原,惜乎工夫未及,草草度时,诚切自愧赧耳。"①在解缙看来,二王之下没有善于书法的人,智永善书法乃是因为其源自家学。他说宋朝三百年间只有苏轼、米芾的书法还可以,元朝只有赵孟頫。他说他们都有"师资",但没有说是哪位老师教出了这些伟大的书法家,特别是王羲之。师承,特别是面授机宜当然很重要,但学习的方法有多种,口传心授只是其中一种,并不是唯一的。杨慎在《墨池琐录》中论功夫说:"未加苦功而欲求捷法,譬如坐井中而求援上焉,有此理耶?"②

元李衎《画竹谱》中说画竹必须按照规矩绳墨,持之以恒,最后就会成功,相反,放纵自我、自以无法为有法,结果就会一事无成:

> 慕远贪高,逾级躐等,放弛情性,东抹西涂,便为脱去翰墨蹊径,得乎自然,故当一节一叶措意于法度之中,时习不倦,真积力久至于无学,自信胸中真有成竹,而后可以振笔直遂以追其所见也。不然,徒执笔熟视将何所见而追之耶?苟能就规矩绳墨,则自无瑕类,何患

① 上海书画出版社编:《历代书法论文选》,上海书画出版社 2004 年版,第 495—496 页。
② 卢辅圣主编:《中国书画全书》第三册,上海书画出版社 1992 年版,第 805 页。

乎不至哉？纵失于拘，久之犹可达于规矩绳墨之外，若遽放失，则恐不复可入于规矩绳墨而无所成矣，故学者必自法度中来始得之。①

李衎认为，画竹者如果只是一味地贪图高处，羡慕远方，就不会逐步提升，放松自我的约束，胡乱涂抹，自以为脱去窠臼，顺应自然。画竹一节一叶都应当按照法度进行，练习不倦，功夫久了就自然胸有成竹了，此后就可以潇洒自由地表达心中的想法。不然，执笔茫然、胸无成竹，画什么呢？如能按照规矩画竹，自然没什么缺陷，还会不成功吗？即使开始有些拘谨，时间长了，也会达到超越于规矩的境界。若很快丢掉规矩，恐怕就很难再找回了，最后将一无所成。所以学习者必须从法度中取得成功，其他艺术莫不如此，李衎对画竹的看法完全适用于书法。

当然，这一切都是在经典上下功夫，正如明丰坊《书诀》引古语云："取法乎上，仅得乎中；取法乎中，斯为下矣。"②如果功夫下错了方向，那效果只有适得其反了。书法的结构与风格之美，如京剧的程式一样都蕴含在经典里，它既要让人产生共鸣，同时也要创新，以产生新鲜的陌生化效果。但这种程式化的美感，来自对经典的熟稔，正如对京剧经典的熟稔一样。这是审美的一个重要特点，也就是古人反复讨论的"通"的问题。"通"就是要与古代经典相联，"变"就是要不同，如何处理二者的关系，是一个书法家成功的关键。

魏晋文论、书论都强调艺术家的心性与个性，强调艺术家的独特性。创作与鉴赏都是一样，在强调继承传统的前提下，同时强调创新是艺术发展的一大动力；强调个性与风格不仅是与同时代的人不同，也要与历史上伟大艺术家的风格不同，成为拥有独立风格的文学家或书法家。萧子显

---

① 卢辅圣主编：《中国书画全书》第二册，上海书画出版社 1993 年版，第 733 页。
② 上海书画出版社编：《历代书法论文选》，上海书画出版社 2004 年版，第 504 页。

《南齐书·文学传论》说:"习玩为理,事久则渎,在乎文章,弥患凡旧。若无新变,不能代雄。"①事情做久了就会产生轻慢之心,文学创作也是一样,如果不能创新,就不能代代称雄,成为霸主。《文心雕龙·通变》说:"文律运周,日新其业。变则其久,通则不乏。趋时必果,乘机无怯。望今制奇,参古定法。"②在刘勰看来,文学的发展要不停地创新,只有不断地创新才能持久,而继承又使创新有不竭之源。艺术的创作要紧跟时代,按照时代的审美要求来创作,同时又要学习古代的经典,根据经典来参透,这是贯穿艺术发展过程中的始终不变的法则。通变的规则同样适用于书法的创作。总之,在魏晋书论家看来,适应时代现实与审美的需要是书法发展的一大根本动力。卫恒《四体书势》关于草书的产生说:"爰暨末叶、典籍弥繁,时之多僻,政之多权。官事荒芜,剿其墨翰,惟多佐隶,旧字是删。草书之法,盖又简略,应时谕指,用于卒迫,兼功并用,爱日省力;纯俭之变,岂必古式。"③在卫恒看来,草书的产生乃是时势的需要,随着典籍的增多、时代的忙乱、政事的多变,书写文字的人自然要删繁就简,草书也是为了适应这个大的历史趋势产生的,这样书写者就会既节省时间又节省体力,没有必要一定要遵守古法,这是"临时从宜"的结果。没有现实的基础,艺术的发展必然成为无源之水、无本之木,既无产生新艺术的土壤,也无艺术家生存发展的可能,更没有广大欣赏者与接受者作为受众来接受、回报,甚至反过来影响艺术生产与创作的可能性。

成公绥《隶书体》也认为不同的时代有不同的书体,他在论述隶书的产生与发展时说:"时变巧易,古今各异。"④虽然他的目的是为了说明隶

---

① 萧子显:《南齐书》,中华书局1972年版,第908页。
② 刘勰:《文心雕龙注》下,范文澜注,人民文学出版社2006年版,第521页。
③ 上海书画出版社编:《历代书法论文选》,上海书画出版社2004年版,第16页。
④ 上海书画出版社编:《历代书法论文选》,上海书画出版社2004年版,第9页。

书和书写繁难的虫篆与很难让人辨识的草书的区别,认为既"适之中庸"又"用之简易"的隶书更符合时代的需要,因此他选择了隶书。通变成为贯穿中国古代文论、书论甚至画论的基本主题,正如石涛论画说:"画有南北宗,书有二王法。张融有言:'不恨臣无二王法,恨二王无臣法。'今问南北宗:'我宗耶?宗我耶?'一时捧腹曰:'我自用我法。'"①在石涛的心里,无论古人今人,无论南北,无论何人法,都必须以我为主,正所谓我之为我,自有我在。至于他的《画语录》,其中就有更多强调自我、反对泥古、主张创新的话语了:"我之为我,自有我在。古之须眉不能生在我之面目,古代肺腑不能安入我之腹肠,我自发我之肺腑,揭我之须眉。纵有时触著某家,是某家就我也,非我故为某家也。天然授之也,我于古何师而不化之有?"②继承是手段,创新是目的,如何在继承与创新之间找到完美的制衡,也就成了古代文论家与书法家的一大难题。

孙过庭在《书谱》中说:"淳醨一迁,质文三变,驰骛沿革,物理常然。贵能古不乖时,今不同弊,所谓'文质彬彬,然后君子',何必易雕宫于穴处,反玉辂于椎轮者乎!"③在孙过庭看来,书法风格的发展同样要随着时代的变化而变化,同时认为由质朴到妍美的变化正是人审美需要的表现,洞穴必然变为宫殿,木车同样会发展为华美的雕车,艺术家的创作最好能兼顾文采与质朴和谐统一,做到文质彬彬,既能继承前人的宝贵经验,又能变革发展出自己独特的个性风格,力避时弊,既符合时代的审美潮流,又能遵守永恒不变的艺术法则。正如《文心雕龙·序志》中谈到孔子的重要意义一样,在《书谱》的最后,孙过庭也讲述了自己写作《书谱》的缘由:

---

① 俞剑华编著:《中国古代画论类编》上,人民美术出版社 1957 年版,第 163 页。
② 俞剑华编著:《中国古代画论类编》上,人民美术出版社 1957 年版,第 149 页。
③ 孙过庭:《书谱译注》,马永强译注,河南美术出版社 2007 年版,第 57 页。

　　自汉魏以来,论书者多矣,妍蚩杂糅,条目纠纷;或重述旧章,了
不殊于既往;或苟兴新说,竟无益于将来;徒使繁者弥繁,阙者仍阙。
今撰为六篇,分成两卷,第其工用,名曰《书谱》。庶使一家后进,奉以
规模;四海知音,或存观省。缄秘之旨,余无取焉。①

　　在孙过庭看来,汉魏以来出现了很多论述书法的著作,但好坏混杂,条目
也不清晰。有些是重复以往的观点,和以前的并没有什么不同;有些只是
标新立异,对将来也没有什么助益,仅仅使繁乱的更加繁乱,没有的还是
没有。他撰写《书谱》,主要是为了后学能有所取法,四海之内如有知音也
会阅览吧,至于把自己所学留作秘传的事,他是不会干的。他的根本目的
就是为了发现书法中恒久的规律,并传承下去,教导人要勇于追随时代的
脚步,努力创作出自己独特的风格。

　　古代书论既主张从自然中发现可取之美,同时又强调从临习古人法
帖中得到方法审美之指导。当然也有书法家持不同观点,其主张不需要
临写,要以自铸新意为主,如朱长文《续书断》中记述书法家王绍宗说:
"鄙夫书无工者,特由水墨之积习,常精心率意、虚神静思以取之耳。吴中
陆大夫以余比虞君,以不临写故也。闻虞常被中画腹,正与余同。虞即世
南也。盖其虽不临写,而研精覃思,岁月深久,自有所悟耳。"②王绍宗认
为自己的书法无不精美是由于自己反复练习水墨,由于自己常常静心思
考,按照自己的想法,凝神静思以达到目的。吴中陆柬之把王绍宗比作虞
世南,是因为他俩都不临摹。王绍宗听说虞世南和他一样常常在被子里
描画肚子。在朱长文看来,他虽然不临写古人书迹,但深刻思考,认真钻
研,日积月累,一定也有自己的感悟吧。

---

① 孙过庭:《书谱译注》,马永强译注,河南美术出版社 2007 年版,第 108 页。
② 上海书画出版社编:《历代书法论文选》,上海书画出版社 2004 年版,第 339—340 页。

在神与形这一对相辅相成的概念中,魏晋文论家与书论家往往强调精神的价值,物质的、外形的作用则常常受到忽视,这主要是老庄思想在文学书法理论中的影响造成的,与魏晋流行的言意之辩有着密切的关联。王弼、荀粲、钟会、傅嘏等的言、意、象之辩与魏晋文论、书论与画论中都注重对神采的描述,注重形神兼备的美学观念密切相关。

宗炳《画山水序》中主张"山水以形媚道"的审美观念,顾恺之人物画也主张"以形写神""迁想妙得",他在画人像的时候注重人的眼神与内在精神,也就是谢赫《古画品录》所说的"但取精灵,遗其骨法。若拘以体物,则未睹精奥"。《古画品录》提出"六法",其核心价值观乃是标于"六法"之首的"气韵生动"。①《古画品录》在评论画家时就强调精神的意义,它说顾骏之"常结构层楼以为画所,风雨炎燠之时,故不操笔;天和气爽之日,方乃染毫"。顾骏之曾盖楼作画室,风雨炎热之时不画,天和气爽的日子才画,这和《书谱》中的"乖合"之说相一致:"一时而书,有乖有合,合则流媚,乖则雕疏。""神怡务闲,一合也。时和气润,三合也。""心遽体留,一乖也。风燥日炎,三乖也。乖合之际,优劣互差。"顾骏之对绘画气候环境的要求与孙过庭对书法气候环境的要求是一致的,都是为了使书法家能心气和畅,只有心手双畅才能创作出优秀作品来。《古画品录》在评论画家顾宝先说:"全法陆家,事之宗禀。方之袁蒨,可谓小巫。"全都师法陆家,事事都是。比之袁蒨,是个小巫。他在评论袁蒨时说:"但志守师法,更无新意。"只守着老师的方法,没有新意,是第二品,所以顾宝先是小巫。谢赫评论王微、史道硕时说:"并师荀卫,各体善能。然王得其细,史得其真。细而论之,景玄为劣。"二者都师法荀、卫,各个题材都能画。王微学得了细腻,史道硕学得了真实。细细评论,景玄较差。谢赫对二者学

---

① 卢辅圣主编:《中国书画全书》第一册,上海书画出版社1993年版,第1页。

习的结果做出了评价,认为"景玄为劣",也就是"得其细密"的差,不若"得其真"的学得较好,可见谢赫注重精神强于注重细节刻画,学习老师一成不变的不如有自己新意的。① 谢赫在评价画家刘顼时说:"用意绵密,画体简细,而笔迹困弱。形制单省。其于所长,妇人为最。但纤细过度,翻更失真。"在谢赫看来,刘顼的绘画风格细密,笔迹柔弱,形制简略,善画妇女,但纤细过度,反而失真。谢赫在评价画家丁光时说:"虽擅名蝉雀,而笔迹轻羸,非不精谨,乏于生气。"认为他虽擅长画蝉雀,但笔力轻弱,不是不精谨,是缺少生气。这几位画家都因为缺乏内在的精神之美而被放在最低品,并受到了谢赫的批评。由此看来,谢赫非常注重创新,注重艺术家内在的精神修养,认为艺术家的创作要有自己的真面目,不能死守前人法则而不创新。

书法也是一样,羊欣《采古来能书人名》中介绍钟繇、胡昭时说:"二子具学于德升,而胡书肥,钟书瘦。"从魏晋整体的肥瘦之争来看,瘦应该更有风骨,更有美学上的价值。李泽厚在谈论魏晋"秀骨清像"时说:

> 北魏的雕塑,从云岗早期威严庄重到龙门、敦煌,特别是麦积山成熟期的秀骨清像、长脸细颈、衣褶繁复而飘动,那种种神情奕奕、飘然自得,似乎去尽人间烟火气的风度,形成了中国雕塑艺术的理想美的高峰。人们把希望、美好、理想都集中地寄托在它身上。它是包含各种潜在的精神可能的神,内容宽泛而不定。它并不显示出仁爱、慈祥、关怀等神情,它所表现的恰好是对世间一切的完全超脱。尽管身体前倾,目光下视,但对人世似乎并不关怀或动心。相反,它以对人世现实的轻视和淡漠,以洞察一切的睿智的微笑为特征,并且就在那

---

① 卢辅圣主编:《中国书画全书》第一册,上海书画出版社1993年版,第2页。

惊恐、阴冷、血肉淋漓的四周壁画的悲惨世界中,显示出它的宁静、高超和飘逸。似乎肉体愈摧残,心灵愈丰满;身体愈瘦削,精神愈高妙;现实愈悲惨,神像愈美丽;人世愈愚蠢、低劣,神的微笑便愈睿智、高超……。在巨大的、睿智的、超然的神像面前匍匐着蝼蚁般的生命,而蝼蚁们渺小生命居然建立起如此巨大而不朽的"公平"主宰,也正好折射着对深重现实苦难的无可奈何的强烈情绪。

当时大量的佛像雕塑更完全是门阀士族贵族的审美理想的体现:某种病态的瘦削身躯,不可言说的深意微笑,洞悉哲理的智慧神情,摆脱世俗的潇洒风度,都正是魏晋以来这个阶级所追求向往的美的最高标准。①

魏晋的文学创作也强调气韵,强调艺术家内在的精神气质。萧子显《南齐书·文学传论》中论述文学的"气韵"说:"文章者,盖性情之风标,神明之律吕也。蕴思含毫,游心内运,放言落纸,气韵天成。"②曹丕《典论·论文》说"文以气为主",刘勰《文心雕龙·风骨》说"重气之旨",《明诗》说"慷慨任气",无不强调艺术家内在的精神修养。由此可见,所谓气韵就是艺术作品所表现出的艺术家丰沛的精神世界与强烈的生命力。书法的创作同样也要气韵生动,也要表现艺术家自身强烈的生命力与无限丰富的内心世界;如果没有无限丰富的气韵,要想感动观赏的人是不可能的。

文学、绘画与书法都是为了尽作者之意,动观者之情,即孙过庭所谓"达其性情,形其哀乐";它们都是为了传达艺术的人生感悟与复杂多变的情感,是艺术家表达思想情感的重要手段与方法。由于语言可以直接抒情达意,绘画与书法则要通过特有的造型与线条才能做到,因此文学与绘

---

①　李泽厚:《美的历程》,中国社会科学出版社 1989 年版,第 96—97 页。
②　萧子显:《南齐书》,中华书局 1972 年版,第 907 页。

画、书法在表情达意的方式与手段上有着根本的不同。但传神是共同的要求，钟嵘"文已尽而意有余"，王僧虔《笔意赞》"神采为上，形质次之"，张怀瓘《文字论》"深识书者，惟观神采，不见字形"，皎然"若遇高手如康乐公，览而察之，但见情性，不睹文字"，司空图"离形得似""不着一字，尽得风流"等都表达了神重于形的思想。九方皋相马不问颜色、不问牝牡，庄子的"不落言筌"，也都是强调内在精神的价值，不重视外在的物质形态，或不以外形为重的夸张说法。正如刘熙载所说："学书通于学仙，炼神最上，炼气次之，炼形又次之。"①虽然外在的形貌和内在的精神不会完全统一，但精神也无法脱离物质而独自存在，例如"不着一字，尽得风流"，一个书法家如果不写字，怎么能得到风流呢？即使做一个短暂的行为艺术表演，但他总不能一辈子不写字就风流一辈子吧。总之，个体独特的审美创造要靠内在神情的精准传达，同时又要有自身的独特风格。

董其昌《画眼》说："盖临摹最易，神气难传故也。巨然学北苑，黄子久学北苑，倪迂学北苑，一北苑耳，而各各不相似。使俗人为之，与临本同，若之，何能传世也。子昂画，虽圆笔，其学北苑亦不尔。"②书法学习也是一样，历代书法家无不学王羲之、无不临《兰亭》，然各人有各人面目。孙过庭《书谱》说"临之者贵似"，正如李可染所谓"以最大的功力打进去"，然进去必将出来，且以出来为最终目的，如果没有自家面目，没有出来，只是像，那自然是无法传世的。正如黄公望《夏山图》题字说自己"子久学董源又自有子久"，智永学王羲之，赵孟頫学王羲之，王铎学王羲之，各自都有自家面目，只有那些集先人之大成而不是局于户牖之见，同时又能自出机轴而不是固步自封的艺术，才能传之久远，这正是书家未有学古而不变的根本原因，也就是《文心雕龙》所说的通变，既要学习又要变革，

① 上海书画出版社编：《历代书法论文选》，上海书画出版社2004年版，第715页。
② 邵大箴主编：《画禅室随笔》，河北教育出版社2015年版，第167页。

既要继承又要发展。所以我们在阅读书画家传记时,常常能够看到他们不断刻苦学习古人的情景,甚至是像王时敏那样随身携带着琳古巨册,出入与俱,随时赏玩学习。无论学习继承,还是个性创新,对书法根本的追求都是以独特的风格精准地表达性情。

　　魏晋南北朝文论与书论在探讨批评与鉴赏时反复强调鉴赏之难,指出批评与鉴赏常常由于各种原因而出现偏差。葛洪《抱朴子·外篇·辞义》说:"近人之情,爱同憎异,贵乎合己,贱于殊途。夫文章之体,尤难详赏。苟以入耳为佳,适心为快。"①《文心雕龙·知音》论述文学的鉴赏之难说:

> 　　知音其难哉! 音实难知,知实难逢;逢其知音,千载其一乎!
> 　　形器易征,谬乃若是,文情难鉴,谁曰易分? 夫篇章杂沓,质文交加;知多偏好,人莫圆该。慷慨者逆声而击节,酝藉者见密而高蹈,浮慧者观绮而跃心,爱奇者闻诡而惊听。会己则嗟讽,异我则沮弃,各执一隅之解,欲拟万端之变:所谓东向而望,不见西墙也。②

在刘勰看来,有形状的东西都很难鉴别,会发生各种各样的错误:有把野鸡当成凤凰的,把小鹿当成麒麟的;有把美丽的石头当成宝玉,把夜光当成怪石的。文章虚无缥缈的情感就更加难以鉴别了,各种各样的文章有各种各样的风格,人们大都是根据自己的爱好做出判断,很少有融通的。慷慨激昂的人碰到勇猛的就击节赞赏,含蓄的人见到繁密的就手舞足蹈,浮华的人看到艳丽的就心动,爱好奇异的人听到怪异的就惊叹。合乎自己的就赞叹,和自己不一样的就排斥。各执一隅之解,却想把握万全的变

---

① 葛洪:《抱朴子外篇校笺》下,杨明照校笺,中华书局 2010 年版,第 395 页。
② 刘勰:《文心雕龙注》下,范文澜注,人民文学出版社 2006 年版,第 713—714 页。

化,那就是向东看,看不到西边的墙啊。刘勰用难觅知音来比喻文学鉴赏之难,甚至认为知音千年一遇。

鉴赏之难有很多原因,刘勰指出首先在于"贱同思古""贵古贱今",轻视同时代的、看重古代的。秦始皇与韩非的《储说》,汉武帝对司马相如的《子虚》就是这样,刚看到的时候"恨不同时",待发现是同时,又"韩囚而马轻",认为只有古代的才重要。葛洪也反对贵古贱今的思想,《抱朴子·外篇》说:"守株之徒,喽喽所玩,有耳无目,何肯谓尔。其于古人所作为神,今世所著为浅,贵远贱近,有自来矣。故新剑以诈刻加价,弊方以伪题见宝也。是以古书虽质朴,而俗儒谓之堕于天也,今文虽金玉,而常人同之于瓦砾也。古书者虽多,未必尽美。"[1]在葛洪看来,鼠目寸光的人总是喜欢古代,把新的都看成一无是处,所以新剑就刻上古旧的花纹来增加价格,不好的东西题上伪造的款识被人当作宝贝,新玉石却常常被当作瓦砾看待,但古代的不一定都是好的。魏文帝也反对"文人相轻""崇己抑人"的做法,班固看不起傅毅、曹植排斥陈琳就是这样。

鉴赏力的匮乏也是文情难鉴的一大根源,楼护遭到了桓谭之徒的耻笑,就是因为他"学不逮文""信伪迷真",发表了错误的言论,说司马迁著书咨询东方朔。至于鲁国人把麒麟当作鹿,楚国人把野鸡看成凤凰,魏国人把美玉当作怪石,宋国人把石头当作珠宝,都是因为缺乏鉴赏力。要是眼明心亮,"目瞭则形无不分,心敏则理无不达",就不会发生这种错误。

最后刘勰得出正确鉴赏的基本原则。他认为要正确鉴赏,首先应该"操千曲而后晓声,观千剑而后识器;故圆照之象,务先博观。阅乔岳以形培嵝,酌沧波以喻畎浍"[2]。只有熟练千首曲子才算懂音乐,只有看了千把宝剑才能会识别兵器,全面的鉴赏都必须先要广见博识,看到了大山才

---

① 葛洪:《抱朴子外篇校笺》下,杨明照校笺,中华书局 2010 年版,第 71—73 页。
② 周振甫:《文心雕龙今译》,中华书局 1992 年版,第 431 页。

知道土堆的渺小,见识过大海才知道水沟的浅陋。再者就是"无私于轻重,不偏于憎爱;然后能平理若衡,照辞如镜矣",只有没有私心,不偏重个人的爱好,才能像秤一样判断道理,像镜子一样对语言明察秋毫,而不能像班固、曹植那样徇于私情,缺乏应有的标准。最后他提出文学鉴赏的"六观",就是"一观位体,二观置辞,三观通变,四观奇正,五观事义,六观宫商。斯术既形,则优劣见矣",从文章的体裁、语言、承继与变化、价值取向、事义是否正确、音韵是否和谐等,全面地判断它的价值。如果这样做,就能成为文学的"知音",而非像"俗监之迷者,深废浅售。此庄周所以笑《折杨》,宋玉所以伤《白雪》也"。世上的俗人是看不清的,他们抛弃高深的作品而喜欢浅薄的,这就是庄子嘲笑俗人喜欢听《折杨》、宋玉感伤《白雪》不被欣赏的原因。

当然,文学的鉴赏之难与语言的特点密切相关,如苏珊·朗格所说:"情感的存在形式与推理性语言所具有的形式在逻辑上互不对应,这种不对应性就使得任何一种精确无误的情感和情绪概念都不可能由文字语言的逻辑形式表达出来。"[①]同时,文学鉴赏之难也与语言所表达的丰富性与含混性密切相关,这也是传统以诗论诗、以诗论书都具有印象式批评特点的根本原因,因此也具有较大的模糊性与解释空间,当然,书论的含混性、丰富性与书写本身的情感性、即时性也是一致的,用清晰的逻辑语言很难准确表达书法所传达的丰富而自由的情感。无论是陆机《文赋》的"课虚无以责有,叩寂寞而求音"、刘勰的《文心雕龙·神思》"规矩虚位,刻镂无形",还是王僧虔《书赋》的"情凭虚而测有,思沿想而图空",都说明了文学和书法都是艺术家内心世界的表现,都是艺术家用自己擅长的艺术形式来表现看似虚无的内心情感世界的结果。

---

① 苏珊·朗格:《艺术问题》,滕守尧译,中国社会科学出版社1983年版,第146页。

孙过庭《书谱》讨论书法鉴赏时就承继了《文心雕龙·知音》的基本观点:知音其难哉,遇其知音,千载其一乎。孙过庭说:"闻夫家有南威之容,乃可论于淑媛;有龙泉之利,然后议于断割。"①家里有像南威这样的美女,才能议论什么是姿色;有了龙泉宝剑,才能议论什么是锋利。不能以其昏昏,使人昭昭。他虽然不是很同意这个说法,认为它"语过其分,实累枢机",但他又用自己的人生经历来说明书法鉴赏之难:

> 吾尝尽思作书,谓为甚合,时称识者,辄以引示:其中巧丽,曾不留目;或有误失,翻被嗟赏。既昧所见,尤喻所闻。或以年职自高,轻致陵诮。余乃假之以湘缥,题之以古目:则贤者改观,愚夫继声,竟赏毫末之奇,罕议峰端之失;犹惠侯之好伪,似叶公之惧真。是知伯子之息流波,盖有由矣。②

孙过庭曾拿出自己精心创作的作品给那些号称很有见识的人看,请他们指正,可是他们对其中的精美之处往往视而不见,对其差错之处反而给以嗟赏。可见他们并不能真正识别出好坏、分出优劣,只不过根据道听途说来做出判断。人们在书法鉴赏中还常常以年龄和职务自居,随便发表议论,有些还倚老卖老,地位高就随便褒贬。于是他就做假,在绫缥上题上古人的名字,再让他们看,那些号称有见识的人便改变了看法,不懂装懂的人也随声附和,竟相称赞用笔的奇妙,说不出用笔的失误,就像惠侯喜好假货、叶公惧怕真龙一样,想想伯牙的摔琴也是可以理解了。

这里孙过庭指出了鉴赏中的两种错误倾向:一是由于见识短浅,所以良莠不分,真假莫辨;一是因人识货,把艺术的质量和人的地位联系起来,

---

① 孙过庭:《书谱译注》,马永强译注,河南美术出版社2007年版,第102页。
② 孙过庭:《书谱译注》,马永强译注,河南美术出版社2007年版,第103页。

再加上趋炎附势的跟风。这一切都直接影响了艺术作品的判断标准。孙过庭又借用蔡邕与伯乐富于鉴赏的例子来说明精鉴的难能可贵。他说:"夫蔡邕不谬赏,孙阳不妄顾者,以其玄鉴精通,故不滞于耳目也。向使奇音在爨,庸听惊其妙响;逸足伏枥,凡识知其绝群,则伯喈不足称,良乐未可尚也。"①蔡邕之所以鉴赏琴木从不出现错误,伯乐之所以能一眼发现千里马,都是因为他们的耳目精于鉴赏,有真才实学,他们不会被简单的声音和外相局限,能直接看到事物的内在品质。如果一般人都能听出来能制造名琴的良木在火中焚烧的声音,如果平常人也能识别马厩里的千里马,那蔡邕和伯乐也就没有什么值得称赞的了,可见蔡邕与伯乐正是由于他们的精鉴能力而让人惊叹。

书法又何尝不是如此呢? 孙过庭引用王羲之与老妪书扇子的故事说:"至若老姥遇题扇,初怨而后请;门生获书几,父削而子懊,知与不知也。夫士屈于不知己,而申于知己;彼不知也,曷足怪乎! 故庄子曰:'朝菌不知晦朔,蟪蛄不知春秋。'老子云:'下士闻道,大笑之;不笑之则不足以为道也。'岂可执冰而咎夏虫哉!"②当初王羲之为老妪写扇子,开始生气,后来又主动要求。王羲之在棐几上题字,儿子如获至宝,后被父亲削掉,都是懂书法与不懂书法的问题。文人在知己那里舒展自如,在非知己那里忍受委屈,这也没有什么值得大惊小怪的,是知己与不知己的差别。所以庄子说:"朝生暮死的菌菇不知道早晚的差别,夏生秋死的蝉不知道四季。"老子也说:"下等的人一听到'道'就大笑,如果他们不大笑,哪还能称为'道'呢!"怎能拿着冰块来责怪夏天的虫子不知道冬天的寒冷呢? 更为重要的是,孙过庭所举的这些例子都并非直接与书法相关,而是用其他的例子来说明书法的鉴赏,可见它们之间都有着共同的道理。

---

① 孙过庭:《书谱译注》,马永强译注,河南美术出版社 2007 年版,第 105 页。
② 孙过庭:《书谱译注》,马永强译注,河南美术出版社 2007 年版,第 106 页。

张怀瓘《书断》驳斥赵壹的《非草书》说："赵壹有贬草之论，仍笑重张芝书为秘宝者。嗟夫！道不同，不相为谋。艺之在己，如木之加实，草之增叶，绘以众色为章，食以五味而美。亦犹八卦成列，八音克谐，聋瞽之人不知其谓，若知其故，耳想心识，自该通审，其不知则聋瞽者耳。"①张怀瓘认为赵壹反对草书、笑话喜欢张芝书法的人，是因为赵壹与其他人的思想志向不同，他不懂得艺术，不知道五彩的绘画、和谐的音乐与精美的饮食都是为了满足人的需要；他像聋哑人一样体会不到艺术的美好，并非博识通达之人。郑杓、刘有定《衍极》说："人莫不饮食也，鲜能知味也。"②

董其昌《画禅室随笔》中说"英雄欺人"："米元章云：'吾书无王右军一点俗气。'乃其收《王略帖》，何珍重如是。又云：'见文皇真迹，使人气慑，不能临写。'真英雄欺人哉！然自唐以后，未有能过元章书者。"③在董其昌看来，米芾说"我的书法没有一点儿王羲之的俗气"，但他收藏《王略帖》又不知为何这样珍重。又说"看见唐太宗的笔迹真让人气馁，不敢临写"，也真是英雄欺人啊，但自唐以来没有超过米芾书法的。显然，董其昌是不同意米芾上面两种说法的：他口中轻视王羲之，而又把王羲之的书帖当成至宝，口中看重唐太宗的书法，而唐太宗的书法在他心中的地位到底如何，就不得而知了。

书法的鉴赏之难也在于鉴赏者必须通过各种手段不断提高自己的鉴赏水平。欧阳修在《试笔·李邕书》中谈到自己对李邕书法认识的经过："余始得李邕书，不甚好之，然疑邕以书自名，必有深趣。及看之久，遂为他书少及者，得之最晚，好之尤笃。譬犹结交，其始也难，则其合也必

① 上海书画出版社编：《历代书法论文选》，上海书画出版社 2004 年版，第 206—207 页。
② 上海书画出版社编：《历代书法论文选》，上海书画出版社 2004 年版，第 462 页。
③ 上海书画出版社编：《历代书法论文选》，上海书画出版社 2004 年版，第 546 页。

久。"①欧阳修开始得到李邕书法的时候并不是很喜欢,但考虑到李邕以书法闻名,一定自有奥妙,等看久了,逐渐就认为他的书法很少有人能及,得到最晚,喜爱最深。譬如结交朋友,开始困难,最后相合也久。

对书法的欣赏如对文学绘画的欣赏一样,审美趣味会随着认识水平的提高慢慢发生变化。欧阳修在《试笔·学书工拙》中谈论自己的书法则说:"每书字,尝自嫌其不佳,而见者或称其可取。尝有初不自喜,隔数日视之,颇若有可爱者。然此初欲寓其心以消日,何用较其工拙,而区区于此,遂成一役之劳,岂非人心蔽于好胜邪!"②欧阳修写字的时候常常嫌弃自己的字不好,而看到的人却说有可取之处。也有些字是开始不喜欢,隔了数日再看到,又感觉很喜欢。这些本来就是用来消磨时间的东西,何必计较它的工拙呢? 把心思寄托在这上面也成了辛苦事了,这不是人心好胜的缺点吗? 拿欧阳修自己的字来说,不同的人也评价迥异。他在《试笔·学书为乐》中说自己的字"余晚知此趣,恨字体不工,不能到古人佳处,若以为乐,则自是有余",他晚年才发现书法的乐趣,但遗憾字体不工,不能像古人写得那么好,若以此为乐,还是有余的。但苏东坡却说他的书法"笔势险劲,字体新丽,精勤勉妙,自成一家"。其中的缘由,是真情实感、相知相惜,还是为尊者讳、尊师重道,也就不得而知了。

欧阳修《试笔·苏子美论书》则认为苏舜钦的书法不如他的书论,他说:"苏子美喜论用笔,而书字不逮其所论,岂其力不副其心邪? 然'万事以心为本,未有心至而力不能者',余独以为不然。此所谓非知之难,而行之难者也。古之人不虚劳其心力,故其学精而无不至。盖方其幼也,未有所为时,专其力于学书。及其渐长,则其所学渐近于用。今人不然,多学

<hr>

① 上海书画出版社编:《历代书法论文选》,上海书画出版社2004年版,第311页。
② 上海书画出版社编:《历代书法论文选》,上海书画出版社2004年版,第309页。

书于晚年,所以与古不同也。"①在欧阳修看来,苏舜钦喜欢谈论用笔,但他的字不如他的论述,难道是他力不从心吗? 常言说"万事以心为本,没有心到而力不能到的",欧阳修却不认为这样。这就是所谓不是知道困难,而是实行起来困难。古人不浪费心力,所以学问精深无所不至。他们在幼小的时候、未有作为的时候专心学书;等慢慢长大,才把所学渐渐运用起来。今人却不这样,晚年才开始学书,所以与古人是不同的。欧阳修通过苏舜钦的书法水平与他对书法的评论不相一致的情形,来讨论书法中的古今不同及心手不一的问题。当然,这也只是欧阳修个人的看法。在欧阳修看来,古人从小就开始学习书法,而后来的人很晚才开始钻研书法,很难达到古人游刃有余的地步,因为需要时间的磨练,这也就是他《试笔·作字要熟》中所说的:"作字要熟,熟则神气完实而有余。"同时也就是《书谱》中所说的:"若思通楷则,少不如老。学成规矩,老不如少。思则老而愈妙,学乃少而可勉。"所以到老年才开始用心钻研书法的人,常常出现心手不一的情况。

从欧阳修与苏舜钦不同的看法中,我们能看到书法的鉴赏确因人的审美观不同而产生很大差异。苏轼在《辨法帖》中讨论鉴别真伪之难说:"辨书之难,正如听响切脉,知其美恶则可,自谓必能正名之者皆过也。"②在苏轼看来,辨别书法的真伪很难,正如看病听声音号脉一样,知道好坏就行了,自谓能在真伪相杂的书法中确定书迹的名称是太过了。鉴赏之难,原因各种各样。苏轼通过书法中的文字发现其谬误者不少,但精鉴到具体哪本字帖怎样,在苏轼看来不仅不可能也没有必要,只要知道它的好坏,是否有值得学习的地方就行了。虞龢《论书表》里记载了张翼

---

① 上海书画出版社编:《历代书法论文选》,上海书画出版社 2004 年版,第 310 页。
② 卢辅圣主编:《中国书画全书》第一册,上海书画出版社 1993 年版,第 626 页。

模仿王羲之的书法很像，以至于王羲之自己都说"小人儿欲乱真"，可见当时王羲之的字的真假就已很难确定，更不要说经历几百年之后了。所以苏轼在《题遗教经》中说："自逸少在时小儿乱真，自不解辩，况数百年后传刻之余而欲辨其真伪，难矣。顾笔画静稳，自可为师法。"在苏轼的时代，王字的唐摹本就已稀见，所以他在《辨法帖》的结尾说"但得唐人临本，皆可蓄"。但在苏轼看来，核心的问题并不是真假，而是书法本身的美丑。鉴赏的不同不仅是个性的不同，同时也是认识水平不同的问题，人会随着认识鉴赏水平的提高而提高，对书论的理解也是如此。蔡希综《法书论》说：

> 仆尝闻褚河南用笔如印印泥，思所以久不悟。后因阅江岛间平沙细地，令人欲书，复偶一利锋，便取书之，险劲明丽，天然媚好，方悟前志。此盖草正用笔，悉欲令笔锋透过纸背，用笔如画沙印泥，则成功极致，自然其迹，可得齐于古人。①

蔡希综曾对褚遂良所说的"用笔如印印泥"百思不得其解，后来过江在岛上看见平沙细地，用随身携带的锥子在沙地上写字，劲健明丽，天然可爱，于是就明白了用笔要使笔力透过纸背，如画沙印泥这样的道理。只有这样才能达到运笔的极致，书法也才能与古人相比。因此，一定的生活经验与书写经验对理解书法理论是至关重要的。

鉴赏之难直接造成了书法流传的偶然性，正如董其昌《画禅室随笔》中所说的："昔人以翰墨为不朽事，然亦有遇不遇，有最下最传者；有勤一生而学之，异世不闻声响者；有为后人相倾，余子悠悠，随巨手讥评，以致

---

① 上海书画出版社编：《历代书法论文选》，上海书画出版社2004年版，第273页。

声价顿减者;有经名人表章,一时慕效,大擅墨池之誉者。此亦有运命存焉。"①张怀瓘《书断》结尾也说:"且如抱绝俗之才,孤秀之质,不容于世,夫复何恨。故孔子曰:'博学深谋而不遇者众矣,何独丘哉!'然识贵行藏,行贵明洁,至人晦迹,其可尽知?"②这段话也隐含了张怀瓘自己的人生感悟吧。古人把书法当作不朽之事,然而人生境遇各有不同:有最低劣却得以流传的,有勤奋一生却默默无闻的,有后人排斥、巨手讥评最终导致声誉大减的,有经过名人表扬一时声隆卓著的。这其中也有命运的作用啊。

绘画的鉴赏也是如此。姚最《续画品》提出了鉴赏的困难性,同时以谢赫贬低顾恺之为例。姚最分析了鉴赏绘画困难的根本原因,首先是绘画自身的复杂性与难度。他说:

> 夫丹青妙极,未易言尽。虽质沿古意而文变今情。立万象于胸怀,传千祀于毫翰。故九楼之上备表仙灵,四门之墉广图贤圣。
>
> 自非渊识博见,熟究精粗;摈落蹄筌,方穷致理。但事有否泰,人经盛衰,或弱龄而价重,或壮齿而声道。故前后相形,优劣舛错。③

在姚最看来,绘画精妙,很难说尽。古代质朴,后世追求文采,万象都在胸怀展现,笔墨能传写千年之美,九楼之上画满仙人,四门的墙上都描绘圣贤,如果没有渊博的学识,怎能分清好坏? 只有摒弃末节,方能达到大道。

但事有好坏,人事亦有盛有衰,有的年轻价重,有的壮年声大,前后相映,优劣各有差别。当然还有更为具体的技术问题:

---

① 上海书画出版社编:《历代书法论文选》,上海书画出版社 2004 年版,第 545 页。
② 上海书画出版社编:《历代书法论文选》,上海书画出版社 2004 年版,第 207—208 页。
③ 卢辅圣主编:《中国书画全书》第一册,上海书画出版社 1993 年版,第 4 页。

> 夫调墨染翰,志存精谨;课兹有限,应彼无方。

> 轻重微异则妍鄙革形,丝发不从则欢惨殊观。加以顷来容服一月三改,首尾未周俄成古拙,欲臻其妙不亦难乎。岂可曾未涉川遽云越海,俄睹鱼鳖谓察蛟龙。凡厥等曹,未足与言画矣。①

在姚最看来,绘画必须精严,用有限表现无限。笔画的轻重差别能造成形状好坏的变化,有丝毫的不对都会直接导致绘画所传达的悲欢情感的不同。再加上衣服一月三改,如果前后考虑不周,瞬间就成了古拙:想画好画,不是很难吗?如果没有渡过江河,就说越过大海;刚看到鱼鳖,就说看到了蛟龙。这等人是不配与之谈画的。

总之,精确的鉴赏需要鉴赏家有全面的修养,甚至要有行万里路的气概与勇气,不然就很难体会到画家所追求与描述的高妙精神世界。另外就是个人爱好与情趣也直接导致了艺术家鉴赏的偏差,最典型的就是谢赫对顾恺之的贬低。姚最说:

> 至如长康之美,擅高往策,矫然独步,终始无双。有若神明,非庸识之所能效;如负日月,岂末学之所能窥。荀卫曹张方之蔑矣,分庭抗礼未见其人。谢陆声过于实,良可为邑,列于下品,尤所未安。斯乃情有抑扬,画无善恶,始信曲高和寡,非直名讴,泣血谬题,宁止良璞。将恐畴访理绝,永成沦丧,聊举一隅,庶同三益。②

在姚最看来,长康的美无与伦比、独步古今、终始无双、有若神明,不是庸人所能效法的,他的画如负日月,也不是浅薄的人能看懂的。荀、卫、曹、

---

① 卢辅圣主编:《中国书画全书》第一册,上海书画出版社 1993 年版,第 4 页。
② 卢辅圣主编:《中国书画全书》第一册,上海书画出版社 1993 年版,第 4 页。

张之辈,比不过他;能分庭抗礼的人,找不到。谢赫说他声过于实,实在令人伤心,把他放在下品,更不合适。这都是谢赫根据个人爱好所导致的结果,他颠倒了好坏,不得不让人相信曲高和寡,很难遇到知音。鉴别得不对的也不仅仅是美玉。姚最很担心错误的评论流传下去,于是提出自己的看法,告诉那些懂画的人,让正确的鉴赏流传下去。由此,姚最也自认为是顾恺之的知音,谢赫则因为自己的问题而无法认识到顾恺之的高妙水平。

另外姚最提出不同的艺术媒介有不同的特点,艺术家应该根据自身的特点来擅长不同的艺术领域。他说:

> 陈思王云:传出文士,图生巧夫。性尚分流,事难兼善。蹑方趾之迹易,不知圆行之步难;遇象谷之凤翔,莫测吕梁之水蹈。虽欲游刃,理解终迷;空慕落尘,未全识曲。若永寻"河书"则图在书前,取譬《连山》则言由象著,今莫不贵斯鸟迹而贱彼龙文。消长相倾,有自来矣。①

陈思王说:传出于文士,图画出于巧夫。性情不同,事情很难兼美。踩着方步走容易,不知道圆步走的难处;遇见象谷的凤飞翔,测不出吕梁的水能否过去。很想游刃有余,理解时却始终迷惑;空羡美妙的歌声,无法知道全曲。若钻研"河书",图在书的前面;取法《连山》,言语由图象彰显。今天无不珍视那些鸟迹,而轻视那些龙文。随着时代互有消长,自古以来都是如此。

艺术家都有自身的特点,有自己的专长,不可能万能皆备,只有根据自身所长从事相关的专业。但姚最还是乐观的,他相信真正的鉴赏会超

---

① 卢辅圣主编:《中国书画全书》第一册,上海书画出版社1993年版,第4页。

越个人的偏见获得大家的认同,所谓"十室难诬,亿闻多识",众人难以欺骗,只要多见多识。姚最又说:"且古今书评,高下必铨;解画无多,是故备取。"古今的书评,高下一定分清;评价画得不多,准备给人使用。在姚最看来,当时的绘画评论远不如书法的评论更为发达,所以他写了自己的《续画品》以供世人借鉴,担心像谢赫贬低顾恺之那样的评论流传下去,遗患后世。

由此来看,姚最所讨论的绘画鉴赏问题,与《文心雕龙·知音》所讨论的文学作品的鉴赏问题,在很多方面都是相通的。当然,如书法鉴赏一样,绘画收藏与鉴赏也存在权力的浸入,如汤垕《古今画鉴》中所说:

> 宋末士大夫不识画者多,纵得赏鉴之名亦甚苟且。盖物尽在天府,人间所存不多动为豪势夺去。贾似道擅国柄留意收藏,当时趋附之徒尽心搜访以献。今往往见其所有真伪相半。当时闻见不广抑似道目力不高一时附会致然耶!①

艺术的鉴赏应该以艺术本身的价值为准,而不应该以年代的久远、更不应以画家的身份或收藏者的身份为标准。汤垕《古今画鉴》中说:"今人收画多贵古而贱近,且如山水花鸟,宋之数人,超越往昔,但取其神妙,勿论世代可也。只如本朝赵子昂,金国王子端,宋南渡二百年间无此作。元章收晋六朝唐五代画至多,在宋朝名笔亦收置称赏,若以世代远近,不看画之妙否,非真知者也。"②当然,对绘画鉴赏判断的分析,并不意味着绘画与书法鉴赏的区别是截然分明、一目了然的。

文学与书法鉴赏中,个人好恶与鉴赏者的个性是导致鉴赏发生偏差

---

① 卢辅圣主编:《中国书画全书》第二册,上海书画出版社1993年版,第902页。
② 沈子丞编:《历代论画名著汇编》,世界书局1984年版,第200页。

的重要因素。西方有趣味不可争辩的格言，中国也是如此。《庄子·齐物论》说："民食刍豢，麋鹿食荐，蝍蛆甘带，鸱鸦嗜鼠，四者孰知正味？"①人喜欢吃肉，麋鹿喜欢吃草，蜈蚣喜欢吃蛇，猫头鹰喜欢吃老鼠，这四种吃法，哪种更符合标准呢？显然是各有各的标准。即使父子兄弟之间也是如此。桓谭《新论·离事》中就说："唯人心之所独晓，父不能以禅子，兄不能以教弟也。"②曹丕《典论·论文》中也说"虽父兄不能以遗子弟"。

《文心雕龙·知音》更指出了文学鉴赏的个性特征：

> 知多偏好，人莫圆该。慷慨者逆声而击节，酝藉者见密而高蹈，浮慧者观绮而跃心，爱奇者闻诡而惊听。会己则嗟讽，异我则沮弃；各执一隅之解，欲拟万端之变：所谓东向而望，不见西墙也。③

文学的内容与形式非常复杂，有质朴的有华美的；人的爱好偏差也很大，各人有各人的爱好；所以很少有人能全面地做出判断。慷慨激昂的人听了悲壮的歌声就击节赞叹，内心缜密的人看到周密的事情就兴奋不已，喜欢浮华的人看见绮丽的东西就心动，爱好新奇的人看到诡异的事情就惊诧不已。合乎自己的口味就赞叹，不合的就放弃，只看到问题的一端，却想用来说明千变万化，都是各执一端。所谓朝东看，怎能看到西边的墙呢？

书法的鉴赏与文学的鉴赏一样，都与鉴赏者的主观情感与价值判断密切相关，很难有整体划一的定论，所以张怀瓘《书估》说："夫丹素异好，爱恶罕同。"他在《书断》说书法鉴赏之难首先在于个人情感的好恶：

---

① 陈鼓应：《庄子今注今译》，中华书局 2001 年版，第 80 页。
② 严可均校辑：《全上古三代秦汉三国六朝文》，中华书局 1985 年版，第 548 页。
③ 周振甫：《文心雕龙今译》，中华书局 1992 年版，第 432 页。

　　盖一味之嗜,五性不同,殊音之发,契物斯失,方类相袭,且或如彼,况书之臧否,情之爱恶,无偏乎? 若毫厘较量,谁验准的,推其大率,可以言诠。观昔贤之评书,或有不当。王僧虔云亡从祖中书令,笔力过子敬者,君子周而不比,乃有党乎?①

在张怀瓘看来,每个人的口味都不一样,一个声音会影响其他声音。同类事物尚且这样,对于书法的鉴赏还能没有个人的好恶吗? 如果从细小之处来衡量,谁来定标准,推其大概,也是可以讲清楚的。观察先贤的评论书法,也有不当之处。王僧虔说,已故先祖的书法超过子敬,君子团结又不拉帮结派。这不就是有偏私吗? 张怀瓘从王僧虔把自己先祖的书法放在高于王献之的位置上之举,得出君子也有党派的看法。吴德旋《初月楼论书随笔》中说:"人于乡先辈不能无私,鲁斯爱恽南田书,谓其意趣胜香光,自成过论。"②按吴德旋的说法,人对于同乡先辈都不能无私,他对有人把恽南田的书法看得高于董其昌的说法是不赞同的。

　　朱履贞《书学捷要》说:

　　前人评书,亦有偏徇失实、褒贬不公处,至如赵文敏书法,虽上追二王,为有元一代书法之冠,然风格已谢宋人。至诋以奴书者,李伯桢之失实也;誉之以祥云捧日、仪凤冲霄者,解学士之偏徇也。夫右军,书圣也,梁武帝《书评》止云"龙跳天门,虎卧凤阙",而解之评赵,则越右军而上之矣。至若张司直从申,于唐人书家中不甚显著,字迹之传亦少。今有《延陵季子庙碑》,乍观形体,颇似赵书,然笔画沈峭,风格萧疏,较之赵书相去实殊。何后之人,但知有赵文敏,而不知有

---

① 上海书画出版社编:《历代书法论文选》,上海书画出版社2004年版,第204页。
② 上海书画出版社编:《历代书法论文选》,上海书画出版社2004年版,第591页。

张司直？是以孙虔礼之作《书谱》，深致叹于无知音也。[①]

在朱履贞看来，前人书法评论也有偏颇失实之处，如赵孟𫖯的书法虽然上追二王，是元代书法的冠冕，但书风已差宋人，至于诋为书奴，则是不合实际的。把它夸张为祥云捧日、凤凰冲天，也是解缙的偏颇。右军是书圣，梁武帝说是"龙跳天门，虎卧凤阙"，解缙对赵孟𫖯的评价竟然超过对王羲之的了。又如张从申在唐人书家中不甚出名，书迹流传得也少，从现在能看到的《延陵季子庙碑》可见其风格有似赵书，流落潇洒，但后人为何只知有赵孟𫖯，而不知有张从申呢？由此，孙过庭作《书谱》叹息知音太少也是可以理解的了。

知音自然是很难找寻的，米芾《海岳名言》中就批评杜甫不懂书法："薛稷书慧普寺，老杜以为'蛟龙岌相缠'。今见其本，乃如奈重儿，握蒸饼势，信老杜不能书也。"[②]在米芾看来，薛稷写"慧普寺"三字，老杜以为是"蛟龙岌相缠"，今日看见它的拓本，才知道其字如童儿握蒸饼的姿势，由此确信老杜是不会作书的人了。所以黄庭坚《题绛本法帖》告诫世人不要随便立论，否则容易引起争论："此事要须自体会得，不可立论便兴诤也。"[③]虽然黄庭坚具体讲的是指书法"字中有笔，如禅家句中有眼"，但其涉及鉴赏中存在的主观性与差异性却是普遍存在的。即如中国的艺术让外国人看来也是如此，所以贡布里希在《艺术的故事》中说："中国艺术家不像埃及人那么喜欢有棱角的生硬形状，而是比较喜欢弯曲的弧线。我们可以看到中国雕刻也是这样，好像是在回环旋转，却又不失坚固和稳定

---

① 上海书画出版社编：《历代书法论文选》，上海书画出版社2004年版，第611—612页。

② 上海书画出版社编：《历代书法论文选》，上海书画出版社2004年版，第363页。

③ 卢辅圣主编：《中国书画全书》第一册，上海书画出版社1993年版，第683页。

的感觉。"①这就是西方艺术史家对中国艺术的评价。

在中国古代艺术包括文学与书法的鉴赏中,始终存在着等级的问题。艺术鉴赏强调个性的存在并不意味着艺术鉴赏中没有标准,正如贡布里希在《艺术的故事》中所说的:"没有任何规矩能告诉我们一幅画或一个雕像什么时候才算合适,大抵也就不可能用语言来解释什么才是一件伟大的艺术作品。然而,这并不意味着任何作品都不分上下,也不意味着人们不能讨论趣味问题。"②他在此书的结尾又说:

> 新近的发展再次使我们深切地感到,艺术中有趣味的潮流,就像时装和装饰中有时尚的潮流一样。当然,许多我们赞美的大师和许多往昔的风格没有为前几代感觉敏锐而又博学多识的批评家所赏识。此话不假。尽管任何批评家和史学家都不可能完全摆脱偏见,但我认为,如果据此得出艺术价值全然是相对的结论,那就大错特错了。即使我们很少停下来寻找那些不能立即吸引我们的作品和风格的客观价值,也并不能证明我们的欣赏全然是主观的。我依然深信,我们能够识别艺术造诣,而这种识别能力与我们个人的好恶没有什么关系。本书的某位读者可能喜欢拉斐尔,讨厌鲁本斯,或者正好相反。但是,如果本书的读者不能认识那两位画家都是卓越的大师,那么本书就没有达到目的。③

而这也正是《文心雕龙·知音》中提出"六观",要求理论家要"务先博观",最后达到"平理若衡,照辞如镜"的根本原因。

---

① 贡布里希:《艺术的故事》,范景中译,广西美术出版社 2015 年版,第 147 页。
② 贡布里希:《艺术的故事》,范景中译,广西美术出版社 2015 年版,第 36 页。
③ 贡布里希:《艺术的故事》,范景中译,广西美术出版社 2015 年版,第 626 页。

魏晋文论与书论都根据当时流行的人物品藻之风及其九品中正制来鉴赏文学与艺术,如曹丕《典论·论文》说:"徐干时有齐气,……琳、瑀之章表书记,今之隽也。应瑒和而不壮,刘桢壮而不密。孔融体气高妙。"①遵循着美的等级传统,钟嵘《诗品》就对五言诗进行了上、中、下品三个级别的区分。羊欣《采古来能书人名》首开品评书家之风,文中上起秦代李斯下至东晋,对于共四十余位书家的书法艺术逐个评论。这种品评方式直接影响了袁昂的《古今书评》和庾肩吾的《书品》,与钟嵘的《诗品》、谢赫的《画品》、姚最的《续画品》等一同彰显了魏晋士人的自我意识、自我价值的觉醒,同时带来了艺术的自觉。虽然羊欣没有按照等级对他们进行分类排序,但其中的判断,如说张芝"人谓草圣",说王羲之"古今莫二",说王献之"骨势不及父,而媚趣过之"等,已有了初步的排序。南朝宋虞龢《论书表》中也说:"凡书同在一卷,要有优劣,今此一卷之中,以好者在首,下者次之,中者最后。所以然者,人之看书,必锐于开卷,懈怠于将半,既而略进,次遇中品,赏悦留连,不觉终卷。"②虽未详细列出,但也大致分出了等级次序。至于庾肩吾的《书品》,则列举了从汉朝开始到梁期间的一百余位书法家,以天然、功夫为标准,把他们分成上之上、上之中、上之下、中之上、中之中、中之下、下之上、下之中、下之下九种品级。③这种品第方式对后来书论的发展产生了深远的影响。后来很多书论家又加上了自己独特的理解,甚至是九品之上再加品第。如唐李嗣真《书后品》,九等之外再加逸品,成十品。

张怀瓘《书断》按神、妙、能区分书家,但对何为神、妙、能则语焉不详。朱长文《续书断》中关于神、妙、能说:

① 穆克宏、郭丹主编:《魏晋南北朝文论全编》,上海远东出版社2012年版,第13页。
② 上海书画出版社编:《历代书法论文选》,上海书画出版社2004年版,第52页。
③ 上海书画出版社编:《历代书法论文选》,上海书画出版社2004年版,第86—91页。

此谓神、妙、能者,以言乎上中下之号而已,岂所谓圣神之神、道妙之妙、贤能之能哉! 就乎一艺,区以别矣。杰立特出,可谓之神;运用精美,可谓之妙;离俗不谬,可谓之能。据所传睹,精为著定,苟好恶之异,商榷之差,以俟来哲。然同品之间,固有优劣,览之可以自知焉。①

在朱长文看来,神、妙、能就是上、中、下的区别,神、妙、能并不是圣神的神、道妙的妙、贤能的能,而只是对书法艺术好坏做一个区分。超出众人的可称为神,运用精美的可称为妙,没有差错的可称为能。根据流传观看来确定等级,至于喜好的不同、议定的差别,只好等将来的贤者了。由此看来,神、妙、能的界定乃是对书法等级进行的基本等级的区分,并非是指圣神、道妙与贤能,当然同一等级之中也有优劣的差别,这仅是一个大致的划分。

包世臣《国朝书品》中把书法分为神品、妙品、能品、逸品、佳品,除神品外,其他四品又各分上下,共九等。这种书法等级论在中国古代书法鉴赏评论中非常流行,画论也有类似的评论。晚唐李景玄《唐朝名画录》提出画中逸品:"以张怀瓘画品断神妙能三品,定其等格上中下,又分为三,其格外有不拘常法,又有逸品,以表其优劣也。"②宋初黄休复《益州名画录》分为逸、神、妙、能,得出"画之逸格,最难其俦"。③ 宋徽宗赵佶认为画分为神、逸、妙、能四等,郑椿《画继》认为画有逸、神、妙、能的差别,并说:"景真虽云逸不拘常法用表贤愚,然逸之高岂得附于三品之末,未若修复首推之为当也。至徽宗皇帝专尚法度乃以神逸妙能为次。"④元倪瓒"仆

① 上海书画出版社编:《历代书法论文选》,上海书画出版社 2004 年版,第 320—321 页。
② 卢辅圣主编:《中国书画全书》第一册,上海书画出版社 1993 年版,第 161 页。
③ 卢辅圣主编:《中国书画全书》第一册,上海书画出版社 1993 年版,第 188 页。
④ 卢辅圣主编:《中国书画全书》第二册,上海书画出版社 1993 年版,第 722 页。

之所谓画者,不过逸笔草草,不求形似,聊以自娱","写胸气之磊落",并称赞黄子久之"逸气不群",书画的根本目的乃在于艺术可用以抒写胸中之逸气。①艺术作品自然有优劣之别,但对于艺术品是否有如此鲜明的次第等级,等级是否就是截然统一甚至是亘古不变的,自然是争议纷纭,莫衷一是。

　　魏晋南北朝文论与书论在强调文学与书法自身特有的审美价值、追求艺术自觉的同时,还强调文学与书法的道德问题。判断书法与文学的意义及地位,往往基于它对社会的直接影响,其中较多地坚守儒家的价值原则。魏晋南北朝文论与书论大都强调文艺的社会作用,注重文艺与人行为之间的道德关联,认为文学与书法都可以抒发情感,表达人的内心世界,都强调心的主导作用,对文学与书法的评价往往采用审美与道德结合的标准,这是儒家观念与道家观念融合的直接结果。汉代的文艺理论往往强调文艺的道德属性与道德标准,当然这并不是说汉代的文学没有审美,而是说理论家或政治家在评价文学时往往过多地注重道德因素,强调文学的社会作用。魏晋也继承了这个传统,曹丕《典论·论文》说文章是"经国之大业,不朽之盛事"②,《文心雕龙·程器》说"擒文必在纬军国,负重必在任栋梁",文学必须有助于军国大事,做人的目标还是要成为国家的栋梁之才,在政治上有一番作为。《文心雕龙·序志》也说文章的作用:"唯文章之用,实经典枝条;五礼资之以成,六典因之致用,君臣所以炳焕,军国所以昭明。"③在刘勰看来,文学虽然不是经典,但经典的传播、儒家礼仪的完成、儒家经典的效用、君臣政务的实施、军国大事的确立等都要靠它来完成。正统的儒家书法观念历来就主张,书法与文学一样要担当

①　俞剑华编著:《中国古代画论类编》下,人民美术出版社1957年版,第706页。
②　穆克宏、郭丹主编:《魏晋南北朝文论全编》,上海远东出版社2012年版,第13页。
③　刘勰:《文心雕龙注》下,范文澜注,人民文学出版社2006年版,第726页。

"修身齐家治国平天下"的功用。正如项穆《书法雅言》中所说："法书仙手，致中极和，可以发天地之玄微，宣道义之蕴奥，继往圣之绝学，开后觉之良心。功将礼乐同休，名与日月并曜，岂惟明窗净几，神怡务闲，笔砚精良，人生清福而已哉！"①追求书法极致的人都会达到中和的极致，可以表达天地幽微的真理，宣传道义的奥妙，继承往圣的绝学，开辟后学的良知，达到礼乐一体的功用，与日月同辉。这哪是窗明几净、神清气闲、人生清福所能比拟的！

魏晋文论与书论中，无论是对艺术家还是对作品的评价，往往都遵守儒家的道德伦理原则与审美的价值判断，内容是"子不语怪力乱神"，抒情也要发乎情止乎礼，要哀而不伤，强调艺术创作中正和平，尽善尽美，书品人品合一。文论中有司马迁《报任安书》中"发愤著书"之说；韩愈《送孟东野序》中也说"大凡物不得其平则鸣"，《答窦秀才书》中说自己"发愤笃专于文学"，《荆潭唱和诗序》中说"欢愉之词难工，而穷苦之言易好也"；白居易《与元九书》则说"诗人多蹇。仆志在兼济，行在独善，奉而始终之则为道，言而发明之则为诗。谓之讽喻诗，兼济之志也；谓之闲适诗，独善之美也"；白居易《寄唐生》则说"非求宫率高，不务文字奇，惟歌生民病，愿得天子知"。这些都是诗歌直抒胸臆的表现，虽然也符合孔子"兴、观、群、怨"中"怨"的传统，但仍然处于末位，很难进入主流。书法自然也有兴、观、群、怨的功用。书法若狂怪恣肆，会给人以奔放不羁之感，这在反对怪异审美的儒家传统中往往被排斥、被打压，不被推崇，这也是主流书论中王献之的地位一直不如王羲之的根本原因。

魏晋之后，隋王通《中说》提倡以儒家道德观念来规范文学创作，唐代韩愈也提倡以仁义道德来要求文学家的人格观念，并逐渐影响到文化艺

① 上海书画出版社编：《历代书法论文选》，上海书画出版社 2004 年版，第 530—531 页。

术的各个领域。书法理论与书法批评中的道德价值主要通过以下方式来实现。一是关注书法家的道德取向。二是关注书写内容的社会价值与美学价值。在古代,书法很少有被当作纯粹审美形式来看待的情况,它不同于绘画的图像,也不同于纯粹的抽象线条色块。书法的文字内容也是书法的一部分,它的书写内容较多为诗文,可以直接表达作者或书家的内心情感世界、理想情操及道德诉求,如曹植的《洛神赋》表现了爱情与人的美,《兰亭集序》表现了对自然山水与人生际遇的深刻感受。三是关注书法呈现的审美特征是否符合儒家审美特色,是否符合社会伦理诉求。儒家追求文质彬彬、中庸之道,如果是怪异的、任性放纵的,就会遭到排斥,赵壹的《非草书》就是站在儒家的审美与伦理观念的立场上对草书展开批评的。四是关注对欣赏者产生的心理及审美影响。

孔子对《诗经》的整理标志着文学批评的真正创始,《论语》提出了"兴观群怨"之说,强调诗教的重要意义。孟子强调艺术家的人格意义,《孟子·公孙丑上》说"我善养吾浩然之气","其为气也,至大至刚,以直养而无害,则塞于天地之间。其为气也,配义与道,无是,馁也。是集义所生者,非义袭而取之也。行有不慊于心,则馁矣"①。孟子认为人要有浩然正气,有了浩然正气自然就会依靠义与道来为人行事。当然,孟子的浩然之气与老庄的静心多妙、虚空无为之道迥然不同。孟子又认为,人的浩然正气与根植于内心的仁、义、礼、智一样,都会在人的外在形貌上有所表现。《孟子·尽心上》说:"君子所性,仁义礼智根于心,其生色也睟然,见于面,盎于背,施于四体,四体不言而喻。"②孟子"养吾浩然之气",曹丕《典论·论文》中也说:"文以气为主,气之清浊有体,不可力强而致。"刘勰的《文心雕龙》专设《养气》一篇,甚至司空图《二十四诗品·劲健》也说

① 杨伯峻:《孟子译注》上,中华书局2000年版,第62页。
② 杨伯峻:《孟子译注》下,中华书局2000年版,第309页。

"行气如虹"等,这些都是儒家强调艺术活动中道德作用的具体表现,因为这些气主要不是道家的虚静之气,而是儒家的浩然之气。这样,儒家在文学批评中就强调学习继承儒家经典的意义,学习圣人与遵守师承的意义。这种原则同样适用于书法的学习。钟嵘《诗品》对诗歌做出区分:"孔氏之门如用诗,则公干升堂,思王入室,景阳、潘、陆,自可坐于廊庑之间矣。"①朱长文《墨池篇》卷三载《古今传授笔法》则明确了书法传授的历史顺序:"蔡邕得之于神人,传女文姬,文姬传钟繇,钟繇传卫夫人,夫人传羲之,羲之传献之,献之传羊欣,羊欣传王僧虔,僧虔传萧子云,子云传僧智永,智永传虞世南,世南授欧阳询,欧阳询传张长史,长史传李阳冰,阳冰传徐浩,徐浩传颜真卿,真卿传邬彤,邬彤传韦玩,韦玩传崔邈。"②如此为书法传统神圣秩序的建立提供了历史的依据。

中国文化历来受儒家文化影响很深。所谓"修身齐家治国平天下",在这一序列中,书法的地位应该是很低的。《礼记》所说的"德成而上,艺成而下",《毛诗序》所说的"经夫妇,成孝敬,厚人伦,美教化,移风俗"等儒家观念,对中国古代艺术的发展有着深远影响。魏晋南北朝文学、书法、绘画所体现出的道德观与价值判断、审美观与艺术风格也多继承了前代儒道文学与艺术的基本观念。两汉文论有注重政治功利与宣传教化的基本特点,这是儒家思想影响的直接结果,司马迁、班固、扬雄、王充等无不如此。艺术也是如此,王充《论衡》称人物画像"善可为励,恶可为戒"的观点等都表明了绘画与叙事一样都指向最后的道德训诫。孔子及《毛诗序》中的儒家文化价值观,魏晋大量文学图像艺术作品,都继承了这个基本观点。刘勰《文心雕龙·时序》中说"时运交移,质文代变,古今情理,如可言乎",其含义就是文学和艺术既要创新,同时又要跟随时代的发

---

① 周振甫:《〈诗品〉译注》,江苏教育出版社2006年版,第36页。
② 卢辅圣主编:《中国书画全书》第一册,上海书画出版社1993年版,第229页。

展,在充分表达时代的需要、抒发个人情感的同时,又要向古人学习,继承他们美好的传统,阐明古今不变的道德与审美要求,最终达到通变的完美结合。这也是魏晋文学、绘画、书法的基本观念。

　　魏晋南北朝的图像艺术在注重抒发个人情怀及审美价值的同时,也继承了两汉儒家文化强调文艺教化功能的传统。道德训诫乃是这一时期所有艺术的根本原则,绘画、书法、音乐等都是这样。这是儒家"修身齐家治国平天下"的基本要求,《论语》《乐记》《文心雕龙》无不据此创作。《文心雕龙》的《原道》《征圣》《宗经》都是讲要按照儒家的基本观念来处理文学的基本问题。《文心雕龙·宗经》说:"故文能宗经,体有六义:一则情深而不诡,二则风清而不杂,三则事信而不诞,四则义贞而不回,五则体约而不芜,六则文丽而不淫。"①在刘勰看来,文章取法经典有六个特征:一是感情上深沉而不诡异,二是文风清纯而不混乱,三是内容真实而不荒诞,四是意义刚正而不歪邪,五是文体简明而不杂乱,六是言辞华丽而不浮靡。《宗经》从文章表达的情感内容、价值取向与结构形式等各方面阐述了取法经典对文章整体风格形成的重要意义。《文心雕龙·明诗》说:"顺美匡恶,其来久矣。"②《颜氏家训·文章》中说得更为清楚:"夫文章者,源出于五经。诏、命、策、檄,生于《书》者也;序、述、论、议,生于《易》者也;歌、咏、赋、颂,生于《诗》者也;祭、祀、哀诔,生于《礼》者也。书、奏、箴、铭,生于《春秋》者也。"③各种文章都是以儒家经典为本源的。绘画也是这样,谢赫《古画品录》一开始就说:"图绘者,莫不明劝戒,著升沉,千载寂寥,披图可鉴。"④绘画创作就是为了显示劝诫,表明褒贬。千

---

① 周振甫:《文心雕龙今译》,中华书局1992年版,第30页。
② 周振甫:《文心雕龙今译》,中华书局1992年版,第56页。
③ 颜之推:《颜氏家训》,檀作文译注,中华书局2011年版,第141页。
④ 卢辅圣主编:《中国书画全书》第一册,上海书画出版社1993年版,第1页。

年沉寂的事,看图画就知道了。所以贡布里希在《艺术的故事》中说:

> 中国有些伟大的先贤对于艺术的价值观似乎跟格列高利大教皇坚持的看法相似。他们把艺术看成一种工具,可以提醒人们回忆过去黄金盛世的美德典范。现存最早的中国画卷有一卷是根据儒家思想选集的贞妇淑女,据说原本出自公元 4 世纪画家顾恺之的手笔。①

艺术的根本价值不在于它自身,而在于它能成为圣人之工具,由此,作为工具的所有者,艺术家的工具性从属地位也就可想而知了。所以,《颜氏家训·杂艺篇》反复劝诫后代不要在书艺上花费太多的功夫:"此艺不须过精。夫巧者劳而智者忧,常为人所役使,更觉为累;韦仲将遗戒,深有以也。"②这和《世说新语·巧艺》韦诞告诫后代儿孙"勿复学书"的想法是一致的。③ 总之,在儒家看来,艺术所要表达的追求的善的重要性远胜于美,美是依附于善的,没有善就谈不上美,强调艺术对社会的重要影响与作用,是儒家文艺观念的一个重要方面,儒家文以载道的本质,就是用美的艺术形式或手段来表达儒家的政治理念或人生思想。

到了近代,社会也还是强调书法的现实功用。梁启超在《书法指导》一文中说书法"从前人所得的成绩,从模仿下手,用很短的时间,很小的精力,就可以得到。得到后,才挪出精力,作创作的功夫,这是一件很经济的事情"。而且由于书法较少的花费及其自由的环境,对修身养性来说是一个"最优美最便利的娱乐工具",而这种娱乐工具,正是扬雄所排斥的壮夫不为的雕虫小技,像苏东坡、黄道周、倪元璐这样的大书法家也把书法放

---

① 贡布里希:《艺术的故事》,范景中译,广西美术出版社 2015 年版,第 148 页。
② 颜之推:《颜氏家训》,檀作文译注,中华书局 2011 年版,第 302 页。
③ 张㧑之:《世说新语译注》,上海古籍出版社 1996 年版,第 601 页。

在很低的位置上。他们强调书法的功用,强调减省趋时自古就是书法发展的一大动力。正如庾肩吾《书品》所谓"舍繁从省",舍弃繁杂,依从减省。他说当时很多的书法创作都奇巧自生,"或巧能售酒,或妙令鬼哭",书的巧妙能够换酒,令鬼哭号,但它们都是"信无味之奇珍,非趋时之急务",都是无味的珍馐,不是时代的急需。"惟草正疏通,专行于世。其或继之者,虽百代可知",只有草书正书流行下来,也会传下去,虽百代可知。无论隶书还是草书的产生与发展都遵循着这个规律:

> 寻隶体发源秦时,隶人下邳程邈所作,始皇见而奇之。以奏事繁多,篆字难制,遂作此法,故曰隶书,今时正书是也。草势起于汉时,解散隶法、用以赴急,本因草创之义,故曰草书。建初中,京兆杜操始以善草知名,今之草书是也。①

隶书发源于秦朝,是下邳隶人程邈所作,始皇看见很惊奇,因为上奏的事情繁多,篆字难以适应,于是采用隶书,就是今日的正书。草书起自汉代,解散隶法、用来急用就是草创的意思,所以叫草书。建初年,京兆杜操开始因善写草书闻名,就是现在的草书。随着社会的发展、分工的日益加强,书法的地位逐步提升,但直至今日,仍有很多书法家依然把书法放在较为次要的位置上。如启功就把学者的身份看得重于书法家;林散之等大书法家,还常常把自己文学绘画的成就放在书法之上。

　　强调儒家的审美原则与道德标准对后世书论发展产生了重要影响。儒家的审美原则与儒家的伦理原则往往是密切地融合在各种书法理论甚至是书写原则里的。窦蒙在《〈述书赋〉语例字格》解释"礼"时说"动合典

---

① 上海书画出版社编:《历代书法论文选》,上海书画出版社2004年版,第65页。

章曰礼"①,运笔结体均符合法规原则,这与书法家自身在社会行为中符合各种原则是一致的,是儒家为人处世的基本要求,潇洒不羁、放浪形骸的逸人隐士是不符合他们的要求的。在解释"法"时说"宣布周备曰法",宣布具有完备的法则;在解释"典"时说"从师约法曰典",师法学习的是常道常规,而不是各种稀奇古怪之法;在解释"则"时说"可以传授曰则",②那些可以言传身教的是儒家为人处世的基本原则,而不是各种神秘莫测的孔子所说的"怪力乱神"。

窦臮《述书赋》在论述书法和鉴赏及道德之间的关系时说:

> 子猷之竹在焉,曷可无其一日。夫喻大始于事卑,方崇极于类聚。况物著公丧,赏推善主。异清白而非弓裘,岂孙谋而绍宗祖。仰如尧禅舜,舜命禹,道必贵乎声同,天无亲而德辅。归可保于授受,靡自私而御侮。故知乖其趋者则密戚而心捐,合其轨者则举储而掌传。亮玉帛之利末,望吾徒之义先。③

在窦臮看来,应该像子猷那样尊重德行的存在,怎可一日无竹啊,弘道很重要。明白"大"起自"小",才能在同类事物中崇拜最好的。况且大众的事情都是推举有德性的,分清是非不是为了子承父业,也不是为子孙谋划家族事业。仰望尧传位舜,舜命大禹,道必尊重相同的,天没有亲人,只辅助有德性的人。回归正统才能保证延续,自私是不能御侮的。因此冒天下之大不韪的亲戚都要抛弃,符合规则的才会一代代传承下去。应该明白物质是利益的末尾,希望自己的门徒能够把道义放在前面。

---

① 上海书画出版社编:《历代书法论文选》,上海书画出版社2004年版,第267页。
② 上海书画出版社编:《历代书法论文选》,上海书画出版社2004年版,第268页。
③ 上海书画出版社编:《历代书法论文选》,上海书画出版社2004年版,第263页。

窦蒙在《〈述书赋〉语例字格》中就说窦臮本人"翰墨厕张、王,文章凌班、马。词藻雄赡,草隶精深"①。在窦蒙看来,窦臮的书法可以和张芝、王羲之比肩,文章堪比班固、司马相如。他的文章同样含有道德讽谏意义:"天宝所献《大同赋》《三殿蹴鞠赋》,以讽兴谏净为宗,以匡君救时为本。"②天宝年间所献的《大同赋》《三殿蹴鞠赋》以委婉的方式讽谏,目的是为了匡正君主挽救时弊。他在撰写《述书赋》时也同样强调了书法与道德之间的密切关系。总之,在窦臮看来,书法的传承与其他社会行为及艺术的传承一样遵循着相同的规则,那就是把道义放在前面,而不是把艺术带来的物质利益放在前面,在书法艺术领域,上天同样遵循着同一规则,即辅助有德的,那些天天想着造假蒙蔽天下、摧残纸张笔墨的人,是不可能长久的。王子猷在任何居住的地方都追求气节,希望有竹子时刻在身边提醒自己。任何时候艺术家都应该这样,都不能被短暂的物质利益所蒙蔽,弘道是他们一生的责任。

同时,窦臮还看到了在书法艺术鉴赏中个人爱好情趣的重要意义,但他同样强调个人的爱好与审美判断必须符合普遍的价值标准,不要道听途说,不要因为稀少就占有,不要玩久就厌弃,而是要时刻学习经典,同时创造出自己的经典。郑杓、刘有定《衍极》中根据儒家的"九德"说字亦有"九德":

> 夫字有九德,九德则法。法始乎庖羲,成乎轩、颉,盛乎三代,革乎秦、汉,极乎晋、唐,万世相因。体有损益,而九德莫之有损益也。或曰"九德孰传乎"? 曰"天传之"。又问"自得",曰"无愧于心为自得"。

---

① 上海书画出版社编:《历代书法论文选》,上海书画出版社2004年版,第264页。
② 上海书画出版社编:《历代书法论文选》,上海书画出版社2004年版,第264页。

刘有定解释说:

> 九德出《虞书》,皋陶曰:"都! 亦行有九德,亦言其人有德。"禹
> 曰何? 皋陶曰:"宽而栗,柔而立,愿而恭,乱而敬,扰而毅,直而温,简
> 而廉,刚而塞。强而义彰,厥有常吉哉!"惟字亦然,亦书有德,亦言其
> 字有德,九德既备,法自生矣。是故羲、轩以之而造始,汉、唐以之而
> 成终,始终一天,人其能损益乎? 非自得者,不足与谈斯道。①

所谓"九德",用皋陶回答禹的话就是:"宽大而严厉,温柔而成功,心诚而
谨慎,治乱而恭敬,和顺而刚毅,正直而温和,简明而廉洁,刚直而充实,强
大而仁义。"强调书法及书写的道德含义。这种九德贯穿书写的始终,是
上天给予的,从创始者庖羲始而至晋唐,万世相因,人是无法改变的。郑
杓、刘有定说程、朱写字:"程子之持敬,可谓知其本矣。程颢尝曰:'某书
字时甚敬,非是要字好,只此是学。'故朱子铭曰:'握管濡毫,伸纸行墨,一
在其中,点点画画,放意则荒,取妍则惑,必有事焉,神明厥德。'"②程颢保
持敬戒之心,可谓是知本了。程颢曾说:"我写字的时候很恭敬,不是要写
好字,只是学习罢了。"朱子的铭文说:"拿笔沾毫,铺纸行墨,专心致志,点
点画画,松懈就荒废,求美就心乱,临事如对待神明一样。"二子都把写字
当作修身养性的重要方法,恭恭敬敬,临事而惧,如同侍奉神明,一切都按
照儒家的根本原则行事。

明项穆《书法雅言》谈到书法的作用时说:

---

① 上海书画出版社编:《历代书法论文选》,上海书画出版社 2004 年版,第 430 页。
② 上海书画出版社编:《历代书法论文选》,上海书画出版社 2004 年版,第 462 页。

　　况学术经纶,皆由心起,其心不正,所动悉邪。宣圣作《春秋》,子舆距杨、墨,惧道将日衰也,其言岂得已哉! 柳公权曰:心正则笔正。余则曰:人正则书正。取舍诸篇,不无商、韩之刻;心相等论,实同孔、孟之思。六经非心学乎? 传经非六书乎? 正书法,所以正人心也;正人心,以闲圣道也。子舆距杨、墨于昔,予则放苏、米于今,垂之千秋,识者复起,必有知正书之功,不愧为圣人之徒矣。①

在项穆看来,学术的根源在于心;心如不正,它所产生的行为也会歪邪。孔子作《春秋》,孟子排斥杨朱、墨翟,都是担心道德沦丧,他们的话难道都是个人的想法吗! 柳公权说"心正笔正",项穆则说"人正书正",六经都是心学,传播经典都是靠六书,端正书法就是端正人心,端正人心就是维护圣人之道。孟子拒斥杨朱、墨翟于昔日,今天他要放逐苏轼与米芾的书法,让孔孟之道垂范千秋,知道端正书法的功用就是继承圣人的遗愿。

　　创作书法的人,其心很重要,鉴赏者也是一样。项穆论书法的鉴赏说:

　　故论书如论相,观书如观人,人品既殊,识见亦异,有耳鉴,有目鉴,有心鉴。若遇卷初展,邪正得失,何手何代,明如亲睹,不俟终阅,此谓识书之神,心鉴也。若据若贤有若帖,某卷在某处,不恤货财而远购焉,此赢钱之徒收藏以夸耀,耳鉴也。若开卷未玩意法,先查跋语谁贤,纸墨不辨古今,只据印章执赏,聊指几笔,虚口重赞,此目鉴也。耳鉴者,谓之莽儿审乐;目鉴者,谓之村姬玩花。至于昏愦应声之流,妄傲无稽之辈,胸中豪无实见,遇字便称能知,家藏一二帖卷,

---

① 上海书画出版社编:《历代书法论文选》,上海书画出版社2004年版,第513页。

真伪漫尔弗求,笔才岁月,涂描点画,茫焉未晓。设会神通佳迹,每嗟精妙无奇,或经邪俗伪书,反叹误您多致。此谓吠日吠雪,骇厥骇龙,考索拘乎浅陋,好恶任彼偏私,先有成心,将何定见? 不若村野愚氓,反有公论也。评鉴书迹,要诀何存? 温而厉,威而不猛,恭而安。宣尼德性,气质浑然,中和气象也。执此以观人,味此以自学,善书善鉴,具得之矣。①

在项穆看来,鉴赏书法如鉴赏人,观看书法如观赏人,人品不同,见识不同,有耳鉴,有目鉴,有心鉴。如遇到书卷展开,则书法的正邪得失、何人何时,一看便知,不需等到看完才知,这是识书的高手,是心鉴。如听说某名人有某贴、某卷在某处,便不吝钱财从远处购买,这是有钱人收藏用来炫耀的,是耳鉴。如果开卷没细品鉴笔意,而是先检查题跋由哪个名人写的,纸墨分不清古今,只根据印章鉴别,随便看几笔,就重口称赞,这是目鉴。耳鉴是无知儿童鉴别音乐,目鉴是村妇欣赏花朵。至于应声附和的糊涂人、狂妄无知之辈,胸中毫无学识,遇见字便说知道,家藏一二卷帖,不知真伪,写字没有多长时间,点画还茫然无知。遇到好的书法,常常叹息精妙之处认为没有什么稀奇的;遇到邪字俗书,反而赞叹缺点,认为饶有情致。这是蜀犬吠日吠雪,被真龙吓住。学识浅陋,好恶任由自己的爱好。先有成见,哪有真知? 还不如村妇愚民有见识呢。品鉴书法的要诀是什么? 是温和而严肃,庄重而不刚猛,谦恭而安详。孔子的德性,气质浑然,是中和气象。用此观人,品味此法来学习,那么善于书写、擅长鉴赏,就都达到了。

这其中,儒家的中庸之道往往起着重要的制衡作用。孙过庭《书谱》

① 上海书画出版社编:《历代书法论文选》,上海书画出版社 2004 年版,第 537—538 页。

也认为书法的美应该符合中庸之道,极众妙之美,而不是有所偏颇。他说:

> 一点成一字之规,一字乃终篇之准。违而不犯,和而不同;留不常迟,遣不恒疾;带燥方润,将浓遂枯;泯规矩于方圆,遁钩绳之曲直;乍显乍晦,若行若藏;穷变态于豪端,合情调于纸上;无间心手,忘怀楷则,自可背羲、献而无失,违钟、张而尚工。譬夫绛树、青琴,殊姿共艳;隋珠、和璧,异质同妍。何必刻鹤图龙,竟惭真体;得鱼获兔,犹恡筌蹄。①

从书法的一点一画到运笔结体乃至鉴赏,都蕴含着中庸的原则。徐浩《论书》在论述书法的中庸之美时说:"字不欲疏,亦不欲密,亦不欲大,亦不欲小。小促令大,大蹙令小,疏肥令密,密瘦令疏,斯其大经矣。笔不欲捷,亦不欲徐,亦不欲平,亦不欲侧。侧竖令平,平峻使侧,捷则须安,徐则须利,如此则其大较矣。"②字不要疏,也不要密;不要大,也不要小。小令放大,大令缩小。疏肥就变紧密,密瘦就变疏肥。这就是大致方法。用笔不能快,也不能慢,不能平,不能斜。斜就令它平正,快就令它安稳,慢就让它劲利,也是大概的方法。其基本的原则就是要让书法在两个极端之间找到平衡。正如孙过庭《书谱》中论述书法中的快慢说:"至有未悟淹留,偏追劲疾;不能迅速,翻效迟重。夫劲速者,超逸之机;迟留者,赏会之致。将反其速,行臻会美之方;专溺于迟,终爽绝伦之妙。能速不速,所谓淹留;因迟就迟,讵名赏会!非夫心闲手敏,难以兼通者焉。"③书写的快慢

① 孙过庭:《书谱译注》,马永强译注,河南美术出版社2007年版,第100—102页。
② 上海书画出版社编:《历代书法论文选》,上海书画出版社2004年版,第276页。
③ 孙过庭:《书谱译注》,马永强译注,河南美术出版社2007年版,第95页。

直接决定了书法风格中的审美品质。有些人不懂得沉着,片面地追求快速;有些人则运笔不能快速,而只是一味地迟缓。运笔劲速是书法获得超逸风格的关键。稳健则能获得赏心会意的韵味,由快而慢则能获得兼美的效果,如一味地追求迟缓,则失去高妙俊逸的美感。该快不快,称为淹留,从头至尾都是迟缓,那怎能让人赏心悦目呢!如果不是心意从容、手法娴熟,是难以达到这种迟速兼美的艺术境地的。但均衡点在哪里,以什么样的标准来判断大小、快慢、肥密等,徐浩并没有讲清楚,每个艺术家都有自己的标准,这些标准有时甚至是相互矛盾的。

2 魏晋南北朝文学与书法之基本差异

由于儒家观念在中国传统文化中占主导地位,文学与书法的价值自然也深受儒家文化影响。文学与艺术在儒家“修身齐家治国平天下”的大语境下很难获得崇高的地位,而直接参与现实从事治国平天下事业的人自然会受到更多的重视。孔子《论语·述而》说:“富而可求也,虽执鞭之士,吾亦为之。如不可求,从吾所好。”[1]如果不能达到荣华富贵,就从事自己喜好的事情。《阳货》说:“小子何莫学夫诗?诗,可以兴,可以观,可以群,可以怨。迩之事父,远之事君;多识于鸟兽草木之名。”[2]很显然,兴观群怨的作用与治国平天下的富贵理想是不可同日而语的。在儒家看来,所谓善书不过一艺,儒家的圣人明君都不以艺称世,更不以善书流传于后,艺不过是修身的一种方法与技术罢了。

但庄子不同,庄子的人生是审美的人生,《庄子》里描写了很多艺高胆

---

[1] 杨伯俊:《孟子译注》,中华书局 2000 年版,第 69 页。
[2] 杨伯俊:《孟子译注》,中华书局 2000 年版,第 185 页。

大的奇人,如"十九年刀刃若新发于硎"的解牛高手庖丁,削木为鐻、让见者惊为鬼神的木匠梓庆,运斤成风、尽垩而鼻不伤的石匠,法天贵真、不拘于俗的渔夫,身临百丈深渊、居危石之上而神情淡定的射箭高手伯昏无人,培养呆若木鸡的纪清子等,都成为后世艺术家的典范。庄子的精神乃是艺术的精神,其与孔子对艺术的态度根本不同。因此,魏晋文学艺术的巨大发展与庄子的流行分不开的。

曹氏父子都是文学家,曹丕《典论·论文》强调文学的重要性:"盖文章,经国之大业,不朽之盛事。年寿有时而尽,荣乐止乎其身,二者必至之常期,未若文章之无穷。是以古之作者,寄身于翰墨,见意于篇籍,不假良史之辞,不托飞驰之势,而声名自传于后。"①这与曹丕处于政治的主导地位有关。而处于弱势的曹植在《与杨德祖书》中说:

> 辞赋小道,故未足以揄扬大义,彰示来世也。昔扬子云先朝执戟之臣耳,犹称壮夫不为也;吾虽德薄,位为藩侯,犹庶几戮力上国,流惠下民,建永世之业,流金石之功,岂徒以翰墨为勋绩,辞赋为君子哉?若吾志未果,吾道不行,则将采庶官之实录,辩时俗之得失,定仁义之衷,成一家之言。虽未能藏之于名山,将以传之于同好;非要之皓首,岂今日之论乎?②

处于政治主导地位的曹丕认为文学是"经国大业",是因为文学能为其政治活动提供一定的帮助。而处于弱势的曹植就认为文学是"辞赋小道",是因为文学并不能改变他政治人生的失意困境。刘勰《文心雕龙·序志》说文学"本乎道,师乎圣,体乎经",文学的根本在追求道,文学的地位与意

① 穆克宏、郭丹主编:《魏晋南北朝文论全编》,上海远东出版社 2012 年版,第 13 页。
② 穆克宏、郭丹主编:《魏晋南北朝文论全编》,上海远东出版社 2012 年版,第 20 页。

义也就通过学习圣人和经典这种方式显现了。

刘勰虽然强调文学的意义与价值,但文学在其价值体系里仍然是不能与儒家经典相提并论的。他在《文心雕龙·序志》中谈写作的缘由是:"自生人以来,未有如夫子者也。敷赞圣旨,莫若注经;而马郑诸儒,弘之已精,就有深解,未足立家。唯文章之用,实经典枝条,五礼资之以成,六典因之致用,君臣所以炳焕,军国所以昭明,详其本源,莫非经典。"①在刘勰看来,最伟大的人就是孔子,最重要的工作就是注释儒家的经典。但马融、郑玄对此都已做得很好了,其他人做得再好,也没法和他们相提并论。儒家经典是树的根,文章是树的枝条,其根源也是来自儒家经典,只是对军国大事有所帮助罢了。他这种研究文学的被动姿态从一个角度也说明了文学在当时士大夫心目中的地位。

书法的地位又何尝不是如此呢?书论史上非议书法最为著名的就是赵壹的《非草书》了,他说书法非圣人之业:"善既不达于政,而拙草无损于治。夫务内者必阙外,志小者必忽大。俯而扪虱,不暇见天。天地至大而不见者,方精锐于蚁虱,乃不暇焉。"②用儒家圣人之业的标准来衡量书法的价值,其结论就是于圣人之事业不仅无补,反而有害。《颜氏家训·杂艺》虽说书法"尺牍书疏,千里面目也",③正如张怀瓘《书断》所说的,"披封睹迹,欣如会面",但《颜氏家训》又说:"然而此艺不须过精。夫巧者劳而智者忧,常为人所役使,更觉为累。韦仲将遗戒,深有以也。"又以王褒之事为例子说:"后虽入关,亦被礼遇。犹以书工,崎岖碑碣之间,辛苦笔砚之役。尝悔恨曰:'假使吾不知书,可不至今日邪?'以此观之,慎勿

---

① 刘勰:《文心雕龙注》下,范文澜注,人民文学出版社 2006 年版,第 725—726 页。
② 上海书画出版社编:《历代书法论文选》,上海书画出版社 2004 年版,第 3 页。
③ 颜之推:《颜氏家训》,檀作文译注,中华书局 2011 年版,第 302 页。

以书自命。虽然,厮猥之人,以能书拔擢者多矣。"①把王褒的感慨与韦仲将的话相提并论,但如果不以书工,那是否能得到礼遇也就不得而知了。

魏晋时期虽然有很多王公大臣、文学家善书法,但多限于个人爱好。书法的实用性与日常性决定了其地位在当时甚至不如文学。它们二者都处于艺的地位,还达不到与国家大事、政治业绩相提并论的高度。如谢灵运的书法:"谢灵运书乃不伦,遇其合时,亦得入能流。昔子敬上表多在中书杂事中,皆自书,窃易真本,相与不疑。元嘉初,方就索还。《上谢太傅殊礼表》亦是其例,亲闻文皇说此。"②谢灵运的书法不好,遇到好的时候,也能入能品。昔子敬上表多在中书令的杂事中,都是自己写的,谢灵运就偷换真本给人,元嘉初年,才想法子要了回来。朱和羹《临池心解》中说:"右军杂帖多任靖代书,盖靖学于右军,大令又学于靖也。事见陶宏景《与武帝论书启》。然历代书家传记,多佚靖名,可知得传与否,有幸有不幸。当时绝艺,后世湮没不著者,固已多矣。"③朱和羹根据陶弘景《与武帝论书启》的记述,认为右军的很多书帖都是任靖代笔书写的。任靖向右军学习,献之又向任靖学习,但历代书家很少提到任靖。由此可知,书家也有幸运不幸运的区别。当时很多卓越的书法技艺在后世湮没无闻,甚至如康有为《广艺舟双楫》所说的:"三古能书,不著己名","延及汉魏,犹存此风","降逮六朝,书法日工,而啖名未甚,虽《张猛龙》之精能,《爨龙颜》之高浑,犹不自著,即隋世尚不炫能于此。至于唐代,斯风遂坠,片石只碣,靡不书名,遂为成例"。④ 这都从另一个侧面反映了书法的现实地位。

如上所述,魏晋南北朝时期书法的地位还不能和文学相比,不能如文

---

① 颜之推:《颜氏家训》,檀作文译注,中华书局 2011 年版,第 303 页。
② 上海书画出版社编:《历代书法论文选》,上海书画出版社 2004 年版,第 59 页。
③ 上海书画出版社编:《历代书法论文选》,上海书画出版社 2004 年版,第 738 页。
④ 上海书画出版社编:《历代书法论文选》,上海书画出版社 2004 年版,第 823—824 页。

学那样影响广泛,也起不到文学那样的社会作用,它往往局限在少数贵族圈子里,成为少数精英者专属的雅好。虽然很多帝王将相痴情于艺术,特别是书法艺术,更有甚者靠此名垂千古,但并没有将其纳入经国大业的秩序里。

关于文学的地位,曹丕《典论·论文》中说文章为"经国之大业,不朽之盛事",把文学提高到了很高的地位,与钟嵘《诗品·序》中"动天地,感鬼神,莫不近于诗"是一致的,都强调了诗歌对人生与社会的重要价值,只不过,曹丕是从政治社会的角度,钟嵘是从审美与人生的角度。刘勰《文心雕龙》里对文学的评价从社会与人生两个方面都展开了充分的论述,无论从创作还是从理论上都对文学的地位做出了充分的论证。但曹植在《与杨德祖书》中却说"辞赋小道",这也与他政治斗争中失败的心情密切相关,他发现绝世的文学才情并不能挽救人生的失意,只能靠文学寄情于诗文、寄情于山水与想象中的宓妃,这和曹丕以胜利者的心情抒写诗文是不可同日而语的。

当时的书法作品多不署名就是书法家地位与书法艺术地位较低的具体体现。魏晋文学艺术繁荣,崔瑗的《草书势》和赵壹的《非草书》中所描写的追求书法的盛况都充分说明了当时书法取得的巨大发展。很多帝王贵胄都喜欢书法艺术,特别是文人士大夫对书法的痴迷固然提升了书法艺术的地位,但这并不意味着艺术家完全取得了与文学家、政治权贵同样重要的地位。魏晋很少有职业性质的文人书画家,大量流传下来的魏晋墓室壁画、碑刻、造像等也多不见作者姓名,即使偶有署名,也多是名不见经传之人。阮元《南北书派论》说:"其书碑志,不署书者之名,即此一端,亦守汉法。"①康有为在《广艺舟双楫》关于魏晋能书者多不著己名的状况说:"降逮六朝,

---

① 上海书画出版社编:《历代书法论文选》,上海书画出版社2004年版,第632页。

书法日工,而啖名未甚,虽《张猛龙》之精能、《爨龙颜》之高浑,犹不自著。即隋世尚不炫能于此。至于唐代,斯风遂坠,片石只碣,靡不书名,遂为成例。南、北朝碑,书人名者,略可指数。"①魏晋时期善书者多不署名,即使如《张猛龙》《爨龙颜》这样精美的大作也不署名。启功也说:"真书至六朝,体势始定。羲献之后,南如贝义渊,北如朱义章、王远,偶于石刻见其姓名。其他巨匠,淹没无闻者,不知凡几,盖当时风尚,例不书名也。"②隋朝延续了这种不署名的风气,到了唐朝才得到了彻底的改变,书法无论大小都署名。所以,至今也无法判断《曹娥碑》的书者是否为王羲之,《保母志》的书者是否为王献之,《瘗鹤铭》的书者是否为陶弘景。这些都是当时书写人很少署名造成的,从另一个角度说明了书法的地位还远不如文学的地位重要。

赵壹《非草书》是典型的反映儒家艺术观念的书法批评文章,我们在《非草书》中能看到当时正统文人对草书这种以异乎寻常的方式来展示个性及艺术效果的艺术的强烈反对。当时正统文人如赵壹对草书非难的根源在于,他们认为草书的地位与价值根本不能与经书相提并论,草书仅是"示简易之旨"的权宜之变,是"伎艺之细",而"非圣人之业"。赵壹首先揭示了他批评草书的现实语境:

> 余郡士有梁孔达、姜孟颖者,皆当世之彦哲也,然慕张生之草书过于希孔、颜焉。孔达写书以示孟颖,皆口诵其文,手楷其篇,无息倦焉。于是后学之徒竞慕二贤,守令作篇,人撰一卷,以为秘玩。余惧其背经而趋俗,此非所以弘道兴世也。

① 上海书画出版社编:《历代书法论文选》,上海书画出版社2004年版,第824页。
② 启功:《论书绝句》,生活·读书·新知三联书店1990年版,第54页。

赵壹《非草书》起因于他同郡的两位名人对张芝的草书非常崇拜，甚至超过了对孔子与颜渊的尊崇，时刻不忘对张芝草书的学习，可谓是孜孜不倦、废寝忘食，也引起了其他人的效法。这在赵壹看来是"背经趋俗"的行为，是不能弘扬正气兴盛国家的行为。赵壹非草书的根源在于，他以草书的源起来代替草书的审美价值。也就是无论草书是否起源于"趋急速"，即使不是"上非天象所垂，下非河洛所吐，中非圣人所告"，但它能给艺术家本人及欣赏者带来愉悦。赵壹试图用伦理与草书的来源问题来取代其审美价值，而审美既与伦理相关又有不同，不能互相取代，对人与社会有不同的功用与意义，不能用实用的伦理价值来衡量精神的审美价值。接着赵壹从草书的起源来说明草书的价值，他说：

> 夫草书之兴也，其于近古乎？上非天象所垂，下非河洛所吐，中非圣人所造。盖秦之末，刑峻网密，官书烦冗，战攻并作，军书交驰，羽檄纷飞，故为隶草，趋急速耳，示简易之指，非圣人之业也。但贵删难省烦，损复为单，务取易为易知，非常仪也，故其赞曰："临事从宜。"而今之学草书者，不思其简易之旨，直以为杜、崔之法，龟龙所见也，其擅扶挂捵，诘屈友乙，不可失也。龀齿以上，苟任涉学，皆废苍颉、史籀，竞以杜、崔为楷，私书相与，庶独就书，云适迫遽，故不及草。草本易而速，今反难而迟，失指多矣。①

赵壹首先指出草书的来源：既非上天所示，也非黄河、洛水所出，更不是圣人所创，只是距今不远的秦代末年。赵壹分析了草书产生的具体社会背景及其现实意义：秦朝末年，政治混乱，战争频仍，官方政事繁杂，文书又

---

① 　上海书画出版社编：《历代书法论文选》，上海书画出版社2004年版，第2页。

多又急,为了应急时需就产生了草书。由此可见,草书的产生乃是"趋急速,示简易"的结果,是"临事从宜",是一时之便,并不是什么治国安邦的大道,更非圣人所为。那些废除苍颉、史籀,竞相师法杜、崔的做法,在赵壹看来是不对的,至于在写信时还写上由于时间紧迫"故不及草",就更不合适了。

赵壹又从个人的不同性情来说明草书并不具有普遍的审美价值,每个人都应该根据自身的特点来决定自身的艺术追求,没有必要来一起追求草书。他说:

> 凡人各殊气血,异筋骨。心有疏密,手有巧拙。书之好丑,在心兴手,可强为哉?若人颜有美恶,岂可学以相若耶?昔西施心疹,捧胸而颦,众愚效之,只增其丑;赵女善舞,行步媚蛊,学者弗获,失节匍匐。夫杜、崔、张子,皆有超俗绝世之才,博学余暇,游手于斯,后世慕焉。专用为务,钻坚仰高,忘其疲劳,夕惕不息,仄不暇食。十日一笔,月数丸墨。领袖如皂,唇齿常黑。虽处众座,不惶谈戏,展指画地,以草刿壁,臂穿皮刮,指爪摧折,见角思出血,犹不休辍。然其为字,无益于工拙,亦如效颦者之增丑,学步者之失节也。

赵壹指出了人的血气天性是不同的,不能互相模仿,效果不好就如同东施效颦一样,不能增加美感,反而愈加丑陋。西施心痛时用手捧着胸口皱眉头,愚人学她只会更加丑陋;有人学习善于舞蹈的赵国美女,没学好反而忘记了如何走路,只得爬着回来。至于杜度、崔瑗、张芝,他们都是天分极高的博学之人,心有余力而从事书法,后人是很难达到他们的境界的。

接着,赵壹又非常精彩地描述了那些痴迷草书的人各种各样忘乎所以疯狂学习创作草书的姿态与情形:他们整天废寝忘食,笔墨很快就用完了,衣服、嘴唇、牙齿都是黑的,和大家坐在一起交流,只是一味地自己在地上、墙上划来划去,手臂、指甲都刮破出血了也不停止。但是他们的草书写出来还是如东施那样丑陋,不堪卒读。更为重要的是,草书并不具有更高的现实意义及政治意义,他说:

> 且草书之人,盖伎艺之细者耳。乡邑不以此较能,朝廷不以此科吏,博士不以此讲试,四科不以此求备,征聘不问此意,考绩不课此字。善既不达于政,而拙无损于治,推斯言之,岂不细哉? 夫务内者必阙外,志小者必忽大。俯而扪虱,不暇见天。天地至大而不见者,方锐精于蚊虱,乃不暇焉。

在赵壹看来,大量的人痴迷草书又有什么用呢? 它不过是所有技艺中最微不足道的一种:乡里朝廷考试从来也不考,博士讲学、政府考核政绩也从来不问草书写得怎样。写得好坏,对政治的治理、国家的兴盛没任何影响,这不是可有可无的吗? 人过分注重小事就常常会忽略大事,那些一天到晚低头捉虱子的人,哪能看到天的广大呢? 天地那么大都没有看到,就是因为低头捉虱子。那些一心一意地痴迷于草书的人不也一样吗?

在赵壹看来,如果把从事草书的精力与时间用来从事与政治大事密切相关的活动,就会产生更好的社会效果,他说:

> 第以此篇研思锐精,岂若用之于彼圣经,稽历协律,推步期程,探赜钩深,幽赞神明。览天地之心,推圣人之情。析疑论之中,理俗儒之诤。依正道于邪说,侪《雅》乐于郑声,兴至德之和睦,宏大伦之玄

清。穷可以守身遗名,达可以尊主致平,以兹命世,永鉴后生,不以渊乎?①

最后赵壹以儒家的治世思想来总结自己的文章与对草书的基本态度:要把钻研草书的心思用在学习儒家经典上,所谓"览天地之心,推圣人之情",即观察天地万物,体察圣人的道理,要把草书这些旁门左道、流俗邪僻都归附到雅正的原则上去。作为一个文人,时运不济时就守身如玉,风光时就追随君王的脚步治理天下,这才是后学应该遵守的人生原则。

由此可见,对政治现实的关注是赵壹的根本出发点与归宿,草书对现实人生的意义远不如儒家所谓的诗艺雅乐,因而应该加以排斥。其实赵壹对草书的批评同样适用于对其他书体的批评,其实质乃是在艺术这个门类和其他对建国大业有巨大价值,对建功立业、修身齐家治国平天下有所帮助的事业之间做出区分。这和曹丕对文学的强调形成了对比,曹丕强调文学也是就其对建国功业的巨大意义而言的。

然而令人欣慰的是,草书的发展并没有因为赵壹的反对而终止,魏晋书法反而成为中国书法史上最为辉煌的一章。颜之推在《颜氏家训·杂艺》中也说书法很重要,但没必要"过精":

真草书迹,微须留意。江南谚云:"尺牍书疏,千里面目也。"承晋、宋余俗,相与事之,故无顿狼狈者。吾幼承门业,加性爱重,所见法书亦多,而玩习功夫颇至,遂不能佳者,良由无分故也。然而此艺不须过精。夫巧者劳而智者忧,常为人所役使,更觉为累;韦仲将遗戒,深有以也。

① 上海书画出版社编:《历代书法论文选》,上海书画出版社2004年版,第2—3页。

王褒地胄清华,才学秀敏,后虽入关,亦被礼遇。犹以书工,崎岖碑碣之间,辛苦笔砚之役,尝悔恨曰:"假使吾不知书,可不至今日邪?"以此观之,慎勿以书自命。①

颜之推根据自身的经历和韦诞与王褒的故事阐明了"巧者劳而智者忧"的人生哲学,然而杂役之能正是生之需要,"千里面目"乃上攀之台阶,如没有此能,恐怕人生价值更难实现。也许杂役掩盖了其他更为重要的才能,如王羲之、萧子云,世人多知其书名,反而不知其他更为重要的事业,这也是儒家"德成而上,艺成而下"社会价值观的直接反映。

颜之推在告诫世人勿精书艺时就提到了韦诞题榜白头的故事。这个故事在中国古代书论史上被反复提及。羊欣《采古来能书人名》中就记述了韦诞哀叹书法家悲惨命运的故事:

诞字仲将,京兆人,善楷书,汉、魏宫馆宝器,皆是诞手写。魏明帝起凌云台,误先钉榜而未题,以笼子盛诞,辘轳长絙引之,使就榜书之。榜去地二十五丈,诞甚危惧。乃掷其笔,比下焚之。乃诫子孙,绝此楷法,著之家令。官至鸿胪少卿。②

韦诞曾和几个人同时跟随张伯英学习书法,他学得最好,当时也最受重视,汉魏宫馆宝器上的字很多都是他题写的,因此,魏明帝建凌云台时自然想到了他。因忘记了先题字再挂榜,韦诞只好坐在笼子里,被长绳子吊着题字,离地很高,他胆小,心里很害怕,想扔掉笔,烧掉它。于是告诫子孙,再也不要学习书法。但他官做到"鸿胪少卿"。至于他的儿子,"诞子

---

① 庄辉明、张义和:《颜氏家训译注》,上海古籍出版社1999年版,第341—242页。
② 上海书画出版社编:《历代书法论文选》,上海书画出版社2004年版,第45—46页。

少季,亦有能称"。韦诞的儿子善于书法,也是继承了家学传统啊。

王僧虔《论书》也提到了韦诞书榜的事:"韦诞字仲将,京兆人,善楷书,汉、魏宫观题署,多出其手。魏明帝起凌云台,先钉榜未题,笼盛诞,辘轳长绠引上,使就榜题。榜去地二十五丈,诞危惧,诚子孙绝此楷法,又著之家令。官至大鸿胪。"①王僧虔的记述与羊欣的记述大同小异:韦诞善写楷书,汉、魏宫观题署多是他写的。魏明帝建凌云台,忘记书写就先钉了榜,于是用笼子盛着诞,用辘轳长绳子拉上去让他写字。榜离地二十五丈,韦诞很害怕,于是就告诫子孙不要学习楷法,并将其写在家令里。他官做到大鸿胪。

江式《论书表》中也说了同样的事:"又有京兆韦诞、河东卫觊二家,并号能篆,当时楼观榜题、宝器之铭,悉是诞书,咸传之子孙,世称其妙。"②京兆的韦诞、河东的卫觊二家都称善于篆书,当时的楼观榜题、宝器铭文都是韦诞书写的,他把书法技艺都传给了子孙,世称其妙。由此可见,书法也是当时很重要的一种生存方式,将此技艺传至后代也是常理,由此也就形成了书法世家或关系密切的各种书法群体。

《世说新语·巧艺》中同样记述了韦诞的典故:"韦仲将能书。魏明帝起殿,欲安榜,使仲将登梯题之。既下,头鬓皓然。因敕儿孙勿复学书。"③由此可见艺术家在权力面前的软弱无力。颜之推看到了这个问题,所以《颜氏家训》说:"王褒地胄清华,才学优敏,后虽入关,亦被礼遇。犹以书工,崎岖碑碣之间,辛苦笔砚之役,尝悔恨曰:'假使吾不知书,可不到今日邪?'。以此观之,慎勿以书自命。"精通艺术不如精通权力,如若不

---

① 上海书画出版社编:《历代书法论文选》,上海书画出版社 2004 年版,第 61 页。
② 上海书画出版社编:《历代书法论文选》,上海书画出版社 2004 年版,第 65 页。
③ 刘义庆:《世说新语笺疏》,余嘉锡笺疏,中华书局 2011 年版,第 619 页。

然,反被权力所役使:"若官未通显,每被公私使令,亦为猥役。"①由此可见,当时书法家的地位都是很低的,也就是较为高级的体力劳动者而已。

韦诞告诫世人勿精书艺的故事,在后来的书论中也常常被提及。张怀瓘《书断》说韦诞题榜之事:"诸书并善,尤精题署。明帝时凌云台初成,令诞题榜,高下异好,宜就加点正,因致危惧,头鬓皆白。既以下,戒子孙无为大字楷法。"②张怀瓘的记述明显来自前面的说法:韦诞精于题榜,明帝时凌云台刚建成让韦诞题榜,由于太高,韦诞忧虑太甚,一下子头发都白了,从此就警戒子孙不要从事题榜的大字楷法。姜夔在《续书谱·书丹》中也说:"然书时盘薄不无少劳,韦仲将升高书凌云台榜,下则须发已白。艺成而下,斯之谓欤。若钟繇、李邕又自刻之,可谓癖矣。"③在姜夔看来,写书时很投入,就会有不少劳烦,韦仲将被抬到高处书写凌云台榜,下来时头发都白了,才艺有成就也只是处于下位,说的就是这种事情吧。至于钟繇、李邕还要自己雕刻,那是他们自己的癖好罢了。陈思的《书小史》则更为生动详细地讲述了这个故事:"明帝时凌云台初成,误先钉榜而未题,以笼盛诞,辘轳长絙引之,使就榜书之。诞甚危惧,乃戒子孙绝此楷书,着之家令。"并用借用《书赋》的话来发自己的感慨:"魏之仲将,奋藻独步。或迸泉涌溢,或错玉班赋。迹遗情忘,契入神悟。然而负才艺,履危惧,膏明自煎,鬓发改素。生非其代,痛惜不遇。"④所谓"生非其代"乃是指"艺成而下"的时代吧。

另一个常被引用来说明书法家地位的典型个例,就是王僧虔以拙笔见容于宋孝武帝的故事。《南齐书·王僧虔传》说:"孝武欲擅书名,僧虔

---

① 颜之推:《颜氏家训》,檀作文译注,中华书局 2011 年版,第 303—307 页。
② 上海书画出版社编:《历代书法论文选》,上海书画出版社 2004 年版,第 184 页。
③ 卢辅圣主编:《中国书画全书》第二册,上海书画出版社 1993 年版,第 174 页。
④ 卢辅圣主编:《中国书画全书》第二册,上海书画出版社 1993 年版,第 547 页。

不敢显迹。大明世,常用拙笔书,以此见容。""太祖善书,及即位,笃好不已。与僧虔赌书毕,谓僧虔曰:'谁为第一?'僧虔曰:'臣书第一,陛下亦第一。'上笑曰:'卿可谓善自为谋矣。'"①宋孝武帝欲擅书名,僧虔不敢显露才能,遂常用拙笔作书,以此得到皇帝的宽容。齐太祖尝与王僧虔赌书,书写后问他:"谁是第一?"王僧虔回答:"我的书在大臣中第一,陛下的书在帝王中第一。"太祖笑着说:"你可真善于自我保全啊。"王僧虔在《论书》中又提到了韦诞书匾白头的故事来说明这个问题,他在韦诞的告诫中看到了自己的人生。韦诞因受权力的支配登梯题匾而鬓发皆白,并由此告诫子孙不要再学习书法,其对书法家的地位的深刻体验只有身在相同处境如王僧虔这般的人才能道出。王僧虔应该是从韦诞的故事中得到相似的启发,因而在自己的文章中提及引用了韦诞的故事与话语。他们是在相同的人生际遇下感同身受啊!

王僧虔的故事同样被后世反复引用。张怀瓘《书断》说齐王僧虔见容于孝武帝:"后孝武欲擅书名,僧虔不敢显迹,大明之世,常用掘笔书,以此见容。"②同时,张怀瓘《书断》还记述了齐高帝萧道成与王僧虔比书法的事:

> 齐高帝姓萧氏,讳道成,善草书,笃好不已,祖述子敬,稍乏风骨。尝与王僧虔赌书,书毕曰:"谁为第一?"对曰:"臣书臣中第一,陛下书帝中第一。"帝笑曰:"卿可谓善自谋矣。"然太祖与简穆赌书,亦犹鸡之搏狸,稍不自知量力也。③

---

① 萧子显:《南齐书》第二册,中华书局 1983 年版,第 592—596 页。
② 上海书画出版社编:《历代书法论文选》,上海书画出版社 2004 年版,第 189 页。
③ 上海书画出版社编:《历代书法论文选》,上海书画出版社 2004 年版,第 199 页。

当高帝问王僧虔他们两人的书法哪个第一时,王僧虔回答:皇帝的书法皇帝中第一,臣的书法大臣中第一。齐高帝笑着说,你是真会明哲保身啊。张怀瓘对此的评价是,萧道成与王僧虔比书法是鸡与狸斗,不自量力,意思是不在一个水平上,他仅仅是以帝王之尊来显示自己的权能罢了。

韩方明《授笔要说》中说"握管"时也提到了王僧虔的故事:"当用壮气,率以此握管书之,非书家流所用也。后王僧虔用此法,盖以异于人故,非本为也。近有张从申郎中拙然而为,实为世所笑也。"[1]这种据说由诸葛诞开创的握管执笔法,以豪迈之气和臂力运笔书写,不是书家常用的方法。后来王僧虔因为宋孝武帝想拥有擅书的名声,他不敢表现自己的才能,就用这种拙劣的方法书写,以此见容于皇帝。后有位张从申郎中也用这种方法书写,自然会遭到世人的嘲笑了。由此来看,韩方明是否认这种执笔法的,他用王僧虔采用这种执笔法以见容于皇帝之事,来指出这种执笔法的不当之处。从另一个角度来看,这个故事也反映出王僧虔的为人处世之道及当时书法家的地位。

宋《宣和书谱》记述王僧虔擅自为谋说:"初宋文帝尝与僧虔赌书毕,谓僧虔曰:'谁为第一?'僧虔曰:'臣书臣中第一,陛下书帝中第一。'上笑曰:'卿可谓善自谋矣。'孝武帝以书名自将,僧虔秘而不耀,常用拙笔书,以此见容。"[2]张怀瓘《书断》说是齐高帝,此处为宋文帝,人物虽不同,但内容及故事的含义大同小异。陈思《书小史》中也全文引用了齐高帝萧道成与王僧虔比试书法的对话,同时他还引用了张怀瓘的说法:"高帝与简穆赌书,亦犹驱鸡之搏狸,不自量也。"还有《书赋》中"吐纳僧虔,挤排子敬"的评价,批评了萧道成以权势来压制王僧虔的做法。接着,陈思又讲

---

[1] 上海书画出版社编:《历代书法论文选》,上海书画出版社 2004 年版,第 286—287 页。
[2] 卢辅圣主编:《中国书画全书》第二册,上海书画出版社 1993 年版,第 13 页。

述了高帝之子萧赜与王僧虔之间的故事："刚毅有断,工行草书。帝欲擅书名,故王僧虔不敢显其迹,尝用拙笔书,以此见容。"①王僧虔与萧道成父子关于书法的故事,生动鲜明地展示了书法及书法家在中国传统文化中的真实地位,成为中国书法史上展示书法地位的生动案例,也显示了掌握皇权之人欲以权势来占有书法名声的内心冲动。

当然也有具自知之明的皇帝。陈思《书小史》就提到南郡王萧昭业因有书法胜过江夏王萧锋的想法而被武帝驳斥的事,"阇黎第一,法身第二",权势者的这种自知之明在历史上是不多见的。② 许敬宗奉承唐高宗李治说:"圉师见古迹多矣,晋魏已后惟称二王,然逸少多力而少妍,子敬多妍而少力。今观圣迹,兼绝二王,凤翥鸾回,实古今书圣。"③在许敬宗看来,魏晋之后书法唯推二王,但与高宗的书法比起来,二王也不能将妍媚与遒劲完美结合。王羲之是多力而少妍,王献之反之,只有高宗能阴阳结合,天地合一,为古今书圣。这种为权势所屈讲出格的话,在中国历史上也屡见不鲜,由此可见当时文学家与艺术家的共同命运。所以刘勰在《文心雕龙·程器》说:"孔光负衡据鼎,而仄媚董贤,况班马之贱职,潘岳之下位哉?王戎开国上秩,而鬻官嚣俗,况马杜之磬悬,丁路之贫薄哉?""将相以位隆特达,文士以职卑多诮;此江河所以腾涌,涓流所以寸折者也。"④这乃是刘勰自己的切身感受,因为他写出《文心雕龙》也要"取定于沈约。约时贵盛,无由自达,乃负其书,候约出,干之于车前,状若货鬻者"⑤。所以鲁迅说,"江河所以腾涌,涓流所以寸折者"深刻地揭示了中

---

① 卢辅圣主编:《中国书画全书》第二册,上海书画出版社1993年版,第539页。
② 卢辅圣主编:《中国书画全书》第二册,上海书画出版社1993年版,第539页。
③ 卢辅圣主编:《中国书画全书》第二册,上海书画出版社1993年版,第540页。
④ 刘勰:《文心雕龙注》,范文澜注,人民文学出版社2006年版,第719页。
⑤ 刘勰:《增订文心雕龙校注》上,杨明照校注,中华书局2005年版,第21页。

国传统文化内在的痼疾，"东方恶习，尽此数言"。①

当时很多人如赵壹描写的那样痴迷书法，南朝虞龢《论书表》甚至说："轻薄之徒锐意摹学，以茅屋漏汁染变纸色，加以劳辱，使类久书，真伪相糅，莫之能别。"②但这往往局限在个体或团体的趣味里，书法在儒家"德成而上，艺成而下"观念占主导地位的时代里是很难取得重要地位的。此时艺术的自觉与人性的发展虽然也取得了长足的进步，但整体上书法还没有发展推广成为一种普遍的教育或考试方式，成为整个社会所需要的培养文人心性与个人修养的重要手段。

后来书法从个体的爱好转换成为培养整个民族精神的重要手段，而在这一转变的过程中，唐太宗起到了重要作用。《宣和书谱》说唐太宗等皇帝对书法的影响："自太宗留意字学，而明皇肃宣以降，世不乏人，而一时文人巨卿以书名世者，亦往往喜书王命，为不朽之传。若颜真卿书颜惟正商氏等告、徐浩书朱巨川告者是也。"③张彦远《法书要录》卷四记述了一个出自《唐朝叙书录》的唐太宗与忠臣饮酒作书的故事：

> 贞观十八年二月十七日，召三品以上赐宴于玄武门，太宗操笔作飞白书，群臣乘酒就太宗手中竞取，散骑常侍刘洎登御床引手然后得之，其不得者咸称洎登床罪当死，请付法。太宗笑曰：昔闻婕好辞辇，今见常侍登床。竟不加罪。④

唐太宗、玄宗、肃宗、宣宗都喜欢书法，所以一时出名的文人都喜欢给皇帝

---

① 《鲁迅全集》第一卷，人民文学出版社 2005 年版，第 78 页。
② 上海书画出版社编：《历代书法论文选》，上海书画出版社 2004 年版，第 50 页。
③ 卢辅圣主编：《中国书画全书》第二册，上海书画出版社 1993 年版，第 58 页。
④ 卢辅圣主编：《中国书画全书》第一册，上海书画出版社 1993 年版，第 1 页。

书写制诰，以便能够永远流传下去，如颜真卿、徐浩都书写过各种诰。诰之所以能流传下去，就因为诰是帝王皇权的象征，所谓"其字书戒告虽曰不同，所以为治柄则一而已"，制、诰、敕牒都是皇家用以"庆赏刑威"的权柄，书法自然会借助这种力量流传下去。

总之，书法的地位在唐朝得到了根本性的改变，正如《唐代书论与诗论之比较研究》说：

> 唐太宗颇看重诗文与书法的影响力，故以帝王之尊亲为文论和书论的代表人物陆机和王羲之传作赞，显示了唐初文风与书风同步发展的讯息。在唐太宗眼里，文（诗）与书比画似乎要求来得更为重要，书法的地位于此上升到历史发展的新高点。①

唐朝出现了很多大书法家，很多理论家也随着强调书法的现实意义。孙过庭在《书谱》中就为书法的地位与意义辩护说："君子立身，务修其本。扬雄谓诗赋小道，壮夫不为；况复溺思豪厘，沦精翰墨者也。"②君子成家立业自然要抓住重要的，在扬雄看来，创作诗赋都是小事，大丈夫不屑干，何况沉湎于笔墨书法；至于班超、项羽，对其更是不以为意。

但是书法有书法的妙道与意义：书法虽然不像下棋那样要标上"坐隐"的美名，也不像垂钓那样可以体会所谓"行藏"的奥妙，但可以像礼乐那样有助于世道人伦，精于此道的人自然能体会到其中如神仙一般的快乐，感受其中无穷无尽的变化，达到贤德通达人士的兼善之美。张怀瓘也强调书法的地位："字之与书，理亦归一。因文为用，相须而成。阐坟典之

---

① 洪耀南：《唐代书论与诗论之比较研究》上，花木兰文化事业有限公司 2018 年版，第 155 页。
② 孙过庭：《书谱译注》，马永强译注，河南美术出版社 2007 年版，第 15—16 页。

大猷，成国家之盛业者，莫近乎书。"其强调书法地位的话语表述方式，无疑来自曹丕《典论·论文》之强调文学："盖文章，经国之大业，不朽之盛事。"元郑杓、刘有定《衍极》引用《笔阵图》对书法的地位与意义进行强调："夫三端之妙，莫先乎用笔；六艺之奥，莫重乎银钩。昔李丞相见周穆王书，七日兴叹，患其无骨；蔡尚书入鸿都观碣，十旬不返，嗟其出群。"①文人的笔端、武士的剑端、辩士的舌端中，笔端最为精妙；六艺之中，书艺最为重要。过去李斯见到周穆王的书迹，感慨七日，因为他没有骨力；蔡邕到鸿都观看石碑，很长时间不返，是因为他们写得太好了，书法对人的影响太深了。

但是书法要达到与诗相抗衡的地位是不可能的，正如《唐代书论与诗论之比较研究》所说：

> 若追究其因，或与书法、诗歌之本质及二者在当时之地位与功能有关，盖书法之影响人不在其文字意义而在其形式的直接性，又地位绝难与诗文相抗；而诗之本质为"言"，它与文字意义脱不了关系，本即较易将其理念诉诸理论文字；又因儒家诗教观的影响，诗歌历来都受到相当的关注，即使是书法发展的高峰时期，仍难与诗相抗衡。②

至于书法在黄道周的心中的地位，如他在《石斋书论·书品论》中所说：

> 作书是学问中第七八乘事，切勿以此关心。王逸少品格在茂弘、安石之间，为雅好临池，声实俱掩。余素不嘉此业，只谓钓弋余能，少

---

① 上海书画出版社编：《历代书法论文选》，上海书画出版社2004年版，第452页。
② 洪耀南：《唐代书论与诗论之比较研究》上，花木兰文化事业有限公司2018年版，第157页。

贱所该,投壶骑射,反非所宜,若使心手余闲,不妨旁及。赵松雪身为宗藩,希禄元廷,特以书画邀价艺林,后生少年进取不高,往往以是脍炙前喆,犹循五鼎,以啜残羹。入阓门而悬苴屦也。①

可见其深受儒家治国平天下人生理念的影响。书法在黄道周的一生中确非处于中心的地位,他一生的活动还是以治国平天下为中心,生死都是如此,正如颜真卿"公正无私""清廉律己"的一生。②

康有为在《广艺舟双楫》谈到晋人的书法为何超越古今时说:

> 书以晋人为最工,盖姿制散逸,谈锋要妙,风流相扇,其俗然也。夷考其时,去汉不远,中郎、太傅,笔迹多传。阁帖王、谢、桓、郗及诸帝书,虽多赝杂,然当时文采,固自异人。盖隶、楷之新变,分、草之初发,遘当其会;加以崇尚清虚,雅工笔札,故冠绝后古,无与抗行。王僧虔之答孝武曰:"陛下书帝王第一,臣书人臣第一。"其君臣相争誉在此。右军、大令,独出其间,惟时为然也。③

在康有为看来,书法以晋人为最好,书姿潇洒俊逸,谈锋高妙,竞相风流,是一时的风气。考察那个时期,离汉不远,蔡邕、钟繇的笔迹大多流传,阁帖中二王、谢安、桓玄、郗愔及各帝的书法,虽多赝品混杂,然当时的文采,确实不同凡响。大概因为隶、楷发生新变,分、草刚开始,恰逢其时,加以崇尚清静虚无,工于书法,所以冠绝古今,没有能与之相比的。王僧虔回答孝武帝说:"陛下的书法帝王中第一,臣下的书法臣子中第一。"君臣在

---

① 崔尔平选编:《明清书法论文选》,上海书店1994年版,第402页。
② 严杰:《颜真卿评传》,南京大学出版社2005年版,第212—214页。
③ 上海书画出版社编:《历代书法论文选》,上海书画出版社2004年版,第804页。

书法上争名誉就到这种程度。羲之、献之独出其间，也是时代造就的。晋与二王的书法之所以能名垂古今，一是因为他们处在书法的大变革时代，很多书体交相混杂，容易创新；二是这一时期紧随书法艺术非常发达的汉代，很多伟大的书法家如蔡邕、钟繇的书迹都还存在，容易学习，再加上当时风气崇尚虚无，不追求世俗的名利，而对书法却非常重视，竟然出现大臣与帝王比赛书法的情景，可见当时的风气对书法的发展起到了重要的推动作用。

康有为在《广艺舟双楫·购碑》中说："夫学者之于文艺，末事也；书之工拙，又艺之至微下者也。学者蓄德器，穷学问，其事至繁，安能以有用之岁月，耗之于无用之末艺乎？"[1]这一观念虽然在当时也有一定的影响，但对美的追求在魏晋已成为广泛的社会价值观，书法也不例外。康有为在《广艺舟双楫》又说：

> 书自结绳以前，民用虽篆草百变，立义皆同。由斯以谈，但取成形，令人可识，何事夸钟、卫，讲王、羊，经营点画之微，研悦笔札之丽，令祁祁学子玩时日于临写之中，败心志于碑帖之内乎？应之曰：衣之摈体也，则裋褐足蔽，何事采章之观？食之果腹也，糗藜足饫，何取珍羞之美？垣墙以蔽风雨，何以有雕粉之璀璨？舟车以越山海，何以有几组之陆离？诗以言志，何事律则欲谐？文以载道，胡为辞则欲巧？盖凡立一义，必有精粗；凡营一室，必有深浅。此天理之自然，匪人为之好事。[2]

有人强调字的意义，认为书自结绳记事以来，虽然经历了字体的各种变

---

① 熊秉明：《中国书法理论体系》，人民美术出版社 2017 年版，第 132 页。
② 上海书画出版社编：《历代书法论文选》，上海书画出版社 2004 年版，第 754 页。

化,但根本意义不变,只要形状能让人辨识就可以了。如果夸赞钟繇、卫瓘、王羲之、羊欣细心经营点画,写出精美的笔札,让众多学子整日临习沉浸在碑帖之中,那不是玩物丧志吗? 但在康有为看来,如果说遮体,破衣服也可以,为何还要华美的衣服? 如果说吃饱,粗粮野菜也行,为何还要精美的菜肴? 如果说挡风遮雨,普通房屋就行,为何还要雕梁画壁? 船车就可越山过海,还要绚丽华美的装饰干嘛? 诗歌可以言志,为何要音律和谐? 普通的文章也能做到文以载道,为何还要语言美好? 凡事都有精粗,凡物都有好坏。这是自然之理,并非人之好事。唐太宗屈帝王之尊亲自撰写《羲之传论》,并不是无事生非,而是艺林美谈啊!

画家的地位又何尝不如此呢? 我们也可以从绘画的地位来反观当时文学与书法的地位。王充《论衡·别通》中认为,用图像画人不如用文字记述人的言行对人的激励更大,从社会功用角度看,绘画在描述外在事物、叙述事件发展上远不如语言文字。他说:"古昔之遗文,竹帛之所载灿然,岂徒墙壁之画哉?"这应该是实事求是的,从记事角度讲,绘画确不如文字,但从描述形象的角度讲,绘画又强于语言。正如莱辛《拉奥孔》中所说的,文学与绘画各有所长,它们本质的差别在于:

> 前者叙述的是一套可以眼见的动作,其中各部分是顺着时间的次序,一个接着一个发生的;后者描述的却是一个可以眼见的静态,其中各部分是空间中并列而展开的。绘画由于所用的符号或摹仿媒介只能在空间中配合,就必然要完全抛开时间,所以持续的动作,正因为它是持续的,就不能成为绘画的题材。绘画只能满足于在空间中并列的动作或是单纯的物体,这些物体可以用姿态暗示某一动作。[1]

---

[1]　莱辛:《拉奥孔》,朱光潜译,人民文学出版社1997年版,第81—82页。

蔡邕虽然视图像为"才之小者"①,但绘画同样能对社会的政治伦理产生重要影响。王延寿《文考赋画》说:"上及三后,淫妃乱主。忠臣孝子,烈士贞女。贤愚成败,靡不载叙。恶以诫世,善以示后。"②在王延寿看来,夏、商、周三代淫妃祸乱主子,忠臣孝子、烈士贞女、贤愚成败,无不在画里展现。恶用来告诫世人,善用来警示后人。

曹植在《画赞序》中说:

> 观画者,见三皇五帝,莫不仰戴;见三季暴主,莫不悲惋;见篡臣贼嗣,莫不切齿;见高节妙士,莫不忘食;见忠节死难,莫不抗首;见放臣斥子,莫不叹息;见淫夫妒妇,莫不侧目;见令妃顺后,莫不嘉贵。是知存乎鉴戒者,图画也。③

曹植"存乎鉴戒者,图画也"的观点明显强调了绘画的道德教育作用,文学、绘画、书法无不如此。关注艺术对人及社会的深刻影响,正是中国艺术传统的一个重要特征,一直到现在都是如此。王廙《平南论画》说:"余画孔子十弟子图以励之","画乃吾自画,书乃吾自书。汝学书则知积学可以致远,学画可以知师弟子行己之道"。④王廙画《孔子十弟图》来勉励王羲之,让他知道不断积累知识可走得更远,同时告诫他通过学画可以知道弟子应遵循老师的教诲以立身行事。王廙让王羲之知道,知识的储备是他艺术日益长进的重要动力,而且艺术与道德及立身处世密切相联,这从另一个角度强调了绘画的意义。我们从张彦远《历代名画记》卷第五

---

①　范晔:《后汉书·蔡邕列传》六十下,中华书局 1965 年版,第 1996 页。
②　俞剑华编著:《中国古代画论类编》上,人民美术出版社 1957 年版,第 10 页。
③　俞剑华编著:《中国古代画论类编》上,人民美术出版社 1957 年版,第 12 页。
④　俞剑华编著:《中国古代画论类编》上,人民美术出版社 1957 年版,第 14 页。

《晋》记载的戴逵改变范宣对绘画态度的故事中,也可以看出绘画的这种意义:"逵尝就范宣学,范见逵画,以为无用之事,不宜虚劳心思。逵乃与宣画《南都赋》。范观毕嗟叹,甚以为有益,乃亦学画。"这个故事在《世说新语·巧艺》中也被讲述过。①

张彦远在《历代名画记》中还引用了陆机与曹植对绘画的基本看法:"记传所以叙其事,不能载其容;赋颂有以咏其美,不能备其象;图画之制,所以兼之也。故陆士衡云:'丹青之兴,比雅颂之述作,美大业之馨香。宣物莫大于言,存形莫善于画。'此之谓也。"②这和莱辛论述文学与绘画的差别是相通的。颜之推在《颜氏家训》中表现了当时流行的士大夫对绘画的基本看法:

> 画绘之工,亦为妙矣;自古名士,多或能之……若官未通显,每被公私使令,亦为猥役。吴县顾士端出身湘东王国侍郎,后为镇南府刑狱参军,有子曰庭,西朝中书舍人,父子并有琴书之艺,尤妙丹青,常被元帝所使,每怀羞恨。彭城刘岳,橐之子也,仕为骠骑府管记、平氏县令,才学快士,而画绝伦。后随武陵王入蜀,下牢之败,遂为陆护军画支江寺壁,与诸工巧杂处。向使三贤都不晓画,直运素业,岂见此耻乎?③

颜之推说绘画"每被公私使令,亦为猥役",可谓指出了当时绘画的根本问题。

《晋书·隐逸传》记载戴逵精于鼓琴,但他拒绝"为王门伶人",他的

---

① 张彦远:《历代名画记》,人民美术出版社1963年版,第123页。
② 张彦远:《历代名画记》,人民美术出版社1963年版,第3页。
③ 颜之推:《颜氏家训》,檀作文译注,中华书局2011年版,第302—307页。

人生就只好局限在自娱自乐的范围了。张彦远《历代名画记》卷第八《后魏》记载画家蒋少游时说:"敏慧机巧,工书画,善画人物及雕刻。虽有才学,常在剞劂绳墨之间,园湖城殿之侧,识者叹息,少游坦然以为己任,不辞疲劳……时有郭善明、侯文和、柳俭、闵文和、郭道兴,并以巧思称。"①蒋少游和当时很多没有地位的画家艺术家一样,常常拿着绳墨和各种雕刻用的工具不辞辛苦地奔走在江海湖泊、城楼庭院之中,并以此为乐,而正是他们创作了无数流传千年的精美而又无名的艺术精品。张彦远《历代名画记》卷第九《唐朝上》则记载了阎立本受诏为太宗弟弟虢王李元凤画像的事:"(阎立本)奔走流汗,俯伏池侧,手挥丹素,目瞻坐宾,不胜愧赧。退戒其子曰:'吾少好读书属词,今独以丹青见知,躬厮役之务,辱莫大焉!尔宜深戒,勿习此艺。'"②阎立本当着众臣汗流浃背、羞愧不已的经历让他警示后人,万万不要以此为业。艺术与美,在等级森严的中国传统社会不过是权力阶层的消费品罢了,何谈艺术之独立性与艺术家之尊严价值。

即如张彦远也继承了儒家文化对艺术的根本态度与价值判断:"以德成而上,艺成而下,鄙无德而有艺也。君子依仁游艺,周公多才多艺,贵德艺兼也。苟无德而有艺,虽执厮役之劳,又何兴叹乎!"③所谓"德",也就是儒家之"修身齐家治国平天下",书画之事和它们相比无疑是小事,所以直至黄道周、倪元璐、郑板桥等,都还把书法艺术放在极低的位置上。北宋画家李成因为贵族出身,就因以画家为业而感到耻辱,其实这也反映出艺术在中国传统文化中的地位。中国历代文人一般把修身齐家治国平天下当作自己的人生目标。书法不过是修身技艺之一种,和治国平天下相

---

① 岗村繁:《历代名画记译注》,上海古籍出版社 2009 年版,第 382 页。
② 岗村繁:《历代名画记译注》,上海古籍出版社 2009 年版,第 421 页。
③ 张彦远:《历代名画记》,人民美术出版社 1963 年版,第 155 页。

比不过是小道，以至于作为政治家的黄道周——虽然他也是大书法家——只把书法排在第七八位："作书是学问中第七八乘事，切勿以此关心。"①当然，随着社会的发展，特别是随着商业活动的发展，如郑板桥一代画家在扬州能以靠卖字画为生，书法家与艺术家的社会地位也有所提高。时至今日，名声显贵的艺术家可谓数不胜数，但事实上，纯粹的诸艺之事，从国家层面考量，仍无法与救国救民的大事相提并论，如近现代仍有画家持"一百个齐白石不如一个鲁迅"的观点。

魏晋之后，很多书法家与书论家对书法意义的阐释与对书法地位的提升做了很多努力。书法地位在唐朝得到了根本性的改变，这自然与李世民喜好王羲之书法有关，也与很多理论家的努力探索有关。孙过庭在《书谱》中记载了传统"书艺小道"的说法："然君子立身，务修其本，扬雄谓诗赋小道，壮夫不为；况复溺思毫厘，沦精翰墨者也！"②在扬雄看来，无论是诗赋还是雕虫篆刻，都是小道，不是君子修身立命的根本，更不要说用笔书写诗文词赋追求其外在的视觉形式之美的书法了，想想赵壹的《非草书》中对各种喜爱草书者的批评就可理解。但《书谱》中驳斥了那种贬低书法地位的说法："夫潜神对弈，犹标坐隐之名；乐志垂纶，尚体行藏之趣。讵若功定礼乐，妙拟神仙，犹埏埴之罔穷，与工炉而并运。"③在孙过庭看来，有些人从不学习古人书法，更不刻苦练习，常常以班超"安能久事笔砚间"、项羽"书足以记姓名而已"作借口，随心所欲，毫无章法，心里不知道法则，手下也没有运笔的规矩，想要达到书法的精妙境界，那自然是很荒唐的想法。古人说君子立身要注意根本，正如扬雄说诗赋都是小道，大丈夫是不干的，何况沉浸在书法里，斤斤于细微的笔法之美呢！但沉心

---

① 崔尔平选编：《明清书法论文选》，上海书店1994年版，第402页。
② 孙过庭：《书谱译注》，马永强译注，河南美术出版社2007年版，第15—16页。
③ 俞丰编著：《经典碑帖释文译注》，上海书画出版社2012年版，第425页。

下棋的人也标有"坐隐"的美名,喜欢钓鱼的人也能体察行藏的乐趣,他们都还比不上书法对礼乐的重要呢,况且其中还有神仙般的快乐,艺术家创作书法作品,正如陶工、金匠制作出各种精美的器物一样。当然,只有那些善于鉴赏的通达之人才能去其糟粕、吸取精华,达到穷微测妙的境界。接着,孙过庭又用历史上魏晋士人的修养来说明这个问题:"东晋士人,互相陶染。至于王、谢之族,郗、庾之伦,纵不尽其神奇,咸亦挹其风味。去之滋永,斯道逾微。"①东晋士人互相熏陶,王、谢、郗、庾家族的人即使达不到高妙的书法水平,也一定具有书法的风神。遗憾的是,距离那个时代愈来愈远,书道愈来愈衰微了。

窦臮《述书赋》谈到书法的意义说:"虽六艺之末曰书,而四民之首曰士;书资士以为用,士假书而有始。岂得长光价于一朝,适容貌于千里?"②虽书写为六艺之末、士人为四民之首,但书写与士人必须互相依靠才能发挥作用。如何在朝廷显示自己身价,在千里之外展示自己的容貌?那都要靠书法。所以梁武帝说,书法就是千里之外的面目啊。李嗣真也强调书法的现实意义,甚至借用文学的地位来比喻书法的地位,他说钟张二王的书法就像阴阳和谐、寒暑调畅的四时一样,能和《雅》《颂》相提并论:"数公皆有神助,若喻之制作,其犹《雅》《颂》之流乎。"③他们的创作正像有神的帮助,如果说它们的价值意义,那一定如《诗经》中的《雅》《颂》一样吧。

当然唐朝并不都是肯定书法地位的理论,有些书法家依然持"艺成而下"的观点,如徐浩《论书》在论述书法的地位时说:"徐浩自言:余年在龆龀,便工翰墨,力不可强,勤而愈拙,区区碑石之间,矻矻几案之上,亦古人

---

① 俞丰编著:《经典碑帖释文译注》,上海书画出版社2012年版,第425页。
② 上海书画出版社编:《历代书法论文选》,上海书画出版社2004年版,第238页。
③ 上海书画出版社编:《历代书法论文选》,上海书画出版社2004年版,第136页。

所耻,吾岂忘情耶! 德成而上,艺成而下,则殷鉴不远,何学书为? 必以一时风流,千里面目,斯亦愈于博弈,亚于文章矣。"①徐浩自己说,他在年少时就开始学习书法,笔力不强,但勤奋胜过笨拙,局限在碑碣之间,沉浸在几案之上,这正是古人所耻的,他自己也不是不知道。世人认为,成就德行为上,成就艺术为下,殷鉴不远,为何学习书法呢? 最终也不过是一时的风流,让人看到千里之外的面目罢了,书法只是比下棋强,但还比不上写文章呢。

由此来看,德成而上、艺成而下的儒家观点在当时还是根深蒂固的,书艺不过是人生之余事,是辛劳之余的消遣,不能当作终身大事来献身的,这是由儒家思想中"修身齐家治国平天下"的等级顺序决定的。关于书法的地位,唐李华《二字诀》中讲,一位文字学家问鸿文先生说:"先生通儒也,而弗能字学,学何哉?"先生是一位通儒,却不会写字,为什么呢? 鸿文先生笑着责备道:"夫儒之立身以学乎? 以书乎? 苟其书,则孔子无以加也。且止云典籍,至是则无闻也。尔徒学书,记姓名而已。已乎,已乎。"②在鸿文先生看来,儒士立身,是以学问还是以书法呢? 如果以书法的话,孔子也没什么可以赞美的了;只听说过孔子的著述典籍,其他都不知道了。人们学习写字,也就是记住姓名罢了,有什么意义呢? 当然,李华是不同意这个看法的,所以他"心愤愤然",接着讲了书法的用笔方法,但这也确实反映了当时一部分儒家士人对待书法的基本态度。

刘禹锡在《论书》中就驳斥了书法地位较低的说法:

> 或问曰:书足以记姓名而已,工与拙何损益于数哉? 答曰:此诚有之,盖举下之说耳,非蹈中之说。亦犹言居室曰避燥湿而已,言衣

---

① 上海书画出版社编:《历代书法论文选》,上海书画出版社2004年版,第276页。
② 上海书画出版社编:《历代书法论文选》,上海书画出版社2004年版,第281—282页。

裳曰适寒暖而已,言饮食曰充腹而已,言车马曰代劳而已,言禄位曰代耕而已。今夫考居室必以闳门丰屋为美,第衣裳必以文章鲜泽为甲,评饮食必以精良海陆为贵,第车马必以华辀绝足为高,干禄位必以重侯累封为意。是数者皆不行举下之说,奚独于书也行之耶?①

有人说书法只要能记录姓名就行了,好与坏没什么意义。但刘禹锡认为并不是这样,书法记录姓名只是一种最低要求,并不是中肯的说法。就像说房屋是为了避免燥湿罢了,说衣裳是为了适应寒暖罢了,说饮食是为了避免饥饿罢了,说车马是代劳罢了,说俸禄是代替耕种罢了。但是时人评价房屋必然以高楼大厦为美好,装衣裳的器具必然以好看有光泽的为最佳,饮食必然以精良的山珍海味为贵,车马必然以大车骏马为高,俸禄必然以高官显爵为贵。——这些事都不以最低标准衡量,为何只有书法以最低标准判断呢?

接着刘禹锡以儒家传统的观点来驳斥对"艺"的不重视或风尚对人的改变:

> 《礼》曰:"士依于德,游于艺。"德者何? 曰至、曰敏、曰孝之谓;艺者何? 礼、乐、射、御、书、数之谓。是则艺居三德之后,而士必游之也;书居数之上,而六艺之一也。《语》曰:"饱食终日,无所用心,难矣哉! 不有博弈者乎? 为之犹贤乎已。"是则博弈不得列于艺,差愈于饱食无所用心耳。吾观今之人,适有面诋之曰:"子书居下品矣!"其人必逌尔而笑,或訾然不屑。有诋之曰:"子握槊弈棋居下品矣!"其人必赧然而愧,或怫然而怒。是故敢以六艺斥人,不敢以弈博斥

---

① 崔尔平选编:《历代书法论文选续编》,上海书店 1999 年版,第 40—41 页。

人。嗟乎！众尚之移人也。

在刘禹锡看来，《礼记》说士人依靠德性立足，游心于艺。德是什么？德就是至德、敏德与孝德。艺是什么？是礼、乐、射、御、书、数。这样艺虽然居三德之后，但士人仍必须修习它们；书在数的前面，是六艺之一，因此也必须修习。《论语》说：人饱食终日，无所用心，很难啊！不是有下棋吗？下棋也是可以的。下棋不列在六艺里，只是稍胜于饱食终日无所用心罢了。当时，如果有人当面批评说"你的书法太差了"，一般人都会莞尔一笑，或不屑一顾。但如果有人批评说"你的棋下得太差了"，一般人就会面带愧色，或勃然生气。现在能用六艺来训斥人，但不敢用下棋来训斥人，这是时代的风尚对人的改变啊。刘禹锡用《礼记》与《论语》中的话来为书法的地位辩护，认为书的地位应该在下棋之上，但风气所及，世人多不以书为重要，而以下棋为重，可见时代风气改变人之深。但是刘禹锡《论书》最后所得出的结论也不过是"所谓中道而言书者何？处之文学之下，弈博之上"①。对书法地位中肯的说法，就是把它放在文学的下面、在下棋的上面；对才艺相同的人而言，书法可以增加其声誉，如加强才艺，六书就不会湮灭了。由此可见，刘禹锡并没有从书法本身的特质出发，而是同样沿用了传统对书法的价值论断，从它具体的功用来讨论书法的意义，只是希望它流传下来，不至于湮灭消亡罢了。

书法与绘画低下地位的根本原因，还是《礼记·乐记》中所说的"德成而上，艺成而下"的儒家观念对社会上下产生的深刻影响。孔子说"游于艺"，又说自己在齐国听到韶乐三月不知肉味，他也曾专门跟随鲁国音乐家师襄子学琴，可见他喜欢艺术之至，尽善尽美正是他对韶乐的评论。

---

① 崔尔平选编：《历代书法论文选续编》，上海书店 1999 年版，第 41 页。

孔子只是把音乐当作修身育人的方法,并不是将其与齐家治国平天下的人生理想相提并论。所以他又说"吾不试,故艺"①,"富而可求,虽执鞭之士,吾亦为之。如不可求,从吾所好"②。他甚至说:"志于道,据于德,依于仁,游于艺。"③由此可见文艺在孔子心中的地位。《周礼·地官·保氏》中记载:"保氏掌谏王恶。而养国子以道。乃教之六艺。"④六艺即礼、乐、射、御、书、数,儒家以六艺来教育贵族子弟,说明了书写的重要性,但书写发展成为书法,成为众人乐此不疲、举国上下举足轻重的艺术形式,要经过历代艺术家的努力才能达到。蔡邕《陈政要七事》说:"夫书画辞赋,才之小者。"⑤这仍然是"德成而上,艺成而下"的儒家观点,即使像蔡邕这样的大书家也必然坚守着时代的观念。宗白华在《中国古代音乐美学思想》中说:"《乐记》最突出的特点,是强调音乐和政治的关系。一方面,强调维持等级社会的秩序,所谓'天地之序'——这就是'礼';另一方面又强调争取民心,保持整个社会的和谐,所谓'天地之和'——这就是'乐';两方面统一起来,达到巩固等级制度的目的。"⑥《尚书》中就有关于音乐与道德、伦理、政治密切关系的论述,它说:"帝曰:夔,命汝典乐,教胄子,直而温,宽而栗,刚而无虐,简而无傲。诗言志,歌永言,声依永,律和声,八音克谐,无相夺伦,神人以和。"⑦

其实,对绘画与书法,儒家同样强调其和政治的关系,对王羲之书风的强调中有就非常重要的政治道德成分。《尚书》对音乐诗歌道德属性的强调,与曹植《画说》论述画的道德教育意义相似,西晋文学家束皙的《读

---

① 杨伯峻:《论语译注》,中华书局 2000 年版,第 89 页。
② 杨伯峻:《论语译注》,中华书局 2000 年版,第 69 页。
③ 杨伯峻:《论语译注》,中华书局 2000 年版,第 67 页。
④ 杨天宇:《周礼译注》,上海古籍出版社 2004 年版,第 200 页。
⑤ 严可均校辑:《全上古三代秦汉三国六朝文》,中华书局 1985 年版,第 864 页。
⑥ 宗白华:《美学散步》,上海人民出版社 1982 年版,第 45 页。
⑦ 李民、王健:《尚书译注》,上海古籍出版社 2004 年版,第 19 页。

书赋》中论述读书的道德意义说：

> 颂《卷耳》则忠臣喜，咏《蓼莪》则孝子悲。称《硕鼠》则贪民去，唱《白驹》而贤士归。是以重华读《诗》以终已，仲尼读《易》于身中；原宪潜吟而忘贱，颜回精勤以轻贫；倪宽口诵而芸耨，买臣行吟而负薪。贤圣其犹孜孜，况中才与小人？①

在束皙看来，诵读《卷耳》忠臣就高兴，咏读《蓼莪》孝子就悲伤，称颂《硕鼠》贪民就离开，咏唱《白驹》贤士就回来。重华一生都读《诗经》，孔子一生都读《周易》，原宪读书忘贱，颜回精勤轻贫，倪宽耕耨而诵，买臣负薪而吟，这些先贤都兢兢业业地读书学习，何况那些中下等的小人呢？这就是读书对人生的意义。

李嗣真《书后品》中说书法的地位："盖德成而上，谓仁、义、礼、智、信也；艺成而下，为礼、乐、射、御、书、数也。吾作《诗品》，犹希闻偶合神交、自然冥契者，是才难也。及其作《书评》而登逸品数者四人，故知艺之为末，信也。"②李嗣真也基本同意一般人的看法：成就道德也就是仁、义、礼、智、信五德，是上；成就艺即所谓礼、乐、射、御、书、数六艺，就是下。他曾作《诗品》，很少见到心神自然完美融合的，才士很难见到。等到他写作《书评》，能列入逸品的只有四人，于是更加相信艺乃是末位。虽然李嗣真也反对项羽那种"书足以记姓名而已"的说法，但他也认为对于那些很难在政治上建功立业的读书人来说，从事书法也不失为一个次等但有效的选择。对此他说：

---

①　欧阳询：《艺文类聚》，汪绍楹校，上海古籍出版社1982年版，第991页。
②　上海书画出版社编：《历代书法论文选》，上海书画出版社2004年版，第133—134页。

嗟尔后生,既乏经国之才,又无干城之略,庶几勉夫斯道。近代虞秘监、欧阳银青,房褚二仆射、陆学士、王家令、高司卫等,亦并由此术,无所间。然其中亦有更无他技而俯拾朱绂,如此则虽惭君子之盛烈,苟非莘野之器,箕山之英,亦何能作诫凌云之台,拂衣碑石之际邪![①]

在李嗣真看来,如果士人既没有安邦护国的才能,又没有领兵打仗的韬略,像虞世南、欧阳询、房玄龄、褚遂良、陆柬之等那样从事书法也会成功的。他们中间也有些没有其他本领就能荣登仕途的,这些人和那些建立丰功伟业的君子相比自然惭愧,但既没有伊尹隐居的能力,又没有许由避世的才干,那就不可能赴凌云台树碑立传,也只好如此了。由此来看,李嗣真和赵壹的观点也是一脉相承的,书法作为一种技艺,是不可能和那些建功立业的创举相提并论的。

在西方,艺术家也并不是从一开始就受到了重视。他们很难摆脱作为手工艺甚至是体力劳动者的身份,很难被承认从事的是一种高级的脑力劳动,是非常高级的精神活动,或者是高等身份人所从事的尊贵的审美享受。其中原因,当与古希腊建筑师与雕塑家都需要从事大量的体力劳动有关。身为雕塑家儿子的苏格拉底也并不把艺术放在较高级的地位上。至于柏拉图和亚里士多德,正如玛戈·维特科夫尔和鲁道夫·维特科夫尔在《土星之命:艺术家性格和行为的文献史》中所说:

柏拉图和亚里士多德都将视觉艺术的地位排在音乐和诗歌之下,从荷马与赫西奥德的时代开始,古希腊人就将灵魂视作诗人和音

①　上海书画出版社编:《历代书法论文选》,上海书画出版社2004年版,第134页。

乐家的专属。柏拉图的"神性迷狂"学说没有给艺术家留下一隅之地,他们表现的仅仅是对物质世界的模仿,而相应地,物质世界又是无形、神圣的精神世界的影像而已。这是柏拉图艺术观念的核心,美学理论是其哲学体系中的重要组成部分,但视觉艺术却被排斥在外了。尽管亚里士多德提出了对后世影响极为重要的诗论,但他同样也未展开任何有关艺术理论方面的探讨。①

贡布里希在《艺术的故事》中说:

> 那些治理着城市、把时间花费在市场上进行无穷争论的富有人士,甚至还有诗人和哲学家,大家都看不起雕塑家和画家,认为他们是下等人。艺术家是用双手工作,而且是为生计工作。他们坐在铸造场里,一身汗污,一身尘土,就像普通的苦力一样卖力气,所以他们不被看作上流社会的成员。②

文艺复兴时期的很多艺术家,包括米开朗基罗、拉斐尔、达芬奇等,已基本上取得了经济上的独立,但很难说他们已经取得了很重要的社会地位。正如苏格拉底所说,荷马如果能成为英雄,他就不会成为歌颂英雄的诗人。

沃尔夫林说每种艺术都有自己的独立性,不同的艺术有不同的特点:

> 由于每种艺术都具有自己的特点,区别其实已然存在。例如,适

---

① 玛戈·维特科夫尔、鲁道夫·维特科夫尔:《土星之命:艺术家性格和行为的文献史》,陆艳艳译,商务印书馆2019年版,第5页。

② 贡布里希:《艺术的故事》,范景中译,广西美术出版社2015年版,第82页。

用于绘画的可能对建筑不起作用，单单以图像的概念看它们的外部发展，其间的类似也是有距离的。诚然，人们可以通过尖端作品设想出一个时代的观看形式，可是不能认为它普遍而具有约束力。没有一副适合所有人的眼镜。如何才能把艺术的这种独立生命和一般的精神史的进程联系在一起？我们目前还没有完整考虑这个关键的与物质世界无关的部分，我们的问题不仅仅是一个时代建立了什么形式，而是人怎样感受自己，人在理智和情感上如何面对世界的各种事物。这些问题可以归结为我们的观看史是否可以名副其实地叫做观看自身的历史。①

在沃尔夫林看来，不同艺术有不同的特点，它们之间不能互相取代，探讨它们之间的区别与联系是从事艺术研究者的根本任务。

正如郑杓、刘有定《衍极》中所说："荀子曰：故好书者众矣，而苍颉独传者，一也；好稼者众矣，而后稷独传者，一也；好义者众矣，而舜独传者，一也。自古及今，未有两而精者也。"②"苏轼有言曰：'书于鲁公，文于昌黎，诗于工部，至矣。'"刘有定的解释中又加入了"书至于颜鲁公，画至于吴道子，极古今之变，天下之能事毕矣"。③ 不同的工作有不同的传承，不同的艺术有不同的特点，不同艺术家有不同的专长，虽然他们之间也互相取法，互相影响，但精诚专一是他们取得成功、各得其所的不二法宝。李嗣真《书后品》中也说："嗟乎！有天才者或未能精之，有神骨者则其功夫全弃，但有佳处，岂忘存录！"④很多人也许在政治、军事、经济或者是文学

---

① 海因里希·沃尔夫林：《美术史的基本概念——后期艺术风格发展的问题》，洪天富等译，中国美术学院出版社 2017 年版，第 267 页。

② 上海书画出版社编：《历代书法论文选》，上海书画出版社 2004 年版，第 429 页。

③ 上海书画出版社编：《历代书法论文选》，上海书画出版社 2004 年版，第 461 页。

④ 上海书画出版社编：《历代书法论文选》，上海书画出版社 2004 年版，第 141 页。

方面才能突出，但并不一定就能精通书法，因为它们需要不同的才能，所谓积学而至者，恐不得笔力妙处。

很多著名的书法理论家也并非都是伟大的书法家，如王羲之《笔阵图》说："善鉴者不写，善写者不鉴。"因为对书法的思考研究与书写本身是两种不同性质的工作，需要不同的才能。张怀瓘《书断序》说："或体殊而势接，若双树之交叶；或区分而气运，似两井之通泉。""心不能授之于手，手不能授之于心，虽自己而可求，终杳茫而无获。"①艺术家的心手很难完全统一，心手无隔的境界是很难达到的。张怀瓘在其他论著中也多次论述到这个问题，《书断下》在论述能品人后评论说："语曰：'能言之者未必能行，能行之者未必能言。'何必备能而后为评。"②"知者博于闻见，或可能知，得者非假以天资，必不能得。是以知之于得，又书之比言，具有云尘之悬。"《书议》说："古之名手，但能其事，不能言其意。今仆虽不能其事，而辄言其意。""夫知仁者智，自知者明。"③张怀瓘作为一个书法理论家，他对自己的书法水平是很自信的，特别是草书，朱长文《续书断》曾引张怀瓘说自己的书法为"真、行可比虞、褚，草欲独步数百年间"。但他仍然看到了书论与书法创作之间的根本差别：一个是创作本身，一个是对创作及其作品的思考。当然这中间也存在着理论家与艺术家自我评价的矛盾问题。正如孙过庭《书谱》中对书法中的自我评价所说的："或有鄙其所作，或乃矜其所运，自矜者将穷性域，绝于诱进之途；自鄙者尚屈情涯，必有可通之理。嗟乎！盖有学而不能，未有不学而能者也。"④有些人谦虚谨慎，轻视自己的书法作品；有人则喜欢自夸不已。谦虚的人由于知

---

① 上海书画出版社编：《历代书法论文选》，上海书画出版社 2004 年版，第 154—155 页。
② 上海书画出版社编：《历代书法论文选》，上海书画出版社 2004 年版，第 208 页。
③ 上海书画出版社编：《历代书法论文选》，上海书画出版社 2004 年版，第 149—150 页。
④ 孙过庭：《书谱译注》，马永强译注，河南美术出版社 2007 年版，第 93 页。

道不足，而往往最后能达到成功的目标；自夸的人却常常由于缺乏努力进取的精神而半途而废。因为世上有学习不能成功的，哪有不学习反而能成功的呢？孙过庭是一位书论与书法兼善的艺术家，但也有人对孙过庭的书法与书论持有不同的看法，郑杓、刘有定《衍极》中就说："孙虔礼、姜尧章之谱何夸乎？问孙、姜多夸诞。"①认为孙过庭的书论有夸夸其谈、不符合实际的毛病。

　　文学与书法是两种根本不同的艺术形式。一个是追求文字的意义，以文字内容为依据；一个是对于文字的书写，用纸笔墨砚书写文字来追求更大的视觉美感。《传统文论与书论会通研究》关于书法与文学之不同说："书法与文学最大的不同，文学以字义为主，人们懂得字义当可理解作者之心；书法以线条为主，线条是一种抽象的符号，与书者间的关系难解，何况书者的心！"②书法的根本是追求书写的形式之美，王羲之说书法中"意存笔先""字中发人意气""点画之间皆有意"等，指书法同文学、绘画、音乐一样，都是人的艺术的观念，它们都因人而存在，都是为了表达人的精神世界与价值追求，是人在书写，是为了人而书写，同时都是为了追求美，是美把书写者与欣赏者联系在一起。阅读文学作品只要识字就行了，无论这个字是用什么方法写出来的，无论写得怎样；书法却更多地追求书写的形式之美，甚至为了美可以在不影响字体根本结构的情况下对字形作适当调整。

　　欧阳询《三十六法》谈论字体的结构说："**避就**　避密就疏，避险就易，避远就近，欲其彼此映带得宜。又如'廬'字，上一撇既尖，下一撇不当相同；'府'字一笔向下，一笔向左；'逢'字下'辵'拔出，则上必作点，亦避

---

① 上海书画出版社编：《历代书法论文选》，上海书画出版社 2004 年版，第 440 页。
② 资成都：《传统文论与书论会通研究》，花木兰文化事业有限公司 2018 年版，第 46 页。

重叠而就简径也。"①他在论述"借换"与"增减"时更是说："**借换**　又如《醴泉铭》'祕'字就'示'字右点,作'必'字左点,此借换也。《黄庭经》'遅'字,'罋'字,亦借换也。又如"靈"字,法帖中或作'罪'或作'小',亦借换也。又如'蘇'之为'蘇','秋'之为'秌','鹅'字为'鵞'、为'𪅃'之类,为其字难结体,故互换如此,亦借换也,所谓'东映西带'是也。**增减**字之有难结体者,或因笔画少而增添,如'新'之为'新','建'之为'建'是也。或因笔画多而减省,如'曹'之为"曺",'美'之为'芺'。但欲体势茂美,不论古字当如何书也。"②欧阳询对古代法帖中为了字体书写的美以改变字体结构的情况进行了梳理,如"秋"字是左右调换、"鹅"字是左右改为上下,甚至增添点画,如"建"加上一点、"新"字加上一横,虽然他说或因"笔画少而增添",或因"因笔画多而减省","不论古字当如何书",但增加笔画的"新"字,并不比减少笔画的"美"更少笔画,可见"多了可减""少了增加"并不是根本规律。为了书写舒适,避免"字难结体",追求观看之美,"但欲体势茂美",倒是根本的原则与目的。这种变化往往有其传承,书法家在临帖学习时,前人书法家的书写方式,特别是那种独出心裁、即兴发挥、让字体更加茂美的结构方法,对后来学习者往往有很大影响。"崇"之"山"在书帖中往往被写歪,源自《兰亭集序》中"崇山峻岭"中的"崇"字歪斜。同样,为使字的结体更为合理美观,富于变化,避免重复雷同,如"庐""府""逢"等字的某些笔画,可作适当调整,以避免给人以单调重叠的感觉,它们遵守的原理是一样的。

从文学到书法,与从文学到绘画不同。从文学到书法仍然是从语言到语言的图像性展现,语言内容通过书法的形式表现出来。而从语言到

---

① 上海书画出版社编:《历代书法论文选》,上海书画出版社 2004 年版,第 99 页。
② 上海书画出版社编:《历代书法论文选》,上海书画出版社 2004 年版,第 102 页。

绘画是从语言到图像，语言和图像是两种完全不同的异质性符号，这种转换是两种完全不同性质的媒介与表达方式的转换。当然，书法与绘画又有着密切的关系，它们都通过线条、颜色、构图等来表达作者特殊的审美与人生价值观。书法处在文学与绘画之间，在某种程度上兼具二者之优，而又具有自身独特的美学意义。书法作品在展示自身线条、结构、章法、风格等美的元素的同时，还具有语言文本所具有的所有信息。不像绘画在表达语言文本时所发生的巨大变化，艺术家要根据绘画的特点对原初文本进行取舍、改变、丰富，甚至加入自身的理解，以至于绘画中所呈现的文本与原文本有根本性的差异；书法中呈现的文本与原初的语言文本则没有任何差异，它只是以书法美的形式进行了再一次书写，语言的信息并没有丢失什么。

绘画与书法这两种不同的符号介质，在展示同一件语言文本时所呈现出的内容信息与审美特点是有根本区别的。如无论诗歌与绘画都可以表现陶渊明"取头上葛巾漉酒""足以为酒""有酒盈樽""三径就荒，松菊犹存"的情景，但书法并不能直接表现这种生活场景，它只能用书法的线条、结构与色彩来书写这些词句，并通过这些词句反映的意象来呈现这些具体的场景。其呈现的场景虽然大致相同，呈现的方式却迥然不同，书法的线条与结构，书法家的情感与笔调是其他两种艺术形式所不具备的。

语言文字的抽象性决定了它的形式化、含混性、偶然性、抽象性的特点，它对事物的描写叙述自然是不确定的，每个人会根据自身的经验、感受与想象具体化来填补语言符号的不确定性，所谓一千个读者有一千个哈姆莱特。但图像不同，它基于人类的视觉系统，视觉符号的图像是可视的、具体的、确定的，以事物本身存在的方式直接作用于人的感官，更容易给人以真实的感觉，虽然它也是一种虚幻的真实。

书法虽然强调书写，但仍然是一种语言形式的存在，它直接继承了语言传达意义的方式,因为它是对语言文字的再次书写,通过另一种方式再次呈现原初语言中所表达的内容与情感。图画则是一种空间静态的视觉艺术,图像符号是一种以感性直观的方式作用于人的视觉感受,所有的绘画元素都共时性地存在于图画之中,正如阿恩海姆在《视觉思维》中所说的:"一幅绘画意象,是整个地、同时性地呈现出来的,而一种成功的文学意象,则是通过一种可称之为'在随时修正中的冲积或合生(accretion)'而获得的。"同时,"语言文字并不仅仅是由词语构成的,构成它的主要东西不是语词,而是语词的意义"①。而书法的呈现像语言艺术一样是一种历史性的时间艺术,但最后的书法作品仍可给读者一种整体性的空间性的存在。如果欣赏书法所书写的内容——这是书法的重要元素之一,就须像阅读语言作品一样按照语言的顺序来阅读文本内容,从阅读中获得语言文字所表达的信息意义。由于书法与文学属于两种不同的艺术形式,因此表现风格的手段自然也不同。如书法中的骨与书写的力度有关,郑杓、刘有定《衍极》中说:"书者骨也,力也。"②洪耀南说:

> 落实于书法,"风骨"可以指通过具体的笔法讲求所呈现出的笔力端直劲挺和体势的刚健有力的力度美;若落实于诗歌,"风骨"则可以指通过端直的语言表达、高古的格调讲求所呈现出的足以振起人心的刚健雄强。书画美学理论中的风骨论相对来说更多地与书、画创作的技法相联系,这是因为书画均有一定程度的示象意味之故。诗的示象乃通过字意,经由想象构成,因其与字形或物象之间缺乏直接的联系,自然不易与实际的操作结合,遂转而将重心指向创作本体。基本上,就诗而言,"风骨"的审美意涵偏向于指创作主体所流露

---

① 鲁道夫·阿恩海姆:《视觉思维》,滕守尧译,四川人民出版社2019年版,第311、315页。
② 上海书画出版社编:《历代书法论文选》,上海书画出版社2004年版,第425页。

出来的一种具有风范与格调的内涵;然而就书法而言,则偏向于指书法作品中所呈现出来遒劲有力的审美风格。①

陆机认为,文学语言是对物的意义的解释,而绘画图像则是对物的形象的描绘,文字语言善于抒发表现人物情感,图像符号则利于描摹事物的外在形貌,二者各有自己独特的不可替代的特点与审美价值,如果二者密切结合,将会更完美地把展示事物形貌与表达作者情感结合在一起。如张彦远《历代名画记》引陆机所说:"宣物莫大于言,存形莫善于画。"②陆机《文赋》同时强调文学的视觉经验,主张遣词造句要"贵妍",所谓妍就是妍美,就是词句富丽,陆机所谓"炳若缛绣,悽若繁枝""石韫玉而山晖,水怀珠而川媚""播芳蕤之馥馥,发青条之森森"等都是指视觉之美,司马相如创作赋就如同用语言编制图像一样,正所谓"合纂组以成文,列锦绣而为质"。因此,文学也会通过描写事物的外在形貌产生一种视觉之美,当然这种用语言传达的视觉之美与用图像传达的视觉之美是根本不同的。文学的视觉之美并不是通过直接观看,而是借助语言、通过想象来达到的,正如巴什拉说:"诗人的形象是以语言说出来的形象,而不是我们眼睛看见的形象。"③刘勰《文心雕龙》说文辞之美犹如"雕龙"之美感,这只是一种比拟,并非真指语言能创造出一种如雕刻、锦绣一般的空间式的具有立体感的图像之美。

"物沿耳目",认识事物主要靠视觉与听觉,而"写物图貌,蔚似雕画""拟诸形容",则"辞令管其枢机",语言又起着重要的作用。文学语言除

---

① 洪耀南:《唐代书论与诗论之比较研究》上,花木兰文化事业有限公司 2018 年版,第283 页。
② 张彦远:《历代名画记》,江苏美术出版社 2007 年版,第 2 页。
③ 加斯东·巴什拉:《梦想的诗学》,刘自强译,生活·读书·新知三联书店 1996 年版,第409 页。

了能精确地描述事物形貌、生动叙述故事外,还能给读者以一种语言的阅读美感,骈体文的骈体、辞藻、用典、音律的四大特点,连续的对偶俳句,以及其对音律和谐的注重,无不是追求一种阅读之美。司空图《与极浦书》中说:"诗家之景,如蓝田日暖,良玉生烟,可望而不可置于眉睫之前也。"①由此,以诗歌表达书法之美,常常超过书法的事实而走向诗歌的语言意象之美。正如洪耀南说李白描述李阳冰的书法诗《献从叔当涂宰阳冰》中诗句"落笔洒篆文,崩云使人惊":

> 李冰阳写篆文时是否真是如此?却是颇令人怀疑的。这大概只
> 是李白诗文写作的手法,与事实应有相当之出入,故吾人不宜直接以
> 诗中之文字进行解读,还须配合常理来加以判断。至于"崩云"二字
> 强调的是书写效果中的气势,李白之所以用此词来描述,当与其用
> "洒"字之大意大类;亦即李白较重视其遣词的诗歌效果,而模糊了书
> 法之真实。②

魏晋很多描述书法的论文类似于骈赋,注重语言之精美排列、气势之恢弘连贯,但与书法的具体实际却很难一致。因此在研究书论时不能依照书论按图索骥,以至于龃龉不合,它们与李白的论书诗具有相类似的特点,有时过分注重了行文本身的美,而忽视了书法的具体实际。

相对于文学与书法,绘画更加强调视觉经验,《历代名画记·叙画之源流》引陆机说:"宣物莫大于言,存形莫善于画",宗炳《画山水序》提出

---

① 郭绍虞:《诗品集解 续诗品注》,人民文学出版社 2005 年版,第 52 页。
② 洪耀南:《唐代书论与诗论之比较研究》上,花木兰文化事业有限公司 2018 年版,第
178 页。

"山水以形媚道","身所盘桓,目所绸缪,以形写形,以色貌色也"。①　身在山中盘桓,眼睛四处流连,用形状来描写形状,以颜色来表达颜色。绘画中的形与色与山水本身的形与色有着基本的形似,这种类似是从眼睛观看到的、用视觉感受出来的类似。慧远《万佛影铭》中说:"神道无方,触象而寄"。白居易《记画》中说:"画无常工,以似为工;学无常师,以真为师。"②张彦远《历代名画记》说"无以传其意,故有书;无以见其形,故有画",书的核心在传意,画的核心在现"形","书画异名而同体","记传所以叙其事,不能载其容,赋颂有以咏其美,不能备其象,图画之制,所以兼之也"。③　象物的根本目的就在于形似,形似又依靠骨架、神气的建立,而这一切都必须以艺术家的用笔构图为基础。"应物象形"乃是绘画的根本,但如何应物象形?是纤毫毕现的谨小慎微,还是如顾恺之所谓"以形写神",依靠对外在形体的描绘来展示人物的内在精神?这是两种不同的态度与方法。顾恺之在《论画》中说:"以形写神而空其实对,荃生之用乖,传神之趋失也。空其实对则大失,对而不正则小失,不可不察也。一像之明昧,不若悟对之通神也。"④以形写神,形固然重要,如有一点闪失,那人的神气也就很难再呈现出来了,但神是更根本、更重要的,因为形似并不意味着神似。顾恺之讲的是绘画,特别是画人物的头部与脸部的神情,但凡有一点点失误,神气就没有了。画人根本的问题还是要"以形写神",要达到以形写神、形神兼备的目的,艺术家的技巧与手段是非常重要的,如果手段不合适或技巧很低级就无法传神。《世说新语·巧艺》曾记载顾恺之非常注重人的眼神,他认为人的眼神在传达人的内在精神方面

---

① 　俞剑华编著:《中国古代画论类编》上,人民美术出版社1957年版,第583页。
② 　俞剑华编著:《中国古代画论类编》上,人民美术出版社1957年版,第25页。
③ 　岗村繁:《历代名画记译注》,上海古籍出版社2009年版,第5、11页。
④ 　岗村繁:《历代名画记译注》,上海古籍出版社2009年版,第73页。

有着重要的作用,说:"四体妍蚩,本无关妙处;传神写照,正在阿堵中。"他靠自己的"迁想妙得"把谢鲲放在山河之间,以表达他的高远志向,他为裴楷"益三毛"也是为了表达他非同寻常的神采,至于他用飞白之法为殷仲堪遮盖眼疾,这一切无不是为了表达画家的理想。

　　书法也是"以形写神",用线条组织的字体来表达艺术家内在的精神与理想追求,以达到"气韵生动"的审美理想。当然书法不是要传达别人的神,而是要传达书法家自己的神,让人感到书法家自己高妙无比的精神世界。山水画与实用地图的根本差别就在于,一个是为了表达艺术家的情感,一个是为了实用而机械地复制。王微在《序画》中说山水画:"且古人之作画也,非以案城域,辨方州,标镇阜,划浸流,本乎形者融灵,而动变者心也。灵亡所见,故所托不动。"①在王微看来,古人画画并不是为了考察城市的区域,辨别州郡方位,标识城镇山水位置,绘画是为了融入灵性,为了感动人心。灵性不见就不能感动人。书法也是一样,它并不是简单地抄录古人诗词文章,或者是胡乱地涂抹,任性地驰骋笔画,而是要表达内心的灵性,如果没有灵性也同样不能感动人。书法强调写形的同时也注重传神,"写形"就是描画字的大致轮廓,让人能够辨认,而"传神"则是通过书法传达书法家超人的神情与美感。书法中的"神"从何来?是书法家的笔迹所显露出的个性与丰采,当然这种风采不可能像绘画或照相一样如实地反映出来,而仅仅是留下一些形迹,因为书法家留下的是笔迹,而不是写书法时的影像资料,观看者也仅仅是观看书法作品,而不能观看到书法创作时的现场,所以大量关于书法家"神采"的描述有很多也是"羚羊挂角无迹可求"了。当然随着科技的发展,时至今日,我们完全可以一览无余地欣赏书法家的创作全过程,亲临其境般地获得丰富的美感,但

①　俞剑华编著:《中国古代画论类编》上,人民美术出版社 1957 年版,第 585 页。

这在过去的书法欣赏中是不可能的。

　　过去在欣赏书法的过程中,我们只能从书法的运笔、结构、节奏、墨色等各个方面仅凭想象来勾画艺术家创作的现场,使自己的心灵随着艺术家的创作而纵横驰骋,从而产生激动人心的美感,而这一切都在想象之中进行。怀素《自叙帖》中谈到别人评论自己的书法之美时说:

> 　　其述形似,则有张礼部云:"奔蛇走虺势入座,骤雨旋风声满堂。"卢员外云:"初疑轻烟淡古松,又似山开万仞峰。"王永州邕曰:"寒猿饮水撼枯藤,壮士拔山伸劲铁。"朱处士遥云:"笔下唯看激电流,字成只畏盘龙走。"①

张礼部把怀素书法之形当作"龙蛇奔走字势安稳,狂风骤雨声势满堂",卢员外认为怀素的书法"初看似青烟在古松四周浮动,又似山开现出万仞高峰",王邕说怀素的书法如"寒猿饮水撼动枯藤,壮士拔山伸出钢筋铁骨",朱遥则说其书法"下笔如激流电闪,字成如盘龙飞动",这些都是用传统的自然及动物形象来描述书法之美,与魏晋的语言表达方式与思维方式一脉相承。评论家还通过描述怀素书法创作的场景来渲染怀素书法艺术的特点与风格:

> 　　叙机格,则有李御史舟云:"昔张旭之作也,时人谓之'张颠';今怀素之为也,余实谓之'狂僧':以狂继颠,谁曰不可!"张公又云:"稽山贺老粗知名,吴郡张颠曾不易。"许御史瑶云:"志在新奇无定则,古瘦漓骊半无墨。醉来信手两三行,醒后却书书不得。"戴御史叔伦云:

---

① 俞丰编著:《经典碑帖释文译注》,上海书画出版社2012年版,第590—591页。

"心手相师势转奇,诡形怪状翻合宜。人人欲问此中妙,怀素自言初不知。"语疾速,则有窦御史冀云:"粉壁长廊数十间,兴来小豁胸中气。忽然绝叫三五声,满壁纵横千万字。"戴公又云:"驰毫骤墨列奔驷,满座失声看不及。"目愚劣,则有从父司勋员外郎吴兴钱起诗云:"远鹤无前侣,孤云寄太虚;狂来轻世界,醉里得真如。"皆辞旨激切,理识玄奥,固非虚荡之所敢当,徒增愧畏耳。①

根据怀素自己的记述,李御史舟描述他的书法风格说:"过去张旭写字,当时人称之为张颠;今日怀素写字,我实在要说他是狂僧:以狂继颠,谁说不行!"用"狂僧"来描述怀素书法风格的基本特点,也与他嗜酒的个人习性有关。张公又说:"会稽的贺知章只略知其名,吴郡的张颠曾北面称臣。"许御史瑶说:"志在新奇没有固定的规则,字体古瘦如水势流尽一半无墨。醉的时候随手写两三行,醒后再写也写不出了。"戴御史叔伦说:"心手合一书势翻腾奇妙,诡形怪状怎么都得当。人人都问其中的妙秘,怀素自己说也不知道。"这是说怀素书法的创作已完全达到了自由状态,随心所欲而不逾矩的境界,看起来稀奇古怪,然无不尽合书法之规则。观《自叙帖》真迹来看,这也是符合事实的。谈到其书写的快速,窦御史冀说:"在数十间粉壁长廊上写字,兴致来时小小抒发一下心中的豪气。忽然大叫三五声,满壁上下写下了千万字。"戴公又说:"挥笔洒墨如马奔腾,满座的人屏住呼吸,还没来及看,就已写完。"吴兴钱起的诗则说怀素的书法:"远飞的鹤无前行的伴侣,孤独的云飘在天空里。狂放起来轻视世界,沉醉里得到真知。"这里描写了怀素在数十间粉壁长廊上,在观众目瞪口呆的震惊中,"忽然绝叫三五声,满壁纵横千万字"的情景,这是对当时怀素创作现场的

---

① 俞丰编著:《经典碑帖释文译注》,上海书画出版社2012年版,第591—592页。

真实描绘,简直就是东汉师宜官在墙上刷字换酒、王献之刷墙场景的再现,生动形象地展现了怀素写书法时豪放而激动人心的戏剧效果。

唐韦续在《五十六种书并序》说道:"飞白书,蔡邕待诏,见门下吏垩帚成字所作。"①飞白书是蔡邕在鸿都门下等待诏令时因看见门下吏用扫帚粉墙写成文字,归来后创作而成的。他又说:"一笔书,弘农张芝临池所制。其状崎岖,有循环之趣。"②一笔书是汉弘农的张芝临池所作,形状曲折缠绕,有往复循环的趣味。由此看来,飞白书与一笔书创作的目的都是为了充分展示艺术家的个性才情、抒发自由的创作欲望、尽兴挥洒复杂的艺术技巧的艺术表现过程。

谢赫《古画品录》说绘画包含六法:"六法者何?一气韵生动是也;二骨法用笔是也;三曰应物象形是也;四随类赋彩是也;五经营位置是也;六传移模写是也。"③谢赫所论虽针对绘画,但其六法也多与文学及书法相通,如气韵生动、骨法用笔、应物象形、经营位置等,无论是文学与书法对其都有讨论。当然,由于文学使用的是语言,与绘画、书法使用的笔、墨、纸张不同,所追求的象形手段与达到的艺术效果也根本不同。赵孟頫《秀石疏林图卷》说:"石如飞白木如籀,写竹还与八法通。若也有人能会此,须知书画本来同。"赵孟頫说"书画本同"就是因为它们使用相同的器具,都是追求视觉的美感,因此在使用方法与运用规则方面都有一定的一致性与相似性。但书法与绘画又不同:绘画作为图像艺术与它要描述的对象有所相似,包括形貌的相似与精神的相似;写字则不存在这个问题,除非早期象形文字,后期所谓"像"更多的是指能够传达经典范本的形貌与精神,精神层面又多与儒家所谓比德相关。例如画竹子、牡丹,必与竹

---

① 上海书画出版社编:《历代书法论文选》,上海书画出版社2004年版,第305页。
② 上海书画出版社编:《历代书法论文选》,上海书画出版社2004年版,第305页。
③ 卢辅圣主编:《中国书画全书》第一册,上海书画出版社1993年版,第1页。

子、牡丹外形相似,但书写竹子、牡丹,就不存在与竹子、牡丹外形相似的问题,而是与竹子、牡丹所具有的虚空、华贵气质相关,更与历代书法家所写的各种各样的竹子牡丹的字形相关。绘画描绘有形象的事物相对容易,而描述较为抽象的人的情绪就比较困难,正如《牡丹亭》杜丽娘在画《行乐图》时对春香所说的"三分春色描来易,一段伤心画来难"。又如,陶弘景《答谢中书书》中说"山川之美,古来共谈",山水之美乃是魏晋美学的基本原则,也是贯穿书法与文学的一个重要母题。虽然山水主题在书法与文学中的呈现方式迥然有别,文学可以用语言来描述反映自然山水,而书法与山水的关系,只能以书法来书写表现自然山水的文学作品,以书法模仿山水的美学原则,或以艺术家沉浸山水之中等方式来建立。

文学同样也描摹外物、刻画形貌,同样要立意、传意,但描摹外物使用的手段与产生的效果是根本不同的。书法与绘画都借助线条、色块、形状,通过视觉来达到艺术效果,但文学是借助语言,通过抽象的想象来展现文学效果。书法不同于文学与绘画之处,就在于它并非以外在的自然事物或社会事件为自己的模拟对象,它是以笔墨、线条、结构、篇章布局、装帧、材质甚至表演性等方式来展示艺术家自身对书法的特殊理解及其情感表达。这种视觉的艺术形式虽然与文学或文化之间存在着复杂的联系,但仍然主要以书写自身的价值或与传统审美趣味之间若即若离的关系为依据,来获得独立的意义。明沈德符《敝帚轩剩语·名臣通画学》中说:"前代名臣能临池者多矣,鲜有以画名者。"其根本原因乃在于画比书法涉及更多的专业技巧,但这并不意味着它们二者不能达到同样的精妙高度。正如走路与舞蹈,舞蹈自然比跑步涉及更多的专业技巧,跑步人人都会,正如书法起步一样简单,但成为一个舞蹈家与成为一个优秀的运动员,其难度与最后达到的高度都是一样的。

魏晋文论书论都强调天才,但是书法的天才与文学的天才是不同的才能,文学强调的是通过语言来描绘事物表达情感的才能,书法则是通过书写来创造美的图像以抒发情感的艺术活动。郭绍虞认为艺术家要达到神妙的境界需要三个条件。一是天才和环境,先天的才分对艺术很重要。二是功夫,没有后天的功夫,先天的才能无从展现发挥。三是感性,也就是创作的灵感需要偶然的激发,不然才能也会沉没掩埋。① 他的观点虽然是针对文论,但对书法也是适用的。魏晋书法文学均强调天才灵感及人的精神修养,认为书法与文学都是一种艺术活动,并非仅仅依靠人为的努力就可达到,《文赋》与《文心雕龙》都强调灵感在艺术活动中的重要意义,书法也是一样。钟繇说书法"非凡庸所知";卫夫人说"自非通灵感物,不可与谈斯道也";王羲之《书论》说:"夫书者,玄妙之伎也,若非通人志士,学无及之。"王羲之认为书法为天才之作,是玄妙的艺术,一般人很难学好,书法如不是修养全面的人尽力钻研是学不好的,关于书法的奥妙应该如《题卫夫人〈笔者图〉后》所说的"可藏之石室,勿传非其人也"。

蔡希综《法书论》中论述王羲之创作《兰亭集序》时说:

> 何延之云,右军书《兰亭》,每字皆构别体。盖其理也。时议多之。右军每叹曰:"夫书者玄妙之伎,自非达人君子不可与谈斯道。"右军之迹流行于代众矣,就中《兰亭序》《黄庭经》《太师箴》《乐毅论》《大雅吟》《东方先生画像赞》,咸得其精妙。故陶隐居云:"右军此数帖,皆笔力鲜媚,纸墨精新,不可复得。"右军亦自讶焉,或他日更书,无复似者。乃叹而言曰:"此神助耳,何吾力能致。"②

---

① 郭绍虞:《郭绍虞说文论》,上海古籍出版社2000年版,第42—44页。
② 上海书画出版社编:《历代书法论文选》,上海书画出版社2004年版,第272页。

何延之说王羲之写《兰亭》每个字都不一样，很多人也讨论过这个问题。右军也常常感叹：书法是一个很玄妙的艺术，如果不是聪慧通达之人，就不要和他讨论书法。右军的书迹流传下来很多，其中《兰亭序》《黄庭经》《太师箴》《乐毅论》《大雅吟》《东方先生画像赞》都很精妙。陶弘景说，王羲之这些帖都笔力鲜明，纸墨精新，不可复得。右军自己也很惊讶，他日再写一次，却再也写不出来了。所以感叹说：这是神助啊，哪是用自己的能力达到的。

虞世南认为"书道玄妙"，"必资神遇，不可力求"，也是强调了书法中的天资成分，不能纯粹以后天的勤奋磨练代替。颜真卿《张长史十二意笔法》中也说："笔法玄微，难妄传授。非志士高人，讵可与言要妙也？"强调学习书法的天分。唐人《叙笔法》中说："褚河南云：良师不遇，岁月徒往。今之能者，时见一斑，忽不悟者，终身瞑目。盖书非口传手授，而云能知者，未之见也。"①口传手授自然重要，但创新能力更是一个书家成熟的标志，也是他天分的标志。董其昌《画禅室随笔》中说："书家未有学古而不变者也。"②在董其昌看来，苏东坡学王僧虔、颜常山，米芾学欧阳询，晚年又一变而有冰寒于水之奇，所以他说，书法家没有学古不变的，不变就无法成就自己，只会成为别人的影子。郑板桥《跋临兰亭叙》说：

> 黄山谷云：世人只学《兰亭》面，欲换凡骨无金丹。可知骨不可凡，面不足学也。况《兰亭》之面，失之已久乎！板桥道人以中郎之体，运太傅之笔，为右军之书，而实出以己意，并无所谓蔡、钟、王者，岂复有《兰亭》面貌乎！古人书法入神超妙，而石刻木刻千翻万变，遗

---

① 崔尔平选编：《历代书法论文选续编》，上海书店 1999 年版，第 43 页。
② 上海书画出版社编：《历代书法论文选》，上海书画出版社 2004 年版，第 543 页。

意荡然。若复依样葫芦,才子俱归恶道。①

在郑板桥看来,应该像黄庭坚那样学习《兰亭》,要摆脱《兰亭》之面,形成自己之体。他自己也是这样,无论学习蔡邕,还是学习钟繇、王羲之,都以追求自己的风格为目的。况且,《兰亭》石刻木刻,千遍万遍,哪还能找到《兰亭》本来的面目呢? 如果依样画葫芦,只会走向邪道。宋曹《书法约言》中论草书说:"可见草体无定,必以古人为法,而后能悟生于古法之外也。悟生于古法之外而后能自我作古,以立我法也。"②在宋曹看来,草书虽然没有固定的法则,但应该以古人为法,然后再从古人之法中发现新的法则,创立自我的法则。当然,具体的艺术创作及其风格都是处于变化与个性之中的,即使同一个艺术家、同一个时代、同一种艺术形式,也会呈现出相差很大的情况。班宗华《行到水穷处》说:

> 如果我们要考虑赵孟頫的篆、楷和草各书体的样本,我们的直觉回答也许会归纳为它们体现了他时间和形式发展中的先后阶段,然而,它们却也可以创作于同一天。使得书法的形式分析更为复杂的是,基于个体名家或名作的独特方式,在任何一种书体下会有无穷无尽的多样风格存在。因此,书法习者在学习基本书体时,也会同时掌握每一种书体中多样的个人风格:比如王羲之的行书风格、王献之或怀素的草书、石鼓文或李阳冰的篆书、汉碑的隶书形式等。因此,就一个中国艺术家来说——这也许可以很好地被证明——我们应该预料到在他发现的任何一个阶段,至少会有三种不同的风格类型:古典

① 郑燮:《郑板桥全集》,吴可点校,巴蜀书社 1997 年版,第 133 页。
② 上海书画出版社编:《历代书法论文选》,上海书画出版社 2004 年版,第 572 页。

的,精致的,放逸的。当然,也许在每种风格中会体现出某种程度上的多样化个人传统。①

一个艺术家在同一时期甚至是同一时间能创作出不同书体不同书风的艺术品,但它们都最终指向艺术家独特的个性气质,没有自身独特的品质就不能证明自身的天赋。艺术与艺术家时刻处于传统与现代、继承与变化之中。西方如提香这样伟大的艺术家也是如此,沃尔夫林说:

> 像提香这样一个伟大的艺术家,在其最后风格中体现了完全崭新的可能性,这让我们不得不说,有一种新的感觉在呼吁这种新风格。不过,如果不是他已经抛弃了许许多多旧的可能性,那么新风格的可能性就不会出现在他的视野。任何人,不管他多么了不起,要是他事先没有走完必要的准备阶段的道路,他就不可能想象出这些形式。在这里,生命感的连续性如同在结合成一个个历史单元的许多代人那里一样,都有其必然性。
>
> 形式的历史从来没有静止过。有时候,它全力以赴地向前推进;有时候,它带着缓缓的想象活动,但是,即使在后一种情况下,一种不断重复的装饰意志也会逐渐地改变它的外形。没有什么能永远保持它的效果。在今天看来是生动的东西,到了明天也许就僵化了。……在再现艺术的历史上,作为风格的一个因素,绘画得益于绘画的比它得益于直接模仿自然的还多。绘画上的模仿起源于装饰——再现性的绘画就产生于装饰品——这种情况影响了整个美术史。
>
> 认为一个艺术家在某个时候能够毫无前提就面对自然挥笔作

---

① 班宗华:《行到水穷处》,白谦慎编,刘晞仪等译,生活·读书·新知三联书店 2018 年版,第 35 页。

画,这是一种浅薄的、半瓶醋的想法。其实,他所接受的再现概念以及这个概念如何在他身上不断发挥作用,较之他从直接观察自然得来的东西更为重要。①

传统经典与自身独特个性的张力关系是艺术发展中的永恒主题,艺术家与经典及传统的关系有时远远超出他与自然及时代的关系。

魏晋文论、书论的根本差异取决于:书论是研究书法的理论,而书法是图像视觉艺术;文论是研究文学的理论,而文学是语言艺术。正如亚里士多德所说,文学与其他艺术形式的根本不同就在于它使用的媒介是语言,他说:"有一些人(或凭艺术,或靠经验),用颜色和姿态来制造形象,摹仿许多事物。""而另一种艺术则只用语言来摹仿,或用不入乐的散文,或用不入乐的'韵文'。"②因此也就决定了文学与其他艺术形式——自然包括绘画与书法——用不同的方式、不同的视角、不同的观点与不同的方法,来表达人的情感及其与外在世界的关系。

书法主要追求的是视觉之美,《传统文论与书论会通研究》说:

> 书法系求字形、架构、章法之美:属于视觉直观的感受。合理的推测,可能比文章之崇尚美观更早。清末民初张之屏《书法真诠》就曾说过:"古代造字者,皆系不识字之人,于今虽不得见,如古铲币,往往有一二字,庶几近之,而均极工妙,何也?盖虽獉狉时代,其中一必有优秀分子,具审美之思想者,乃能造字,绝非椎鲁之人也。"中天勇次郎《中国书法理论史》说得更为明白:"在文字形成过程中,人们从

---

① 海因里希·沃尔夫林:《美术史的基本概念——后期艺术风格发展的问题》,洪天富等译,中国美术学院出版社 2017 年版,第 265 页。
② 亚理斯多德:《诗学》,罗念生译,人民文学出版社 1997 年版,第 4 页。

很古的时候起,就开始有意识地把字写得漂亮些。"并且说:"随着时代的发展,文字的形体变得更加整齐、美观和装饰化了。看看殷周时期古铜器上的各种款识,就能发现这种演变的踪迹。"郭沫若的《殷契萃编·自序》、唐复年的《金文鉴赏》都可证明这种说法。①

文字的书写是把很多点画组织在一起,形成供人阅读欣赏的文本或艺术体,它们组织的方法不同,形态各异,就会形成书法所特有的线条之美与形式之美。笔、墨、纸、砚,甚至书写时的环境、艺术家的心态等,都会对字的书写产生千变万化的影响,甚至开始的一笔、一划、一个字对整篇风格的形成都有着重要影响,起着引导的意义。整篇的风格则是由各种不同甚至是相反相成的因素构成的,各种因素虽然不同但并不互相对立,是和而不同地一起存在。运笔时要留得住,但不能一味迟缓,也不能总是迅疾,要浓枯、燥润互用,方圆之中暗含着规矩,曲直之中暗藏着法则,显晦、行藏交替出现,毫端千变万化,使自己的性格情调尽展现于纸上,努力做到得心应手,规则烂熟心中,创造出属于自己的独特的美。

书法家模仿前代经典,并不是重现或再造那种风格,而是要通过艺术家自身的实践,结合时代的审美取向,来创造出新的美学风格,这种新的美学风格是对传统风格的变革与创新。② 书法本质上是视觉的、即时的,贾岛《题诗后》说"二句三年得,一吟双泪流",这种反复修改的辛苦在书法中是很难见到的,因为书法的即时性使书法仅为一次性的呈现,它只能在书写前艰苦磨练,但书写时便是一次成形,不允许反复涂改,即使像颜真卿写《祭侄文稿》那样有所涂改,也是当时文意所需,不是书法本然之要求。

---

① 资成都:《传统文论与书论会通研究》,花木兰文化事业有限公司2018年版,第290页。
② 方闻:《心印:中国书画风格与结构分析研究》,李维琨译,上海书画出版社2018年版,第65页。

　　书法通过线条、书体结构、风格构成等直接给书者与观者以视觉的印象与感受。当然,如果观者在现场,书写过程会给书者及观者以更大的审美感受,这种现场感正是很多书法表演走向行为艺术的根源。书法的线条并不如语言那样直接表达含义,它只是以抽象的、有意味的纯形式来传达暗示书法家个人的精神与情感,当然,这种精神与情感的表达方式经过中国历代文化的沉淀与积累已成为欣赏书法的共通话语与符号。正如金开诚所说的:"书法艺术之所以能使人想到这么多美的形象,正是因为它并不模拟物象,而是通过特殊的形象思维活动来摄取事物在线条、结构、情态、气势等方面美的特征,熔铸并表现于汉字的书写之中。唐代李肇《唐国史补》记大书法家张旭说:'吾始见公主担夫争路而得笔法之意;后见公孙氏舞剑器,而得其神。'"[1]这种线条的形式之美,正如柏拉图《斐莱布篇》所说,同样能带来艺术的快感:

　　　　我将试着谈谈形状美,而我要说的并不是大多数人会认为的活生生的人物的形状,也不是它们在绘画中的仿制品,我指的是直线、曲线以及由它们组成的形状,无论平面的,还是立体的,用车床、直尺或直角尺制成,如果你能明白我的意思的话。与其他事物不同,这些形状不因为任何特别的原因或目的而是美的,它们总是因为自身的自然属性而美,并给予不带有渴望与欲望的、源自它们自身的快感;同属这种情况的色彩,也是美的,也给予了一种相似的快感。[2]

中国书法的图像性与视觉特征和中国文字的象形性密切相关。许慎说:"仓颉之初作书也,盖依类象形,故谓之文。其后形声相益,即谓之字。文

----

① 金开诚:《书法艺术论集》,北京大学出版社 2008 年版,第 112 页。
② 柏拉图:《柏拉图全集》第三卷,王晓朝译,人民出版社 2003 年版,第 248 页。

者,物象之本;字者,言孳乳而寖多也。"①所谓象形,就是如同绘画一般的对视觉经验的一种运用。正如《易经·系辞》中所说"见乃谓之象","圣人有以见天下之赜,而拟诸其形容,象其物宜,是故谓之象",就是事物的直观性、可视性,这种传统的"观物取象"的思维方式对传统艺术理论的发展产生了深远的影响。中国传统文论也长期流行着这种强调视觉的逼真传神的理论,把如在目前、豁人耳目当成衡量艺术效果的重要标志。所以,康有为在《广艺舟双楫》谈到中国文字重形说:"中国自有文字以来,皆以形为主,即假借行草,亦形也,惟谐声略有声耳,故中国所重在形。外国文字皆以声为主,即分、篆、隶、行、草亦声也,惟字母略有形耳。……盖中国用目,外国贵耳。"②在康有为看来,与西方注重声音的文字不同,中国自有文字以来注重形象,即使假借和行草也是形象;中国注重眼睛,外国注重耳朵。视觉在文字的初创中起到关键作用,因此眼睛的视觉审美也占有更为重要的地位。人体不同的器官决定了不同的功用,福柯在《词与物》中说:"眼睛注定是要看的,并且只是看;耳朵注定是要听的,并且只是听。话语仍具有说出所是的一切的任务,但除了成为所说的一切,话语不再成为任何东西。"③不同的艺术也诉诸不同的人体感官,弗莱说:"文学诉诸心灵的眼睛,因此带有造型艺术的特色;但造型艺术,尤其是绘画,更多地集中在视觉和空间世界上。"④绘画和书法在"集中视觉和空间世界上"这一点上是一致的,所以对书、画的直观与欣赏都具有视觉性的特点,如经验的、直观的、即时当下的、清晰可感的特性。

书法与文学都基于文字,但文学的文字强调的是语言的字意,文字符

---

① 许慎:《说文解字》,上海古籍出版社 2007 年版,第 753 页。
② 上海书画出版社编:《历代书法论文选》,上海书画出版社 2004 年版,第 753 页。
③ 米歇尔·福柯:《词与物》,莫伟民译,上海三联书店 2016 年版,第 46 页。
④ 诺斯罗普·弗莱:《批评的解剖》,陈慧等译,百花文艺出版社 1998 年版,第 304 页。

号只是引导读者进入字意的媒介。书法强调的是字形与图像、文字的视觉形式。字形无论怎样变化,对字的意义都没有影响。对于诗如李白的《静夜思》来说,无论用楷书、草书、篆书,还是手写或印刷,甚至用声音口诵等,对诗的意义与内容都没有任何影响。但对书法来讲,不同的书写却具有根本不同的意义,这正是书法的意义所在,书体不同给读者产生的审美意义就不同。苏珊·朗格说:

> 词本身仅仅是个工具,它的意义存在于它自身之外的地方,一旦我们掌握了它的内涵……我们便不需要这个词了。然而,一件艺术品便不相同了……我们看到的或直接从中把握的是渗透着情感的表象,而不是表示情感的记号……艺术符号的情绪内容不是表示出来的,而是结合或呈现出来的。①

康有为《广艺舟双楫》就说中国的书法是一种"形学":"古人论书,以势为先。中郎曰'九势'。卫恒曰'书势'。羲之曰'笔势'。盖书,形学也。有形则有势,兵家重形势,拳法亦重扑势,义固相同,得势便则已操胜算。"②康有为认为,古人论书以论书势为先,蔡邕说"九势",卫恒说"书势",王羲之说"笔势"。由此来看,书法就是研究字形的学问。兵家注重形势,拳法也注重扑势,意义相同,得势就稳操胜券了。右军《笔势论》里说"一正脚手,二得形势",张怀瓘也说"作书必先识势",都是强调势的重要性。

书法虽然是形学,但书法不可能像画家那样"身所盘桓,目所绸缪,以

---

① 苏珊·朗格:《艺术问题》,滕守尧译,中国社会科学出版社1983年版,第128—129页。
② 上海书画出版社编:《历代书法论文选》,上海书画出版社2004年版,第845页。

形写形,以色貌色"①,按照相似性的原则亦步亦趋地描绘事物;也不可能像文学家那样直抒心意,而只能以自己独特的艺术方式来展示自身独特的审美意味。阿恩海姆说:"书写的过程,实际上也就是用内在的力量,将那些具有标准化的字母形状进行再创造的过程。……因此,书法一般被看作是心理力的活的图解。"②当然,阿恩海姆这番话是针对西方的字母文字而言的,但对于中国书法的线条与结体而言也是适用的。

书法的视觉之美与语言表达之美的表现方式是根本不同的。譬如用语言表达"刚强",就会用语言直接表达出来;但书法必须用挺拔的线条、稳固的结体、劲健的书风来表达,仅仅写出"刚强"这两个字是不能成其为书法的,因为我们也可以用非常柔软的字体写出"刚强"二字,能表达出刚强的含义,但无法表达出书法的刚强之美。鲁道夫·阿恩海姆在分析柳树具有悲伤的特点时说:

> 一棵垂柳之所以看上去是悲哀的,并不是因为它看上去像一个悲哀的人,而是因为垂柳枝条的形状、方向和柔软性本身就传递了一种被动下垂的表现性;那种将垂柳的结构与一个悲哀的人或悲哀的心理结构所进行的比较,却是在知觉到垂柳的表现性之后才进行的事情。一根神庙中的立柱,之所以看上去挺拔向上,似乎是承担着屋顶的压力,并不在于观看者设身处地站在了立柱的位置上,而是因为那精心设计出来的立柱的位置、比例和形状中就已经包含了这种表现性。③

---

① 张彦远:《历代名画记》,俞剑华注释,上海人民美术出版社1964年版,第90页。
② 鲁道夫·阿恩海姆:《艺术与知视觉》,滕守尧、朱疆源译,四川人民出版社1998年版,第597页。
③ 鲁道夫·阿恩海姆:《艺术与知视觉》,滕守尧、朱疆源译,四川人民出版社1998年版,第619—620页。

所以,挺拔的横画、竖画与结体,与松软的笔画与结体相比,给人的感觉是不一样的,这是由笔画的特点给人的直接感觉决定的。

书法既与文学、绘画不同,其呈现艺术家思想与道德理念的基本方式也与后二者迥然有别。书法对道德的影响,主要表现在书写的内容与艺术家书风所呈现的风格对人心理与行为的影响上:稳重优雅的书风自然产生温和凝重的心理,狂放潇洒的书风则会产生不拘一格的行为方式。总之,书法的艺术形式及其书写呈现了一种普遍性的审美特征,正如书法中的"力"呈现了一种普遍的力的结构一样。阿恩海姆在《艺术与视知觉》中说:

> 我们发现,造成表现性的基础是一种力的结构,这种结构之所以会引起我们的兴趣,不仅在于它对那些拥有这种结构的客观事物本身具有意义,而且在它对一般的物理世界和精神世界具有意义。像上升和下降、统治和服从、软弱与坚强、和谐与混乱、前进与退让等的基调,实际上乃是一切存在物的基本存在形式。不论在我们心灵中,还是在人与人之间的关系中;不论是在人类社会中,还是在自然现象中;都存在着这样一些基调。……我们必须认识到,那推动我们自己的情感活动的力,与那些作用于整个宇宙的普遍的力,实际上是同一种力。[1]

当然,艺术家的书风与艺术家的言行也有不一致性的地方。傅山在《霜红龛集·杂训》中说书法与文学不同:"字与文不同者,字一笔不似古人即不

---

[1] 鲁道夫·阿恩海姆:《艺术与视知觉》,滕守尧、朱疆源译,四川人民出版社1998年版,第625页。

成字,文若为古人作印板,尚得谓之文耶? 此中机变不可胜道,最难与俗士言。"①在傅山看来,写字与作文章的不同之处就在于,字一笔不似古人就不算字,文章若是纯粹模仿古人就不能称为文章了。这中间的奥妙不可言喻,最难给俗人说。当然写字也要有自己的新意,一味模仿古人也会成为字奴。文徵明主张书法家不仅要勤学古人,同时要自出新意,他在《文待诏题跋》中说:"破却功夫,何至随人脚踵,就令学成王羲之,只是他书尔。"同时引用了张融的话:"不恨己无二王法,但恨二王无己法。"②在勇于创造与自成新意方面,书法与文学都是相通的。

　　书法作为一种图像艺术,它的主要价值还是体现在它的书写的外在形式上,正如福柯指出:"视觉具有几乎特有的优先权,这是一种明证性和广延性的感觉,且因而是普遍为人接受的局部分析的感觉:18世纪的盲人完全能成为一位几何学家,但不会是一位博物学家。"③像《兰亭集序》这样文学与书法完美结合的作品,在魏晋文学与书法关系史中确实是一个非常有代表性的个案,至于《兰亭集序》为何没有入选《文选》,或因"丝竹管弦"之病,或因"天朗气清"不合于春时,历来多有争执,但无论如何,王羲之对文学的影响与他对书法的影响是不可同日而语的。

　　《兰亭集序》能成为中国文化中一个富有象征性的符号,不仅仅是由于其文学内容,更是由于其书法形式与文学内容完美融合所呈现出的一种内外合一、本末兼修的审美价值取向。但是这种内容与形式完美结合的艺术品,在后代的流传过程中,其书法的形式之美受到了更多的重视,而内容的文学之美却往往被视而不见了。历代心慕手追王羲之字的人,包括帝王、书法家、鉴赏家不计其数,历代《兰亭集序》临本也数不胜数。

① 崔尔平选编:《明清书论集》,上海辞书出版社2011年版,第564页。
② 卢辅圣主编:《中国书画全书》第三册,上海书画出版社1992年版,第771页。
③ 米歇尔·福柯:《词与物》,莫伟民译,上海三联书店2016年版,第138页。

在这之中,首先就是他的儿子王献之,至于帝王则有唐太宗、宋徽宗、宋高宗、乾隆帝、康熙帝,书法家则有虞世南、欧阳询、褚遂良、赵孟頫、文徵明、董其昌等,可谓是各得右军之一体,或得其遒劲,或得其温秀,或得其劲爽,或得其变化,但这些都只是只得其书法的形式之美。唐贞观年间,唐太宗就命赵模、韩道政、冯承素、诸葛贞等四人各拓《兰亭集序》数本,用以赏赐皇子、王公大臣,其根本动机乃在于推广《兰亭集序》的书法之美,而不在于《兰亭集序》的文字内容。唐代还出现很多著名的《兰亭集序》临本,如褚遂良、虞世南、欧阳询、智永、柳公权、陆柬之等书法家的临本;敦煌也有临《兰亭集序》残本,虽无名家的严谨大气,却也顺畅自然,表现了《兰亭集序》所追求的潇洒自由的书风。历代不断临摹、书写《兰亭集序》的根本原因也是为了充分展现《兰亭集序》书法的形式之美。姜夔《续书谱》中强调学习书法的人要从临摹入手,把古人的名帖置于书案,朝夕揣摩,达到毫发无爽的地步。米友仁在跋米芾临《右军四帖》中说:"所藏晋唐真迹,无日不展于几上,手不释笔临习之。夜必收于小箧,置枕边乃眠。"可见这些书法家所学的主要是王羲之的书法成就,而非其文学思想。

临与摹虽然都是学习古帖字形、书法风格的重要途径,但二者又有不同,所谓"临书易失古人位置而多得古人笔意,摹书易得古人位置而多失古人笔意"①。正如黄庭坚在《书王右军〈兰亭草〉后》评价《兰亭集序》的各种临本时所说:"褚庭诲所临极肥,而洛阳张景元剧地得缺石极瘦,定武本则肥不剩肉,瘦不露骨,犹可想其风流。"②黄庭坚强调临摹《兰亭》要肥瘦适中、形神兼备,这个"神"并不是《兰亭》文字内容所表达的精神气质,而是书法字体所展示出的书法家及其书体的精神气质。同时,集王羲之字也是取其书法形式之美的一种重要方式,最为典型的就是唐贞观年间

① 上海书画出版社编:《历代书法论文选》,上海书画出版社 2004 年版,第 390 页。
② 黄庭坚:《山谷题跋》,屠友祥注,上海远东出版社 1999 年版,第 95 页。

弘福寺僧人怀仁从唐内府藏王羲之书法及民间王字遗墨中集字,历时二十余年完成了唐太宗的《大唐三藏圣教序》、唐高宗的《大唐皇帝述三藏圣教序记》及二者给玄奘的答谢启,碑后附有玄奘所译《心经》,成为中国书法史上的百代楷模。① 怀仁集王羲之《圣教序》更是选择了王羲之书写的字的外形来表达佛教的内容,这至少表达了书法的形式与书写内容之间并不存在必然的自由关系。

当然,欣赏者欣赏书法作品也并非通过具体的物象——虽然汉语是一种注重视觉想象的语言,而是直接借助自己的视觉感官与审美意识对作品进行欣赏,通过直观书写者留下的书法作品,通过想象重新感知体验创作者所经历感知的精神世界。正如李泽厚在《略论书法》中所说的:"这远远超出了任何模拟或借助具体物象、具体场景人物所可能表现再现的内容、题材和范围……它直接地作用于人的整个心灵,从而潜移默化地影响著人的身(从指腕神经到气质性格)心(从情感到思想)的各个方面。"②

当然,强调临摹与学习并不意味墨守陈规,独出心裁乃是问题的根本与最终归宿。唐释亚栖《论书》说创新:"凡书通即变。王变白云体,欧变右军体,柳变欧阳体,永禅师、褚遂良、颜真卿、李邕、虞世南等,并得书中法后皆自变其体,以传后世,俱得垂名。若执法不变,纵能入石三分,亦被号为书奴,终非自立之体,是书家之大要。"③欧阳修在《笔说·学书自成一家说》中关于书法的创新说:"学书当自成一家之体,其模仿他人谓之奴书。"④古人学书无不临摹,常挂古人书帖于墙壁,反复观赏古人用笔之

① 俞丰编著:《经典碑帖释文译注》,上海书画出版社2012年版,第407页。
② 上海书画出版社编:《二十世纪书法研究丛书·审美语境篇》,上海书画出版社2000年版,第159页。
③ 孙岳颁等编:《佩文斋书画谱》,浙江人民美术出版社2014年版,第128页。
④ 欧阳修:《欧阳修全集》,中华书局2001年版,第1968页。

法,烂熟于心,下笔时自然尽合古人笔意。然而这种方法的直接结果就是,能入能出者自然胜出,能入不能出、守法不变者自然是奴书。清人于令淓《方石书话》中关于独创性说:

> 书必异境独辟,夭矫不群,乃能耐久。不但与时人异,即祖、父、师、友,亦不可同。颜鲁公若貌同师古,则为祖所掩;献之若形肖羲之,则为父所掩;羲之若墨守卫夫人则为师所囿,不能独步千古矣;苏、黄相友善,交口赞叹,无一笔雷同。前辈谓同能不如独异,正为此耳。①

杨宾《大瓢偶笔》说创新与师承:"米南宫初学颜、柳,后极贬颜、柳;王逸少先学卫夫人,后亦不满,以为徒费年月。此非背本也,学问进一步,自有一步境界。譬诸登岱,由平地而登梁父云亭,自以梁父云亭为高,迨后历天门、登观日,下视梁父云亭,培塿耳。"②艺术创新是与艺术家认识水平的提高及其技巧的成熟同步发生的。

魏晋书论也常常讨论书法的象形问题,魏晋书法非常强调书法的象形性,也就是"因声会意,类物有方",书论家往往用自然万物的各种形状,特别是动物山石的形状来刻画描摹书法的字形。这与文学用语言、绘画用线条与色彩刻画事物的形体一样。让字形如自然万物本身一样,直接呈现在观赏者的脑海里,其目的是为了激发观赏者的想象力与审美感受。对书法象形性的描述可谓不胜枚举,如崔瑗《草书势》中说草书的点画,"旁点邪附,似螳螂而抱枝","若山蜂施毒,看隙缘蟻;腾蛇赴穴,头没尾垂"。蔡邕《篆势》中说:"字画之始,因于鸟迹","或象龟文,或比龙鳞",

---

① 崔尔平选编:《明清书法论文选》,上海书店 1994 年版,第 752 页。
② 崔尔平选编:《历代书法论文选续编》,上海书店 1999 年版,第 550 页。

"颓若黍稷之垂颖,蕴若虫蛇之梦蕴","若行若飞,蚑蚑翾翾。远而望之,若鸿鹄群游,络绎迁延"。《笔论》中说:"为书之体,须入其形","纵横有可象者,方得谓之书矣"。①

王羲之在《书论》中更说:"凡作一字,或类篆籀,或似鹄头;或如散隶,或近八分;或如虫食木叶,或如水中科斗;或如壮士佩剑,或似妇女纤丽","或竖牵如深林之乔木,而屈折如钢钩;或上尖如枯杆,或下细如针芒;或转侧之势似飞鸟空坠,或棱侧之形如流水激来"。袁昂在《古今书评》中评论各家书法的书法风格时,也常常用自然物象的特点或人的形态气质来比拟书法风格之美,他说:

> 钟繇书意气密丽,若飞鸿戏海,舞鹤游天,行间茂密,实亦难过。萧思话书走墨连绵,字势屈强,若龙跳天门,虎卧凤阙。薄绍之书字势蹉跎,如舞女低腰,仙人啸树,乃至挥豪振纸,有疾闪飞动之势。

萧衍在《古今书人优劣评》中则把王羲之的字称为"如龙跳天门,虎卧凤阙"。他们甚至经常用"肥""瘦"来评论书法家两种根本不同的艺术风格,这是用人的形体特征来表达书体风格的一种常用方法,如萧衍《观钟繇书法十二意》中"元常谓之古肥,子敬谓之今瘦"、羊欣《采古来能书人名》中"胡书肥,钟书瘦"、王僧虔《论书》中"刘德升为钟、胡所师,两贤并有肥瘦之断"等都是如此。②

这些书论家为了表现书法是动静结合的产物,在论述书法描写书法的象形性时,常常把字体的造型看作是动静结合、似动非动、时刻处于动静之间的鸟兽,着力刻画鸟兽开始飞动时瞬间欲动未动的形象。这种瞬

---

① 上海书画出版社编:《历代书法论文选》,上海书画出版社 2004 年版,第 6 页。
② 上海书画出版社编:《历代书法论文选》,上海书画出版社 2004 年版,第 60—61 页。

间的包容性无疑会给人以无限丰富的想象，如："蚑蚑翾翾，言未动而似动，未飞而似飞也。""鸾凤翱翔，矫翼欲去。或若鸷鸟将击，并体抑怒，良马腾骧，奔放向路。""虫跂跂其若动，鸟飞飞而未扬。""兽跂鸟跱，志在飞移；狡兔暴骇，将奔未驰。""盖草书之为状也，婉若银钩，漂若惊鸾，舒翼未发，若举复安。"这些对书法形象的描述，与顾恺之提出的绘画要"传神写照""以形写神""迁想妙得"是一致的，都是"学穷性表，心师造化"的结果。对于一个书画家而言，仅仅是外师造化，没有中得心源也是不行的，那不过是死板地刻画事物的外部形状罢了。当然，书法的象形性与文字的起源密切相关，许慎在《说文解字·序》阐述文字的源流时就强调文字"象形"这一特点，他把文字的起源与《周易》的八卦联系起来，指出八卦是庖牺氏"仰则观象于天，俯则观法于地，视鸟兽之文，与地之宜，近取诸身，远取诸物"制作出来的。仓颉作书也是如此："依类象形，故谓之文；其后形声相益，即谓之字。文者，物象之本；字者，言孳乳而浸多也。著于竹帛谓之书，书者如也。"①"书者如也"的观点正是书法象形性的理论根源。

　　当然文字不可能纯客观地取"象"于物，而是夹杂着人的价值判断与主体意识，带有强烈的感情成分，并且在某些情况下同政治、伦理、道德宣传有所联系。书法也是一样，书法家在注重形体美的同时，更注重书法造型所表现出的精神价值，如逸品就是指书法所表现出的超越世外的精神气质。总之，二者都反映了中国古代书画所追求的"天人合一""天人相通"的审美思想，也就是把艺术的实用性与道德教化的儒家观念及强调艺术纯粹审美性的道家思想密切结合在一起，赵壹《非草书》中对草书的批评就鲜明地表达了对儒家艺术道德教化的强调。在赵壹看来，草书家唇齿常黑地钻研草书乃是一种"天地至大而不见者，方锐精于蚊虻"的行为，

---

① 　崔尔平选编：《历代书法论文选续编》，上海书店1999年版，第2—3页。

这种"俯而扪虱，不暇见天"的怪癖是背经趣俗的，和儒家修身、齐家、治国、平天下的理念根本相悖。同时，"草书飞腾如人之性情，心情张则外礼弛"，这与人的道德礼法是不相容的，因此，在赵壹看来，"乡邑不以此教能，朝廷不以此科吏，博士不以此讲试，四科不以此求备，征聘不问此意，考绩不课此字"是正常的，"善既不达于政，而拙亦无损于治"的草书既与政治民生毫无联系，迷恋它又有何用呢？况且"务内者必阙外，志小者必忽大"，书法对人的影响也就可想而知了。① 赵壹反对草书和柏拉图反对文学的道理完全一样，草书的张扬个性、狂放的性情都和儒家的节欲自持有着相矛盾的关系。

　　魏晋文学与文论也非常强调语言的视觉经验。汉语象形功能自然有"以形貌形"的模写能力，闻一多曾说："在我们中国文学里，尤其不应当忽视视觉一层，因为我们的文字是象形的，我们中国人鉴赏文艺的时候，至少有一半的印象是要靠眼睛来传达的。"②他阐释了中国抒情艺术对感觉效果的强调程度和其自身所具有的"鲜明、逼真、传神、豁人耳目，如在目前"的特点。《文心雕龙·知音》说"目之照形，目瞭则形无不分"，《物色》说"瞻言而见貌，即字而知时"，《诠赋》说"体物写志""极声貌以穷文"，从而达到"写物图貌，蔚似雕画"的艺术效果，都是讲语言的描述造型功能，描绘事物的声音形状就如同在眼前一样。在刘勰看来，完美的艺术就是这样，要充分激发人的各个审美感官，达到一种综合的审美效果，满足人全身心的审美感受。《文心雕龙·总术》说："视之则锦绘，听之则丝簧，味之则甘腴，佩之则芬芳，断章之功，于斯盛矣。"③在刘勰看来，文

① 上海书画出版社编：《历代书法论文选》，上海书画出版社 2004 年版，第 2—3 页。
② 闻一多：《唐诗杂论·诗与批评》，生活·读书·新知三联书店 1999 年版，第 167—168 页。
③ 周振甫：《文心雕龙今译》，中华书局 1992 年版，第 383 页。

学创作是有着不变的规则的,即所谓"术有恒数"。而完美的文学作品应该是看起来如锦绣,读起来如音乐,品尝起来如美味,佩戴起来有花香,这就是文学的极致,完全满足人的各种审美需要。萧统《文选序》也说:"譬陶匏异器,并为入耳之娱;黼黻不同,俱为悦目之玩。"①不同的艺术形式都是为了使创作者、欣赏者获得丰富多样的美感,听起来如音乐,看起来如织锦,最终的目的都是为了"畅神"。

在文字的描述功能之外,文学家同时也注重文字的形体之美,如司马相如的《上林赋》接连出现几十个描绘山川的字,如鱼群一般出现;谢灵运的《山居赋》则运用了大量描写山川树木的词语;木华的《海赋》与郭璞《江赋》都出现了大量与水相关的词语,给人以江水汹涌澎湃一般的感觉,我们在赵孟𫖯书《海赋》中更能清晰直观地欣赏到这种艺术美感。《文心雕龙·练字》就以专章讨论了文字的字形对整个文本的重要意义,它说文学中的字形之美:"字形单复,妍媸异体。"字的形体有简单复杂之别,它们排列起来也有好看难看的不同,因此不仅要注意文字的"宫商"音韵,还要注意它们的"字形",以达到无论吟诵还是看起来都很美好的结果。

同时,刘勰认为在"缀字属篇"时必须避免下面的问题:

> 是以缀字属篇,必须拣择:一避诡异,二省联边,三权重出,四调单复。诡异者,字体瑰怪者也。曹摅诗称:"岂不愿斯游,褊心恶讻呶。"两字诡异,大疵美篇,况乃过此,其可观乎!联边者,半字同文者也。状貌山川,古今咸用,施于常文,则龃龉为瑕,如不获免,可至三接,三接之外,其字林乎!重出者,同字相犯者也。《诗》《骚》适会,而近世忌同,若两字俱要,则宁在相犯。故善为文者,富于万篇,贫于

---

① 萧统编:《文选》第一册,李善注,上海古籍出版社1986年版,第2页。

一字,一字非少,相避为难也。单复者,字形肥瘠者也。瘠字累句,则纤疏而行劣;肥字积文,则黯黕而篇暗。善酌字者,参伍单复,磊落如珠矣。凡此四条,虽文不必有,而体例不无;若值而莫悟,则非精解。①

刘勰为了避免书写的不美观,提出几点具体的建议:第一,文学家在创作选择文字时要避免选择诡异的字;第二,要避免选择联边的字;第三,要考虑重出的字;第四,要考虑单复的字。所谓诡异的字,就是稀奇古怪的字,如曹摅诗中的"讻呶"就使整篇好文大打折扣,让人难受,更不用说一文中出现很多这样的字了。所谓联边,就是指偏旁相同的字,如在描写河流山川时这样的字成队出现,那就使文章成了字典了。所谓重出,就是同样的字反复出现,《诗经》《楚辞》都出现过,但后来很少了,如果文意需要,迫不得已,那也只好如此;所以从事创作的人,有时会为一个字的选择感到为难,主要就是因为考虑到不能重复。所谓单复,就是考虑字体结构的繁简。字体简单的字很长地排列一起就会使整篇显得单薄空旷,而笔画繁杂的字积累在一起就会使得整篇显得压抑黑暗。善于使用文字的人,就应该使笔画纤细单薄的字与字画繁复臃肿的字交替使用,繁简错杂,相得益彰。如果能注意到这四个问题,那就能使通体的文章看起来具有字体圆转如珠、磊磊一贯的视觉效果了。

　　刘勰提出以上建议的出发点就是为了文字语言的视觉之美,也就是书法之美,而不是语言的语意之美。他告诫诗人所规避的丑,并不是意义的不道德、意象的不美,而是文本外在直接的视觉效果的不和谐。这完全是一篇关于书法美学的论述,它告诉我们要遵守书法审美的基本规律,而不能强行己意,以犯欣赏的常规。因为写文章犹如盖房子,经营位置,不

————————

① 周振甫:《文心雕龙今译》,中华书局1992年版,第347页。

仅有内在的意义，外在的空间布置结构与视觉效果同样是非常重要的，"设情有宅，置言有位；宅情曰章，位言曰句"（《文心雕龙·章句》），"综述性灵，敷写器象，镂心鸟迹之中，织辞鱼网之上"（《文心雕龙·情采》）。写文章，正如书法的空间布置一样有一种视觉的美感，文本中汉字的字形、排列、布局如书法中的结构一样，会直接给读者带来各种各样视觉上的直观的感受，从而影响欣赏的效果。在刘勰看来，字形之美同样是文学家需考虑的重要因素，其根源可能在于当时的文学流传主要靠文学家自身的书写来实现，因此书法的作用也就自然显现出来了，书写的美也就成为文学家必不可少的考虑因素，正如《颜氏家训》中所说的，书法就是千里之外的人看到的你的面孔，远方的交流必须靠书写来实现，由此来强调书法的意义。

书法的视觉之美不仅仅呈现在书法作品之中，同时也呈现在书法的创作过程之中，那就是书法的表演性与抒情性。书法表演如其他表演艺术一样，有艺术家主体、有器具、有过程、有一定的程式、有环境、有观众等。古代书论中有大量关于器具、技巧及其表演效果的论述。文学的创作过程则较少被呈现，写作一般只注重写作的结果也就是最终的文学作品，文学理论家关注写作的过程，主要是为了探讨作品是如何被创作的，过程本身则很少具有特殊的美感。文学的创作很少具有表演性，而更注重私密性，更注重艺术家个体的直接表达；创作环境固然对文学创作也有直接的影响，但它并不像书法创作那样，是影响文学作品的重要因素。而由于书法无法像文学作品那样在创作时反复修改直至满意，所以它仅呈现了书法家创作时当下的情景，书法与文学作品的区别，正如戏剧表演具有不可重复的现场性与电影镜头可以反复打磨一样。所以书法的创作则具有很强的表演性，特别是大字、狂草的创作更加注重现场的展示。

师宜官在酒店墙上写字用以换酒的故事就是展示书法现场的典型例

子。卫恒《四体书势》中说:"灵帝好书,时多能者,而师宜官为最,大则一字径丈,小则方寸千言,甚矜其能。或时不持钱诣酒家饮,因书其壁,顾观者以酬酒值,计钱足而灭之。"①这段叙述说明师宜官善书大字,且能在壁上书写,以获得众人围观的效果。其小字也似今日微书,让人叹为观止。总之,其书能大能小,在量的大小上开辟了书法的新境界。虞龢《论书表》中也有王献之书白衣少年衣服的故事:"有一好事年少,故作精白纱裓,着诣子敬;子敬便取书之,正、草诸体悉备,两袖及褾略周。年少觉王左右有凌夺之色,掣裓而走。左右果逐之,及门外,斗争分裂,少年才得一袖耳。"②白衣的少年、献之的狂草、众人奋力的争夺无不如戏剧化的表演,也算是继承了其父王羲之为老姬书扇换钱、为道士书《黄庭经》换鹅、为门徒书棐几的逸风,书写过程成为书法审美的重要因素。至于张旭、怀素的书法创作更是技惊四座,因此展示现场、展示过程、展示书法的表演性与观赏性也就成了书法艺术的一个重要表现部分。

不同书体的表演性是不一样的。钱锺书说:"书之楷与草,犹文之骈与散,诗之律与古。二体相较,均前者难作而易工,后者易作而难工尔。"③意思是与后者相比,前者开始时困难,但要达到炉火纯青的地步却比后者容易,这说明后者具有更大的艺术空间,对艺术家而言,也具有更大的挑战性。相对而言,楷书就较少具有表演性,而行草,特别是大草的表演性就很强,当然,这与其适应的具体场合有关。正如项穆《书法雅言》对不同书体的功用说:"如君亲侍从之前,大宾临祭之日,岂容狂放恣肆若此乎?是故宫殿庙堂,典章纪载,真为首尚。表牍亭馆,移文题勒,行乃居先。借使奏状碑署,潦草颠狂,亵悖何甚哉!信知真、行为书体之常,草法

---

① 上海书画出版社编:《历代书法论文选》,上海书画出版社2004年版,第15页。
② 上海书画出版社编:《历代书法论文选》,上海书画出版社2004年版,第54—55页。
③ 钱锺书:《管锥编》,香港天平图书1980年版,第1126页。

乃一时之变。赵壹非之，岂无谓哉！"①在项穆来看，如果皇帝到侍从的面前，大宾临近祭祀的日子，岂容狂放纵情吗？所以宫殿庙堂，典章记载，真书最为重要；书信馆亭，公文题写，就以行书为主。假使奏章碑刻潦草癫狂，那不是亵渎悖理吗？由此看来，真、行是书法的常态，草书是一时的变化，赵壹非难草书，也不是没有道理的。其实，赵壹正是看到了草书的表演价值，看到了其强烈的感染力对道德人性的深刻影响及感染力，而这种影响和儒家所要求的道德观念正相反，所以他自然就反对草书了。

追求书法表演性的行为在书法史上从未断绝。《宣和书谱》记述裴休："尝建化成寺，僧粉额以候休题。他日见之，神色自若，以袖揾墨而为书之，字势奇绝，见者嗟赏。"②这是用袖子蘸着墨直接书写以展示自己独特的创作过程。因此欣赏书法的创作过程与欣赏书法的最终作品有着完全不一样的审美感受，书法作品中的动并不是画面本身的动，而是观画者在头脑中通过书写轨迹对书写事件进行回溯想象的结果。草书作品与楷书作品一样，在纸上是静止的，不过草书作品给人揭示了它的运动轨迹，创作它们时，艺术家的动作速度更快，在观赏者的头脑中产生更为流动的感觉，但艺术品本身是静止不动的。

书体的间架结构仅仅是书法形体的共相，正如楷书相对于行书与草书类似于共相，是一种潜在的可能性，每个书法家在书写时把自己的个性、书写特点与风格融汇进去，在共相中尽显殊相。临摹是对共相的摹拟，而创作则是对共相的加工，融入个性化的理解与风格，创作出具有个性特质的艺术作品，也就是殊相。书法的创作现场是真实生动的，是富有强烈冲击力与感染力的，它给人的审美感受也是直接而又富有生机的。

---

①　上海书画出版社编：《历代书法论文选》，上海书画出版社 2004 年版，第 524 页。
②　卢辅圣主编：《中国书画全书》第二册，上海书画出版社 1993 年版，第 30 页。

因此,在书法创作的整个过程中,任何因素对书法审美的最终形成都具有重要意义。虞龢《论书表》中讲宋明帝创作书法时就涉及了书法的整个系统:

> 陛下渊昭自天,触理必镜,凡诸思制,莫不妙极。乃诏张永更制御纸,紧洁光丽,耀日夺目。又合秘墨,美殊前后,色如点漆,一点竟纸。笔别一二,简毫专用北兔,大管丰毛,胶漆坚密;草书笔悉使长毫,以利纵舍之便。兼使吴兴郡作青石圆砚,质滑而停墨,殊胜南方瓦石之器。缣素之工,殆绝于昔。僧虔寻得其术,虽不及古,不减郗家所制。①

在虞龢看来,皇帝的聪明才智来自上天,像镜子一样明察秋毫,思考问题,穷极万物,在书法创作上也是这样。他让张永改制御纸,使纸张紧实整洁,光辉夺目。又制作秘墨,美好无比,色如点漆,使墨纸相和。笔也是大毫专用北兔,管大毛丰,胶漆坚固紧密,草书笔都用长毫,以方便纵横挥洒。用吴兴郡制作的青石圆砚,质滑停墨,比南方的瓦石之器更方便使用。绢素之工很少传下来,在王僧虔处找到了方法,虽不及古法,也不比郗家所制的差。虞龢讨论了纸、笔、墨、砚、绢等书法创作的各个方面,包括笔锋的长短、笔毫的来源、砚台的产地与形制、墨的色泽、笔油漆的牢固、绢素的制作等,可谓无所不包。对书法的整个工艺过程他基本都谈到了,这是把书法作为一个系统、一个工程、一个过程来思考,而不仅仅是写字的具体个人行为,只是有些简略。至于今日,毛笔的大小及其各种加工方法、书法书写的地方也无所不包,如纸张、衣服、桌椅、墙壁、山岩、人体、

----

① 上海书画出版社编:《历代书法论文选》,上海书画出版社 2004 年版,第 53 页。

玻璃等等不一而足，可谓千奇百怪，令人目不暇给，书法的表演性现今已借助现代化的媒体发展到极致。

中国古代书论中反复讨论执笔、用笔，原因就在于执笔、用笔对书法的创作具有决定性的意义。从蔡邕、钟繇、王羲之就开始讨论执笔、运笔的方法，并由此流传下去，从未停止，因为书写过程直接影响书法作品的产生。蔡邕曾著《笔论》《九势》，卫铄著《笔阵图》，王羲之著《题卫夫人〈笔阵图〉后》《书论》《笔势论十二章》《用笔赋》《记白云先生书诀》，萧衍著《观钟繇书法十二意》等。其中，蔡邕《笔论》云"书者，散也。欲书先散怀抱，人性恣性，然后书之""为书之体，须如其形，若坐若行，若飞若动"等对书法产生了非常深远的影响；其《九势》则具体讨论了书法的用笔及结体方法，如转笔、藏锋、藏头、护尾等。[1] 卫铄著《笔阵图》影响更为深远，提出了"善笔力者多骨，不善笔力者多肉；多骨微肉者谓之筋书，多肉微骨者谓之墨猪；多力丰筋者圣，无力无筋者病"。其"筋、骨、肉"之说成为后世书论的基本话语。更为重要的是，他提出了"每为一字，各象其形，斯造妙也"的观点，同时对书写的主要笔画的"各象其形"进行了描述与分析："一如千里阵云，隐隐然其实有形。丶如高峰坠石，磕磕然实如崩也。丿陆断犀象。丨万岁枯藤。乀崩浪雷奔。勹劲弩筋节。"[2]王羲之《书论》中"凡书贵乎沉静，令意在笔前"，《笔势论十二章》中"夫纸者阵也""预想字形大小""务以平稳为本"等，对后世书论也有重要影响。[3]

魏晋书论对书写技巧的阐发，特别是对技巧所隐含的哲学及伦理原则的强调，对后世书论产生了极其重要的影响。随着时代的发展，愈往后，关于书法技巧的论述就愈繁复。孙过庭《书谱》就讨论了笔的"执"

---

[1] 　上海书画出版社编：《历代书法论文选》，上海书画出版社2004年版，第5—6页。
[2] 　上海书画出版社编：《历代书法论文选》，上海书画出版社2004年版，第22—23页。
[3] 　上海书画出版社编：《历代书法论文选》，上海书画出版社2004年版，第29—31页。

"使""转""用",也就是执笔、用笔、转折呼应、结体布局等,根据不同书法
家的特点指出他们的优点与不足,用简单明了的语言使学习书法者一看
就明白如何"下笔无滞",流畅自然。① 因此,《书谱》虽是书法理论著作,
但同时也对书法的技法等基本技术层面进行了深入的探讨,其根本目的
还是要对学习书法的人有所助益。韩方明《授笔要说》:"执笔在乎便稳,
用笔在乎轻健。"

很多书法家像宋明帝那样用笔非常讲究,朱长文《续书断》中记述书
法家裴行俭说:"褚遂良非精笔佳墨,未尝辄书,不择笔墨而妍捷者,惟余
与虞世南尔。"②裴行俭认为褚遂良非常注重书写的工具,非精笔佳墨不
书写,不选择笔墨而能把书法写得同样精彩的,只有他和虞世南。《续书
断》也记述了唐询"非精纸佳笔不妄书也"。③ 不是精美的纸、不是上好的
笔,不轻易作书。陈槱在《负暄野录·俗论笔墨》中还驳斥了"善书不择
笔"的说法:

> 俗论云善书不择笔,盖有所本。褚河南尝问虞永兴曰:"吾书孰
> 与欧阳询?"虞曰:"询不择纸笔,皆得如志,君岂得此!"裴行俭亦曰:
> "褚遂良非精墨佳笔,未尝辄书,不择笔墨而妍捷者,余与虞世南耳。"
> 余谓工不利器而能善事者,理所不然,不择而佳,要非通论。④

普通人说善于书法者不选择笔是有依据的,褚遂良曾问虞世南说:"我的
书法和欧阳询比怎么样?"虞说:"欧阳询不选择纸笔,写起来都能如意,你

---

① 孙过庭:《书谱译注》,马永强译注,河南美术出版社2007年版,第83页。
② 上海书画出版社编:《历代书法论文选》,上海书画出版社2004年版,第339页。
③ 上海书画出版社编:《历代书法论文选》,上海书画出版社2004年版,第351页。
④ 上海书画出版社编:《历代书法论文选》,上海书画出版社2004年版,第381页。

能这样吗！"裴行俭也说："褚遂良如不是精墨佳笔就不写字，不选择笔墨而能写好的，只有我和虞世南吧。"在陈槱看来，做事不讲究好工具而能把事情做好的，道理上讲不通，也不是通达的说法，还是"工欲善其事必先利其器"更有道理，也更符合书法的实际。明丰坊《书诀》中甚至反对苏轼主张的"执笔无定法"："子瞻反此，乃曰：'执笔无定法，大要虚而宽。'由不能虚掌实指而肉必衬纸，故其遗迹匾阔肥浊，猥俗可厌，不惟自误，抑且误人。"①苏轼认为执笔"没有一定的规则，大要在于自由而宽松"，但在丰坊看来，由于不能掌虚指实，肉必定衬着纸，所以苏轼的流传下来的书法作品匾阔肥浊、俗不可耐，不只是自己错了，还误导别人。

　　虽然关于执笔用笔的争论不休，但是关于纸张的好坏与软硬争论较少。卢携在《临池妙诀》中强调了书法中纸笔相合即软硬和谐的关系："纸刚则用软笔，策掠按拂，制在一锋。纸柔用硬笔，衮努钩磔，顺成在指。纯刚如以锥画石，纯柔如以泥洗泥，既不圆畅，神格亡矣。画石及壁，同纸刚例，盖相得也。"②纸张硬就用软笔，策、掠、按、拂，都通过笔锋书写出来。纸柔软就用硬笔，衮、努、钩、磔，靠手指运动自然写出。纸笔都硬就如同以锥画石，都柔软就如同以泥洗泥，这样就不圆畅，神气也就没有了，在石和壁上写字，如同纸硬的情况，都要纸笔相合。这段话其实来自王羲之《书论》："若书虚纸，用强笔；若书强纸，用弱笔。强弱不等，则蹉跌不入。"③二者都是强调书写工具之间的互相协调，以便产生和谐雅致的艺术风格。

　　文学能抒发性情，对此文论中很少有异议。但书法能否表达情感却是有争论的。韩愈《送高闲上人序》中说张旭的草书之所以能身后留名，

---

①　上海书画出版社编：《历代书法论文选》，上海书画出版社2004年版，第509页。
②　上海书画出版社编：《历代书法论文选》，上海书画出版社2004年版，第295页。
③　上海书画出版社编：《历代书法论文选》，上海书画出版社2004年版，第29页。

与其充分表达情感有关：

> 喜怒窘穷，忧悲、愉佚、怨恨、思慕、酣醉、无聊、不平，有动于心，必于草书焉发之。观于物，见山水崖谷，鸟兽虫鱼，草木之花实，日月列星，风雨水火，雷霆霹雳，歌舞战斗，天地事物之变，可喜可愕，一寓于书。故旭之书，变动犹鬼神，不可端倪，以此终其身而名后世。①

孙过庭《书谱》说王羲之："写《乐毅》则情多怫郁；书《画赞》则意涉瑰奇；《黄庭经》则怡怿虚无；《太史箴》又纵横争折；暨乎《兰亭》兴集，思逸神超。私门诫誓，情拘志惨。"②但王世贞对孙过庭这段著名的书法表达情感的说法表示有异议，他在《艺苑卮言》中说："愚谓此在览者以意逆之耳，未必右军作书时预有此狡狯也。"③这个问题的核心是：纯形式能否表达情感？正如嵇康所说，声无哀乐，那么纯粹的线条能否表达书法家的情感呢？魏晋士人直言性情、情感来自人与外物的直接交流，文学就能直接准确地表达人的情感，如《文心雕龙》所谓"情以物兴，物以情观"，"目既往还，心亦吐纳"，人与物的交流正如人与人的交流一样，"情往似赠，兴来如答"，"情以物迁，辞以情发"。文学的创作正是这种交流的艺术呈现，如以诗言情，"写气图貌，既随物以宛转"。曹操的"感于哀乐"、曹植的"情兼雅怨"、陆机的"诗缘情而绮靡"、王戎的"情之所钟，正在我辈"等都是这个意思，正如李泽厚指出的："文的自觉（形式）和人的主题（内容）同是魏晋的产物。"④《文心雕龙·情采》更是系统地讨论了"情"在文学创作

① 上海书画出版社编：《历代书法论文选》，上海书画出版社2004年版，第292页。
② 孙过庭：《书谱译注》，马永强译注，河南美术出版社2007年版，第33—34页。
③ 崔尔平选编：《明清书论集》，上海辞书出版社2011年版，第152页。
④ 李泽厚：《美学三书》，天津社会科学院出版社2003年版，第88—89页。

中的重要作用，它根据视觉、听觉、语言三种艺术形式把人文分为"形""声""情"三种，也就是视觉艺术、音乐、语言艺术，"一曰形文，五色是也；二曰声文，五音是也；三曰情文，五性是也。五色杂而成黼黻，五音比而成韶夏，五情发而为辞章"。①刘勰在《原道》中就强调了视觉美感，强调"形文"，用一系列的形态描述如"藻绘""凝姿""雕色""贲华"来表达图像之美。

　　魏晋是一个强调感觉系统丰富完整与发达的时期，刘勰《文心雕龙·总术》中说"视之则锦绘，听之则丝簧，味之则甘腴，佩之则芬芳"，无论是视觉、听觉、味觉还是触觉，都应该十全十美，尽善尽美，正如马克思《1844年经济学哲学手稿》中所说的，人是一个完整的人，而不是一个片面的机械的人：

　　　　人以一种全面的方式，就是说，作为一个总体的人，占有自己的全面的本质。人对世界的任何一种人的关系——视觉、听觉、嗅觉、味觉、触觉、思维、直观、情感、愿望、活动、爱，——总之，他的个体的一切器官，正像在形式上直接是社会的器官的那些器官一样，是通过自己的对象性关系，即通过自己同对象的关系而对对象的占有，对人的现实的占有；这些器官同对象的关系，是人的现实的实现（因此，正像人的本质规定和活动是多种多样的一样，人的现实也是多种多样的），是人的能动和人的受动，因为按人的方式来理解的受动，是人的一种自我享受。②

---

① 刘勰：《文心雕龙注》下，范文澜注，人民文学出版社2006年版，第537页。
② 马克思：《1844年经济学哲学手稿》，中共中央马克思恩格斯列宁斯大林著作编译局译，人民出版社2000年版，第85页。

刘勰虽然强调了"情"在文学创作中的重要作用,认为"物以情观,故词必巧丽",甚至"登山则情满于山,观海则意溢于海",但他根据儒、道的美学原则又反对过分铺张、滥用情采,"陶钧文思,贵在虚静,疏瀹五藏,澡雪精神","吐纳文艺,务在节宣,清和其心,调畅其气",认为"繁采寡情,味之必厌",这也就是后来苏轼《送参廖师》所说的"无厌空且静","静故了群动,空故纳万境"。刘勰无疑深受老庄思想的影响,《文心雕龙》"贵虚""尚简""贵约"的思想,如"辞约旨丰"(《宗经》)、"言约事显"(《檄移》)、"文约为美"(《铭箴》)、"辨洁为能"(《议对》)等等,都说明如此。

　　无论寡情还是滥情,无论是孔孟之情还是老庄之情,文学总是能表达情感的。但书法能表达人的情感吗?赵壹《非草书》中说众人喜欢书法的情景:"钻坚仰高,忘其疲劳,夕惕不息,仄不暇食。十日一笔,月数丸墨,领袖如皂,唇齿常黑。虽处众座,不遑谈戏,展指画地,以草刿壁,臂穿皮刮,指爪摧折,见鰓出血,犹不休辍。"①大家喜欢书法,乐此不疲,废寝忘食,沉迷其中,忘乎所以,不就是因为书法能寄托众人喜怒哀乐的情感吗?书法是书法家书写创作时留下的笔迹和痕迹,线条的形质根源于艺术家的思想与情感,是艺术家创作时心情的自然流露,它深受情感的影响。运笔的轻重缓急、墨色的浓厚精微等无不展现了艺术家情感的微妙变化,同时也会在观赏者的心中引起类似的心情,以此在艺术家与欣赏者之间建立了桥梁,形成了交流,在传情达意的同时也获得了欣赏者的赞同共鸣。观赏者根据自己的观赏与创作经验想象出作者创作时的情景、神情、风采,从而得到激动人心的审美感受,此即所谓逆流而上、追根溯源,从线条感受到艺术家创作作品时的心理状态。所以吕凤子说:"凡属表示愉快感

────────────

① 　上海书画出版社编:《历代书法论文选》,上海书画出版社2004年版,第2页。

情的线条,……总是一往流利,不作顿挫,转折也是不露圭角的。凡属表示不愉快感情的线条就一往停顿,呈现一种艰涩状态,停顿过甚的就显示焦灼和忧郁感。"①书法的线条也是一样。

不仅书法,绘画也是一样。曹植《画赞序》就讨论了绘画对人的情感的深刻影响,它的伦理教化作用正是通过影响人的感情而达到的:"观画者见三皇五帝,莫不仰戴;见三季暴主,莫不悲惋;见篡臣贼嗣,莫不切齿;见高节妙士,莫不忘食;见忠节死难,莫不抗首;见放臣斥子,莫不叹息;见淫夫妒妇,莫不侧目;见令妃顺后,莫不嘉贵。是知存乎鉴者,图画也。"曹植观察绘画对人的情感的影响可谓细致入微:看画的人,看见三皇五帝无不仰戴,看见三代的暴君无不悲叹,看见篡臣贼嗣无不切齿,看见高节妙士无不忘食,看见忠节死难无不激昂,看见放臣斥子无不叹息,看见淫夫妒妇无不侧目,看见贤德的皇后无不赞扬,由此而知道绘画对人的教育作用。

引起人的情感的不仅仅是绘画中的故事,同样还有绘画人物的具体形象。在绘画中,三皇五帝的形象与暴君篡臣的形象是不可能一样的,其形象构图、神态动作、用笔墨色自然也有差异,他们与故事一起影响着欣赏绘画的观众。曹植的画论与曹丕的《典论·论文》、刘勰的《文心雕龙》、陆机的《文赋》、钟嵘的《诗品》讨论文章要表达作者的性情是一致的,探讨文学对人的影响从而利用文学以利天下教化,这正是儒家的传统,孔孟自不必说,像汉代《毛诗序》就详细阐述了诗歌的伦理教化作用。

文学绘画作品自然是可以起到这种作用的,那么书法是不是也可以起到这种作用呢?能否在书法中看到"三皇五帝""三季暴主""篡臣贼

---

① 吕凤子:《中国画法研究》,上海人民美术出版社 1978 年版,第 4 页。

嗣""高节妙士""忠节死难""放臣斥子""淫夫妒妇""令妃顺后"呢？从
书法中显然不能直接看到这些具体的形象，只能看到语言所描述的形象
与描述这些形象的书法文字。至于见到这些形象所产生的具体情感，
是否和看到图像与文学中而产生的情感一样呢？很显然，我们不可能
从对这些人物的具体书写中体会到"莫不仰戴""莫不悲惋""莫不切
齿""莫不忘食""莫不抗首""莫不叹息""莫不侧目""莫不嘉贵"的深
刻感受，我们在欣赏书法作品时也不能从不同书体的书写中体会到完
全与文学中相同的情感，文学情感的根源乃是其语言的叙述所产生的
艺术效果。

3　艺术品的兼美与偏于一美

魏晋南北朝时期有很多文学书法兼善的大艺术家，一定也出现过不
少文学与书法兼美的艺术品，只是大都没有流传下来。书法在某种程度
上既有图画的图像之美，又有语言的记述能力，同时也就有了语言之美。
艺术史上出现很多书法文学兼美的艺术品，最著名的就是王献之书《洛神
赋十三行》。王献之的书法与曹植的文笔相得益彰，既有书法的视觉之
美，又有《洛神赋》的文学之美，其中包括语言之美、故事情节之美与楚楚
动人的人物形象之美。王献之《洛神赋》这种文学书法兼美的艺术形式对
后世产生了很大影响，魏晋很多著名的文学作品都被后世书法家反复书
写过，如陆柬之书写陆机《文赋》，赵孟𬱖书《洛神赋》，董其昌书刘伶《酒
赋》等。据董其昌《画禅室随笔》，王羲之也书写过《文赋》，说："神宗皇帝
天藻飞翔，雅好书法。每携献之《鸭头丸帖》、虞世南临《乐毅论》、米芾
《文赋》以自随。予闻之中书舍人赵士祯言如此。因考右军曾书《文赋》，

褚河南亦有临右军《文赋》。"①由此可以推断,王羲之曾书写《文赋》,褚遂良曾临写王羲之书写的《文赋》,不过现今能见到的只有赵孟頫书写的《文赋》了。从上下文看,此米芾的《文赋》也可能是指米芾临写的王羲之所书《文赋》。总之,王羲之也和王献之一样以书法书写经典的文学作品,这也是其崇尚文学的明证。

当然,关于《兰亭》的文学成就是否如它的书法成就一样,历代多有争论,一般认为其文学成就被其书法成就所掩盖。② 但《兰亭》的内容仍然可以和众多其他的文学作品相媲美,确是无可争议的。③ 之所以有这种差别,是因为鉴赏家对艺术作品本身含有的两种艺术形式进行了不同的评价:一是书法的视觉之美,一是文字的语言之美。书法的图像不如图画那样具有强烈的模仿性与形象性,语言的记述性则与书写的内容密切相关。书法自有其文字内容,艺术家书写时自然就会吟咏其内容并受其影响,这样书法作品的影响也就表现为两个方面:一是受其形式的感染,二是受其内容的熏陶。正如何良俊《四友斋书论》引用山谷《跋范文正公帖》说:"今士大夫喜书,当不但学其书法,观其所以教戒故旧亲戚,皆天下长者之言。深爱其书,则深咏其义,推而涉世,不为吉人志士,吾不信也。"④

曹植的《洛神赋》是中国古代文学史上的千古名篇,叙述了曹植黄初三年(222 年)于洛阳朝见魏文帝曹丕后返回封地途中在洛河边偶遇洛神的故事,其中凄美动人的女神形象、人神爱慕的悲欢离合、精美华丽的语言、让人感伤怀恋的思古幽情等,无不使它成为历代文人、画家、书法家神往的精神境,同时也使它成为不断被摹写创作的素材与对象,而这其

---

① 　上海书画出版社编:《历代书法论文选》,上海书画出版社 2004 年版,第 546 页。

② 　郭廉夫:《王羲之评传》,南京大学出版社 1996 年版,第 176 页。

③ 　祁小春:《迈世之风:有关王羲之资料与人物的综合研究》,文物出版社 2012 年版,第280—281 页。

④ 　卢辅圣主编:《中国书画全书》第三册,上海书画出版社 1992 年版,第 865 页。

中,王献之的《洛神赋》就是一杰出代表作,遗憾的是仅剩残碑,即《洛神赋十三行》。据传,王羲之也用草书写过《洛神赋》。①

曹植《洛神赋》说:“古人有言,斯水之神名曰宓妃。”②屈原、司马相如、扬雄、张衡、蔡邕等在作品中也描写过洛神,但他们大都以儒家的道德标准对宓妃进行了一定程度的批评,而曹植的洛神则是作为美丽的女神与歌颂美好爱情的形象出现的。曹植的《洛神赋》使我们通过语言的塑造看到了一个风姿绰约美丽动人的女神形象:“翩若惊鸿,婉若游龙,荣曜秋菊,华茂春松。髣髴兮若轻云之蔽月,飘飖兮若流风之回雪。远而望之,皎若太阳升朝霞。迫而察之,灼若芙蕖出渌波。”曹植运用了大量比拟洛神外貌的具体事物,如“双燕”“菊”“松”“月”“龙”“芙蕖”“太阳”“回雪”等,来描写洛神的惊艳之美。

王献之的书法,则使我们在书法的形式中看到了美丽的洛神,就像给魅力无穷的洛神又增添了一个独特的光晕,想象中的美丽洛神又因王献之的书法增添了一道独特的魅力。王献之的书法用笔挺拔俊逸,犹如洛神秀逸婀娜的身姿;其章法错落有致,顾盼生姿,犹如飞动盘桓、奕奕动人的举动;和谐匀称、飞动神逸的笔画,犹如洛神欲言又止、含情脉脉的神情。与钟、王含蓄朴茂的书风不同,王献之的书法展现了一种生动自然、舒展飘逸、清爽优雅之美,与曹植《洛神赋》描写的风影绰约的洛神之美完全吻合,既有自然遒丽的生命之力,又有含蓄空灵的哀婉之致,书风与文风完美一致,相得益彰。

至于洛神具体的形象之美,每位读者只有展开自己的想象,凭借个人经验来具体感受了。书法也无法传达这种具体事物的美,只能通过书写文字,再通过文字激发读者的想象来使其获得美感,语言之美与书法的形

---

① 祁小春:《王羲之〈十七帖〉汇考》,上海书画出版社 2011 年版,第 162 页。
② 曹植:《曹植集校注》,赵幼文校注,人民文学出版社 1998 年版,第 282 页。

式之美共同激发读者的美感,使其更加丰富、更加多样,同时也达到更高的境界。至于文字所传达的曹植被神女吸引而摇荡心旌、神魂颠倒、解玉佩托秋波传情、极力克制而又难以自持的焦急心情,书法作品也只能借助文字的书写来传达了。总之,王献之用书法来书写文学作品如《洛神赋》,无疑使读者在心领神会文学语言所表达的意境之美外,又增加了视觉的书法图像之美,使一个完全依靠语言文字的艺术文本,变成了语言与笔墨共同建构的、多方面调动读者艺术想象力与感受力的综合艺术文本,从而使读者的审美感受更为丰富。

曹植《洛神赋》不仅为书法家提供了重要的灵感,同时也为画家提供了重要的素材。根据台湾学者陈葆真统计,目前已知流传下来著名的《洛神赋图》与《洛神图》有三十二幅之多。① 其中最著名的就是东晋顾恺之的《洛神赋图》,特别是辽宁省博物馆藏的《洛神赋图》还附有《洛神赋》原文,将《洛神赋》直接书写、融入整幅《洛神赋图》之中,把图像之美、语言之美、书法之美完全交融在一起。卫九鼎的《洛神图》上还有著名画家倪瓒的题辞:"凌波微步袜生尘,谁见当时窈窕身。能赋已输曹子建,善图唯数卫山人。云林子题卫明铉洛神图,戊申。"洛神凌波洛河之上,衣带飘舞,神情悠远,让人产生无限怅然之感,悠远飘渺的画风与倪瓒遗世独立、淡然空灵的书风完美统一。优美动人的形象、令人回肠荡气的凄美情节、灵动跳跃的韵律与节奏,是曹植的《洛神赋》之美;鲜明的视觉形象、悠长飘荡的线条、丝丝入扣的江水,是卫九鼎的绘画之美;而空灵随意的笔触、直抒性灵的诗情,则是倪瓒的书法之美。——此作可谓集三美于一体的艺术瑰宝了。

---

① 　陈葆真:《〈洛神赋图〉与中国古代故事画》,浙江大学出版社 2012 年版,第 308—309 页。

图5-1 卫九鼎《洛神图》倪瓒题辞

魏晋书法的形式之美与书写内容之间的复杂关系,首先表现在书写形式的美与书写内容的日常性之间的张力关系。书法不仅是书写的形式与运笔的轨迹,它还有书写内容与内容中反映出的艺术家的现实世界人生及其审美趣味,即书法具有再现性。魏晋特殊的时代造就了艺术家特有的超然脱世潇洒飘逸的个性,即魏晋风度与魏晋风骨,其书法也具有中国书法史上所特有的美,即"韵",成为中国书法史上的一大高峰。但这一时期的书法家大都不是文学家,其书写的内容往往是日常生活之事。而正因其为日常生活之事,才反映了艺术家真实的人生与情感,从一个独特的视角向后人展示了魏晋时期真实的艺术人生及世情百态。

例如我们从《十七帖》中就能看出王羲之的生活世界:他的生活与交游、他的现实与梦想、他的爱憎与道德观念等。① 这种日常书写的特点,我们在陆机的《平复帖》中也能看到。陆机的文学与书法在当时都很有名

---

① 俞丰编著:《经典碑帖释文译注》,上海书画出版社2012年版,第120—134页。

气,王僧虔《论书》中说:"陆机书,吴士书也,无以校其多少。"陆机的书,吴地士人的书,无法计较其多少。① 庾肩吾《书品》说:"陆机以宏才掩迹。"②陆机因文才掩盖书名,这位当时著名的文学家,其书法虽被庾肩吾列为中之下,已是光彩夺目、名重一时了。《宣和书谱》介绍陆机说:"自少以文章得名。初受知于张华,谓人之为文恨才少而机患其多,至有见文而自欲弃其所学者。以故虽能章草,以才长见掩耳。然机自归晋,闭门十年,笃志儒学,无所不窥,书特其余事也。"③由此来看,陆机以文学、学问见长,书法只是业余事罢了。启功在《〈平复帖〉说并释文》中也说陆机"善书,为文名所掩",并说《平复帖》是"在近代汉晋和战国的简牍大量出土以前,数百年的时间,人们所能见到最古的,并非摹本的墨迹,只有这九行字。而在今日统观所有西晋以上的墨迹,其中确知出于名家之手的,也只有这九行。若以今存古代名家法书论,这帖还是年代最早的一件,以今存西晋名家法书论,这帖又是最真实可靠的一件"。④ 陆机才高名显、文章冠世,其论文之名篇《文赋》藻绘排偶,俨然一篇精美的文学作品。但其《平复帖》的内容,据启功考证,多是日常琐事:

　　详观帖文,乃是谈论三个人,首先谈到多病的彦先。其次谈到吴子扬,他前曾到陆家作客,但没有受到重视,这时临将西行,又来相见,威仪举动,较前大有不同了,陆机也觉得应该对他有所称誉。但他所给的评论,仍仅止是"躯体之美",可见当时讲究"容止"的风气和作用,也可见所谓"藻鉴"的分寸。最后谈到夏伯荣,则因寇乱阻

① 上海书画出版社编:《历代书法论文选》,上海书画出版社 2004 年版,第 58 页。
② 上海书画出版社编:《历代书法论文选》,上海书画出版社 2004 年版,第 90 页。
③ 卢辅圣主编:《中国书画全书》第二册,上海书画出版社 1993 年版,第 39 页。
④ 启功:《启功书法论丛》,文物出版社 2003 年版,第 26—27 页。

隔，没有消息。①

由此可见《平复帖》所写多是日常琐事，陆机很难也没有必要在此语境中发挥文学写作的才能。但其言谈之间也同样有一种日常情致所有的亲切感人之美，正如《十七帖》的语言内容风格。

中田勇次郎在《〈十七帖〉序说》中说，《十七帖》虽是张彦远所说的"煊赫名帖"，但其内容"多为致亲友熟人的书式简略的书简，书写轻松随意，内容也是一些日常问候的书信片段而已"②。简略的内容却有着一种特殊的美，这是一种与才华横溢、辞藻繁缛的作品完全不同的美，正如中田勇次郎所说："《十七帖》书法的特色，在于使用了王书中这种致近亲的书体，这就像稿书，形成了一种亲切而温润的书风。王羲之行书高雅，有纵逸潇洒之风；而《十七帖》的草书，则是充满温情，具有平易之美感，与书信内容也十分和谐。这些虽与高雅风气的行书有相通之处，但必须知道二者间本质的不同，正如张怀瓘的评价，谓有女郎才而无丈夫气。可能他所见到的就是这样的草书，其实反过来也可以说，这难道不正是一种充满情感的温馨之书吗？"③"西晋陆机的《平复帖》尚有章草意味，此即作为优美书作被人们珍藏宝爱的一例。这些草书尺牍发展到王羲之时代，已经完成了作为一种优美艺术的转变。尽管内容是普通的问候书信，但在书法上则成为最高的艺术被人们赏玩。"④

同是日常内容，有些内容吉祥如意、表里兼美，如《平安贴》《快雪时晴帖》《中秋帖》《初月帖》《雨后帖》《奉橘帖》等，更容易受到重视；有些

① 启功：《启功书法论丛》，文物出版社 2003 年版，第 28 页。
② 祁小春：《王羲之〈十七帖〉汇考》，上海书画出版社 2011 年版，第 159 页。
③ 祁小春：《王羲之〈十七帖〉汇考》，上海书画出版社 2011 年版，第 168—169 页。
④ 祁小春：《王羲之〈十七帖〉汇考》，上海书画出版社 2011 年版，第 169 页。

如《丧乱帖》《哀祸帖》等具有不吉祥的名字与涵义,虽有很大的艺术价值,但往往受到限制。清乾隆三希堂收藏的三个著名法帖都是内容、形式兼美的著名法帖:《快雪时晴帖》,内容为大雪初晴时王羲之以愉悦的心情对亲朋好友的问候,"快雪时晴,佳想安善"的悠然心情与典雅秀美的书风形成完美的表里统一;《中秋帖》,是对亲人的无限思念;《伯远帖》,也是表达对亲人的感念之情。这种日常式的书写,无论在内容与形式方面都与北碑形成了鲜明的对照,北碑由于特殊的功用、多信仰的内容、特殊的书风,而与南书形成了完全不同的艺术世界。

当然,不同的艺术形式在艺术品中所起的作用是不同的。《十七帖》《平复帖》内容大都是生活琐事,而大量的碑帖如《龙门十二品》等在文学史上也没有什么地位,但其部分内容由于某些特殊的原因仍能获得少数文人雅士的青睐。北碑中较受尊崇的《张猛龙碑》,启功评此碑说:"清颂碑流异代芳,真书天骨最开张。小人何处通温清,一字千金泪数行。"此诗前半是讲《张猛龙碑》的书法风格"此碑骨格权奇,富于变化,今之形,古之韵,备于期间,非他刻所能比拟";后一半则是讲诗的内容对自己的深刻影响:"功获此碑旧拓本,温清未渺。小子早年失怙,近遭慈艰,碑文不渺,若助风木之长号也。"①启功因相近的人生经历而对《张猛龙碑》的文字内容产生了共鸣。至于说《张猛龙碑》"可望难追仙迹远,长松万仞石千寻",是指碑中语"积石千寻,长松万仞"的语言之美与其书风所呈现的挺拔崇高的精神境界。② 大多数碑文中虽然也偶尔出现各种名言警句,但碑文的特殊功能与写作特点决定了它与普通的文学作品差异很大。正如《文心雕龙·诔碑》中所说:"写远追虚,碑诔以立。铭德慕行,文采允集。

---

① 启功:《论书绝句》,生活·读书·新知三联书店1990年版,第54页。
② 启功:《论书绝句》,生活·读书·新知三联书店1990年版,第58页。

观风似面,听辞如泣。"①

　　魏晋文学艺术作品中除了《兰亭》《文赋》等被反复书写外,竹林七贤的诗文也常常成为书法家不断书写的题材,王僧虔《论书》中说:"谢安亦入能书录,亦自重,为子敬书嵇康诗。"由此可见,谢安与王献之都景仰嵇康的为人与名气,并以书法形式书写嵇康的诗。后来的书法也是如此。如赵构书《真草书养生论卷》,赵孟𫖯书《与山巨源绝交书》《琴赋》与《酒德颂》,文徵明书《琴赋》,董其昌书《酒德颂》,陈继儒书《酒赋》,祝允明草书《嵇康酒会诗》与《琴赋》,八大山人书《酒德颂》等,可谓不胜枚举。清钱沣《七贤祠记》则以颜书的形貌表达了对竹林名士的真切情感,虽然颜体宏阔沉稳的书风与竹林七贤潇洒自然的风格有异。②

　　《琴赋》与《酒德颂》由于短小精美,更是成为历代书法家不断书写的作品,这是因为琴、酒往往也是历代书法家的人生爱好。竹林七贤中出身寒微、形貌丑陋、身无长物的刘伶,除了嗜酒得到酒神的称号外,还创作了著名的《酒德颂》,成为历代文人、书法家不断诵读与书写的名篇。他在《酒德颂》中说"唯酒是务,焉知其余",饮酒之后"静听不闻雷霆之声,熟视不睹泰山之形,不觉寒暑之切肌,利欲之感情",这首对酒的颂歌,被称作文学史上第一次对酒的诗意化。

　　竹林七贤中的嵇康,由于与时世绝不同流合污的个性及坚忍不拔的气概,被历代文人所尊崇,其诗歌也常常被历代艺术家作为创作艺术作品的题材,或被当作绘画题材,或被书法家反复书写。嵇康《赠秀才入军》诗说"目送归鸿,手挥五弦",顾恺之论画说"手挥五弦易,目送归鸿难",意思是画出诗人目送归鸿、神情高远的意境很难。嵇康和阮籍一样在文学

---

① 刘勰:《文心雕龙注》上,范文澜注,人民文学出版社2006年版,第214页。
② 中国美术全集编辑委员会编:《中国美术全集 书法篆刻编6 清代书法》,上海人民美术出版社1989年版,第121页。

成就上都很大，但与借酒隐忍的阮籍不同，嵇康个性更为慷慨决绝，我们从他对钟会和山涛的态度就可看出。钟会撰《四本论》成，很想获得嵇康的认可，但惧怕嵇康的任性与决绝，只好隔墙扔下自己的书逃走。《世说新语·简傲》中记述了嵇康甚至羞辱前来拜会的钟会，就是因为他对钟会的人格感到不齿：

> 钟士季精有才理，先不识嵇康，钟要于时贤俊者之士，俱往寻康。康方大树下锻，向子期为佐鼓排。康扬槌不辍，傍若无人，移时不交以言。钟起去，康曰："何所闻而来？何所见而去？"钟曰："闻所闻而来，见所见而去。"①

嵇康的挑战姿态无疑直接导致了他被杀东市，但临刑前，他仍心高气傲，"神气不变，索琴弹之，奏《广陵散》"。甚至还发出感叹："袁孝尼尝请学此散，吾靳固不与，《广陵散》于今绝矣！"他与山涛的绝交也是一样，他毅然拒绝山涛从政做官的建议，并写出流传千古的《绝交书》，其中就直接表达了他与山涛之不同："足下傍通，多可而少怪；吾直性狭中，多所不堪。"②后世赵孟頫书嵇康《与山巨源绝交书》时已无嵇康慷慨赴死之气，其书风的温柔痞袂之气也与仕元的屈节有着内在的一致性，赵孟頫书写《与山巨源绝交书》时应该有为自己仕元感到后悔吧。赵孟頫之书，与嵇康之"手挥五弦，目送归鸿"、志在山水、心游万仞的高妙绝伦的气节，已无任何精神上的关联。同样，嵇康的书法也表现了他正直、高傲、刚毅、反叛、不肯随流、超凡脱俗的强烈个性，正如唐张怀瓘所说的，他的书法"意

---

① 张㧑之：《世说新语译注》，上海古籍出版社1996年版，第648页。
② 嵇康：《嵇康集校注》，戴明扬校注，人民文学出版社1962年版，第113页。

不在乎笔墨,若高逸之士,虽在布衣,有傲然之色".①

竹林七贤对书法家的影响,不仅表现在具体书风上,更重要的是表现在人生及审美观念上,如清书法家梅植之平生爱好操琴,得嵇叔夜琴一张,因号嵇庵,曾书《散文一篇》被《中国美术全集 书法篆刻编6 清代书法》收录。②篆刻方面也是如此。明文彭篆刻《琴罢倚松玩鹤》款文为:"先生别业有古松一株蓄二鹤,于内公余之暇,每与余啸傲其间,抚琴玩鹤,洵可乐也。"有竹林七贤之风,特别是"啸""琴""松"等意象的出现更点明了其与竹林之风的关系。其他明清很多篆刻都表明了这种密切的关系,如明何震篆刻《放情诗酒》、明苏宣《深得酒仙三味》、明胡正言《楼神静乐》、明程邃《少壮三好音律书酒》、清吴先声《多情怀酒伴余事作诗人》、清林皋《案有黄庭尊有酒》、清徐坚《左图且书右琴与壶》、清杨澥《天与湖山供坐啸》、清张熊《晋梓竹堂》、清严坤《酒气拂拂从十指出》。③ 由此可见,竹林七贤不仅成为历代画家书家取材的对象,其文学创作也同样全面而深刻地影响着艺术家的人生。

南朝姚最《续画品》从理论上谈到文学、书法、绘画具有美的内在一致性,他在论述袁质取材文学作品的画说:"曾见草庄周木雁卞和抱璞两图,笔势遒正,继父之美。若方之体物则伯仁龙马之颂,比之书翰则长胤狸骨之方。虽复语迹异途而妙理同归一致。"④姚最曾见袁质所画的《庄周木雁》《卞和抱璞》两幅画,笔力遒劲,继承了其父亲作品的美。若论刻画事物,则如伯仁的《龙马》像;比之书法,则似长胤的《狸骨》方。虽说书法、

① 上海书画出版社编:《历代书法论文选》,上海书画出版社2004年版,第185页。
② 中国美术全集编辑委员会编:《中国美术全集 书法篆刻编6 清代书法》,上海人民美术出版社1989年版,第160页。
③ 中国美术全集编辑委员会编:《中国美术全集 书法篆刻编7 玺印篆刻》,上海人民美术出版社1989年版,第79、81、86、99、103、115、119、129、161、171、177页。
④ 卢辅圣主编:《中国书画全书》第一册,上海书画出版社1993年版,第5页。

绘画不同，而道理是一致的。

魏晋时期的艺术家不仅注重多种艺术形式的融合，同时这种艺术冲动对后来艺术的发展也产生了深远的影响，如后世就出现了大量以陶渊明及其文学作品为题材创作的文学、书法、绘画三美合一的艺术作品。唐著名画家李昭道就曾以陶渊明诗文为题材创作了《桃源图》，可惜未流传下来。① 唐陆曜所作的《六逸图》中，有一图描写了陶渊明席地而坐、葛巾漉酒的情形，并书有《饮酒（其五）》诗句。李公麟《渊明归隐图》与《归去来辞图》都书有《归去来兮辞》，另一南宋无名氏《陶渊明归去来兮图》也写有《归去来兮辞》。钱选以陶渊明诗文为题材创作了《归去来图》等多幅艺术作品。元何澄《陶潜归庄图》画后有当时著名书法家张仲寿书写的《归去来兮辞》。赵孟頫不仅创作了《陶渊明像》，用行草书写了《归去来兮辞》《五柳先生传》《陶渊明五言诗页》，还创作了《陶渊明轶事图卷》。文徵明不仅有《兰亭修禊图》，还绘有《桃园图》《桃源问津图》《桃源访友图》等，并多次书写陶渊明的《饮酒诗》，晚年用小楷与行书写有《归去来兮辞》。董其昌《采菊望山图》中也书写了《饮酒（其五）》，其疏淡俊逸的行书与陶渊明空灵高远的境界融为一体。陈洪绶依陶渊明的言行诗文创作了《陶渊明故事图》。以陶渊明诗文为主题的艺术品可谓不胜枚举，这些杰出的艺术品大都是以陶渊明及其诗文为基础创作的，绘画上也多附有与绘画内容相对应的书法作品，可谓是文学、书法、绘画三美合一的艺术品。

这些多美合一的艺术品虽然有着内在的审美统一性，但同时也常常存在着古与今、质朴与妍美、古典与浪漫等风格上的巨大差异。同样，我们也不能因为不同艺术形式之间的巨大差异，而忽视同一种艺术形式内

---

① 袁行霈：《陶渊明影像：文学史与绘画史之交叉研究》，中华书局 2009 年版，第 4 页。

部的巨大差异。徐利明在《中国书法风格史》中谈到古典主义与浪漫主义的区别时说：

> 古典主义流派主要以二王及唐代大师的风格、法度为典范，着意经营，重理性模仿，倾慕于温润典雅和庄重的风格。这一类书家多为古法至上论者。在他们的审美观念与创作中，个性居于次等地位。浪漫主义流派则以自我为中心，重个人性情的宣泄，虽也师法古人，但为我所用，法度在其审美观念中居于次等地位。这一流派的书法家多为性格特出者，或为仕途失意者，转而寄情于笔墨，傲岸不驯，更看重自我价值。这一流派书家在创作中不愿循规蹈矩，具有一定的叛逆性格。他们从神理上把握法度，以个性决定对"法"的取舍，而不以对"法"的钻研和表现为旨归。这一流派的书家才气尤其高，最富于创造力，风格各不相同，个性极为鲜明。但由于他们的作品往往任性而发，大多重性情而疏于法规，所以书风及其水平不稳定，甚至有的书家的作品，佳者可令人难以企及，而其劣作在相比之下甚至令人感到有天壤之别。①

浪漫主义书法家，从小王开始，经历唐张旭、颜真卿、怀素、高闲，五代杨凝式，宋代苏黄、米芾，元代杨维桢，明代王铎、黄道周、倪元璐、陈献章、祝允明、徐渭、张瑞图、傅山、郑板桥等，他们往往不计工拙，极端地表达自己的审美趣味与价值取向，个性尽显。正如清薛涛《一瓢诗话》所说："若亦步亦趋，描写古人，已属寄人篱下。"可见无论是文学家还是书法家甚或是画家，都要追求自己的风格，成就自己的个性，这是艺术的根本。

---

① 徐利明：《中国书法风格史》，河南美术出版社 2009 年版，第 111—112 页。

赵孟𫖯说《兰亭》与《丙舍帖》很相似。浪漫主义书风往往受到文学及其他文艺潮流的影响,二王书风的影响也与当时文学及文化的影响密不可分,正如徐利明在《中国书法风格史》中所说的:"古人所说书法艺术中钟书之'质'变为王书之'妍'的重大的书美变化,与诗文及绘画诸方面同步","这一时期的文艺作品,雕琢、锤炼,力求妍丽精工,在形式美的追求上取得了划时代的伟大成就"。① 由此开启了中国古代以大王、小王为代表的两种不同书风产生不同影响的历史:大王清新俊逸,小王开张豪迈,崇尚大王者较多追求尽善尽美,追求不激不励而风规自远;师法小王者往往高迈自显,有艺不惊人死不休之气概。黄庭坚在《笔法帖》中曾将二王的书法风格和文学风格相比:大王如左思明,小王如庄子。② 何良俊《四友斋书论》也说:"余以右军草书比之文章,右军似左氏,大令似庄周。"③孟郊《送草书献上人归庐山》说献上人的草书:"狂僧不为酒,狂笔自通天。将书云霞片,直至清明巅。手中飞黑电,象外泻玄泉。万物随指顾,三光为回旋。聚书云霹雳,洗砚山晴鲜。忽怒画蛇虺,喷然生风烟。江人愿停笔,惊浪恐倾船。"这种惊天动地的草书把书法的书写行为与天地自然万物相联系,云霞、山巅、闪电、流泉、云雨、虫蛇、惊涛骇浪,无不显示出艺术撼人心魄的巨大力量,这显然不是大王而是小王所追求的艺术境界。想想王献之用扫帚代笔书写墙壁,以及后来大量以他物代笔的艺术故事——张旭以头发代笔、陈献章以茅草代笔、裴休以袖子代笔等,尽显艺术家冲破世俗、打破常规、一往无前的浪漫主义气概。

朱长文《续书断》中关于裴休说:"尝于太山建化诚寺,休镇太原,寺僧粉额陈笔砚以俟。休神情自若,以衣袖揾墨以书之,极遒健,逮归,侍妾

---

① 徐利明:《中国书法风格史》,河南美术出版社 2009 年版,第 115 页。

② 崔尔平选编:《历代书法论文选续编》,上海书画出版社 2003 年版,第 61 页。

③ 卢辅圣主编:《中国书画全书》第三册,上海书画出版社 1992 年版,第 864 页。

见其霑渥,休曰:'我适以代笔也.'"①裴休镇守太原的时候曾在泰山建化城寺,寺中僧人粉刷好匾额,放好笔砚,等待他题写。裴休却神情自若地用衣袖沾着墨水书写,字体极为遒劲有力。回到家里侍妾见到他的衣袖湿了,他就说:"我刚才用它代替毛笔了。"这不仅展示了艺术家的多才多艺,更表现了艺术家潇洒豪放无拘无束的自由心态。郑杓、刘有定《衍极》中论李白、杜甫等的书法说:"太白得无法之法,子美以意行之。昌黎知其理而功浅,子厚雅有抱负,而有永兴公之余韵。"②在郑杓、刘有定看来,李白主要是以诗人的身份闻世,他的书法是无法之法,这正和他浪漫放达的个性是一致的。杜甫以情趣写字,作为善书的诗人,他追求的是书法之外的情趣,如"书贵瘦硬方通神"与他的诗风是相一致的。韩愈是精通书理,是善论书而不善书写的代表;至于柳宗元,他也是抱负远大,有虞世南的韵致,也许这是他的天分在书法中不经意的自然流露吧。所以当有人说"退之为极疏厉"时,郑杓则说:"彼盖不知九方歅之相马也。"③可见郑杓的书评更多地强调字外之功与象外之象。浪漫派为何更钟情于草书,特别是大草狂草呢? 就是因为它们更能充分展现艺术家的才智与豪迈之情,特别是其放荡不羁的个性。姜夔《续书谱·总论》中说:"古人有专工正书者,有专工草书者,有专工行书者,信乎其不能兼美也。"④在姜夔看来,古人有专擅长正书的,有专擅长草书的,有专擅长行书的,确实人不能样样都擅长啊。但浪漫书家无不尽善草书,因为草书贵在潇洒自由,能尽显艺术家无拘无束之风神。

①　上海书画出版社编:《历代书法论文选》,上海书画出版社 2004 年版,第 346 页。
②　上海书画出版社编:《历代书法论文选》,上海书画出版社 2004 年版,第 458 页。
③　上海书画出版社编:《历代书法论文选》,上海书画出版社 2004 年版,第 458 页。
④　上海书画出版社编:《历代书法论文选》,上海书画出版社 2004 年版,第 384 页。

六 魏晋南北朝文学经典与
书法经典的生成及流传

二王作为中国书法史上的两座高峰早已是定论,《宣和书谱》谈二王的地位说:"羲献以字画之妙出东晋,旷然为千古翰墨之祖。后之学者未论升堂入室而稍窥其藩篱已足以名世。"①二王是千百年来书法的始祖,后来学习书法的人,即使没有登堂入室而只是稍稍窥探到他们书法的奥妙,也足以名垂青史了。中国书法史上的创新与守旧、古典与浪漫之争也是从二王开始的,在大王超越卫夫人与小王欲超越大王的气度中就已显露端倪。对此问题的讨论,既贯穿了自魏晋以来中国书法发展的历史,也贯穿了中国书法理论发展的历史;对此问题的探讨,对理解中国书法的发展乃至文学艺术的发展都有着重要意义。历代帝王对二王书法的看法,对二王在中国书法史上的地位及其深远影响无疑具有极其重要的推动作用,历代书论虽常常涉及此问题,但至今仍缺乏系统深入的相关研究。

《文心雕龙》不仅是中国古代一部重要的文学理论著作,同时也是一部用骈体文写作的精美的文学作品。正如《文心雕龙研究史》所说:"清刘执中《刘彦和〈文心雕龙〉赋》说:'不以文传,故足振千秋之文教;即以文传,亦自倾绝世之文心。'刘勰据此足以成为最伟大的文学家而垂名青

---

① 卢辅圣主编:《中国书画全书》第二册,上海书画出版社 1993 年版,第 51 页。

史。"①随着"龙学"研究的迅速发展,《文心雕龙》的研究已成为目前文学理论研究中的显学。张少康等著《文心雕龙研究史·前言》说:"从七十年代末到二十世纪末的二十年,则是研究最为繁荣昌盛、也是研究水平最高的时期。在二十世纪三千多种研究《文心雕龙》的论文和著作中,有三分之二是在这个时期出现的。"②

我们从《文心雕龙》与二王,特别是大王书法经典化过程的比较中,能够发现中国传统文化在流传与承继中所呈现出的某些内在的一致性。

1　《文心雕龙》从"未为时流所称"到"龙学"

刘勰的一生是郁愤的。刘勰"身与时舛"的人生与《文心雕龙》的基本文学观有着必然的内在联系。刘勰求真、求善、求美的高远理想与残酷的历史现实之间的矛盾直接造成了他的人生悲剧,也促成了刘勰对中国传统文化的深刻理解与批判。刘勰追求真、善、美的人生理念决定了《文心雕龙》的基本价值判断,特别是刘勰文学理论中所倡导的求真精神、体现的求真意志,使他超越了中国传统文论往往仅仅求美求善、美善合一、尽善尽美的终极诉求,独树一帜。刘勰在文论中融入自身人生经验、阐明自身人生理念的写作方式,也鲜明体现了中国传统文论"言志抒情"的基本特点,从而与西方文学研究所体现的以文学为客观研究对象的特点形成了鲜明的对比。

学界关于刘勰的出身有争议,《梁书·刘勰传》传其为"宋司空秀之

---

① 张少康等:《文心雕龙研究史》,北京大学出版社2001年版,第111页。
② 张少康等:《文心雕龙研究史》,北京大学出版社2001年版,第2页。

弟",但大多认为其出身贫寒庶族,而且从整部《文心雕龙》所隐含的基本批判精神也可看出,其出身的贫寒与怀才不遇的愤懑情感是溢于言表的。《梁书·刘勰传》中所说的"勰早孤,笃志好学,家贫不婚娶,依沙门僧佑"应该是其早年人生的基本写照,正是这低微的出身决定了他后来人生的基本格调——即使身怀出众的才华,在一个注重门第出身的时代也饱含无奈。至于刘勰在《文心雕龙·序志》中说自己梦见七色祥云"攀而采之",甚至手捧红色祭器跟随孔子南行,乃是其志向高远的表现。微寒的出身、高远的志向正是贯穿其人生与《文心雕龙》写作过程的基本情态,这种情态在《文心雕龙》文本中也有充分的体现。至于《梁书·刘勰传》记述的刘勰在《文心雕龙》完成之后,由于自己师出无门而不得不想法高攀沈约以毛遂自荐的情景,不由得使人倍感凄凉,"约时贵盛,无由自达,乃负其书,候约出,干之于车前,状若货鬻者",这种惨痛的人生感受在《文心雕龙》之中就已有反映,这应该是刘勰早已预料。所以戚良德讲"不难想见,刘勰迈出这一步,实在需要很大的勇气,甚至要承受不少痛苦的折磨"[1]。这真是刘勰的知音啊!很显然,即使在今日,这种放低自己来推销自己的做法也不是人人都愿意去做的。

刘勰人生精神历程的坎坷使他对中国传统文化的惨痛体验与认识应该说不亚于苏秦。《战国策》曾描写了苏秦在成功前后的对比:他成功前先后十次游说秦王,奏章都未被采纳,"黑貂之裘敝,黄金百斤尽,资用乏绝,去秦而归。赢縢履蹻,负书担橐,形容枯槁,面目黧黑,状有愧色。归至家,妻不下纴,嫂不为炊,父母不与言"。所以苏秦感叹说"妻子不把我当作丈夫,嫂子不把我当作小叔,父母不把我当作儿子"。但当苏秦成功之后,"黄金万镒为用,转毂连骑",他路过家门,一切都发生了天翻地覆的

---

[1] 戚良德:《文心雕龙校注通译·引论》,上海古籍出版社 2008 年版,第 3 页。

变化,"父母闻之,清宫除道,张乐设饮,郊迎三十里。妻侧目而视,侧耳而听;嫂蛇行匍匐,四拜自跪而谢"。苏秦禁不住问嫂子"何前倨而后卑也",为何从前傲慢而今又这么谦卑呢?嫂子的回答也很实事求是,她说:"以季子之位尊而多金。"还不是因为你势高钱多啊!以至于苏秦感慨万分,说道:"嗟乎!贫穷则父母不子,富贵则亲戚畏惧。人生世上,势位富贵盖可忽乎哉!"①一个人穷困潦倒的时候,连父母都不相认,一旦富贵了,亲戚亲人都敬畏有加,人生在世还是权力财富重要啊。刘勰在"高攀"沈约时是否想到了苏秦的遭遇不得而知,但《文心雕龙》整部作品所充满的哲理思考与文化思考,足以使我们深刻认识到刘勰绝非仅仅是个文论家,也绝非是个以论文叙笔为人生最高追求的人,就他对中国传统文化的理解可谓是真知灼见而言,他可以说是一位伟大的文化学家。如果《文心雕龙》的价值仅仅体现在论文叙笔上,那其在文学史上的价值也就大打折扣了。

我们为何对刘勰的出身与怀才不遇的遭遇感兴趣呢?因为刘勰的遭遇在今日日益注重门第的学术界也是屡见不鲜的,在今日,出身、门户、山头已日益成为妨碍学术进步的巨大障碍。刘勰的遭遇警醒我们,在欣赏赞叹魏晋之美、津津乐道于所谓魏晋风度之时,也应该深刻地认识到其所处的整个文化环境的艰难及残酷,所谓药酒、山水、诗艺不过是文化士人逃避现实人生的一种依凭,被无数人称赞的《世说新语》的各种奇闻逸事也不过是盛开在残酷现实面前的"恶之花"。刘勰后来从政的经历虽说有不少高升机会,但其表现大都平淡无奇,在出任太末令的时候,《梁书·刘勰传》说是"政有清绩",这是政绩平平的客气话,他任太子萧统通事舍人时,《梁书·刘勰传》也仅是简略地说"昭明太子好文学,深爱接之",这是

---

① 刘向:《战国策》上,缪文远等译注,中华书局2012年版,第68—71页。

传记中常见的褒奖之词。无论如何，刘勰终究还是没能达到他自许的"骋怀任志""肩负栋梁"的人生理想，究其根源，刘勰与这些达官贵人有隔膜、关系若即若离应为其根本原因，所以戚良德讲：

> 刘勰的人生目标决非只是一个文人；其所以跻身仕途，也决非以一个御用文人为满足。正是在这里，萧统与刘勰就有了巨大的差异。以太子之位，天下迟早运于掌上，军国大政反而变成平常小事；对于文学的爱好和重视，既是题中之义，更为锦上添花，自然无可非议。而对刘勰来说，如果仅仅以"文学"而受到太子的"爱接"，随其游宴雅集，随其制韵赋诗，或者为其《文选》的编撰出谋划策，从而混同东宫众多的文士，那么，离开其人生目标可就相去远矣！①

身居佛寺十多年的刘勰并未剃度出家，可见刘勰人生价值观其实还在于以儒家的救世态度来面对现实的人生。所以孔子的人生观及文学观在《文心雕龙》中占有根本的地位，《原道》《征圣》《宗经》《正纬》《辨骚》无不是以儒家的人生观来解决现实及文学问题的，也就是《史传》中所说的"立义选言，宜依经以树则；劝戒与夺，必附圣以居宗"。在刘勰看来，道、圣、文是三位一体的，正如《文心雕龙·原道》所谓"道沿圣以垂文，圣因文而明道"，而这其中，"独秀前哲"的孔子起着关键性的作用，"情信辞巧"的儒家经典是"恒久至道""不刊鸿教"，因为它们"洞性灵之奥区，极文章之骨髓"，"意既挺乎性情，辞亦匠于文理"，是"衔华佩实""顺美匡恶"的人伦极则，而道家的哲学与文章不过是旨意"清俊""遥深"的"明道""仙心"，那些"嗤笑徇务之志，崇盛忘机之谈"的"随性适分"是"鲜能

---

① 戚良德：《文心雕龙校注通译·引论》，上海古籍出版社2008年版，第5页。

圆通"的,仅在整个人生及文学过程中起着修身养性的作用。

从这个角度,我们就可理解,刘勰在《文心雕龙》里无论是讨论诗歌还是研究历代作家作品,为何都没有提到陶渊明:只要看看刘勰对文学所坚持的儒家救国救民的根本主张就可了然了。陶渊明诗文的根本内容不外乎"性本爱山丘","若复不快饮,空负头上巾",虽然也有金刚怒目,但那是很少的,他这种诗酒人生的率真洒脱与刘勰所持有的儒家的人生与诗文观念完全是背道而驰的,后者在文论中抛弃陶渊明的倾向也就可以理解了。刘勰是不会采取这种以酒、诗来逃避人生的态度的,更不会采取《世说新语》中所反复出现的各种无所顾忌的荒诞的人生态度。他的人生目标是"摛文必在纬军国,负重必在任栋梁",在他看来,整日沉浸在药酒山水之中,何来担当呢? 如果天下的知识分子都如陶渊明那样一天到晚以酒为友,如王子猷那样尽情山水,那国家会怎样也就可想而知了。

但其实刘勰自己又何尝不是如此呢? 刘勰的入寺、奉佛正如陶渊明沉浸于诗酒一样,也是出于不得已。或由于贫穷,或由于皇帝的干预,他走出定林寺在官场闯荡三十多年,到五十二岁才终于迁升步兵校尉兼东宫通事舍人,这一切都表明他不过是孤苦地漂浮在宦海中的浮萍。至于蒙受皇帝之诏重回定林寺编撰经藏,更表明他的奉佛不过是梁武帝隆佛之事的一个简单插曲,与早期的"家贫,依沙门"一样都是由于外在的力量,何来内在的人身自由呢? 所谓士人的风度与风骨,在无处不在的现实逻辑与强大的皇权面前土崩瓦解,荡然无存。在完成编撰佛经的任务之后,刘勰便主动上表"启求出家",这是否是对梁武帝"舍身侍佛"的效仿,我们不得而知。出家后不到一年,刘勰便告别人世,《文心雕龙·程器》所提出的人生及文学理想"摛文必在纬军国,负重必在任栋梁"也便就此落空,其关于人生及文学的完美理想令后世如他一样身怀救世救国抱负的文学青年唏嘘不已。刘勰的人生显然没有达到他"达则奉时以骋绩"的高远理想,至于定林寺的日日夜夜是否满足了他"穷则独善以垂文"的无奈与躲闪,那就不得而知了。刘勰骨子里是一个理想主义者,但低微的出身与艰难的时势使他无法按照自己设定的理想原则"奉时骋绩"、有所作为。所谓的"独善垂文"虽也是他人生理想的一面,但无论是定林寺投靠佛门时期还是后来的从政时期,他都很少有能够"独善"的时候,贯穿《文心雕龙》始终的那种儒道完美结合的状态,在他的一生中都可说没有真正实现。至于萧统对他的"深爱接之",是否与秦始皇对韩非、汉武帝对司马相如的爱一样,是"日进前而不御,遥闻声而相思",那就不得而知了。

刘勰在文学中寄托了自己的人生理想,但也仅仅是寄托而已。在刘勰看来,文学虽如曹丕所谓"经国之大业,不朽之盛事",其根本原因不过是文学能为"经国之大业,不朽之盛事"摇旗呐喊罢了。所以他在《文心雕龙·序志》中讲自己为何从事文学研究时说:

> 自生人以来,未有如夫子者也!敷赞圣旨,莫若注经,而马郑诸儒,弘之已精;就有深解,未足立家。唯文章之用,实经典枝条;五礼资之以成,六典因之致用,君臣所以炳焕,军国所以昭明,详其本源,莫非经典。而去圣久远,文体解散,辞人爱奇,言贵浮诡,饰羽尚画,文绣鞶帨,离本弥甚,将遂讹滥。盖周书论辞,贵乎体要;尼父陈训,恶乎异端;辞训之异,宜体于要,于是搦笔和墨,乃始论文。[①]

从刘勰的讲述来看,他人生的根本目标就是为了继承孔子的遗愿、赞美孔子的事业。要阐明孔子伟大的志向,没有比研究、注解孔子的经典更为重要的,但在这方面,马融、郑玄这样的大儒已经做得很好,后人很难超越,

---

① 周振甫:《文心雕龙今译》,中华书局 1992 年版,第 445 页。

只有研究文学。文学虽然是经典的旁枝,但各种儒家的礼制、法典只有依靠文章才得以形成与实施,君臣的政绩、军国大事都必须依靠文章才能彰显明了。而刘勰正处在一个文风追讹逐滥的时代,如按照孔子的教训去驳斥异端,遵照《周书》的陈述来要求文义,一样是追寻孔子的脚步,"文果载心,余心有寄",所以自己对人生的理解与看法也只有寄托在对文学的阐述里了。

由此看来,刘勰对文学的研究也有自己的"不得已"之处。刘勰从早期的"家贫,依沙门僧佑",到避开"马郑诸儒,弘之已精;就有深解,未足立家",再到从政期间的"昭明太子爱文学,深爱接之",并受"诏令"重回定林寺编撰佛经,最后终于主动上表,"启求出家",并很快死在佛寺中。一生躲闪不断的刘勰,生活在残酷现实的人生既定规则中,无法超越其上而实现自己的人生理想,其人生的悲苦是可想而知的。而这些悲苦无不转化为他对文学的理解与批评,我们在阅读《文心雕龙》时,时刻都可体会到这一点。这也是中国古代文人士大夫在阐述文学时所呈现出的一个基本特点:文学评论、文学理论不是一个客观的文学研究手段,而是理论家探索人生与文学、阐明自我与他者的一个重要过程。从这个角度讲,他们对文学的论述是文品与人品合一的结晶。

刘勰不仅从哲学的角度来思考文学,同时也从哲学的角度来思考中国的文化,从切肤的人生体验来反思他所处的时代与现实。刘勰在谈到晋代的文人与文学时说"晋虽不文,人才实盛":张华、左思、潘岳、夏侯湛、陆机、陆云、傅玄、傅咸、张载、张协、张亢等无不文采动人,但前人认为他们"运涉季世,人未尽才",是时代造成了他们都没能充分发挥自己才干的局面,实在令人可惜。当刘勰说"诚哉斯谈,可为叹息"时,他应该想到了自己和他们一样的生不逢时的命运,所以他在《才略》说:"魏时话言,必以元封为称首;宋来美谈,亦以建安为口实;何也? 岂非崇文之盛世,招才之嘉会哉。嗟夫,此古人所以贵乎时也!"①在刘勰看来,曹魏时期推崇汉武帝元封年间的文学,宋以来称赞汉末建安时期的文学,都是因为它们是文学盛世,是文人发挥成就的好时代;古人看重时代,都是因为时代对人的成长有着至关重要的意义啊。

历代《文心雕龙》研究往往强调刘勰的求善、求美,对于求真却较少触及,而求真恰是刘勰超越于其他古代文论家的独到之处,也是整个中国文化迥异于古希腊求真传统之处。在刘勰看来,求真不仅指史实的真,更是指文学创作中的情感之真,唯有真能使艺术作品做到"元气淋漓,真宰上诉"。虚伪扭捏之作怎能以情动人呢?所以刘勰非常反感那些表里不一、内外相左的文人,他在《文心雕龙·情采》说:"故有志深轩冕,而泛咏皋壤,心缠几务,而虚述人外。真宰弗存,翩其反矣。夫桃李不言而成蹊,有实存也;男子树兰而不芳,无其情也。夫以草木之微,依情待实,况乎文章,述志为本,言与志反,文岂足征?"②刘勰强调文章的情真意切、言行如一、表里相符,也就是《文心雕龙·祝盟》中所说的"然非辞之难,处辞为难。后之君子,宜存殷鉴。忠信可矣,无恃神焉",所以刘勰认为"信不由衷,盟无益也"。③ 言说、写文甚至是盟誓并不难,难的是按照言行如一的原则去行动,如果没有忠信的原则在,那所谓的言语行为不过是一种让人迷幻的虚空形式罢了。这正是刘勰看到时人为文造情"淫丽烦滥""采滥忽真"的情况而发的感慨:在口头文章上不断歌咏田园山林的隐居生活,以兰花香草般的隐君子自居,现实生活中却热衷于高官厚禄的生活,一天到晚沉醉于繁忙的政务俗事;没有美好真诚的感情,都是虚情假意的蝇营狗苟。想想今日的文坛,和刘勰批评的当时情景又有多远呢?到处演讲

---

① 周振甫:《文心雕龙今译》,中华书局1992年版,第426页。
② 周振甫:《文心雕龙今译》,中华书局1992年版,第288页。
③ 周振甫:《文心雕龙今译》,中华书局1992年版,第95—96页。

孔孟之道的说客,又有几位真正以"仁者爱人"为目的呢? 口口声声老庄的,又有几位忘记功名利禄的清净之人? 他们的果实不如桃李,他们的香气不如兰草,言说与情志完全相左,情疏文盛的"繁采寡情"何来"风骨",何来"鸿笔",何来"日新其业"? 其最终的结果必然是"味之必厌"。

在刘勰看来,当时的整个文坛正如《文心雕龙·铭箴》所说,是"矢言之道盖阙"①。既无"矢言之道",也就缺乏追求真理的气概;既无真理,何谈善、美呢? 刘勰整部《文心雕龙》都是以求真作为自己的使命的,虽然其前提常常标举儒家之"道"的旗帜,而美也是其评价文学的另一重要特质。正如戚良德所说:"笔者认为,《文心雕龙》创作论的'总纲'乃是《情采》篇,刘勰以'剖情析采'概括《文心雕龙》的创作论,正表明他对文章写作基本问题的认识;所谓'万趣会文,不离情辞'(《镕裁》),创作理论所要研究的问题固然很多,但不出'情'和'辞'的范畴","以此而论'圣贤辞书,总称"文章"',都是因为具有文采,显然重在表明刘勰自己的观点,那就是所谓'文章'便意味着文采,也就是意味着美"。② 可见,真、善、美乃是刘勰思考人生及文学观念的三个根本出发点,可谓三位一体。

刘勰对屈原的赞美就是基于这三位一体的评价的:既有求真的成分,也有善的成分,更有求美的成分。他同意刘安对《离骚》的高度评价,认为它是一部伟大的作品:"《国风》好色而不淫,《小雅》怨诽而不乱,若《离骚》者,可谓兼之。蝉蜕秽浊之中,浮游尘埃之外,皭然涅而不缁,虽与日月争光可也。"这乃是从德的层面而言的。他说《离骚》"文辞丽雅,为词赋之宗,虽非明哲,可谓妙才",并借用王逸的评价说"金相玉质,百世无匹者也",兼有《国风》与《小雅》之美,则是从美的角度来评价《离骚》,整体上还是坚持了儒家表里相依、文质彬彬的价值观念。他反对班固对《离

① 周振甫:《文心雕龙今译》,中华书局1992年版,第105页。
② 戚良德:《文心雕龙校注通译·引论》,上海古籍出版社2008年版,第29页。

骚》的贬低,认为屈原的"忿怼沉江"并不是"露才扬己",而是"依经立义",是"忠怨之辞",是"狷狭之志",而屈原的态度也是"婉顺"的,这也是从德的角度评价屈原。班固认为屈原《离骚》"不合传","羿浇二姚,与左氏不合,昆仑悬圃,非经义所载",刘勰则认为班固这种"不合传"的评价违反了"取事也必核以辩"(《文心雕龙·铭箴》)的原则,乃是"褒贬任声,抑扬过实"的结果,是"鉴而弗精,玩而未核"的结果,是失实。① 刘勰对屈原及《离骚》的赞美表现了他对屈原人生观念及文学审美的高度认同。当然,他对《离骚》的高度赞扬与屈原的深切同情也与其自身的经历有着密切的联系,二者郁郁不得志的相似人生及对艺术的共同追求使他们成为志同道合的文坛英杰。所以《文心雕龙·知音》讲:"昔屈平有言:'文质疏内,众不知余之异采。'见异唯知音耳。"②刘勰对屈原的高度评价,正是二人为千古知音的最好见证,同时他们两位也成为历代杰出文人跨时代对话的榜样。

在刘勰看来,当时流行的史传常常缺乏求真的精神,而"真"正是史传的灵魂。他在《文心雕龙·史传》特别批评了史传中常常出现的毛病,那就是"尊贤隐讳"和"奸慝惩戒",因"世情利害"而有违事实的史传写作态度,其结果就是"勋荣之家,虽庸夫而尽饰,迍败之士,虽令德而嗤埋,吹霜煦露,寒暑笔端,此又同时之枉,可为叹息者也"。③ 史传的写作者往往因人情世故的利害关系而对历史妄加删改,出身寒门的英雄豪杰往往受到无情的嘲笑与埋没,但出身名门世家的即使是凡夫俗子也会给以不可理喻的褒奖,寒风霜雪、阳光雨露无不是由写家与传主的利害关系而定,这些都是刘勰自己的所见所闻啊。既然美玉不因瑕疵而失去自身的价值,

---

① 周振甫:《文心雕龙今译》,中华书局 1992 年版,第 41—43 页。
② 周振甫:《文心雕龙今译》,中华书局 1992 年版,第 433 页。
③ 周振甫:《文心雕龙今译》,中华书局 1992 年版,第 150 页。

那伟人的缺陷与毛病又为何掩盖呢？不按照"实录无隐之旨"的原则来写作，又怎能达到"举得失以表黜陟，征存亡以标劝戒"的效果呢？"褒见一字，贵逾轩冕；贬在片言，诛深斧钺"，是史家的职责，不得不为之。只需想想如今充斥学界的虚假不实的奉承吹捧，甚至是歪曲偏邪的攻击批评，无不充满了"任情失正"的山头门派之争，因此哪里还能找到"析理居正"与"良史直笔"的"素心"呢？在评论文学作品时也是如此，评论者也往往囿于亲情而不能做到"平理若衡，照辞如镜"，正如《文心雕龙·熔裁》中所说："士衡才优，而缀辞尤繁；士龙思劣，而雅好清省。及云之论机，亟恨其多，而称清新相接，不以为病；盖崇友于耳。"①陆机的文章才思敏捷，文辞繁复；陆云才思迟缓，文辞俭省。在评论时，陆云虽对陆机的文章抱有看法，但他仍然夸赞自己的兄弟，说他的文章清新自然，这都是因为注重兄弟情谊的结果啊。当然，没有亲情的限制，人也会囿于自己的情感与爱好而很难做出客观正确的判断，所以他在《才略》中又指出了另一种情况：曹丕、曹植各有所长，但俗鉴不同，"俗情抑扬，雷同一响，遂令文帝以位尊减才，思王以势窘益价，未为笃论也"②。在刘勰看来，文学史上之所以有曹丕才情不如曹植的结论，是由于普通人人云亦云，因权势而忽视了曹丕的才华，因窘迫而给曹植过多的同情造成的。其实，这些带有个人情感的评价并不恰当。

　　求真不仅需要见识，还更要勇气，"怊怅于知音"的刘勰内心充满了郁愤，而"耿介于程器"的刘勰则以"求真"为依据总结了历代著名文士、将相的各种优缺点。这些优缺点古今并无什么不同，我们在今日的文人、将相身上也可找到：司马相如的"窃妻受金"，扬雄的"嗜酒少算"，班固的"谄窦作威"，孔融的"傲诞速诛"，管仲的"盗窃"，吴起的"贪淫"……至

---

① 周振甫：《文心雕龙今译》，中华书局 1992 年版，第 295 页。
② 周振甫：《文心雕龙今译》，中华书局 1992 年版，第 421 页。

于孔光的"负衡据鼎，仄媚董贤"，更是专制时代的常态，更何况班固、马融、潘岳这样的身处贱职下位的人呢？连王戎这样的开国大臣都买官卖官、随波逐流，更何况司马相如、杜笃、丁仪、路粹这样的家徒四壁、一无所有的人呢？至于孔光仍被人看作大儒，王戎仍被列入竹林七贤，不过是名高位显、为尊者讳罢了。①但是在刘勰看来，历史上的伟人并不都像他们那样是"白玉有瑕"的，屈原、贾谊、邹阳、枚乘、黄香、徐干都是完美无瑕的君子。人们常常为知识分子在历史关键时刻的软弱与缺陷辩护，但知识分子并不都是随波逐流的庸人，勇猛精进者有之，以身试法者有之，沉湖自洁者有之，清苦自持者有之，人性的软弱并不都彰显在所有人的身上。当刘勰谈到这些文人将相的缺陷时，他并没有抱以嘲笑贬低，而是怀着深深的理解与同情，评论间充满了设身处地的悲天悯人之感；他深知人生的艰难与生命的软弱，知道"人禀五材，修短殊用，自非上哲，难以求备"的道理，同时他也看到了社会的残酷，"将相以位隆特达，文士以职卑多诮；此江河所以腾涌，涓流所以寸折者也"。他知道自己不是"位隆特达"的将相，也不是"腾涌"奔流的江河，而是"职卑多诮"的文士，是"寸折"蜿蜒的涓流，所以鲁迅在《摩罗诗力说》中讲刘勰这句话"东方恶习，尽此数言"，可谓是刘勰的千古知音。②刘勰从自己对人生的切肤感受出发，揭示了中国传统文化的痼疾——重视血缘、门第的凝固不化的等级制度，使千年之后的鲁迅发出了赞叹。即使在今日，我们也不能够说，这个问题已经得到了很好的解决。但令人敬佩的是，刘勰始终保持着清醒的态度与坚定的信念。完美的人格与完美的艺术一样，只要抱着坚定的信念就一定能够实现，这就是他在屈原、贾谊身上所看到的完美的知识分子形象，他们是超越时空的完美典范，也是文学理论所追求的最终理想的反映："及其品

①　周振甫：《文心雕龙今译》，中华书局1992年版，第437—438页。
②　《鲁迅全集》第一卷，人民文学出版社2005年版，第78页。

列成文,有同乎旧谈者,非雷同也,势自不可异也;有异乎前论者,非苟异也,理自不可同也。同之与异,不屑古今,擘肌分理,唯务折衷。"①这种无古无今、无中无外、无我无他、不以同异论是非的至高境界,只有后来王国维在《国学丛刊序》中所表达的境界可相媲美:"学无新旧也,无中西也,无有用无用也。凡立此名者,均不学之徒,即学焉而未尝知学者也。"②在他们的心中,只有天下的真理、德善和美,而没有个人的情感偏好与一己之私的利害,他们都知道"逐物实难,凭性良易",追求真理自然比沉溺于欲望更难,但前者确是一个真正知识分子应该具有的担当与责任。

当然,在"求真"的原则与"求善"的原则发生冲突时,刘勰会选择将"善"的原则作为最终的依据,即使这种依据并不具有持久的合理性,如刘勰根据"牝鸡无晨"这个道法自然的原则与"武王首誓"的征圣原则而得出"妇无与国"的结论,乃是因为其在"真"的原则与"善"的原则相矛盾时,自然地选择了他认为是"善"的原则,而忽视了基本的历史史实,所以他说:

> 及孝惠委机,吕后摄政,班史立纪,违经失实。何则?庖牺以来,未闻女帝者也。汉运所值,难为后法。牝鸡无晨,武王首誓;妇无与国,齐桓著盟;宣后乱秦,吕氏危汉;岂唯政事难假,亦名号宜慎矣。张衡司史,而惑同迁固,元帝王后,欲为立纪,谬亦甚矣。寻子弘虽伪,要当孝惠之嗣;孺子诚微,实继平帝之体;二子可纪,何有于二后哉?③

① 周振甫:《文心雕龙今译》,中华书局1992年版,第449页。
② 傅杰编:《王国维论学集》,云南人民出版社2008年版,第488页。
③ 周振甫:《文心雕龙今译》,中华书局1992年版,第141—145页。

当刘勰认为《史记》与《汉书》立了《吕后本纪》是"违经失实"时，他更看重的应该是"违经"，是"名号宜慎"，而至于是否"失实"，那就要看《史记》与《汉书》对吕后摄政的具体记载了。但以刘勰的价值判断来看，把吕后执政记入历史本身就已经违背了儒家的原则，况且司马迁在《史记·吕后本纪》最后还说："太史公曰：孝惠皇帝、高后之时，黎民得离战国之苦，君臣俱欲休息乎无为，故惠帝垂拱，高后女主称制，政不出房户，天下晏然。刑罚罕用，罪人是希。民务稼穑，衣食滋殖。"其美化女主、称其不欲干政历史的态度也是明显的。但与此正面评价形成对照的是，《史记·吕后本纪》同时也记载了大量吕后从政时所做的各种残暴之事：制造人彘、毒酒杀人、代行皇权、擅自废立皇帝、杀害大臣，以致最后全家覆没。她的罪恶简直只有莎士比亚悲剧中的理查三世可以相提并论。由此看来，司马迁并没有采取"尊贤隐讳"的策略，而更多的是给予"奸慝惩戒"的警示，是完全符合《文心雕龙·史传》中提出的"实录无隐之旨"的原则的。但最后的"太史公曰"又让读者深感他内心的矛盾，"为尊者讳"的伦理原则又一次占据了上风。①

　　刘勰自然知道司马迁在《史记·吕后本纪》中对吕后的各种记述及态度，不过，在刘勰看来，立传本身就是对吕后历史价值的认可，而且他提到"孺子诚微，实继平帝之体；二子可纪，何有于二后哉"，内容是符合史实了，但这种简单的流水账似的符合史实又有何真正的意义呢？由此看来，刘勰更为看重的还是效果，而不仅是事实本身。在他看来，史传的首要目的是"传者，转也，转受经旨，以授于后"，吕后的行为显然是不能共后世"转受"的，是"难为后法"的，从历史、现实的效果来看，她的人与作为最好能悄无声息地消失在历史的长河里，而不是彰显在如《史记》这样的历

①　司马迁：《史记》，中华书局1982年版，第395—412页。

史巨著里供后世效法,这就是刘勰在道德与真理发生矛盾时采取的基本策略。

其实,中国大多数的历史著作也都采取了这种策略,这也是中国历史往往愈远愈繁、愈近愈简的根源。鲁迅生前一直想把攻击他的文章汇编出版而未能如愿,根本原因就在于,大多数与鲁迅有过各种纠葛的人仍然在世的时候这是很难实现的,只有等到他们过世后才有可能,现实的利害往往影响着对历史的取舍与解读。① 与此相关,当文章所表现的道德情感与文章的语言之美相矛盾时,刘勰同样选择道德与善,他甚至认为美不能太突出以至于影响文章内在的质与德的表现,所以《文心雕龙·情采》说:"'衣锦褧衣',恶文太章;'贲'象穷白,贵乎反本","繁采寡情,味之必厌"。② 在刘勰看来,写文章与穿衣服一样,都要遵守内容比形式更为重要的原则,不要外在光鲜而内在贫乏,文辞华丽内容浅薄的"瘠义肥辞"就是无力之征、风骨不飞,那就会令读者讨厌了。

刘勰对真善美的追求,与他对人性的深刻理解是密切联系在一起的,对人性的思索乃是刘勰文论的一大根本关键。刘勰在《物色》详细探讨了自然万物对诗人内心世界的影响,所谓"物色之动,心亦摇焉","情以物迁,辞以情发。一叶且或迎意,虫声有足引心。况清风与明月同夜,白日与春林共朝哉!"春花、秋月、夏草、冬雪,清风、明月、落叶、虫鸣,自然万物无不让人感慨生情,更何况那些激动人心、利害万物的战争风云与政治斗争呢? 刘勰在《文心雕龙·时序》中谈到东汉末年的文风时说:"观其时文,雅好慷慨,良由世积乱离,风衰俗怨,并志深而笔长,故梗概而多气也。"③汉末慷慨悲凉的文风是由汉末社会动荡、人心充满怨恨造成的,情

---

① 孙郁:《被褒渎的鲁迅·序》,群言出版社1995年版,第1页。
② 周振甫:《文心雕龙今译》,中华书局1992年版,第288—289页。
③ 周振甫:《文心雕龙今译》,中华书局1992年版,第399页。

志深刻、慷慨激昂的特点正是动乱时代人的基本精神面貌的反映。文学的通变,追究起来也是由于人的性情使然。刘勰在《文心雕龙·通变》中说:"文律运周,日新其业。变则其久,通则不乏。趋时必果,乘机无怯。望今制奇,参古定法。"①文人创作之所以要不断地求新,适应时代的审美需要,追根求源,还是因为人心所向。只有抓住时机,满足新的审美需求,才能创作出适应新时代的文学作品,所以《文心雕龙·练字》说:"固知爱奇之心,古今一也。"②至于他在《养气》中教人要"率志委和,则理融而情畅,钻砺过分,则神疲而气衰:此性情之数也"③,意在指出写文章要心情和顺舒畅,精神疲惫不堪是无法写出好文章的,这是情之常理,算不上什么高深的理论。

历史的求真、政治的求善、文学的求美,归根结底还是人的内在需要,是人对自身的理想追求。然而现实的人性并非完美的,而是有很多缺陷的。正如刘勰在《知音》中批评的文人的缺陷一样,它们大都是世俗人性的常态:文人相轻、轻言负诮、贵古贱今、崇己抑人、学不逮文而信伪迷真,可谓不一而足,以至于"知多偏好,人莫圆该。慷慨者逆声而击节,酝藉者见密而高蹈;浮慧者观绮而跃心,爱奇者闻诡而惊听。会己则嗟讽,异我则沮弃,各执一隅之解,欲拟万端之变:所谓东向而望,不见西墙也"。人人都根据自己的爱好与价值来判断,各执一隅之见,正如今日之学界常常用东方的观点来看西方,或用西方的观点来看东方,以今观古,或以古视今,以己推人,以偏概全,很少思考过什么是公正合理,更没考虑过自身的局限,又有多少人"操千曲而晓声""观千剑而识器"呢?"无私轻重""不偏憎爱""平理若衡""照辞如镜"的"圆照之象",不要说在刘勰时代,即使

①　周振甫:《文心雕龙今译》,中华书局1992年版,第274页。
②　周振甫:《文心雕龙今译》,中华书局1992年版,第348页。
③　周振甫:《文心雕龙今译》,中华书局1992年版,第367页。

在今日又有多少呢?① 在今日这个为名利绞尽脑汁而过度焦虑的时代,不少人挖空心思标新立异,"销铄精胆,蹙迫和气",殚精竭虑地炫光耀彩,不知疲倦地奔忙于各种名利场之中,已无任何的"从容率情,优柔适会"的心情,"秉牍驱龄,洒翰伐性"的事无处不在,各种心思手段无所不用其极,所谓"圣贤素心,会文直理"早已荡然无存,学术的命脉已可想而知。《文心雕龙·诸子》说"飞辩以驰术,魇禄而馀荣",《养气》说"辞务日新,争光鬻采,虑亦竭矣",②今日的学界和刘勰的描述相比,可谓有过之而无不及,也就是刘勰在《文心雕龙·时序》中所说的:"文变染乎世情,兴废系乎时序,原始以要终,虽百世可知也。"③文学的变化与时人的内心感受密切联系在一起,时代的兴衰与人心的悲欢也是密不可分,古今中外无不如此。

中国文学有抒情言志的传统,中国的文学批评理论也是如此,这也是中国传统文论的一个基本特点:司空图的《二十四诗品》、严羽的《沧浪诗话》、杜甫的《戏为六绝》、元好问的《论诗三十首》、王国维的《红楼梦评论》,以及鲁迅的文学批评等,无不如此。这与从古希腊柏拉图、亚里士多德开始的把文学当作客观对象的研究方式根本不同,我们在《诗学》中看不到亚里士多德的人生。在中国传统文论看来,文学不是一个客观的对象,研究文学也不是研究自然科学,文学研究乃是研究者与被研究对象之间互相对话的过程,是两个生命跨越时空的"情往似赠,兴来如答",是另一种形式的文学创作。刘勰在自己的文学评论里就鲜明地体现了这种特色,他把文学研究当作自己实践人生、介入社会的一种方式,他对文学、作家、作品的看法蕴含着他对人生、社会、自然、自我、他者的基本观点,既阐

① 周振甫:《文心雕龙今译》,中华书局1992年版,第429—431页。
② 周振甫:《文心雕龙今译》,中华书局1992年版,第368页。
③ 周振甫:《文心雕龙今译》,中华书局1992年版,第404页。

明了自己的理想，同时也融入了自己对文学与人生、社会现实及文化传统的深切感受，所以我们在《文心雕龙》中既能阅读到他对文学的精深见解，同时也能看到刘勰的人生及他对时代社会的深切感悟及思考。刘勰在《文心雕龙·诸子》中说："身与时舛，志共道申。标心于万古之上，而送怀于千载之下，金石靡矣，声其销乎？"①这虽然说的是诸子，难道不也就是刘勰自身生命历程的真实写照吗？"知其不可而为之"的人生现实又一次体现在了刘勰的身上。其实，历史上哪一个伟大的人物不是如此呢？刘勰反复颂扬的孔子，不也是如此吗？《论语》中就说他是"知其不可而为之者"②，《庄子·盗跖篇》说孔子更为彻底："子自谓才士圣人邪？则再逐于鲁，削迹于卫，穷于齐，围于陈蔡，不容身于天下。子之道岂足贵邪？"③究其原因，正如王国维在《人间词话》中所说的，历史上的伟人无不是"虽写实家，亦理想家也"④，以理想家的姿态来解决现实问题是造成他们人生悲剧的根本原因，然而人类进步与发展的链条正是由这些伟大的悲剧构成的，那些心怀真善美、坚定为信念而奋斗的人大都需时刻准备接受这种命运，正如《名哲言行录》中所说的，泰勒斯要接受被嘲笑的命运一样。⑤刘勰始终以孔子为榜样，他人生的经历与结局也必然与孔子相似，这是天下理想主义者的共同命运。事实上，令人欣慰的是，刘勰自己远大的志向虽然不能在他那个混乱的时代里得以实现，但美好的言论即使在千年之后的今日也令世人瞩目。

　　《文心雕龙》的研究在今日学界被称为"龙学"。⑥正如著名的《文心

---

① 周振甫：《文心雕龙今译》，中华书局 1992 年版，第 161 页。
② 杨伯峻：《论语译注》，中华书局 2000 年版，第 157 页。
③ 陈鼓应：《庄子今注今译》下，中华书局 2001 年版，第 778 页。
④ 王国维：《人间词话》，上海古籍出版社 2000 年版，第 2 页。
⑤ 第欧根尼·拉尔修：《名哲言行录》，徐开来、溥林译，广西师范大学出版社 2010 年版，第 15 页。
⑥ 张少康等：《文心雕龙研究史》，北京大学出版社 2001 年版，第 323 页。

雕龙》研究专家牟世金在《"龙学"七十年概观》一文中所说,"龙学"已经发展成为"一门有校勘、考证、注释、今译、理论研究,并密切联系着经学、史学、子学、佛学、玄学、文学和美学等复杂系统的科学"①。《文心雕龙》在中国古代文论中的地位类似于二王在中国古代书法史上的地位。《文心雕龙研究史》说:"二十世纪以前,《文心雕龙》的研究已经有将近一千四百年的历史。《文心雕龙》'体大思精'的完整的文学理论体系,为我国传统文学理论的发展奠定了一个深厚的基础,历代一些主要的文学理论批评家差不多都受到过《文心雕龙》的深刻影响,《文心雕龙》中所提出的许多重要文学理论问题,在唐宋元明清的文学理论批评中都得到了进一步的扩展和深化。"②《文心雕龙》的研究在 20 世纪末的二十多年里达到了鼎盛时期,特别是 1983 年成立的中国《文心雕龙》学会对《文心雕龙》的研究起到了巨大的推动作用。此学会成立是由著名学者王元化与牟世金发起、在当时的文坛领袖周扬的大力支持下成立的。周扬亲自参加了在青岛的成立大会,并任名誉会长。学会首任会长则是著名诗人《黄河大合唱》的词作者张光年,他同时也是著名的文学评论家,曾任中国作家协会书记处书记、中国作家协会副主席等重要职务,并著有《骈体语译文心雕龙》。两位副会长则是著名学者王元化与杨明照。王元化的《文心雕龙创作论》与杨明照的《文心雕龙校注》都是《文心雕龙》研究领域的扛鼎之作。特别是王元化曾在 1983—1985 年间任中共上海市委宣传部部长,是海派学界领军人物。《文心雕龙研究史》评价《文心雕龙创作论》说:"作者在研究刘勰和《文心雕龙》中正是运用了这样科学的、先进的方法,取得了非常突出的成绩,使他的《文心雕龙创作论》的理论深度和独到见解,都

---

① 中国文心雕龙学会选编:《文心雕龙研究论文集》,人民文学出版社 1990 年版,第 2 页。
② 张少康等:《文心雕龙研究史》,北京大学出版社 2001 年版,第 587 页。

达到了本世纪《文心雕龙》研究的最高水平。"①在他们的有力推动下,《文心雕龙》的研究得到了迅猛的发展。

　　鲁迅曾把《文心雕龙》与亚里士多德的《诗学》相提并论,但《文心雕龙》的经典化却是一个非常漫长的过程。首先就是刘勰想让《文心雕龙》取得时流的认可。《梁书·刘勰传》说,《文心雕龙》"既成,未为时流所称。勰自重其文,欲取定于沈约;约时贵盛,无由自达。乃负其书候约出,干之于车前,状若货鬻者。约便命取读,大重之,谓为深得文理,常陈诸几案"②。很显然,刘勰书成后将其献给沈约,就是为了使《文心雕龙》得到沈约的认可,且更有可能希望通过沈约推荐得到入仕的机会,这在当时是一种通行的入仕方式。幸运的是,《文心雕龙》不仅得到了沈约的器重,更得到了昭明太子萧统的认可,萧统"好文学,深爱接之"③。从萧统的《文选序》与《文心雕龙》的比较来看,二者的文学观念基本相符。杨明照《〈梁书·刘勰传〉笺注》一文就指出,刘勰甚至可能参与了萧统主持的《文选》编选工作,文选的编撰也有可能"亦受有舍人之影响也"。④ 王利器《晓传书斋讼过录》中指出,梁元帝萧绎《金楼子·立言》中"管仲有言:'无翼而飞者,声也;无根而固者,情也'"与《文心雕龙·指暇》中一段长文基本相同,而刘勰早于萧绎,由此可以推断后者很可能源自前者,正如《文心雕龙研究史》中所指出的:"此极有可能是萧绎抄袭《文心雕龙》,《文心雕龙》似曾为萧绎所经眼,这恰好证明《文心雕龙》的一些文论观念,它可以超越派别,逐渐腾播众人之口,或者成了文坛共识;虽然未必有过直接的思想交流或交锋,但是,作为间接的文论声音已经势成对峙,却

---

① 张少康等:《文心雕龙研究史》,北京大学出版社2001年版,第380页。

② 刘勰:《增订文心雕龙校注》,杨明照校注,中华书局2005年版,第20—23页。

③ 刘勰:《增订文心雕龙校注》,杨明照校注,中华书局2005年版,第18页。

④ 刘勰:《增订文心雕龙校注》,杨明照校注,中华书局2005年版,第18页。

是客观的存在,刘勰作为文论一派之重要代表人物的地位已然确立。"①当然,关于刘勰与萧统的关系,以及《文心雕龙》是否影响了《文选》的编选,历来就有争议,但二者在文学观念及判断文学的价值标准有着重要的相通性,确是有据可循的。《文心雕龙》经过沈约、萧统、萧绎的推崇,其地位也就可想而知了。

到了唐代,对王羲之推崇备至的唐太宗同样尊崇《文心雕龙》的文学思想。正如《文心雕龙研究史》中所指出的:

> 唐太宗(公元 599—649)也是很重视《文心雕龙》的,他在《晋书·艺术传》序中曾引用到《文心雕龙·辨骚》篇之"真虽存矣,伪亦凭焉"之语。在《荐举贤能诏》中说:"宁容仲舒、伯起之流,遍钟美于往代;彦和、广基之侣,绝响于今辰。"他要重振儒学文化,刘勰正可作为人伦楷模,故被大加表彰,其用意盖在文学领域确立审美及价值标准,这对于尊崇《文心雕龙》的地位,自然会产生很大的影响。②

中唐韩、柳倡导古文,强调儒家道统与文学道统的内在关联,这与《文心雕龙》的核心思想"原道""征圣""宗经"有着内在的一致性,同样也与唐太宗的文学艺术观念保持着统一。由此可见,《文心雕龙》的经典化,与其坚守儒道合一的立场及尽善尽美的原则密切相关,与唐太宗所极力推崇的王羲之书风的审美特点及人伦道德也有着内在的一致性。

清代学术领袖纪晓岚对《文心雕龙》的推广也有着重要作用。他在任《四库全书》总纂官时就已开始评论《文心雕龙》的撰写:"为与现代'龙

---

① 张少康等:《文心雕龙研究史》,北京大学出版社 2001 年版,第 2 页。
② 张少康等:《文心雕龙研究史》,北京大学出版社 2001 年版,第 6—7 页。

学'接轨,纪评可谓作出了重要的贡献","为提升'龙学'以接近现代学术品位,迈出了重要一步",①甚至"具有津梁古今'龙学'的重要意义"。② 因为纪评不仅有着坚实的学术基础,更"充满着批判、存疑的精神",这是最难能可贵的。纪氏有着平等的勇于探索真理的精神,而不是在刘勰面前唯唯诺诺,唯《文心雕龙》之言马首是瞻,他甚至指出《文心雕龙》"此自善论文耳,如以其文论之,则不脱六代排偶习气也"③。刘勰反对六朝绮靡文风,同时自己也用骈体文写作,虽然在一定程度上没有彻底摆脱时代文风之熏染,但这与刘勰注重内外合一的儒家审美观念是一致的,即《程器》所谓"蓄素以弸中,散采以彪外,楩楠其质,豫章其干"的直接结果。

近现代著名学者"章黄学派"的代表黄侃也在《文心雕龙》研究史上记下了重要的一笔,他的《文心雕龙札记》是《文心雕龙》研究史上的名著。《文心雕龙研究史》说:

> 《札记》自面世以来,在学术界赢得了广泛的赞誉,对推动《文心雕龙》学的发展起到了极为重要的作用。黄侃的学生、台湾学者李曰刚在《文心雕龙斠诠》中说:"明国鼎革以前,清代学士大夫多以读经之法读《文心》,大则不外校勘、评解二途,于彦和之文论思想甚少阐发。黄氏《札记》适完稿于人文荟萃之北大,复于中西文化剧烈交绥之时,因此《札记》初出,即震惊文坛,从而令学术思想界对《文心雕龙》之实用价值、研究角度,均作革命性之调整,故季刚不仅是刘彦和之功臣,尤为我国近代文学批评之先驱。"从这个意义上说,把《札

①　张少康等:《文心雕龙研究史》,北京大学出版社2001年版,第95页。
②　张少康等:《文心雕龙研究史》,北京大学出版社2001年版,第105页。
③　张少康等:《文心雕龙研究史》,北京大学出版社2001年版,第99页。

记》视为现代科学的《文心雕龙》研究的奠基之作实不为过。时至今日,《札记》仍然是《文心雕龙》研究者的重要参考著作之一。①

考虑到"章黄学派"在中国学术界的深远影响,《文心雕龙札记》在《文心雕龙》研究史上的地位也就可想而知了。深受黄侃影响,范文澜的《文心雕龙注》成为从传统"龙学"研究向现代"龙学"研究转型的代表性著作。杨明照甚至认为,黄叔琳的辑注本风行了半个世纪,直到范注本取而代之。② 范文澜不仅是一位重要的《文心雕龙》研究专家,更是一位以唯物主义与马克思主义来研究中国历史的开拓者,是新史学的一代宗师,其对《文心雕龙》研究的推动无疑是巨大的。

中国的《文心雕龙》研究深受时代风气及政治气候的影响。正如《文心雕龙研究史》所说:"六十年代前期,'文革'开始以前,这是大陆《文心雕龙》研究一个比较活跃的时期。由于当时中央主管文化工作的周扬的提倡,《文艺报》组织了关于继承古代文学理论遗产的座谈和讨论,促使古代文论的教学与研究有了很大的发展。作为中国古代最重要的文学理论著作,《文心雕龙》的研究自然也就更加受到人们的重视。如郭晋稀、周振甫、陆侃如、牟世金等的译注《文心雕龙》,就是在这样的背景下产生的。""但是由于受'左'的思想的影响和干扰,并没有能使研究真正向纵深发展,尤其是关于刘勰世界观和《文心雕龙》文学思想的评价之讨论,套用哲学上、唯物和文学上的所谓现实主义、形式主义等形而上学的公式,生硬地用浪漫主义和现实主义相结合的思想去分析刘勰对《楚辞》的评价,这些都是没有多少学术价值的。"特别是"'文革'开始之后,一直到七十年代末,和其他学术领域一样,这是《文心雕龙》研究的沉寂时期,也是《文

① 张少康等:《文心雕龙研究史》,北京大学出版社2001年版,第99页。
② 张少康等:《文心雕龙研究史》,北京大学出版社2001年版,第99页。

心雕龙》遭到可笑的所谓'批评'的时期。'文革'的浩劫虽然在1976年10月结束了,可是其恶劣影响并没有马上消除,一直到1978年后,正常的学术研究才逐渐恢复起来,但是这一时期在海外的《文心雕龙》研究,特别是台湾的《文心雕龙》研究,却有了极大的发展,从《文心雕龙》的研究史上看,正好弥补了这一时期大陆研究的空白"①。在这个特殊的历史时期,《文心雕龙》的研究也完全陷入各种意识形态的斗争之中,竟然出现了《一部反动阶级专政的文艺理论——〈文心雕龙〉辨批之一》《一部为反动阶级专政服务的"文理"——评刘勰的〈文心雕龙〉》等完全政治化的毫无学术价值的论文。

当然,纯然学院派或纯粹的学术研究是否存在,一直是有很大争议的,对《文心雕龙》的研究也是如此。歌德说,"世界历史需不时改写","所以有此必要,倒不是因为有很多事情没有发现,而是因为出现了新的观点,因为不断向前发展时代的人们,总是用新的方式观察和评价历史的"。② 梁启超在《历史研究法》和《治国学的两条大路》中就提出过研究历史的目的为"求得真实""予以新意义""予以新价值""供吾人活动之资鉴"等几个方面。③ 中国近现代文学理论史,其实就是中国古代传统在与西方文化的交流对话中不断筛选、不断反思、不断解释的历史。王国维在《国学丛刊序》中说:"学无新旧,无中西。"并且指出当时中国知识界"实无学之患,而非中学西学偏重之患","余谓中西二学,盛则俱盛,衰则俱衰"。他自己的文艺批评及小说戏曲理论,如《红楼梦评论》《宋元戏曲考》等都是如此。这一切都表现出王国维复杂的美学思想与他所处的各种政治力量、各种文化思想互相冲突的时代背景之间的密切关系。

---

① 张少康等:《文心雕龙研究史》,北京大学出版社2001年版,第190—191页。
② 克劳斯·艾达姆:《巴赫传》,王泰智译,商务印书馆2000年版,第9页。
③ 梁启超:《中国历史研究法》,东方出版中心1996年版,第156—163页。

王国维对中西古今的态度使我们感到目前理论界斤斤于是"古"是"今"、是"中"是"西"的作茧自缚的做法，不会为古代文学理论的发展带来任何进步。其中，新时代的文化发展是我们思考《文心雕龙》现实意义的基本语境。王元化在《文心雕龙讲疏》中说："像《文心雕龙》这部体大虑周的巨制，在同时期中世纪的文艺理论专著中还找不到可以与之并肩的对手，可是除了少数汉学家外，它的真正价值迄今仍被漠视。这原因除了中外文字隔阂，恐怕也由于还没有把它的理论意蕴充分揭示出来。"①他在《一九八四年在上海中日学者〈文心雕龙〉讨论会上的讲话》中又说："《诗艺》里面提出来的文学范畴、文艺观点和文艺理论，如果和《文心雕龙》相比，都显得比较贫乏。但是直到十九世纪，很多国外的学者还往往援引贺拉斯的《诗艺》，除了寥寥可数的几位日本汉学家之外，没有任何人引用过《文心雕龙》，这不能不令人遗憾。我想这主要是由于中外文字的隔阂。""中外文字的隔阂"当然是一个重要原因，但中西文化差异与发展的巨大不同恐怕是更为根本的原因。不要说是外国理论家，就是我国当前的理论界，不也是以能引用外国理论而自豪吗?② 被称为"龙学"的《文心雕龙》研究，在国外并没引起太多的反响：研究人员大都是西方理论界的边缘人物，甚至很多都是华裔，即使这样，他们也大都做些译介的工作，根本没有考虑用《文心雕龙》的理论知识来丰富、加强、改造西方理论界对文艺理论的认识，甚至有些研究还把《文心雕龙》作为印证西方文学理论普遍性的材料和论据。在西方理论家的眼里，中国古代的文艺理论不过是一个异域的果实，只能用来品尝味道，并不能用来作为主食。将《文心雕龙》与西方伟大的文艺理论著作在理论界相提并论，并不是仅仅加强对《文心雕龙》的研究就能达到的。

---

① 王元化：《文心雕龙讲疏》，上海古籍出版社1992年版，第76页。
② 王元化：《文心雕龙讲疏》，上海古籍出版社1992年版，第262页。

　　但从另一个角度讲，我们是否能用《文心雕龙》的理论来解释我们今天文艺理论中的问题呢？如果不能，那我们又怎能指望它能为解决西方文艺理论问题提供可靠的依据，从而引起西方理论界的关注呢？那不是成了"以其昏昏使人昭昭"吗？"己所不欲"也许正是别人所欲的，所以也就不需要"施于人"，"己欲达"也许正是别人所不愿达的，所以"达人"也不一定能成功。因为"欲"和"达"的内容可能根本不同，甚至根本对立，如使自己民族所特有的价值观、特有的审美情趣，一厢情愿地被其他民族，特别是被那些在政治、经济、文化各方面都比自己强大的民族接受，就较为困难，因为时空的不同对价值的重估具有决定性的意义。其实国内理论界也不能说对《文心雕龙》的重视不够，在古代文艺理论的研究领域，恐怕对《文心雕龙》的研究是最为深入的，然而仍然没有充分发挥《文心雕龙》的历史价值，问题恐怕在于我们应该以何种态度、何种方法来对待《文心雕龙》：是让它为今天文艺理论的发展提供一个有非常价值的参考呢，还是让它成为某些理论家手中的"玩物"呢？事实上我们对《文心雕龙》的文本的研究已经非常深入了，现在关键的问题是如何使传统的研究和今天的现实与世界文艺发展的现实结合起来。既想使《文心雕龙》成为某些理论家手中的"玩物"，又想使它受到普天下人的关注，这恐怕很难。《文心雕龙》要想受到世人的关注，就必须为思考世人的生活和命运做出贡献，它的理论力量不仅取决于它在自身的体系上是多么完美，还取决于它对活生生的文学实践的现实意义。这也是传统文化美善合一原则在今日现实的运用。

　　《文心雕龙》的文学思想被传统占统治地位的主流的官方精英思想所接受，其根本原因就在于，其核心的儒家思想与正统的官方思想有着本质的一致性，《文心雕龙》之枢纽《原道》《征圣》《宗经》等就是显著的标志。中国传统文学与文学批评从孔孟开始就非常重视文学与政治的关系，把文学的发展看成政治盛衰吉凶的先兆。艺术也是这样，所以《礼记·乐记》中就说："凡音者，生人心者也。情动于中，故形于声，声成文，谓之音。是故治世之音安以乐，其政和；乱世之音怨以怒；其政乖；亡国之音哀以思，其民困。声音之道与政通矣。"①音乐如此，书法也是如此。理论家与批评家都期望文学艺术之中贯穿着与政治家国密切相关的基本原则，而不是各自遵守各自的原则。如王羲之相对于王献之更符合中国传统主流的价值观念。其他如竹林七贤等就不可能成为正统。这从传统主流观念对竹林七贤的批评就可看出。

2　王羲之的成圣之路与二王之争

魏晋南北朝时期，时人就已经对二王有很高的评价，虽然还远未推举其到"成圣"的地步，但从中我们已可以看到时人对二王，特别是王羲之书法的基本看法，由此在时人与后人评价的比较中，发现其历史的变化及其承继关系。

张怀瓘《二王书录》中说二王书法生前就获得了极大的声誉："夫翰墨之妙，多以身后腾声，二王之书当世见贵。献之尝与简文帝书十许纸，题最后云：'下官此书甚合作，愿聊存之。'此书为桓玄所宝，玄爱重二王，不能释手，乃撰缣素及纸书正行之尤美者各为一帙，常置左右。及南奔，虽甚狼狈，犹以自随，将败，并投于江。"②在张怀瓘看来，书法家一般都是死后扬名，但二王生前就已显贵。南朝宋虞龢《论书表》就论述了王羲之书法的地位：

---

① 王文锦：《礼记译解》下，中华书局2001年版，第526页。
② 卢辅圣主编：《中国书画全书》第一册，上海书画出版社1993年版，第61页。

泊乎汉、魏,钟、张擅美,晋末二王称英。羲之书云:"顷寻诸名书,钟、张信为绝伦,其余不足存。"又云:"吾书比之钟、张当抗行;张草犹当雁行。"羊欣云:"羲之便是小推张,不知献之自谓云何?"又云:"张字形不及右军,自然不如小王。"谢安尝问子敬:"君书何如右军?"答云:"故当胜。"安云:"物论殊不尔。"子敬答曰:"世人哪得知。"夫古质而今妍,数之常也;爱妍而薄质,人之情也。钟、张方之二王,可谓古矣,岂得无妍质之殊?且二王暮年皆胜于少,父子之间又为今古。子敬穷其妍妙,固其宜也。然优劣既微,而会美俱深,故同为终古之独绝,百代之楷式。①

虞龢《论书表》中包含了很多后世书论中常常提到的问题。首先是他很推崇二王的书法,认为汉魏钟繇和张芝书法好,晋末二王的书法好。王羲之自己也很推崇钟繇与张芝的书法,说他们的书法确实好,其他的就意义不大了;又说他的书法和钟繇、张芝的差不多,和张芝的草书更是可以比肩。羊欣说王羲之有些推崇张芝,又说:张芝的书法字形不如右军,也不如小王自然。

此外,此文记述的谢安曾问子敬的故事,更是作为后世讨论二王书法关系常常提到的经典个案。谢安问王献之他的书法和右军的书法比怎样,子敬回答说应该超过。谢安说大家都不这样认为。子敬便回答说普通人怎么知道。虞龢《论书表》还记述了谢安反对王献之的书法:"谢安素善尺,不重子敬。每作好书,必谓被赏,安辄题后答之。"②《世说新语·品藻》中也记述了谢安问王子敬的故事:"'君书何如君家尊?'答曰'故当

---

① 上海书画出版社编:《历代书法论文选》,上海书画出版社2004年版,第49—50页。
② 上海书画出版社编:《历代书法论文选》,上海书画出版社2004年版,第55页。

不同'，公曰'外人论殊不尔'。王曰：'外人哪得知！'"①虞龢提出的"古代质朴、今日妍美"的观点也是后世书论常常提到的观点，在虞龢看来，这是艺术发展的规律，喜欢妍美、看轻质朴是人之常情。钟、张和二王相比，也有妍美与质朴的差别，即使父子之间也有古今的差别，子敬的书法比其父的书法更为妍美，二王晚年的书法都比年轻时候的好，他们的书法都是古今独有的百代楷模。虞龢《论书表》还提到了桓玄等人对二王书法的热爱，甚至还有因此造假的情况：

> 桓玄耽玩，不能释手，乃撰二王纸迹，杂有缣素，正、行之尤美者，各为一帙，常置左右。及南奔，虽甚狼狈，犹以自随；擒获之后，莫知所在。刘毅颇尚风流，亦甚爱书，倾意搜求，及将败，大有所得。卢循素善尺牍，尤珍名法。西南豪士，咸慕其风，人无长幼，翕然尚之，家赢金币，竞远寻求。于是京师三吴之迹颇散四方。羲之为会稽，献之为吴兴，故三吴之近地，偏多遗迹也。又是末年道美之时，中世宗室诸王尚多，素嗤贵游，不甚爱好，朝廷亦不搜求。人间所秘，往往不少，新渝惠侯雅所爱重，悬金招买，不计贵贱。而轻薄之徒锐意摹学，以茅屋漏汁染变纸色，加以劳辱，使类久书，真伪相糅，莫之能别。故惠侯所蓄，多有非真。然招聚既多，时有佳迹，如献之《吴兴》二笺，足为名法。谢灵运母刘氏，子敬之甥。故灵运能书而特多王法。②

虞龢说，桓玄对二王的书法爱不释手，找到精美的绢和纸把正行书各装为一帙，常常放在身边，南渡的时候，虽然很狼狈，也随身携带着，将要败亡

---

① 张㧑之：《世说新语译注》，上海古籍出版社1996年版，第453页。
② 上海书画出版社编：《历代书法论文选》，上海书画出版社2004年版，第50页。

时就丢到江里去了。刘毅风流倜傥,很喜欢书法,也尽力搜求,失败之后,都归了别人。卢循字写得很好,更喜欢名人的书法,西南的豪士都喜欢书法,无论长幼,都追求这种风尚,把家里的钱都拿来搜寻书法。这样,京师、三吴的书法就流传很远,王羲之在会稽,王献之在吴兴,三吴近地有很多名人墨迹。当时的朝廷不搜求书法,所以民间所藏的书法不少,新渝的惠侯很爱书法,用钱悬赏购买,不计贵贱,投机取巧之人就刻意模仿,用茅屋漏汁染变纸色,加以磨损,搞得像旧的一样,真伪掺杂,让人辨别不出来,所以惠侯收藏的多有假的。既然搜集了很多,中间也有好的,如王献之的《吴兴》二笺,完全是名品。谢灵运的母亲刘氏,是子敬的外甥女,所以谢灵运也善于书法,且多王法。由此可见,二王当时已颇负盛名,很多收藏家已收藏二王书法作品,甚至出现了造假行为,用屋漏的雨水沾染纸张,并加以磨损做旧,以次充好,来获得金钱利润。

《宣和书谱》还记述了庾翼与王羲之比试书法,并最终甘拜下风的故事:"与王羲之并驰争先。方羲之学者多所崇重,翼多所不平,因寄书昆弟辈云:可谓憎家鸡,好野雉也。兄亮亦有书名,尝就羲之求书法,羲之答云:翼在彼,岂复假此!"①当时的人多推重王羲之,但庾翼不服气,要与王羲之争先,认为喜欢王羲之字的人都是喜欢野鸡,不喜欢家鸡。他的哥哥向王羲之求字,王羲之说,自己的弟弟就善书,何必找他呢。在论述王羲之时又说:"然初以谓不逮庾翼郗愔,及其暮年造妙,尝以章草答庾亮,而翼见之辄叹伏,因与羲之书曰:忽见足下答家兄书,焕若神明,顿还旧观。"②王羲之一开始名气比不上庾翼与郗愔,之后赶超,但也还没有到高不可攀的地步,还没有树立非常尊崇的地位。宋羊欣《采古来能书人名》

---

① 卢辅圣主编:《中国书画全书》第二册,上海书画出版社1993年版,第42页。
② 卢辅圣主编:《中国书画全书》第二册,上海书画出版社1993年版,第42页。

说王羲之的书法"古今莫二"①,王僧虔《论书》中说"郗愔章草,亚于右军,郗超草书亚于二王"②,说明此时尚可望其项背,到后来王羲之艺术境界登峰造极后,则是无人敢说其他人"亚于右军"的了。

梁袁昂《古今书评》中把张芝、钟繇、二王并列:"张芝惊奇,钟繇特绝,逸少鼎能,献之冠世,四贤共类,洪芳不灭。"③张芝的书法令人惊奇,钟繇的书法卓越异常,逸少的书法突出无比,献之的书法冠盖当世。将四个伟大的书法家相提并论,四人并驾齐驱,同放异彩,各有特点,基本没有等级上的区别。二王父子间,也是各有千秋。袁昂《古今书评》又说:"王右军书如谢家子弟,纵复不端正者,爽爽有一种风气。王子敬书如河洛少年,虽皆充悦,而举体沓拖,殊不可耐。"④王右军的书如谢家的子弟,即使不端正,也有俊朗之气。王子敬的书法如河洛少年,兴高采烈,让人喜爱不已。在当时,关于二王的优劣就有不同的看法,一般都是认为小王不如大王。这首先是因为小王取法自大王,其次加上中国传统儒家伦理观念的影响,所以一般都把父亲也就是大王放在前面。如羊欣《论书表》说:"羊欣云:'张字形不及右军,自然不及小王。'"羊欣推崇二王,认为二王超过钟、张。⑤ 王僧虔也认为王羲之高于献之,《宣和书谱》记述王僧虔的话说:"羲之书,江左中朝莫有及者,献之远不及父而媚趣过之。"⑥庾肩吾《书品》中把王羲之和张芝与钟繇放在了"上之上"等,也就是第一等,但王献之为"上之中"等。他说:"张芝,伯英。钟繇,元常。王羲之,逸少。右三人,上之上。"并提出了自己具体的看法:

---

① 上海书画出版社编:《历代书法论文选》,上海书画出版社2004年版,第47页。
② 上海书画出版社编:《历代书法论文选》,上海书画出版社2004年版,第58、59页
③ 上海书画出版社编:《历代书法论文选》,上海书画出版社2004年版,第75页。
④ 上海书画出版社编:《历代书法论文选》,上海书画出版社2004年版,第73页。
⑤ 上海书画出版社编:《历代书法论文选》,上海书画出版社2004年版,第87页。
⑥ 卢辅圣主编:《中国书画全书》第二册,上海书画出版社1993年版,第45页。

学者鲜能具体，窥者罕得其门。若探妙测深，尽形得势；烟花落纸，将动风采。带字欲飞，疑神化之所为，非世人之所学，惟张有道、钟元常、王右军其人也。张工夫第一，天然次之，衣帛先书，称为"草圣"。钟天然第一，功夫次之，妙尽许昌之碑，穷极邺下之牍。王工夫不及张，天然过之；天然不及钟，工夫过之。羊欣云"贵越群品，古今莫二"。兼撮众法，备成一家，若孔门以书，三子入室矣。允为上之上。①

在庾肩吾看来，学书的很少能精通且登堂入室的。书法高深莫测，能形神兼备、烟花落纸、神采动人、字势若飞、如神助一般，这不是一般人所能达到的，只有张有道、钟元常、王右军能做到吧。张的工夫第一，天然次之，衣服都要先书写，称为草圣。钟的天然第一，功夫次之；许昌之碑精妙无穷，邺下之牍无人能及。王的工夫不及张，但天然过之；天然不及钟，但工夫过之。羊欣说他："比所有人都尊贵，古今第一。"他们都兼取众法，自成一家，如在孔子门下，都算登堂入室了，都是上之上。

由此看来，庾肩吾并没有过分神话王羲之，而是把王羲之排在了与张芝和钟繇相提并论的位置上。令人惊奇的是，他把小王排在了"上之中"的位置。他说："崔子玉擅名北中，迹罕南度，世有得其摹书者，王子敬见而称美，以为功类伯英。子敬泥帚，早验天骨。兼以掣笔，复识人工，一字不遗，两叶传妙。允为上之中。"庾肩吾从几件事来判断王献之的书法艺术。其一是他对崔子玉的评价，当时崔子玉名显北方，南方很少见到他的书法，有人得到他书法的摹本，王献之看见说好，认为其和张伯英差不多。其二就是从献之用泥扫帚写字看出他早就显露出了天资，他父亲从背后

---

①　上海书画出版社编：《历代书法论文选》，上海书画出版社2004年版，第87页。

拔笔不动,又说明他非常用功,一字也不随便,他们父子都得到了书法的精髓,献之就被定为"上之中"。

关于王献之取法王羲之,庾肩吾说:"士季之范元常,犹子敬之禀逸少,而工拙兼效,真、草皆成。"①钟会学习钟繇,正如献之学习羲之,都是儿子学习父亲,好坏都学,真草都成功。王羲之不仅取法卫夫人、钟繇,同时也取法王廙,庾肩吾《书品》说:"王廙为右军之师,彭祖取羲之之道。"王廙为右军之师,张彭祖取法羲之。一语道破了王羲之承上启下的师承关系。朱长文《续书断》说:"肩吾,梁人也,其去羲、献未远,其所评,远者必有据依,近者皆所亲见也。"②在朱长文看来,庾肩吾是梁朝人,离王羲之和王献之不远,他所评论的,远的一定有依据,近的也多为亲见,由此比较可靠。此种论断在当时有一定的代表性。

时人也有认为小王超过大王后来居上的。如虞龢《论书表》说:"献之始学父书,正体乃不相似;至于绝笔章草,殊相拟类,笔迹流怿,宛转妍媚,乃欲过之。"虞龢并不同意谢安认为羲之超过献之的观点,他说:"夫古质而今妍,数之常也;爱妍而薄质,人之情也。钟、张方之二王,可谓古矣,岂得无妍质之殊?且二王暮年皆胜于少,父子之间又为今古,子敬穷其妍妙,固其宜也。"③虞龢从古质今妍的观点出发,认为王羲之超过钟繇、小王又超过大王是很正常的。

对此问题,王羲之与王献之他们自己也有相关论述。虞龢《论书表》说王羲之:"又云:'吾书比之钟、张,当抗行,张草犹当雁行。'"④说明王羲之认为自己和钟繇与张芝不相上下。《法书要录》载王羲之《自论书》中

---

① 上海书画出版社编:《历代书法论文选》,上海书画出版社2004年版,第88页。
② 孙过庭:《书谱译注》,马永强译注,河南美术出版社2007年版,第320页。
③ 上海书画出版社编:《历代书法论文选》,上海书画出版社2004年版,第50页。
④ 上海书画出版社编:《历代书法论文选》,上海书画出版社2004年版,第50页。

对自己的书法说:"吾书比之钟、张,钟当抗行,或谓过之,张草犹当雁行。张精熟过人,临池学书,池水尽墨,若吾耽之若此,未必谢之。后达解者,知其评之不虚。吾尽心精作亦久,寻诸旧书,惟钟张故为绝伦,其余为小佳,不足在意。去此二贤,仆书次之。顷得书意转深,点画之间皆有雅意,自有言所不得尽其妙者,事事皆然。"①王羲之认为他的书法可以和钟繇、张芝相媲美,有些还超过他们,特别是张芝的草书。张芝书法技艺的精熟超过了一般人,他临池学书,池水都黑了,如若自己像他那样专心学书,不一定比他差。后来明白的人知道这种评价不是虚假的。王羲之尽力钻研书法久了,看到了过去的作品,唯有钟繇和张芝的书法是绝妙的,其余都是稍好,不足之处在缺乏意趣。除了这两位先贤,就算他自己了。至于小王自认为超过大王的言论,更是在书法史与书论史上被反复提及,还遭到过太宗与孙过庭的批评。

从当时大王书法的流行来看,也能看出他的书法受世人重视的程度。当时已有很多人摹写大王书法,并以此出名传世。南朝宋羊欣《采古来能书人名》就记述了有人学习王羲之书法达到乱真的地步:"晋穆帝时,有张翼善学人书,写羲之表,表出,经日不觉。后云:'几欲乱真。'"②虞龢《论书表》也讲到此事:"羲之常自书表与穆帝,帝使张翼写效,一毫不异,题后答之。羲之初不觉,更详看,乃叹曰:'小人几欲乱真!'"③李嗣真《书后品》中说:"张翼代羲之草奏,虽曰'小人几乎乱真',更乃编之乙科,泾渭混淆,故难品会。"④王僧虔《论书》也说到此事,"张翼书右军自书表,晋穆帝令翼写题后答右军,右军当时不别,久方觉,云:'小子几欲乱真。'"⑤同

① 卢辅圣主编:《中国书画全书》第一册,上海书画出版社 1993 年版,第 32 页。
② 上海书画出版社编:《历代书法论文选》,上海书画出版社 2004 年版,第 48 页。
③ 上海书画出版社编:《历代书法论文选》,上海书画出版社 2004 年版,第 53—54 页。
④ 上海书画出版社编:《历代书法论文选》,上海书画出版社 2004 年版,第 138 页。
⑤ 上海书画出版社编:《历代书法论文选》,上海书画出版社 2004 年版,第 58 页。

时还讲到"康昕学右军草,几于乱真"①,康昕学右军的草书,也能乱真,与南州释道人写了右军书赞。张翼为穆帝仿效王羲之书法,康昕摹写羲之书法,都使羲之不疑,可见二人的用功程度,不过他们的书法都被庾肩吾《书品》列为"中之下"品。②《宣和书谱》也记述了这个故事:"张翼。善隶草,时穆帝令翼写王羲之手表。穆帝自批其后,羲之殆不能辨真赝,久乃悟云:小人几欲乱真。王僧虔尝谓羲之书一朝人物莫有及者,而翼之书遂能乱真,故已咄咄羲之矣。"③张翼的书法竟能以假乱真,直逼王羲之的书法,连王羲之本人都很难发现。他和穆帝的这种做法是一种试探性的造假,也从另一方面显示了王羲之书法在时人心中的地位,因为这不仅充分说明王羲之书法在当时的流行程度,同时也说明了模仿已成为学习书法重要的甚至是必然的途径。

关于王羲之与钟繇的关系也是一个焦点。王羲之曾学习钟繇,并且认为钟繇的书法超过了卫夫人,最后自己经过艰苦的努力,基本可与钟繇持平。王僧虔《论书》中说:"亡高祖丞相导,亦甚有楷法,以师钟、卫,好爱无厌,丧乱狼狈,犹以钟繇《尚书宣示帖》藏衣带中。过江后,在右军处,右军借王敬仁,敬仁死,其母见修平生所爱,遂以入棺。"④王僧虔的已故高祖丞相王导,擅长楷法,师法钟、卫,非常喜欢他们的书法以至于到不知疲倦的程度,战乱狼狈不堪的时候还把钟繇《尚书宣示帖》藏在衣带中。过江后,他把此帖放在右军那里,右军借给了王敬仁。敬仁死后,他的母亲见其平生最喜欢它,就将它放在棺材里了。由此可见,社会上层普遍喜欢钟繇书法,甚至达到了生死相随的地步了。孙承泽《庚子销夏记·王右

---

① 上海书画出版社编:《历代书法论文选》,上海书画出版社2004年版,第59页。
② 上海书画出版社编:《历代书法论文选》,上海书画出版社2004年版,第90页。
③ 卢辅圣主编:《中国书画全书》第二册,上海书画出版社1993年版,第24页。
④ 上海书画出版社编:《历代书法论文选》,上海书画出版社2004年版,第59页。

军临钟繇力命表墓田舍帖》中谈到王羲之临摹钟繇说:"王右军所临钟太傅书,乃南唐墨宝堂石,神韵俱全,信乎其为墨宝也。太傅字形多匾阔带有隶意。右军但以己意临之,不区区求形相之似也。古人临书唯欲发露自己精神,不肯寄人篱下,往往如此。赵子昂云:《兰亭》与《丙舍帖》绝不相似。乃王自似王,非王之似钟也。"①在孙承泽看来,王羲之临摹钟繇的书法神韵俱全,是书法中的墨宝。钟繇的字多低矮宽阔,带有隶意。右军只是用自己的笔法临摹,不求形似。古人临摹书迹,大都是想表达自己的神采,不愿意因袭别人。王羲之的字自然与王羲之的字相似,并不是王羲之的字与钟繇的字相似。

正因王羲之曾学习钟繇,由此,有些书法家或理论家就认为王羲之不如钟繇。如《萧子云启》中说自己学习书法:"因此研思,方悟隶体,始变子敬,全法元常。"梁武帝萧衍《古今书人优劣评》高度评价王羲之说:"王羲之书字势雄逸,如龙跳天门,虎卧凤阙,故历代宝之,永以为训。"②王羲之的书法字势雄逸,如龙跳过天门、老虎卧在凤阙,所以历代宝贵,永远作为范本。梁武帝还非常重视与收藏二王书法:"梁武帝尤好图书,搜访天下,大有所获。""二王书大凡七十八帙,七百六十七卷并珊瑚轴,织成带金题玉躞。"③梁武非常喜欢收藏图书,尤其收藏了很多二王手迹,装帧非常精美。后来承圣末年西魏军队袭击荆州的时候,围城被攻陷,元帝准备投降,夜里就让人把很多书卷包括二王的手迹都焚烧了。但萧衍还是把钟繇放在王羲之前面,其中最有代表性且影响最大的就是萧衍《观钟繇书法十二意》中所说:

---

① 卢辅圣主编:《中国书画全书》第七册,上海书画出版社1994年版,第780页。
② 上海书画出版社编:《历代书法论文选》,上海书画出版社2004年版,第81页。
③ 卢辅圣主编:《中国书画全书》第一册,上海书画出版社1993年版,第61页。

字外之奇,文所不书,世之学者宗二王,元常逸迹,曾不睥睨,羲之有过人之论,后生遂尔雷同。元常谓之古肥,子敬谓之今瘦。今古既殊,肥瘦颇反。如自省览,有异众说。张芝、钟繇,巧趣精细,殆同机神。肥瘦古今,岂易致意。真迹虽少,可得而推。逸少至学钟书,势巧形密,及其独运,意疏字缓。譬犹楚音习夏,不能无楚。过言不悒,未为笃论。又子敬之不迫逸少,犹逸少之不迫元常。学子敬者如画虎也,学元常者如画龙也。①

在萧衍看来,书法的奥妙在于它有无穷的旨趣。字外的奇妙,文字无法表达。当时众人都推崇学习二王,钟繇高妙的书法看都不看,笔法渐渐都大同小异了。萧衍很不赞同这种流行的风气,也不同意把元常称为古肥、把子敬称为今瘦,以及古今不同、肥瘦相反的看法。在萧衍看来,王羲之学习钟繇,势巧形密,等到自己书写,意疏字缓,就如同楚人学习中原话,不可能没有楚音。子敬比不上逸少,正如逸少比不上元常,学习献之就是画虎,学习钟繇就是画龙。萧衍认为钟、张超过二王,提出了著名的"子敬之不迫逸少,犹逸少之不迫元常"的论断,陶弘景、袁昂、萧子云等都接受萧衍的观点,当然,也可能是皇帝与臣下的等级关系不得不使他们应和。陶弘景《与梁武帝论述启》说:"逸少学钟,势巧形密,胜于自运。"②

萧衍要书法"适眼合心",其本质是要求书法符合儒家文化的中和审美标准,既能"悦目",看着令人愉快,人目所至,恰当其心,又要产生良好的道德效应。萧衍《答陶隐居论书》说:

夫运笔邪则无芒角,执手宽则书缓弱,点掣短则法拥肿,点掣长

---

① 上海书画出版社编:《历代书法论文选》,上海书画出版社2004年版,第78页。
② 上海书画出版社编:《历代书法论文选》,上海书画出版社2004年版,第70页。

则法离澌,画促则字势横,画疏则字形慢;拘则乏势,放又少则;纯骨无媚,纯肉无力,少墨浮涩,多墨笨钝,比并皆然。任意所之,自然之理也。若抑扬得所,趋舍无违;值笔连断,触势峰郁;扬波折节,中规含矩;分间下注,浓纤有方;肥瘦相和,骨力相称。婉婉暖暖,视之不足;棱棱凛凛,常有生气,适眼合心,便为甲科。①

萧衍认为,运笔必须正确,执笔必须紧松适中,太松就书写缓慢柔弱,运笔短促就臃肿,运笔慢长就无生气;笔画紧就字势横斜,笔画疏则字形散漫;局促就乏气势,放开又少规矩;只有骨力就不妩媚,只有肥肉就无力;墨少就浮浅生涩,墨多就愚笨迟钝。如果抑扬适中、取舍合理、用笔连断、生动有力、来去自如、中规中矩、合理分布、浓纤有方、肥瘦相和、骨力相称,就能达到温婉可爱、凌然有生气、适眼合心的艺术效果。萧衍说自己虽然很喜欢书法,从小练习,但仍然没有达到高超的水平,不过他对书法意义还是有所认识的。萧衍关于书法的论述,说明其评论书法的审美基本原则仍然是儒家的中庸之道,和唐太宗、乾隆皇帝所坚守的基本原则是一致的。儒家中庸的审美原则与儒家中庸的伦理原则是二而一的。中庸的审美与伦理原则能够使人保持中庸的人生态度,有利于社会的稳定与安宁,而不会产生偏执动荡的情感与行为。

王羲之为历代帝王权臣所重,从梁武帝始,到唐太宗达到了顶峰,书法家与书论家也用各种夸张的语言表达其崇高地位,从各个角度深入探讨二王书法的审美及伦理意义,对后世书法及书论的发展起到了重要作用。与唐太宗同时代的书法家无不推崇王羲之,如欧阳询——虽然他和二王无论在书风还是在文化渊源上都迥异其趣——在《用笔论》中说:

---

① 上海书画出版社编:《历代书法论文选》,上海书画出版社 2004 年版,第 80 页。

"自书契之兴,篆、隶兹起,百家千体,纷杂不同。至于尽妙穷神,作范垂代,腾芳飞誉,冠绝古今,惟右军王逸少一人而已。"①在欧阳询看来,始自文字初创,产生了无数各不相同的书法家无数的书体,但出神入化、名垂古今的只有王羲之一人。其后推崇王书者也是数不胜数,以下试举一些著名论断。如苏轼有不少推崇二王的论述,其中著名的如《题二王书》:"笔成冢,墨成池,不及羲之即献之。笔秃千管,墨磨万铤,不作张芝作索靖。"②用掉的笔头成堆,洗笔的水成池,赶不上羲之也能赶上献之。用秃千只笔,用掉万铤墨,不成张芝也成索靖。该诗主张苦心学习,功到自然成。明何良俊《四友斋书论》中说:"盖至晋而书法大备。"③项穆《书法雅言》说王羲之:"书不入晋,固非上流;法不宗王,讵称逸品?"④董其昌《画禅室随笔》中说:"右军《兰亭叙》,章法为古今第一,其字皆映带而生,或小或大,随手所如,皆入法则,所以为神品也。"⑤董其昌认为《兰亭》章法为古今第一,是神品,这也是推崇《兰亭》到了极致了。这些都是直接表述其重要性,有些还具体阐述了一下原因,但更多的是接受前人的论断,并以此为前提开始自己对书法的探索。

在书论史上,较为深入系统地探讨二王书法之美的,还是要数孙过庭的《书谱》,它对王羲之书法地位的确立起到了重要作用。它首先高度评价了王羲之,说:

> 右军之书,代多称习,良可据为宗匠,取立指归。岂惟会古通今,亦乃情深调合。致使摹拓日广,研习岁滋;先后著名,多从散落,历代

---

① 上海书画出版社编:《历代书法论文选》,上海书画出版社2004年版,第105页。
② 上海书画出版社编:《历代书法论文选》,上海书画出版社2004年版,第314页。
③ 卢辅圣主编:《中国书画全书》第三册,上海书画出版社1992年版,第863页。
④ 上海书画出版社编:《历代书法论文选》,上海书画出版社2004年版,第521页。
⑤ 上海书画出版社编:《历代书法论文选》,上海书画出版社2004年版,第543页。

孤绍,非其效欤? 试言其由,略陈数意:止如《乐毅论》《黄庭经》《东方朔画赞》《太师箴》《兰亭集序》《告誓文》,斯并代俗所传,真、行绝致者也。写《乐毅》则情多怫郁;书《画赞》则意涉瑰奇;《黄庭经》则怡怿虚无;《太师箴》又纵横争折;暨乎《兰亭》兴集,思逸神超;私门诫誓,情拘志惨。所谓涉乐方笑,言哀已叹。岂惟驻想流波,将贻啴嗳之奏;驰神睢涣,方思藻绘之文。①

在孙过庭看来,王羲之的书法被历代称颂学习,是可师法的宗师典范,不仅汇通古今,而且情调和谐,学习的人愈来愈多,钻研的历史愈来愈久。先后的书家作品多已散落,只有他的作品流传开来,这不就是证明吗?《乐毅论》《黄庭经》《东方朔画赞》《太师箴》《兰亭集序》《告誓文》,都是历代所传真书和行书的极致。同时他又描述了创作这些艺术经典的情景:写《乐毅》时情感抑郁,写《画赞》时想象瑰丽,写《黄庭经》时意境空灵,写《太师箴》时心思驰骋;到写《兰亭》时兴逸神飞、心手双畅,写《告誓文》时压抑深沉。书写欢乐的事情能听到笑声,书写悲哀的事情能听到叹息。这难道不是站在河边就想到轻柔的音乐,在睢涣河边就想到华丽的文采吗?

孙过庭在这里特别论述到了王羲之的书法艺术与他的文学成就之间的内在联系,那就是二者都是表达艺术家的思想感情的,都是来自对自然万物、人生百态的深切感受与思考的,正如江河的不同支流、树木的不同枝丫一样,不同的艺术形式都可被用来表达艺术家的内心世界与审美诉求。由于《书谱》为书论中的经典之作,其影响可想而知。姜夔《续书谱·行书》也承继了《书谱》的崇王观念,谈到二王时说:"《兰亭记》及右

---

① 孙过庭:《书谱译注》,马永强译注,河南美术出版社 2007 年版,第 32—34 页。

军诸帖第一,谢安石、大令诸帖次之,颜、柳、苏、米,亦后世之可观者。"①在姜夔看来,《兰亭》和右军的书法为第一,谢安与王献之的书法次之,颜真卿、柳公权、苏东坡、黄庭坚的书法是后世之中值得一看的。姜夔一生穷困潦倒,极不得意,但他的审美观念仍与主流的价值观相一致,可见王羲之之影响力不仅仅局限在上层精英阶层。

书法家一般都用比较的方法,即通过王羲之与其他书法家的对比,来表明王羲之的重要性。如果说王羲之的书法有谁可比的话,那就是他的儿子王献之,还有他所师法的钟繇的书法。孙过庭《书谱》开始讨论王羲之的书法地位时就是用比较的方法,他认为汉魏有四位大书法家,分别是钟繇、张芝、王羲之与王献之,即所谓"夫自古之善书者,汉、魏有钟、张之绝,晋末称二王之妙",而且王羲之自身也同意前半部分看法:"顷寻诸名书,钟张信为绝伦,其余不足观。"钟、张的书法超迈群雄,其他的不值一看。这在孙过庭看来,是王羲之推崇张芝超过钟繇。但孙过庭认为王羲之"考其专擅,虽未果于前规;摭以兼通,故无惭于即事",如果说某些专长,王羲之有可能比不上前人,但如果说兼善,王羲之和他们相比就毫无惭愧了。② 接着孙过庭分析了王羲之超越前人的根本原因,他说:"评者云:'彼之四贤,古今特绝;而今不逮古,古质而今妍。'夫质以代兴,妍因俗易。虽书契之作,适以记言;而淳醨一迁,质文三变,驰骛沿革,物理常然。贵能古不乖时,今不同弊,所谓'文质彬彬,然后君子'。何必易雕宫于穴处,反玉辂于椎轮者乎?"③孙过庭引用了别人的说法:钟、张二王都是古今无人能比的书法家,今天的赶不上古代的,古代的质朴,今日的妍美。但孙过庭认为,质朴与妍美都是因时代的不同而不同。文字记录时代,自

---

① 孙过庭:《书谱译注》,马永强译注,河南美术出版社2007年版,第389页。
② 孙过庭:《书谱译注》,马永强译注,河南美术出版社2007年版,第7—8页。
③ 孙过庭:《书谱译注》,马永强译注,河南美术出版社2007年版,第8—9页。

然会随着时代的变化而变化,风俗从朴实到浇薄,书风从质朴到妍美,都是古今变化的常理。最好能学习古人又不脱离时代,适应当今的趣味,又不具有众人的毛病。所谓"文质彬彬,然后君子",何必从宫殿返回洞穴,从豪车返回牛车呢?王羲之并不会因为是后来的大书法家就因此比不上古人,反而因为他是后来的,既继承了前人的质朴,又适应了新时代审美的需要,从而创作了超迈前人的艺术,而这正是事物发展的普遍规律,人不可能、也没必要回归到质朴的古代。

至于二王之间的差别与优劣,孙过庭也提出了自己的看法。一般的说法是"子敬之不及逸少,犹逸少之不及钟张",献之不如羲之,正如羲之不如钟繇和张芝。孙过庭认为这个观点抓住了大概,但没有讲清楚。在他看来:"元常专工于隶书,伯英尤精于草体;彼之二美,而逸少兼之。拟草则余真,比真则长草,虽专工小劣,而博涉多优。总其终始,匪无乖互。"①在孙过庭看来,钟繇专攻隶书,张芝草书最精,而这两种书体,王羲之都擅长。比起张芝善草书,王羲之还善真书,比钟繇的真书,王羲之还善草书,专工虽然缺点少,兼善优点就更多。总体看来,他和众人的看法不同,也就是众人认为王羲之不及钟、张,但他具体分析后认为,王羲之由于多能兼善而超越他们。接着,孙过庭又通过谢安对王献之的评价来反映出王羲之的重要性:"谢安素善尺牍,而轻子敬之书。子敬尝作佳书与之,谓必存录,安辄题后答之,甚以为恨。安尝问敬:'卿书何如右军?'答云:'故当胜。'安云:'物论殊不尔。'子敬又答:'时人那得知!'"②谢安善写尺牍,但看不起王献之的书法。献之曾经写了精美的书法给谢安,想谢安会保留下来,但谢安题后答之然后退回了,献之非常生气。谢安曾问献之,他的书法和王羲之的书法相比如何。献之回答称自己的书法比他好。

---

① 孙过庭:《书谱译注》,马永强译注,河南美术出版社 2007 年版,第 10 页。

② 孙过庭:《书谱译注》,马永强译注,河南美术出版社 2007 年版,第 10—11 页。

谢安又说，别人不这么认为。子敬就说，一般人怎么知道。孙过庭通过谢安对王献之书法的评价，表明了当时书法名流对献之书法的基本态度：献之不如羲之。接着孙过庭又分析了王献之对其父态度的道德局限："敬虽权以此辞，折安所鉴，自称胜父，不亦过乎！且立身扬名，事资尊显，'胜母'之里，曾参不入。以子敬之豪翰，绍右军之笔札，虽复粗传楷则，实恐未克箕裘。况乃假托神仙，耻崇家范，以斯成学，孰愈面墙！"①在孙过庭看来，子敬用这种话应付谢安，自称比父亲强，也太过分了！建功立业，事关父母的声名，曾参连叫"胜母"的地方都不去住，何况要胜过父亲。子敬的书法来自右军，大致学到了些规则，恐怕没有完全学好，而且还假托神仙，以家学为耻，靠这种方法学习，谁还愿面墙苦学啊！接着，孙过庭借王羲之对王献之书法的评价得出结论："后羲之往都，临行题壁。子敬密拭除之，辄书易其处，私为不恶。羲之还见，乃叹曰：'吾去时真大醉也。'敬乃内惭。是知逸少之比钟张，则专博斯别；子敬之不及逸少，无或疑焉。"②王羲之去京都，临行前在墙上题字，子敬悄悄地擦掉，换上了自己的字，自认为很好。羲之回来后看到，感叹道："我当时写字的时候真是喝多了。"子敬听后非常惭愧。所以孙过庭认为，王羲之和钟繇、张芝的区别是一个是专长、一个是多能，至于子敬不如逸少，那是毫无异议的了。孙过庭不仅在理论上推崇王羲之，而且在书法实践上也刻苦学习二王书风，所以唐张怀瓘《书断》卷下称孙过庭"草书宪章二王"③。宋米芾《书史》说《书谱》"甚有右军法。凡唐书得二王法，无出其右"④。《宣和书谱》卷十八称孙过庭"作草书咄咄逼羲献"⑤。刘熙载《书概·艺概》说："孙过庭草

---

① 孙过庭：《书谱译注》，马永强译注，河南美术出版社2007年版，第11—12页。
② 孙过庭：《书谱译注》，马永强译注，河南美术出版社2007年版，第11—12页。
③ 上海书画出版社编：《历代书法论文选》，上海书画出版社2004年版，第203页。
④ 卢辅圣主编：《中国书画全书》第一册，上海书画出版社1993年版，第969页。
⑤ 卢辅圣主编：《中国书画全书》第二册，上海书画出版社1993年版，第51页。

书,在唐为善宗晋法。"①由此可见,孙过庭推崇二王,不仅仅是理论上的,同时也是实践上的。

李嗣真《书后品》又一次提升了王羲之在书法史上的地位,不仅把王羲之列为最高级的逸品,将其与李斯、草圣张芝、钟繇并列,而且冠王羲之以书圣。他首先区分了王羲之与钟、张的区别,说:"钟、张筋骨有余,肤肉未赡;逸少加减太过,朱粉无设,同夫披云睹日,芙蓉出水,求其盛美,难以备诸。"钟繇、张芝的书法筋骨多、肤肉少,王羲之的书法加减太过,如同云散日出、芙蓉出水,要求它美到极致,是不可能的。接着,他又具体评价王羲之的书法说:

> 右军正体,如阴阳四时,寒暑调畅,岩廊宏敞,簪裾肃穆。其声鸣也,则铿锵金石;其芬郁也,则氤氲兰麝;其难征也,则缥缈而已仙;其可觌也,则昭彰而在目,可谓书之圣也。若草、行杂体,如清风出袖,明月入怀,瑾瑜烂而五色,黼绣擒其七采,故使离朱丧明,子期失听,可谓草之圣也。其飞白也,犹夫雾系卷舒,烟空照灼,长剑耿介而倚天,劲矢超腾而无地,可谓飞白之仙也。又如松岩点黛,蓊郁而起朝云;飞泉漱玉,洒散而成暮雨。既离方以遁圆,亦非丝而异帛,趣长笔短,差难缕陈。②

在李嗣真看来,右军的正书如四季的变化,阴阳调和,如高宅大院,衣着肃穆,散发着出金石的声音,弥漫着兰麝的芬芳。如神仙一样不可捉摸,又清晰可见,历历在目,真是书中的圣人啊。草书、行书,如清风出袖、明月

---

① 上海书画出版社编:《历代书法论文选》,上海书画出版社2004年版,第703页。
② 上海书画出版社编:《历代书法论文选》,上海书画出版社2004年版,第135页。

入怀,如五色的美玉、七彩的锦绣,使离朱眼花缭乱,使子期茫然若失,真是草书中的圣人啊。他的飞白,又如云雾舒展、烟霭弥漫,如倚天的长剑、飞驰的劲矢,是飞白中的仙人啊。他的书法如点缀岩石上的松树,郁郁葱葱托起朝霞,飞奔的泉水冲刷玉石,散落而成暮雨。非方非圆,非丝非帛,意味深长,难以尽言。

李嗣真接着又比较了二王书法的差异,虽然他把大王与小王同时列入了逸品之列,他说:"子敬草书,逸气过父,如丹穴凤舞,清泉龙跃,倏忽变化,莫知所自,或蹴海移山,翻涛簸岳。故谢安石谓'公当胜右军',诚有害名教,亦非徒语耳。而正书、行书如田野学士越参朝列,非不稽古宪章,乃时有失体处。旧说称其转妍,去鉴疏矣。"①在李嗣真看来,献之的草书,超逸之气胜过父亲,如凤飞龙跃,变化无常,神奇莫名,如波涛翻滚、山峦起伏,所以谢安说王献之超过了王羲之,虽然与伦常不合,但也不是乱说的。他的正书、行书如乡野之士步入朝廷,虽然也学习古法,但也时有不合体之处,旧说他只追求妍媚、忽视传统才导致如此。由此来看,王献之的草书确有超过其父亲之处,至于正书与行书,却还是比不过的。

李嗣真又借用两个故事来展现王羲之书法地位被得到认可的过程,以及王羲之与王献之之间的差别问题。一个故事是:

右军肇变古质,理不应减钟,故云"或谓过之"。庾翼每不服逸少,曾得伯英十纸,丧乱遗失,常恨妙迹永绝。及后见逸少与亮书,乃曰:"今见足下答家兄书,焕若神明,顿还旧观。"方乃大服。羲之又曾书壁而去,子敬密拭之,而更别题。右军还,观之曰:"吾去时真大醉。"子敬乃心服之矣。然右军终无败累,子敬往往失落,及其不失,

---

① 上海书画出版社编:《历代书法论文选》,上海书画出版社2004年版,第135—136页。

则神妙无方,可谓草圣也。①

在李嗣真看来,右军改变了古代质朴的书风,应该不减钟繇的书法,有人说超过了钟繇。庾翼就不服气王羲之。他曾得到张芝的十张墨迹,战乱时丢失了,常常遗憾好书法再也不存在了。等见到王羲之写给他哥哥的信,就说,王羲之的字像神明一样光彩夺目,就像重新见到了丢失的东西,于是就佩服王羲之了。另一个故事是书论中常常提到的,用以证明王献之的书法不如王羲之:王羲之曾在墙壁上写字,他走后,王献之暗暗擦去换上自己的字,等王羲之回来再看到这些字时,认为自己写字时喝醉了,王献之从此心服口服父亲了。李嗣真接着说:王羲之写字很少失手,王献之却常常失手,不过王献之在不失手时所写的字,可谓神奇无比,也算是草圣了。

蔡希综在《法书论》中反复提到王羲之,引用王羲之的话来讨论书法各个方面的问题。他说:"若盛传千代以为贻家之宝,则八体之极是归乎钟、蔡,草隶之雄是归乎张、王,此四贤者,自数百载来未之逮也。"②在蔡希综看来,能传颂千代作为传家宝的,八体登峰造极的要归钟繇、蔡邕,草隶要归张芝和王羲之。这四个人,数百年来无人能超越。接着他就引用了当时传为王羲之所作的《笔阵图》:"夫三端之妙,莫先用笔。"③文人的笔端、武士的剑端、辩才的舌端,都没有先于用笔的。接着又引用王羲之两段话来讨论书法的整个书写过程:

夫书之为意,取类非一。故纸者阵也,笔者刀稍也,墨者鍪甲也,

---

① 上海书画出版社编:《历代书法论文选》,上海书画出版社2004年版,第136页。
② 上海书画出版社编:《历代书法论文选》,上海书画出版社2004年版,第270页。
③ 上海书画出版社编:《历代书法论文选》,上海书画出版社2004年版,第270页。

水砚者城池也,本领者将帅也,心意者副将也,结构者谋略也,飐笔之次,吉凶之兆也,出入者号令也,屈折者杀戮也。若欲书,先干研墨,凝神静虑,预想字形大小偃仰,平直振动,令筋脉相连,意在笔前,然后作字。若平直相似,状如算子,便不是书,但得其点画耳。

　　若作点,必须悬手而为之;若作波,抑而复曳。忽一点失所,若美女之眇一目;一画失所,若壮士之折一肱。可谓难矣。①

蔡希综引用王羲之的话来表述对书法的看法。理论家可以用各种各样的事物来说明写字的过程,在王羲之看来,纸就是阵地,笔就是刀剑,墨是盔甲,砚台是城池,本领是将帅,心意是副将,结构是谋略,举笔就预示吉凶,行笔就是号令,笔的转折就是杀戮。若要书写,就要先准备笔墨,凝神静虑,预想字形大小俯仰,平直转折,让它筋脉相连,意在笔前,然后再写字。若平直差不多,形状如算子大小一样,那就不是书法,只是得到了它的点画罢了。要写点,必须悬手写;若作波,就压住再铺开。写错了一点,就如同美女瞎了一只眼;写错了一笔,就像壮士断了一只手臂。从蔡希综反复引用王羲之来看,在他的心目中,大王是超过小王的。他在论述草书时说:"汉魏以来,章法弥盛。晋世右军,特出不群,颖悟斯道,乃除繁就省,创立制度,谓之新草,今传《十七帖》是也。子敬以来,学者虽各擅其美,故亦抑之远矣。"②汉魏以来,草法盛行。王羲之卓然不群,聪慧杰出,删繁就简,创立新法,至今还流传的《十七帖》就是。王献之以来,学习书法的各擅其美,但离王羲之还差很远。接着他论述张旭的书法:"迩来率府长史张旭,卓然孤立,声被寰中,意象之奇,不能不全其古制,就王之内弥更减省,或有百字五十字,字所未形,雄逸气象,是为天纵。又乘兴之后,方

---

① 上海书画出版社编:《历代书法论文选》,上海书画出版社 2004 年版,第 271 页。
② 上海书画出版社编:《历代书法论文选》,上海书画出版社 2004 年版,第 273 页。

肆其笔,或施于壁,或札于屏,则群象自形,有若飞动,议者以为张公亦小王之再出也。"①张旭卓然不群,声震天下,意象奇妙,并不都是古法,比王羲之更简省。有时一百字五十字,字还没成形,就已显出雄迈超逸的气象,真是天赐的才能啊。有时乘兴书写,用笔狂放,或在墙壁上,或在屏风上,各式各态,字形飞动,大家都说,张公是王献之再世。把张旭比作王献之,可见张旭的书风特点与王羲之不同,它更狂放不羁,更肆意张扬,和古法迥然有别,风格也迥然不同。张旭既然是小王再世,而小王又差大王远也,那张旭与大王相比如何也就可想而知了。

明汤临初《书旨》极力推崇王羲之,把王羲之的书法与杜甫的诗歌相比:"严沧浪有云:论诗以李杜为准,挟天子以令诸侯。故予论书一以右军律诸家,倘以夸诞罪我,何敢辞焉?"②严羽在《沧浪诗话·评诗》中说论诗应该以李白、杜甫为准,可以用他们来命令其他诗人。汤临初论书,一律用王羲之来衡量,如有人用虚夸来批评他,他情愿接受。他又批评王献之说:"不知右军极尽其自有者也,想其平生不出以示人,有子如子敬尚欲俟其自悟,故子敬豪爽跌宕,特以求胜于父,正不知坐此乃为失之也。岂家鸡是厌,固不知好野鹜者耶?真大醉之言,可谓痛着一鞭矣。而子敬竟不悟,才固有独至者也,况后世乎?"③在汤临初看来,王羲之的书法已经到了精粹纯一的极致,平生都不想把书法的秘笈告诉世人,即使儿子王献之也要等着他自悟。子敬豪迈洒脱,很想超过父亲,可这正是他不及其父之处。难道他讨厌家鸡,喜欢野鸡吗?这真是醉话,也是狠狠地教训了他。子敬不觉悟,以为自己可以达到父亲的水平,其实是不可能的。更何况后人呢?解缙《春雨杂述》中也是把王羲之的书法推崇到极致:"逸少世有

①　上海书画出版社编:《历代书法论文选》,上海书画出版社2004年版,第273页。
②　卢辅圣主编:《中国书画全书》第四册,上海书画出版社1992年版,第794页。
③　卢辅圣主编:《中国书画全书》第四册,上海书画出版社1992年版,第794页。

书学,先于其父枕中窥见秘奥,与征西相师友,晚入中州,师《新众碑》,隶兼崔、蔡,草并杜、张,真集韦、钟,章齐皇、索。润色古今,典午之兴;登峰造极,书家书盛。若张丞相华,嵇侍中康,山吏部涛,阮步兵籍,向侍中秀辈,翰墨奇秀,皆非其匹。故庾征西始疑而终服,谢太傅得片纸而宝藏。冠绝古今,不可尚已。"①在解缙看来,王羲之的书法能集众家之长,没有人能比得上,像嵇康、山涛、阮籍等都是无法和他相比的。项穆《书法雅言》则独推崇王羲之,贬斥了诸多书法家:

> 逸少一出,会通古今,书法集成,模楷大定。自是而下,优劣互差。试举显名今世,遗迹仅存者,拔其美善,指其瑕疵,庶取舍既明,则趋向可定矣。智永、世南,得其宽和之量,而少俊迈之奇。欧阳询得其秀劲之骨,而乏温润之容。褚遂良得其郁壮之筋,而鲜安闲之度。李邕得其豪挺之气,而失之竦窘。颜、柳得其庄毅之操,而失之鲁犷。旭、素得其超逸之兴,而失之惊怪。陆、徐得其恭俭之体,而失之颓拘。过庭得其逍遥之趣,而失之俭散。蔡襄得其密厚之貌,庭坚得其提毕之法,赵孟𫖯得其温雅之态。然蔡过乎扶重,赵专乎妍媚,鲁直虽知执笔,而伸脚挂手,体格扫地矣。苏轼独宗颜、李,米芾复兼褚、张。苏似肥妍美婢,抬作夫人,举止邪陋而大足,当令掩口。米若风流公子,染患痼疣,驰马试剑而叫笑,旁若无人。数君之外,无眼详论也。择长而师之,所短而改之,在临池之士,玄鉴之精尔。②

在项穆看来,王羲之一出,举世无双,会通古今,书法大成,规则就定了,从他以后就各有优劣了。他举以下著名的书法家为例:智永、虞世南宽和但

① 上海书画出版社编:《历代书法论文选》,上海书画出版社 2004 年版,第 499 页。
② 上海书画出版社编:《历代书法论文选》,上海书画出版社 2004 年版,第 533 页。

缺乏豪迈之气,欧阳询骨劲但无温润之容,褚遂良筋骨郁壮而少安闲之态,李邕豪迈而窘迫,颜真卿、柳公权庄严刚毅而粗犷,张旭、怀素兴趣超逸而惊怪,陆柬之、徐浩体格谦恭而拘谨,孙过庭逍遥而散乱。蔡襄严密敦厚,黄庭坚长于提衄之法,赵孟頫书体温雅;然蔡襄过于持重,赵孟頫专于妍媚,黄庭坚虽然知道如何执笔,但伸脚挂手,书体太丑了。苏轼独尊颜真卿、李邕,米芾兼集褚遂良与张旭。苏轼书法似肥美的婢女被抬作夫人,举止丑陋,还有大脚,令人掩口而笑。米芾书法如风流浪子,染上毒疮,骑马试剑,旁若无人大叫。除这些人之外,就没有什么值得讨论了。选择他们的优点进行学习、短处进行改正,从事书法的人要明察秋毫啊。项穆《书法雅言》甚至说:"若逸少《圣教序记》,非有二十年精进之功,不能知其妙,亦不能下一笔,宜乎学者寥寥也。此可与知者道之。"①项穆认为,王羲之的《圣教序记》没有二十年刻苦之功,是不能下笔的,适宜学习的人是寥寥无几的,此种观点只能说给明白的人听。由此可见,其时崇王之风已达到了登峰之极的地步。

《书法雅言》谈到米芾对魏晋书法的崇尚时说:

> 米元章云:时代压之,不能高古,自画固甚。又云:真者在前,气焰慑人,畏彼益深。至谓书不入晋,徒成下品。若见真迹,惶恐杀人。既推二王独擅书宗,又阻后人不敢学古,元章功罪足相衡矣。噫!世之不学者固无论矣,自称能书者有二病焉:岩搜海钓之夫,每索隐于秦、汉;井坐管窥之辈,恒取式于宋、元。太过不及,厥失维均。盖谓今不及古者,每云今妍古质;以奴书为诮者,自称独擅成家。不学古法者,无稽之徒也;专泥上古者,岂从周之士哉?②

① 上海书画出版社编:《历代书法论文选》,上海书画出版社 2004 年版,第 534 页。
② 上海书画出版社编:《历代书法论文选》,上海书画出版社 2004 年版,第 514 页。

　　史、李、蔡、杜，皆书祖也，惟右军为书之正鹄。奈何泥古之徒，不悟时中之妙，专以一画偏长，一波故壮，妄夸崇质之风。岂知三代后贤，两晋前哲，尚多太朴之意。宣圣曰："文质彬彬，然后君子。"孙过庭云："古不乖时，今不同弊。"审斯二语，与世推移，规矩从心，中和为的。①

　　在项穆看来，米芾认为书不入晋人就成了下品了，他推崇二王为书法的正宗，又阻碍后人不敢学习古人，他的功罪也是互相抵消了。世间不学习的固然不值得评论，自称善书的则往往有两个毛病：广泛搜寻的只钻研秦、汉，见识短浅的就学习宋、元，太过和不及都丧失准的，说今不如古的都说今妍古质，用奴书讽刺人的都靠擅长一门成家。不学古法的都是无稽之徒，专事泥古的难道是学习周朝的人吗？史游、李斯、蔡邕、杜度都是书祖，只有右军创立真正的规则。奈何那些泥古之徒不懂得中庸的奥妙，专以擅长一画一撇来显示豪壮，妄夸质朴之风，他们哪里知道三代的贤人、两晋的前哲推崇太朴的意思呢？孔子说：文采质朴相合才称为君子。孙过庭说：学习古代不和时代相违背，追赶时代又不犯相同的毛病。考察这两句话，跟随时代的变化，让内心依存规则，还是以中和为根本。

　　关于古质而今妍，郑构、刘有定《衍极》说："请问古质而今繁，新巧而古拙，其如何哉？""噫，余独未见新巧而古拙也！传不云乎？释仪的而妄发者，虽中亦不为巧矣。夫质而不文，行而不远。周鼎著倕，俾衔其指，以示大巧之不可为也，极而已矣。"②以新巧古拙来评论书法，在郑构、刘有定看来是很难成立的。号称老庄之徒的傅山在《杂记》中讨论王羲之与王献之说："真行无过兰亭，再下则圣教序。""若以大乘论之，子敬尚不足

――――――――

① 上海书画出版社编：《历代书法论文选》，上海书画出版社2004年版，第514页。
② 上海书画出版社编：《历代书法论文选》，上海书画出版社2004年版，第430页。

学,何况其他。开米颠一流,子敬之罪,开今日一流,米家之罪。是非作者之罪,是学者之过也,有志者断不堕此恶道。此余之妄谈,然亦见许有胆有识之同人,不敢强人之同我也。"①在傅山看来,真行没有超过《兰亭》的,再下就是《圣教序》。如果以大乘的说法,子敬尚不足以学习,何况其他? 开启米颠之流的,是子敬的罪过,开启今日之流的,是米颠的罪过。这真不是作者之罪过,而是学习的人的罪过,有志气的人是不会堕入此种恶道的。傅山说这是他的妄谈,有胆有识的人也许会同意他的看法的,但他并不敢强求别人同意。由此来看,傅山这个有着强烈反叛精神的文人,也并不反对王羲之书圣的地位,甚至对王献之的书风也并不认可。

把王羲之当作晋法的代表,是阐明其重要影响的一个非常关键的维度。柳宗元《邕州马退山茅亭记》中说:"夫美不自美,因人而彰。兰亭也,不遭右军,则清湍修竹,芜没于空山矣。"②在柳宗元看来,兰亭作为书法圣地为文人雅士所向往,其根源在于王羲之,如果没有王羲之在此停留过,那它也就被淹没在山峦之间默默无闻了。兰亭曾被历代书法家、画家、诗人反复咏唱赞美,出现在各种各样的艺术创作之中,《中国古代书画图目》就收录了历代著名的与兰亭相关的绘画二十八幅。其著名的有唐阎立本的《萧翼赚兰亭图》,五代巨然的《萧翼赚兰亭图》,宋郭忠恕的《摹顾恺之兰亭宴集图》、刘松年的《曲水流觞图》、马远的《王羲之玩鹅图》、钱选的《兰亭观鹅图》等。其他如文徵明所作的两幅分别收藏在北京故宫博物院与台北故宫博物院的《兰亭修禊图》,也很有名。

米芾把自己的书斋取名"宝晋斋",就说明他崇尚魏晋之法,《宣和书谱》说米芾"不喜科举学,性好洁,违世异俗,每与物违,人又名颠。除书画两学博士,家藏古帖由晋已来者甚富,乃名其所藏为宝晋斋。兼喜作画,

① 崔尔平选编:《明清书论集》,上海辞书出版社 2011 年版,第 565 页。
② 柳宗元:《柳河东集》,中华书局 1964 年,第 454 页。

尝为楚山清晓图。赠其诗者有衣冠唐制度,人物晋风流也"①。米芾不喜科举,性格怪异,擅长书画,大量收藏晋代古帖,其斋号来源如下:"得谢安一帖,右军二帖,子敬一帖,及有顾恺之、戴逵画净名天女观音,遂以所居命为宝晋斋。"②别人赠诗"人物晋风流"。米芾无论从个性、为人处世还是书画方面,无不效法晋人,以晋人为尚,对崇尚晋风起到了推波助澜的作用。他崇尚的是二王,对唐人尚法度的书风也是有批评的,如《海岳名言》说颜真卿"行字可教,真便入俗品"③。对唐人整体书风,他更是持批评态度:"欧阳询'道林之寺',寒俭无精神","柳公权'国清寺',费尽筋骨",④"柳公权师欧,不及远甚,而为丑怪恶札之祖。自柳始有俗书"。"柳与欧为丑怪恶札祖。"⑤"欧、虞、褚、柳、颜,皆一笔书也,安排费工,岂能垂世。李邕脱子敬,乏纤浓。徐浩晚年力过,更无气骨。"⑥"蔡京不得笔,蔡卞得笔而乏逸韵,蔡襄勒字,沈辽排字,黄庭坚描字,苏轼画字。"⑦宋代名家均被他一一否定,和他独推晋书之举形成了鲜明的对照。

姜夔《续书谱·真》中更是指出了唐人崇尚法则的基本特点来自以书取士:"良由唐人以书判取士,而士大夫字书,类有科举习气,颜鲁公作《干禄字书》,是其征也。矧欧、虞、颜、柳,前后相望,故唐人下笔,应规入矩,无复魏晋飘逸之气。"⑧何良俊《四友斋书论》在论书尚晋法时说:

① 卢辅圣主编:《中国书画全书》第二册,上海书画出版社1993年版,第36页。
② 卢辅圣主编:《中国书画全书》第一册,上海书画出版社1993年版,第970页。
③ 上海书画出版社编:《历代书法论文选》,上海书画出版社2004年版,第363页。
④ 上海书画出版社编:《历代书法论文选》,上海书画出版社2004年版,第360页。
⑤ 上海书画出版社编:《历代书法论文选》,上海书画出版社2004年版,第361页。
⑥ 上海书画出版社编:《历代书法论文选》,上海书画出版社2004年版,第362页。
⑦ 上海书画出版社编:《历代书法论文选》,上海书画出版社2004年版,第364页。
⑧ 上海书画出版社编:《历代书法论文选》,上海书画出版社2004年版,第384页。

宋时惟蔡忠惠米南宫用晋法，亦只是具体而微。直至元时，有赵集贤出，始尽右军之妙，而得晋人之正脉，故世之评其书者，以为上下五百年，纵横一万里，举无此书。又曰：自右军以后，唐人得其形似，而不得其神韵，米南宫得其神韵，而不得其形似，兼形似神韵而得之者，惟赵子昂一人而已。此可谓书家定论。①

由此看来，蔡襄、米芾、赵孟頫在尚晋的路上起着非常重要的作用。孙承泽《庚子销夏记》论书以晋人为宗，尤其重视王羲之说："生平酷爱《兰亭序》，不啻昔人所谓《兰亭》癖者。"当然，董其昌《画禅室随笔》中是反对神化王羲之的倾向的："书家有自神其说，以右军感胎似传笔法，大令得白云先生口授者，此皆妄人附托语。天上虽有神仙，能知羲、献为谁乎？"②在董其昌看来，书法家常常神化自己，王羲之有感胎以传笔法之说，王献之则有得白云先生口授笔法之说，这都是虚妄之说，是无知之人的附会。天上即使有神仙也不一定能知道羲、献是谁。

孙过庭《书谱》甚至否认了两个著名的与王羲之有关的书论作品，一个是《笔阵图》，一个是《与子敬笔势论》。孙过庭否认它们，主要不是因为书法本身的价值判断，而是因为书论自身逻辑及史料的矛盾问题。他说《笔阵图》："代有《笔阵图》七行，中画执笔三手，图貌乖舛，点画湮讹。顷见南北流传，疑是右军所制。虽则未详真伪，尚可发启童蒙。既常俗所存，不借编录。至于诸家势评，多涉浮华，莫不外状其形，内迷其理。今之所撰，亦无取焉。"③从当时的流传来看，《笔阵图》七行，附图三张，在孙过庭看来，图画奇怪，不合情理，点画模糊不清。虽在南北流传，说是右军所

----

① 卢辅圣主编：《中国书画全书》第三册，上海书画出版社 1992 年版，第 864 页。
② 上海书画出版社编：《历代书法论文选》，上海书画出版社 2004 年版，第 545 页。
③ 孙过庭：《书谱译注》，马永强译注，河南美术出版社 2007 年版，第 25—26 页。

作,但不知真假,只能对启发儿童学书有些帮助。这都是民间流传的东西,至于诸家的评论,多是浮夸之语,大都描述一下外在的形状,说不清其中的道理,对他撰写《书谱》也没什么帮助。

至于《与子敬笔势论》,他说:"代传羲之《与子敬笔势论》十章,文鄙理疏,意乖言拙,详其旨趣,殊非右军。且右军位重才高,调清词雅,声尘未泯,翰牍犹存。观夫致一书、陈一事,造次之际,稽古斯在;岂有贻谋令嗣,道叶义方,章则顿亏,一至于此!又云与张伯英同学,斯乃更彰虚诞。若指汉末伯英,时代全不相接;必有晋人同号,史传何其寂寥!非训非经,宜从弃择。"①在孙过庭看来,相传的十章《与子敬笔势论》文辞粗鄙,义理空疏,含意乖谬,语言笨拙,和右军的旨趣根本不符。右军位重才高,格调高洁,文辞雅致,声誉卓著,他的作品还留存。观看右军作书、述事,匆忙之中也井然有序,哪有教育子孙,给他们写文章,错乱到如此地步的!至于说他与张伯英同学,则是年代的错误,如果指的是和汉末的伯英同学,这根本不可能,而同时代又没有记载这个人,此论算不上什么经典,应该抛弃。孙过庭判断二者的真假,并不仅仅根据作品的审美趣味与书写技巧,而是进行整体的判断,包括其书写内容、语言风格、审美趣味反映出的作者的价值观念,还有时代风气等各方面的问题,为后来书论作品的鉴定提供了借鉴。

历代帝王对王羲之的推崇,一如文艺复兴时期教皇对拉斐尔与米开朗基罗的推崇。布拉姆·克姆佩在《绘画权力与赞助机制》中说:"在政治和经济上,教廷保持着高度影响力;在文化和艺术上它奠定基调。当社会发生变化的时候,它在戏曲、音乐、文学、艺术以及建筑上留下痕迹。正

---

① 孙过庭:《书谱译注》,马永强译注,河南美术出版社2007年版,第29—30页。

是在这个背景下，拉斐尔和米开朗基罗建立起声望，成为最伟大的艺术家。"①王羲之的成圣过程也是如此。除梁武帝萧衍外，在王羲之成圣的过程中，唐太宗的推动作用最为显著，从而对中国书法的发展产生了无比深远的影响。对此，《传统文论与书论会通研究》说：

> 书法历史的发展，从刘宋时起，人们风靡的是王羲之书。陶弘景就曾说："比世皆尚子敬书，……海内非惟不复知有元常，于逸少亦然。"唐太宗不独"雅好王羲之字，心慕手追，出内帑金帛，购人间遗墨，得真、行、草二千二百纸来上。万机之余，不废模仿。先是，释智永善羲之书，而虞世南师之，颇得其体。太宗乃以书师世南"。表现出对王字喜好的实际行动。还特地为《晋书》王羲之传作赞。因唐太宗的提倡，王羲之攀上中国书法史的高峰。就是盛唐异军突起的张旭，后人在叙述笔法承传时，也不得不与王羲之攀上关系："后汉崔子玉历钟、王以下，传授至于永禅师，而至张旭。"后世风行的"永"字八法，也附会自王羲之之始："李阳冰云：昔逸少上书，遂历多载，十五年中偏攻'永'字。"可见唐太宗以帝王身份对书风、书论的影响力。②

《宣和书谱》说唐太宗"雅好王羲之字，心慕手追，出内帑金帛，购人间遗墨，得真、行、草二千二百纸来上。万机之余，不废模仿。先是，释智永善羲之书，而虞世南师之，颇得其体。太宗乃以书师世南"③。既然唐太宗以虞世南为师，那虞世南怎么看待王羲之呢？虞世南曾拜智永为师，而智

---

①　布拉姆·克姆佩：《绘画权力与赞助机制：文艺复兴时期意大利职业艺术家的兴起》，杨震译，北京大学出版社 2018 年版，第 221 页。

②　资成都：《传统文论与书论会通研究》，花木兰文化事业有限公司 2018 年版，第 279 页。

③　卢辅圣主编：《中国书画全书》第二册，上海书画出版社 1993 年版，第 7 页。

永为王羲之第五子王徽之后代。虞世南在《书旨述》中论述刘德升、张芝、钟繇、曹喜、蔡邕的书法成就后说：“前辈数贤，递相矛盾，事则恭守无舍，义则尚有理疵，未分贤明，失之断割。逮乎王廙、王洽、逸少、子敬，剖析前古，无所不工。八体六文，心揆其理；俯拾众美，会兹简易；制成今体，乃穷奥旨。”①在虞世南看来，前辈书法家虽然风格各异，互相矛盾，甚至是不能自圆其说，但总的来说不分轩轾。到了王氏家族，特别是二王把书法艺术发展到极致，他们能集前人之长，按照简易的原则，发展了适应新时代的书体，穷尽了书法的奥妙。此外，唐朝以书法作为科举的一项，对于书法的发展及二王书风的推广具有重要意义，这在中国古代只有帝王运用自己手中的权力才能做到。《传统文论与书论会通研究》说：“唐代科举考试由礼部主持，考试录取及第后，进入仕途，还要经过一次铨叙。铨叙考试由吏部主持，以身、言、书、判四才为标准；其中第三项为书，取其‘指法遒媚’。而武夫参加铨选也不例外；‘取书，判精工’。”②帝王无上的推崇，使得唐书法史与书法理论均把王羲之放在第一的位置上。

　　李真嗣《书后品》把四人列为最高的逸品：“钟、张、羲、献，超然逸品。”又说王羲之为“书圣”“草圣”“飞白之仙”：“右军正体如阴阳四时，寒暑调畅，岩廊宏敞，簪裾肃穆。”“可谓书之圣也。”“若草行杂体，如清风出袖，明月入怀，瑾瑜烂而五色，黼绣摛其七采，故使离朱丧明，子期失听，可谓草之圣也。”“其飞白，犹雾縠卷舒，烟空焰灼，长剑耿介而倚天，劲矢超忽而无地，可谓飞白之仙。”③张怀瓘《书议》中把王羲之的真书与行书都列为第一。《书议》中说王羲之：“千百年间得其妙者，不越此数十人。各能声飞万里，荣擢百代。惟逸少笔迹遒润，独擅一家之美，天质自然，风

---

① 上海书画出版社编：《历代书法论文选》，上海书画出版社2004年版，第115页。
② 资成都：《传统文论与书论会通研究》，花木兰文化事业有限公司2018年版，第151页。
③ 上海书画出版社编：《历代书法论文选》，上海书画出版社2004年版，第135页。

神盖代。且其道微而味薄，固常人莫之能学；其理隐而意深，固天下寡于知音。"①在张怀瓘看来，千百年间学得书法精妙的，不过数十人，都是名耀百代的人物，他们之中又数王羲之最高妙，但是他的书法精微淡泊，一般人体会不到它的奥妙，也学不来，知音自然也就少了。张怀瓘《书断》以神、妙、能来区分书法的等级，说王羲之的书法"备精诸体，自成一家法，千变万化，得之神助，自非造化发灵，岂能登峰造极"，"隶、行、草书、章草、飞白俱入神"。②孙过庭《书谱》更是如此："右军之书，代多称习，良可据为宗匠，取立指归。岂惟会古通今，亦乃情深调合。致使摹揭日广，研习岁滋；先后著名，多从散落；历代孤绍，非其效与？"③

后世书论由此也多说书法成于王氏父子，各家都学王氏父子，然由于才力不逮，仅能得其一部分、一个方面，而最终都无法超越他们。如《佩文斋书画谱》卷十载南唐李煜《评书》，就认为不同书法家对王羲之的学习是各取所需，而又各有所短，多得法于王羲之之一面，而失去另一面："善法书者，各得右军之一体，若虞世南得其美韵而失其俊迈，欧阳询得其力而失其温秀，褚遂良得其意而失其变化，薛稷得其清而失于拘窘，颜真卿得其筋而失于粗鲁，柳公权得其骨而失于生犷，徐浩得其肉而失于俗，李邕得其气而失于体格，张旭得其法而失于狂，献之俱得而失于惊急，无蕴藉态度。"④在李煜看来，善于书法的都只能得到王羲之的一个方面，如虞世南得其柔美的韵致而失去其英俊豪迈，欧阳询得其骨力而失其温秀，褚遂良得其意韵而失其变化，薛稷得其清雅而失于拘谨，颜真卿得其筋力而失于粗鲁，柳公权得其骨力而失于生硬，徐浩得其丰肉而失于俗气，李邕

① 上海书画出版社编：《历代书法论文选》，上海书画出版社 2004 年版，第 145 页。
② 上海书画出版社编：《历代书法论文选》，上海书画出版社 2004 年版，第 180 页。
③ 孙过庭：《书谱译注》，马永强译注，河南美术出版社 2007 年版，第 85 页。
④ 孙岳颂等编：《佩文斋书画谱》，浙江人民美术出版社 2014 年版，第 280 页。

得其气势力而失于体格,张旭得其笔法而失于狂放。献之得到了一切,但仍失于慌乱而不含蓄蕴藉。

总之,在李煜看来,只有王羲之十全十美,具众法之妙,集百家之长,学习他的人只能是各取其中的一个方面而自成一体,并不能兼具众妙,这应该是继唐太宗之后又一推崇王羲之到极致的范例。作为帝王,他们言论的意义就更加非比寻常。以至于后来的项穆《书法雅言》也持此说:"智永、世南得其宽和之量,而少俊迈之奇。欧阳询得其秀劲之骨,而乏温润之容。褚遂良得其郁壮之筋,而鲜安闲之度。李邕得其豪挺之气,而失之竦窘。颜、柳得其庄毅之操,而失之鲁犷。旭、素得其超逸之兴,而失之惊怪。陆、徐得其恭俭之体,而失之颓拘。过庭得其逍遥之趣,而失之险散。蔡襄得其密厚之貌,庭坚得其提趔之法,赵孟𬱖得其温雅之态。然蔡过乎妩重,赵专乎妍媚,鲁直虽知执笔,而伸脚挂手,体格扫地矣。"①崇王之风的事例在中国书法史上可谓不胜枚举。梁武帝与唐太宗更多地推崇王羲之而不甚重视王献之,甚至喜爱书法的宋文帝也自称不减王子敬。王僧虔《论书》说:"宋文帝书,自谓不减王子敬。"当时的议论者说他"天然胜羊欣,功夫不及欣"。皇帝与普通人比赛书法,说明书法乃一时风尚,同时也说明了王献之的书法地位。②

当然,推崇王献之者也不乏其人,陶弘景《与梁武帝论书启》中说:"比世皆尚子敬书,海内非惟不复知有元常,于逸少亦然。"③关于王献之的影响,《传统文论与书论会通研究》说:

　　唐朝张怀瓘的《书断》,其中师法王献之而成名的书家,有宋文帝

---

① 上海书画出版社编:《历代书法论文选》,上海书画出版社2004年版,第533页。
② 上海书画出版社编:《历代书法论文选》,上海书画出版社2004年版,第57页。
③ 上海书画出版社编:《历代书法论文选》,上海书画出版社2004年版,第70页。

"规模大令"、羊欣"师资大令,时亦众矣,非无云尘之远;若亲承妙旨,入于室者,唯独此公"、邱道护"亲师于子敬"、薄绍之"宪章小王"、谢灵运"模宪小王"、孔琳之"师于小王"、齐高帝"祖述小王"、萧子云"真书少师小王"、欧阳询"真行之间,虽与大令,亦别成一体"、虞世南"其书得大令之宏规"。此数书家,从南朝宋,历齐、梁至初唐,时间不可谓不长。献之的"媚"是他们追随的目标。这就是尚美倾向,也是虞龢所说的人情之常。

右军父子孰优孰劣?众所周知,到唐朝时期,在太宗强力推崇王羲之之下,扭转了羲之的颓势。其《王羲之传论》先是批评历来诸名家张芝、师宜官、钟繇、王献之、萧子云等,而后下的结论是:"此数子者,皆誉过其实。所以详查古今,精研篆隶,尽善尽美,其惟王逸少乎!观其点曳之工,裁成之妙,烟霏露结,状若断而还连;凤翥龙蟠,势如斜而反直。玩之不觉为倦,览之莫识其端。心摹手追,此人而已。其余区区之类,何足论哉!"唐太宗称王羲之书迹"尽善尽美",后孙过庭又为它找到了理论依据——中和:"志气和平,不急不厉,而风规自远。"①

由此来看,无论在当时还是在后来,崇尚小王者代不乏人。历代书论也多有此论。二王之争,究其原因,乃在于二者书风迥然有异,对书法的追求也有所不同,大王求中和之道,小王则尽力求变。如康有为《广艺舟双楫》所说:"大令沉酣矫变,当为第一。"②在康有为看来,王献之大力追求变革的书风应为当时第一。张怀瓘《书议》中说王羲之的草书处于第八的地位,并解释原因说:"或问曰:此品之中,诸子岂能悉过于逸少?答曰:人之

---

① 资成都:《传统文论与书论会通研究》,花木兰文化事业有限公司2018年版,第294页。
② 上海书画出版社编:《历代书法论文选》,上海书画出版社2004年版,第859页。

才能,各有长短。诸子于草,各有性识,精魄超然,神彩射人。逸少则格律非高,功夫又少,虽圆丰妍美,乃乏神气,无戈戟铦锐可畏,无物象生动可奇,是以劣于诸子。得重名者,以真、行故也,举世莫之能晓,悉以为真、草一概,若所见与诸子雷同,则何烦有论。"①在张怀瓘看来,每个人的才能是不一样的,对于草书的认识也不一样。王羲之草书的格调不高,功夫又少,虽然圆润丰美,但缺乏神采,既没有剑戟的锐利,也没有自然物象的美好,因此劣于其他人。他的大名得自真行书,举世都不知道,以为真书与草书是一回事。如果真书、草书是一回事,那就没有讨论的必要了。

张怀瓘说王羲之的草书"无戈戟铦锐可畏,无物象生动可奇",也是无自然之美的意思。其在谈论二王对草书不同的观点时说:

> 子敬年十五六时,尝白其父云:"古之章草,未能宏逸。今穷伪略之理,极草纵之致,不若藁行之间,于往法固殊。大人宜改体;且法既不定,事贵变通,然古法亦局而执。"子敬才高识远,行草之外,更开一门。……情驰神纵,超逸优游;临事制宜,从意适便。有若风行雨散,润色开花,笔法体势之中,最为风流者也。逸少秉真行之要,子敬执行草之权。父之灵和,子之神俊,皆古今之独绝也。②

王献之在十五六岁的时候就劝父亲变法:古代的章草不能宏大潇洒,书风应该随着时代的变化而变化,改变自己的风格,发挥草书奔放雄逸的气势,古法是有局限的,人要适时变通。在张怀瓘看来,子敬才高识远,开创了草书的新风格,神情奔放,潇洒自由,随时变化,舒心快捷,像风雨飘洒、鲜花随之开放一样,是笔法体势最为风流的。大王擅长真行,小王擅长草

---

① 上海书画出版社编:《历代书法论文选》,上海书画出版社 2004 年版,第 149 页。
② 上海书画出版社编:《历代书法论文选》,上海书画出版社 2004 年版,第 148—149 页。

书,父亲灵动和谐,儿子潇洒俊捷,他们父子真是古今独一无二的。张怀瑾《书断》中说王献之"幼学于父,次习于张,后改变制度,别创其法"①。《书断》说二王书风之别:"若逸气纵横,则羲谢于献;若簪裾礼乐,则献不继羲。虽诸家之法悉殊,而子敬最为遒拔。"②在张怀瑾看来,若风流豪迈,羲之不如献之,若显达符合礼乐,献之不如羲之。各家的书风不同,子敬的书风最为遒劲有力,羲之的书风更符合礼乐要求,因此也更符合帝王的审美。

至于唐太宗对王羲之评价中的"善隶书"问题,刘熙载《书概》中说:"唐太宗御撰《王羲之传》曰:'善隶书,为古今之冠。'或疑羲之未有分隶,其实自唐以前,皆称楷字为隶,如东魏《大觉寺碑》题曰'隶书'是也。郭忠恕云:'八分破而隶书出。'此语可引作《羲之传》注。"刘熙载把唐太宗《王羲之传》中"善隶书,为古今之冠"中的"隶书"解释为楷书,这就与后人看到的王羲之善于楷书相一致了。但接着刘熙载又说:"楷无定名,不独正书当之。汉北海敬王睦善史书,世以为楷,是大篆可谓楷也。卫恒《书势》云'王次仲始作楷法',是八分为楷也。又云'伯英下笔必为楷',则是草为楷也。以篆、隶为古,以正书为今,此只是据体而言。"③刘熙载的意思是说,楷的含义是不定的,不仅仅是指正书,刘睦的大篆可以称为楷法,王次仲的八分可以称为楷法,张芝的草书也可称为楷法。由此可见,当时流行的可以作为规范的书体都可称为楷法,不单指某种特殊的字体。问题是:当时流行的一般作为楷法的书体,是隶书还是王羲之擅长的楷体呢?无论怎样,当时已经流行王羲之所书的楷体了。

唐太宗对王羲之的推崇,首先表现为把王羲之树为旗帜,如《晋书·

---

① 上海书画出版社编:《历代书法论文选》,上海书画出版社2004年版,第180页。
② 上海书画出版社编:《历代书法论文选》,上海书画出版社2004年版,第164页。
③ 上海书画出版社编:《历代书法论文选》,上海书画出版社2004年版,第687页。

王羲之传论》所说:"尽善尽美,其唯王逸少乎!"无人能超越,是历代书法家的模范,王羲之作为书圣的神圣地位就此奠定。同时,唐太宗大规模收集二王手迹:"贞观十三年敕购求右军书并贵价酬之,四方妙迹,靡不毕至。敕起居郎褚遂良、校书郎王知敬等于元武门西长波门外料简,内出右军书共相参校,令典仪王行真装之,梁朝旧装纸见存者但裁剪而已。"①唐太宗于贞观十三年(639 年)花重金求购右军书法,于是天下的精美书法无不搜求净尽。然后让褚遂良拿出内府王羲之的书法互相校对,又找人精美装裱,梁朝旧纸就裁剪成新的。从此之后"古之名书,历代帝王莫不珍贵",二王的地位也就更加巩固了。由于历代多次的劫难,包括丢失、焚烧、沉河、劫掠,历代名家的临摹,真假难辨,到了宋朝就已经是"多学大令","二王书中,多为伪迹"了。②窦臮《述书赋》说:"李怀琳,洛阳人。国初时好为伪迹,其《大急就》称王书。"③从李怀琳以王羲之的名义造假,可从另一方面看出当时王字声名卓著的情况。

何延之《兰亭始末记》中记述了唐太宗对王羲之书法,特别是对《兰亭》痴迷的情景:

> 至贞观中,太宗以德政之眼,锐志玩书。临写右军真草书帖,购募备尽,唯未得《兰亭》。寻讨此书,知在辩才之所,乃降敕追师入内道场供养,恩赉优洽。数日后,因言次,乃问及《兰亭》,方便善诱,无所不至。辩才确称往日侍奉先师,实尝获见,自禅师殁后,游经丧乱,坠失不知所在。既而不获,遂放归越中。后更推究,不离辩才之处,又敕追辩才入内,重问《兰亭》。如此者三度,竟靳固不出。上谓侍臣

---

① 卢辅圣主编:《中国书画全书》第一册,上海书画出版社 1993 年版,第 61 页。
② 卢辅圣主编:《中国书画全书》第一册,上海书画出版社 1993 年版,第 62 页。
③ 上海书画出版社编:《历代书法论文选》,上海书画出版社 2004 年版,第 254 页。

曰:右军之书,朕所偏宝。就中逸少之迹,莫如《兰亭》,求见此书,劳
于寤寐。此僧耆年,又无所用。若为得一智略之士,以设谋计取之。
尚书右仆射房玄龄奏曰:臣闻监察御史萧翼者,梁元帝之曾孙,今贯
魏州莘县,负才艺,多权谋,可充此使,必当见获。太宗遂诏见翼,翼
奏曰:若作公使,义无得理。臣请私行,诣彼须得二王杂帖三数通。
太宗依给。①

到贞观年间,太宗在辛苦政务之余,刻苦钻研书法。他临写右军真草书
帖,想法悬赏购买净尽王书,就是没有得到《兰亭》;到处打听此书,知道在
辩才处,就下诏书让辩才进宫中道场供养,给予丰厚的恩宠。数日后,言
谈之间问及《兰亭》,想方设法引诱他,各种办法都用了,辩才却仍坚决说:
"往昔侍奉先师的时候确实见过,但自从禅师去世后,经多次战乱,不知去
向了。"既然得不到,就让他回越中了。后来反复推断,应该还在辩才那
里,于是又下诏让辩才进宫,重问《兰亭》的事。如此经历了三次,辩才仍
坚决不拿出来。皇上对侍臣说:"右军的书法,朕最偏爱。王羲之的书法
中又最喜欢《兰亭》,想见到它,日夜都在想念这件事。此僧年老了,又不
管用。如能得一位智谋之士,设法用计谋得到就好了。"尚书右仆射房玄
龄奏道:"臣听说监察御史萧翼是梁元帝的曾孙,今入籍魏州莘县,多才多
艺,多计谋,可让他充当这一使节,一定能想法得到。"太宗于是诏见萧翼,
翼奏道:"如作公使,不可能得到。我请求私自拜访,到他那里必须得到二
王杂帖三数篇。"太宗照办了。

由此可见太宗对王羲之的崇拜,同时也表明了《兰亭》公之于世的复
杂过程,通过这种叙述,也给本已神化的《兰亭》涂上了更为神秘的色彩,

---

① 卢辅圣主编:《中国书画全书》第二册,上海书画出版社1993年版,第494页。

更提高了它的地位。唐太宗让萧翼从辩才手中骗得《兰亭》后，便开始了复制工作，最后把《兰亭》随葬了：

> 帝命供奉拓书人赵模、韩道政、冯承素、诸葛贞等四人，各拓数本，以赐皇太子诸王近臣。贞观二十三年，圣躬不豫，幸玉华宫含风殿，临崩谓高宗曰："吾欲从汝求一物，汝诚孝也，岂能违吾心耶。汝意如何？"高宗哽咽流涕，引耳而听受制命。太宗曰："吾所欲得《兰亭》，可与我将去。"及弓剑不遗，同轨毕至，随仙驾入玄宫矣。今赵模等所拓在者，一本尚直钱数万也。人间本亦稀少，代之珍宝难可再见。①

皇帝命令供奉拓书的人赵模、韩道政、冯承素、诸葛贞等四人，各自拓了数本，用来赏赐皇太子诸王近臣。贞观二十三年（649 年），皇帝身体不适，驾临玉华宫含风殿，驾崩前对高宗说："我想向你要求一件东西，你是很孝顺的，不会违背我的心愿吧。你意思如何？"高宗哽咽流涕，引耳听命。太宗说："我要的就是《兰亭》，可和我一同去。"连引起哀思的弓剑也没留下，和它们一同随仙驾进入玄宫了。当时赵模等所拓的一本《兰亭》就值数万钱。人间本来就稀少，世之珍宝，很难再看到了。

《兰亭始末记》中唐太宗对《兰亭》的态度及取得手段的渲染，对奠定《兰亭》的神话地位无疑起到了关键性的作用。当然也有对此持有异议的，如郑杓、刘有定《衍极》中说："《兰亭考》、俞松《续考》，滥采群言，吾不知其然也。"②在郑杓看来，《兰亭考》、俞松《续考》胡乱聚集了各种谈论，不知道它讲的是不是正确。

---

① 卢辅圣主编：《中国书画全书》第一册，上海书画出版社 1993 年版，第 58 页。
② 上海书画出版社编：《历代书法论文选》，上海书画出版社 2004 年版，第 442 页。

　　唐太宗自己也努力学习大王书法。如《晋书·王羲之传论》说:"心慕手追,此人而已,其余区区之类,何足论哉?"唐太宗《笔意》中说:"夫学书者,先须知有王右军绝妙得意处,真书《乐毅论》,行书《兰亭》,草书《十七帖》,勿令有死点画,书之道也。"《笔法诀》则说:"复欲书之时,当收视反听,绝虑凝神。心正气和,则契于玄妙;心神不正,字则敧斜;志气不和,书必颠覆。其道同鲁庙之器,虚则敧,满则覆,中则正。正者,冲和之谓也。"①由此来看,唐太宗的论书,无论是临帖对象还是书风审美,无不取自大王书帖。朱长文《续书断》于是把李世民的书法列为妙品第一,②朱长文《续书断》又说唐太宗"特爱王羲之"。③但最为重要的是他收集推广大王书法,使个人的喜好通过系统性、体制性的运作变成整个国家、整个时代的风尚,并由此流传下去。

　　徐浩《古迹记》中说:

　　　　至十七年出付集贤院,拓二十本赐皇太子、诸王学士。

　　　　明年二月以中书令萧嵩为大学士,令访二王书。乃于滑州司法路琦家得羲之正书扇书一卷,是贞观十五年五月五日扬州大都督驸马都尉安德郡开国公杨师道进,其褾是碧地织成,褾头一行阔一寸,黄色织成,云晋右将军王羲之正书卷第四,兼小王行书三纸,非常合作,亦既进奉,赐路琦绢二百四,萧嵩二百四。其书还出令集贤院拓赐太子以下。

　　　　初收城后,臣又充使搜访图书,收获二王书二百余卷。访《黄庭经》真迹,或云,张通儒将向幽州,莫知去处。侍御史集贤直学士史惟

---

①　上海书画出版社编:《历代书法论文选》,上海书画出版社2004年版,第117—118页。

②　上海书画出版社编:《历代书法论文选》,上海书画出版社2004年版,第319页。

③　上海书画出版社编:《历代书法论文选》,上海书画出版社2004年版,第327页。

则奉使晋州，推事所在，博访书画，悬爵赏待之。时赵城仓督隐没公货极多，推案承伏，遂云有好书欲请赎罪。惟则索看，遂出扇书《告誓》等四卷，并二王真迹四卷。①

从《古迹记》的记述来看，到开元十七年（729 年）交付集贤院，拓二十本赏赐皇太子、诸王学士。第二年二月，命中书令萧嵩为大学士，让人搜集二王的书法，在滑州司法路琦家得到羲之正书、扇书一卷。贞观十五年（641年）五月五日扬州大都督、驸马都尉、安德郡开国公杨师道进献了装裱的丝织物，碧地织成，襟边一行，阔一寸，黄色丝织成，说是晋右将军王羲之的正书，第四卷还有小王的行书三纸，非常合乎法度。进奉后得到赏赐，赐绢给路琦二百匹、萧嵩二百匹。后来把书拿出来，让集贤院拓了赏赐给太子以下。接着讲自己充当使节收集图书的情景，收获了二王书一百余卷。寻访《黄庭经》真迹，有人说张通儒将带向幽州，不知去处。侍御史、集贤直学士史惟则奉命出使晋州办案，在所到之处搜罗书画，出价悬赏。当时赵城的仓督隐没了极多官方的货物，到案伏罪，说有好书以赎罪。惟则要来看，就拿出了扇书《告誓》等四卷，并二王真迹四卷。唐太宗好大王，于是上之所好下必甚焉，通过各种手段，天下王书都尽归皇帝所有了。

唐太宗建立弘文馆培养书法人才，以至于《集圣教序》书风流行，《宣和书谱》说："有唐三百年书者特盛，虽至经生辈其落笔亦自可观。盖唐人书学自太宗建弘文馆为教养之地，一时习尚为盛。"②唐朝三百多年间书法都很兴盛，即使是经生的书法也有可取之处。《宣和书谱》说《圣教序》："昔太宗作圣教序，世有二本，其一褚遂良书，一则怀仁书，集羲之诸

① 卢辅圣主编：《中国书画全书》第一册，上海书画出版社 1993 年版，第 56 页。
② 卢辅圣主编：《中国书画全书》第二册，上海书画出版社 1993 年版，第 31 页。

行字法所成也。二本皆为后学之宗。模仿羲之之书,必自怀仁始。岂羲之之绝尘处不可窥测,而形容王氏者惟怀仁近其藩篱耶?亦似之而非,且世所有惟见其行字耳。"①当初唐太宗作《圣教序》的时候有两个本子,一个是褚遂良书的,一个是怀仁集王羲之字成的。世人学习王羲之都从怀仁集《圣教序》开始。怀仁的集字也仅是相似而已,世人也仅能通过集字来一窥王羲之的绝世风采。当然,集王书中,《圣教序》仅仅是其中一种,《宣和书谱》说:"后有集王羲之书一十八家者,行敦乃其一也。"②姜宸英《湛园题跋》中《又题圣教序》关于集王字成碑说:

> 唐世右军书迹犹多,空门碑版尤喜集其字。如卢藏用《建福寺三门碑》,胡霈然《大智禅师碑》,越王贞《大兴国寺舍利塔碑》,僧行叙《怀素律师碑》,皆集右军书,而为之者非独怀仁一人也。世传怀仁居洪福寺模集右军称精熟,其徒胡英效之,亦时集王书勒石,盖僧徒欲借此以久其师传耳。董文敏据《舍利塔碑》谓"集"为"习",乃好奇之过,不知《舍利》亦集王书,殆是以"习"通"集"耳。③

在姜宸英看来,唐朝右军的书法留存下来的还很多,佛教的碑版很流行用王羲之的集字,像卢藏用的《建福寺三门碑》、胡霈然的《大智禅师碑》、越王贞的《大兴国寺舍利塔碑》、僧行叙的《怀素律师碑》,都是集右军的字而成的,并非怀仁一人。世传怀仁居住洪福寺,集王字精熟,他的徒弟胡英效仿他,也集王字刻石,大概是为了广大师徒的传承吧。董其昌根据《舍利塔碑》谓集字为了习字,乃是出于不了解,不知道《舍利》也是集王

---

① 卢辅圣主编:《中国书画全书》第二册,上海书画出版社1993年版,第32页。
② 卢辅圣主编:《中国书画全书》第二册,上海书画出版社1993年版,第32页。
③ 崔尔平选编:《明清书论集》,上海辞书出版社2011年版,第588页。

书,大概是学书通于集字吧。

由此看来,在唐代就已非常流行集王书来刻碑了。当时集王书非常盛行,怀仁与释行敦都是其中较为著名的,这也从另一个角度向世人展示了王书的流行及王书对唐代书法的重要意义。王羲之在唐代的书圣地位与唐太宗的极力推广直接确立了唐代一种独立的书法风格即"集王行书",如高明一在《没落的典范:"集王行书"在北宋的流传与改变》中所说的:"对唐人而言,集王行书的辨识度比八分书(或者统称为隶书)容易。""集字在唐代是熟练的技术","石刻至少证明'集王行书'持续至北宋中期,然整体而言,数量已不及唐代,且风格上呈现衰变的状态"。[①] 总之,李世民以帝王之尊,独尊大王、贬小王,对王羲之在中国书法史上书圣地位的确立与稳固奠定了坚实的基础。正如洪耀南所说:"独尊王羲之乃李氏之独见,当非全从书法审美之角度着眼。"[②]也就是说,李世民坚守了书法中美善合一的原则,在推广王羲之书法的同时,对推广儒家的审美价值观也起到了重要作用。

唐太宗对王书的传播及其产生的重要影响,历代多有论述。高明一在《没落的典范:"集王行书"在北宋的流传与改变》中说:"唐代帝王以'集王行书'作为王羲之行书的典范,流行了四百余年;北宋士大夫以《兰亭序》作为王羲之行书的典范,影响至今有一千余年。""在现今博物馆展览上,《兰亭序》的摹本与石刻本仍然标明书者为王羲之,反映了北宋士大夫对于王羲之行书典范的建立,取得空前绝后的成功。北宋仁宗朝王羲之行书典范从'集王行书'转换到《兰亭序》,在书法史的意义上,是对于

① 高明一:《没落的典范:"集王行书"在北宋的流传与改变》,《美术史研究集刊》2007 年第23 期,第 87、89、96 页。
② 洪耀南:《唐代书论与诗论之比较研究》上,花木兰文化事业有限公司 2018 年版,第 123页。

艺术的解释权与影响力从帝王转换至士大夫。帝王对于书法艺术全面性的影响已不如前,此后帝王对于书法艺术的重要性,则在于收藏的研究价值。"①无论是帝王还是文人士大夫都推动了对王羲之的崇拜,王羲之书法也就越来越走向神圣的地位。钱泳《履园丛话》讨论唐宋两位皇帝对推广王羲之书法的重要作用时说:

> 　　南派不显于齐、隋,至贞观初乃大显,太宗独喜羲、献之书,至欧阳、虞、褚皆习《兰亭》,始令王氏一家兼掩南北。然此时王派虽显,缣楮无多,世间所习,犹为北派。赵宋《阁帖》一行,不重碑版,北派愈微。故窦臮《述书赋》自周至唐二百七人之中,列晋、宋、齐、梁、陈一百四十五人,于北朝不列一人,其风迁派别可想见矣。不知南、北两派判若江湖,不相通习,南派乃江左风流,疏放妍妙,宜于启牍;北派中原古法,厚重端严,宜于碑榜。宋以后学者,昧于书有南、北两派之分,而以唐初书家举而尽属羲、献,岂知欧、褚生长齐、隋,近接魏、周。中原文物,具有渊源,不可合而一之也。②

阮元在《南北书派论》中就唐宋两位皇帝对王羲之书法的推广说:"至隋末唐初,犹有存者。两派判若江河,南北世族不相通习。至唐初,太宗独善王羲之书,虞世南最为亲近,始令王氏一家兼掩南北矣。然此时王派虽显,缣楮无多,世间所习犹为北派。赵宋《阁帖》盛行,不重中原碑版,于是北派愈微矣。"③阮元《南北书派论》又论述唐太宗与虞世南及欧阳询书法

---

① 高明一:《没落的典范:"集王行书"在北宋的流传与改变》,《美术史研究集刊》2007年第23期,第112—113页。
② 上海书画出版社编:《历代书法论文选》,上海书画出版社2004年版,第620—621页。
③ 上海书画出版社编:《历代书法论文选》,上海书画出版社2004年版,第630页。

之间的关系说：

> 世南入唐，高年宿德，祖述右军。太宗书法亦出王羲之，故赏虞派，购羲之真行二百九十纸，为八十卷，命魏征、虞世南、褚遂良定真伪（见《唐书·艺文志》）。夫以两晋君臣忠贤林立，而《晋书》御撰之传，乃特在羲之，其笃好可知矣。慕羲、献者，唯尊南派，故窦臮《述书赋》自周至唐二百七十人中，列晋、宋、齐、梁、陈一百五十人，于北齐只列一人，其风流派别可想见矣。羲、献诸迹，皆为南朝秘藏，北朝世族岂得摩习！《兰亭》一纸，唐初始出，欧、褚奉敕临此帖时，已在中年以往，书法既成后矣。欧阳询书法，方正劲挺，实是北派。试观今魏、齐碑中，格法劲正者，即其派所从出。《唐书》称询习王羲之书，后险劲过之，因自名其体；尝见索靖所书碑，宿三日乃去。夫《唐书》称初学王羲之者，从帝所好，权词也；悦索靖碑者，体归北派，微词也。①

由此，在钱泳与阮元看来，南派书法在齐、陈间并不显扬，到了贞观年间才大放光彩。太宗喜欢二王的书法，以至于欧阳询、虞世南、褚遂良都学习《兰亭》，让王氏一家独占大江南北。此时王派虽然显赫，但由于墨迹不多，世间学习书法仍以北派为主。赵宋《阁帖》一刊行，就不再注重碑版，北派愈加衰微。窦臮的《述书赋》自周至唐的二百七十人之中列举了晋、宋、齐、梁、陈一百四十五人，但北朝仅有一人，南北派的差别就可想而知了。宋以后的学者大都不了解南北两派的区分，只是知道唐初的书家都归于羲、献，哪里知道欧、褚生长在齐、隋，近接魏、周。中原文物具有自身的渊源，不可与南派合而为一。由此可见，唐太宗影响了唐初书家如欧阳

---

① 上海书画出版社编：《历代书法论文选》，上海书画出版社 2004 年版，第 631—632 页。

询、虞世南与褚遂良，进而影响了初唐书坛。宋《阁帖》一出，影响更为广远。至于后来的书家，他们大多知道欧阳询、褚遂良的书法来自二王，而忘了他们与齐、隋、魏、周的文化渊源了。

徐利明在《中国书法风格史》中说王羲之对唐代书风的影响：

> 由于唐太宗偏爱王羲之，故全力搜罗其手迹，并以摹拓本赏赐近臣。此后历朝天子皆好王书，搜罗双勾。又有僧怀仁集王书圣教序，僧大雅集王书吴文碑等等，据载集王书之碑有 18 家之多，广为流传。上行下效，学王书之风以至极盛。上至天子，下至文武大臣，以至中下层官吏，多精于王书，所以当时的告牒文书中也有妙迹。著名者有虞世南、欧阳询、褚遂良、薛稷、太宗、高宗、玄宗、孙过庭、李北海、张旭、颜真卿、怀素、柳公权等等，皆有法、趣俱得之力作。①

刘熙载《书概》就北朝书风与帝王对二王书法地位的影响说：

> 北朝书家莫盛于崔、卢两氏。《魏书·崔元伯传》详元伯之善书云："元伯祖悦与范阳卢谌，并以博艺著名。谌法钟繇，悦法卫瓘，而俱习索靖之草，皆尽其妙。谌传子偃，偃传子邈；悦传子潜，潜传元伯；世不替业。故魏初重崔、卢之书。"观此则崔、卢家风，岂下于南朝羲、献哉！惟自隋以后，唐太宗表彰右军；明皇笃志大令《桓山颂》，其批答至有"桓山之颂，复在于兹"之语。及宋太宗复尚二王，其命翰林侍书王著摹《阁帖》，虽博取诸家，归趣实以二王为主。以故艺林久而成习，与之言羲、献，则怡然；与之言悦、谌，则惘然。况悦、谌以下者乎！②

---

①　徐利明：《中国书法风格史》，河南美术出版社 2009 年版，第 104 页。
②　上海书画出版社编：《历代书法论文选》，上海书画出版社 2004 年版，第 697 页。

在刘熙载看来,北朝的书法以崔、卢两家最盛,两家几代都擅长书法,代代相传,世不替业,为世所重,书法之盛不亚于羲、献父子。但是隋后唐太宗喜欢右军,明皇帝推崇大令,宋太宗又崇尚二王,让王著刻《阁帖》,虽说是博取诸家,其实是旨归二王,他们对二王的推崇可谓无以复加,因此书坛渐成积习,言必称羲、献,一提到羲、献就笑逐颜开,一提到崔、卢就茫然无知,更不要说等而下之的人了。当然也有赵孝逸这种特殊情况,陈思《书小史》讲书法家赵孝逸时说:"赵孝逸……深师右军,逸效大令,甚有功业。当平梁之后,王褒入国,举朝贵胄皆师于褒,惟孝逸与文深二人独负二王之法,俱入隋。临二王之迹,人间往往为货耳。"①赵孝逸不为时尚所动,力追先贤二王书法,终于在新的时代取得了成就。这也从另一个角度说明了,随着时代的变迁,二王书法的地位也是随时势沉浮,并非时时处于绝对的主导地位。

　　武则天承继了太宗对王羲之的推崇,并进一步加以推广。徐浩《古迹记》说:

　　　　至大足中,则天后赏纳言狄仁杰能书,仁杰云:臣自幼以来不见好本,只率愚性,何由得能。则天乃内出二王真迹二十卷,遣五品中使示诸宰相,看讫表谢,登时将入。至中宗时,中书令宗楚客奏事承恩,乃乞大小二王真迹。敕赐二十卷,大小二王各十轴。楚客遂装作二十扇屏风,以褚遂良《闲居赋》《枯树赋》为脚,因大会贵要张以示之。时薛稷崔湜卢藏用废食叹美,不复宴乐。安乐公主婿武延秀在坐,归以告公主曰:主言承恩,未为富贵。适过宗令,别得赐书,一席观之辍餐忘食。及明谒见颇有怨言。帝令开缄倾库悉与之。延秀复

──────────

① 卢辅圣主编:《中国书画全书》第二册,上海书画出版社1993年版,第565页。

会宾客，举柜令看，分散朝廷无复宝惜。太平公主取五帙五十卷，别造胡书四字印缝，宰相各二十卷，将军驸马各十卷。自此内库真迹散落诸家。太平公主爱《乐毅论》，以织成袋盛置于箱箧。及籍没后，有咸阳老妪窃举袖中，县吏寻觅，遽而追赴，妪乃惊惧，投之灶下，香闻数里，不可复得。天宝中臣充使访图书，有商胡穆聿在书行贩古迹，往往以织标轴得好图书。臣奏直集贤，令求图书。自玄宗开元五年十一月五日，收缀大小二王真迹得一百五十八卷，大王正书三卷，行书一百五卷，草书一百五十卷，小王书都三十卷，正书两卷。①

从这段记述来看，大足年间武则天赞赏狄仁杰善于书法，狄仁杰就说："我自幼以来，见不到好的书法作品，只是随着自己愚笨的本性，怎能写好书法？"武则天就拿出二王真迹二十卷，派人送去给宰相看，等狄仁杰看完上表感谢，又马上拿回宫中。到中宗的时候，中书令宗楚客向皇上奏事蒙受恩典，于是请求大小二王的真迹。皇上赏赐了二十卷，大小王各十轴。楚客遂装裱成二十扇屏风，把褚遂良的《闲居赋》《枯树赋》放在下面，请显贵政要来看。薛稷、崔湜、卢藏用看后甚至停止吃饭，感叹赞美不已，不再继续宴乐了。当时安乐公主婿武延秀在座，回去以后告诉公主说："蒙受圣上恩宠，还不算富贵。刚拜访过宗令，他得到皇帝赏赐的书法作品，一席人观看，都停下来忘记了吃饭。"第二天公主拜见皇帝，颇有怨言。皇帝下令开封，储藏都给了她。延秀又会见宾客，打开柜子看后分发，朝廷不再珍惜了。太平公主取了五帙五十卷，用'胡书四字'印缝，宰相各二十卷，将军、驸马各十卷。从此皇宫内府的真迹散落到各家。太平公主爱

---

① 卢辅圣主编：《中国书画全书》第一册，上海书画出版社1993年版，第56页。

《乐毅论》，用织成的袋子装在箱子里。等到财产被登记没收，有一个咸阳的老太太将其藏在袖中偷走；县令发觉，赶快追赶；老妇惊慌失措，投到灶下，燃烧的香气几里外都能闻到，书法真迹再也没有了。天宝年间，徐浩奉命搜访图书，有商人胡穆聿在书行中贩卖古书，常常通过搜集标明题号的书轴得到好书。他奉命值守集贤院，负责搜集书画。从玄宗开元五年十一月五日开始，一共收集到大王、小王的真迹一百五十八卷。其中大王正书三卷（《黄庭经》第一，《画赞》第二，《告誓》第三）。他认为《画赞》是伪迹，不是真的）、行书一百零五卷（并不是著名的好帖）、草书一百一十卷（以前《得书》居第一）；小王书总三十卷，其中正书两卷。徐浩此处详细记录了武则天与重臣狄仁杰对二王书法的重视及当时文人士大夫聚集观赏二王书法的盛况，尤其是大书法家薛稷等"废食叹美，不复宴乐"的情景；接着讲述了安乐公主向父皇请求二王真迹，自己喜欢《乐毅论》及书迹被偷被烧从而消失于世间的情景；最后讲述了自己如何搜集二王书法真迹及书法存世的具体情况。从中我们大致可以了解当时上层社会对二王书法的重视及二王书法的流传程度，说明二王已经在当时完全占据了书法的主流地位。

宋朝也有几位皇帝非常推崇二王。宋太宗也曾像唐太宗那样刻苦学习王书，朱长文《续书断》中记述了以摹勒《淳化阁帖》著名的王著敦促宋太宗学习书法的故事：

初，太宗临书，尝有宸翰，遣中使示著，著曰："未尽善也。"上益勉于临学。他日又示著，著如前对。中使责之。著曰："天子初锐精毫墨，遽尔称能，则不复进矣。"久之复示著，曰："功已著矣，非臣所及也。"真宗尝言于辅臣而嘉之。噫！书特一艺，而圣贤之余事耳，当其未至，则端士犹不敢谀言溢美，况天下大政，或志于谄，而不以实对，乃知微人之罪也。昔唐许圉师非二王,而以高宗为书圣,岂不愧哉![1]

当初宋太宗临摹书法,写好了让宫中使臣拿去给王著看,王著说:"还没达到最好。"于是皇上更加刻苦临习。他日又拿去给王著看,王著回答如前。使臣就责备他。王著说:"天子刚开始精研书法,如果很快就说好,那他就不思进取了。"过了很长时间又拿给王著看,王就回答:"很好了,我达不到了。"真宗曾向大臣称赞王著。王著是精于二王书法的,宋太宗刻苦临摹的也应该是二王书法,如果是等而下之的书法,怎能和帝王无上的尊严相配呢。在朱长文看来,书法作为一门技艺是圣贤的余事,当水平还没到时,正直的人都不敢说溢美之词,何况天下大事! 有人喜欢谄媚,不讲实话,真是罪过。从前唐许圉师批评二王而把高宗作为书圣,真是令人惭愧啊! 朱长文在此不仅称赞了王著督促太宗临习书法的方法,更是把王著当成实事求是、勇于讲实话、有大无畏精神的勇士,称其为知微之人,只有这种人才能见微知著,才能真正了解事物的发展,把事物的发展引导到正确的方向上去,从而产生美好的结果。像许圉师那样的只知阿谀奉承、动不动以批评二王来巴结奉承权势的人,是不可能使书法艺术获得良好发展的。董其昌《画禅室随笔》中说高宗赵构也非常崇拜王羲之:"宋高宗于书法最深。观其以《兰亭》赐太子,今写五百本,更换一本,即功力可知。思陵运笔,全自《玉润帖》中来,学《禊帖》者参取。"[2]宋高宗用《兰亭》赏赐太子,让他刻苦学习,他自己也刻苦学习《兰亭》与《玉润帖》。

宋高宗赵构《翰墨志》并不同意唐太宗对小王的评价,他说:"晋起太极殿,谢安欲使献之题榜,以为万世宝。当时名士已爱重若此。而唐人评献之,谓'虽有父风,殊非新巧。字势疏瘦,如枯木而无屈伸,若饿隶而无

---

① 上海书画出版社编:《历代书法论文选》,上海书画出版社2004年版,第348页。

② 上海书画出版社编:《历代书法论文选》,上海书画出版社2004年版,第547—548页。

放纵',鄙之乃无佳处。岂唐人能书者众,而好恶遂不同如是耶?"①陈思《书小史》中也引述了王献之与谢安关于韦仲将题榜故事的争论。② 在赵构看来,晋建起太极殿时谢安想让王献之题写匾额,使之成为万世流传的宝贝,由此就能看出,当时已经对王献之非常重视。但唐朝人贬低他,说其"虽有父亲的遗风,但也不是创新。字势疏瘦,如不能屈伸自如的枯木,如饥饿的奴隶而不自由",批评他没有好的地方。对此,赵构很难理解。在赵构看来,难道是唐人擅长书法的多,好恶不同,以至于达到了如此地步吗?

唐太宗这段著名的关于王献之的评论出自《晋书·王羲之传》,而《晋书》是由唐房玄龄等撰,所以他只说是唐人的评论,没有提到唐太宗的名字,应该是为了表示尊重吧。很显然,赵构是不同意唐太宗对于小王的评价的。根据王献之狂放不羁的性格及潇洒自由的书风,不是"无屈伸""无放纵",而是"过于屈伸""过于放纵",历代取法王献之的书法家也大多是取法他潇洒奔放的书风,从唐太宗帝王的身份与审美来看,他应该更推崇王羲之收放自如、温文尔雅的书风,而不是推崇那种自由奔放,甚至狂放不羁、过分张扬的书风。

赵构《翰墨志》也不赞同何延之关于《兰亭》的说法:"凡三百二十四字,有重者皆具别体,就中'之'字有二十许,变转悉异,遂无同者,如有神助。及醒后,他日更书数百千本,终不及此。"《兰亭》共三百二十四字,对于重复的字都变化字体,其中"之"字就有二十多个,均改变字体,使之没有相同的,有如神助。等到醒来,他日再写数百千本,始终不如这个好。对此,赵构说:"余谓'神助'及'醒后更书百千本无如者',恐此言过矣。

① 上海书画出版社编:《历代书法论文选》,上海书画出版社 2004 年版,第 368 页。
② 卢辅圣主编:《中国书画全书》第二册,上海书画出版社 1993 年版,第 553 页。

右军他书岂减《稧帖》,但此帖字数比他书最多,若千丈文锦,卷舒展玩,无不满人意,轸在心目不可忘。"①赵构认为,所谓"神助"和"醒后更书百千本无如者"都是言过其实。右军其他的书法难道比不上《稧帖》吗?但此帖字数比他帖字数多,若千丈的锦缎,打开欣赏,无不令人满意,让人过目不忘。何良俊《四友斋书论》说:"然兰亭之刻甚多,宋时已有百余种,故古称兰亭为聚讼,不可不详辨也。"②可见王羲之与《兰亭》在宋代之深刻影响。

宋室后裔赵孟頫取法二王,这更是书法史上的定论,何良俊《四友斋书论》中说:

> 自唐以前,集书法之大成者,王右军也;自唐以后,集书法之大成者,赵集贤也,盖其于篆隶真草无不臻妙。如真书大者法智永,小楷法黄庭经,书碑记师李北海,笺启则师二王,皆咄咄逼真。而数者之中,惟笺启为尤妙。盖二王之迹见于诸帖者,惟简札最多。松雪朝夕临摹,盖已冥会神契。故不但书迹之同,虽行款亦皆酷似。乃知二王之后更有松雪,其论盖不虚也。③

赵孟頫《兰亭十三跋》中说:"书法以用笔为上,而结字亦须用工,盖结字因时相传,用笔千古不易。右军字势古法一变,其雄秀之气出于天然,故古今以为师法。齐、梁间人结字非不古,而乏俊气,此又有乎其人,然古法终不可失也。"④赵孟頫由于是宋皇室宗亲,再加其崇尚二王,所以也是历代帝王崇尚二王之遗绪,对二王之学的发展产生了重要影响。

① 上海书画出版社编:《历代书法论文选》,上海书画出版社 2004 年版,第 370—371 页。
② 卢辅圣主编:《中国书画全书》第三册,上海书画出版社 1992 年版,第 866 页。
③ 卢辅圣主编:《中国书画全书》第三册,上海书画出版社 1992 年版,第 865 页。
④ 崔尔平选编:《历代书法论文选续编》,上海书画出版社 2003 年版,第 179 页。

　　明清两代推崇二王的也是不乏其人,董其昌《画禅室随笔》中说神宗崇拜二王:"神宗皇帝天藻飞翔,雅好书法。每携献之《鸭头丸帖》、虞世南临《乐毅论》、米芾《文赋》,以自随。予闻之中书舍人赵士祯言如此。因考右军曾书《文赋》,褚河南亦有临右军《文赋》。"①董其昌听人说,明神宗很有文采,喜好书法,常常随身携带王献之的《鸭头丸帖》、虞世南临摹的《乐毅论》、米芾的《文赋》,可见其对二王的崇拜之情。康有为在《广艺舟双楫》说:"自唐以后,尊二王者至矣。然二王之不可及,非徒其笔法之雄奇也,盖所取资皆汉、魏间瑰奇伟丽之书,故体质古朴,意态奇变,后人取法二王仅成院体,虽欲稍变,其与几何,岂能复追踪古人哉!"②在康有为看来,自唐以后,尊二王的风气达到了极盛。二王不可及,并非仅仅因为其书法的雄奇,还因为他们取法汉魏间瑰丽雄伟的书法,古朴富有变化,后人学习的结果是仅成院体,想稍稍变化,哪能比得上古人啊!当然其中最有代表性的就是乾隆皇帝,他把书房命名为三希堂,就是因为收藏了王羲之的《快雪时晴帖》、王献之的《中秋帖》、王珣的《伯远帖》。

　　总之,在王羲之成为书圣的过程中,历代帝王的推崇有着极其重要的意义,梁武帝的推崇、唐太宗的推崇,以及宋元以来诸位皇帝的推崇都起到了推波助澜的作用。这从陶弘景上书梁武帝讨论王羲之书法就可看出,而且将陶弘景五篇《上武帝论书启》和梁武帝的书论联系起来看,就会发现宋齐以来书法审美情趣的变化。宋齐由于羊欣、王僧虔宣扬子敬妍美的书风,一时人们便"二王"并举,进而将子敬放在其父之上的位置,更不用说钟繇、张芝。到梁代,先有梁武帝撰文《观钟繇书法十二意》,强调书法的内涵,提出"子敬之不迨逸少,犹逸少之不迨元常"。接着陶弘景这些人响应、赞同,书风便开始转变。陶弘景《上武帝论书启》说:"一言以

---

① 上海书画出版社编:《历代书法论文选》,上海书画出版社2004年版,第546页。
② 上海书画出版社编:《历代书法论文选》,上海书画出版社2004年版,第794页。

蔽,便书情顿极,使元常老骨,更蒙荣造;子敬懦肌,不沉泉夜;逸少得进退期间,则玉科显然可观。"这是推崇梁武帝的评论,说他一句话就把"书情"讲透了。《论书启》中,陶弘景还论述了右军书迹各个时期的不同,指出"逸少自吴兴以前,诸书犹为未称",为人称道的"好迹"皆是在会稽时永和十许年中写出的,右军"失郡告灵不仕以后",就简略"不复自书"。①这就是梁武帝与陶弘景推崇大王的真正语境。

二王,特别是大王,受到历代帝王不遗余力的推崇,与其雍容适度的符合儒家审美趣味的特点密不可分,他不仅符合儒家中庸之道,且有逸人之气,完美符合了皇帝教化天下众生的目标,又鲜明体现了历代帝王追求不凡气质包括逸人之气的审美理想。当然,智永对王字的刻苦学习及《真草千字文》八百本的扩散流布,唐太宗对大王的喜好与神化,特别是"尽善尽美,惟逸少乎"的推崇之言,怀仁集《王书圣教序》的广泛影响,《书谱》对王羲之的推崇等一系列历史事件,在大王成圣的历程中都起到了重要作用。董其昌推崇赵孟頫,赵孟頫推崇大王,由此推崇二王的康熙帝也推崇董其昌,导致了天下人如蓬从风般地追随二王书法。但此时二王书风之遗绪已是强弩之末,如康有为所说,"后人取法二王,仅成院体"了。不过董字也遭到了不少书法家的批评,如梁巘说"晚年临唐碑大佳,然大碑版笔力怯弱",康有为《书镜》说"香光俊骨逸韵,有足多者。然局促如辕下驹,蹇怯如三日新妇。以之代统,仅能如晋元宋高之偏安江左,不失旧物而已"。沙孟海也反对过分迷信董其昌,在他看来,董字远法李邕、近学米芾,但力度与潇洒远逊二者,迷信董字者大多言过其实。他在《近三百年的书学》中说:"明季书学极盛,除祝允明、文徵明年辈较早,非本篇所能说及的外,余如张瑞图、孙克弘等,并不在董其昌下。至于把董其昌去比

---

① 　上海书画出版社编:《历代书法论文选》,上海书画出版社2004年版,第71页。

黄道周、王铎，那更是'如嫫对西子了'。艺术的真价值是一个问题，作者名望的大小又是一个问题，本不能相提并论的。"①书论史上不仅否定董字、赵字者屡见不鲜，非二王与超越二王之论也时时出现，可见二王的地位在中国书法史上也并非神圣不可侵犯。可以说，在二王成圣的过程中，对两者的争论从未间断，崇尚者有之，贬低者亦有之。此外，还有不少理论家对二王书法的地位排序也提出过质疑，反对把书法之美定于一尊，特别是大王独尊的局面，而倡导二王相提并论的多元价值观。

魏晋时期更是这样。陈思《书小史》就记载了书法家韦昶对二王书法的不满："韦昶善古文大篆及草书，每览羲之父子书云：二王未是知书者也。又妙作笔，子敬得其笔称为绝世。"②也记述了张永对二王的非难："张永……善隶书行草。文帝曰：卿书但少王法。永对曰：每恨二王不得臣之体。永更制御笔纸墨，美殊前后。《书赋》云：茂度逸翰，景初清规，或大言而峻薄（景初对文帝云，臣恨二王不得臣体），或寡誉而拙奇（王僧虔书用拙笔以自容）。并心轻两王，迹及宗师，拟鹤鸣而子和，殊鲤退而学诗。"③还记载了张融对二王书法的反叛："张融……书兼诸体尤工于草，如风尧春林甚有媚好，齐梁之世殆无以过。尝自美其能，帝曰：卿书殊有骨力，但恨无二王法。融答曰：非恨臣无二王法，亦恨二王无臣法。"④这个在书法史上非常出名的故事，常被用来说明书法家具有变化革新、勇于摆脱传统、勇于创新的巨大勇气。

即使唐太宗独尊大王，对二王书法提出异议的理论家也未曾断绝。张怀瓘《书议》特别批评了大王书法："逸少则格律非高，功夫又少，虽圆

---

① 朱关田编：《沙孟海论艺》，上海书画出版社 2010 年版，第 13 页。
② 卢辅圣主编：《中国书画全书》第二册，上海书画出版社 1993 年版，第 555 页。
③ 卢辅圣主编：《中国书画全书》第二册，上海书画出版社 1993 年版，第 557 页。
④ 卢辅圣主编：《中国书画全书》第二册，上海书画出版社 1993 年版，第 559 页。

丰妍美,乃乏神气,无戈戟铦锐可畏,无物象生动可奇,是以劣于诸子。得重名者,以真、行故也。""逸少草有女郎才,无丈夫气,不足贵也。"①汤垕《古今画鉴》中记述米芾为御屏书《周官篇》后大言"一洗二王恶札,照耀皇宋万古",被潜立于屏风后的徽宗称赏的事。② 元刘有定说:"子献之继其学,与父齐名。姜氏曰:'右军书成,而汉、魏、西晋之风尽废。右军固新奇可喜,而古法之废,实自右军始,亦可恨也。'"③杨慎在《墨池琐录》中说:"钟绍京云:智永砚成臼乃能到右军,石穿透始到钟、索也。陶贞白云:右军临钟迹胜其自运。山谷云:帖中有张芝书状二十许行,索靖急就章数行,清绝瘦劲,虽王氏父子当敛手者也。予观此论,所谓强中自有强中手,天下元无第一人,信矣。今之学书者知有二王,而不求二王之上,亦未为善学二王者也。"④钟绍京说,智永石砚成臼就能够得上右军,石砚穿透就可够得上钟繇、索靖。陶弘景说,右军临写钟繇的书法比自己写得还好。黄庭坚说,张芝的《书状》、索靖的《急就章》清雅有力,比二王的书法还强。杨慎由此认为强中自有强中手,天下并无第一,学习书法不仅要学习二王,还要学习比二王更优秀的书法家。接着他又引用了古《草书赋》的话:"杜度之后,以张为祖,以卫为父,索范伯叔也,二王可为兄弟,薄为庶息,羊为仆隶。""其言似夸,然确论也。"⑤《草书赋》中说,杜度之后,以张芝为祖,以卫瓘为父,以索靖、范晔为伯叔,二王作为兄弟,薄绍之为庶子,羊欣为仆隶。在杨慎看来,这些看似夸张的说法其实是很中肯的。

梁武帝"子敬之不迨逸少,犹逸少之不迨元常"的观点对后世书论产生了很大影响,孙过庭《书谱》就直接引用了这句话说:"彼之四贤,古今特绝；而今不逮古，古质而今妍。”“子敬之不及逸少，犹逸少之不及钟、张。”[①]“子敬之不及逸少，无或疑焉。”[②]孙过庭《书谱》说王羲之“摭以兼通”，意思是博采众长，兼善各体。[③] 王羲之楷书、行草兼善，而钟繇仅擅长楷书，张芝仅擅长草书。对于《书谱》中关于二王优劣的争论，孙过庭不是很同意，因为在孙过庭看来，王羲之是兼善各体，“博涉多优”，而钟繇、张芝仅是专长，“钟繇隶奇，张芝草圣，此乃专精一体，以致绝伦”，[④]他们是“专工小劣”“专博斯别”，差别不大。孙过庭《书谱》继承了太宗对王羲之的看法，对王羲之的书法进行了高度评价，把他视为古今的经典。他说：“右军之书，代多称习，良可据为宗匠，取立指归。岂惟会古通今，亦乃情深调合。致使摹搨日广，研习岁滋；先后著名，多从散落；历代孤绍，非其效与？”[⑤]在孙过庭看来，王羲之的书法得到历朝历代的尊崇，不断被人临摹效法学习，而且人数一年一年增多。他被称为一代宗师，他的作品也被看作古今的法则，并不仅仅因为他博古通今，而且因为他的书法确实知情达意，优美动人；和他一起的那些书法家的作品大多湮灭无闻，只有他的作品得以流传不灭，这难道不是他得到众人喜爱的证明吗？他的代表作品如《乐毅论》《黄庭经》《东方朔画赞》《太师箴》《兰亭集序》《告誓文》等帖，哪一个不是历代流传，作为真书和行书的最高范本？

萧衍认为大王超过小王的观点更为影响深远，特别是深刻影响了唐太宗。唐太宗《王羲之传论》是古今书法史上对王羲之推崇的代表，也是后世把王羲之书法看作书法极致的滥觞。魏晋已有对王羲之的推崇，但只有到唐太宗才达到了极致。他把王羲之放在书法的顶峰，是通过将王

---

① 孙过庭：《书谱译注》，马永强译注，河南美术出版社 2007 年版，第 8—10 页。
② 孙过庭：《书谱译注》，马永强译注，河南美术出版社 2007 年版，第 13 页。
③ 孙过庭：《书谱译注》，马永强译注，河南美术出版社 2007 年版，第 55 页。
④ 孙过庭：《书谱译注》，马永强译注，河南美术出版社 2007 年版，第 71 页。
⑤ 孙过庭：《书谱译注》，马永强译注，河南美术出版社 2007 年版，第 85 页。

羲之与其他书法家如钟繇、王献之、萧子云的书法进行对比来体现的。他说钟繇的书法"虽擅美一时,亦为迥绝,论其尽善,或有所疑。至于布纤浓、分疏密,霞舒云卷,无所间然。但其体则古而不今,字则长而逾制,语其大量,以此为瑕"。在唐太宗看来,钟繇的书法虽是一时美谈,但说他超迈群雄,书法尽善尽美,还是令人怀疑的。至于分布笔画的粗细,墨色的浓淡,如云卷霞舒;其书体古朴缺乏新颖,有些字又过长,超过了体制。总体说来,他的缺点就是这样。至于王献之的书法,唐太宗更认为:"献之虽有父风,殊非新巧。观其字势疏瘦,如隆冬之枯树;览其笔踪拘束,若严家之饿隶。其枯树也,虽槎枿而无屈伸;其饿隶也,则羁赢而不放纵。兼斯二者,固翰墨之病欤!"李世民认为王献之的书法虽然继承了其父书法的风范,但很少有新的发展。他的字如隆冬的枯树一般空疏瘦弱、枝丫得不到舒展,用笔拘束,如饥寒交迫的被严加管束的奴隶,赢弱不堪,毫无轻松自由的表现。这和历代认为王献之书风放达新巧的特点很不相同。至于萧子云的书法,虽然很有名气,但李世民认为其"仅得成书,无丈夫之气。行行若萦春蚓,字字如绾秋蛇,卧王濛于纸中,坐徐偃于笔下;虽秃干兔之翰,聚无一毫之筋;穷万谷之皮,敛无半分之骨。以兹播美,非其滥名耶?"在李世民看来,萧子云只是会写字罢了,他的书法毫无大丈夫的气概。行行都像春天的蚯蚓互相缠绕,字字都像秋天的蛇盘结在一起,就像王濛卧在纸里,徐堰坐在笔下,即使写秃了一千只兔子毛做成的笔,也写不出一毫的劲健,写完一万棵树皮做成的纸,也写不出半分的骨力。靠此传播美名,只是徒有虚名罢了。因此他得出结论:"然此数子者,皆誉过其实。所以详察古今,研精篆、素,尽善尽美,其惟王逸少乎!"说这几个人都是名不副实,考察古今,只有王羲之做到了尽善尽美。王羲之的书法美在什么地方呢?唐太宗说:"观其点曳之工,裁成之妙,烟霏露结,状若断而还连;凤翥龙蟠,势如斜而反直。玩之不觉为倦,览之莫识其端。心慕手追,此人而已。其余区区之类，何足论哉！"①王羲之点画结体之妙，如霞飞露结，似断还连，又似凤飞龙蟠，似曲反直。反复把玩不觉厌倦，仔细看也不知如何写成，心中向往、手下追随的只有王羲之吧，其他人都不过如此，不值一提。

至于其他认为小王不如大王的书论家，如陈思在《书小史》中记述武帝在评论萧特书法时说"子敬之迹不及逸少，萧特之书遂逼于父"②，可见其推崇王羲之，认为他超过小王。郑杓、刘有定《衍极》中说："或曰：'梁武谓元常古肥，子敬今瘦。子敬不逮逸少，逸少不逮元常。'学者以二王比肩，曰：'父作之，子述之，逸少无迹可寻，献之则未至也。''元常古肥，子敬今瘦。子敬不逮逸少，逸少不逮元常。'此梁武帝之公论也。"③可见，他们也是基本同意这个结论的。从史料记载来看，当时的很多人都向王献之学习。张怀瓘《书断》说："羊欣，师资大令，时亦众矣；非无云尘之远，若亲承妙旨，入于室者，唯独此公。""时有丘道护，亲师于子敬，殊劣于羊欣。""薄绍之，善书，宪章小王，风格秀异，若干将出匣，光芒射人。"④"谢灵运，模宪小王，真草俱美。""孔琳之，善草、行，师于小王。""王僧虔，然述小王尤尚古。"⑤"萧子云真书少师子敬，晚学元常。"⑥"齐高帝姓萧氏，祖述子敬，稍乏风骨。"⑦甚至说学大王的不如学小王的多："阮研，其行草出于大王，甚精熟。时称萧、陶等各得右军一体，而此公筋力最优。"⑧窦臮《述书赋》在论述王献之于当时文人雅士中的地位时说：

① 上海书画出版社编：《历代书法论文选》，上海书画出版社2004年版，第123页。
② 卢辅圣主编：《中国书画全书》第二册，上海书画出版社1993年版，第559页。
③ 上海书画出版社编：《历代书法论文选》，上海书画出版社2004年版，第450页。
④ 上海书画出版社编：《历代书法论文选》，上海书画出版社2004年版，第188页。
⑤ 上海书画出版社编：《历代书法论文选》，上海书画出版社2004年版，第189页。
⑥ 上海书画出版社编：《历代书法论文选》，上海书画出版社2004年版，第190页。
⑦ 上海书画出版社编：《历代书法论文选》，上海书画出版社2004年版，第199页。
⑧ 上海书画出版社编：《历代书法论文选》，上海书画出版社2004年版，第190页。

敬元则亲得法于子敬,虽时移而间出。手稽无方,心敏奥术。宁虚薄而不忘本分,纵横而粗得师骨。遇其合时,仿佛唐突。犹图骐骥而莫展,塑真仙而非实。尔后王、羊谬同,众靡余风。彦琳、敬叔,允执厥中。孔则愈于紧速,病于干偏。超举之余,窥羊及肩。犹蓬瀛心想,《濩》《武》风传。竞其风利,又睹薄氏。纤圆克成,骨力犹稚。精彩润密,乃诚莫贰。驾友凌师,抑亦其次。虽鍮无金价,而珉实玉类。①

羊欣与丘道护一样得到了献之的亲授,虽然时间不同;他心灵手巧,窥探书法的奥妙,宁愿虚薄也不愿改变本我,大约学到了老师的骨法。遇到适时的时候,也会差不多。但仍如图谋千里马而不得,想塑造神仙而得不到真实的模样。后来出现王、羊差不多的怪论,众人也都附和。孔琳之、薄绍之同师小王,亦步亦趋;孔琳更加紧快,毛病在于干枯偏激,发奋努力,也只是够到了羊欣的肩膀。他们学习小王,如向往瀛洲蓬莱仙境一样,让自己的书法像《大濩》《大武》一样流传。薄绍之也像大家一样跟随小王学习,纤细圆润,缺乏骨力。精润细密,确实无人能比。他们都想掩盖朋友,凌驾老师,这是很难的。铜不可能有金的价值,但珉还是和玉差不多。

他说颜竣的书法:"颜氏儒门,士逊墨妙。大令典则,中散气调。薄首孔肩,体格唯肖。如惊弦履险,避地膺峭。"颜氏是读书人家,颜竣的书法很好,有王献之的法度,有嵇康的气调,有薄绍之的头和孔琳之的肩膀,体格惟妙惟肖。如受伤危险,躲藏而心惊。说骆简:"翩翩正祖,恭己法则。师资小王,深入阃域。安知逸气,未详笔力。犹骥异真龙,紫非正色。"骆简风度翩翩,严于律己。学习小王,钻研精深。不知高逸的气息,笔力未逮。如良马非真龙,紫色非正色。说萧思话的书法:"思话绵密,缓步娉

① 上海书画出版社编:《历代书法论文选》,上海书画出版社 2004 年版,第 246—247 页。

婷。任性工隶,师羊过青。似凫鸥雁鹜,游戏沙汀。"萧思话的书法绵密,缓慢优雅。喜欢隶书,师法羊欣而胜过羊欣,如鸥鸟在沙滩嬉戏。说巢尚之的书法:"仲达循常,由衷迳俗。企彦琳之墙仞,遵茂度之轨躅。岂闻一而得三,同出吴而入蜀。"①仲达遵守常规,按照普通的法规。想入孔琳之的门,遵守张茂度的法则,不是闻一得三之人,都是出吴而入蜀罢了。说裴松之的书法:"世期旁通,崛强断利。参方回之章法,得敬元之草意。"裴松之博学,刚强俊利,参照了郗愔的章法,学到了羊欣草书笔意。说徐爱:"长玉靡慢,神闲态秾。护小王之伟质,错明帝之高踪。犹执德而风尘不杂,发言而礼仪攸从。"②徐爱迁缓,神态悠闲。有小王的雄伟,夹杂明帝的高妙。如有道德的人一尘不染,讲话也富有礼仪。还在讲到贺道力时提到了王羲之:"道力草雄,圆转不穷。壮自躬之体格,瘦逸少之遗风。犹立言而逍遥出世,验迹乃夙夜在公。"③贺道力草书雄迈,圆转不尽,坚强自身的体格,继承了逸少细瘦的逸风。这里提到的书法家,大多师从王献之或是王献之再传——像羊欣、孔琳之、薄绍之直接师从王献之,其他人再师从他们——而很少提到众人直接师从王羲之或再传于王羲之,这就是当时的时代风尚。

从以上记述可以看出,当时王献之的地位并不亚于其父,其父之所以得到绝对优越的地位,是由于历代帝王极力的推崇。窦臮《述书赋》在论述陶弘景的书法说:"通明高爽,紧密自然。摆阖宋文,峻削阮研。载窥逸轨,不让真仙。犹龙髯鹤颈,奋举云天。"④陶弘景的书法高洁豪爽,紧密自然。他游说宋文帝学习子敬,比阮研书峭拔。他了解俊逸的法规,像真

①　上海书画出版社编:《历代书法论文选》,上海书画出版社2004年版,第247页。
②　上海书画出版社编:《历代书法论文选》,上海书画出版社2004年版,第248页。
③　上海书画出版社编:《历代书法论文选》,上海书画出版社2004年版,第248页。
④　上海书画出版社编:《历代书法论文选》,上海书画出版社2004年版,第251页。

仙一样。如有龙须鹤颈，在蓝天奋飞。由此，李嗣真《书后评》也说宋文帝的书法"有子敬风骨"。窦臮《述书赋》说北周的赵文深、孝逸"独慕前踪。至师子敬，如欲登龙。有宋齐之面貌，无孔薄之心胸"①，他们追慕前人，学习子敬的书法，想要乘龙一样。有宋齐的面貌，没有孔琳之、薄绍之的心胸。说北齐刘珉："萧条北齐，浩汗仲宝。劣充凡正，备法紧草。遐师右军，欻尔由道。"北齐书法萧条，刘珉书法很好。书迹平正，草书完备。远师右军，学习很快。这正应验了陶弘景《与梁武帝启》之六所说的"此世皆尚子敬书"之语。梁武帝扬父抑子，在《观钟繇书法十二意》里说："子敬之不逮逸少，犹逸少之不逮元常。"唐太宗《王羲之传论》评议献之书更为苛刻，说若严家之饿隶。

米芾《书史》对此则大加驳斥："然唐太宗力学右军不能至，复学虞行书欲望上攀右军，故大骂子敬耳。子敬天真超逸，岂父可比也？"②李嗣真在《书后品》里也认为王献之书法有飘逸之气，他一方面承认王羲之是"书之圣也"，另一方面又说"子敬草书，逸气过父"，认为王献之书法为逸品。③ 羊欣《采古来能书人名》中说王献之"骨势不及父，而媚趣过之"④，骨力不及父亲，但比父亲更妩媚美好。而媚趣正是吸引众人的根本原因，正如虞龢所说："夫古质而今妍，数之常也；爱妍而薄质，人之情也。钟、张方之二王，可谓古矣，岂得无妍质之殊？且二王暮年皆胜于少，父子之间又为今古。子敬穷其妍妙，固其宜也。"⑤追求妍美是人的根本天性，而这正是艺术不断发展的根本动力。

我们从虞龢《论书表》的记述中也可看出王献之书风的吸引人之处：

---

① 卢辅圣主编：《中国书画全书》第一册，上海书画出版社1993年版，第73页。
② 卢辅圣主编：《中国书画全书》第一册，上海书画出版社1993年版，第965页。
③ 上海书画出版社编：《历代书法论文选》，上海书画出版社2004年版，第135页。
④ 上海书画出版社编：《历代书法论文选》，上海书画出版社2004年版，第47页。
⑤ 上海书画出版社编：《历代书法论文选》，上海书画出版社2004年版，第50页。

"有一好事年少,故作精白纱裓,着诣子敬;子敬便取书之,正、草诸体悉备,两袖及褾略周。年少觉王左右有凌夺之色,掣裓而走。左右果逐之,及门外,斗争分裂,少年才得一袖耳。"①有一个少年故意穿着精白的衣服到子敬那里去,子敬便在上面书写,正书草书都有,两袖都写满了。少年觉得献之周围的人都想夺取,于是提衣便走。左右的人果然追赶到门外,大家争夺得很激烈,少年人仅夺得一个袖子。这段对王献之的描述很能说明王献之的个性与做派,他有一种书不惊人誓不休的气概,这种做派很像今日的行为艺术,在精美的衣服上写满了字,大家一起你追我赶地争夺。这种书法之外的媚众与哗众取宠,想方设法激起观众激昂情绪的做法,其父王羲之是不会干的,因为他受老庄清静无为、养生吃药的影响,为名利而满怀激情行事的做法是他所不取的。

另一件事也类似:"子敬为吴兴,羊欣父为乌程令。欣年十五六,书已有意,为子敬所知。子敬往县,入欣斋,欣衣白新绢裙昼眠,子敬因书其裙幅及带。欣觉,欢示,遂宝之。后以上朝廷,乃零失。"子敬做吴兴太守,羊欣的父亲做乌程令。羊欣十五六岁,书法已崭露头角。子敬知道了,便到羊欣的住处。羊欣正穿着洁白的新衣服午睡,子敬就在他的裙幅和带子上写字。羊欣醒来看到后很高兴,很珍惜这些书法字,但后来去朝廷当官就散落了。还有其他故事说,子敬门生以子敬书种蚕,后人于蚕纸中寻取,大有所得。子敬的学生用他写字的纸养蚕,人们从养蚕的纸中找到子敬的书法,收获很大。这些都说明当时的人已经很重视子敬的书法。

但谢安并不重视子敬的书法:"谢安善书,不重子敬,每作好书,必谓被赏,安辄题后答之。"②谢安自己也善书法,子敬每次写了好书就认为谢安会喜欢,但谢安每次都题写好后又送回给子敬。由此看来,子敬行为艺

_____

① 上海书画出版社编:《历代书法论文选》,上海书画出版社 2004 年版,第 54—55 页。
② 上海书画出版社编:《历代书法论文选》,上海书画出版社 2004 年版,第 55 页。

术式的书法并不受当时上流书法家的欣赏。可能是他们认为子敬的书法过多地注重外在形式,甚至是书法过程的展示。

也有不少理论家认为,王献之相比于王羲之,乃伯仲之间,或超过了王羲之。如唐张怀瓘在《书议》里说:"父之灵和,子之神骏,皆古今绝也。"评价王献子说:"子敬才识高远,行草之外,更开一门。夫行书非草非真,离方遁圆,在乎季孟之间。兼真者,谓之真行,带草者,谓之行草。子敬之法,非草非行,流便于草,开张于行,草又处其中间。无籍因循,宁拘制则,挺然秀出,务于简易,情驰神纵,超逸优游,临事制宜,从意适便。有若风行雨散,润色开花,笔法体势中,最为风流者也。"①张怀瓘《书断》卷中认为王献之书书隶书、行、章草、飞白、草书为神品②,并说:"尤善草隶,幼学于父,次习于张,后改变制度,别创其法。率尔私心,冥合天矩,观其逸志,莫之与京。至于行草,兴合如孤峰四绝,迥出天外,其峻峭不可量也。"③张怀瓘《六体书论》说献之的行书超过其父:"子敬不能纯一,或行草杂糅,便者则为神会之间,其锋不可当也,宏逸遒健,过于家尊。可谓子敬为孟,逸少为仲,元常为季。"④王献之在写行书时常常行草杂糅,心手双畅时,笔锋雄健奔放,锐不可当,比他父亲强,如排次序,献之第一,羲之第二,钟繇第三。《衍极》转引张怀瓘说:"献之极细,真书筋骨紧密,不减于父。如大则克直而寡态,唯行草之间,逸气过之。然诸体多劣右军。总而言之,伯仲差耳。"⑤

当然也有对王献之的负面评价,最著名的就是谢安对王献之的不屑。张怀瓘《书断》引述了王僧虔的关于谢安不重视王献之书法的故事。"谢

① 上海书画出版社编:《历代书法论文选》,上海书画出版社2004年版,第148—149页。
② 上海书画出版社编:《历代书法论文选》,上海书画出版社2004年版,第171页。
③ 上海书画出版社编:《历代书法论文选》,上海书画出版社2004年版,第180页。
④ 上海书画出版社编:《历代书法论文选》,上海书画出版社2004年版,第213页。
⑤ 上海书画出版社编:《历代书法论文选》,上海书画出版社2004年版,第450页。

安殊自矜重,而轻子敬之书。尝谓子敬书稿中散诗,子敬或作佳书与之,谓必珍录,乃题后答之,亦以为恨。"或云:"安问子敬,君书何如家君。答云:'家君固当不同。'安云:'外论殊不尔。'又云:'人那得知!'"但张怀瓘并不同意这个故事,他得出的结论是"乃短谢公也"。①意思是这是把谢安当作浅薄之人了。这个故事在书法理论中常常被引用,如熊秉明《中国书法理论体系》也引用了这个故事。②

此外,姜宸英也驳斥了张怀瓘那种崇小王的观点,他在《湛园题跋》中《题宋拓十七帖》论及二王草书优劣说:"唐张怀瓘论草势云:'草之体势,一笔而成,惟王子敬明其深旨,故行首之字往往继前行之末。逸少书虽圆丰妍美,乃乏神气,无戈戟。'又云逸少草书有女郎才,无丈夫气。子敬草逸气盖世,千古独立,家尊才可为其弟子耳。怀瓘以一笔成书牵连不断为草书之精,非知书者也。"③张怀瓘认为草书能一笔而成,只有王献之知道其中的奥妙,一行的首字是前一行的末字,王羲之的草书虽然圆润丰美,但缺乏神气,无勇猛的气势。又说,王羲之的草书有女人气、无丈夫气,子敬的草书逸气盖世,千古独立:父亲可以成为儿子的弟子了。但是姜宸英并不认同这个观点,他认为张怀瓘把一笔书当成草书的精华是不知书的表现。他认为草书是草写的真书,只有像《十七帖》那样"点画之间若断若续,锋棱宛然,其意不失"才是"至精至妙"的书法,一笔书并不是草书的代表。同样,他也用唐太宗为《晋书·王羲之传》所写之赞中的"烟霏雾结,凤翥龙盘"来作为自己看法的依据。当然王献之确有超越父亲的想法,其好胜心理自然会流露在书风上。王僧虔《论书》中说:"亡从祖中书令珉,笔力过于子敬。书《旧品》云:有四匹素,自朝操笔,至暮便竟,首尾如

①　上海书画出版社编:《历代书法论文选》,上海书画出版社2004年版,第205页。
②　熊秉明:《中国书法理论体系》,人民美术出版社2017年版,第59—60页。
③　崔尔平选编:《明清书论集》,上海辞书出版社2011年版,第585页。

一,又无误字。子敬戏云:'弟书如骑骡,骎骎恒欲度骅骝前。'"①王僧虔的已故从祖中书令氓,笔力胜过子敬。书《旧品》里说:"有四匹绢,早上下笔,到晚上就写好了,首尾如一,又无错字。子敬开玩笑说:弟书如骑骡子,慌慌张张要超过骏马啊。"由此可见王献之争强好胜的心理。

关于二王在南北朝时的地位,阮元《南北书派论》中说:

> 晋、宋之间,世重献之之书,右军之体反不见贵,齐、梁以后始为大行。(《南史·刘休传》:"阳欣重王子敬正隶书,世共宗之,右军之体反不见重。及休,始好右军法,因此大行。")梁亡之后,秘阁二王之书初入北朝,颜之推始得而秘之。(《颜氏家训》云:"梁氏秘阁散佚以来,吾见二王真草多矣。家中尝得十卷,方知陶隐居、阮交州、萧祭酒诸书,莫不得至羲之之体。"由此论观之,可见南北实不相袭。)加以真伪淆杂,当时已称难辨。(陶隐居《答武帝启》云:"羲之从失郡告灵不仕以后,略不复自书,皆有代书一人,世不能别,见其缓异,呼为末年书。子敬年十七八,全仿此人书,故遂与相似。")②

由此可见王羲之由不被重视到被重视的大致过程。

在中国古代书论史上,对二王并非只有一味赞美之声。有些书法家或书论家从各个角度发表了自己的看法,在王羲之还没成圣的当时,也时有不同的声音。张怀瓘《书断》记述韦诞的哥哥韦昶"见王右军父子书云'二王未足知书也'"③。王僧虔《论书》中说:"庾征西翼书,少时与右军齐名。右军后进,庾犹不忿。在荆州与都下书云:'小儿辈乃贱家鸡,爱野

---

① 上海书画出版社编:《历代书法论文选》,上海书画出版社2004年版,第58页。
② 上海书画出版社编:《历代书法论文选》,上海书画出版社2004年版,第630—631页。
③ 上海书画出版社编:《历代书法论文选》,上海书画出版社2004年版,第198页。

鹜,皆学逸少书。须吾还,当比之。'"①庾翼的书法少时与右军齐名,右军后来大进,庾翼愤愤不平,在荆州给都下人写信说:"小儿辈就是贱家鸡,爱野鸭子,都学逸少的书法。等我回去,和他比比。"王羲之也是承认庾翼的书法成就的。庾翼兄长曾向王羲之求书法,王羲之也说:"翼在彼,岂复假此!"但后来庾翼看到了王羲之写给庾亮的信,才真正明白了王羲之超过了自己。大致同时的桓玄也自认为书法堪比右军,"议者末之许,云可比孔琳之"。② 桓玄自认为自己的书法可以和右军相比,但别人不同意,说可和孔琳之比。虞龢《论书表》中记述了谢安尝问子敬:"君书何如右军?"答云:"故当胜。"安云:"物论殊不尔。"子敬答曰:"世人那得知。"③谢安问王献之他与王羲之的书法哪个更好,他显然是不同意王献之超过王羲之的说法的。虞龢自己也说:"羲之所书紫纸,多是少年临川时迹,既不足观,亦无取焉。"④羲之所写的紫纸多是他少年时在临川写的,没什么价值。王僧虔在《论书》中甚至说:"谢安亦入能流,殊亦自重,乃为子敬书嵇中散诗。得子敬书,有时裂作校纸。"⑤谢安的书法也入能品,很自重,为子敬书嵇康的诗,得子敬的书,有时撕成废纸。窦臮《述书赋》就批评了谢安的看法,并说谢安的书法:"至夫蕴虚静,善草正。方圆自穷,礼法拘性。犹恒德之仁智,应物之龟镜。怅其心惧景兴,书轻子敬。塞盟津而捧土,损智力有余病。"⑥在窦臮看来,谢安内心虚静,善草书、正书,书艺穷方圆之数,礼法拘束了性情的自由。他虽有恒久不变的仁智,是众人的楷模,但遗憾的是,他内心害怕郗超,书法上轻视王献之。捧土

---

① 上海书画出版社编:《历代书法论文选》,上海书画出版社2004年版,第58页。
② 上海书画出版社编:《历代书法论文选》,上海书画出版社2004年版,第50页。
③ 上海书画出版社编:《历代书法论文选》,上海书画出版社2004年版,第50页。
④ 上海书画出版社编:《历代书法论文选》,上海书画出版社2004年版,第52页。
⑤ 上海书画出版社编:《历代书法论文选》,上海书画出版社2004年版,第59页。
⑥ 上海书画出版社编:《历代书法论文选》,上海书画出版社2004年版,第242页。

塞住孟津,淝水之战伤害了精力,留下了疾病。这些书法家由于与二王所处的时代较近,所以很难产生后世之人那般的崇拜之感。

陶弘景《上武帝论书启四》中说:"子敬懦肌,不沉泉夜。逸少得进退其间,则玉科显然可观。若非圣证品析,恐爱附近习之风永遂沦迷矣。伯英既称草圣,元常实自隶绝,论旨所谓殆同璇机神,实旷世莫继。斯理既明,诸画虎之徒,当日就辍笔,反古归真,方弘盛世。愚管见预闻,喜佩无屈。比世皆尚子敬书,元常继以齐代,名实脱略,海内非惟不复知有元常,于逸少亦然。"①在陶弘景看来,伯英应被称为草圣,钟繇是隶书绝伦,但举世都推崇子敬,子敬、元常相继齐名,长此以往,海内就不知道有元常了,逸少也是一样。子敬、羲之成为众人效法的范式,如不是圣上精鉴,恐怕那些喜欢追逐时风的人就永远沉沦了。但是让那些画虎之徒当场停笔,最终反古归真,谈何容易。陶弘景显然是同意武帝对钟繇与二王书法地位的排列顺序的,认为返古归真更为重要。陶弘景《上武帝论书启五》又说:"逸少自吴兴以前,诸书犹为未称。凡厥好迹,皆是向在会稽时,永和十许年中者。从失郡告灵不仕以后,略不复自书,皆使此一人,世中不能别也。见其缓异,呼为末年书。逸少亡后,子敬年十七八,全仿此人书,故遂成与之相似。"②在陶弘景看来,王羲之吴兴以前所写的书不被称许,好书法都是在会稽时永和十许年写的,王羲之从告父母亡灵不仕以后就不再写书,找人代书了。逸少去世后,子敬十七八岁,都仿他的书法了。陶弘景与梁武帝探讨王羲之书法,由于梁武帝位高权重,再加上梁武帝评价王羲之在钟繇之后,所以他们对王羲之的评价也不是很高。

唐以后由于太宗及各位大臣书法家的极力推崇,王羲之获得了唯一尊崇的地位。但也并不意味着没有不同的声音。张怀瓘《书议》评王羲之

---

① 上海书画出版社编:《历代书法论文选》,上海书画出版社 2004 年版,第 69—70 页。
② 上海书画出版社编:《历代书法论文选》,上海书画出版社 2004 年版,第 71 页。

的草书说:"逸少则格律非高,功夫又少,虽圆丰妍美,乃乏神气,无戈戟铦锐可畏,无物象生动可奇,是以劣于诸子。""有女郎才,无丈夫气,不足贵也。"①这是针对王羲之的草书所说的。张怀瓘显然继承了韩愈批评王羲之书法"姿媚"的观点。当然关于韩愈的观点也有不同的解释,如吴德旋《初月楼论书随笔》说:"韩退之《石鼓歌》云:'羲之俗书逞姿媚。'书家之病,昔人论之详矣。退之性不喜书,固未知右军书法之妙。且意欲推高古篆,乃故作此抑扬之语耳。后人误看,遂若右军之书真姿媚,而欲以吴兴直接右军,非惟不知右军之书,亦并未解昌黎诗意矣。"②在吴德旋看来,韩愈批评王羲之书法姿媚,是因为他不喜欢书法,因而不懂得王羲之书法的奥妙,况且他要推崇古篆,所以贬低王羲之的字,后人不知道韩愈的真意,还真以为王羲之的字姿媚呢。后世甚至把赵孟頫的姿媚也归因于王羲之,这都是因为不理解王羲之的书法,也误解了韩愈的诗意。吴德旋从另一个角度解读了韩愈对王羲之的评价,从而淡化了其中的负面成分。当然王字中媚的成分是确实存在的,学习王字书法的颜真卿就较少取其媚的成分,对此朱长文说颜真卿耻于媚:"或曰:公之于书,殊少媚态,又似太露筋骨,安得越虞、褚而偶羲、献耶? 答曰:公之媚非不能,耻而不为也。退之尝云'羲之俗书逞姿媚',盖以为病耳。求合流俗,非公志也。""公于柔美圆熟,非不能也,耻而不为也。"③由此可见,学习王书也并非全盘继承,而是各取所需。

王书虽在唐代备受推崇,但以书取士制度的推广使王书产生了一些的负面效应,也是艺术史家备受关注的史实。刘熙载《书概》关于《圣教》的影响说:

---

① 上海书画出版社编:《历代书法论文选》,上海书画出版社 2004 年版,第 149 页。
② 上海书画出版社编:《历代书法论文选》,上海书画出版社 2004 年版,第 593 页。
③ 上海书画出版社编:《历代书法论文选》,上海书画出版社 2004 年版,第 324 页。

学《圣教》者致成为院体，起自唐吴通微，至宋高崇望、白崇矩益贻口实。故苏、黄论书，但盛称颜尚书、杨少师，以见与《圣教》别异也。其实颜、杨于《圣教》，如禅之翻案，于佛之心印，取其明离暗合，院体乃由死于句下，不能下转语耳。小禅自缚，岂佛之过哉！①

在刘熙载看来，唐朝学习《圣教》的人多，大都最后成了院体，所以苏轼与黄庭坚论书时都盛赞颜真卿与杨少师，以显示自己与《圣教》的区别。其实，颜、杨与《圣教》和禅宗的翻案、佛的心印一样是名离暗合的，院体是死守着句子，不明白字句的含义。小禅自己作茧自缚，难道是佛祖的过失吗？可见，刘熙载认为学习《圣教》的人的书法之所以成为院体，是因为他们自己没有发挥《圣教》的真精神，是因为自己学死板、学坏了，他们的失败与局限，和《圣教》自身没有任何关系。这样，刘熙载就把王羲之的书法与其产生的历史影响分离开来，因为历史的影响有其历史的语境，那不是王羲之所能决定的。

宋朝崇王之风并未停止，仍是日盛一日。但宋人尚意，追求个体对书法的独特理解，这就为书法的个性化提供了理论根据。黄庭坚在《跋兰亭》中说："《兰亭》虽真行书之宗，然不必一笔一画以为准，譬如周公、孔子不能无小过，过而不害其聪明睿圣，所以为圣人。不善学者，即圣人之过处而学之，故蔽于一曲，今世学《兰亭》者，多此也。"②在黄庭坚看来，《兰亭》虽是真行书的开始，但也不必一笔一划都要以《兰亭》为准，譬如周公、孔子也不会没有小过，但有小过并不妨碍他们有聪明智慧，他们仍是圣人。不善学习的就会学习圣人的过错，被缺点困住，当时学习《兰亭》的多是这样。由此可见，黄庭坚虽然把《兰亭》放在很高的位置，但并不迷

① 上海书画出版社编：《历代书法论文选》，上海书画出版社2004年版，第700页。
② 上海书画出版社编：《历代书法论文选》，上海书画出版社2004年版，第353—354页。

信《兰亭》，而仍然坚守艺术的基本原则，那就是美；只有美而不是《兰亭》是衡量艺术的真正标准。世人多不明白此中道理，往往被流俗所困，因此书艺不能精进；明白了这个道理，艺术的个性化之路就会愈来愈宽广。清朱和羹《临池心解》说："孙退谷云：'能学《定武兰亭》一分，即有一分得力；惟一学《圣教》，则浑身板俗矣。'盖怀仁此序集右军字，宋人已薄之，呼为院体。谓院中习以书诰敕，士夫不学也。"①孙承泽说：能学《定武兰亭》一分，就有一分的收获，只学习《圣教》就会浑身呆板俗气。怀仁集右军字成《圣教》，宋人已轻视之，称其为院体，也就是官府用来书写诰敕的书体，而士大夫是不学的。由此可见，盛极而衰的道理也适用于书法，王书的过分受尊崇与流行导致了审美的疲劳与厌烦。

朱和羹甚至说："《黄庭》《曹娥》皆称右军书，实无确据。晋宋间人书佳者，流传后世，便称右军，颇似善射者皆曰羿，美女子皆曰嫱、施耳。"②在朱和羹看来，将《黄庭》《曹娥》都称为右军的书法并无确切依据。晋宋间的好书法，能流传后世的，都称是右军所书，这颇似善于射箭的都称后羿，美丽的女子都称毛嫱、西施。可见，在盛行的崇王之风之下，书法之美尽归其名下的情况是可能存在的。甚至有人认为王羲之的书论，除了《尚想黄绮帖》和一些散见的话语外，多是伪作。③ 其实，正如阮元《南北书派论》指出的，并非所有中国伟大的书法传统都来自王书。阮元还根据正史资料指出北派与二王是毫无关系的：

　　　南朝诸书家载史传者，如萧子云、王僧虔等，皆明言沿习钟、王（萧传云：子云自言善效元常、逸少，而微变字体。王传云：宋文帝谓

① 上海书画出版社编：《历代书法论文选》，上海书画出版社2004年版，第742页。
② 上海书画出版社编：《历代书法论文选》，上海书画出版社2004年版，第744页。
③ 张天弓：《张天弓先唐书学考辨文集》，荣宝斋出版社2009年版，第104—121页。

其迹逾子敬),实成南派。至北朝诸书家,凡见于北朝正史、《隋书》本传者,但云"世习钟、卫、索靖,工书、善草隶,工行书、长于碑榜",诸语而已,绝无一语及于师法羲、献。正史具在,可按而知。此实北派所分,非敢臆为区别。①

南北书派的区分从根本上否认了王书作为中国唯一书法正统的神圣性。

近现代关于王羲之的争论仍在延续,譬如以郭沫若与高二适为代表的关于《兰亭集序》的争论,其中有史实之争,也有关于书法美的风格之争。正如徐利明在《中国书法风格史》中所说:

> 《兰亭序》在笔势上似有不顺之感,点画映带亦常拖泥带水,含糊犹豫,以致线质失之纤弱。按常理推论,作为文章草稿,本与郑重的抄写不同,应表现为更随意和更富于天趣。此作之书风似不合王羲之明快旷达的个性作风。并且在笔法特征上也不如其他行书作品那样,点画起落承启肯定而爽健。《兰亭序》的用笔点画多呈现出虚浮纤弱的尖锋,如果说这件作品以精良的兔毫笔所写,笔锋尖细,那么看看《平安·何如·奉橘帖》,也明显为佳笔所写,但其笔锋显露处及牵连的游丝挺劲而不纤弱,爽畅而不扭捏。相比之下,《兰亭序》俗媚过甚,判若两人之作。……如此《兰亭序》作为王羲之行书之冠,似有"盛名之下,其实难副"之感。而《平安·何如·奉橘帖》诸帖则堪称其完美之作。②

总之,对王羲之流传下来的各个书法作品的风格及艺术成就的鉴定与评价,将会继续争论下去。

---

① 上海书画出版社编:《历代书法论文选》,上海书画出版社2004年版,第633—634页。
② 徐利明:《中国书法风格史》,河南美术出版社2009年版,第121—122页。

参考文献

一、古代文献

（一）正史

［西汉］司马迁：《史记》，中华书局 2011 年版。

［东汉］班固：《汉书》，中华书局 1962 年版。

［南朝宋］范晔：《后汉书》，中华书局 1965 年版。

［西晋］陈寿：《三国志》，中华书局 1959 年版。

［唐］房玄龄：《晋书》，中华书局 1974 年版。

［南朝梁］沈约：《宋书》，中华书局 1974 年版。

［南朝梁］萧子显：《南齐书》，中华书局 1983 年版。

［唐］姚思廉：《梁书》，中华书局 1973 年版。

［唐］姚思廉：《陈书》，中华书局 1972 年版。

［北齐］魏收：《魏书》，中华书局 1974 年版。

［唐］李百药：《北齐书》，中华书局 1972 年版。

［唐］令狐德棻：《周书》，中华书局 1971 年版。

［唐］李延寿：《南史》，中华书局 1975 年版。

［唐］李延寿：《北史》，中华书局 1974 年版。

（二）其他

［三国魏］曹操：《曹操集》，中华书局编辑部编，中华书局 2012 年版。

［三国魏］曹植：《曹植集校注》，赵幼文校注，人民文学出版社 1998 年版。

［三国魏］嵇康：《嵇康集校注》，戴明扬校注，人民文学出版社 1962 年版。

［三国魏］嵇康：《嵇康集》，鲁迅编，鲁迅先生纪念委员会编印 1964 年版。

［三国魏］阮籍：《阮籍集》，李志均等点校，上海古籍出版社 1978 年版。

［三国魏］阮籍：《阮籍集校注》，陈伯君校注，中华书局 1987 年版。

［三国魏］王弼：《王弼集校释》，楼宇烈校释，中华书局 1980 年版。

［西晋］陆机：《陆机集》，金声涛点校，中华书局 1982 年版。

［西晋］陆机：《文赋集释》，张少康集释，人民文学出版社 2002 年版。

［西晋］潘岳：《潘岳集校注》，董志广校注，天津人民出版社 1993 年版。

［东晋］葛洪：《抱朴子内编校释》，王明校笺，中华书局 1980 年版。

［东晋］葛洪：《抱朴子外编校笺》，杨明照校笺，中华书局 2010 年版。

［东晋］陶渊明：《陶渊明集》，王瑶编注，人民文学出版社 1956 年版。

［东晋］陶渊明：《陶渊明集》，逯钦立校注，中华书局 1982 年版。

［东晋］陶渊明：《陶渊明集笺注》，袁行霈撰，中华书局 2003 年版。

［东晋］谢灵运：《谢康乐诗注》，黄节注，人民文学出版社 1958 年版。

［南朝宋］鲍照：《鲍参军集注》，钱仲联注，上海古籍出版社 1980 年版。

［南朝宋］刘义庆：《世说新语校笺》，徐震堮校笺，中华书局 1984 年版。

［南朝宋］刘义庆：《世说新语笺疏》，余嘉锡笺疏，中华书局 2011 年版。

［南朝宋］颜延之：《颜延之文集校注》，石磊校注，吉林大学出版社 2005 年版。

［南朝齐］谢朓：《谢宣城集校注》，曹融南校注，上海古籍出版社 1991 年版。

［南朝梁］刘勰：《增订文心雕龙校注》，杨明照校注，中华书局 2005 年版。

［南朝梁］刘勰：《文心雕龙注》，范文澜注，人民文学出版社 2006 年版。

［南朝梁］沈约：《沈约集校笺》，陈庆元校笺，浙江古籍出版社 1995 年版。

［南朝梁］萧统编：《文选》，李善注，中华书局 1977 年版。

［南朝梁］钟嵘：《诗品注》，陈延杰注，人民文学出版社 1980 年版。

［南朝梁］钟嵘：《诗品集注》，曹旭注，上海古籍出版社 2011 年版。

［南朝陈］徐陵：《玉台新咏》，吴兆宜注，穆克宏点校，中华书局 1986 年版。

［北魏］郦道元：《水经注校》，王国维校，上海人民出版社 1980 年版。

［北魏］郦道元：《水经注校释》，陈桥驿校释，杭州大学出版社 1999 年版。

［北齐］颜之推：《颜氏家训集解》，王利器集解，中华书局1993年版。

［北齐］颜之推：《颜氏家训》，檀作文译注，中华书局2011年版。

［唐］司空图：《诗品集解》，郭绍虞辑注，人民文学出版社1963年版。

［唐］张彦远：《历代名画记》，人民美术出版社1963年版。

［唐］张彦远：《历代名画记》，俞剑华注释，上海人民美术出版社1964年版。

［宋］郭茂倩：《乐府诗集》，中华书局1979年版。

［宋］李昉：《太平御览》，中华书局1960年版。

［宋］司马光：《资治通鉴》，中华书局1956年版。

［宋］苏轼：《苏轼文集》，中华书局1986年版。

［宋］苏轼：《东坡志林》，学苑出版社2000年版。

［宋］严羽：《沧浪诗话校释》，郭绍虞校释，人民文学出版社1961年版。

［明］张溥编：《汉魏六朝百三家集》，上海古籍出版社1994年版。

［清］道济整理：《石涛画语录》，人民美术出版社1962年版。

［清］郭庆藩：《庄子集释》，中华书局2004年版。

［清］王照圆：《列女传补注》，虞思征点校，华东师范大学出版社2012年版。

［清］许梿评选：《六朝文絜笺注》，黎经诰笺注，中华书局1962年版。

［清］严可均校辑：《全上古三代秦汉三国六朝文》，中华书局1958年版。

二、研究论著

（一）海内论著

曹道衡：《南北朝文学编年史》，人民文学出版社2000年版。

曹道衡：《中古文学史论文集》，中华书局1986年。

曹旭编：《中日韩〈诗品〉论文选评》，上海古籍出版社2003年版。

陈葆真：《〈洛神赋图〉与中国古代故事画》，浙江大学出版社2012年版。

陈传席：《六朝画论研究》，天津人民美术出版社2006年版。

陈鼓应：《老子注释及评介》，中华书局1984年版。

陈鼓应:《庄子今译今注》,中华书局 2001 年版。

陈师曾:《中国绘画史》,中国人民大学出版社 2004 年版。

陈绶祥:《顾恺之》,文物出版社 1998 年版。

陈绶祥:《魏晋南北朝绘画史》,人民美术出版社 2000 年版。

陈寅恪:《金明馆丛稿初编》,生活·读书·新知三联书店 2001 年版。

陈寅恪:《魏晋南北朝史讲演录》,贵州人民出版社 2007 年版。

陈永志:《和林格尔汉墓壁画孝子传图辑录》,文物出版社 2009 年版。

陈钟凡:《汉魏六朝文学》,商务印书馆 1964 年版。

程章灿:《魏晋南北朝赋史》,江苏古籍出版社 1992 年版。

崔尔平:《历代书法论文选续编》,上海书画出版社 2003 年版。

丁胜源、周汉芳:《回文集》,国家图书馆出版社 2012 年版。

范文澜:《中国通史》第二册,人民出版社 1986 年版。

方立天:《魏晋南北朝佛教论丛》,中华书局 1995 年版。

冯友兰:《中国哲学史新编》,人民出版社 1998 年版。

福开森、容庚编:《历代著录画目正续编》,北京图书馆出版社 2007 年版。

傅抱石:《中国古代山水画史的研究》,上海人民美术出版社 1960 年版。

傅抱石:《中国绘画变迁史》,上海古籍出版社 1998 年版。

傅抱石:《美术论文集》,上海古籍出版社 2003 年版。

傅刚:《昭明文选研究》,中国社会科学出版社 2000 年版。

顾彬:《中国文人的自然观》,马树德译,上海人民出版社 1990 年版。

郭廉夫:《王羲之评传》,南京大学出版社 1996 版。

郭沫若等:《兰亭论辨》,文物出版社 1977 年版。

郭若虚:《图画见闻志》,江苏美术出版社 2007 年版。

郭绍虞:《中国文学批评史》上,商务印书馆 2010 年版。

郭思:《林泉高致》,中华书局 2010 年版。

贺昌群:《魏晋清谈思想初论》,商务印书馆 1999 年版。

贺西林、李清泉:《中国墓室壁画史》,高等教育出版社 2009 年版。

华东师范大学古籍整理研究室选编:《历代书法论文选》,上海书画出版社 2004
年版。

胡海帆、汤燕:《中国古代砖刻铭文集》,文物出版社 2008 年版。

黄惇:《秦汉魏晋南北朝书法史》,江苏美术出版社 2009 年版。

黄侃:《文心雕龙札记》,上海古籍出版社 2006 年版。

江苏省美术馆编:《六朝艺术》,江苏美术出版社 1996 年版。

金维诺:《中国美术·魏晋至隋唐》,中国人民大学出版社 2004 年版。

刘大杰:《魏晋思想论》,上海古籍出版社 1998 年版。

刘大杰:《中国文学发展史》,复旦大学出版社 2006 年版。

刘茂辰:《王羲之王献之全集笺证》,山东文艺出版社 1999 年版。

刘纲纪:《书法美》,湖北教育出版社 1995 年版。

刘师培:《中国中古文学史讲义》,上海古籍出版社 2000 年版。

刘跃进:《门阀士族与永明文学》,生活·读书·新知三联书店 1996 年版。

李蔚:《诗苑珍品 璇玑图》,东方出版社 1996 年版。

李祥林:《中国书画名家画语图解·顾恺之》,中国人民大学出版社 2004 年版。

李泽厚、刘纲纪:《中国美学史》,中国社会科学出版社 1987 年版。

李泽厚:《美的历程》,中国社会科学出版社 1992 年版。

卢辅圣主编:《中国书画全书》,上海书画出版社 1993 年版。

卢辅圣:《〈历代名画记〉研究》,上海书画出版社 2007 年版。

鲁迅:《魏晋风度及其他》,上海古籍出版社 2000 年版。

陆侃如:《中古文学系年》,人民文学出版社 1998 年版。

罗根泽:《魏晋六朝文学批评史》,台湾商务印书馆 1996 年版。

罗宗强:《魏晋南北朝文学思想史》,中华书局 2002 年版。

吕思勉:《两晋南北朝史》,上海古籍出版社 1983 年版。

马采:《顾恺之研究》,上海人民美术出版社 1958 年版。

马国权:《书谱译注》,上海书画出版社 1980 年版。

马俊华:《木兰文献大观》,河南人民出版社 1993 年版。

牟世金:《文心雕龙研究》,人民文学出版社 1995 年版。

牟宗三:《才性与玄理》,台湾学生书局 1985 年版。

牟宗三:《中国哲学十九讲》,上海世纪出版集团 2005 年版。

穆克宏、郭丹主编:《魏晋南北朝文论全编》,上海远东出版社 2012 年版。

潘天寿:《顾恺之》,上海人民美术出版社 1979 年版。

潘天寿:《中国绘画史》,上海人民美术出版社 1983 年版。

潘运告编:《汉魏六朝书画论》,湖南美术出版社 1997 年。

戚良德:《文心雕龙校注通译》,上海古籍出版社 2008 年版。

启功:《书法丛论》,文物出版社 2003 年版。

钱锺书:《七缀集》,生活·读书·新知三联书店 2002 年版。

任继愈:《中国哲学史》第二册,人民出版社 1979 年版。

沙孟海:《沙孟海论书文集》,上海书画出版社 1997 年版。

沙孟海:《中国书法史图录》,上海人民美术出版社 2000 年版。

山东石刻艺术博物馆:《北朝摩崖刻经研究》,齐鲁书社 1991 年版。

沈尹默:《二王法书管窥》,上海教育出版社 2003 年版。

沈子丞编:《历代论画名著汇编》,文物出版社 1982 年版。

石守谦:《风格与世变:中国绘画十论》,北京大学出版社 2008 年版。

宿白:《张彦远和〈历代名画记〉》,文物出版社 2008 年版。

孙过庭:《书谱译注》,马永强译注,河南美术出版社 2007 年版。

汤垕:《画鉴》,人民美术出版社 1959 年版。

汤一介:《魏晋玄学论稿》,上海古籍出版社 2001 年版。

汤用彤:《魏晋玄学论稿》,上海古籍出版社 2001 年版。

唐长孺:《魏晋南北朝史论丛》,商务印书馆 2010 年版。

田余庆:《东晋门阀政治》,北京大学出版社 2000 年版。

汪受宽:《孝经译注》,上海古籍出版社 2004 年版。

王伯敏注:《古画品录·续画品录》,人民美术出版社 1958 年版。

王伯敏:《中国绘画史》,上海人民美术出版社 1982 年版。

王世襄:《中国画论研究》,广西师范大学出版社 2010 年版。

王瑶:《中古文学史论》,商务印书馆 2011 年版。

王元化:《文心雕龙讲疏》,上海古籍出版社 1992 年版。

王朝闻:《中国美术史》,齐鲁书社 2000 年版。

温肇桐:《顾恺之新论》,四川美术出版社 1985 年版。

温肇桐:《〈古画品录〉解析》,江苏美术出版社 1992 年版。

吴诗初：《张僧繇》，上海人民美术出版社 1983 年版。

熊秉明：《中国书法理论体系》，天津教育出版社 2003 年版。

徐邦达：《晋朝大画家顾恺之》，朝花美术出版社 1957 年版。

徐邦达：《中国绘画史图录》，上海人民美术出版社 1981 年版。

徐邦达：《历代书画家传记考辨》，上海人民美术出版社 1983 年版。

徐邦达：《中国绘画史图录》，上海美术出版社 1984 年版。

徐复观：《中国艺术精神》，华东师范出版社 2004 年版。

徐公持：《魏晋文学史》，人民文学出版社 1999 年版。

许结、郭维森：《中国辞赋发展史》，江苏教育出版社 1996 年版。

许结：《中国赋学历史与批评》，江苏教育出版社 2001 年版。

许结：《赋体文学的文化阐释》，中华书局 2005 年版。

严北溟：《列子译注》，上海古籍出版社 1996 年版。

杨伯峻：《孟子译注》，中华书局 1960 年版。

杨伯峻：《论语译注》，中华书局 1980 年版。

杨伯峻：《春秋左传注》，中华书局 1995 年版。

姚迁、古兵：《六朝艺术》，文物出版社 1981 年版。

叶朗：《中国美学史大纲》，上海人民出版社 2005 年版。

俞丰编：《经典碑帖释文译注》，上海书画出版社 2012 年版。

俞剑华编著：《中国古代画论类编》，人民美术出版社 1957 年版。

俞剑华编：《顾恺之研究资料》，人民美术出版社 1962 年版。

俞剑华注：《宣和画谱》，人民美术出版社 1964 年版。

余冠英：《汉魏六朝诗论丛》，商务印书馆 2011 年版。

袁杰编：《石涛陶渊明诗意图册》，紫禁城出版社 2007 年版。

袁行霈：《陶渊明研究》，北京大学出版社 1987 年版。

袁行霈：《陶渊明影像：文学史与绘画史之交叉研究》，中华书局 2009 年版。

袁有根：《顾恺之研究》，民族出版社 2005 年版。

张安治：《顾恺之》，中华书局 1961 年版。

张伯伟：《钟嵘诗品研究》，南京大学出版社 1993 年版。

张岱年：《中国古典哲学概念范畴要论》，中国社会科学出版社 1987 年版。

张蕾编：《郑振铎美术文集》，人民美术出版社 1985 年版。

张少康：《古典文艺美学论稿》，中国社会科学出版社 1988 年版。

张少康：《文心与书画乐论》，北京大学出版社 2006 年版。

赵超：《汉魏晋南北朝墓志汇编》，天津古籍出版社 1992 年版。

赵万里：《汉魏南北朝墓志集释》，科学出版社 1956 年版。

赵宪章：《艺术与语言的关系研究》，人民出版社 2013 年版。

赵宪章：《文体与图像》，人民文学出版社 2014 年版。

郑午昌：《中国画学全史》，上海书画出版社 1985 年版。

郑岩：《魏晋南北朝壁画墓研究》，文物出版社 2002 年版。

郑毓瑜：《六朝艺术理论中之审美观研究》，台湾大学中国文学研究所博士论文 1990 年。

郑振铎：《插图本中国文学史》，人民文学出版社 1957 年版。

朱积孝：《绘图回文诗奇观》，中州古籍出版社 1990 年版。

宗白华：《艺境》，北京大学出版社 1987 年版。

宗白华：《美学散步》，上海人民出版社 2004 年版。

宗炳、王微：《画山水序·叙画》，人民美术出版社 1985 年版。

周积寅：《中国画论辑要》，江苏美术出版社 1985 年版。

周一良：《魏晋南北朝史札记》，中华书局 1985 年版。

周勋初：《魏晋南北朝文学论丛》，江苏古籍出版社 1999 年版。

周振甫：《文心雕龙今译》，中华书局 1992 年版。

周振甫：《诗品译注》，江苏教育出版社 2006 年版。

朱东润：《中国文学批评史大纲》，上海古籍出版社 2007 年版。

（二）海外论著

阿莱斯·艾尔雅维茨：《图像时代》，胡菊兰译，吉林人民出版社 2003 年版。

艾柯：《符号学理论》，卢德平译，中国人民大学出版社 1990 年版。

彼得·伯克：《图像证史》，杨豫译，北京大学出版社 2008 年版。

毕加索等：《现代艺术大师论艺术》，常宁生译，中国人民大出版社 2003 年版。

柏拉图：《文艺对话集》，朱光潜译，人民文学出版社 1997 年版。

丹纳:《艺术史哲学》,傅雷译,安徽文艺出版社 1994 年版。

丹纳:《希腊的雕塑》,傅雷译,上海书画出版社 2011 年版。

德里达:《论文字学》,汪堂家译,上海译文出版社 2005 年版。

潘诺夫斯基:《视觉艺术的含义》,傅志强译,辽宁人民出版社 1987 年版。

潘诺夫斯基:《图像学研究:文艺复兴时期艺术的人文主题》,戚印平、范景中译,上海三联书店 2011 年版。

冈村繁:《历代名画记译注》,俞慰刚译,上海古籍出版社 2009 年版。

高居翰:《高居翰作品序列》,夏春梅等译,生活·读书·新知三联书店 2009 年版。

高居翰:《诗之旅:中国和日本的诗意绘画》,洪再新、高昕丹、高士明译,生活·读书·新知三联书店 2012 年版。

高居翰:《图说中国绘画史》,李渝译,生活·读书·新知三联书店 2014 年版。

葛赛尔:《罗丹艺术》,傅雷译,中国社会科学出版社 2001 年版。

贡布里希:《艺术与错觉》,林夕等译,浙江摄影出版社 1987 年版。

贡布里希:《象征的图像》,范景中译,上海书画出版社 1990 年版。

贡布里希:《图像与眼睛:图画再现心理学的再研究》,范景中等译,浙江摄影出版社 1989 年版。

海德格尔:《诗·语言·诗》,彭富春译,文化艺术出版社 1991 年版。

海德格尔:《林中路》,孙周兴译,上海译文出版社 2004 年版。

荷加斯:《美的分析》,杨成寅译,广西师范大学出版社 2002 年版。

黑格尔:《美学》,朱光潜译,商务印书馆 1997 年版。

杰西卡·罗森:《祖先与永恒:杰西卡·罗森中国考古艺术文集》,邓菲译,生活·读书·新知三联书店 2012 年版。

康德:《判断力批判》,宗白华、韦卓民译,商务印书馆 1993 年版。

莱辛:《拉奥孔》,朱光潜译,人民文学出版社 1979 年版。

劳伦斯·比尼恩:《亚洲艺术中人的精神》,孙乃修译,辽宁人民出版社 1988 年版。

里尔克:《罗丹论》,梁宗岱译,广西师范大学出版社 2001 年版。

鲁道夫·阿恩海姆:《艺术与视知觉》,滕守尧、朱疆源译,中国社会科学出版社 1985 年版。

鲁道夫·阿恩海姆:《视觉思维》,滕守尧译,光明日报出版社 1987 年版。

罗兰·巴特:《符号学原理》,李幼蒸译,百花文艺出版社 2005 年版。

罗兰·巴特:《神话修辞术:批评与真实》,屠友祥、温晋仪译,上海人民出版社 2009 年版。

梅洛-庞蒂:《知觉现象学》,姜志辉译,商务印书馆 2001 年版。

梅洛-庞蒂:《符号》,姜志辉译,商务印书馆 2003 年版。

梅洛-庞蒂:《眼与心》,杨大春译,商务印书馆 2007 年版。

梅洛-庞蒂:《可见的与不可见的》,罗国祥译,商务印书馆 2008 年版。

摩尔:《十九世纪绘画艺术》,孙宜学译,中国人民大出版社 2003 年版。

尼古拉·米尔佐夫:《视觉文化导论》,倪伟译,江苏人民出版社 2006 年版。

佩特:《文艺复兴——艺术与诗的研究》,张岩冰译,广西师范大学出版社 2000 年版。

清水凯夫:《六朝文学论文集》,韩基国译,重庆出版社 1989 年版。

苏珊·朗格:《艺术问题》,滕守尧译,中国社会科学出版社 1983 年版。

苏珊·伍德福德:《剑桥艺术史》,钱乘旦译,凤凰出版传媒集团 2009 年版。

索绪尔:《普通语言学教程》,高名凯译,商务印书馆 2001 年版。

W. J. T. 米歇尔:《图像理论》,陈永国译,北京大学出版社 2006 年版。

维特根斯坦:《哲学研究》,陈嘉映译,上海人民出版社 2001 年版。

温克尔曼:《论古代艺术》,邵大箴译,中国人民大学出版社 1989 年版。

文杜里:《西方艺术批评史》,迟轲译,海南人民出版社 1987 年版。

沃尔夫林:《古艺术:意大利文艺复兴艺术导论》,潘耀昌译,中国人民大学出版社 2004 年版。

席勒:《审美教育书简》,冯至译,上海人民出版社 2003 年版。

小野泽精一、福永光司、山井涌:《气的思想:中国自然观和人的观念的发展》,李庆译,上海人民出版社 1999 年版。

亚理斯多德:《诗学》,罗念生译,人民文学出版社 1997 年版。

曾布川宽:《六朝帝陵:以石兽砖画为中心》,傅江译,南京出版社 2004 年版。

真田但马:《中国书法史》,瀛生、吴绪彬译,人民美术出版社 1998 年版。

中田勇次郎:《中国书论大系·第一卷·魏晋南北朝》,东京二玄社 1977 年版。

中田勇次郎:《中国书法理论史》,卢永璘译,天津古籍出版社 1987 年版。

三、相关艺术作品资料

(一) 图书资料

陈谋等绘:《陌上桑·洛神赋·木兰辞·古诗画意》,天津杨柳青书画出版社 2002
　　年版。

陈全胜绘:《洛神赋》,上海人民美术出版社 2009 年版。

蔡志忠绘:《世说新语 六朝的清谈》,生活·读书·新知三联书店 2012 年版。

段文杰编:《中国新疆壁画艺术·克孜尔石窟》,天津人民美术出版社 1995 年版。

段文杰主编:《中国石窟雕塑全集 1 敦煌》,重庆出版社 2001 年版。

段文杰编:《中国敦煌壁画全集·敦煌北凉北魏》,天津人民美术出版社 2006
　　年版。

段文杰编:《中国敦煌壁画全集·敦煌北周》,天津人民美术出版社 2006 年版。

敦煌研究院:《敦煌书法库第二辑(魏晋南北朝时期)》,甘肃人民美术出版社 1995
　　年版。

甘肃省文物考古研究所主编:《中国敦煌壁画全集·麦积山 炳灵寺》,天津人民美
　　术出版社 2006 年版。

顾恺之:《列女仁智图卷》,人民美术出版社 2011 年。

郭建邦:《北魏宁懋石室线刻画》,人民美术出版社 1983 年版。

海外藏中国历代名画编委会编:《海外藏中国历代名画》,湖南美术出版社 1998
　　年版。

河南省文化局文物工作队:《邓县彩色画像砖墓》,文物出版社 1958 年版。

黄明兰:《北魏孝子石棺线刻画》,人民美术出版社 1983 年版。

黄明兰:《洛阳北魏世俗石刻线画集》,人民美术出版社 1987 年版。

后藤博山辑:《顾恺之画集》,京都平安精华社 1923 年版。

李红编:《中国绘画全集·战国至唐》,浙江人民美术出版社 1997 年版。

李治国:《中国石窟雕塑全集 3 云冈》,重庆出版社 2000 年版。

刘旦宅绘:《木兰从军》,上海人民美术出版社 1955 年版。

刘正成主编:《中国书法全集·王羲之、王献之》,荣宝斋出版社1991年版。

刘正成主编:《中国书法全集·三国两晋南北朝墓志》,荣宝斋出版社1995年版。

刘正成主编:《中国书法全集·魏晋南朝名家》,荣宝斋出版社1997年版。

刘正成主编:《中国书法全集·北朝摩崖刻经》,荣宝斋出版社2000年版。

宁夏固原博物馆编:《固原北魏墓漆棺画》,宁夏人民出版社1988年版。

孙纪元:《中国石窟雕塑全集2 甘肃》,重庆出版社2000年版。

唐勇力绘:《木兰辞》,上海人民美术出版社2010年版。

王靖宪编著:《中国书法艺术·第三卷·魏晋南北朝》,文物出版社1996年版。

王靖宪编:《中国法书全集·魏晋南北朝》,文物出版社2006年版。

王亦秋绘:《〈兰亭〉传奇》,上海人民美术出版社2012年版。

温玉成编:《中国石窟雕塑全集4 龙门》,重庆出版社2001年版。

吴健编:《中国敦煌壁画全集·西魏》,天津人民美术出版社2006年版。

萧玉田绘:《孔雀东南飞》,上海人民美术出版社2010年版。

严绍唐、凌涛绘:《木兰从军》,上海人民美术出版社2012年版。

杨伯达:《中国玉器全集·秦汉南北朝》,河北美术出版社1993年版。

杨仁恺编:《宋高宗草书〈洛神赋〉》,文物出版社1961年版。

杨仁恺:《中国书画》,上海古籍出版社1990年版。

张道一:《中国陵墓雕塑全集·两晋南北朝》,陕西人民美术出版社2007年版。

中国古代书画鉴定组:《中国古代书画目录》(十册),文物出版社1984—1993年版。

中国古代书画鉴定组:《中国绘画全集》,文物出版社、浙江人民美术出版社2000—2001版。

中国画像石全集编辑委员会:《中国画像石全集·石刻线画》,河南美术出版社2000年版。

中国美术全集编辑委员会编:《中国美术全集·雕塑编3·魏晋南北朝雕塑》,人民美术出版社1988年版。

中国美术全集编辑委员会编:《中国美术全集·雕塑编8·麦积山石窟雕塑》,人民美术出版社1988年版。

中国美术全集编辑委员会编:《中国美术全集·雕塑编9·炳灵寺等石窟雕塑》,人民美术出版社 1988 年版。

中国美术全集编辑委员会编:《中国美术全集·雕塑编 11·龙门石窟雕刻》,文物
　　出版社 1988 年版。

中国美术全集编辑委员会编:《中国美术全集·绘画编 1·原始社会至南北朝绘
　　画》,人民美术出版社 1988 年版。

中国美术全集编辑委员会编:《中国美术全集 绘画编 2 隋唐五代绘画》,人民美术
　　出版社 1988 年版。

中国美术全集编辑委员会编:《中国美术全集 绘画编 3 两宋绘画上》,文物出版社
　　1988 年版。

中国美术全集编辑委员会编:《中国美术全集 绘画编 4 两宋绘画下》,文物出版社
　　1988 年版

中国美术全集编辑委员会编:《中国美术全集 绘画编 5 元代绘画》,文物出版社
　　1989 年版。

中国美术全集编辑委员会编:《中国美术全集 绘画编 6 明代绘画上》,上海人民美
　　术出版社 1988 年版。

中国美术全集编辑委员会编:《中国美术全集 绘画编 11 清代绘画下》,上海人民美
　　术出版社 1988 年版。

中国美术全集编辑委员会编:《中国美术全集·绘画编 12·墓室壁画》,文物出版
　　社 1989 年版。

中国美术全集编辑委员会编:《中国美术全集·绘画编 14·敦煌壁画上》,上海人
　　民美术出版社 1993 年版。

中国美术全集编辑委员会编:《中国美术全集·绘画编 16·新疆石窟壁画》,文物
　　出版社 1989 年版。

中国美术全集编辑委员会编:《中国美术全集·绘画编 17·麦积山等石窟壁画》,
　　人民美术出版社 2006 年版。

中国美术全集编辑委员会编:《中国美术全集·绘画编 18·画像石画像砖》,黄山
　　书社 2010 年版。

中国美术全集编辑委员会编:《中国美术全集·绘画编 19·石刻线画》,上海人民
　　美术出版社 1988 年版。

中国美术全集编辑委员会编:《中国美术全集 绘画编 20 版画》,上海人民美术出版社 1988 年版。

中国美术全集编辑委员会编:《中国美术全集 绘画编 21 民间年画》,人民美术出版社 1985 年版。

中国美术全集编辑委员会编:《中国美术全集·书法篆刻编 2·魏晋南北朝书法》,人民美术出版社 1986 年版。

中国美术全集编辑委员会编:《中国美术全集 书法篆刻编 6 清代书法》,上海人民美术出版社 1989 年版。

中国美术全集编辑委员会编:《中国美术全集 书法篆刻编 7 玺印篆刻》,上海人民美术出版社 1989 年版。

中国墓室壁画全集编辑委员会编:《中国墓室壁画全集 汉魏晋南北朝》,河北教育出版社 2011 年版。

中国陶瓷全集编辑委员会编:《中国陶瓷全集·三国两晋南北朝》,上海人民美术出版社 2000 年版。

(二) 影像资料

北京京剧院:《洛神赋》DVD,北京文化艺术音像出版社 2012 年版。

卜万仓导演:《木兰从军》DVD,峨眉电影制片厂音像出版社 2012 年版。

常香玉主演:《花木兰》DVD,长春电影制片厂 1999 年版。

迪士尼动画:《花木兰》DVD,中国录音录像公社出版 1999 年版。

马楚成导演:《花木兰》DVD,星光国际传媒有限公司 2009 年版。

梅兰芳主演:《洛神赋》DVD,北京电影制片厂 1995 年版。

梅兰芳主演:《木兰从军》DVD,中国京剧音配像精粹 2011 年版。

张君秋主演:《刘兰芝》DVD,中国国际电视总公司 2005 年版。

赵薇主演:《花木兰》DVD,太平洋影音公司 2009 年版。

《中国美术全集·光盘 CD - ROM 版 书法篆刻编·商周至秦汉书法·魏晋南北朝书法》,人民美术出版社 2010 年版。

中央电视台《探索·发现》栏目组:《竹林七贤》DVD,中国国际电视总公司 2009 年版。

致　　谢

　　自 2011 年跟随南京大学赵宪章先生从事文图关系研究以来已有十几年，其间历经艰辛后收获的喜悦，特别是赵宪章师对学术的赤诚与精益求精的精神，成为我安身立命的根本。在此，对赵先生表达由衷的感谢与崇高的敬意！

　　对南京艺术学院徐利明先生同样致以真挚的感谢！蒙其不弃，他在我近天命之年，引导我走向了自小就梦寐以求的书法之路。至此，我便改弦更张，开始了古人所说的读书为己的生活。

　　感谢浙江大学文学院慷慨给予的出版资助！感谢本书编辑辛勤而细致的工作与指点！不足之处还请学界同仁批评指正！

图书在版编目（CIP）数据

异彩辉煌：魏晋南北朝文学、绘画、书法关系研究 /
邹广胜著 . -- 北京：商务印书馆，2024. -- (浙江大
学文学院学术文库). -- ISBN 978-7-100-24201-1

I . I206.35

中国国家版本馆 CIP 数据核字第 2024P81L60 号

浙江大学文学院学术文库

异彩辉煌

魏晋南北朝文学、绘画、书法关系研究

邹广胜　著

商 务 印 书 馆 出 版
（北京王府井大街 36 号　邮政编码 100710）
商 务 印 书 馆 发 行
北京虎彩文化传播有限公司印刷
ISBN 978-7-100-24201-1

2024 年 11 月第 1 版　　　开本 880×1240　1/32
2024 年 11 月第 1 次印刷　　印张 16　插页 2

定价：128.00 元